봄눈

봄눈 春の雪

미시마 유키오

haru no yuki

윤상인 · 손혜경 옮김

민음사

차례

봄눈 7

1

　학교에서 러일 전쟁 이야기가 나왔을 때 마쓰가에 기요아키(松枝清顕)는 가장 친한 친구 혼다 시게쿠니(本多繁邦)에게 그때가 잘 기억나느냐고 물어봤지만, 시게쿠니의 기억도 가물가물해서 제등 행렬을 보러 문 앞까지 따라 나간 일을 어렴풋이 기억할 따름이었다. 그 전쟁이 끝나던 해 둘 다 열한 살이었으니 좀 더 선명히 기억할 법도 하다고 기요아키는 생각했다. 의기양양하게 그때를 떠벌리는 급우는 아마도 어른들에게 얻어들은 것을 고스란히 받아 옮겨서는, 저에게는 있는 둥 마는 둥 한 기억을 꾸며 내고 있을 뿐이었다.

　마쓰가에 가문에서는 기요아키의 숙부 둘이 그때 전사했다. 할머니는 지금도 두 아들 덕에 유족 보조금을 받고 있지만, 그 돈은 쓰지 않고 제단에 그대로 올려 둔다.

　그 때문인지 집에 있는 러일 전쟁 사진집 가운데 무엇보다 기요아키의 마음을 파고든 것은 1904년 6월 26일에 찍힌 '득리사(得利寺)[1] 부근 전사자 위령제'라는 이름이 붙은 사진이었다.

세피아 잉크로 인쇄된 그 사진은 여느 잡다한 전쟁 사진과는 전혀 다르다. 구도가 이상할 정도로 회화적인데 수천 명의 병사가 어떻게 봐도 그림 속 인물처럼 보기 좋게 배치되어 있는 데다, 맨나무로 만든 중앙의 높은 묘표(墓標) 하나에 모든 효과가 집중되어 있다.

멀리 보이는 풍경은 희미한 형태의 완만한 산들로 왼편으로는 너르고 완만하게 경사진 들판을 펼치며 서서히 높아지지만, 오른쪽 저편은 성기고 작은 수풀과 함께 흙먼지 낀 지평선 쪽으로 사라지면서, 이번에는 산 대신에 차츰 오른쪽으로 높아지는 가로수들 사이로 노란 하늘을 내비치고 있다.

가까이에는 도합 여섯 그루의 무척이나 키 큰 나무들이 저마다 균형을 지키며 딱 좋을 만큼 간격을 두고 치솟아 있다. 수종(樹種)은 모르지만 우뚝이 서서 우듬지의 우거진 나뭇잎을 비장하게 바람에 나부끼고 있다.

화면의 정중앙에 맨나무 묘표와 흰 천을 휘날리는 제단, 그리고 그 위에 놓인 꽃들이 조그맣게 보인다.

---

1) 러일 전쟁 중 1904년 6월 14일에서 15일까지 이틀에 걸쳐 시베리아 제1군단과 일본 육군 제2군 사이에 벌어진 전투를 '득리사 전투'라 한다. 뤼순(旅順)에 주둔하던 러시아군을 보호하기 위해 득리사에 진지를 구축한 시베리아군을 일본군이 공격한 것이 발단으로, 화포 보유량에서 앞섰던 일본군의 승리로 끝났다.

그 밖에는 모두 병정, 수천 명이나 되는 병정들이다. 가까이 서 있는 병사들은 하나같이 군모에서 늘어뜨린 흰 천과 어깨에 비스듬히 단 가죽 끈을 보이며 돌아서서, 제대로 열을 맞추지도 않고 흐트러진 채 무리 지어 고개 숙이고 있다. 왼쪽 귀퉁이 앞쪽에 있는 고작 몇 명의 병사들만이 르네상스풍 그림 속 인물처럼 반쯤 어두운 얼굴을 이쪽으로 돌리고 있다. 그리고 왼편 안쪽에는 들판 끝까지 거대한 반원을 그리는 무수한 병사들이, 한 명 한 명 식별도 할 수 없을 정도로 몹시 많은 사람들이 나무 사이로 멀리까지 잇따라 떼 지어 있다.

앞쪽의 병사들도 뒤쪽의 병사들도 기이하고 영락한 미광(微光)에 뒤덮여 각반이며 장화의 윤곽이 어렴풋이 빛나고, 고개 숙인 목덜미나 어깨도 선을 따라 빛나고 있다. 화면 가득 무어라 할 수 없는 비통한 기운이 그득한 것은 그 때문이다.

모든 것은 중앙에 놓인 조그만 흰 제단과 꽃과 묘표를 향해 파도처럼 밀어닥치는 마음을 바치고 있는 것이다. 들판 끝까지 퍼져 가는 그 방대한 집단에서부터 단 하나의, 말로는 담아낼 길 없는 마음이 무겁고 거대한 쇠고리를 중앙 쪽으로 서서히 옥죄고 있다…….

낡은 세피아 빛 사진인 까닭에 이것이 자아내는 비애는 끝도 없이 이어질 것 같았다.

기요아키는 열여덟 살이었다.

그렇다 해도 그가 이토록 슬프고 침울한 상념에 젖은 것이 그가 태어나 자란 집의 영향 탓이라고는 할 수 없었다. 시부야

(渋谷)의 언덕배기에 자리 잡은 넓은 저택에서는 그와 닮은 심성을 가진 사람을 찾기조차 힘들었다. 후작 작위를 받은 아버지가 무가(武家)이긴 하나 막부(幕府) 말기에는 아직 내세울 것 없었던 가문을 부끄러이 여겨 적자(嫡子)인 기요아키를 어릴 적 고관 가문에 맡기지 않았더라면, 아마도 기요아키는 그런 성품을 가진 청년으로 자라지 않았으리라.

마쓰가에 후작 저택은 시부야 교외의 광대한 대지를 차지하고 있었다. 14만 평이나 되는 토지에 용마루를 얹은 건물들이 빼곡히 들어차 있다.

안채는 일본식 건물이었지만 정원 한구석에는 영국인 설계사가 지은 웅장하면서도 미려한 양관(洋館)이 있었다. 신을 신고 들어갈 수 있는 저택은 오야마(大山) 원수(元帥)[2] 저택을 비롯하여 네 채밖에 없다고 알려져 있었는데, 그중 하나가 바로 마쓰가에 저택이었다.

정원의 중심에는 뒤로 보이는 단풍산을 배경으로 널찍한 못이 있었다. 그 못에서는 뱃놀이를 할 수 있고 가운데에 섬이 있었으며, 개연꽃이 피고 찬거리로 순채(蓴菜)를 딸 수도 있었다. 안채의 큰 응접실도 이 못에 면해 있고, 양관의 연회장에서도 이 못을 바라볼 수 있었다.

물가나 섬 곳곳에 배치된 등롱은 200개나 되고 섬에는 철로 주물한 학이 세 마리 서 있었다. 그중 한 마리는 고개를 숙

---

2) 오야마 이와오(大山巌, 1842~1916). 무사이자 정치가였으며 육군 대장으로 러일 전쟁을 지휘했다.

이고 두 마리는 하늘을 우러르고 있었다.

단풍산 정상에서 시작된 폭포가 첩첩이 떨어지면 산허리를 돌아 돌다리 아래를 빠져나가서는, 사도[3]산(産) 붉은 돌 그늘의 용소(龍沼)로 떨어져 못과 섞이고 때가 되면 아름답게 꽃 피우는 창포의 뿌리를 적셨다. 못에서는 잉어도 낚이고 붕어도 낚였다. 후작은 매해 두 번 소학교 학생들이 이곳으로 소풍 오는 것을 허락했다.

기요아키는 어릴 적 자라를 무서워했다. 그것은 조부가 병을 앓았을 때 힘을 돋우라고 선물받은 자라 100마리를 못에 방생하여 자리 잡은 것인데, 한번 손가락을 물리기라도 하면 끝장이라고 하인들이 겁주었던 것이다.

다실도 몇 군데 있었으며 큰 당구실도 있었다.

안채 뒤편에는 조부가 조성한 노송나무 숲이 있었고 거기서는 참마가 많이 났다. 숲속 샛길은 하나는 뒷문으로 통했고 하나는 평평한 언덕으로 이어졌는데, 그 언덕을 오르면 너른 잔디밭을 끼고 집안사람 모두가 '오미야사마'[4]라 부르는 사당이 한쪽 모퉁이에 보였다. 그곳에는 조부와 두 숙부가 모셔져 있다. 돌계단이며 석등(石燈), 돌로 된 도리이[5]는 평범한 모양이지만, 보통이라면 고마이누[6]가 있어야 할 석단 양옆에는 러

---

3) 佐渡. 옛 지방의 이름으로 지금은 니가타(新潟)현 관할의 섬이다.
4) 신사를 뜻하는 '오미야(お宮)'에 존경을 나타내는 '사마(樣)'를 붙인 말.
5) 신사 입구에 세운 기둥 문.
6) 신사 주위나 참배하는 길 옆에 신역(神域)을 보호하기 위해 설치된, 사자와 개를 닮은 한 쌍의 상(像).

일 전쟁 때의 포탄 한 쌍이 하얗게 칠해져 박혀 있다.

사당보다 낮은 곳에는 이나리[7] 신사가 있고 그 앞에는 멋진 등나무 시렁이 있었다.

조부의 기일은 5월 말이었으므로 온 집안사람이 모이는 그때쯤이면 언제나 등나무 꽃이 한창이라 여자들은 햇살을 피해 등나무 시렁 아래로 모여들었다. 그러면 평소보다 한결 더 공들여 화장한 여자들의 흰 얼굴에는, 꽃이 만든 연보랏빛 그늘이 우아한 죽음의 그림자처럼 내려앉았다.

여자들…….

실로 이 저택에는 셀 수 없을 만큼 많은 여자들이 살고 있었다.

필두는 말할 것도 없이 조모였는데 조모는 안채에서 꽤 떨어진 곳에 은거(隱居)하고 있었고 하녀 여덟 명이 시중을 들었다. 비가 오나 맑으나 아침이면, 치장을 마친 어머니가 하인 둘을 데리고 안부를 여쭈러 가는 것이 관례였다.

그때마다 조모는 며느리인 어머니의 모습을 요리조리 뜯어보고는 자애롭게 웃으며 이렇게 말했다.

"그 머리는 너한테 안 어울리는구나. 내일은 서양식으로 손질해 보렴. 그편이 분명 어울릴 테니."

그리고 다음 날 아침 서양풍으로 머리를 묶고 가면, "아무래도 쓰지코(都志子)는 고풍스러운 미인이라 서양풍은 어울리

---

7) 곡식을 관장하는 신.

지 않는구나. 내일은 틀어 올려 보렴." 했다. 이런 까닭에 기요
아키가 아는 한 어머니의 머리 모양은 끊임없이 바뀌었다.

저택에는 전속 미용사가 보조들과 함께 거의 살다시피 하
며 주인은 물론 마흔 명이 넘는 하녀들의 머리도 봐주고 있었
는데, 이 미용사가 남자 머리에 관심을 가진 것은 딱 한 번, 가
쿠슈인(学習院)[8] 중등부 1학년이었던 기요아키가 궁중 신년
축하연 시동(侍童)으로 나갔던 때뿐이었다.

"아무리 학교에서 머리를 빡빡 깎고 오랬대도 오늘 입으실
그런 대례복에 까까머리는 안 될 말씀입니다."

"그래도 머리가 길면 혼나는걸."

"괜찮아요. 제가 조금만 모양을 잡아 드리겠습니다. 어차피
모자를 쓰실 테지만 벗으셨을 때 다른 도련님들보다 훨씬 남
자다워 보이실 수 있도록요."

그렇게 말해도 열세 살 기요아키의 머리는 파래 보일 정도
로 시원하게 치깎여 있었다. 미용사의 빗질은 아프고 머릿기
름은 피부에 스며 찝찝했지만, 미용사가 아무리 솜씨를 뽐내
도 거울에 비친 머리는 더 나아 보이지 않았다.

그러나 축하연에서 기요아키는 좀처럼 보기 힘든 미소년이
라는 영예를 얻었다.

메이지 천황은 이 저택에도 한 번 행차한 적이 있었는데 그
때 뜰에서 영접을 위한 친람(親覧) 씨름 대회가 열렸다. 큰 은

8) 옛 궁내성(宮内省) 부속 국립 학교로 기원은 1847년 교토에 설치된 가쿠
몬쇼(学問所)까지 거슬러 올라간다. 본래 황족과 화족을 위한 교육 기관이었
으나 2차 세계 대전 이후 민영화되어 신분에 관계없이 입학이 가능해졌다.

행나무를 중심으로 휘장이 둘러졌고 폐하는 양관 2층 발코니에서 씨름을 보았다. 그때 알현을 허락받아 머리를 쓰다듬어 주신 이후 이번 축하연의 시동을 맡기까지는 사 년이나 흘렀지만, 폐하가 아직도 얼굴을 기억해 주실지 모른다 생각하며 기요아키는 미용사에게도 그리 말했다.

"아아, 그렇지요. 도련님 머리는 천자님이 만져 주신 머리였습죠."

미용사는 이렇게 대꾸하며 다다미 위를 물러나, 아직 앳된 모습이 남아 있는 기요아키의 뒤통수를 향해 신사에서 참배할 때처럼 진지하게 손뼉을 마주쳤다.

옷자락 시중을 드는 시동의 옷은 남색 벨벳 원단으로 지은 무릎 아래까지 내려오는 반바지와 윗도리 한 벌이었으며, 가슴 좌우에 네 쌍의 커다란 하얀색 털 방울이 달려 있었다. 양쪽 소맷부리와 바지에도 마찬가지로 폭신하고 하얀 털 방울이 붙어 있었다. 허리에는 검을 차고, 흰 양말을 신은 발에는 가죽 끈을 묶는 검은 에나멜 구두를 신었다. 흰 레이스로 만든 넓은 깃 장식 중앙에 하얀 비단 타이를 묶었고 큰 깃털 장식을 단 나폴레옹풍의 모자는 비단 끈을 달아 등에 매달았다. 화족(華族) 자제 가운데 성적이 좋은 아이들로만 뽑힌 스무 명 남짓의 시동들은, 사흘간 번갈아 가며 황후의 옷자락을 넷이서, 비전하(妃殿下)의 옷자락을 둘이서 든다. 기요아키는 황후의 옷자락을 한 번, 가스가노미야(春日宮) 비전하의 옷자락을 한 번 들었다.

황후의 옷자락을 맡았을 때 기요아키는 시종들이 사향(麝

香)을 살라 놓아 향내가 밴 복도를 얌전히 지나 알현하는 곳까지 나아갔다. 그러고는 축하연이 시작되기 전 사람들과 마주한 황후를 뒤에서 모시고 서 있었다.

황후는 기품이 높고 견줄 데 없이 총명한 분이었지만 이때는 이미 나이가 지긋하여 환갑에 가까운 고령이었다. 그에 비해 가스가노미야 비는 서른 안팎의 나이에, 아름다움으로 보나 기품으로 보나 당당한 몸매로 보나 그 자태가 만발한 꽃과 같았다.

지금도 기요아키의 눈앞에 떠오르는 것은 수수한 취향을 견지한 황후의 옷자락이 아니라, 검은 얼룩무늬가 흩뿌려진 커다란 흰 모피에다 가장자리에는 진주를 무수히 박아 넣은 비전하의 옷자락이었다. 황후의 옷자락에는 네 개, 비전하의 옷자락에는 두 개의 손잡이가 달려 있었는데, 기요아키와 다른 시동들은 몇 번이고 연습을 거듭했으므로 일정한 걸음으로 손잡이를 잡고 걷는 일은 어렵지 않았다.

비전하의 머리칼은 칠흑 같아서 물에 젖은 까마귀의 깃털처럼 빛났지만, 묶어 올린 머리 뒤쪽에서는 남은 머리카락이 살진 목덜미 쪽으로 차츰 풀리기 시작해 로브데콜테9)를 걸친 반들반들한 어깨로 흘러내리는 것이 보였다. 자세를 바로잡고 강단 있게 꼿꼿이 걸음을 옮기니 몸의 흔들림이 옷자락으로 전해 오는 일은 없었다. 그러나 기요아키의 눈에는 점차 퍼

---

9) 남자의 연미복에 해당하는 여자의 서양식 예복. 이브닝드레스와 비슷하나 소매가 없고 등이나 가슴이 드러나도록 깃을 깊게 팠다.

저 가는 그 아름다운 흰빛이 주악 소리에 맞추어, 마치 산 정상에 쌓여 녹지 않은 눈이 춤추는 구름에 가려 나타났다 숨었다 하는 것처럼 떠오르는 듯 가라앉는 듯 보였다. 그때 기요아키는 태어나 처음으로 여인의 현기증 나는 아름다움에 내재하는 우아한 핵심을 발견했다.

가스가노미야 비는 옷자락에까지 프랑스 향수를 충분히 뿌리고 있었으므로 그 향기는 고풍스러운 사향 냄새를 압도했다. 복도를 걷는 도중에 기요아키가 약간 비틀거렸고 그 바람에 잠깐이기는 했지만 옷자락이 한쪽으로 세게 당겨졌다. 비전하는 살짝 고개를 돌리고는 조금도 꾸짖을 마음은 없다는 듯, 실수를 저지른 소년을 향해 다정한 미소를 지어 보였다.

그리했다고 알아챌 수 있을 정도로 비전하가 확실히 돌아본 것은 아니었다. 곧게 등줄기를 세운 채 한쪽 볼의 가장자리만 약간 돌려 그곳에 미소를 얼핏 새겨 보여 준 것이다. 우뚝 솟은 하얀 볼 한쪽으로 귀밑머리가 은은히 흐르고 꼬리가 길게 빠진 눈가에는 반짝이는 불꽃 같은 미소 한 점이 떨어지며, 오뚝한 콧날은 그 너머에서 아무 일 없다는 듯 깨끗하고 수려한 그때 그 모습…… 이처럼 옆얼굴이라고도 하기 어려운 각도에서 비전하의 얼굴에 한순간 스친 번뜩임은, 무언가 맑은 결정(結晶)의 단면을 비스듬히 비춰 볼 때 정말이지 한 찰나에 어른대고 사라지는 무지개처럼 느껴졌다.

그런가 하면 아버지인 마쓰가에 후작은 이 축하연에서 생생히 제 자식을, 그것도 화려한 예복을 두른 늠름한 제 자식의 모습을 바라보매 오래도록 꿈꿔 왔던 일이 실현되었다는 기뿜에 빠져들었다. 그것이야말로 천황을 자택에 모실 정도의 신분이 되어도 후작의 마음을 죄고 있던 가짜라는 느낌을 말끔히 가시게 해 주는 것이었다. 그러한 제 자식의 모습에서 후작은 궁정과 신(新)화족[10] 간 완전한 친교의 형상을, 조정 귀족과 무사 계급의 최종적인 결합을 보았다.

후작은 또한 축하연이 진행되는 동안 자기 자식을 칭찬하는 사람들의 말에 처음에는 기뻤다가 종국에는 불안해졌다. 열세 살의 기요아키는 너무나도 아름다웠다. 다른 시동들과 비교해 봐도, 기요아키의 아름다운 용모는 누구의 눈에도 돋보일 정도였다. 뽀얀 볼이 상기되어 은은하게 연지를 바른 듯 보였고 눈썹은 수려하며, 아직 어린아이답게 긴장해 힘껏 뜬 눈은 긴 속눈썹에 에워싸여 윤기가 흐를 정도로 검은빛을 발했다.

사람들의 평판을 들은 후작은 처음으로 자기 적장자의 지나친 아름다움에, 도리어 무상함이 느껴지는 듯한 미모에 눈을 떴다. 후작의 마음에는 불안이 싹텄다. 그러나 지극히 낙천적인 사람이었으므로 이런 불안도 그때뿐이었고 금세 마음에서 씻겨 나갔다.

오히려 이러한 불안은 기요아키가 옷자락 시중을 들기 일년 전, 열일곱 살에 이 저택에 머무르기 시작한 이누마(飯沼)의 가슴에 괴었다.

이누마는 기요아키를 담당하는 서생(書生)으로 고향 가고

---

10) 메이지 시대에 가문과 관계없이 특별한 훈공에 의해 새로이 화족이 된 사람.

시마(鹿児島) 중학교에서 추천을 받아 학업도 체격도 뛰어난 소년이라는 영예와 함께 마쓰가에가로 보내졌다. 마쓰가에 후작의 선대(先代)는 그 지역에서는 호방한 신(神)으로 추앙받았으므로 그는 집이나 학교에서 전해 들은 선대의 면모를 통해서만 후작 집안의 생활을 상상해 왔다. 그러나 이곳에 온 후 일 년이 지나는 동안, 후작가의 사치는 그의 상상과는 딴판이어서 순박한 소년의 마음을 상처 입혔다.

다른 것이라면 눈감을 수도 있겠지만 자신에게 맡겨진 기요아키에 대해서는 그럴 수가 없었다. 기요아키의 아름다움, 연약함, 감수성, 생각하는 법, 호기심, 모든 것이 이누마의 마음에 들지 않았다. 후작 부부의 교육 태도도 생각했던 것과는 딴판이었다.

'내가 만약 후작이 되더라도 내 아이라면 결코 이런 식으로는 키우지 않으리라. 후작은 선대의 유훈을 어찌 여기는 걸까.'

후작은 선대의 제사만큼은 정성껏 지냈지만 평소 선대를 언급하는 일은 몹시 드물었다. 이누마는 후작이 더욱 자주 선대의 추억을 이야기하고, 그럴 때엔 조금이라도 선대에 대한 애틋한 추모의 정을 보여 주기를 기대했지만 요 일 년 사이 그런 바람도 사라졌다.

기요아키가 옷자락 시중을 끝내고 돌아온 날 밤, 후작 부부는 집안사람을 모두 불러 축하연을 열었다. 장난삼아 마시게 한 술에 열세 살 소년의 볼은 물들었고 잠자리에 들 때가 되자 이누마는 그를 도와 침실까지 따라갔다.

소년은 명주 이불에 몸을 묻고 베개에 머리를 내맡기고는 뜨거운 숨을 내쉬었다. 짧은 머리칼이 심홍빛으로 물든 귓전으로 이어지는 곳 언저리, 연약한 내부 기관이 들여다보일 정도로 유난히 얇은 피부가 두근거리는 핏대를 도드라지게 했다. 어스름 속에서도 붉은 입술과 거기서 뿜어져 나오는 숨소리는 고뇌의 냉엄함 따위는 조금도 모를 이 소년이 장난삼아 고뇌를 흉내 내는 노래처럼 들렸다.

긴 속눈썹, 잘 움직이는 성기고 보드라운 수서류(水棲類)의 눈꺼풀……. 이누마는 오늘 밤 이런 얼굴로부터, 영예로운 임무를 완수해 낸 씩씩한 소년의 감격이나 충성의 맹세를 기대할 수는 없다는 것을 알았다.

다시 크게 눈을 뜨고 천장을 보는 기요아키의 눈에 물기가 어려 있었다. 이 글썽글썽한 눈이 그를 바라보면, 이 소년의 모든 것이 자신의 뜻에 반하고 있음에도 스스로의 충직함을 믿을 뿐 어쩔 도리가 없었다. 더운 모양인지 기요아키가 매끄럽고 불그스름한 맨팔을 머리 뒤에 끼려고 했기 때문에 이누마는 잠옷 깃을 끌어 올려 주고는 말했다.

"감기 걸려요. 이제 그만 주무시죠."

"있잖아, 이누마. 나 오늘 실수를 하나 했어. 아버님께도 어머님께도 비밀로 해 주면 알려 줄게."

"그게 뭔가요?"

"나 오늘, 비전하의 옷자락을 들면서 조금 비틀거려 버렸거든. 비전하는 빙긋 웃으시고는 용서해 주셨어."

이누마는 그 말의 부박함과 책임감의 결여, 물기 어린 눈에 떠오른 황홀을 모조리 증오했다.

2

이리하여 열여덟 살이 된 기요아키가 점차 자신을 둘러싼 환경으로부터 고립되어 간다는 생각에 사로잡힌 것은 당연한 일일 테다.

고립되어 가는 것은 가정에서만이 아니었다. 가쿠슈인은 교장인 노기 장군의 순사(殉死)[11]를 학생들의 머릿속에 무엇보다도 숭고한 사건으로 각인시키려 했고, 장군이 만약 병으로 죽었더라면 그만큼 과장된 형태로는 하지 않았을 전승(傳承) 교육을 점점 더 강하게 밀어붙이기 시작했다. 이처럼 학교에 넘쳐흐르는 직선적이고 강건한 기풍 때문에 힘센 척 으스대는 것을 못마땅해하는 기요아키는 학교를 싫어했다.

---

11) 노기 마레스케(乃木希典, 1849~1912). 육군 대장으로 가쿠슈인 원장을 지냈다. 메이지 천황의 장례가 치러진 1912년 9월 13일 부인과 함께 할복자살해 일본은 물론 국제적으로도 큰 파장을 일으켰다.

친구라고 해 봐야 동급생인 혼다 시게쿠니와 친하게 지낼 뿐이었다. 물론 기요아키와 친구가 되고 싶어 하는 또래들은 많았지만 그는 동년배의 거친 혈기를 좋아하지 않았으므로, 교가를 목청껏 부르고는 황홀해하는 싸구려 감상 따위에 등을 돌리고 그 또래로서는 보기 드문 혼다의 차분하고 온화하며 이지적인 성격에만 마음이 끌렸다.

혼다는 이목구비가 지나치게 평범해 오히려 뻐기는 듯한, 제 나이보다 늙어 보이는 풍모의 소유자였다. 법률학에 흥미를 갖고 있었으며 평소에는 밖으로 드러내지 않는 예리한 직관력을 깊숙이 숨기고 있었다. 겉으로는 관능적인 구석을 티끌만큼도 찾아볼 수 없었지만, 때로는 사람들에게 활활 타오르는 장작 소리가 저 안쪽에서부터 들려오는 듯한 느낌을 주곤 했다. 그것은 혼다가 약간 근시인 눈을 찌푸려 눈썹을 모으고 언제나 굳게 닫고 있는 입술을 보일 듯 말 듯 벌리는 표정을 지을 때 엿볼 수 있었다.

어쩌면 기요아키와 혼다는 같은 식물의 뿌리에서 제각기 발현한 꽃과 잎이었는지 몰랐다. 기요아키가 자신의 본모습을 여과 없이 드러내 보이고, 상처받기 쉬운 맨몸에 아직 자기 행동의 동기라고는 할 수 없을 관능을 이른 봄날 비 맞은 강아지의 눈과 코에 맺힌 물방울처럼 머금고 있었다면, 반대로 혼다는 인생이 시작되자마자 빨리도 위험을 알아차리고는 지나치게 밝은 그 비를 피해 처마 밑에 몸을 움츠리는 쪽을 택했는지도 몰랐다.

그러나 두 사람이 정말이지 가까운 친구라는 것은 분명해서, 매일 학교에서 얼굴을 보는 것으로도 모자라 일요일이면 반드시 한쪽 집에서 종일 함께 지냈다. 물론 기요아키의 집이 훨씬 넓고 산책할 곳도 많았으므로 혼다가 오는 때가 많았다.

1912년[12] 10월 단풍이 아름답게 물들기 시작한 어느 일요일, 혼다는 기요아키의 방에 놀러와 못에서 보트를 타자고 했다.

여느 때라면 단풍을 보러 온 손님들이 슬슬 많아질 계절이었지만 올여름의 대상(大喪) 이후 마쓰가에가는 시끌벅적한 사교를 삼가고 있었으므로, 뜰은 어느 때보다도 조용하고 한가로워 보였다.

"그럼 저 배는 3인승이니까 이누마한테 저어 달라고 하자."

"다른 사람이 저어 줄 필요가 뭐 있어. 내가 저을게."

혼다는 조금 전 안내가 필요할 리 없는 그를 현관에서 이 방까지 말도 없이 철저하고 정중하게 안내한, 눈이 음침하고 생김새가 우락부락한 청년을 떠올리며 말했다.

"혼다는 그 친구가 싫은가 보구나."

기요아키가 미소를 머금고 말했다.

"싫은 건 아니지만 매번 봐도 속을 모르겠단 말야."

"그 친구는 벌써 육 년이나 여기 있었으니까 나한텐 이미 공기 같은 존재야. 그 친구랑 내가 서로 마음이 맞는다고는 생각지 않아. 그런데도 그 친군 나한테 헌신적이고 충직하고, 공부도 열심히 하는 데다 고지식하지."

_____

12) 1912년은 일본의 원호가 다이쇼(大正)로 바뀐 해다.

기요아키의 방은 안채의 가장자리 2층에 있었다. 원래는 일본식 방이지만 융단이나 양식 가구를 들여 양풍으로 꾸며 놓았다. 혼다는 내닫이창에 걸터앉은 채 몸을 틀어 단풍산과 호수와 강섬이 있는 전경을 바라보았다. 호수는 오후 햇살을 받아 잔잔하게 빛났고, 배를 매어 놓은 후미는 바로 아래에 있었다.

그리고 다시 친구의 나른한 모습을 살펴보았다. 기요아키는 무슨 일에건 나서서 앞장서는 일이 없고, 내키지 않는 양 시작하고는 나름대로 흥겨워하는 때도 있었다. 그러므로 무엇이 되었든 혼다가 제창하고, 혼다가 이끌어야 했다.

"배가 보이지?"

기요아키가 물었다.

"응, 보여."

혼다는 이렇게 답하고 의아한 듯이 돌아보았다…….

기요아키는 그때 무엇을 말하려 했던 걸까.

구태여 설명하자면 그는 어떤 일에도 흥미가 없다고 말하려고 했다.

그는 이미 자신을 군살로 투박해진 가문의 손가락을 찌른, 독이 든 작은 가시처럼 여기고 있었다. 그도 그럴 것이 그는 우아함을 배우고 말았기 때문이다. 불과 오십 년 전만 해도 소박, 근면하고 여유롭지 않았던 지방 무사 가문이 짧은 시간에 흥성했다. 그러나 기요아키가 성장함에 따라 그 가계에 처음으로 우아함의 한 조각이 잠입하려 한다면, 본디 우아함에 면

역이 된 조정 귀족과는 달리 금세 급속한 몰락의 징조가 나타
나기 시작하리라는 것을 개미가 홍수를 예지하듯 그는 느끼
고 있었다.

그의 우아함은 가시였다. 더구나 조잡함을 꺼리고 세련됨
을 기꺼워하는 자신이 실로 부질없고 뿌리 내리지 않은 부초
와 같다는 것까지도 기요아키는 잘 알고 있었다. 좀먹겠다 마
음먹고 좀먹는 것이 아니다. 어기려고 어기는 것이 아니다. 그
의 독은 가문에게는 진정한 독임에 틀림없었으나 동시에 완
전히 무익한 독이었다. 말하자면 그 무익함이 자신이 태어난
의미라고 이 미소년은 생각했다.

자신의 존재 이유를 일종의 정치(精緻)한 독에서 찾는 것은
열여덟 살의 오만과 단단히 이어져 있었다. 그는 자신의 희고
고운 손을 평생 더럽히지 않겠노라, 물집 하나 잡히게 하지 않
겠노라 결심했다. 깃발이 그러하듯 바람만으로 살아가는 일.
자신이 단 하나의 진실이라 생각하는 것, 즉 밑도 끝도 없이
무의미하며 죽는가 하면 되살아나고 꺼지는가 싶으면 다시
불붙는, 방향도 없거니와 귀결도 없는 '감정'만을 위해 살아가
는 일⋯⋯.

그리하여 지금은 어떤 일에도 흥미가 없는 것이다. 보트?
아버지에게 그것은 외국에서 수입한 세련된 모양에 파랗고
하얀 페인트를 칠한 작은 배였다. 아버지에게 그것은 문화이
자 문화의 형상물이었다.

그렇다면 그 자신에게 보트는 무엇일까.

혼다는 혼다대로 이럴 때 기요아키가 돌연히 빠져드는 침묵을 타고난 직감으로 잘 이해하곤 했다. 기요아키와 나이는 같았지만 그는 벌써 청년이라 할 수 있었는데, 어찌 됐든 '유용한' 인간이 되겠다고 결의한 청년이었다. 이미 완전히 자신의 역할을 선택한 것이다. 그리고 기요아키에 대해서는 늘 얼마쯤 둔감하고 털털하게 행동하려 유의했고, 그처럼 꾸며 낸 털털함이 친구에게 잘 받아들여진다는 것을 알고 있었다. 기요아키의 마음의 위(胃)는 인공적인 먹이라면 놀랄 만큼 잘 받아들였다. 우정조차도.

"너는 뭐라도 운동을 시작하면 좋을 텐데 말이야. 책을 그다지 많이 읽는 것도 아닌데 책 만 권은 읽고 지친 듯한 얼굴이네."

혼다는 거침없이 말했다.

기요아키는 말없이 미소 지었다. 그러고 보면 책은 읽지 않는다. 그러나 꿈은 빈번히 꾼다. 밤마다 꾸는 꿈의 엄청난 가짓수란 만 권의 책을 능가할 정도여서 사실 그는 읽다 지쳐 버린 것이다.

……그는 어젯밤 또한 맨나무로 짠 자신의 관을 꿈속에서 보았다. 그것이 넓은 창 말고는 아무것도 없는 방 한가운데에 놓여 있다. 창밖은 짙은 자줏빛을 띤 어둑새벽, 새의 지저귐이 어둠을 가득 채우고 있다. 젊은 여자 하나가 검은 긴 머리를 늘어뜨리고 엎드린 자세로 관에 매달린 채 여리고 가냘픈 어깨를 들썩이며 흐느껴 울고 있다. 여자의 얼굴을 보고 싶지만 수려하고 흰, 근심 어린 이마 언저리만 간신히 보일 뿐이다.

그리고 많은 진주로 가장자리를 장식한 표범 무늬 모피가 맨 나무 관을 반쯤 덮고 있다. 새벽의 불투명한 첫 광택이 일렬로 박힌 진주에 어려 있다. 방에는 향 대신에 무르익은 과실 같은 서양 향수 내음이 감돌고 있다.

기요아키는 공중에서 그 광경을 내려다보며 관 속에 자신의 유해(遺骸)가 누워 있다고 확신한다. 확신하면서도 그것을 꼭 눈으로 확인하고 싶다. 그러나 그의 존재는 아침 모기처럼 덧없이 허공에서 날개를 쉬고 있을 뿐 결코 못 박힌 관 속을 들여다볼 수 없다.

……그러한 초조함이 끝도 없이 거세짐과 동시에 눈을 떴다. 그리고 기요아키는 남몰래 써 온 꿈 일기에 어젯밤의 그 꿈을 적었다.

결국 두 사람은 계류장에 내려가 보트의 밧줄을 풀었다. 건너다본 호수의 수면에는 반쯤 물든 단풍산이 비치어 불타고 있었다.

옮겨 탈 때 마구 흔들린 배의 동요는 기요아키에게 이 세계의 불안정에 대한, 무엇보다 익숙한 감각을 불러일으켰다. 그 순간 마음의 내면이 크게 움직여 흰 페인트로 깨끗이 칠한 뱃전에 비치는 듯했다. 그런 연유로 그는 쾌활해졌다.

혼다는 물가의 정원석을 노로 밀어 보트를 너른 수면으로 내보냈다. 심홍색 물이 부서졌고 매끄러운 파문(波紋)은 그 모양 그대로 기요아키의 마음을 풀어 헤쳤다. 목 깊숙한 곳에서 내솟은 굵은 목소리 같은 이 어두운 물소리. 그는 열여덟 살의 어느 가을날, 그 오후의 한때가 두 번 다시 되풀이되는 일 없이 확실히 미끄러져 사라지고 있음을 느꼈다.

"강섬까지 가 볼까?"

"가 봐도 별 볼일 없어. 아무것도 없거든."

"에이, 그러지 말고 가 보자."

노를 젓고 있는 혼다의 가슴팍에서 솟은 활발한 목소리에서 나이에 걸맞은 들뜬 소년다움이 드러났다. 기요아키는 귀로는 강섬 저편의 아득한 폭포 소리를 들으면서, 침전물과 붉게 물든 수면 때문에 잘 보이지 않는 못 속을 응시했다. 그 속을 잉어가 헤엄치고, 물밑 바위 그늘에는 자라가 숨어 있다는 것을 알고 있다. 어릴 적의 두려움이 마음속에 어렴풋이 되살아났다 사라졌다.

화창하게 비친 해가 올려 깎은 그들의 젊은 목덜미에 내려앉았다. 조용하고 아무 일 없는 넉넉한 일요일이었다. 그런데도 여전히 기요아키는 물을 채운 가죽 부대에 뚫린 구멍에서 물이 한 방울씩 떨어지듯, 이 세계의 바닥에서 시간의 방울이 하나씩 하나씩 떨어지는 소리를 듣는 듯했다.

둘은 소나무 사이에 단풍 한 그루가 있는 강섬에 다다라 철로 만든 학 세 마리가 놓인 정상의 둥그런 풀밭까지 돌계단을 올랐다. 두 사람은 하늘을 향해 울고 있는 학 두 마리의 발밑에 앉았다가, 다시 위를 보고 드러누워 환히 갠 늦가을 하늘을 올려다보았다. 잔디가 둘의 등을 찔렀고 기요아키에게는 그것이 참을 수 없이 아팠지만, 혼다에게는 무엇보다도 달콤하고 상쾌한, 피할 수 없는 고난을 기꺼이 깔고 누워 있다는 느

낌을 주었다. 그리고 둘의 눈가에서는 비바람을 맞고 작은 새
똥을 뒤집어써서 하얗게 더럽혀진 학의 목이 그린 완만한 곡선
이 구름의 움직임에 따라 천천히 움직이고 있었다.

"멋진 날이야. 이렇게 아무것도 없고, 이렇게 멋진 날은 평
생에 몇 번 없을지도 몰라."

혼다는 어떠한 예감이 가득 차올라 그리 생각했고 그리 말
했다.

"행복이란 것에 대해 말하는 거야?"

기요아키가 물었다.

"그런 말을 한 적은 없어."

"그렇다면 다행이지만 난 너처럼은 도저히 무서워서 말할
수가 없어. 그렇게 대담하게는."

"넌 분명히 지독한 욕심꾸러기인 거야. 욕심꾸러긴 때때로
애처로운 모습을 하지. 넌 이 이상 뭘 바라는 거야?"

"뭔가 결정적인 것. 그게 뭔지는 몰라."

몹시 아름다운, 무엇에든 유보적인 이 젊은이는 나른하게
답했다. 이렇게 가깝게 지내면서도, 제멋대로인 그의 마음에
는 혼다의 예리한 분석력과 말투에서 드러나는 '쓸모 있는 청
년'의 확신에 찬 태도가 가끔 성가시게 느껴졌다.

갑자기 몸을 뒤집은 그는 풀을 배 밑에 깔고 머리를 들어 못
을 사이에 둔 안채 응접실의 앞뜰을 멀리 응시했다. 흰모래 가
운데 놓인 징검돌이 못에 이르는 부근은 특히 복잡한 후미를
이루면서 돌다리가 첩첩이 걸려 있다. 거기에 있는 여자들의
무리를 알아챈 것이다.

3

기요아키는 친구의 어깨를 찔러 그쪽으로 주의를 돌렸다. 혼다도 고개를 돌려, 풀밭에 누운 채로 물 건너편에 있는 무리에 눈길을 주었다. 두 사람은 젊은 저격병처럼 엿보았다.

그들은 어머니의 산책을 따라나선 무리였다. 평소라면 어머니 외에는 시중드는 여자들만 있었겠지만, 오늘은 늙고 젊은 손님 둘이 무리에 섞여 어머니의 바로 뒤에서 걷고 있었다.

어머니나 노파, 여자들의 옷은 수수했지만 젊은 손님의 기모노만은 자수가 놓인 연한 물빛이라 흰모래 위에서도 물가에서도 비단의 광택이 새벽 하늘빛처럼 차갑게 빛났다.

또 그곳에서는 불규칙한 징검돌을 조심스럽게 건너는 웃음소리가 가을 하늘로 흘러들었는데, 지나치게 맑은 그 웃음에는 일종의 작위(作爲)가 어려 있었다. 기요아키는 이 저택 여자들의 그처럼 뽐내는 웃음소리를 싫어했지만 암컷 새들의 지저귐을 들은 수컷 새처럼 혼다가 눈을 반짝이는 것을 알 수 있었다. 두 사람의 가슴팍에서는 늦가을의 마른 풀줄기가 맥없이 부러졌다.

기요아키는 물빛 기모노를 입은 여자만은 그런 웃음소리를 내지 않으리라 믿었다. 여자들은 주인과 손님의 손을 끌어 물가에서 단풍산으로 가는, 부러 몇 번쯤 돌다리를 건너는 험한 샛길을 더듬어 갔기 때문에 그 무리의 모습은 풀 그늘 속으로 숨어 버렸다.

"너희 집에는 정말 여자가 많구나. 우리 집엔 거의 남자들뿐이야."

이렇게 말한 혼다는 애써 핑계를 대고 일어선 뒤 이번에는 서쪽 소나무 그늘에 기대어 여자들이 멈춰 있는 곳을 바라보았다. 단풍산은 서쪽 방향으로 움푹 들어가 있어 9단 폭포의 4단까지는 서쪽에 있었으며 사도산 붉은 돌 아래 용소로 이어졌다. 여자들은 용소 앞 징검돌을 건너가려는 참이었는데 그 근방의 단풍은 특히나 더 색이 들어, 아홉 번째 작은 폭포의 하얀 비말마저 나무숲에 숨으니 근처의 물은 암적색으로 물들었다. 물빛 기모노를 입은 이는 하녀에게 손을 잡힌 채 징검돌을 건너고 있었다. 그녀의 고개 숙인 뽀얀 목덜미를 멀리서 바라본 기요아키는 잊기 힘든 가스가노미야 비의 풍성하게 흰 목덜미를 떠올렸다.

용소를 건너면 샛길은 한동안 평탄하게 물가를 두르고 강가는 좀 더 강섬에 가까워진다. 기요아키는 그곳까지 열심히 눈길을 더듬은 끝에, 물빛 기모노를 입은 여자의 옆얼굴이 사토코(聰子)의 것임을 알아채고는 낙담했다. 어째서 이제껏 그 사람이 사토코라는 것을 알아채지 못했던가. 어째서 줄곧 아름다운 낯선 여자라 믿어 의심치 않았던가.

상대가 환상을 배반한다면 이쪽도 몸을 숨길 필요는 없었다. 그는 하카마[13]에서 풀씨를 털어 내며 일어나 소나무 밑가지로부터 거침없이 모습을 드러내고는 "어이." 하고 불렀다.

기요아키의 이러한 갑작스러운 쾌활함에 혼다도 놀라 몸을 일으켜 세웠다. 꿈을 배반당할 때 쾌활해지는 친구의 천성을 몰랐더라면 혼다는 틀림없이 그에게 선수를 빼앗겼다고 생각했을 것이다.

"누구냐?"

"사토코야. 너한테도 사진을 보여 준 적 있잖아."

기요아키는 그 이름을 하찮게 여기고 있음을 말투에까지 드러내며 말했다. 물가에 선 사토코는 확실히 아름다운 여자였다. 그러나 그는 단호히 그 아름다움을 인정하지 않는 척했다. 왜냐하면 사토코가 자신을 좋아한다는 것을 잘 알고 있었기 때문이다.

자신을 사랑해 주는 인간을 깔보고, 깔볼 뿐 아니라 냉혹하게 취급하는 기요아키의 좋지 않은 성향을 혼다만큼 오래전부터 꿰뚫어본 친구는 없을 테다. 이러한 종류의 오만함은 열

---

13) 허리부터 발목까지 덮는, 품이 넓은 겉옷 하의. 넉넉히 주름이 잡혀 있는데 통치마처럼 생긴 것과 바지처럼 가랑이진 것이 있다.

세 살의 기요아키가 자신의 아름다움에 보내는 사람들의 갈채를 알게 된 때부터 마음 깊은 곳에서 은밀하게 길러 온 곰팡이 같은 감정일 거라고 혼다는 추측했다. 닿으면 방울 소리를 낼 듯한 은백색의 곰팡이 꽃.

실제로 친구로서 기요아키가 그에게 미치는 위험한 매혹도 바로 거기서 유래하는지 몰랐다. 기요아키의 친구가 되려다 실패해 결국은 그에게 조소당하는 처지가 된 급우들이 적지 않았다. 유일하게 혼다만은 기요아키의 그처럼 차가운 독에 훌륭히 처신하는 실험에 성공한 것이다. 오해일지도 모르지만 그가 음침한 눈을 가진 서생 이누마에게 품는 혐오의 이유는, 이누마의 얼굴에서야말로 그가 익숙히 보아 온 실패자들의 모습이 발견되기 때문이었다.

사토코를 만나 본 적 없는 혼다도 그 이름이라면 기요아키를 통해 잘 알고 있었다.

아야쿠라 사토코(綾倉聡子)의 가문은 스물여덟 개의 우림가(羽林家)[14] 가문 중 하나로 도케 게마리[15]의 시조로 알려진 난

---

14) 공가(公家)의 가격(家格) 중 하나로 섭가(摂家), 청화가(清華家), 대신가(大臣家) 아래에 해당하는 격. 메이지 유신 이후 화족령에 따라 자작이나 백작이 되었다.

15) 게마리는 고대로부터 귀족들 사이에서 행해진 구기 경기로 축국(蹴鞠)을 말한다. 가죽신을 신고 가죽 공이 바닥에 떨어지지 않도록 많이 차올리는 경기. 가마쿠라 시대부터 체계화되었고 아스카이(飛鳥井)와 난바(難波) 양가가 2대 유파를 형성하여 전통을 이어 갔다. 난바가의 시조인 후지와라노 다다노리(藤原忠教)의 아들, 요리스케(頼輔)가 게마리에 뛰어났다. 요리쓰네(頼経)는 요리스케의 아들이다. 헤이안 시대 말기 아악과 악기 전승을 가업으로 삼는 귀족이 나타났는데, 도케는 후지와라홋케(藤原北家)를 중심으

바 요리스케에서 발원하였는데, 요리쓰네가에서 떨어져 나온 지 27대째에 시종(侍從)이 되었고 도쿄로 옮겨 와 아자부(麻布)의 구식 저택에 살고 있었다. 와카[16]와 게마리의 가문으로 명성이 높았으며, 대를 잇는 아들은 관례를 치르기 전에 종5위하(從五位下)를 수여받아 대납언[17]까지 오를 수 있는 집안이었다.

마쓰가에 후작은 자신의 가계에 부족한 고상함을 동경하여 적어도 다음 대에는 대(大)귀족다운 기품을 안겨 주기 위해 아버지의 찬동을 얻어 어린 기요아키를 아야쿠라가에 맡겼다. 그곳에서 기요아키는 당상가의 가풍에 물들었고 두 살 위인 사토코의 귀여움을 받았다. 학교에 들어가기 전까지 사토코는 그의 유일한 오누이이자 친구였다.

아야쿠라 백작은 말투에 교토 사투리가 남아 있는 참으로 온화한 인품을 가진 사람으로, 어린 기요아키에게 와카와 글씨를 가르쳐 주었다. 아야쿠라가에서는 지금도 왕조 시대부터 내려온 주사위 놀이로 긴 밤을 보냈고, 승자에게는 황후가 하사한 과자가 돌아갔다.

그중에서도 우아함에 대해 지금껏 이어지고 있는 백작의

로 전승되어 온, 시가 낭영(朗詠)을 가업으로 삼는 유파를 말한다.
16) 和歌. 일본에서 가장 오래도록 이어져 온 시가의 형태. 집단적인 감정을 노래하는 가요(歌謠)와 달리 특정한 작자가 존재하고 개성적인 감정이나 사상이 담긴 것이 보통이다.
17) 大納言. 사법, 입법, 행정을 관장하는 태정관(太政官)의 관직으로 차관(次官)에 상당한다.

가르침은, 매년 정월 몸소 직책을 맡고 있는 궁중의 연두(年頭) 어전(御前) 와카 발표회에 기요아키를 열다섯 살 때부터 참석시켜 온 것이라 할 수 있었다. 기요아키에게 이는 처음에는 의무적인 것으로 느껴졌지만, 성장함에 따라 새해마다 고풍스러운 우아의 세계 속에 참여하는 일을 어느새 기다리게 되었다.

사토코는 이제 스무 살이 되었다. 사토코와 기요아키가 어린 시절 사이좋게 볼을 맞댄 모습부터 그녀가 최근 5월 말의 황족 잔치에 참례했던 모습까지 기요아키의 사진첩에서 그 성장의 자취를 빠짐없이 더듬어 볼 수 있었다. 스무 살이면 혼기를 지난 나이였는데도 사토코는 아직 결혼하지 않았다.

"저 사람이 사토코 씨로군. 그럼 다들 돌보고 있는 쥐색 두루마기를 입은 할머니는 누구야?"

"아, 저 사람은…… 그래, 사토코의 고모할머니인 주지 스님이야. 이상한 두건을 쓰고 있어서 몰라봤어."

그는 참으로 귀한 손님으로 이 저택에는 첫 방문임에 틀림없었다. 사토코뿐이라면 어머니도 그렇게까지 하지는 않았겠지만 궁정 사찰인 월수사(月修寺) 큰스님의 방문을 맞이하여 정원 안내를 떠올린 것일 터였다. 그렇다. 아마도 좀처럼 드문 큰스님의 상경을 맞아 사토코가 마쓰가에가에 단풍을 보여 주러 데려온 것이 틀림없다.

주지는 기요아키가 아야쿠라가에 맡겨졌을 때 몹시 예뻐해 주었던 모양이지만 그 시절의 일은 기요아키의 기억에 전혀 남아 있지 않다. 중등부에 다니던 시절 주지가 상경했다 하여 아야쿠라가에 불려가 뵌 적이 있을 뿐이다. 그럼에도 주지의 다정하고 고상한 흰 얼굴, 온화한 가운데 위엄 있던 말씨만은 소상히 기억하고 있다.

기요아키의 목소리에 물가에 있던 사람들은 일제히 멈춰 섰다. 강섬의 학 조각 곁에서 우거진 수풀을 뚫고 해적처럼 돌연히 나타난 두 젊은이의 모습에 놀란 기색이 역력했다.

어머니가 오비[18) 틈에서 작은 부채를 꺼내 주지 쪽을 가리키며 예를 표하라는 몸짓을 해 보였다. 이에 기요아키가 섬 위에서 허리를 구부려 인사를 하고 혼다가 뒤따라 고개를 숙이자 주지도 답례해 주었다. 어머니가 펼친 부채는 금(金) 장식이 단풍에 비쳐 진홍색으로 빛났고, 기요아키는 친구를 재촉해 건너편 물가로 보트를 저어 가야만 한다는 것을 알았다.

"사토코는 이 집에 올 기회를 어떻게든 놓치는 법이 없어. 그것도 완전히 부자연스럽지는 않은 기회를. 고모할머님은 좋은 구실인 거지."

혼다를 도와 바삐 밧줄을 푸는 동안에도 기요아키는 비난조로 말했다. 그때 혼다는 주지에게 인사를 드리기 위해서라고는 하나 그토록 서둘러 건너편 강가로 가자는 기요아키의 말이 변명은 아닌지 의심했다. 친구의 착실한 몸짓에 애가 타는 듯 그의 희고 섬세한 손가락이 거친 밧줄을 힘겹게 붙잡고

---

18) 여성용 기모노에서 허리 부분을 감싸 옷을 여며 주는 띠.

돕는 모습은 이러한 의심을 일으키기에 충분했다.

건너편 강가를 등지고 혼다가 노를 젓기 시작하자 붉은 수면이 반사되어 상기된 듯 보이는 기요아키의 눈은 신경질적으로 혼다의 눈을 피해 오로지 강가만을 향하고 있었다. 자신의 어린 시절을 지나치게 잘 알고 너무나도 감정적으로 지배하고 있는 여성을 두고 그의 마음속 가장 연약한 곳에서 일어난 반응을, 성장기 남자끼리의 허영심 탓에 친구에게 알리고 싶지 않았던 것은 아닐까. 기요아키는 어린 시절 자기 육체의 작고 은밀한 꽃봉오리까지 사토코에게 내보였을지 모르는 것이다.

"아, 혼다 씨는 정말이지 훌륭한 사공이로군요."

강가에 배를 저어 댄 혼다의 노고를 기요아키의 어머니가 치하했다. 그녀는 외씨처럼 갸름한 얼굴에 어딘지 슬퍼 보이는 팔자 눈썹을 가진 부인이었지만 웃고 있어도 슬퍼 보이는 그 얼굴이 꼭 감수성이 풍부한 심성을 드러내는 것은 아니었다. 그녀는 현실적인가 하면 둔감하다고도 할 수 있었는데, 남편의 조잡한 낙천주의와 방탕함에 길들여지도록 자신을 길러 온 이 사람은 기요아키의 마음속 미세한 습곡(褶曲)에는 결코 들어갈 수 없었다.

한편 사토코는 배에서 내리는 기요아키의 일거일동에서 눈을 떼지 않았다. 자신만만하고 서글서글한 그 눈은 보기에 따라서는 청초하고 너그럽게도 느껴지지만, 그 시선에서 기요아키가 늘 쩔쩔매며 비평(批評)을 읽어 내는 것도 무리는 아니었다.

"큰 어르신께서 오셨으니 오늘은 귀한 말씀을 들을 수 있으리라 기대하고 있답니다. 그 전에 단풍산을 안내해 드리려고 여기까지 왔는데 그리 야만적인 소리를 지르니 놀랄 수밖에요. 두 사람은 섬에서 뭘 하고 있었나요?"

"멍하니 하늘을 바라보고 있었지요."

어머니의 물음에 기요아키는 짐짓 수수께끼 같은 대답을 했다.

"하늘을 바라보다니 하늘에 뭐가 있길래."

어머니는 눈에 보이지 않는 것은 이해할 수 없는 성정을 부끄러워하지 않았고 기요아키는 그것을 어머니의 유일한 장점으로 여겼다. 그런 어머니가 설법을 듣겠다는 둥 갸륵한 마음가짐을 내보인 것은 우스꽝스러운 일이었지만.

비구니 주지는 모자의 이러한 대화를 손님답게 조심스러운 미소를 지은 채 듣고 있었다.

그리고 사토코는 일부러 사토코를 마주 보지 않는 기요아키의 얼굴 속 윤기 나는 뺨에 닿은, 억세고 흐트러진 머리칼의 광택을 말끄러미 바라보았다.

이리하여 사람들은 다 같이 산길을 오르며 단풍에 탄복했고, 우듬지에서 작은 새들이 마주 울어 대는 소리를 듣고 새 이름을 맞히며 즐거워했다. 아무리 걸음을 늦춰도 자연히 두 젊은이는 앞서게 되어 주지를 가운데 둔 여자들의 무리에서 멀어졌다. 이런 기회를 틈타 처음으로 사토코 이야기를 꺼낸 혼다가 그녀의 아름다움을 칭찬했다.

"그렇게 생각해?"

혼다가 사토코를 못생겼다고 말하기라도 했더라면 기요아키의 긍지는 당장에 상처를 입었으리라. 기요아키는 신경질적인 냉담함을 숨기지 않고 답했다. 그는 자신이 관심을 기울이든 그렇지 않든 자기와 조금이라도 얽혀 있는 여자는 아름답지 않아서는 안 된다고 분명히 생각하고 있었다.

드디어 일행이 폭포수가 떨어지는 곳 아래까지 다다라 다리 위에서 첫째 단의 큰 폭포를 우러러보고 그 광경을 처음 본 큰스님의 상찬에 어머니가 흡족해하고 있을 때, 이날을 유난히 잊기 어렵게 만든 불길한 발견을 한 것은 기요아키였다.

"왜 저렇지? 폭포수 시작부에서 저렇게 물이 갈라지다니."

그 말에 어머니도 나뭇잎 사이로 비쳐 드는 눈부신 햇빛을 부채로 가리며 그곳을 올려다보았다. 폭포가 운치 있게 낙하하는 모습을 연출하고자 정원석 배치를 두고 어지간히 궁리를 짜내긴 했지만 폭포 꼭대기 중앙부에서 볼썽사납게 물이 갈라질 리는 없었다. 물론 튀어나온 바위야 있을 테지만 이 정도로 폭포의 자태를 어지럽힐 리 없다.

"뭘까요? 무언가 걸려 있는 것처럼 보입니다만……."

어머니는 큰스님에게 곤혹스러운 마음을 의지하며 말했다.

큰스님은 바로 무언가를 알아차린 모양이었지만 그저 조용히 미소를 지을 뿐이었다. 기요아키는 거기서 본 것을 곧이곧대로 말해야 하는 처지에 놓였으나 이런 발견이 분위기를 깨뜨릴까 두려웠으므로 주저하고 있었다. 그리고 그것을 이미 다들 알아차렸다는 것을 그는 알고 있었다.

"검은 개 아닌가요? 머리를 아래로 늘어뜨린."

그때 사토코가 참으로 솔직하게 단언했다. 사람들은 마치 그 말을 듣고서야 처음 그것을 알아챈 것처럼 술렁이기 시작했다.

기요아키의 자부심은 상처 입었다. 일견 여자답지 않은 용기를 품고 불길한 개의 사체를 입에 올린 사토코는, 타고난 그 달콤하고 야무진 목소리하며 사물의 경중을 분별하는 적절한 쾌활함까지 그 솔직함 속에서 흔들림 없는 우아함을 드러내고 있었다. 그것은 유리 그릇에 담긴 과일처럼 신선하고 살아 있는 우아함이었던 만큼, 기요아키는 주저하던 자신이 부끄러웠고 교육자 같은 사토코의 힘이 두려워졌다.

어머니가 즉각 하녀에게 명하여 책임을 소홀히 한 정원사를 부르라 보낸 다음 불미스러운 일에 대해 주지에게 사과했을 때, 주지는 자비심에서 우러난 묘한 제안을 했다.

"이렇게 내 눈에 띈 것도 어떤 연이겠지. 어서 묻어 무덤을 만들어 주십시오. 명복을 빌어 줄 수 있도록."

아마 이미 다쳤거나 병든 개가 수원(水源)에서 물을 마시려다 떨어졌고, 물에 빠져 흘러간 사체가 폭포 꼭대기의 바위에서 물을 막은 것일 테다. 사토코의 용기에 감동한 혼다는 그와 동시에, 구름이 아렴풋이 떠도는 폭포 꼭대기 위 말갛고 투명한 하늘, 정련한 물보라를 맞으며 공중에 걸려 있는 새카만 개의 사체, 그 반들반들하게 젖은 털, 벌린 입속 순백의 엄니와 적흑색 구강 모두를 바로 눈앞에서 보는 듯한 기분에 사로잡혔다.

단풍놀이가 개의 장례로 일변한 일은 그 자리에 있던 모두에게 어떠한 즐거운 변화이기도 했던 모양이라 졸지에 활기를 띤 하녀들은 경망스러운 속마음을 감추느라 애를 먹었다. 다리 건너에는 폭포가 보이는 다실을 본떠 만든 정자가 있었다. 일행은 그곳에서 휴식을 취하면서, 서둘러 뛰어와 사죄한 정원사가 험준한 폭포에 올라 검은 개의 젖은 사체를 수습한 다음 마땅한 곳에 구멍을 파 묻기까지 기다렸다.

"꽃을 좀 따 올게요. 기요아키도 도와주시지 않을래요?"

하녀의 도움을 미리 제지하며 사토코가 말했다.

"개한테 무슨 꽃을 준다는 겁니까."

기요아키가 마지못해 답했으므로 모두들 웃었다. 그때 큰스님은 이미 두루마기를 벗고 작은 가사(袈裟)를 걸친 자색 법의를 입고 나타났다. 사람들은 이 같은 고귀한 분의 존재가 순식간에 불길함을 정화하여, 작지만 어두운 사건을 커다란 광명의 하늘로 죄다 녹여 주는 듯이 느꼈다.

"스님께서 명복을 빌어 주시다니 얼마나 운이 좋은 개인지요. 분명 내세에는 인간으로 태어나겠지요."라며 어머니는 어느새 웃는 얼굴로 말했다.

한편 앞장서 오솔길을 걷던 사토코는 아직 피어 있는 용담을 재빠르게 발견해 땄다. 기요아키의 눈에는 말라붙기 시작한 들국화밖에 비치지 않았다.

아무렇지 않게 허리를 굽혀 꽃을 꺾자 사토코의 물빛 기모노 자락이 부풀어 가녀린 몸에 어울리지 않게 허리가 풍만해보였다. 물을 휘저으면 물밑 모래가 일어 오르듯이 자신의 투명하고 고독한 머리가 탁해지는 것을 기요아키는 불쾌하게 느꼈다.

용담을 몇 송이 딴 사토코는 갑자기 일어서더니 엉뚱한 쪽에 시선을 두며 따라오는 기요아키를 가로막았다. 그때 기요아키에게는 여태껏 구태여 보지 않았던 사토코의 균형 잡힌 코와 아름다운 커다란 눈이, 너무 가까운 거리에서 환영처럼 몽롱하게 떠올랐다.

"내가 만약 갑자기 사라져 버린다면 기요 님은 어떡하실 거예요?"

사토코는 복받치는 듯 다급하게 물었다.

4

하긴 사토코는 옛날부터 그런 식으로 짐짓 사람을 놀래는 말투를 쓰곤 했다.

의식적으로 연기를 하는 것은 아닐 테지만 듣는 이가 애초부터 안심할 수 있을 만한 장난기 따위는 조금도 얼굴에 내비치지 않은 채, 큰일 중의 큰일을 털어놓는 듯 몹시 진지하게 근심을 담아 말하는 것이다.

이제는 익숙해졌을 기요아키도 그만 이렇게 묻지 않고는 배길 수 없었다.

"사라진다니, 무슨 일이야?"

무관심을 가장하면서도 불안을 품은 이 반문이야말로 사토코가 바랐던 것임이 틀림없다.

"말해 드릴 수 없어요, 그 이유는."

이리하여 사토코는 기요아키의 마음속 컵에 담긴 투명한

물에 먹물 한 방울을 떨어뜨린다. 막아 볼 틈도 없었다.

기요아키는 날카로운 눈으로 사토코를 보았다. 언제나 이렇다. 이것이 그로 하여금 사토코를 미워하게 한다. 갑작스레, 까닭도 없이 정체 모를 불안을 안기는 일. 그의 마음속에는 말릴 새도 없이 먹 한 방울이 순식간에 퍼지고 물은 고루 잿빛으로 물들어 간다.

슬픈 빛을 머금고 크게 뜬 사토코의 눈은 유쾌함으로 전율하고 있었다.

돌아온 기요아키가 심히 언짢아진 것을 보고 모두 놀랐다. 이것이 또 마쓰가에가의 많은 여자들에게는 소문거리가 되는 것이다.

기요아키의 자유분방한 기질은, 자신을 좀먹는 불안을 스스로 증식시키는 성향도 함께 갖고 있었다.

이것이 만약 연심이며 그 마음이 이렇게나 끈기 있게 지속되었더라면 얼마나 젊은이다웠겠는가. 그의 경우는 그렇지 않았다. 그는 아름다운 꽃보다는 가시투성이의 음침한 꽃씨에 기꺼이 덤벼들었다. 사토코는 그의 그런 성향을 잘 알고서 씨앗을 뿌려 놓았는지 모른다. 기요아키는 어느새 그 씨앗에 물을 주고 싹을 틔워 마침내는 자기 안 가득히 그것이 번성하기를 기다리는 일 외에는 모든 관심을 잃어버렸다. 한눈도 팔지 않고 불안을 키웠다.

그에게 '흥미'가 주어진 것이다. 그 후로도 기요아키는 기꺼이 불쾌함의 포로가 되어 이러한 미결정 상태와 수수께끼를 안긴 사토코에게 화를 냈고, 그 자리에서 끈덕지게 수수께끼에 달려들지 않은 자신의 우유부단함에 분노했다.

혼다와 둘이서 강섶의 풀 위에서 쉬고 있었을 때 그는 '무언가 결정적인 것'을 원한다고 말했던 터다. 무엇인지는 몰라도 그 빛나는 '결정적인 것'이 조금만 있으면 손에 들어올 수 있었던 그때 마침 사토코의 물빛 소맷자락이 훼방을 놓아 그를 도로 미결정의 늪에 밀어 넣었다고, 기요아키는 아무래도 그렇게 생각하고 싶었다. 실제로는 결정적인 것의 빛이란 손 닿지 않는 먼 곳에서 그저 번뜩인 것일지 모르는데도 한 발짝 남겨 놓은 곳에서 사토코가 그만 가로막아 버렸다, 그리 생각하고 싶어 했다.

더 화가 나는 것은 수수께끼와 불안을 해명하기 위한 온갖 방법을 가로막는 것이 자신의 명예라는 사실이었다. 예컨대 다른 사람에게 물을 경우에도 "사토코가 사라진다니 무슨 일인가?"와 같은 질문을 던져야만 하고, 그로 인해 사토코에 대한 깊은 관심을 의심받게 될 테니 말이다.

'어떡하면 좋을까. 어떻게 하면 사토코 따위와는 아무런 상관도 없이, 나만의 추상적인 불안의 발로라고 사람들을 납득시킬 수 있을까.'

몇 번이고 그리 생각하고 있자면 기요아키의 생각은 끝도 없이 빙빙 돌 수밖에 없는 것이다.

이럴 때에는 평소 싫어했던 학교도 기분 전환에 도움이 됐다. 그는 언제나 점심시간을 혼다와 보냈는데 친구의 화제에 얼마간 싫증이 나 있었다. 혼다는 안채 응접실에서 월수사 큰 스님의 설법을 다 함께 들은 이후로 줄곧 그것에 마음을 빼앗긴 참이었기 때문이다. 그리고 당시에는 건성으로 들어 넘긴 기요아키의 귀에 혼다는 하나하나 자기 식으로 해석한 설법을 다시 흘려 넣었다.

기요아키처럼 쉬이 몽상에 잠기곤 하는 마음에 설법이 어떠한 흔적도 남기지 못하고, 혼다처럼 합리적인 두뇌를 가진 자에게 도리어 신선한 힘을 미쳤다는 사실은 흥미로웠다.

본래 나라(奈良) 근교에 있는 월수사는 비구니 절로서는 드문 법상종 사찰로, 그 이론적인 교학에 혼다가 매혹되었다고 해도 이상한 일은 아니었다. 그러나 정작 주지의 설법 자체는 유식론(唯識論)의 극히 초보적인 단계로 사람들을 인도하기 위해 부러 이해가 쉬운 비근한 삽화를 인용하곤 했다.

"주지 스님은 폭포에 걸려 있던 개의 사체를 보고 이 설법을 떠올렸다고 말씀하셨지."

혼다는 말했다.

"또 그게 너희 일가에 대한 스님의 다정한 배려에서 비롯했다는 건 의심의 여지가 없어. 궁중어가 섞인 고풍스러운 교토 사투리, 바람에 약하게 흔들리는 휘장 같은, 무표정하면서도 담담한 각양각색의 무수한 표정을 내비치는 그 교토 사투리가 법화가 주는 감명을 퍽 거들었지.

스님의 말씀은 옛 당 시대 원효라는 남자에 대한 것이었어. 불도를 구하러 명산 고악을 돌아다니던 중에 마침 해가 기울어 무덤가에서 노숙을 하게 된 거야. 밤중에 눈을 떴는데 몹시 목이 말라서 손을 뻗어 옆에 있는 구멍 속에서 물을 떠 마셨지. 그렇게 맑고 시원하고 단 물은 없었어. 다시 잠들었다가 아침이 되어 눈을 떴을 때 새벽빛이 밤중에 마신 물이 있던 곳을 비추기 시작했어. 그건 뜻밖에도 해골 속에 고여 있던 물이었고 원효는 구역질이 나 토해 버렸지. 거기서 그가 깨달은 것은 마음이 일어나면 곧 갖가지 법이 일어나고, 마음을 멸하면 해골 역시 사라진다는 진리였어.

그런데 내게 흥미로웠던 건 깨달음 이후에 과연 원효가 같은 물을 다시 진심으로 깨끗하다 여기며 맛있게 마실 수 있었을까 하는 거야. 순결도 그래. 그렇게 생각하지 않아? 상대가 아무리 굴러먹은 여자라 해도 순결한 청년은 순결한 사랑을 맛볼 수 있지. 그렇지만 엄청나게 굴러먹은 여자라는 걸 안 후에, 그러니까 자신의 순결한 심상이 세계를 제멋대로 그리고 있었을 뿐이라는 걸 알고 난 후에도 같은 여자에게서 또 한 번 순수한 연심을 느낄 수 있을까? 그럴 수 있다면 굉장한 일 아니겠어? 자기 마음의 본질과 세계의 본질을 그렇게까지 공고하게 결합시킬 수 있다면 말이야. 그건 세계의 비밀 열쇠를 이 손에 쥐고 있다는 것 아니겠냐고."

그리 말하는 혼다가 아직 여자를 모르는 것은 명백한 사실이었고, 마찬가지로 여자를 모르는 기요아키도 그의 알 듯 모를 듯한 견해를 반박할 수 없었다. 그러나 왠지 모르게 이 제멋대로인 소년의 마음은, 실은 혼다와 달리 자신이야말로 태어날 때부터 이 세계의 비밀을 푸는 열쇠를 쥐고 있노라 여기고 있었다. 어디서 생겨난 자신감인지도 알 수 없었다. 다만 공상에 빠지는 그의 심성, 지독히 오만방자하다가도 곧 불안에 빠져 버리는 성격, 운명적인 미모 따위가 자신의 부드러운 살 아래 깊은 곳에 박힌 한 알의 보석을 느끼고 있었다. 아픔도 없고 부어오르지도 않는데 살 아래 깊숙한 곳에서 때때로 발하는 맑은 빛 때문에 그는 병자의 긍지 비슷한 것을 갖고 있었는지도 모른다.

기요아키는 월수사의 내력 등에 대해서는 흥미도 없으려니와 잘 알지도 못했는데 아무 연고도 없는 혼다가 도리어 도서관에서 잔뜩 조사해 왔다.

월수사는 18세기 초엽에 세워진 그다지 오래되지 않은 사찰이었다. 113대 히가시야마(東山) 천황의 딸이 젊어서 붕어한 부제(父帝)를 기리고자 청수사(淸水寺)의 관음 신앙에 열성을 쏟았는데, 상주원(常住院) 노승의 유식론에 흥미를 가져 점차 법상의 교의에 깊이 귀의하게 되었고, 출가한 후에도 궁정 사찰이 아닌 학문에 힘쓰는 절 하나를 새로이 연 것이 월수사 창립의 내력이었다. 법상종 비구니 절이라는 특색은 지금까지 지켜지고 있지만 황족을 주지로 삼는 전통은 선대에서 끊겨, 황가의 혈통을 이어받았다고는 하나 사토코의 고모할머니는 최초의 귀족 출신 주지가 되었다.

갑자기 혼다가 똑바로 쳐다보며 물었다.

"마쓰가에! 너 요즘 무슨 일 있는 것 아냐? 내가 어떤 말을 해도 건성으로 듣고 있군."

"그런 것 아냐."

허를 찔린 기요아키는 애매하게 대답했다. 그는 아름답고 서늘한 눈으로 친구를 바라보았다. 친구가 자신의 불손함을 알게 되는 것은 부끄럽지 않았으나 고민을 들키는 것만은 무서웠다.

여기서 만약 그가 흉금을 털어놓았더라면 혼다가 서슴없이 그의 마음속에 발을 들여놓을 것은 뻔했고, 누구에게도 그런 행동을 허락할 수 없는 기요아키로서는 이 하나뿐인 친구도 금세 잃게 될 터였다.

그러나 혼다도 즉시 기요아키의 마음속 움직임을 이해했다. 계속 그의 친구이기 위해서는 거친 우정은 절제해야 한다는 것. 마구 칠해 놓은 벽에 무심코 손을 짚어 손자국을 남기는 일 따위는 해서는 안 된다는 것. 경우에 따라서는 죽을 만큼 괴로운 친구의 고통까지 간과해야 한다는 것. 특히 그것이 숨김으로써 우아해질 수 있는 특별한 죽음의 고통이라면.

이럴 때 기요아키의 눈이 어딘지 절실한 간청을 내비치는 것을 혼다는 좋아하기까지 했다. 그 모호하고 아름다운 경계 지점에서 멈춰 달라, 애타게 바라는 눈길……. 차갑고 팽팽한 긴장 상태에서 우정을 흥정하는, 이토록 무정한 대치(對峙) 속에서 비로소 기요아키는 청원인이 되고 혼다는 탐미적인 구경꾼이 된다. 이것이야말로 두 사람이 암묵적으로 바라 왔던 상태이자 사람들이 두 사람의 우정이라고 이름 붙인 것의 실체였다.

5

열흘쯤 뒤 때마침 마쓰가에 후작의 귀가가 일렀던 날 부부와 아들 셋이 모처럼 저녁 식사를 함께 했다. 아버지가 양식을 즐겼으므로 양관의 작은 식당에 만찬이 차려졌고 후작은 몸소 지하 술 저장고에 내려가 포도주를 골랐다. 그는 기요아키를 데려가 창고 가득 잠들어 있는 포도주의 품목을 꼼꼼히 가르쳐 주고, 어떤 요리에는 어떤 술이 어울린다든지 이 포도주는 황가에서 손님이 오시기라도 할 때 말고는 쓰지 말라든지, 몹시 흥겨워하며 아들을 가르쳤다. 그처럼 무용한 지식을 줄 때만큼 이 아버지가 즐거워 보이는 때는 없었다.

식전주를 마실 때 어머니는 그저께 소년 마부가 끄는 마차를 타고 요코하마(橫浜)까지 물건을 사러 간 일을 득의양양하게 늘어놓았다.

"요코하마에서도 서양식 복장을 신기하게 여기니 놀랐답니다. 더러운 아이들이 양공주, 양공주, 하면서 마차를 쫓아오던 걸요."

아버지는 기요아키에게 군함 히에이(比叡) 진수식에 데려가 줄까 넌지시 물었지만 기요아키가 당연히 거절하리라 예측하고 물은 것이었다.

그 후 아버지와 어머니가 공통의 얘깃거리를 찾으려 고심하는 것을 기요아키도 간파할 수 있었는데, 그러는 사이 어쩌다 보니 기요아키가 열다섯 살이 된 삼 년 전의 음력 17일 밤이 화제에 올랐다.

그것은 음력 8월 17일 밤 정원에 새 대야를 놓고 거기 담긴 물에 달을 비추어 공물을 바치는 오랜 관습이었는데, 열다섯 살을 맞는 여름 그날의 밤하늘이 흐리면 평생 운이 나쁘다고 한다.

부모가 꺼낸 이야기에 기요아키의 마음에도 그날 밤의 정경이 또렷이 떠올랐다.

이미 이슬이 내리고 벌레 울음소리가 가득 찬 잔디 한중간에 물을 채운 새 대야가 놓여 있었고, 가문(家紋)이 새겨진 하카마를 입은 그는 부모 사이에 서 있었다. 대야 속의 둥근 수면이 일부러 불을 꺼 놓은 정원 주위의 나무숲이나 건너편 지붕의 기와, 단풍산 등 입체적인 경치를 잔뜩 응축시켜 관장하고 있는 듯했다. 밝은 색의 노송나무 판목으로 만든 대야의 테두리. 거기서 이 세계가 끝나고, 거기서 다른 세계의 입구가 시작되고 있었다. 자신의 열다섯 살을 축복하는 길흉이 걸려 있는 만큼 기요아키에게는 그것이 이슬 젖은 잔디 위에 발가

벗겨져 놓인 자기 영혼의 형상으로 느껴졌다. 그 대야의 테두리 안쪽에서부터 그의 내면이 열리고, 테두리 바깥쪽에서는 외면이…….

소리를 내는 사람도 없어 정원 전체에 가득한 벌레 소리가 그토록 도드라진 적은 없었다. 눈은 오로지 대야 속으로만 쏠려 있었다. 처음 대야 속 물은 검고 수초 같은 구름에 싸여 있었다. 차츰 그 수초가 나부끼며 빛이 어렴풋이 움터 번지는가 싶더니 다시 사라졌다.

얼마나 기다렸을까, 갑자기 대야에 담긴 물속의 굳어 버린 듯 모호한 어둠이 마침내 깨어지고 작고 또렷한 보름달이 물 중앙에 확실히 깃들었다. 사람들은 환성을 질렀고 안도한 어머니는 비로소 부채를 움직여 옷자락 근처의 모기를 쫓으며 말했다.

"다행이야. 이 아이는 운이 좋구나."

그리고 모두로부터 제각기 축하의 말을 들었다.

그러나 기요아키는 하늘에 걸린 달을 직접 올려다보기가 두려웠다. 둥근 물의 모습을 한 자신의 내면 깊숙이, 아주 깊은 곳에 금색 조가비처럼 가라앉은 달을 보고 있었다. 이리하여 마침내 개인의 내면이 하나의 천체를 포획했다. 그의 영혼의 포충망이 금빛으로 빛나는 나비를.

그러나 그 영혼의 그물코는 성기니, 한번 붙잡은 나비는 곧바로 다시 날아가 버리지 않을까? 열다섯 살의 그는 벌써 상실을 겁내고 있었다. 언기가 무섭게 상실을 두려워하는 마음이 이 소년의 성격을 특징지었다. 한번 달을 얻은 이상 앞으로 달 없는 세계에 살게 된다면 그 공포는 얼마나 클 것인가. 설령 그가 그 달을 미워한다 하더라도…….

가루타[19] 패 한 장이 없어질 때조차 이 세계의 질서에는 돌이킬 수 없는 금이 간다. 그중에서도 기요아키는 어떤 질서의 일부를 상실하는 것이, 마치 시계의 작은 톱니바퀴가 빠졌을 때처럼 질서 전체를 움직이지 않는 아지랑이 속에 가둬 버리는 것이 무서웠다. 사라진 가루타 패 한 장을 찾는 일이 얼마만큼 우리의 기력을 소모시키는가. 그러다 마침내 그 탐색은 잃어버린 패뿐 아니라 가루타 자체를 흡사 왕관 쟁탈전처럼 긴박한 사태로 만들어 버릴 것이다. 그의 감정은 어찌해도 그런 식으로 움직여 그로서는 저항할 도리가 없었다.

열다섯 살의 그날 밤을 떠올리는 동안 어느샌가 사토코를 생각하고 있는 자신을 알아챈 기요아키는 깜짝 놀랐다.

때마침 집사가 약간 썰렁한 느낌의 하카마 스치는 소리를 내며 식사 준비가 끝났음을 알렸다. 식당에 들어간 세 사람은 영국에 주문해 만든 아름다운 문장(紋章)이 들어간 각각의 접시 앞에 앉았다.

어릴 적부터 기요아키는 아버지에게 밥상머리 예절을 엄하게 배웠지만 어머니는 아직도 양식에 익숙지 못해, 가장 자연스럽게 행동하며 격을 떨어뜨리지 않는 것은 기요아키였고 아버지의 범절에는 서양물을 먹고 막 귀국한 사람의 과장됨

---

19) 歌留多. 화투 놀이 또는 그림과 글이 들어간 카드의 짝을 맞추어 겨루는 놀이를 가리킨다.

이 남아 있었다.

수프를 들기 시작하자 어머니는 곧바로 느긋한 어조로 말을 꺼냈다.

"정말이지 사토코 씨 일도 참 어렵네요. 오늘 아침 사람을 보내 거절의 뜻을 전했다는 보고를 받았어요. 한동안 완전히 마음을 정한 것처럼 보였는데 말예요."

"그 애도 벌써 스물이지. 고집 부리는 사이에 노처녀가 돼 버릴 텐데. 이쪽도 주선해 주는 보람이 없단 말이야."

아버지가 말했다.

기요아키는 귀를 기울였다. 아버지는 개의치 않고 말을 계속했다.

"이유가 뭘까. 신분이 어울리지 않는다 싶을지도 모르겠지만, 아야쿠라가가 아무리 명문이라도 그만큼 기울어 버린 지금에야 장래 유망한 내무성 수재 정도면 가문 같은 건 신경 쓸 것 없이 감사히 받아들일 일이 아닌가."

"저도 그렇게 생각해요. 이래서는 소개하기도 싫어졌어요."

"그래도 그 집에 기요아키가 신세 진 은혜도 있고, 우리한텐 그 집안을 다시 일으킬 방법을 생각해 내야 할 의무가 있어. 무슨 일이 있어도 거절할 수 없는 혼담을 들고 가 주면 되는 거야."

"그런 안성맞춤인 상대가 어디 있을까요?"

듣고 있던 기요아키의 얼굴에 생기가 돌았다. 이걸로 수수께끼는 완전히 풀린 것이다.

내가 만약 갑자기 사라져 버린다면, 이라는 사토코의 말은 그저 자신의 혼담을 가리킨 것이었다. 그리고 사토코의 심경은 그 혼담을 승낙하는 쪽으로 기울었는데, 마침 그날 그것을 넌지시 드러내며 기요아키의 마음을 떠보고 싶었던 것이었으리라. 지금 어머니가 말한 대로 그녀가 열흘 후에 정식으로 혼담을 거절했다면 그 이유 또한 기요아키에게는 명백했다. 그것은 사토코가 기요아키를 사랑하고 있기 때문이다.

이것으로 그의 세계는 다시 맑게 개어 불안은 사라지고 한 잔의 맑은 물과 같아졌다. 열흘 정도 돌아오려야 돌아올 수 없었던 자신의 작고 평화로운 뜰에 드디어 다시 돌아와 느긋이 지낼 수 있게 된 것이다.

기요아키는 드물게도 광대한 행복을 느꼈고, 그 행복이 자신의 명석함을 재발견한 데서 왔음을 의심치 않았다. 고의적으로 숨겨져 있던 패 하나가 손안에 돌아와 가루타 패가 모두 갖추어진 것, 가루타는 다시금 그저 가루타에 지나지 않게 된 것, 거기서 오는 이루 형용할 수 없는 명료한 행복감.

그는 적어도 이 한순간 '감정'을 쫓아내는 데에 성공한 것이다.

그러나 아들의 갑작스러운 행복감을 알아챌 만큼 예민하지 않은 후작 부부는 식탁을 사이에 두고 서로의 얼굴만 바라보았다. 후작은 팔자 눈썹에 비애를 머금고 있는 아내의 얼굴을, 부인은 본래라면 활동적이었어야 함에도 어느새 나태함이 피부 밑으로 퍼져 마냥 불쾌해진 남편의 얼굴을.

이렇게 부모의 대화가 일견 활기를 띠는 듯 보일 때 기요아키는 언제나 부모가 일종의 의식을 행하고 있다고 느꼈다. 그런 대화는 차례에 따라 공손하게 신전에 바치는 다마구시[20]였고 거기에 달린 윤기 나는 나뭇잎 역시 신중하게 선택된 것이었다.

이와 똑같은 것을 기요아키는 어릴 때부터 수없이 보아 왔다. 심각한 위기는 닥치지 않는다. 감정의 고조도 없다. 어머니는 이후에 따라올 것을 정확히 알고 있고, 아내가 그것을 알고 있음을 후작도 잘 안다. 그것은 매번 용소로 낙하하지만, 낙하하기 전에는 온갖 것들이 푸른 하늘과 구름을 비추는 매끈한 수면을 따라 앞으로 전개될 상황을 모른 채 흘러가고 있었다.

아니나 다를까 후작은 만찬 후의 커피도 마시는 둥 마는 둥 하고는 "자, 기요아키. 당구라도 한 판 할 테냐?" 하고 말을 꺼냈다. 그러자 "그럼 저는 이만 물러가겠습니다." 하고 후작 부인이 말했다.

오늘 밤, 기요아키의 행복감은 이러한 가식적인 언행에도 전혀 손상되지 않았다. 어머니는 안채로 물러가고 아버지는 당구실에 들어갔다.

당구실은 떡갈나무 널로 만든 영국풍 벽은 물론이거니와, 선대의 초상화와 러일 전쟁 해전(海戰)을 그린 커다란 유화로 이름난 방이었다. 윌리엄 글래드스턴[21]의 초상화를 그린 영국 초상화가 존 밀레이 경의 문하생이 일본에 와 있는 동안 그린

---

20) 신전을 참배할 때 흰 무명 종이나 닥나무로 만든 흰 천을 비쭈기나무에 달아 바치는 것을 말한다.

21) 윌리엄 이워트 글래드스턴(William Ewart Gladstone, 1809~1898). 자유당 소속의 영국 정치가로 수상을 네 번 역임했다.

100호 남짓 되는 거대한 조부의 초상화는, 어스레한 배경 속에 대례복 차림의 조부를 도드라지게 한 간결한 구도를 취하면서 사실적인 엄격성과 이상화를 알맞게 섞어 놓은 화법 덕에 세상 사람들이 메이지 유신의 공신을 우러러보기에 매우 적합한 불굴의 풍모와, 가족들에게는 친숙한 귀염성 있는 볼의 사마귀 따위를 솜씨 좋게 녹여 냈다. 영지(領地) 가고시마에서 새로 하녀가 오면 반드시 이 초상화 앞에 데려와 절을 시켰다. 조부가 돌아가시기 몇 시간 전에는 방에 들어온 사람도 없고 끈이 닳은 것도 아닌데 초상화가 난데없이 바닥에 떨어져 무시무시한 소리를 냈다.

당구실에는 이탈리아산 대리석 석판으로 만든 당구대가 세 개 늘어서 있는데, 청일 전쟁 즈음부터 전래된 3구 당구는 이 집에서는 아무도 치지 않았고 후작 부자도 4구를 쳤다. 집사는 이미 홍백의 공 두 개를 좌우에 알맞게 떨어뜨려 놓고서 후작과 아들에게 각각 큐를 건넸다. 이탈리아산 화산재를 굳힌 초크를 큐 끝에 달린 탭에 문지르며 기요아키는 당구대를 바라보았다.

녹색 모직 위에 상아로 만든 빨갛고 하얀 공이 조개가 발을 내밀듯 둥근 그림자 조각을 슬쩍 내보인 채 잠들어 있었다. 기요아키는 그 공들에 아무 관심도 없었다. 어딘가 낯선 마을 속 인기척 없는 대낮의 길 위에 선 것만 같았고, 공은 거기서 갑자기 나타난 이상하고 무의미한 물상으로 현전하고 있었다.

후작은 평소처럼 아름다운 아들의 무관심한 눈초리에 주춤했다. 오늘 밤처럼 더없이 행복한 때조차 기요아키의 눈은 변함이 없었다.

"머지않아 시암[22] 왕자 둘이 일본에 와서 가쿠슈인에서 유학하게 된 걸 알고 있느냐?"

아버지가 불쑥 이야기를 꺼냈다.

"아니요."

"아마 너와 나이가 같을 터이니 우리 집에도 며칠 머무를 수 있도록 외무성에 말해 두었다. 그 나라는 요즘 노예를 해방한다, 철도를 만든다 하면서 꽤나 진보적인 정책을 취하고 있는 모양이니 너도 염두에 두고 어울려야 한다."

기요아키는 큐볼을 향해 몸을 구부린, 지나치게 살이 오른 표범과도 같이 인위적인 용맹함을 과시하며 큐를 바싹 당기고 있는 아버지의 등을 쳐다보자 갑자기 작은 웃음이 치솟았다. 자신의 행복감과 미지의 열대국을, 붉고 하얀 상아 공을 가볍게 입맞춤시키듯 마음속으로 가볍게 맞닿게 해 본 것이다. 그러자 그가 품은 행복감의 수정을 닮은 추상성은, 그 위에 되비친 상상조차 어려운 열대 숲의 눈부신 녹색으로 갑작스레 생생히 채색되는 듯했다.

후작은 고수였으므로 기요아키는 애초에 적수가 되지 못했다. 서로 다섯 큐씩을 치고 나자 아버지는 지체 없이 당구대를 떠나며 기요아키가 예상한 대로 말했다.

"나는 이제부터 잠시 산책을 가려고 하는데 너는 어찌하겠느냐?"

---

22) 타이의 옛 이름.

기요아키는 말이 없었다. 그러자 아버지는 뜻밖에 이렇게 말했다.

"아니면 문까지 따라오겠니? 어릴 때처럼."

놀란 기요아키는 검게 빛나는 눈동자로 아버지를 바라보았다. 후작은 적어도 아들을 놀라게 하는 데에는 성공한 것이다.

아버지의 첩은 문밖에 있는 집 몇 채 중 한 곳에 살고 있었다. 그 집들 중 두 채에는 서양인이 사는데 뜰 담에는 전부 저택 뜰 안으로 향하는 나무 쪽문이 있었으므로 서양인의 아이들은 자유롭게 뜰 안으로 놀러 오곤 했지만, 첩이 살고 있는 집 한 채만은 쪽문에 자물쇠가 채워져 있는 데다 그 자물쇠는 이미 녹슬어 있었다.

안채 현관에서 정문까지는 약 900미터 거리로, 기요아키는 어릴 적 첩에게 가는 아버지의 손에 이끌려 자주 산책을 나갔다 문 앞에서 헤어져 하인과 함께 돌아오곤 했다.

아버지는 볼일을 보러 나갈 때는 반드시 마차를 탔으므로 걷는 때의 행선지는 정해져 있었다. 어린 마음에도 기요아키는 그렇게 아버지를 따라가는 일이 거북해서 어머니를 위해서라도 반드시 아버지를 데려와야 한다는 은근한 의무감을 느끼는 동시에, 그럴 수 없는 자신의 무력함에 화가 났다. 물론 그럴 때 어머니는 기요아키가 아버지의 '산책'에 함께하는 것을 기꺼워하지 않았지만 아버지는 일부러 그의 손을 끌고 나서곤 했다. 기요아키는 암암리에 자신이 어머니를 배반하기를 바라는 아버지의 마음을 짐작했다.

11월 추운 밤에 나서는 산책이란 아무래도 이상하다.

후작은 집사에게 명하여 외투를 입었다. 기요아키도 당구실을 나서 학교의 금 단추가 두 줄 달린 겨울 코트를 입었다. 집사는 주인의 '산책'을 열 걸음 뒤에서 따르기 위해 선물을 싼 자색 비단보를 받쳐 들고 기다리고 있었다.

달은 밝고 우듬지에서 바람이 울었다. 아버지는 뒤따라오는 집사 야마다(山田)의 유령 같은 모습에 전혀 주의를 기울이지 않았지만 기요아키는 신경이 쓰여 딱 한 번 뒤돌아보았다. 그는 찬 날씨에 외투도 없이 언제나처럼 가문을 넣은 하카마를 입고 흰 장갑을 낀 손으로 자색 비단보 꾸러미를 공손히 받쳐 들고 있었는데, 다리가 약간 좋지 않은 탓에 비틀거리며 걸었다. 안경에 달빛이 비쳐 안개가 낀 듯했다. 종일 거의 말을 주고받는 일 없는 충직하기 이를 데 없는 이 남자가 몸속에 어떠한 녹슨 감정의 용수철을 잔뜩 억누르고 있는지 기요아키는 모른다. 그러나 언제나 쾌활하고 인간적인 아버지 후작보다 차갑고 무관심한 이 아들이, 타인의 마음속 감정의 존재를 훨씬 잘 알아차렸다.

올빼미가 울었고 소나무 가지 끝의 웅성거림이 어지간히 마신 술로 달아오른 기요아키의 귓불에, 우거진 잎사귀를 비장하게 바람에 내맡긴, '전사자 위령제'라는 사진 속 나무들의 술렁거림을 전했다. 찬 겨울 하늘 아래서 아버지는 그날 밤 깊숙한 곳에서 자신을 기다리고 있는 따뜻하고 촉촉한 연분홍색 육체의 미소를 꿈꾸고 있는데, 아들은 죽음의 연상만을 품고 있는 것이다.

지팡이 끝으로 자갈을 퉁기며 걷던 취한 후작은 돌연 이렇게 말했다.

"넌 그다지 놀지 않는 것 같은데 네 나이 때 나로 말할 것 같으면 여자가 몇이나 있었는지 모른다. 어떠냐. 이다음에 데려가 줄 테니 게이샤를 왕창 불러서 가끔씩은 흥청망청 놀아 보는 건. 뭣하면 친한 학교 친구들을 끌고 가도 괜찮다."

"싫습니다."

기요아키는 몸을 떨며 저도 모르게 그리 말했다. 그러자 다리가 땅에 박힌 듯 움직일 수 없었다. 아버지의 그 한마디로, 기요아키의 행복감은 땅에 떨어진 유리병처럼 산산이 깨졌다.

"왜 그러는 거냐?"

"여기서 들어가 보겠습니다. 안녕히 주무십시오."

기요아키는 발을 돌려 어슴푸레한 등불을 켜 놓은 양관 현관보다 더욱 멀리, 숲속에서 빛을 뿜고 있는 안채 현관을 향해 빠른 걸음으로 돌아갔다.

그날 밤 기요아키는 잠들지 못하고 밤을 지새웠다. 아버지나 어머니의 일은 머릿속에 하나도 떠오르지 않았다.

오직 사토코를 향한 복수를 생각했다.

'그 사람은 시시한 덫에 나를 걸려들게 해서는 열흘에 걸쳐 그토록 나를 괴롭혔다. 그 사람의 목적은 단 하나, 내 마음에 파도를 일으켜 나를 괴롭히는 것뿐이다. 복수를 해야 해. 그러나 그 사람처럼 속임수를 써서 고약한 방법으로 사람을 고통스럽게 하는 일 따위는, 내게는 아무래도 어려운 일이겠지. 어떻게 하면 좋을까. 아버지처럼 나도 여자를 극히 천하게 여긴다는 것을 그 사람이 뼈저리게 깨닫게 해 주는 것이 제일이다. 말로든 편지로든 그 사람이 심한 충격을 받을 만한 모욕적인 말을 해 줄 수 없을까. 나는 언제나 마음이 물러서 그렇게까지 내 본심을 사람들에게 노골적으로 내보이지 못하고 손해를 본다. 아마 그 사람에게는 내가 자기에게 무관심하다는 것만으로는 충분치 않을 거야. 그게 그 사람에게 갖가지 억측의 여지를 남겨 왔어. 그 사람을 더럽힌다! 그게 필요해. 그 사람이 두 번 다시 일어설 수 없을 정도로 모욕을 주어야겠다! 그것이 필요하다. 그때야말로 그 사람은 나를 괴롭힌 걸 후회하겠지.'

생각은 그렇게 해도 기요아키의 이런저런 궁리에는 무엇 하나 구체적인 방책이 없었다.

침실의 침대 주변에는 6곡 1쌍의 한산시[23]가 적힌 병풍이 있고, 발밑에 놓인 자단 장식 선반에는 푸른 옥으로 만든 앵무새가 홰에 앉아 있었다. 그는 원래 요즈음 유행하는 로댕이나 세잔에는 흥미를 느끼지 못했고, 취향 면에서는 오히려 수동적인 인간이었다. 잠들지 못하는 눈으로 앵무새를 뚫어지게 바라보자 날개의 섬세한 칼자국까지 도드라져 보이더니, 연기 같은 푸른 앵무새 안에 투명한 빛이 자욱해지고 마침내 희미한 윤곽만을 남긴 채 앵무새가 녹아내리는 듯했다. 그는 그 기이한 모습에 놀랐으나 정신을 차리고 보니 창에 쳐 놓은 방

---

23) 당나라 때의 시인 한산자(寒山子)의 시. 시와 선(禪)을 일치시켜 당시(唐詩)의 독특한 경지를 이루었다는 평가를 받는다.

장(房帳)이 어긋난 틈으로 들어온 달빛이 마침 옥 앵무새에만 쏟아진 것이었다. 기요아키는 방장을 난폭하게 걷어 젖혔다. 중천에 뜬 달빛이 온 침대 위로 쏟아졌다.

달은 부박할 만큼 눈부시게 아름다웠다. 그는 사토코가 입고 있던 기모노, 그 차가운 비단의 광택을 떠올렸다. 그리고 그 달에서, 너무나 가까이서 본 사토코의 크고 아름다운 눈을 여실히 보았다. 바람은 이미 멎은 후였다.

기요아키는 난방 때문만이 아니라 몸 자체가 불처럼 달아올라 귀까지 울리는 것 같아서, 이불을 치우고 잠옷 가슴팍을 열어젖혔다. 그래도 몸 안에 일어나는 불이 피부 여기저기에 불길을 놀리는 듯했다. 달의 차가운 빛을 뒤집어쓰지 않으면 끝나지 않을 것 같아서, 잠옷을 거의 벗어 버리고 반라가 된 그는 근심에 지쳐 버린 등으로 달을 맞대고 베개에 얼굴을 묻었다. 관자놀이는 여전히 뜨겁게 고동치고 있었다.

그러고 나서 기요아키는 이를 데 없이 하얗고 반반한 맨등에 달빛을 쬐었다. 달빛이 이 순하고 부드러운 몸에도 얼마쯤 미세한 굴곡을 그려 넣어, 여자의 살갗이 아니라 미약하게나마 단단함을 담고 있는, 달아오르기를 멈추지 않는 소년의 살이라는 것을 보여 주었다.

특히 마침 달이 깊이 들이 비치는 왼쪽 옆구리 부근은 가슴의 고동을 전하는 살의 은미한 움직임으로 눈이 부실 정도로 하얀 살결이 두드러졌다. 그곳에 눈에 잘 띄지 않는 작은 점이 있다. 지극히 작은 점 세 개가 흡사 오리온자리 중앙의 삼형제 별처럼, 달에 씻겨 형체를 잃어버렸다.

6

시암에서는 1910년 라마 5세에서 6세로 치세가 바뀌었
는데 이번에 일본으로 유학 오는 왕자 한 명은 새로운 왕의
동생이자 라마 5세의 아들이며, 칭호는 프라옹 차오(Praong
Chao),[24] 이름은 파타나디드(Pattanadid), 영어로는 '히즈 하이
니스 프린스 파타나디드'라는 경칭으로 불리는 것이 관례였다.

함께 온 왕자는 같은 열여덟 살이었지만 라마 4세의 손자
이자 매우 의좋은 사촌지간으로 칭호는 몸 차오(Mom Chao),[25]
이름은 크리사다(Krisada)라 했다. 파타나디드 전하는 그를
'크리'라는 애칭으로 불렀지만 크리사다 전하는 정계(正系) 왕
자에 대한 경의를 잊지 않고 파타나디드 전하를 '차오 피'라

---

24) 영어의 'His(Her) Royal Highness Prince(Princess)'에 해당한다.
25) 왕의 손자에게 붙이는 칭호. 영어의 'His(Her) Serene Highness
Prince(Princess)'에 해당한다.

불렀다.

둘 다 신실하고 경건한 불교도였지만 일상적인 복식 예절
은 모두 영국풍이며 아름다운 영어를 구사했다. 새로운 왕은
젊은 왕자들의 지나친 서구화를 염려하여 일본 유학을 꾀했
고 왕자들도 그 결정에 이의는 없었으나, 단 하나 안타까운 일
은 '크리'의 누이동생 공주와 차오 피의 이별이었다.

이 두 젊은이의 사랑은 궁정의 축복받은 꽃이었고, 차오
피가 유학을 마치고 돌아가면 혼례가 약속되어 있을 정도였
으므로 둘의 미래에는 어떤 불안도 없었다. 그러나 출항할
때 파타나디드 전하가 보인 슬픔은 그다지 격정을 드러내는
일 없는 그 나라 사람들의 관습으로는 이상하다 여겨질 정도
였다.

항해와 사촌의 위로가 어린 왕자의 이별의 슬픔을 어느 정
도 덜어 주었다.

기요아키가 왕자들을 자택으로 맞아들였을 때에는 두 사람
의 얼굴 생김이 모두 거무스름하고 싱그러워서 오히려 지나
치게 쾌활하다는 인상을 주었다. 왕자들은 겨울 방학까지는
마음 내키는 대로 학교 수업을 참관하기로 했다. 해가 바뀌고
나서 통학을 시작한다 하더라도, 일본어를 익히고 환경에 어
느 정도 적응한 다음 봄 신학기부터 정식으로 학급에 편입하
기로 했다.

양관 2층의 붙어 있는 게스트 룸 두 개가 왕자들의 침실이
었다. 양관에는 시카고에서 수입한 스팀 난방 시설이 갖추어
져 있었기 때문이다. 마쓰가에 가문이 모두 모인 만찬 무렵까

지는 기요아키도 손님도 굳어 있었지만, 만찬 후 젊은이들끼리 남게 되자 단숨에 마음을 털어놓았고 왕자들은 기요아키에게 방콕의 금색 찬연한 사찰들이나 아름다운 풍경 사진을 보여 주었다.

같은 나이라도 크리사다 전하에게는 제멋대로 구는 어린아이다운 면이 있는 반면, 파타나디드 전하에게는 자신과 공통된 몽상적인 자질이 보였기에 기요아키는 반갑게 여겼다.

그들이 보여 준 사진 한 장에 왓 포[26]라는 이름으로 알려진 거대한 와불을 모신 사원의 전경이 있었는데, 사진에 손으로 정묘한 색채를 입혀 놓아 바로 눈앞에서 보는 듯했다. 적운이 우뚝 솟은 강렬한 열대의 파란 하늘을 배경으로 야자의 우거진 잎사귀가 너울대며 늘어서 있었다. 아름다운 금색과 백색, 주홍색으로 빛나는 절에는 한 쌍의 금색 신장상(神將像)이 지키고 있는 금 테두리를 두른 주홍색 문이 있었고, 흰 벽과 흰 줄기둥 윗부분에 다다르면 섬세한 금빛 부조를 새긴 떨기 장식이 드리워져 있었다. 그것이 차차 금색과 주홍색의 번쇄한 부조를 두른 지붕이나 박공[27]의 집합을 이루다가 마침내 중앙의 꼭대기에 이르러서는 찬연한 삼 층 다보탑이 되어 빛나는 창공을 찌르는, 마음을 사로잡는 빼어난 구성이었다.

기요아키가 그 아름다움에 대한 찬탄을 솔직히 얼굴에 드

---

26) 타이 왕궁 뒤쪽에 위치한 불교 사원으로 방콕에서 가장 규모가 큰 사원이다. 1793년 라마 1세가 건립하였으며 1832년 라마 3세의 지시에 따라 와불상을 봉안했다.
27) 박공지붕의 옆면 지붕 끝머리에 'ㅅ' 모양으로 붙여 놓은 널빤지.

러내자 왕자들은 기뻐했다. 그리고 파타나디드 전하는 아무리 봐도 온화한 둥근 얼굴에는 어울리지 않게 눈초리가 찢어져 지나치게 날카로워 보이는 눈으로, 먼 곳을 응시하듯 말했다.

"나는 특히 이 사원을 좋아해서 일본으로 오는 항해 중에도 몇 번이나 꿈을 꿨습니다. 그 금색 지붕이 밤바다 한가운데에서 떠오른 뒤 사원 전체가 서서히 떠오르는데, 그 와중에도 배는 나아가고 있으니까 사원이 다 보일 때쯤에는 언제나 배는 멀리 있게 되는 겁니다. 바닷물을 뒤집어쓰고 떠오른 사원은 별빛에 반짝이고 밤바다 위 멀리서 막 뜬 초승달처럼 보입니다. 나는 갑판에서 사원을 향해 배례하고 합장합니다만 꿈이란 불가사의한 것이지요. 그렇게나 멀리 있고 게다가 밤중인데도, 금색과 주홍색의 섬세한 부조 하나하나까지 빠짐없이 눈앞에 떠오르는 겁니다.

나는 크리에게 그 이야기를 하고 이 사원이 일본까지 쫓아오는 것 같다고 말했습니다만, 크리는 나를 놀리며 쫓아온 것은 다른 추억이겠지요, 하며 웃습니다. 그때는 화가 났지만 지금은 크리에게 동의하는 마음도 조금 있습니다.

왜냐하면 모든 신성한 것은 꿈이나 추억과 같은 요소로 이루어져 있고, 시간이나 공간에 의해 우리에게서 격리되어 있던 것이 현전하는 기적을 내포하기 때문입니다. 게다가 그것들 세 가지는 모두 손에 닿지 않는다는 점에서 같습니다. 손으로 만질 수 있는 것에서 한 발짝 멀어지면 그것은 이미 신성한 것이 되고, 기적이 되고, 존재할 수 없을 듯한 아름다운 것이 됩니다. 사물에는 모두 신성이 갖추어져 있으나 우리의 손가락이 닿으니 더러워지고 흐려집니다. 우리 인간은 신기한 존재이지요. 손에 닿는 모든 걸 더럽히면서도, 자기 안에는 신성한 것이 될 수 있는 자질을 갖고 있으니까요."

"차오 피는 어려운 이야기를 하고 있지만 실은 헤어진 연인에 대해 이야기하는 것뿐이에요. 기요아키 군에게 사진을 보여 드리면 어떻습니까?"

크리사다 전하가 이야기를 가로막으며 이렇게 말했다. 파타나디드 전하는 볼을 붉힌 듯했지만 거무스름한 피부색 덕에 분명치 않았다. 망설이는 모습을 보고 기요아키는 손님에게 강요하지 않고 이렇게 말했다.

"꿈을 자주 꾸십니까? 저도 꿈 일기를 적고 있습니다."

"일본어를 할 수 있다면 꼭 읽어 보고 싶네요."

차오 피가 눈을 반짝이며 말했다. 기요아키는 친한 친구에게조차 털어놓을 용기가 없는, 꿈에 대한 자신의 집착이 영어를 통해 손쉽게 상대의 마음에 가닿는 것을 보고 차오 피에게 더욱더 친애의 정을 느꼈다.

그러나 그 후 대화가 막히게 된 이유를 기요아키가 크리사다 전하의 이리저리 굴리는 장난기 어린 눈에서 읽어 내려 했을 때, 그는 사진을 꼭 보여 달라고 조르지 않은 탓이리라 짐작했다. 차오 피는 필시 그가 재촉해 주기를 은근히 기다렸던 것이다.

"당신을 뒤쫓아 온 꿈의 사진을 보여 주십시오."

기요아키가 말하자 다시 옆에 있던 크리사다 전하가 끼여들었다.

"사원 말인가요, 연인 말인가요?"

그런 불경한 비교를 해서는 안 된다며 차오 피에게 나무람을 당하면서도, 그는 한층 더 부산하게 목을 내밀고는 꺼내 놓은 사진을 가리키며 부러 설명을 덧붙였다.

"찬트라파 공주는 제 여동생이에요. '찬트라파'(Chantrapa)는 '월광'이라는 의미지요. 우리는 보통 잉 찬[28]이라고 부르지만요."

사진을 본 기요아키는 공주가 뜻밖에도 평범한 소녀라는 데에 조금 실망했다. 공주는 흰 레이스가 달린 서양식 의복을 입고 머리에는 하얀 리본을 달았으며 가슴에는 진주 목걸이를 걸고 있었는데, 새초롬한 그 표정은 가쿠슈인 여학생 중 하나라고 해도 누구 하나 의심하지 않을 정도였다. 아름답게 물결치는 머리카락을 어깨에 늘어뜨린 것이 어느 정도 분위기를 더하고 있지만, 어딘지 고집 있어 보이는 눈썹, 조금 놀란 듯 크게 뜬 눈, 더운 건기(乾期)의 꽃처럼 바싹 말라 약간 튼 입술, 이 모든 것에는 아직 자신의 아름다움을 깨닫지 못한 미숙함이 넘쳐흘렀다. 물론 그것은 아름다움의 일종이었다. 그러나 아직 자신이 날 수 있으리라고는 상상조차 하지 못하는 새끼 새의 훈훈한 자족으로 충만했다.

'이에 비하면 사토코는 백배, 천배나 더 여자다.' 기요아키는 저도 모르는 사이 비교하고 있었다. '나의 마음을 걸핏하면 증오로 몰아가는 것도 그녀가 너무나 여자이기 때문은 아닐

---

28) Ying Chan, 찬 공주.

까. 또 사토코는 이에 비하면 훨씬 더 아름답다. 그리고 그녀는 자신의 아름다움을 알고 있다. 그녀는 무엇이든 알고 있어. 딱하게도, 나의 미숙함까지.'

차오 피는 가만히 사진을 들여다보고 있는 기요아키의 눈에 자신의 소녀를 빼앗길지도 모른다 싶었는지 섬세한 호박색 손가락을 쑥 내밀어 사진을 가져갔는데, 그 손가락에서 번쩍이는 녹색 빛을 보고서야 기요아키는 차오 피가 끼고 있는 화려한 반지를 알아차렸다.

그것은 2, 3캐럿은 될 법한 사각 커팅의 진녹색 에메랄드가 박힌, 지극히 섬세하게 금을 부조해 만든 호문신(護門神) 야크샤[29] 한 쌍의 반인반수 얼굴이 장식된 커다란 반지였다. 이처럼 눈에 띄는 물건을 여태껏 알아채지 못했다는 사실은 타인에 대한 기요아키의 무관심을 잘 보여 주는 것이었다.

"제 탄생석입니다, 5월이니까. 잉 찬이 전별 선물로 줬지요."

파타나디드 전하는 한층 더 수줍어하며 설명했다.

"그렇게 화려한 것을 끼고 있으면 가쿠슈인에서는 야단을 맞고 압수당할지도 모릅니다."

기요아키가 겁을 주었으므로 왕자는 평소 이 반지를 어디에 숨겨 두어야 할지 진지하게 자국어로 의논하기 시작하다가, 뜻하지 않게 자국어를 쓴 실례를 사과하고는 의논 내용을 영어로 전했다. 기요아키는 아버지에게 부탁해 좋은 은행의

---

29) 민간 신앙에서는 귀신이었으나, 후에 불교에서 불법을 수호하는 신이 된 존재.

금고를 소개해 주겠노라 했다. 이리하여 더욱더 허물없어진 왕자들은 크리사다 전하의 여자 친구들이 담긴 작은 사진을 보여 준 다음, 이번에는 꼭 기요아키가 사랑하는 이의 사진을 보고 싶다고 졸랐다.

어린 허영심에 기요아키는 순간 이렇게 말하고 말았다.

"일본에서는 그렇게 서로의 사진을 교환하는 관습은 없습니다만, 가까운 시일 내에 꼭 그녀를 소개해 드리지요."

자신의 어린 시절부터 죽 담겨 있는 사진첩 속 사토코의 사진을 보여 줄 용기는 도저히 없었던 것이다.

그는 깨달았다. 자신은 이처럼 오래도록 미소년의 영예를 얻고 사람들의 찬탄을 받아 왔는데도, 열여덟 살이 될 때까지 이 따분한 저택 안에서만 지내며 사토코 외에는 끝끝내 여자 친구 하나도 가지지 못했다는 사실을.

사토코는 여자 친구인 동시에 적이었으니 왕자들이 이야기한 것처럼 달콤한 감정의 꿀만을 굳혀 만든 인형은 아니었다. 기요아키는 자신에게도, 자신을 둘러싼 모든 것에도 분노를 느꼈다. 술에 취한 아버지가 '산책' 중에 자못 자애로운 어투로 건넨 말에조차 고독하고 몽상적인 아들에 대한 모멸 섞인 비웃음이 담긴 듯했다.

이제는 그가 자존심 탓에 거부해 온 모든 것이 거꾸로 그의 자존심에 상처를 입혔다. 남국에서 온 건강한 왕자들의 거무스름한 살갗, 날카롭게 찌르는 듯 관능의 칼을 번뜩이는 눈동자, 소년임에도 분명 애무에 밝을 듯한 길고 섬세한 호박색 손가락까지 그 모든 것들이 기요아키에게 이렇게 말하는 것만 같았다.

"저런, 넌 그 나이 되도록 연인 하나 없는 거야?"

기요아키는 스스로도 다스리지 못한 채, 그럼에도 있는 힘껏 차가운 우아함을 지키며 이렇게 말하고 말았다.

"가까운 시일 내에 꼭 그녀를 소개해 드리지요."

어떻게 하면 그녀의 아름다움을 이 새로운 이국 친구들에게 자랑할 수 있을까.

기요아키는 긴 망설임 끝에 마침내 어제, 사토코에게 부치는 광적이며 모욕적인 편지를 쓰고야 말았다. 아직 그 문면, 몇 번이나 고쳐 써 정밀하게 마련한 모욕의 문면 속 한 글자, 한 구절까지 뇌리에 새겨져 있다.

"…… 당신의 공갈에 대해 이런 편지를 쓸 수밖에 없는 것은 소생으로서도 심히 유감스러운 일입니다."라는 격식 차린 말투로 편지는 시작한다. "당신은 시시한 수수께끼를 몹시 무시무시한 수수께끼인 듯 꾸며 어떤 열쇠도 덧붙이지 않고 소생에게 건넴으로써, 소생의 손가락을 얼얼하게 마비시키고 잉크 범벅으로 만들어 버렸습니다. 소생은 이런 일을 하는 당신의 감정적 동기에 대해 의문을 제기하지 않을 수 없습니다. 그러한 처사에는 다정함이라고는 완전히 결여되어 있으니 애정은 물론 우정의 편린도 엿보이지 않습니다. 소생으로서는 그토록 비열한 행동을 하는 당신의, 당신 자신도 모를 깊은 동기에 대해서라면 한 가지 꽤나 확실한 짐작이 갑니다만, 예의상 말씀드리지는 않도록 하겠습니다.

그러나 이제는 당신의 모든 노력도 기도도 수포로 돌아가 버렸다고 할 수 있겠지요. 실로 불쾌한 심경이었던 소생은 (간접적으로 당신 덕택에) 인생의 한 가지 문턱을 밟아 넘어서고 말았습니다. 우연히 아버지가 이끄는 대로 절화반류(折花攀柳)의 거리를 유람하여, 남자라면 누구라도 통과하지 않을 수 없는 길을 지났습니다. 터놓고 말하자면 아버지가 권해 주신 게이샤와 하룻밤을 보낸 것입니다. 즉 사회 도덕상 허락된 공공연한 남자의 즐거움이란 말이지요.

이 하룻밤으로 소생은 다행스럽게도 완전히 변하였습니다. 여성에 대한 생각도 일변하여, 음란한 육체를 가진 작은 동물로서 가벼이 여기며 적당히 데리고 놀면 된다는 태도를 배웠습니다. 이는 이 사회가 선사하는 훌륭한 교훈이라고 생각하며, 지금껏 아버지의 여성관에 공명할 수 없었던 소생도, 좋든 싫든 아버지의 아들이라는 것을 제 몸 안에서 똑똑히 인식하였습니다.

여기까지 읽으신 당신은 이제는 영구히 사라져 버린 메이지 시대풍의 고루한 사고방식에서, 오히려 소생의 발전을 기뻐해 주실지도 모르겠습니다. 그리고 화류계 여성에 대한 소생의 육체적 모멸이 여염집 여성에 대한 정신적 존경을 더더욱 높여 주는 일이 되었으리라 득의의 미소를 짓고 계실지도 모르겠습니다.

아니요! 결단코 아닙니다. 소생은 그 하룻밤에서 (틀림없이 발전은 발전입니다만) 모든 것을 무너뜨리고 나아가 아무도 찾지 않는 광야로 달리기 시작한 것입니다. 거기선 게이샤와 귀

부인, 여염집 여성과 화류계 여성, 교육받지 않은 여자와 청탑사[30]패들 간의 구별도 전혀 없습니다. 여자란 여자는 모두 거짓말쟁이에다 '음란한 육체를 가진 작은 동물'에 지나지 않습니다. 나머지는 전부 화장입니다. 나머지는 전부 의상입니다. 말씀드리기 어렵습니다만 소생은 지금, 당신까지도 확실히 원 오브 뎀(one of them)이라고밖에는 생각할 수 없음을 말씀드리도록 하겠습니다. 당신이 어릴 적부터 알고 있던 그 얌전하고 순수한, 다루기 쉽고 장난감으로 삼기 쉬운, 귀여운 '기요 님'은 이제 영구히 죽어 버렸음을 알아주십시오."

두 왕자는 아직 그리 밤이 깊지 않았는데도 서둘러 잘 자라는 인사를 하고 방을 나서는 기요아키를 의아하게 생각하는 듯했다. 물론 기요아키는 신사답고 일견 상냥하게 절도를 지키며, 두 손님의 침구 등을 주의 깊게 살핀 다음 손님의 희망 사항도 이것저것 묻고서 예의 바르게 물러가기는 했지만.

'어째서 내게는 이럴 때 내 편이 되어 줄 이 하나 없을까?' 양관에서 안채를 잇는 긴 복도를 열심히 달려가며 그는 생각했다.

도중에 몇 번쯤 혼다의 이름이 떠올랐지만 우정에 관한 그의 까다로운 관념이 그 이름을 지워 버렸다. 복도의 창문은 밤바람에 울리고, 어두운 등불이 일렬로 끝없이 이어지고 있었

---

30) 靑鞜社. 1911년 히라쓰카 라이초(平塚らいてう)를 중심으로 결성된 여성 문학 단체로, 기관지 《청탑(靑鞜)》을 발행하고 부인 해방 운동을 전개했다.

다. 이런 식으로 헐떡이며 달리고 있는 모습을 누군가 수상히 여길 것이 두려워 기요아키는 가쁜 숨을 몰아쉬며 복도 한구석에 멈춰 섰다. 만자(卍字)를 이어 놓은 모양의 조각이 달린 창틀에 팔꿈치를 괴고 뜰을 내다보는 척하면서 필사적으로 생각을 정리해 보려 했다. 꿈과 달리 현실이란 어쩜 이리 가소성(可塑性)이 결여된 소재일까. 어렴풋이 떠다니는 감각이 아니라 한 알의 검은 환약같이 속 시원하게 응축된, 즉각 효과를 발휘하는 그런 사고를 내 것으로 만들어야만 한다. 그는 자신의 무력함을 지독히도 느꼈고, 난방을 한 방에서 나온 탓에 복도에서 추위에 떨었다.

울리고 있는 창유리에 볼을 대고 뜰을 내려다본다. 오늘 밤은 달도 없어 단풍산과 강섬이 하나의 검은 덩어리로 엉겨 붙었고, 복도의 어둑한 등불이 미치는 곳까지만 바람에 인 연못물이 어렴풋이 보였다. 거기서 자라가 머리를 쳐들고 이쪽을 엿보고 있는 것 같아 그는 소름이 끼쳤다.

안채에 돌아와 제 방으로 오르려 계단 마룻귀틀을 디디던 참에, 서생 이누마를 마주친 기요아키는 형용할 수 없는 불쾌감을 얼굴에 드러냈다.

"이제 손님은 잠자리에 드셨는지요?"

"응."

"도련님도 이제 주무십니까?"

"난 이제부터 공부를 할 거야."

벌써 스물셋인 이누마는 야간 대학 최상급생으로, 지금 학교에서 막 돌아온 모양인지 한 손에 책 몇 권을 안고 있었다.

한창인 젊음이 그의 생김새에 점차 울적함을 보탰고, 기요아키는 커다랗고 어두운 장롱 같은 그의 육체가 두려웠다.

자기 방에 돌아온 그는 스토브에 불도 붙이지 않고 추운 실내에서 진득이 서지도 앉지도 못한 채 머리에 떠오르는 생각을 차례차례 지우고 되살렸다.

'아무튼 서둘러야 해. 벌써 늦었을까? 그런 편지를 보내 버렸는데, 난 이제 그 사람을 어떻게든 며칠 안에 친밀한 연인으로 왕자들에게 소개해야만 해. 그것도 남들에겐 가장 자연스러워 보일 방법으로.'

읽을 짬이 없어 그대로 방치된 석간신문이 의자 위에 어질러져 있었다. 무심결에 한 장을 펼쳐 본 기요아키는 제국극장의 가부키(歌舞伎) 광고를 보고 마음에 번뜩임을 얻었다.

'그래, 왕자들을 제국극장에 데려가자. 설마 어제 부친 편지가 벌써 도착하지는 않았을 거야. 아직 희망이 있을지도 몰라. 사토코와 함께 연극을 보러 가겠다고 하면 부모님이 허락해 주시지 않을 테지만, 우연히 만난 걸로 하면 돼.'

방에서 뛰쳐나와 계단을 뛰어 내려간 다음 현관 옆까지 달려간 그는, 전화실에 들어가기 전 빛이 새어 나오는 현관 옆 서생의 방 쪽을 훔쳐보았다. 이누마는 공부를 하고 있는 모양이었다.

"아야쿠라 님이십니까? 사토코 씨는 계십니까?"

들은 기억이 있는 늙은 하녀의 목소리에 대고 그가 말했다. 먼 아자부의 밤 저편에서, 늙은 하녀가 심히 정중하면서도 언짢은 목소리로 답했다.

"마쓰가에 님의 도련님이십니까? 송구스럽습니다만 벌써 밤이 깊었습니다."

"주무십니까?"

"아니요……. 예, 아직 잠자리에 드시지는 않은 것으로 압니다만."

기요아키가 고집을 부리자 결국 사토코가 나왔다. 밝은 목소리가 기요아키를 들뜨게 했다.

"이 시간에 무슨 일이세요, 기요 님."

"실은요, 어제 당신에게 편지를 부쳤습니다. 그 일에 대해 부탁이 있습니다만, 편지가 도착해도 절대로 개봉하지 말아 주십시오. 바로 불에 던져 버리겠다고 약속해 주세요."

"무슨 말씀인지 모르겠습니다만……."

무슨 일이든 애매하게 만드는 사토코의 수법이 언뜻 듣기에는 평안한 말투 속에서 벌써 시작되고 있다고 느끼자 기요아키는 초조해졌다. 그렇다 하더라도 사토코의 목소리는 이 겨울밤에도 6월의 살구처럼 적당히 묵직하고 따뜻하게 익어 있었다.

"그러니까 아무 말 말고 약속해 주세요. 제 편지가 도착하면 절대로 열어 보지 않고 바로 불 속으로 던져 버리겠다고."

"네."

"약속해 주시는 거죠?"

"그럴게요."

"그리고 한 가지 더 부탁이 있습니다만……."

"퍽 부탁이 많은 밤이로군요, 기요 님."

"모레 제국극장 표를 사셔서 늙은 하녀라도 데리고 제국극
장으로 와 주십시오."

"어머……."

사토코의 목소리는 끊겼다. 기요아키는 그녀가 거절할까
두려웠으나 곧바로 자신이 잘못 생각했음을 깨달았다. 현재
아야쿠라가의 재정 상태로는 한 명당 2엔 50전 정도의 비용
도 자유로이 쓸 수 없음을 헤아린 것이다.

"실례입니다만 표는 보내 드릴 테니까요. 나란히 붙은 자리
라면 보는 눈이 성가실 테니 조금 떨어진 자리를 잡지요. 저는
시암 왕자님을 접대하러 연극을 보러 갈 겁니다."

"어쩜 친절하시게도. 다데시나(蓼科)도 틀림없이 기뻐할 거
예요. 기꺼이 찾아뵙겠습니다." 하고 사토코는 솔직하게 기쁨
을 드러냈다.

7

혼다는 학교에서 기요아키로부터 내일 제국극장에 가자는 권유를 받고, 시암 왕자 둘과 동행하는 것은 조금 어색했지만 기꺼이 승낙했다. 기요아키는 물론 그곳에서 우연히 사토코를 만나게 될 계획은 친구에게 털어놓지 않았다.

집에 돌아간 혼다는 저녁 식사 자리에서 부모에게 연극 이야기를 꺼냈다. 아버지는 이른바 연극이라는 것을 탐탁지 않게 여겼으나, 한편으로는 아들도 열여덟 살이 되었으니 자유를 속박해서는 안 된다고 생각하고 있었다.

혼다의 아버지는 대법원 판사로 혼고(本鄕)의 저택에 살고 있었는데, 양관도 있고 방이 많은 메이지풍 저택은 언제나 근실한 분위기로 가득했다. 서생도 몇 명 있고 서책은 서고나 서재로 모자라 복도에까지 어두운 가죽 책등에 박힌 금색 문자를 늘어놓고 있었다.

어머니도 몹시 무미건조한 사람으로 애국부인회 간부를 맡고 있었는데, 아들이 부인회 활동에 조금도 적극적이지 않은 마쓰가에 후작 부인의 아들과 각별히 친하게 지내는 것을 마뜩지 않게 여겼다.

그러나 그런 점을 빼면 혼다 시게쿠니는 학교 성적이며 집에서의 학습 태도며 건강이며 일상생활에서의 예의 바른 행동거지며 더 바랄 것 없는 아들이었다. 그녀는 자신에게도 남들에게도 그 교육의 성과를 자랑스럽게 여겼다.

이 집에 있는 것은 사소한 가구에서 집기에 이르기까지 모두 표본적인 것이었다. 현관의 소나무 분재, '화(和)' 한 글자가 쓰인 칸막이, 응접실의 담배 세트, 방에 딸린 테이블보 등은 물론이고, 가령 부엌의 뒤주, 뒷간의 수건걸이, 서재의 펜 상자, 문진의 종류까지 가히 범례에 들어갈 만한 것들이었다.

집 안에서 입에 올리는 화제조차 그랬다. 친구들의 집에는 반드시 하나나 둘쯤 재미있는 이야기를 하는 노인이 있어 창에서 달이 두 개가 보이기에 큰 소리로 꾸짖으니 한쪽 달이 너구리의 모습으로 변해 도망갔다는 둥 하는 이야기를 진지하게 하고, 또 사람들도 진지하게 듣는 기풍이 남아 있지만, 혼다가에서는 가장의 엄한 눈이 구석구석까지 미쳐 늙은 여종이라 하더라도 그런 몽매한 이야기를 하는 것은 금지되어 있었다. 오래 독일에 체재하며 법률학을 공부한 가장은 독일풍의 이성을 신봉하고 있었다.

혼다 시게쿠니는 자주 마쓰가에 후작가와 자신의 집을 비교하고는 재미있다고 생각하곤 했다. 그 집은 서양풍 생활을 하고 집 안에는 외래 물품도 셀 수 없을 만큼 많았지만 가풍은 의외로 고루한 반면, 자신의 집은 생활 자체는 일본식이면서도 의식에서 서양식인 면이 많았다. 아버지가 서생을 대하는 방식도 마쓰가에가와는 전혀 달랐다.

혼다는 그날 밤도 제2외국어인 프랑스어 예습을 마치고 나자 머지않아 대학에서 배우게 될 지식을 미리 익히고, 또 어떤 것이든 모든 일의 연원에 흥미를 느끼곤 하는 성향을 충족시키기 위해 마루젠[31]에서 주문한 프랑스어나 영어, 독일어로 된 법전 해설을 닥치는 대로 읽고 있었다.

월수사 큰스님의 설법을 들은 후부터 그는 전부터 마음이 끌렸던 유럽의 자연법 사상이 어쩐지 성에 차지 않는다는 느낌이 들기 시작했다. 소크라테스에서 시작해 아리스토텔레스를 거치며 로마법을 깊이 지배하고 중세에는 그리스도교에 의해 정밀히 체계화되었으며, 계몽 시대에는 자연법 시대라 불릴 만큼 다시 유행했다가, 지금은 잠시 잠잠하지만 이천 년 동안 변천해 온, 시대사조의 파도마다 되살아나서는 그때마다 새로운 옷을 몸에 걸치는 이 사상만큼 불사의 힘을 갖춘 사상은 없었다. 아마도 거기에 유럽 이성 신앙의 가장 오랜 전통이 보전되어 있을 것이다. 그러나 그 사상이 그토록 강인하면 할수록, 혼다는 아폴론적 인간주의의 명랑한 힘이 언제나 어둠의 힘에 위협받아 온 이천 년간을 떠올리지 않을 수 없었다.

---

31) 주로 서양 원서를 취급한 대형 서점이자 출판사. 가장 먼저 문을 연 니혼바시(日本橋)점은 1870년에 개점했다.

아니, 어둠의 힘만이 아니다. 빛은 저보다 한층 눈이 어찔해 질 정도의 밝은 광명에도 위협을 받아, 자신을 능가하는 빛의 사상을 끊임없이 결벽적으로 배제해 온 것 같기도 했다. 어둠 까지 품을 수 있는 더 강한 광명은, 끝내 법질서의 세계에 받아들여지지 못한 것일까?

그렇다고 해서 혼다가 19세기의 낭만파적 역사 법학파나, 민속학적 법학파 사상에 사로잡힌 것은 아니었다. 메이지 시대의 일본은 오히려 그러한 역사주의에서 태어난 국가주의적 법률학을 요구했지만 거꾸로 그는 법의 근저에 마땅히 있어야 할 보편적 진리를 주시했고, 그럼으로써 지금은 유행하지 않는 자연법 사상에도 마음이 이끌린 것이다. 그런데 이즈음에는 법의 보편성이 포섭하는 한도를 알고 싶었다. 만약 법이 그리스 이후의 인간관에 의해 제약된 자연법 사상을 넘어서서 보다 넓은 보편적 진리(만약 그런 것이 있다면)에 발을 디딘다면, 거기서 자연법이 붕괴할지도 모른다. 그는 그런 영역으로까지 곧장 공상을 몰아가곤 했다.

이것은 과연 청년다운 위험한 사고였다. 그러나 공중에 떠오른 기하학적인 구조물이 밝은 지상에 또렷하게 드리운 그림자, 마치 그와 같은 로마법의 세계가 자신이 지금 배우고 있는 근대적 실정법의 배후에 확고히 존재한다는 사실에 염증을 느꼈다면, 그가 메이지 시대 일본의 이토록 충실한 계수법(繼受法)의 압박에서 벗어나, 아시아의 또 다른 너르고 오랜 법질서로 가끔은 눈을 돌리고 싶어지는 것 역시 자연스러운 일이다.

때마침 마루젠에서 도착한 L.데롱샹[32]의 프랑스어 역『마누법전』은 그러한 혼다의 회의(懷疑)에 잘 부합하는 내용을 담고 있는 듯했다.

『마누 법전』은 기원전 200년부터 기원후 200년에 이르는 동안 집대성된 인도 고법전의 대종(大宗)으로서, 힌두교도들 사이에서는 오늘날까지 법으로서의 생명을 보전하고 있다. 12장 2684개조는 종교, 습속, 도덕, 법의 혼연한 일대 체계이며, 우주의 시원에서부터 설명하기 시작해 절도죄나 상속분의 규정까지 이르는 아시아적인 혼돈의 세계는, 대우주와 소우주의 정연한 조응에 근거한 기독교 중세 자연법학의 체계와는 실로 두드러진 대조를 이룬다.

그러나 로마법의 소권(訴權)이 권리 구제가 없는 곳에는 권리가 없다는 근대 권리 개념의 반대편 사상에 서 있듯, 마누법전도 엄숙한 왕과 바라문[33]들의 법정에서의 태도에 관한 규정에 이어, 소송 사건을 부채의 체불 및 그 외 18항목에 한정했다.

혼다는 무미건조할 터인 소송법에서조차 왕이 사실 심리(事實審理)에 의해 옳고 그름을 알게 되는 모습을 "마침 사냥꾼이 핏방울을 따라 상처 입은 사슴굴에 다다르"는 모습에 빗대거

---

32) 오귀스트 루이 아르망 루아질뢰르 데롱샹(Auguste-Louis-Armand Loiseleur-Deslongchamps, 1805~1840). 인도학자. 마누 법전과 최고(最古)의 산스크리트어 사전인 아마라코샤(Amarakosha)의 번역으로 알려져 있다.
33) 인도의 사성(四姓) 계급 중 가장 높은 승려 계급으로 제사를 맡는다.

나, 왕의 의무를 열거할 때도 "마치 인드라[34]가 우기인 4월에 넉넉히 비를 뿌리듯이" 왕국 위에 은혜를 쏟아야 한다고 쓰는, 이 법전의 독특하고 풍려한 이미지에 매료되어 읽어 나가다, 마침내 규정이라고도, 선언이라고도 하기 어려운 마지막 장에 이르렀다.

서양법의 정언 명령은 어디까지나 인간의 이성에 기초하고 있지만, 마누 법전은 거기에 이성으로는 헤아릴 수 없는 우주적 법칙, 즉 '윤회'를 매우 자연스럽고 당연한 일처럼, 무척이나 수월하게 제시하고 있었다.

"행위는 몸, 말, 뜻에서 생겨나며 선악 중 어느 한쪽의 결과를 낳는다."

"마나스[35]는 이 세상에서 육체와 관련하며, 선, 중, 악 세 가지로 구별된다."

"사람은 마음의 결과를 마음에, 말의 결과를 말에, 신체적 행위의 결과를 신체에 받는다."

"사람은 신체 행위의 과오로 인해 내세에 수초(樹草)가 되고, 말의 과오에 의해 조수(鳥獸)가 되고, 마음의 과오에 의해 낮은 계급으로 태어난다."

"모든 생물에 대하여 말, 뜻, 몸 삼중의 억제를 지키며, 또한

---

34) 베다 신화에 등장하는 전쟁의 신으로, 천둥과 번개를 지휘하고 비를 관장한다.
35) 말나식(末那識). 삼식(三識)의 하나. 모든 감각이나 의식을 통괄하여 자기라는 의식을 낳게 하는 마음의 작용으로 객관의 사물을 자아로 여겨 모든 미망(迷妄)의 근원이 되는 잘못된 인식 작용을 이른다.

완전히 애욕과 진에(瞋恚)를 절제하는 자는 성취, 즉 궁극의 해탈을 얻는다."

"사람은 참으로 자기 예지에 의해 개인의 영혼의, 법과 비법에 근거하는 귀추를 궁구하여, 항상 법의 획득에 마음을 기울여야 한다."

여기서도 역시 자연법에서처럼 법과 선업은 동의어로 쓰이고 있지만, 그것이 오성으로는 아무리 해도 붙들기 어려운 윤회전생에 의거한다는 점이 다르다. 한쪽에서 본다면 그것은 인간 이성에 호소하는 방식이 아니라 응보를 이용한 일종의 위협이자, 로마법의 기본 이념보다도 인간성에 대한 신뢰가 적은 법이념이라 할 수 있을지 몰랐다.

혼다는 더 이상 질문을 파헤쳐 고대 사상의 어둠 속에 가라앉고 싶지는 않았다. 그러나 법률학도로서 법을 확립하는 쪽에 서 있으면서도, 도무지 실정법을 향한 회의와 가책으로부터 벗어날 수 없었다. 그리고 복잡하게 얽혀 있는 실정법의 무채색 틀에는 자연법의 신적인 이성이나 마누 법전의 근본 사상이 품고 있는, 이를테면 맑고 푸른 낮의 하늘이나 고루 별이 빛나는 밤하늘의 광대한 전망을 때때로 겹쳐 볼 필요가 있다는 것을 발견했다.

법률학이란 참으로 이상한 학문이었다! 그것은 일상의 사소한 행동까지 빠짐없이 건져 올리는 촘촘한 그물코인 동시에, 끝내는 별이 총총한 하늘이나 태양의 운행에까지 예로부터 그 협협한 그물코를 펼쳐 온, 상상할 수 있는 한 가장 탐욕스러운 어부의 영역이었다.

독서에 골몰하여 시간이 가는 것을 잊고 있던 그는 슬슬 잠자리에 들지 않으면 내일 수면이 부족한 찌뿌둥한 얼굴로 기요아키의 초대에 응하게 될까 두려웠다.

아름답고 수수께끼 같은 친구를 생각하면 그는 자신의 청춘이 얼마나 단조로이 흘러갈 것인가 예측하고는 전율할 수밖에 없었다. 그는 다시 기온(祇園)의 요정에서 방석을 공 대신 말아 마이코[36] 여럿과 다다미 럭비를 즐겼다던, 다른 학우의 자랑 따위를 막연히 생각했다.

그런 다음 혼다 가문에게는 경천동지할 만한 대사건이나 세간의 눈으로 보면 아무것도 아닌 올봄의 삽화 하나를 떠올렸다. 조모의 10주기 법요가 대대로 위패를 모신 닛포리(日暮里)의 절에서 열렸는데, 참례한 친척들이 법요가 끝난 후 본가인 혼다가에 들렀다.

시게쿠니의 육촌 여동생에 해당하는 후사코(房子)가 손님 중에서도 가장 어리고 아름다우며 쾌활했다. 혼다가의 칙칙한 공기 속에서 후사코의 큰 웃음소리가 새어 나오는 일조차 신기하게 느껴졌다.

법요라고는 하지만 죽은 자의 기억은 멀고 오랜만에 모인 친척끼리 나눌 즐거운 이야기는 끊이지 않으니, 사람들은 제사보다도 각 가족에 새롭게 늘어난 어린아이들에 대해 저마다 이야기하고 싶어 했다.

서른 명 남짓 되는 사람들은 혼다가의 이 방 저 방을 돌아

---

36) 게이샤가 되기 전 수습 과정에 있는 예비 게이샤를 이른다.

다니다, 어느 방에 가도 책밖에 없는 데에 새삼스레 놀라곤 했다. 몇 사람이 시게쿠니의 서재를 보고 싶다고 말을 꺼내더니 올라와서는 그의 책상을 어질러 놓았다. 그러는 사이 누가 먼저랄 것도 없이 차례로 방을 떠나고 후사코와 시게쿠니만 남겨졌다.

두 사람은 벽에 딱 붙여 놓은 가죽 장의자에 앉아 있었다. 시게쿠니는 가쿠슈인 제복 차림이었지만 후사코는 보랏빛 후리소데37)를 입고 있었다. 사람들이 모두 가 버리자 두 사람은 어색해져 후사코의 그토록 명랑한 큰 웃음소리도 끊겼다.

시게쿠니는 후사코에게 사진첩 같은 것이라도 보여 주는 것이 손님에 대한 도리라고 생각했지만, 공교롭게도 그런 것은 없었다. 게다가 후사코는 갑자기 언짢아진 듯했다. 지금까지 시게쿠니는 후사코의 지나치게 활기로 가득한 몸짓이나 툭하면 소란스럽게 웃는 것, 한 살 위인 시게쿠니를 놀리는 듯한 말투나 만사에 침착하지 않은 행동거지를 좋아하지 않았다. 후사코에게는 여름에 핀 달리아의 무겁고 뜨거운 아름다움이 있었지만 시게쿠니는 결코 이러한 종류의 여자를 아내로 맞을 일이 없으리라 남몰래 생각하고 있었다.

"어유, 피곤해. 피곤하지 않아요? 시게 오라버니."

그리 말하는가 싶더니 후사코의 가슴 높이 맨 오비 언저리가 벽이 무너지듯 졸지에 흐트러져, 시게쿠니의 무릎에는 갑자

---

37) 주로 미혼 여성이 입는 예복으로 겨드랑이 밑을 꿰매지 않은 긴 소매가 달리고, 화려한 무늬로 장식된 것이 특징이다.

기 그곳에 얼굴을 묻은 후사코의 향기가 묵직하게 전해졌다.

시게쿠니는 무릎에서 허벅지에 걸쳐진 무겁고 보드라운 그 짐을 곤혹스럽게 내려다보고 있었다. 퍽 긴 시간 동안 그러고 있었던 것 같다. 그러한 상황을 어찌 바꿔 볼 힘이 자신에게는 없는 듯했으므로. 후사코도 감색 서지 바지를 입은 육촌 오빠의 넓적다리에 한번 그렇게 머리를 맡긴 이상, 다시 그것을 움직일 마음은 없는 듯 보였다.

그때 맹장지를 열고 어머니와 백부, 백모가 느닷없이 들이닥쳤다. 어머니의 얼굴빛이 바뀌었고, 시게쿠니의 가슴은 삐걱거렸다. 그런데도 후사코는 천천히 눈동자를 그쪽으로 향하더니 몹시 나른한 듯이 머리를 쳐들었다.

"저, 피곤해서 두통이 일어요."

"저런, 그건 안 될 말이지요. 약을 드릴까요?"

애국부인회의 열성적인 간부는 친절한 간호사 같은 말투로 말했다.

"아네요, 약을 먹을 정도는 아니지만요."

이 일화는 친척들 사이에서 화제가 되었다. 다행히 시게쿠니 아버지의 귀에까지는 들어가지 않았으나 그는 어머니에게 심하게 질책당했고, 후사코는 후사코대로 다시는 혼다가에 방문할 수 없게 되었다.

그러나 혼다 시게쿠니는 언제까지고 그때 자신의 무릎 위를 지나간 뜨겁고 무거운 시간을 기억하고 있었다.

그것은 후사코의 몸과 기모노와 오비의 무게가 모조리 더해진 것일 텐데도, 아름다운 머리의 무게만으로 기억되었다.

여자의 풍성한 머리칼에 둘러싸인 목은 향로처럼 시게쿠니의 무릎을 덮쳐 눌렀을 뿐 아니라 그의 감색 바지에 스며들어 끊임없이 연소하고 있는 것을 느낄 수 있었다. 그 열기는, 멀리서 난 불이 실어 나른 듯한 열기는 무엇이었을까. 후사코는 도자기 속 그 불을 가지고, 무어라 형용할 수 없는 과도한 친밀감을 말하고 있었다. 그렇다 하더라도 그 머리의 무거움은 가혹하게 비난하는 듯한 무거움이었다.

후사코의 눈은 어떠했던가?

그녀가 얼굴을 비스듬히 묻고 있었으므로 그는 바로 눈 아래에서, 그리고 자신의 무릎 위에서 촉촉하게 젖은, 작고 검은 물방울같이 붙박인 그녀의 크게 뜬 눈을 볼 수 있었다. 그것은 지독히 가벼워서 잠시 그곳에 머무른 나비 같았다. 긴 속눈썹의 깜박임은 나비의 날갯짓, 그 눈동자는 날개의 기이한 무늬…….

그토록 성실하지 않은, 그토록 가까이 있으면서도 무관심한, 그토록 금방이라도 날아가 버릴 듯한, 불안하고 유동적이며 수준기(水準器)의 기포처럼 경사에서 평형으로, 방심에서 집중으로 끝없이 오가는 눈을 시게쿠니는 본 적이 없다.

그것은 결단코 교태는 아니다. 웃고 떠들던 아까보다 눈길은 훨씬 고독해졌고, 그녀의 종잡을 수 없는 내면의 번쩍임이 변해 가는 모습을 무의미할 정도로 정확히 찍어 냈다고밖에 할 수 없었다.

그리고 그곳에서 퍼져 나간 난감할 정도의 달콤함과 향기도 결코 꾸며 낸 교태가 아니었다.

……그렇다면, 무한에 가까울 만큼 길었던 그 시간을 빈틈
없이 채우고 있었던 것, 그것은 무엇이었을까?

8

　11월 중순부터 12월 10일에 걸친 제국극장의 본 공연은 이름난 여배우극이 아니라 바이코[38]나 고시로[39]가 나오는 가부키였다. 외국에서 온 손님에게는 그편이 좋겠다고 생각해 기요아키가 고른 것이었는데 그가 딱히 가부키에 정통한 것은 아니었다. 공연 중인 「히라카나 성쇠기」나 「연사자」도 그에게는 낯선 연극이었다.

　때문에 혼다를 부른 것이기도 한데, 학교 점심시간에 도서관에서 이 연극들에 대해 제대로 조사해 온 혼다는 시암 왕자들에게 설명할 준비도 마쳐 놓았다.

---

38) 가부키 배우 가문의 가명(家名)은 대대로 세습되는데, 여기서 말하는 오노에 바이코(尾上梅幸)는 6대(代)째를 이른다.
39) 가부키 배우 가문의 가명인 마쓰모토 고시로(松本幸四郎)로 7대째를 이른다.

물론 왕자들에게 외국 연극을 보는 것은 호기심 이상의 일은 아니었다. 그날 학교가 파하자 기요아키는 혼다를 데리고 곧장 집으로 돌아왔는데, 왕자들을 처음으로 소개받은 혼다가 오늘 밤 볼 연극의 줄거리를 요약해 주었지만 왕자들은 그다지 마음을 쏟는 것 같지 않았다.

기요아키는 충실하고 고지식한 친구에게 미안함을 느끼는 동시에 쓴웃음을 지었다. 누구에게도 오늘 밤 연극은 그 자체로 대단한 목표는 아니었다. 기요아키는 오로지 혹시라도 사토코가 약속을 깨고 편지를 읽어 버린 것은 아닐까 하는 불안에 마음이 팔려 있었다.

마차 준비가 끝났다고 집사가 알려 왔다. 말은 겨울 저녁 하늘을 향해 소리 높여 울었고 흰 콧김을 내뿜었다. 겨울에는 말 냄새가 옅어지고 꽁꽁 언 지면을 박차는 편자 소리도 뚜렷해지므로, 이 계절의 말이 맹렬히도 휘어잡은 힘을 기요아키는 기꺼워했다. 어린 잎 사이를 질주하는 말은 생기 넘치는 짐승이 되지만 눈보라를 헤치며 달리는 말은 눈과 꼭 같아진다. 북풍이 말의 형상을 소용돌이치는 겨울 숨결 그 자체로 바꿔 버리는 것이다.

기요아키는 마차를 좋아했다. 특히 마음에 불안함이 일 때는 마차의 동요가 불안 특유의 집요하고 정확한 리듬을 흩뜨려 주었다. 또 바로 가까이에서 말보다도 더 벌거벗은 말의 엉덩이가 흔들어 대는 꼬리를 느끼는 일, 성난 갈기, 이를 갈아 북덕대는 침 거품과 거기서 휘날리는 윤기 흐르는 실, 그런 짐승다운 힘과 꼭 맞붙은 차내에서 우아함을 아울러 느끼는 일이 좋았다.

　기요아키와 혼다는 교복과 외투를 입었고, 왕자들은 요란스러운 모피 깃이 달린 외투를 입고도 몸을 떨었다.

　"우린 추위에 약해요." 하고 파타나디드 전하는 골똘히 생각에 잠긴 눈으로 말했다. "스위스로 유학 가는 친척에게 그 나라는 춥다고 겁준 적은 있지만, 일본이 이렇게 추울 줄은 몰랐습니다."

　"곧 익숙해지실 겁니다."

　이미 친근해진 혼다가 왕자를 위로했다. 코트를 입은 사람들이 걷고 있는 거리에는 연말 대방출을 알리는 깃발이 벌써부터 펄럭이고 있었는데, 왕자들은 그걸 보고 축제라도 열린 거냐고 물었다.

　왕자들의 눈가에는 요 하루 이틀 사이 이미 짙푸른 쪽물 같은 향수가 스며 있었다. 그것이 쾌활하고 조금은 경박한 크리사다 전하에게마저 일종의 운치를 더했다. 물론 기요아키의 접대를 헛되이 할 만큼 제멋대로 행동하지는 않았지만, 함께하는 내내 기요아키는 몸을 떠난 그들의 혼이 대양의 한가운데를 향해 표랑해 가는 듯한 느낌을 받았다. 그것은 오히려 유쾌한 일이었다. 모든 것이 육체의 현존에 갇혀 떠다니지 않는 마음을, 그는 탐탁지 않게 여겼기 때문이다.

　겨울의 이른 황혼 속에서 히비야(日比谷)의 도랑가를 걷는 사이, 흰 벽돌로 된 삼 층짜리 제국극장이 아른대며 가까워졌다.

　일행이 도착했을 때는 이미 제일 처음 순서인 신작의 막이 오른 뒤였다. 기요아키는 자기 자리에서 두세 열쯤 비스듬히 떨어진 뒤쪽에 하녀 다데시나와 나란히 앉아 있는 사토코를 알아보고는 아주 짧게 목례를 나눴다. 거기 사토코가 와 있다는 사실과 그녀가 한순간 드러낸 미소가, 기요아키에게 모든 것을 용서받은 듯한 느낌을 주었다.

가마쿠라 시대[40] 장수들이 우왕좌왕하는 1막은, 행복감에 젖은 기요아키의 눈에는 흐릿하게 비쳤다. 불안에서 해방된 자존심은 자기 광채의 반사만을 무대에서 보고 있었다.

'오늘 밤 사토코는 어느 때보다도 아름다워. 화장을 소홀히 하고 오지 않았어. 딱 내가 바란 그대로의 모습으로 이곳에 와 준 거야.'

그렇게 몇 번이나 마음속으로 되새기면서 사토코 쪽을 돌아볼 수는 없는, 그러나 끊임없이 등으로 그녀의 아름다움을 느끼고 있는 이 상황에 그는 더없는 만족감을 느꼈다. 편안하고 여유로우며 부드럽게, 모든 것이 전부 존재의 섭리를 따르고 있었다.

오늘 밤 기요아키가 바란 것은 사토코의 아름다움뿐이었고, 여태껏 이런 일은 없었다. 그러고 보면 기요아키가 단지 아름다운 여자로서 사토코를 의식한 적은 없었다. 그녀가 공공연하게 공격적이었던 적은 없음에도, 늘 바늘을 품은 명주이자 거친 뒷면을 숨긴 비단, 게다가 기요아키의 마음은 아랑

40) 미나모토노 요리토모(源賴朝)가 일본 최초의 무가 정권인 가마쿠라 막부를 설치한 1180년대부터 막부가 망한 1333년에 이르는 약 150년간 지속된 시기를 이르며, 막부의 소재지였던 가마쿠라(鎌倉)의 이름을 따 가마쿠라 시대라 부른다.

곳 않고 그를 계속 사랑하는 여자라고, 그렇게 느끼고 있었다. 평온한 대상으로는 결단코 마음속에 가로놓이는 법이 없는, 조바심 내며 자기 본위로 떠오르는 아침 해. 그 태양의 비평적이고 예리한 빛이 틈새로 들이비치지 않도록 그는 마음의 덧문을 견고하게 닫아 왔다.

막간이 되었다. 모든 일이 자연스럽게 진행되었다. 그는 우선 혼다에게 사토코가 우연히 와 있다고 속삭였는데, 흘끗 뒤로 눈을 돌린 혼다가 이미 그 우연이란 것을 믿지 않고 있음은 분명했다. 그 눈초리를 보고 기요아키는 도리어 안심했다. 진실함을 지나치게 요구하지 않는 친구라는 기요아키의 이상적인 우정을, 혼다의 눈은 참으로 능숙하게 말하고 있었다.

사람들은 떠들썩하게 복도로 나갔다. 샹들리에 아래를 지나 밤이 내린 도랑과 돌담이 바로 맞은편에 보이는 창 앞에 모였다. 기요아키는 전에 없는 흥분으로 귀를 붉힌 채 사토코를 두 왕자에게 소개했다. 물론 냉담한 태도로 소개할 수도 있었지만, 예의상 왕자들이 연인에 대해 이야기할 때 드러낸 아이 같은 열정을 흉내 내 보였다.

이렇게까지 타인의 감정을 제 것처럼 모사할 수 있는 것은 안도한 마음이 안겨 준 넓디넓은 자유 때문이라고, 그는 믿어 의심치 않았다. 자연스러운 감정은 음울하지만, 거기서 멀리 떨어지면 떨어질수록 이렇게나 자유로워질 수 있는 것이다. 왜냐하면 나는 사토코를 조금도 사랑하지 않으니까.

공손하게 기둥 그늘로 물러난 하녀 다데시나는 외국인에게 솔직한 마음을 열어 보이지 않겠다는 결심을 매화나무 자수

94

가 놓인, 단단히 여며 놓은 한에리[41]로 드러내고 있었다. 그 덕에 다데시나가 큰 소리로 초대에 대한 감사 인사를 하지 않은 것에 기요아키는 만족했다.

아름다운 여자 앞에서는 즉시 쾌활해지는 왕자들은 기요아키가 사토코를 소개할 때 내보인 약간의 특별한 기색도 바로 알아차렸다. 그 태도가 자신의 소박한 열정을 짐짓 따라 한 것이라고는 꿈에도 모르는 차오 피는, 그런 기요아키에게서 처음으로 정직하고 자연스러운 젊은이다움을 발견하고 친밀감을 느꼈다.

외국어를 한마디도 하지 않으면서도 두 왕자 앞에서 자기를 낮추지도 또 거만하지도 않게 기품 있는 태도를 지키는 사토코의 모습은 혼다에게 기꺼운 충격을 안겼다. 교토풍 기모노를 느긋하고 맵시 있게 차려입고 네 청년에게 둘러싸인 사토코는, 항아리에 꽂아 놓은 꽃나무처럼 화려하고 위엄 있는 자태를 발하고 있었다.

왕자들이 번갈아 가며 사토코에게 영어로 말을 걸었고 기요아키가 통역했는데, 그때마다 동의를 구하듯 기요아키를 향해 사토코가 짓는 미소는 지나치게 제 역할을 잘해 내고 있어, 기요아키는 다시 불안해졌다.

'그 편지를 읽지 않은 게 확실한 걸까.'

아니, 만약 읽었더라면 절대 이런 태도를 취할 리 없다. 무엇보다 여기 올 리가 없지. 전화를 받을 때 도착하지 않았던

---

41) 일본식 옷 안에 입는 속옷인 주반(襦袢)에 꿰매 붙여 다는 옷깃.

것은 분명한데, 도착한 후에 읽지 않았는지는 확인할 방법이 없었다. 어차피 '읽지 않았다'는 답이 올 게 뻔한 질문을 도저히 감행할 용기가 없는 자신에게, 기요아키는 화가 났다.

어젯밤 그처럼 밝게 응대했던 목소리와 비교해 사토코의 목소리, 사토코의 표정에 무언가 눈에 띄는 변화는 없는지 알아내려고, 그는 그녀를 슬며시 눈여겨보기 시작했다. 또다시 마음에 모래가 방울지기 시작했다.

차가워 보일 만큼 높지는 않지만 상아로 만든 인형처럼 반듯하게 코가 솟은 사토코의 옆얼굴은, 느긋하게 오고 가는 눈동자에 따라 아름답게 빛났다가 흐려지곤 했다. 보통은 천박하다고 여겨지는 곁눈질이 그녀의 경우에는 살짝 느려서, 말끝이 미소에 흘러가고 미소의 끝이 곁눈질로 옮겨 가는 식으로, 표정 전체의 우아한 흐름 속에 녹아 있어 보는 이에게 기쁨을 주었다.

약간 얇은 듯한 입술도 숨은 안쪽은 아름답게 부풀어 있었는데, 웃을 때마다 드러나는 이가 샹들리에 빛의 여파를 머금어 물기 어린 입속이 청아하게 빛나는 것을, 가느다랗고 보드라운 손가락이 줄지어 와서는 매번 잽싸게 숨겨 버렸다.

왕자들의 요란스러운 인사치레에 기요아키의 통역을 들은 사토코의 귓불이 붉게 물들었다. 머리카락 아래로 살짝 드러나 있는, 살로 된 산뜻한 빗방울 모양의 귓불이 부끄러워 붉어졌는지 원래 거기에 발라 놓은 연지 때문에 붉은 것인지, 기요아키는 도무지 분간할 수 없었다.

그러나 아무래도 숨길 수 없는 것은, 그녀의 눈빛에 담긴 결연함이었다. 거기에는 여전히 기요아키를 두렵게 하는, 무언가를 꿰뚫는 듯한 신비로운 힘이 깃들어 있었다. 그것이 이 열매의 알맹이였다.

「히라카나 성쇠기」의 개막을 알리는 종이 울렸다. 모두 제자리로 돌아갔다.

"내가 일본에 와서 본 중에 제일 아름다운 여자입니다. 당신은 정말이지 행운아로군요!"

나란히 통로를 지나 들어가면서 차오 피는 소리 낮춰 말했다. 그의 눈가에 어려 있던 향수는 이미 씻은 듯 찾아볼 수 없었다.

9

마쓰가에가의 서생 이누마는 육 년쯤 일하는 동안 소년 시절의 뜻도 시들고 분노도 쇠해 가는 양을, 전과는 다른 냉랭한 이종(異種)의 분개를 품고서 하는 일도 없이 바라보고 있는 자신을 깨달았다. 마쓰가에가의 새로운 가풍이 그를 그렇게 바꾼 것은 물론이지만, 진정한 독의 근원은 아직 열여덟 살인 기요아키에게 있었다.

그런 기요아키도 다가오는 새해에는 열아홉이 될 것이었다. 좋은 성적으로 가쿠슈인을 졸업시키고, 얼마 안 있어 스물한 살 가을에는 도쿄 제국대학 법학부에 진학시켜야 이누마의 일이 응당 끝날 터인데, 이상하게도 후작은 기요아키의 성적에 대해 이러쿵저러쿵 잔소리하는 법이 없었다.

이대로라면 도쿄 제대 법학부에 진학하기란 아무래도 어려울 터였다. 화족 자제에 한해 가쿠슈인에서 무시험 입학의 길이 열려 있는 교토 제대, 혹은 도호쿠(東北) 제대에 진학하는 수밖에 없다. 기요아키의 성적은 언제나 적당한 자리에서 부유하고 있었다. 공부에 힘을 쓰는 것은 아닌데, 그렇다고 운동에 몰두하는 것도 아니다. 만약 기요아키가 눈부신 성적을 거둬 준다면 이누마에게도 자랑거리가 되어 고향 사람들의 칭송을 얻을 테지만, 처음에는 안달하던 이누마도 어느새 초조함을 잊었다. 어찌 굴러가든 기요아키가 미래에 적어도 귀족원(貴族院)[42] 의원이 되리라는 것은 주지의 사실이었다.

그런 기요아키가 학교에서는 수석을 다투는 혼다와 가깝게 지내는데도, 정작 혼다는 그토록 친한 친구에게 하등 유익한 영향을 미치지 않는 데다, 도리어 기요아키의 찬미자가 되어 아첨하는 듯한 교제를 이어 가고 있으니 이누마에게는 괘씸한 일이었다.

물론 이런 감정에는 질투가 섞여 있었다. 어찌 되었든 혼다는 학교 친구로서 기요아키를 있는 그대로 인정할 수 있는 입장이었지만, 이누마에게는 기요아키의 존재 그 자체가, 한시도 빠짐없이 눈앞에 어른대는 아름다운 실패의 흔적이었다.

기요아키의 아름다운 용모, 우아함, 우유부단한 성격, 소박함의 결여, 노력의 방기(放棄), 몽상가다운 심성, 근사한 외양, 유연한 젊음, 상처받기 쉬운 피부, 꿈꾸는 듯한 긴 속눈썹은

---

42) 일본 제국 헌법하의 제국 의회 상원(上院)으로 1890년부터 1947년까지 존재했다. 비공선(非公選) 황족 의원, 화족 의원, 칙임(勅任) 의원으로 구성되었는데, 의원의 임기는 기본적으로 칠 년이었지만 후작 의원의 경우 종신직이었다.

이누마가 일찍이 품어 온 소망을 더할 수 없을 만큼 아름답게 배반하고 있었다. 그는 어린 주인의 존재 그 자체가 끝없이 지어 보이는 비웃음을 감지했다.

이러한 좌절이 야기하는 분노나 실패의 고통이 지나치게 오래 지속되면, 일종의 숭배와 닮은 감정으로 사람을 이끄는 법이다. 그는 다른 사람에게서 기요아키에 대한 비난 섞인 말을 들으면 심하게 화를 냈다. 그리고 저도 모르는 불합리한 직감에 의해, 어린 주인의 구제할 길 없는 고독을 이해했다.

기요아키가 걸핏하면 이누마에게서 멀어지려 했던 것도, 이누마에게서 이 같은 기갈을 너무나도 자주 발견했기 때문인지도 모른다.

마쓰가에가에 있는 많은 고용인 중에서 무례하고 노골적인 기갈을 이토록 한가득 눈에 담은 자는 이누마 하나뿐이었다. 손님 하나가 그 눈을 보고 이렇게 물은 적도 있었다.

"실례입니다만, 저 서생은 사회주의자가 아닙니까?"

그러자 후작 부인은 소리 내어 웃었다. 그가 자라 온 내력과 평상시의 언동, 또한 그가 매일 사당 참배를 빠뜨리지 않는다는 사실을 잘 알고 있었기 때문이다.

대화의 길이 끊긴 이 청년은 매일 이른 아침이면 반드시 사당을 참배한 다음, 이 세상에서는 한 번도 만나 본 적 없는 위대한 선대와 날마다 마음속으로 대화를 나누었다.

예전에는 단적인 종류의 분노를 호소하곤 했다면, 해를 거듭함에 따라 그 자신도 한도를 모르는 거대한 불만, 이 세상을 전부 뒤덮을 만큼 커다란 불만을 호소하게 되었다.

아침이면 누구보다 일찍 기상한다. 세수를 하고 입을 헹군다. 잔무늬가 있는 감색 기모노와 세로 줄무늬가 난 하카마를 입고 사당으로 향한다.

안채 뒤쪽에 있는 하녀들의 방 앞을 지나 노송나무 숲에 난 길을 걷는다. 서릿발로 땅이 부풀어 있어 후박나무 나막신으로 세게 밟으면 반짝이는 서리의 정결한 단면이 드러났다. 노송나무의 묵은 갈색 잎이 섞여 있는 녹색의 마른 잎 사이로 겨울 아침 해가 가벼운 비단처럼 펼쳐지면, 이누마는 자신이 내뿜는 흰 숨결에서도 정화된 자기 내면을 느꼈다. 엷은 파란 아침 하늘로부터 작은 새의 지저귐은 쉴 없이 내려앉았다. 가슴팍의 맨살을 둔탁하게 후려치는 혹독한 추위 속에는 마음을 끓어오르게 만드는 것이 있어, 그는 '왜 도련님을 데리고 올 수 없을까.' 하고 애석해했다.

이같이 남자답고 상쾌한 감정을 단 한 번도 기요아키에게 가르쳐 주지 못한 것은 반은 이누마의 잘못이었고, 기요아키를 억지로 아침 산책에 끌고 나올 만한 힘을 가질 수 없었던 것도 반은 이누마의 허물이었다. 육 년간 그가 기요아키에게 붙여 준 '좋은 습관'은 하나도 없었다.

평평한 언덕 위로 오르면 숲이 끝나고, 널찍한 마른 잔디 중앙에 굵은 자갈을 깔아 만든 길 끝에서 사당, 석등, 화강암으로 만든 도리이, 돌계단 아래 좌우에 놓인 대포 탄환 한 쌍이 아침 햇살을 받아 정연히 빛난다. 이른 아침 이 근방에는 마쓰가에가의 안채나 양관을 에워싼 사치의 냄새와는 전혀 다른, 단정한 기운이 넘쳐흘렀다. 깨끗한 나무로 만든 쌀 되 안에 들어가 있는 듯한 기분이 났다. 이누마가 어릴 적부터 아름다운 것, 훌륭한 것이라 배워 온 것은, 이 저택 안에서는 죽음의 주변에만 있었다.

돌계단을 올라 신사 앞에 섰을 때, 비쭈기나무 이파리에 비친 빛을 흩뜨리며 검붉은 가슴을 보였다 말았다 하는 작은 새가 보였다. 새는 나무를 때리는 듯한 소리를 내며 눈앞으로 날아갔다. 딱새 같았다.

이누마는 늘 그러듯 합장한 채 기요아키의 조부인 '선대님'에게 마음속으로 말을 붙였다. '어째서 시대는 타락하여 지금처럼 되어 버린 걸까요. 어째서 힘과 젊음과 야심과 소박함이 쇠하고 이렇게 한심한 세상이 된 걸까요. 당신은 사람을 베고 베일 뻔하며 갖은 위험을 뛰어넘고서 새로운 일본을 만들어 내고 창세의 영웅에 걸맞은 지위에 올라, 갖가지 권력을 손에 쥔 끝에 대왕생을 얻으셨습니다. 당신이 사신 것 같은 시대는 어찌하면 되살아날까요. 이 약해 빠지고 한심스러운 시대는 언제까지 이어지는 걸까요. 아니, 이제 막 시작한 걸까요? 사람들이 생각하는 거라곤 돈과 여자뿐입니다. 남자는 남자의 길을 잊어버렸습니다. 맑고 위대한 영웅과 신의 시대는, 메이지 천황의 붕어와 함께 스러져 버렸습니다. 그처럼 청년의 정력이 남김없이 쓰일 수 있었던 시대는, 두 번 다시 오지 않는 걸까요?

여기저기 카페라는 것이 문을 열어 손님을 불러 모으는 이 시대, 전차 안에서 남녀 학생 간 풍기가 어지러워 여성 전용칸이 생겼다는 이 시대, 사람들은 이제 전력을 다해 온몸으로 부딪치는 열정을 잃어버렸습니다. 잎끝 같은 신경을 흔들 뿐이고, 여자같이 가느다란 손끝을 움직일 뿐입니다.

왜 그럴까요. 어째서 이런 세상이 와 버린 걸까요. 깨끗한 것이 모조리 더러워진 세상이 온 걸까요. 제가 섬기고 있는 영손(令孫)은 참으로 이 약하디약한 이 시대가 점지한 아이이시니, 이젠 제 힘도 미치지 않습니다. 이렇게 된 바에야 죽음으로써 제 책임을 다해야 할까요? 아니면 선대님은 깊은 신의(神意)로써, 일부러 이리 되어 가도록 계획하신 건가요?'

그러나 추위도 잊고 이러한 마음의 대화에 열중한 이누마의 옷깃 사이로는, 가슴 털이 돋은 남자다운 가슴팍이 들여다보였다. 맑은 마음에 조응하는 육체가 자신에게는 주어지지 않았다는 사실이 그는 슬펐다. 한편 그토록 희고 깨끗한 청려한 육체를 소유한 기요아키에게는, 남자답고 시원시원하며 소박한 마음이 결여되어 있었다.

이누마는 그렇게 진지한 기원이 한창일 때, 몸이 뜨거워짐과 더불어 살을 엘 듯한 아침 바람으로 부푼 하카마 속에서 갑자기 고간이 일어서는 것을 느낄 때가 있었다. 그러면 그는 신사 마루 밑에서 빗자루를 꺼내 미친 듯이 근처를 쓸고 다녔다.

10

해가 바뀌고 머지않아 이누마가 기요아키의 방에 불려 갔을 때, 거기에는 사토코 집안의 늙은 하녀 다데시나가 있었다.

사토코는 이미 새해 인사를 다녀갔고 오늘은 다데시나 혼자 인사를 와서, 교토의 밀기울을 전하는 김에 기요아키의 방에 살짝 건너온 것이었다. 이누마는 다데시나를 어렴풋이 알고는 있었지만 정식으로 대면한 것은 그때가 처음이었다. 소개받는 이유도 알지 못했다.

마쓰가에가의 새해 행사란 성대한 것이라, 가고시마에서 올라온 수십 명의 대표가 옛 번주(藩主)의 저택을 들른 다음 마쓰가에 저택에 새해 인사를 하러 오곤 했다. 검게 칠한 격자 천장이 있는 큰 방에서 호시가오카[43]의 정월 요리를 대접하고

---

43) 호시가오카 사료(星ヶ岡茶寮). 도쿄도 지요다(千代田)구 고지마치(麴

식후에는 시골 사람들은 맛보기 어려운 아이스크림이나 멜론을 내놓는 것으로 유명했는데, 올해는 메이지 천황의 상이 있어 다들 삼간 탓에 겨우 세 사람만 상경했다. 그중에는 선대 때부터 후원해 온 이누마의 모교인 중학교 교장도 있었다. 이누마는 후작에게 술잔을 받을 때 교장의 면전에서 "이누마는 잘하고 있다."라는 후작의 덕담을 듣는 것이 관례였다. 올해도 마찬가지였고 그 말을 들은 교장이 고하는 감사 인사도 판에 박힌 듯 정해진 것이었는데, 사람이 적은 탓도 있었는지 이누마에게 올해의 그 예식은 유달리 공허해, 알맹이 없이 형해만 남은 것으로 느껴졌다.

물론 주로 후작 부인을 찾아오는 여자 하객들이 있는 자리에 이누마가 나선 적은 없었다. 또한 늙은이라 하더라도 여자 하객이 젊은 주인의 서재를 방문한 것도 이례적이었다.

검은 바탕에 문장을 넣은 옷을 입은 다데시나는 예법에 맞는 몸가짐으로 엄숙하게 앉아 있었으나, 기요아키가 권한 위스키에 취해 흐트러짐 없이 묶어 올린 백발 밑 교토풍으로 짙게 화장한 하얀 이마에, 흰 눈 아래 홍매같이 취한 빛을 내비치고 있었다.

어쩌다 보니 이야기는 사이온지(西園寺) 공작에 이르러 있었는데, 다데시나는 이누마에게서 눈길을 거두더니 곧바로

町) 공원에 있었던 고급 요정으로, 정재계 요인들을 위한 회합 장소로 만들어졌다. 메이지 17년인 1884년부터 영업을 시작해 상류 계급을 위한 사교의 장소로서 다회를 열거나 요리를 제공했다. 현재는 캐피톨 호텔 도큐가 인수하여 같은 이름의 중국 요리점으로 운영되고 있다.

공작 이야기로 돌아갔다.

"사이온지 님은 다섯 살이 되셨을 때부터 술도 담배도 즐기신 모양입니다. 무가에서는 아이들에게 예의범절을 엄하게 가르치십니다만, 공가[44]에서는 도련님도 잘 아시듯이 어릴 때부터 양당(兩堂)은 아무 말씀도 안 하시지요. 그도 그럴 것이 어린아이들도 태어나실 때부터 5품이시고 말하자면 주군의 가신을 맡고 있는 셈이니, 양당도 주군을 거리껴 제 자식에게 엄하게 대하지 않지요. 그 대신에 공가에서는 주군에 대해서라면 만사에 입이 무거우시니, 무사 가문처럼 가족끼리 거리낌 없이 주군의 소문을 입에 올리는 일은 결단코 없습지요. 그러니 저희 아가씨도 진심으로 주군을 소중히 여기신답니다. 그렇다곤 해도 외국의 주군까지 중히 여기셔서는 안 되겠습니다만."

다데시나는 시암 왕자들에 대한 환대를 이렇게 빈정거리고는 서둘러 덧붙였다.

"하긴 그 덕택에 실로 오랜만에 극장 구경도 시켜 주시니 수명이 다 늘어난 것 같았습니다요."

기요아키는 다데시나가 떠드는 대로 내버려 두었다. 이 방에 부러 하녀를 부른 것은 그때 이후로 마음에 맺혀 있던 의문을 풀고 싶었기 때문이다. 그는 술을 권하고는 곧장 사토코에게 부친 편지를 뜯어 보지 않고 태웠는지 조급하게 물었지만, 다데시나의 대답은 뜻밖에도 명쾌한 것이었다.

---

44) 公家. 조정에 봉공하는 귀족과 상급 관리의 총칭.

"아, 그것 말씀이십니까. 전화를 끊으신 다음 바로 아가씨께 말씀을 듣고, 다음 날 편지가 도착하자마자 제가 봉투도 뜯지 않고 불에 던져 버렸습니다. 그 일이라면 모쪼록 안심하셔요."

이를 들은 기요아키는 덤불 밑에 웅크리고 있다 졸지에 너른 들판으로 뛰쳐나온 기분이 되어, 가지각색의 경사스러운 계획을 눈앞에 그렸다. 사토코가 편지를 읽지 않았다는 것은 그저 모든 것이 원래대로 돌아간다는 의미일 뿐인데도, 그에게는 새로운 경치가 그곳에 펼쳐진 것만 같았다.

사토코야말로 멋지게 한 걸음을 내디뎠다. 매년 그녀가 새해 인사를 오는 것은 온 친척 아이들이 마쓰가에가에 모이는 날로, 후작은 두세 살부터 이십 대에 이르는 손님들의 아버지를 자처하여 그날만큼은 모든 아이들에게 친근하게 말을 붙이거나 의논 상대가 되어 주었다. 사토코는 말을 보고 싶다는 아이들 틈에 섞여 기요아키의 안내를 따라 마구간으로 갔다.

새해를 맞아 금줄을 쳐 놓은 마구간에서는 말 네 마리가 여물통에 모가지를 집어넣었다가 급격히 치켜들거나, 뒷걸음질 쳐 벽에 붙은 널빤지를 차 버리는 등 기세 넘치는 매끄러운 등에서 새해의 정기를 내뿜고 있었다. 아이들은 마부가 알려 준 말들의 이름을 듣고 기뻐하며, 손에 꼭 쥐고 온 반쯤 부스러진 라쿠간[45]을 말의 누런 어금니를 향해 던져 넣어 주기도 했다. 어수선하고 핏발 선 말이 눈을 흘겨 주면 아이들은 어른 대접을 받은 듯한 기쁨을 느꼈다.

---

45) 落雁. 쌀 따위로 만든 전분 가루에 색을 입혀 틀에 찍어 만든 마른 과자.

사토코는 말의 입에서 실처럼 늘어져 나부끼고 있는 침을 피하려고 뚝 떨어진 감탕나무 아래 상록수가 만든 짙은 그늘에 서 있었으므로, 기요아키도 아이들을 마부에게 맡기고 곁으로 갔다.

사토코의 눈가에는 도소주[46]의 취기가 여전히 남아 있었다. 아이들이 내지른 환성을 틈타 그녀가 그런 말을 뱉은 것은 취한 탓이 아닐까 싶었다. 사토코는 다가오는 기요아키를 그 느긋한 눈길로 쳐다보고는, 아무렇지도 않게 말한 것이다.

"요전번에는 즐거웠습니다. 저를 마치 정혼자인 양 소개해 주셔서 고마워요. 왕자님들은 이런 할머니가, 하고 놀라셨을 테지만 그 한순간으로 저는 이젠 언제 죽어도 여한이 없을 것 같았습니다. 당신은 그토록 저를 행복하게 만들어 주실 힘을 갖고 계시면서도, 여간해선 그 힘을 쓰시지 않네요. 제게 이처럼 행복한 새해는 없었습니다. 올해엔 분명 좋은 일이 있겠지요."

기요아키는 뭐라 대답을 해야 좋을지 망설였다. 쉰 목소리로 간신히 이렇게 대답했다.

"어떻게 그리 말씀하실 수 있는 겁니까."

"행복한 때에는 꼭 진수식 때 달아 놓은 구스다마[47]에서 날아오른 비둘기처럼 말이 마구 튀어나오는 법이에요, 기요 님. 당신도 조만간 알게 되실 거예요."

---

46) 屠蘇酒. 연초에 나쁜 기운을 물리치고 한 해의 안녕을 기원하며 마시는 약술.
47) 葉玉. 조화를 달고 띠를 늘어뜨려 장식한 공 모양의 주머니. 축하나 기념 행사에 쓰이며 가르면 안에서 비둘기나 색종이가 쏟아져 나오기도 한다.

사토코는 이처럼 열정을 토로한 다음, 또다시 기요아키가 질색하는 한마디를 끼워 넣었다. "당신도 조만간 알게 되실 거예요." 스스로의 예견에 대해 이토록 자부하다니, 이토록 연장자인 양 확신에 차 있다니…….

며칠 전에 그 말을 듣고 또 오늘은 다데시나로부터 분명한 대답을 들은 기요아키의 마음은 말끔하게 개어 새로운 해의 길조로 넘쳐흘렀다. 여느 때와 달리 그는 밤마다 꾸던 어두운 꿈은 잊어버리고 환한 대낮의 꿈과 희망으로 기울었다. 어울리지 않게 호방하게 행동하려 했고, 주위의 그늘과 고뇌를 말끔히 씻어 내 너나없이 행복하게 만들어 주겠다고 마음먹었다. 남에게 베푸는 시혜란 정묘한 기계를 다루듯 숙련을 필요로 하는 것이었음에도, 기요아키는 그럴 때 남달리 경솔해졌다.

그러나 이누마를 방으로 부른 것은, 그가 제 몸에서 그늘을 모조리 씻어 내고 이누마의 밝은 얼굴을 보고 싶다는 선의에서 비롯한 것만은 아니었다.

약간의 취기가 기요아키의 경솔함을 부추기고 있었다. 거기다 다데시나라는 늙은 하녀의, 지극히 정중한 예의와 공손함의 결정체처럼 보이면서도, 흡사 수천 년이나 이어져 온 창가의 포주같이 관능의 젤리를 주름 하나하나에 새겨 넣은 모습이, 바로 곁에서 그의 방자함을 허용해 주고 있었다.

"공부에 관한 건 뭐든지 이누마가 가르쳐 줬지요." 하고 기요아키는 짐짓 다데시나에게 말했다. "그래도 이누마가 가르쳐 주지 않는 것들도 잔뜩 있고, 사실 이누마가 모르는 것도 많은 모양입니다. 그러니 그 점에 대해서는, 다데시나가 앞으로 이누마의 선생님이 되어 줄 필요가 있단 말입니다."

"무슨 말씀이세요, 도련님." 하며 다데시나는 은근하게 답했다. "이쪽은 이미 대학생이신데, 저 같은 까막눈이 어찌 그런……"

"그러니까 학문이라면 아무것도 가르칠 필요가 없다지 않았습니까."

"늙은이를 놀리시면 안 됩니다."

대화는 이누마를 무시하고 이어졌다. 의자에 앉으라고 권하지도 않았으므로 이누마는 그 자리에 선 채 창밖의 연못을 보고 있었다. 흐린 날이라 강섬 근처에 오리들이 무리 지어 있었고 꼭대기에 있는 소나무의 빛깔은 어딘지 추워 보였는데, 마른풀에 뒤덮인 섬의 모습이 마치 도롱이를 입은 것 같았다.

비로소 기요아키가 권해 이누마는 작은 의자에 살짝 걸터앉았으나, 과연 정말로 그때까지 기요아키가 알아채지 못하고 있었는지 의문이 들었다. 아마 그는 다데시나 앞에서 자신의 위엄을 내보이려 했음이 틀림없다. 그리고 그와 같이 기요아키의 마음에 인 새로운 움직임이, 이누마의 마음에 들었다.

"그래서 말이야, 이누마. 아까 다데시나가 하녀들이 있는데서 이야기하고 왔을 때 무심코 들은 소문인데……"

"아, 도련님. 그건……"

"네가 매일 아침 사당을 참배하는 덴 따로 목적이 있는 모양이던데."

"따로 목적이 있다 하심은?"

이누마의 얼굴에는 빠르게 긴장이 감돌았고, 무릎에 얹은 주먹은 떨고 있었다.

"그만두셔요, 도련님."

늙은 하녀는 의자 등에 도자기 인형을 쓰러뜨린 듯 몸을 맡겼다. 진정으로 난처함을 표한 것이었지만, 지나치게 뚜렷한 쌍꺼풀은 얇고 예리하게 벌어져 있었고 잘 맞지 않는 의치를 낀 느슨한 입가에는 쾌락이 배어 있었다.

"사당에 가는 길은 안채 뒤쪽을 지나니까 당연히 하녀들 방의 격자창을 지나게 되지. 넌 거기서 매일 아침 미네와 얼굴을 맞추더니, 그저께는 급기야 격자창으로 미네한테 몰래 연애편지를 주었다지 않느냐."

기요아키의 말을 끝까지 듣지도 않고 이누마는 일어섰다. 감정을 억누르려는 격투의 흔적이 창백해진 얼굴에 그대로 드러나서, 얼굴의 미세한 근육까지 모조리 삐걱대는 듯했다. 언제나 그늘져 있던 그의 얼굴이 이렇게 어두운 불꽃을 품고 작열할 것 같은 모습을, 기요아키는 기쁘게 바라보았다. 그가 고통스러워하고 있다는 것을 잘 알면서도 기요아키는 그 추한 얼굴을 행복의 얼굴이라 생각하기로 했다.

"오늘부로…… 그만두도록 하겠습니다."

그렇게 단언하고서 이누마는 빠른 걸음으로 방에서 나가려 했다. 그것을 말리려고 몸을 날린 다데시나의 신속한 움직임이 기요아키의 눈을 끌었다. 젠체하던 늙은 하녀가 한순간, 표범처럼 움직여 보인 것이다.

"여기서 나가시면 안 됩니다. 그리해 버리시면 제 입장은 어찌 됩니까. 제가 쓸데없이 고자질을 해서 남의 집 고용인을 떠나게 한 셈이 되면 저도 사십 년을 일한 아야쿠라가를 떠날 수밖에 없습니다. 저를 조금만 불쌍히 여기셔서, 차분하게 앞뒤를 생각해 주셔야 합니다. 아시겠지요. 젊은 분은 외곬이시니 참 곤란하네요. 하긴 또 그게 젊은 분의 좋은 점이기도 하니까 어쩔 수 없지만서도요."

다데시나는 이누마의 소매를 잡은 채, 늙은이가 조용히 앓는 소리를 하는 듯한 모양으로 실로 간단하고 요령 있게 설득해 냈다.

그것은 다데시나가 살아오는 동안 수도 없이 반복하며 익힌 방법으로, 그녀는 그럴 때 세상에서 자신이 가장 쓸모 있는 존재가 된다는 것을 잘 알고 있었다. 천연덕스러운 얼굴로 이 세상의 질서를 뒤편에서 지켜 나가는 자라는 자신감은, 중요한 예식이 한창일 때 풀릴 리 없는 기모노가 풀린다든지 잃어버릴 리 없는 축사의 초고를 잃어버린다든지 하는, 온갖 사물들이 이상하게 돌아가는 방식을 속속들이 아는 데서 생겨났다. 그녀에게 있어서는 오히려 그처럼 일어나지 않을 법한 사태가 정상적인 상태였고, 그것을 기민하게 수습하는 자로서의 예측 불가능한 역할을 통해 자신의 쓸모를 증명해 냈다. 이처럼 침착한 여자에게 무슨 일이 있어도 안전한 것 따위는 이 세상에 없었다. 제비의 갑작스런 단 한 번의 선회가 구름 한 점 없는 하늘에 때 아닌 균열을 만들기도 하니까.

그리고 다데시나의 수습이란 재빠르고 빈틈없는 것, 요컨대 더할 나위 없는 것이었다.

이누마는 시간이 흐른 뒤에도 여러 번 생각하곤 했는데, 한순간의 주저는 한 사람의 이후의 삶을 몽땅 바꿔 버릴 수도 있는 법이다. 그러한 순간이란 아마도 백지의 날카로운 절단면 같았다. 주저가 사람을 영구히 뒤덮어 버려, 지금까지 종이의 앞면이었던 것이 뒷면이 되고 두 번 다시 겉으로는 나올 수 없게 되어 버리는 것.

기요아키의 서재 입구에서 다데시나에게 붙잡힌 이누마는 그렇게 저도 모르는 사이 한순간 주저했다. 그걸로 끝이었다. 그 순간 아직 어린 그의 내면에는 자신의 편지를 미네가 우습게 여기며 모두에게 보여 준 것인지, 아니면 우연히 남의 눈에 띄어 미네가 곤경에 처한 것인지 궁금히 여기는 마음이, 파문을 가르는 물고기의 등지느러미처럼 날카롭게 뻗어 나왔다.

작은 의자로 돌아온 이누마를 보았을 때, 기요아키는 자신이 거둔 최초의 조촐한 승리가 결코 자랑스럽지 않았다. 어느새 이누마에게 자신의 선의를 베푸는 일은 포기해 버렸다. 제멋대로, 저 혼자만의 행복감이 이끄는 대로 움직이면 되는 것이다. 그는 지금 참으로 어른스럽고 진정으로 우아하게 움직일 수 있는 자유를 느꼈다.

"내가 이런 이야길 꺼낸 건 널 다치게 하려는 것도 아니고 놀리려는 것도 전혀 아냐. 너를 위해 다데시나와 둘이서 계획을 세우려는 걸 모르겠니. 이 일은 아버님께는 절대 말하지 않겠어. 결코 아버님 귀에는 들어가지 않게 내가 노력할 거야. 앞으로 이 일에 대해선 다데시나가 여러모로 지혜를 나눠 줄 거다. 그렇지, 다데시나? 미네는 우리 집 하녀 중에서 제일 미

인이지만 그런 만큼 조금 문제가 있어. 그래도 거기에 대해서
는 내게 맡겨 둬."

이누마는 막다른 곳에 몰린 밀정처럼 눈만 반짝이며, 기요
아키의 말을 한 마디도 놓치지 않으면서도 완강히 입을 다물
고 있었다. 파고들자면 그 말 한 마디 한 마디에 불안의 씨앗
이 될 여지는 얼마든지 있었다. 그것을 문제 삼지 않고 그저
들은 말 그대로 마음에 새기려 하고 있는 것이다.

이누마에게 평소와 달리 활달하게 말을 이어 나가는 나이
어린 청년의 얼굴이 지금처럼 주인다워 보인 적은 없었다. 그
것은 분명 이누마가 바라던 성과였지만 이토록 뜻밖에, 이처
럼 당혹스러운 과정을 거쳐 이루어질 수 있으리라고는 상상
도 해 본 적이 없었다.

이누마는 이렇게 기요아키에게 완패한 것이 자기 안의 육
욕에 완패한 것과 똑같이 느껴지는 것이 의아했다. 조금 전 잠
깐 동안 주저한 이후로는, 자신이 오래도록 부끄러워했던 쾌
락이 어쩐지 졸지에 공명정대한, 충실함이나 정성스러움과
결부되는 듯한 기분이 들었다. 거기에는 분명 덫이 있고 속임
수가 있다. 그러나 배겨 낼 수 없을 정도의 수치심과 굴욕의
밑바닥에서, 순금의 작은 문이 건실히 열린 것이다.

다데시나는 하얀 파뿌리를 연상케 하는 목소리로 이렇게
맞장구쳤다.

"전부 다 도련님이 말씀하시는 대로입니다. 젊은 분이신데
도 참말로 제대로 생각하고 계신걸요."

이처럼 이누마의 견해와는 완전히 반대되는 의견을, 이누

마의 귀는 전혀 거슬림 없이 듣고 있었다.

"그렇지만 그 대신에……." 하고 기요아키는 말했다. "이제부터 이누마도 번거로운 말은 하지 말고 다데시나와 힘을 합쳐 나를 도와줘야만 해. 그리고 난 네 사랑을 도와줄게. 다 같이 사이좋게 지내는 거야."

11

기요아키의 꿈 일기.

"요즘 시암 왕자들과 좀처럼 만날 기회가 없었는데도 어째서인지 시암 꿈을 꿨다. 그것도 내가 시암에 가 있는 꿈이었다.

나는 방 중앙에 놓인 멋진 의자에 꼼짝도 못하고 앉아 있었다. 그 꿈속에서 나는 계속 머리가 아프다. 그도 그럴 게 보석이 잔뜩 박힌 높이 솟은 금관을 얹고 있기 때문이다. 천장의 들보에는 엄청나게 많은 공작이 빽빽이 앉아서 가끔씩 내 금관 위에 흰 똥을 떨군다.

문밖의 햇살은 타들어 갈 듯하다. 풀투성이의 황폐한 정원이 맹렬한 햇살을 뒤집어쓴 채 잠잠하다. 들리는 소리라고는 파리의 희미한 날갯짓 소리와 이따금씩 방향을 바꾸는 공작의 딱딱한 발바닥 소리, 그리고 공작이 날개를 가다듬는 소리뿐이다. 황폐한 정원은 높은 돌벽에 둘러싸여 있는데, 그 벽에는 큰 창이 있어서 야자나무 몇 그루와 움직이지 않는 적운의 희고 눈부신 퇴적이 보일 따름이다.

시선을 떨어뜨리면 내 손가락에 끼워진 에메랄드 반지가 보인다. 그것은 차오 피가 끼고 있던 반지인데 보석을 에워싸고 있는 모양도 완전히 똑같다.

나는 문밖에서 들어온 빛이 반사된 짙은 초록빛 에메랄드 속에서, 흰 얼룩이라고도 균열이라고도 하기 어려운 무언가가 서릿발처럼 반짝이는 것을 응시하고 있다가, 그곳에 작고 사랑스러운 여자의 얼굴이 떠올라 있음을 알아챘다.

등 뒤에 서 있는 여자의 얼굴이 비친 것인가 싶어 뒤돌아봤지만 아무도 없다. 에메랄드 속 여자의 작은 얼굴은 살짝 움직여, 아까는 진지해 보였던 것이 이번에는 분명히 미소를 띠고 있다.

나는 손등에 들러붙은 파리 때문에 근질거려 황급히 손을 흔들고서 다시 한번 반지에 박힌 보석을 들여다보려 했다. 그때 여자의 얼굴은 이미 사라진 뒤였다.

그게 누구인지 확인할 수 없었던 이루 말할 수 없는 통한과 비애 속에서, 나는 눈을 떴다……."

이런 식으로 기록하는 꿈 일기에 기요아키가 자기만의 해석을 덧붙이는 일은 전혀 없었다. 즐거운 꿈은 즐거운 꿈대로 불길한 꿈은 불길한 꿈대로, 가능한 한 자세히 기억을 불러와 있는 그대로 묘사했다.

꿈에 이렇다 할 의미를 부여하지 않으면서 꿈 자체를 중시하는 그의 사고방식에는, 자기 존재에 대한 일종의 불안이 숨어 있는지도 몰랐다. 깨어 있을 때 그의 감정이 무상한 데에 비하면 꿈 쪽이 훨씬 더 확실했는데, 감정이 '사실'인지 아닌지는 판정할 방법이 없지만 꿈은 적어도 '사실'이었다. 또한 감정에는 형태가 없지만 꿈에는 형태뿐 아니라 색깔도 있었다.

꿈 일기를 적을 때 기요아키가 반드시 그의 마음에 뜻대로 되지 않는 현실의 불만을 담는다고만은 할 수 없었다. 이즈음 현실은, 줄곧 그가 생각한 대로 빚어지고 있었다.

굴복한 이누마는 기요아키의 심복이 되었고 빈번히 다데시나와 연락을 취하며 사토코와 기요아키의 밀회를 성사시키려 했다. 기요아키는 그런 심복만으로 충분히 만족하는 자신의 성격이 본디부터 친구를 필요로 하지 않는 것은 아닐까 생각했고, 왠지 모르게 혼다와 소원해졌다. 혼다는 조금 허전했지만 자신을 필요로 하지 않는다는 것을 민감하게 알아차리는 점이 우정의 중요한 부분이라 생각하고 있었으므로, 평소라면 기요아키와 하는 일 없이 보낼 시간을 모조리 공부에 쏟았다. 영어, 독일어, 프랑스어로 된 법률서나 문학, 철학을 찾아 읽었고, 딱히 우치무라 간조[48]의 영향을 받은 것은 아니었으나 칼라일의 『의상 철학』[49]을 읽고 감탄했다.

---

48) 內村鑑三(1861~1930). 기독교 사상가이자 문학자. 무교회주의의 창시자이다. 「후세에 남기는 최대의 유산(後世への最大遺物)」(1894)에는 토마스 칼라일에 대한 존경과 애정이 잘 드러나 있다.

49) Thomas Carlyle(1795~1881). 영국의 역사가, 평론가. 1890년대 전후부터 널리 읽히고 번역되어 일본의 사상가들과 문학자들에게 큰 영향을 미쳤다. 『의상 철학(Sartor Resartus)』(1830~1831)은 독일인 토이펠스드레크의 의상 철학(衣裳哲學)과 전기를 편집, 보충한 형식의 저술이다. 토이펠스드레크라는 가공의 인물은 칼라일 자신의 분신이므로 자서전 성격을 띤 저작이라 할 수 있다.

눈 내리던 어느 날 아침 기요아키가 학교로 나서려던 참에, 이누마가 주위를 살피며 기요아키의 서재에 들어왔다. 이누마의 이같이 비굴한 태도는 그의 우람한 얼굴과 체격이 늘 기요아키에게 가하던 압박을 단번에 없애 버렸다.

이누마는 다데시나가 걸어온 전화에 대해 보고했다. 사토코가 오늘 아침 내린 눈에 매우 신이 나서 기요아키와 함께 인력거를 타고 눈 구경을 가고 싶으니, 기요아키가 학교를 쉬고 데리러 와 주지 않겠는가 물었다는 것이다.

이처럼 놀랍도록 철모르는 제안을 기요아키는 태어나 누구에게도 받아 본 적이 없었다. 이미 등교 준비를 끝내고 한 손에는 가방을 들고 선 그는 이누마의 얼굴을 보며 멍하니 서 있었다.

"도대체 무슨 말이야. 정말 사토코가 그런 생각을 해냈단 말야?"

"네. 다데시나 님이 말씀하신 것이니 틀림없습니다."

이상하게도 그렇게 단언할 때 이누마는 얼마간 위엄을 되찾아, 마치 기요아키가 거역하기라도 하면 도덕적으로 그를 비난해 올 듯한 눈빛을 띠고 있었다.

기요아키는 슬쩍 등 뒤의 눈 내린 정원 풍경에 눈길을 주었다. 다짜고짜 던져 온 사토코의 행동이 자신의 긍지를 상처 입혔다기보다는, 날카로운 메스로 더욱 날쌔게, 긍지라는 종기를 도려낸 듯 상쾌했다. 알아채지 못할 정도로 재빨라서 이쪽의 의지는 무시당하는 일종의 신선한 쾌감. '나는 이제 사토코의 뜻대로 되어 가는구나.' 생각하면서, 아직 쌓일 정도는 아니지만 강섬이나 단풍산을 수놓으며 촘촘하게 내리는 눈의 모습을, 그는 한눈에 담아 간직했다.

"그럼 학교에는 네가 전화를 걸어 나는 오늘 감기로 결석한다고 전해 줘. 절대 아버님이나 어머님께 알려지지 않도록. 그리고 인력거 대기소에 가서 믿을 수 있는 인력거꾼 둘이 끄는 2인승 인력거를 준비해 줘. 나는 인력거 대기소까지 걸어갈 테니."

"이렇게 눈이 내리는데 말입니까?"

이누마는 젊은 주인의 볼이 갑자기 달아올라 붉게 물들어 오는 것을 보았다. 눈이 쏟아지는 창을 뒤로한 채 그늘져 있어서, 그림자에 붉은빛이 스며드는 모습이 더욱 아름다웠다.

이누마는 자신이 손때 먹여 키운 소년이 전혀 영웅적인 성품으로는 자라지 않았지만, 목적이 무엇이든 간에 이처럼 눈동자에 불길을 담고 출발하는 모습을 만족하며 바라보는 자신에게 놀랐다. 한때는 그가 경멸했던 방향, 지금 기요아키가 나아가려는 방향에도, 놀기 좋아하는 게으른 마음속에 아직 찾아내지 못한 대의가 숨어 있을지 몰랐다.

12

아자부의 아야쿠라가는 대문 옆 양쪽으로 격자창이 달린 경비소를 갖춘 무가의 저택이었지만 일손이 부족해 문 옆에 딸린 작은 방들에는 인기척이 없었다. 기왓장 귀퉁이들은 눈에 덮여 있다기보다는, 눈을 그 모양 그대로 충실하게 들어 올리고 있는 것처럼 보였다.

쪽문 쪽에 우산을 받치고 선 다데시나 같은 검은 형체가 보이더니 인력거가 가까이 다가갈 때쯤 황급히 사라져서, 인력거를 문 앞에 대 놓고 기다리는 기요아키의 눈은 쪽문 테두리 안으로 내리는 눈만을 한동안 바라보고 있었다.

드디어 다데시나가 들고 있는 오므린 우산 아래로, 보랏빛 두루마기의 소맷자락을 가슴팍에 여민 사토코가 고개를 숙이고 쪽문을 빠져나왔다. 그 모습이 기요아키에게 작은 사각형 속에서 무언가 숭고한 자색 꾸러미를 눈 속으로 꺼내 오는 듯한, 부당하고 가슴이 답답해질 정도의 호화로운 아름다움을 선사했다.

사토코는 인력거에 오를 때 분명 다데시나나 인력거꾼의 도움을 받아 반쯤 몸을 띄우듯이 올라탔을 것이다. 그러나 포장을 걷고 그녀를 맞이한 기요아키에게는, 눈 몇 조각을 목 언저리나 머리카락에 남긴 채 들이치는 눈과 함께 희고 윤기 나는 미소 띤 얼굴로 다가오는 사토코가, 평평한 꿈속에서 몸을 일으켜 급작스레 자신을 덮쳐 온 무언가 같았다. 사토코의 무게를 불안정하게 받아들인 차의 동요가 그러한 순간의 느낌을 더했는지도 모른다.

그것은 굴러 들어온 보라색 퇴적물이었고 향내도 배어 있어서, 기요아키는 자신의 차가워진 볼 주변에서 춤추는 눈이 갑자기 향기를 뿜어내는 듯 느꼈다. 올라탈 때의 기세로 사토코의 볼은 기요아키의 볼 바로 옆까지 바싹 다가왔고, 당황하며 몸을 일으켜 세운 그녀의 목덜미가 순간 경직되었다. 마치 흰 물새의 목이 응어리진 것 같았다.

"어찌…… 어찌 이리 급작스레?"

기요아키는 위축된 목소리로 말했다.

"교토에 계신 친척이 위독하셔서 아버지와 어머니가 어젯밤 밤차로 떠나셨어요. 혼자 있으니 무슨 일이 있어도 기요 님을 만나고 싶어져서 어젯밤 내내 궁리했는데, 오늘 아침엔 눈까지 내리지 않겠어요. 그러다 보니 꼭 기요 님하고 둘이서 눈구경에 나서고 싶어져서 태어나 처음으로 이런 고집을 부렸습니다. 용서해 주셔요."

전에 없이 어리광 부리는 말투로 사토코가 숨을 헐떡이며 대답했다.

인력거는 이미 끌고 미는 두 인력거꾼의 구호에 맞춰 움직이기 시작했다. 포장에 난 작은 창문으로는 노랗게 물든 눈이 그리는 잔잔한 무늬가 보일 뿐이라, 차 안에서는 옅은 어둠이 끊임없이 흔들리고 있었다.

두 사람의 무릎을 기요아키가 가져온 진녹색의 스코틀랜드 제(製) 격자무늬 무릎 덮개가 덮고 있었다. 둘이 이렇게 몸을 맞대고 있는 것은 기억도 나지 않는 어린 시절의 추억을 제외하면 처음이었다. 그런데도 기요아키는 잿빛 미광으로 가득한 포장의 틈새가 벌어졌다 좁아졌다 하면서 끝도 없이 눈을 불러들여 그 눈이 녹색 무릎 덮개에서 물방울로 맺히는 모습에 눈길을 주거나, 마치 커다란 파초의 나뭇잎 그늘에서 듣는 눈 소리처럼 포장에 들이치는 요란한 눈 소리에 줄곧 마음을 빼앗겨 있었다.

행선지를 묻는 인력거꾼에게 "어디라도 좋아. 어디라도 갈 수 있는 한 가 주게." 하고 답한 기요아키는 사토코도 같은 마음이라는 것을 알았다. 그리고 인력거꾼이 채를 올려 출발할 때 약간 뒤로 젖혀진 자세 그대로 뻣뻣이 앉아서, 두 사람 다 아직 손조차 잡고 있지 않았다.

그러나 무릎 덮개 아래에서는 어쩔 수 없이 맞닿은 무릎이 눈 아래 떨어진 한 점 불꽃 같은 번뜩임을 전해 왔다. 기요아키의 뇌리에는 또다시 집요한 의문이 싹트기 시작했다. '사토코가 그 편지를 읽지 않은 게 확실한 걸까? 다데시나가 그렇게까지 단언했으니 틀림없을 테다. 그렇다면 사토코는 나를, 아직 여자를 모르는 남자로 알고 놀리는 걸까? 이 굴욕을 어찌 버텨 내야 하나. 그토록 그 편지가 사토코 눈에 띄지 않기를 바랐는데 지금 같아서는 보았더라면 좋았을 것만 같다. 그렇다면 눈 오는 날 아침의 미칠 듯한 이러한 밀회는 명백히 여자를 아는 남자를 향한, 여자의 진지한 도발을 의미하기 때문이다. 그런 거라면 나로서는 어쩔 도리가 없다……. 그러나 그렇다 하더라도, 내가 아직 여자를 모른다는 사실은 속일 방법이 없지 않은가…….'

작고 네모난 짙은 어둠의 동요는 그의 생각을 이쪽저쪽으로 흩날려, 사토코로부터 눈을 돌리려 해도 작고 누레진 셀룰로이드 들창에 가득한 눈 말고는 바라볼 곳이 없었다. 그는 마침내 손을 무릎 덮개 아래로 넣었다. 그곳 따뜻한 둥지 속에서는 조심스러운 기대를 품은 사토코의 손이 기다리고 있었다.

눈송이 하나가 날아 들어와 기요아키의 눈썹에 머물렀다. 사토코가 알아채고는 "어머." 하고 말한 순간, 엉겁결에 사토코를 향해 얼굴을 돌린 기요아키는 눈꺼풀에 전해 오는 차가움을 느꼈다. 사토코가 갑자기 눈을 감았다. 눈을 감은 그 얼굴이 기요아키의 눈앞에 있었다. 연지를 바른 입술만이 어두운 광택을 발했고 얼굴은 막 발부리에 차인 꽃이 요동치듯 윤곽을 흐트러뜨리며 떨리고 있었다.

기요아키의 가슴은 세차게 고동쳤다. 교복에 높직이 달린 옷깃이 목을 죄어 오는 것을 또렷이 느꼈다. 눈을 감은 사토코의 고요한 흰 얼굴만큼 난해한 것은 없었다.

무릎 덮개 아래로 잡고 있던 사토코의 손가락에 아주 조금 희미한 힘이 더해졌다. 그것을 신호라고 느꼈다면 기요아키는 또 한 번 틀림없이 상처받았을 테지만, 그 가벼운 힘에 이끌려 기요아키는 자연스레 제 입술을 사토코의 입술 위에 얹을 수 있었다.

인력거의 동요가 바로 다음 순간 포개진 입술을 떼어 놓으려 했다. 그러므로 저절로 그의 입술은 두 입술이 닿은 곳을 축으로 두고 모든 동요를 거스르려는 태세를 갖추었다. 맞닿은 입술을 사북[50]으로 삼아, 그 주위로 몹시 커다랗고 향기로운, 보이지 않는 부채가 서서히 펼쳐지는 것을 기요아키는 느꼈다.

그때 기요아키는 분명 망아(忘我)의 경지를 알게 되었지만, 그렇다고 해서 자신의 아름다움까지 잊은 것은 아니었다. 자신의 아름다움과 사토코의 아름다움을 공평하고 동등하게 바라볼 수 있는 시점에서라면, 이때 분명 서로의 아름다움이 수은처럼 녹아드는 것을 볼 수 있었으리라. 내치듯 조바심 내고 가시 돋친 것은 아름다움과는 무관한 성질의 것이며, 고립된 개체라는 맹신은 육체가 아니라 정신에만 깃들기 쉬운 병임을 깨달은 것이다.

기요아키 안의 불안이 남김없이 씻겨 나가고 행복의 소재를 똑똑히 확인할 수 있게 되자, 입맞춤은 점점 더 격렬하고 단호해졌다. 그와 함께 사토코의 입술은 점점 더 부드러워졌다. 기요아키는 따뜻한 꿀 같은 구강 속으로 온몸이 녹아 들어

---

50) 접었다 폈다 하는 부채의 아랫머리에 박아 축으로 삼는 물건.

갈 것만 같아 두려워져서, 무언가 형체 있는 것을 만지고 싶어
졌다. 무릎 덮개에서 손을 빼 여자의 어깨를 안고 턱을 받쳤
다. 여자의 턱에 담긴 섬세하고 약한 뼈의 느낌이 그의 손가락
에 닿자 다시 별개의 육체, 확실히 자기 밖에 있는 개체의 모
습을 확인할 수 있었지만, 이번에는 그것이 도리어 입술의 융
화를 고조시켰다.

사토코는 눈물을 흘리고 있었다. 기요아키의 볼에까지 전
해졌으므로 알 수 있었다. 기요아키는 긍지를 느꼈다. 그러
나 그의 그러한 긍지에는 예전에 그랬듯 타인에게 베푸는 듯
한 시혜자로서의 만족은 티끌만큼도 없었고, 사토코에게서도
매사에 비평적인 연장자의 기세는 사라져 있었다. 기요아키
는 자신의 손끝이 닿는 그녀의 귓불이나 가슴팍 하나하나에
서 새로이 느껴지는 보드라움에 감동했다. 이것이 애무로구
나, 그는 터득했다. 자칫하면 날아가 버릴 듯한 아지랑이 같은
관능을 형체 있는 것에 의탁해 나타내 붙들어 매는 일. 그리고
그는 이미 자신의 기쁨만을 생각하고 있었다. 그것이 그가 할
수 있는 최상의 자기 방기(放棄)였다.

입맞춤이 끝날 때, 그것은 원치 않게 잠에서 깨어날 때와 비
슷해서 아직 졸린데도 눈꺼풀의 얇은 피부 사이로 비쳐 오는
마노[51] 같은 아침 해에 차마 저항하지 못하는, 그 께느른한 아
쉬움으로 가득 차 있었다. 그때야말로 잠의 달콤함은 절정에

---

51) 원석이 말의 뇌수를 닮아 '마노'라는 이름이 붙은 석영질 보석. 빛깔은 다
양하나 크게 붉은색과 누런색으로 나뉜다.

달하는 것이다.

막상 입술이 떨어지고 보니 지금까지 아름답게 지저귀던 새소리가 갑자기 잠잠해진 듯한 불길한 고요함이 뒤에 남았다. 둘은 서로의 얼굴을 볼 수가 없어 가만히 앉아 있었다. 그러나 인력거의 동요가 침묵으로부터 그들을 구제해 주었다. 뭔가 다른 일에 정신이 팔린 척 할 수 있었으므로.

기요아키는 시선을 떨구었다. 짙푸른 풀숲에서 위험을 감지하고 주위를 살피는 생쥐처럼 버선을 신은 여자의 흰 발끝이 무릎 덮개 아래에서 작게 쭈뼛대는 것이 내려다보였다. 그리고 그 발끝은 눈으로 살짝 덮여 있었다.

기요아키는 자신의 볼이 심히 뜨거웠으므로 아이처럼 사토코의 볼에도 손을 대 보고는, 똑같이 뜨겁다는 사실에 만족했다. 그곳에만 여름이 있었다.

"포장을 열고 싶은데."

사토코는 고개를 끄덕였다.

기요아키는 크게 팔을 벌려 전면에 덮인 포장을 벗겨 냈다. 눈으로 가득 찬 네모난 단면이 막 쓰러져 넘어가는 맹장지처럼, 소리도 없이 눈앞에서 무너졌다.

인력거꾼이 낌새를 살피더니 멈추어 섰다.

"아냐! 계속 가!" 기요아키는 외쳤다. 등 뒤에서 청량하고 젊음에 넘치는 외침이 들려와 인력거꾼은 다시 한번 몸을 일으켰다. "가라! 갈 수 있는 만큼 더, 더 가!"

인력거는 인력거꾼의 구령과 함께 미끄러지기 시작했다.

"사람들이 봐요."

인력거 바닥 쪽으로 젖은 눈길을 돌리면서 사토코가 말했다.

"상관없어."

자기 목소리에 담긴 과감한 울림에 기요아키는 놀랐다. 그는 알고 있었다. 그는 세계와 직면하고 싶었던 것이다.

올려다본 하늘은 눈발이 맹렬하게 뒤엉키는 깊은 못처럼 보였다. 두 사람의 맨얼굴에 바로 눈이 떨어졌고, 입을 벌리면 입속에까지 눈이 들이쳤다. 이렇게 눈 속에 파묻혀 버린다면 얼마나 좋을까.

"지금, 눈이 여기에……."

사토코는 꿈꾸는 듯한 목소리로 말했다. 눈이 목 언저리에서 가슴께로 방울져 떨어진 것을 말하려 한 모양이다. 그러나 눈은 조금의 흐트러짐도 없이 내리고 있었고 그 광경에는 의식을 치르는 듯한 장엄함이 있어, 기요아키는 차가워진 볼과 함께 마음도 차츰 바래 가는 것을 느꼈다.

마침 인력거는 저택이 많은 가스미초(霞町) 언덕 위 벼랑가에 있는, 아자부 3연대의 연병장이 내려다보이는 공터에 이르러 있었다. 온통 눈으로 덮인 연병장에 병사들의 모습은 보이지 않았지만 돌연 기요아키는 그곳에서, 전에 보았던 러일 전쟁 사진집 속 득리사 부근 전사자 위령제의 환영을 보았다.

수천 명의 병사가 그곳에 무리 지어 맨나무 묘표와 흰 천이 나부끼는 제단을 멀찍이서 에워싼 채 고개를 숙이고 있다. 사진과 달리 병사들의 어깨에는 모두 눈이 쌓이고 군모의 차양도 모조리 하얗게 물들어 있었다. 저들은 실은 모두 죽은 병사들이라고, 환영을 본 순간 기요아키는 그렇게 생각했다. 저기

떼 지어 있는 수천 명의 병사들은 단지 전우의 위령제를 위해 모인 것이 아니라, 자기 자신을 스스로 애도하기 위해 머리를 숙이고 있는 것이다…….

환영은 금세 사라지고 풍경은 계속해서 모양을 바꿨다. 높다란 담 안쪽에 눈 무게로 대송 가지가 부러지지 않도록 새로 매어 둔 선명한 보리 빛깔 새끼줄, 그 위에 위태롭게 눈이 얹혀 있는 모양, 이 층짜리 건물의 젖빛 유리창에 낮인데도 밝혀 둔 등불이 아렴풋이 스며든 모양 따위가 눈 너머로 잇따라 내다보였다.

"닫아 줘요."

사토코가 말했다.

포장의 장막을 내리자 익숙한 옅은 어둠이 돌아왔다. 그러나 전과 같은 도취는 돌아오지 않았다.

'내 입맞춤을 어떻게 받아들였을까?' 기요아키는 또다시 제 특기인 의혹에 사로잡혔다. '너무 빠져든 나머지 자기중심적이고 어린애 같아서 꼴사납다고 생각하지 않았을까? 하긴 그때 나는 분명 나 자신의 쾌락만을 생각했어.'

그때 "이제 돌아갈까요?" 하고 건넨 사토코의 말은 분명 지나칠 정도로 이치에 맞는 말이었다.

'또 자기 멋대로 끌고 가려 하는구나.'

기요아키는 그렇게 생각하면서도 즉각 반대할 기회를 놓쳐 버렸다. 돌아가지 않겠다고 한다면 주사위는 기요아키에게 맡겨진다. 손에 익지 않은 그 무거운 주사위, 만지는 것만으로 손끝이 얼어 버릴 듯한 상아로 만든 주사위는 아직 그의 것이 아니었다.

13

집으로 돌아온 기요아키가 오한이 들어 조퇴했다고 꾸며 대니 어머니가 기요아키의 방으로 상태를 보러 와 억지로 열을 재는 등 요란스러운 소동이 벌어졌다. 그때 혼다에게서 전화가 왔다고 이누마가 알려 왔다.

어머니가 대신 받겠다고 하는 것을 만류하느라 기요아키는 진땀을 뺐다. 무슨 일이 있어도 직접 전화를 받겠다는 기요아키의 등 뒤에는 캐시미어 담요가 덮여 있었다.

혼다는 학교 교무과에서 빌려 전화를 건 것이었다. 기요아키의 목소리는 더없이 언짢았다.

"사정이 좀 있어서 오늘은 일단 학교에 갔다가 조퇴한 걸로 돼 있어. 아침부터 학교에 가지 않았다는 건 집에는 비밀이야. 감기?" 하고 기요아키는, 전화실 유리문을 신경 쓰며 한껏 낮춘 떳떳지 못한 목소리로 말을 이어 갔다. "감기는 뭐, 대단한 건 아냐. 내일은 학교에 갈 수 있으니 그때 설명할게. 애초에 하루 쉰 것 가지고 걱정돼서 전화할 건 없잖아. 호들갑스럽긴."

혼다는 전화를 끊고서 자신의 선의가 험한 응답으로 돌아왔다는 사실에 가슴이 울렁일 정도로 분노를 느꼈다. 이전에는 기요아키에 대해 느껴 본 적 없는 분노였다. 기요아키의 냉랭하고 언짢은 목소리나 무례한 응대보다도, 본의 아니게 친구에게 비밀 하나를 맡겨 두어야만 한다는 못마땅함이 그의 목소리에 넘치고 있었다는 점이 혼다를 상처 입혔다. 그는 지금껏 단 한 번도 기요아키에게 비밀을 털어놓도록 강요한 적이 없었다.

차츰 냉정한 상태로 돌아오자 '고작 하루쯤 쉬었다고 안부 전화를 건 나도 참 그렇군.' 하고 혼다는 반성했다. 그러나 이 성급한 안부 인사는 깊은 우정에서 비롯한 것이라고만은 할 수 없었다. 그는 뭐라 말할 수 없는 불길한 마음에 사로잡혀 쉬는 시간이 되자마자 교무과의 전화를 빌리러 눈 내린 교정을 달려간 것이었다.

아침부터 기요아키의 책상이 비어 있다. 그것이 혼다에게 전부터 두려워하던 일이 현전한 것만 같은 공포를 안겼다. 기요아키의 책상은 창가에 있었으므로 창을 통해 들이친 빛이 낡은 상처투성이의 책상을 뒤덮은 갓 칠한 니스에 정통으로 비쳐, 책상이 흡사 흰 천으로 덮어 놓은 뒤주 모양 좌관(坐棺)처럼 보였다…….

집에 돌아온 후에도 혼다는 마음이 울적했다. 그때 이누마에게서 전화가 걸려와 기요아키가 아까 있었던 일을 사과하고 싶어 한다고, 오늘 밤 인력거를 보낼 테니 와 주지 않겠느냐고 물어 왔다. 이누마의 무겁고 단조로운 목소리가 혼다를 한층 더 불쾌하게 했다. 그는 일언지하에 거절하고서, 학교에 나올 수 있게 되면 그때 천천히 이야기를 듣겠노라 했다.

이누마에게서 이러한 대답을 전해 들은 기요아키는 진짜 병에 걸리기라도 한 것처럼 괴로워졌다. 그리고 밤이 이슥해지자 볼일도 없으면서 이누마를 방으로 불러서는, 이렇게 말해 이누마를 놀라게 했다.

"다 사토코 잘못이야. 여자가 남자의 우정을 망친다더니 모두 맞는 말이군. 사토코가 아침에 그렇게 제멋대로 굴지 않았더라면 혼다를 화나게 할 일도 없었을 거야."

밤새 눈이 그치고 밝아 온 아침은 쾌청했다. 기요아키는 하인이 말리는 것을 뿌리치고 학교로 나섰다. 혼다보다 일찍 등교해서 먼저 아침 인사를 건네려고 한 것이다.

그러나 하룻밤이 지나고 이토록 찬란한 아침을 마주하자 기요아키의 마음 깊숙한 곳에서는 걷잡을 수 없는 행복감이 되살아나, 그를 또 한 번 다른 인간으로 바꾸어 버렸다. 교실에 들어서는 혼다에게 기요아키는 미소를 지어 보였다. 그리고 혼다가 아무 일도 없었던 것처럼 담박한 미소로 답하자, 그때까지 어제 아침의 사건을 모조리 털어놓으려던 기요아키는 마음을 바꿨다.

혼다는 미소로 답하긴 했지만 그 이상 말을 하려 들지 않았다. 그는 자기 책상에 가방을 건 다음 창가에 기대 눈이 갠 경치를 바라보고 손목시계를 슬쩍 보더니, 아직 수업 시작까지

삼십 분이나 남아 있음을 확인했는지 그대로 등을 돌려 교실을 나섰다. 기요아키는 자연스레 뒤를 따랐다.

고등부 교실이 있는 이 층짜리 목조 건물 옆에는 정자를 가운데 두고 기하학적으로 배치된 작은 화단이 있고, 화단에서 조금 떨어진 곳에 숲으로 내려가는 샛길이 있었다. 숲은 '피 씻는 연못'이라 이름 붙은 늪을 둘러싸고 있었다. 기요아키는 혼다가 피 씻는 연못 쪽으로 내려갈 리는 없으리라 생각했다. 눈이 녹기 시작한 비탈진 샛길은 걷기 어려울 터였다. 역시나 혼다는 정자에서 멈춰 서더니 의자에 들이친 눈을 털고 걸터 앉았다. 기요아키는 눈 덮인 꽃밭 사이를 지나 그쪽으로 다가 갔다.

"왜 따라온 거야."

혼다는 눈부신 듯 눈을 찌푸리고 이쪽을 봤다.

"어젠 내가 잘못했어."

기요아키는 담담하게 사과했다.

"괜찮아. 꾀병이었던 거지?"

"응."

기요아키도 눈을 털고 혼다 옆에 앉았다.

몹시 눈부신 듯 상대를 바라본 것이 감정의 표면에 도금을 씌워 어색함을 금세 지워 버리는 데에 도움이 됐다. 서 있을 때는 눈 쌓인 나뭇가지 사이로 보이던 늪이 정자에 앉으니 보이지 않았다. 교사의 처마에서도 정자 지붕에서도 가까이 있는 나무들에서도, 일제히 눈이 녹아 방울져 떨어지는 명랑한 소리가 났다. 근처 화단을 불규칙하고 울퉁불퉁하게 뒤덮은 눈은 이미 표면이 얼어 아래로 푹 꺼져서, 화강암의 거친 절단면처럼 촘촘한 빛을 반사하고 있었다.

혼다는 기요아키가 틀림없이 무언가 마음에 품고 있는 비밀을 털어놓으리라 생각했지만, 자신이 그러기를 기다리고 있다는 사실을 인정할 수는 없었다. 반쯤은 기요아키가 아무 것도 말하지 않아 주기를 바라고 있었다. 친구가 은혜를 베풀기라도 하듯 비밀을 나누어 주는 일은 견디기 힘들었다. 그래서 저도 모르게 먼저 입을 떼 부러 동떨어진 이야기를 꺼냈다.

"난 요즘 개성이라는 것에 대해 생각하고 있어. 적어도 이 시대, 이 사회, 이 학교 안에서 나라는 한 사람은 다른 인간이라고 생각하고 또 그렇게 생각하고 싶어. 너도 그렇겠지."

"그야 그렇지."

기요아키는 이럴 때면 한층 특유의 감미로움이 떠도는, 의도치 않았으나 무심한 목소리로 답했다.

"하지만 백 년이 지나고 보면 어떻게 되느냐 말이야. 우린 좋든 말든 한 시대사조 속에 편입돼 해석될 수밖에 없겠지. 미술사에서 시대마다 양식이 다르다는 게 가차 없이 그걸 증명하고 있어. 하나의 시대 양식 속에 살고 있을 때 누구도 그 양식을 통하지 않고서는 사물을 바라볼 수 없단 말이야."

"그렇지만 지금 이 시대에 양식이란 게 있을까."

"메이지 시대의 양식이 다 죽어 가고 있을 뿐이다, 이렇게 말하고 싶은 거겠지. 그렇지만 양식 속에 살고 있는 인간에게는 그 양식이 결코 보이지 않는 법이야. 그러니 우리도 틀림없이 어떤 양식에 감싸여 있는 거야. 금붕어가 어항 속에 살고 있다는 걸 스스로는 모르듯이 말야.

　넌 감정의 세계 속에서만 살고 있어. 다른 사람들이 볼 땐 특이하고 너 자신도 자기 개성에 충실하게 살고 있다고 생각하겠지. 그런데 네 개성을 증명할 수 있는 건 아무것도 없어. 동시대 사람들의 증언 같은 건 하나도 믿을 게 못 되지. 어쩌면 네 감정의 세계 그 자체가 이 시대의 양식을 드러내는 가장 순수한 형태일지도 몰라……. 그렇지만 그걸 증명할 방법 또한 아무것도 없지.”

“그럼 뭐가 증명할 수 있단 거야?”

“시간이야. 시간뿐이야. 시간의 경과가 너나 나를 개괄해서 스스로는 깨닫지 못하고 있는 시대의 공통성을 잔혹하게 끌어내서는…… 그러고는 우리를 ‘다이쇼 초기 청년들의 사고방식은 이러했습니다. 이런 옷을 입고 있었고, 말투는 이러했습니다.’ 하는 식으로 뒤섞어 버리는 거야. 넌 검도부 패거리를 싫어하지? 그런 놈들을 경멸하고 싶은 마음이 간절하잖아.”

“응.” 하고 답한 기요아키는 점점 바지를 뚫고 냉기가 스며들어 편치 않다고 생각하면서, 정자 난간 바로 옆 마침 눈이 떨어져 내려 곱게 반짝이는 동백 잎을 주시했다. “응, 난 그런 놈들이 정말 싫어. 경멸하고 있지.”

　혼다는 기요아키의 이처럼 무심한 응대가 새삼 놀랍지도 않았다. 그리고 말을 이어 갔다.

“그렇다면 수천 년 후에 네가 제일 경멸하던 패거리와 네가 똑같이 취급된다고 상상해 봐. 그런 놈들의 조잡한 두뇌나 감상적인 영혼이나 문약하단 말로 사람을 매도하는 쪼잔함이나, 하급생을 잡고 노기 장군을 미치광이처럼 숭배하고 매일 아침 메이지 천황이 심은 비쭈기나무 주변을 청소한다는 데에 이루 말할 수 없는 기쁨을 느끼는 그 감각이나…… 그런 것들과 네 감정 생활이 뭉뚱그려 하나로 취급되는 거야.

그리고 그런 다음 지금 우리가 살고 있는 시대 전체를 아우르는 진실이 손쉽게 파악되는 거지. 지금은 휘저어 놓은 것처럼 요동치는 물이 잠잠해지고 나면 금세 기름 무지개가 똑똑히 떠오르는 것처럼. 그래, 우리가 살고 있는 시대의 진실이 우리가 죽은 다음 아주 쉽게 분해되어 누가 봐도 분명히 파악할 수 있게 되는 거야. 그러고 나면 그 '진실'이란 놈은 백 년 후에는 완전히 잘못된 생각이라는 걸 알게 되고, 우린 어떤 시대에 어떤 틀린 생각을 하고 살았던 사람들로 다 묶여 버리는 거지.

그런 개관의 기준이 뭐라고 생각해? 그 시대를 살았던 천재의 생각? 위인의 생각? 아니. 나중에 그 시대를 정의하는 자들의 기준이란 우리와 검도부 놈들 사이에 있는 무의식적인 공통성, 즉 우리의 가장 통속적이고 일반적인 신앙이야. 시대라는 건 언제나 하나의 우신(愚神) 신앙 아래 묶이는 거지."

기요아키는 혼다가 무엇을 말하려 하는지 알 수 없었다. 그러나 친구의 말을 듣는 동안 그의 마음속에도 조금씩 사고의 싹 하나가 움트기 시작했다.

2층에 있는 교실 창문에는 이미 학생 몇몇의 머리가 보였다. 닫혀 있는 다른 교실의 창유리는 아침 해를 눈부시게 반사해 하늘의 푸른 빛깔을 비추고 있었다. 아침의 학교. 기요아키는 눈 내리던 어제 아침과 오늘을 비교해 보며, 어제만 해도 관능의 어슴푸레한 동요 속에 있었던 자신이 지금은 여기, 밝고 하얀 이성의 뜰에 마지못해 꿇어앉아 있다고 느꼈다.

"그것이 역사로군." 하고 대답한 그는, 토론을 할 때면 혼다에 비해 까마득히 유치한 어조로 말하곤 하는 자신을 분하다 여기면서도 혼다의 사고 속으로 헤치고 들어가려 했다. "그럼 우리가 뭘 생각하고 뭘 바라고 뭘 느끼더라도 역사는 그걸로는 요만큼도 움직이지 않는다는 거네."

"그래. 서양인들은 나폴레옹의 의지가 역사를 움직였다는 식으로 쉽사리 생각하고 싶어 하지. 네 할아버지 세대의 의지가 메이지 유신을 만들어 냈다는 식으로 말이야.

그런데 과연 그럴까? 역사가 한 번이라도 인간의 의지대로 움직인 적이 있을까? 널 보고 있으면 난 늘 그런 식으로 생각하게 돼. 넌 위인이 아닌 데다 천재도 아냐. 그렇지만 엄청난 특색이 있지. 너에겐 의지라는 것이 완전히 결여되어 있어. 그리고 그런 너와 역사의 관계를 생각하자면, 난 언제나 보통 이상의 흥미를 느낀다고."

"비꼬는 거야?"

"아니, 비꼬는 게 아냐. 난 완전히 무의지적인 역사의 관여라는 걸 생각하고 있는 거야. 예를 들면 내가 의지를 갖고 있다고 치자……."

"분명히 갖고 있지."

"그것도 역사를 바꾸려는 의지를 갖고 있다 치자고. 나의 일생을 걸고 내 온 정력과 온 재산을 써서 내 의지대로 역사를 비틀려고 노력하는 거야. 또 그럴 수 있을 만큼 지위나 권력을 얻으려 해서 그걸 손에 넣었다 치자. 그래도 역사가 내 생각대로 뻗어 나갈 거라고는 장담할 수 없어.

백 년, 이백 년, 어쩌면 삼백 년 후에 갑자기 역사는 나와는 전혀 상관없이, 정말이지 나의 꿈, 이상, 의지와 꼭 같은 모습이 될지도 몰라. 정말로 백 년 전, 이백 년 전에 내가 꿈꿨던 대로 될지도 모르지. 내 눈이 아름답다고 생각한 꼭 그만큼의 아름다운 미소를 지으며 차가운 시선으로 나를 내려다보겠지. 마치 나의 의지를 비웃듯이. 그게 바로 역사라고 사람들은 말하겠지.”

“넌 적기(適期)를 말하고 있을 뿐이야. 가까스로 그때에야 시기가 무르익었을 뿐이지. 백 년이 아니라 삼백 년, 오백 년이 걸리더라도 그런 일은 왕왕 일어나. 게다가 역사가 그런 형태를 띠게 되었을 땐, 네 의지도 한번 죽은 다음 보이지 않는 숨은 실이 돼서 성취를 돕고 있었는지도 몰라. 만약 네가 한 번도 이 세상에 태어나지 않았다면 수만 년을 기다려도 역사는 그렇게 되지 않았을지 모르지.”

기요아키는 낯선 추상어의 차가운 숲속에서 아렴풋이 달아오르는 자신의 몸을 느끼는 흥분을 혼다 덕에 알게 되었다. 그것은 그에게는 어디까지나 바라지 않은 즐거움이었다. 하지만 눈 내린 꽃밭에 오래도록 드리운 고목의 그림자나 맑은 물방울 소리로 가득한 하얀 세계를 바라보자 어제의 기억 속 뜨겁고 탐스러운 기요아키의 행복감을 직감하고 있으면서도 무시해 주는, 투명한 눈 같은 혼다의 결정이 기쁘게 여겨졌다. 이때 교사 지붕에서 다다미 한 장에 달하는 양의 눈이 무너져 떨어졌고 지붕 기와의 윤기 나는 검은 빛깔이 드러났다.

"그리고 그때……." 하고 혼다는 말을 계속했다. "백 년 후에 역사가 내가 생각한 모습 그대로라고 한다면, 넌 그걸 무언가의 '성취'라고 부를 건가?"

"그야 물론 성취겠지."

"그럼 누구의?"

"네 의지의."

"웃기지 마. 난 그땐 이미 죽었다고. 아까도 말했잖아. 그건 나와는 전혀 상관없이 일어난 일이야."

"그러면 역사가 가진 의지의 성취라고 생각할 순 없을까?"

"역사에 의지가 있을까. 역사를 의인화하는 건 언제나 위험해. 내가 생각하기론 역사엔 의지가 없고 내 의지와도 전혀 관계가 없어. 그러니까 어떤 의지에서도 태어났을 리 없는 그 결과는 결코 '성취'라고 할 수 없지. 그 증거로 역사의 그럴싸한 성취는 그다음 순간이면 이미 붕괴하기 시작하거든.

역사는 언제나 붕괴하지. 이다음에 올 부질없는 결정(結晶)을 준비하기 위해서. 역사의 형성과 붕괴는 같은 말이야.

난 그런 걸 잘 알고 있어. 알고 있는데도, 너와 달라서 의지를 가진 인간이길 그만둘 수 없어. 의지라고 해 봐야 그건 어쩌면 내게 강요된 성격의 일부일지도 몰라. 확실한 건 누구에게도 말할 수 없어. 그렇지만 인간의 의지가 본질적으로 '역사에 관여하려는 의지'라고는 말할 수 있을 것 같아. 난 그게 '역사에 관여하는 의지'라고 말하는 게 아냐. 의지가 역사에 관여

한다는 건 거의 불가능하고, 그저 '관여하려 할' 뿐이지. 그게 또한 모든 의지의 숙명이야. 물론 의지는 일체의 숙명을 인정하려 하지 않겠지만.

그래도 긴 안목으로 보면 모든 인간의 의지는 좌절하고 말아. 생각한 대로 되지 않는 게 본래 인간이지. 그럴 때 서양인들은 어떻게 생각할까? '내 의지는 의지이고 실패는 우연이다.' 이렇게 생각하지. 우연이란 온갖 인과율을 배제한 것이니 자유 의지를 인정할 수 있는 유일한 비합목적성이거든.

그러니까 말야, 서양의 의지 철학은 '우연'을 인정하지 않고서는 성립하지 않아. 우연이란 의지의 마지막 도피처이자 승패를 건 도박이니까……. 이게 없으면 서양인들은 거듭되는 의지의 좌절과 실패를 설명할 수 없어. 난 그 우연, 그 도박이야말로 서양 신의 본질이라고 생각해. 의지 철학의 마지막 도피처가 우연으로서의 신이라면, 동시에 그러한 신만이 인간의 의지를 고무할 수 있는 거지.

그런데 만약 우연이란 걸 모조리 부정하면 어떻게 될까. 어떤 승리나 어떤 실패에도 도무지 우연이 작용할 여지가 없다고 생각하면 어떻게 되느냔 말이야. 그렇다면 자유 의지의 도피처는 모두 사라져 버리지. 우연이 존재하지 않는 곳에서 의지는 자기 몸을 받치고 선 버팀목을 잃어버리는 거니까.

이런 장면을 생각해 보면 될 거야.

대낮에 의지는 혼자 광장에 서 있어. 그는 자기 혼자 힘으로 서 있는 것처럼 가장하고 있는데, 스스로 그렇다고 착각하고 있기도 해. 햇볕이 쨍쨍 내리쬐는데 나무도 풀도 없는 그 거대한 광장에서 그가 가진 것이라곤 오직 제 그림자뿐이야.

그때 구름 한 점 없는 하늘 어딘가에서 목소리가 울려 퍼지는 거지.

'우연은 죽었다. 우연이란 것은 없다. 의지여, 이제부터 너는 영구히 자기변호를 잃어버렸나니.'

그 목소리를 듣자마자 의지의 몸이 스러져 녹아내리기 시작해. 살이 썩어 떨어지고 순식간에 뼈가 드러나 투명한 장액이 흘러나오고, 뼈까지 무르게 녹아내리지. 의지는 두 발로 대지를 꽉 딛고 있지만 그런 노력은 아무 소용이 없어.

백광으로 가득한 하늘이 무서운 소리를 내며 찢어지고 필연의 신이 갈라진 틈에서 얼굴을 내보이는 것이 바로 이때야…….

그런 식으로 내겐 아무리 해도 필연의 신이 가진 얼굴이, 보기도 두려운 꺼림칙한 것으로밖에 떠오르지 않아. 그건 분명 내 의지적 성격의 약점이겠지. 하지만 우연이 하나도 없다면 의지도 무의미해지고, 역사는 보였다 안 보였다 하는 인과율의 커다란 쇠사슬에 슨 녹에 지나지 않겠지. 역사에 관여하는 건 단 하나, 빛나는 영원불변의 아름다운 입자 같은 무의미의 작용일 테고, 인간 존재의 의미는 거기서만 찾을 수 있을 거야.

네가 그걸 알고 있을 리가 없지. 네가 그런 철학을 믿고 있을 리가 없어. 넌 아마도 자기 미모와 변덕스러운 감정과 개성, 성격이라기보다 오히려 무성격이랄 것을 막연하게 믿을 뿐이니까. 그렇지?"

기요아키는 대답을 주저했지만 모욕당하고 있다고는 조금

도 생각지 않았다. 그리고 하는 수 없이 미소 지었다.

"내겐 그게 가장 큰 수수께끼야."

혼다는 자칫 우스꽝스러워 보일 수도 있는 진지한 탄식을 뱉었고, 아침 햇빛 속에서 그것은 하얀 입김이 되어 떠돌았다. 기요아키는 그 입김이 자신에 대한 친구의 관심이 형체를 얻은 것인 양 바라보았다. 그는 마음속으로 비밀스럽게 자기 안의 행복감을 키워 가고 있었다.

그때 수업 시작을 알리는 종이 울려 두 청년은 일어섰다. 2층 창문에서 누군가 창가에 쌓인 눈을 뭉쳐 내던졌고 두 사람의 발밑에 떨어진 눈뭉치는 빛나는 비말이 되어 흩어졌다.

14

기요아키는 아버지가 맡긴 서고 열쇠를 갖고 있었다.

안채의 북쪽 한구석에 위치한 이 방은 마쓰가에가에서 사람들이 가장 거들떠보지 않는 방이었다. 아버지인 후작은 책 같은 것은 전혀 읽지 않는 사람이었지만 그가 조부로부터 물려받은 한문 서적과 지적 허영심으로 직접 마루젠에 주문해 모아 둔 양서, 그리고 많은 기증서가 거기 보관되어 있었는데 기요아키가 고등부에 들어갔을 때 그는 마치 지식의 보고라도 물려주듯 젠체하며 아들에게 열쇠를 넘겨주었다. 기요아키만은 언제라도 자유로이 드나들 수 있었다. 또한 그곳에는 아버지와 어울리지 않는 고전 문학 총서와 어린이용 전집도 여러 질 있었다. 그런 책을 출판할 때는 예복을 차려입은 아버지의 사진과 짧은 추천사가 필요했으므로, '마쓰가에 후작 추천'과 같은 금색 문구와 맞바꿔 총서 전권을 보내오는 것이었다.

그러나 기요아키도 이 서고를 즐겨 사용하지는 않았다. 책을 읽기보다 몽상하기를 좋아했기 때문이다.

한 달에 한 번 기요아키에게 열쇠를 빌려 청소를 맡고 있는 이누마는 선대가 아꼈던 한문 서적도 풍부한 만큼, 이 방을 저택에서 가장 신성한 곳이라 여겼다. 그는 서고를 '어문고(御文庫)'라 불렀고 그 이름을 입에 올릴 때면 경외의 뜻을 담았다.

기요아키는 혼다와 화해한 날 밤, 막 야간 대학에 나서려는 이누마를 방으로 불러 말없이 그 열쇠를 건넸다. 매달 하는 청소 날은 정해져 있는 데다 그 시간은 늘 낮이었으므로, 때 아닌 시간에 건네받은 열쇠를 이누마는 의아하게 바라보았다. 그의 소박하고 두꺼운 손바닥에 검푸른 열쇠는 날개가 뜯긴 잠자리처럼 얹혀 있었다.

이누마는 이 순간을 이후에도 몇 번이나 기억 속에서 불러 깨웠다.

그 열쇠는 어쩜 그리도 벌거벗고, 날개가 쥐어뜯긴 잔혹한 자태로, 자신의 손바닥에 놓여 있었던가!

그는 오랫동안 그 의미를 생각했다. 알 수 없었다. 마침내 기요아키가 까닭을 설명했을 때 그의 가슴은 분노로 떨렸다. 기요아키에 대한 분노보다도 될 대로 되라 싶은 자기 자신을 향한 분노로.

"어제 아침엔 네가 내 땡땡이를 도와줬지. 오늘은 내가 널 도와줄 차례다. 학교에 가는 척하고 일단 집에서 나가. 그리고 그대로 되돌아 서고 옆 나무문으로 집에 들어온 다음, 이 열쇠로 서고를 열고 안에서 기다리면 돼. 그렇지만 절대 불을 켜면 안 돼. 열쇠는 안쪽에서 잠가 두는 편이 안전하겠지.

미네한테는 다데시나가 신호를 잘 알려 뒀어. 다데시나가 미네한테 전화를 걸어서 '사토코 님의 향주머니는 언제 다 되겠느냐'고 묻는 게 신호야. 미네는 원래 쌈지나 수공품 같은 걸 잘 만드는 여자라서 다들 미네에게 세공을 부탁하니까, 사토코한테서도 금난초 향주머니를 부탁받은 걸로 돼 있고 재촉 전화가 온다고 해도 전혀 어색할 게 없어.

미네가 그 전화를 받으면 네가 나선 때를 가늠해서 서고 문을 살짝 두드리고 널 만나러 가는 수순이야. 저녁 식사가 끝난 뒤라 어수선한 때이고 하니 미네가 삼사십 분 사라져도 아무도 눈치채지 못할 거야.

다데시나는 너랑 미네가 집 밖에서 몰래 만나는 건 도리어 위험하고 어려울 거라더라. 하녀가 외출하려면 여러 구실을 준비해야 하니까 오히려 의심받을 수 있지.

그건 그렇고 너한테 상의하기 전에 내가 멋대로 꾸민 일이긴 하지만 미네는 벌써 오늘 밤에 다데시나가 건 전화를 받았어. 넌 반드시 서고에 가야만 해. 그러지 않으면 미네가 너무 딱해지니까."

기요아키가 그렇게까지 말하자, 난감해진 이누마는 위태롭게 떨리는 손안에서 열쇠를 떨어뜨릴 뻔했다.

서고 안은 몹시 추웠다. 창에는 당목 방장이 걸려 있을 뿐이라 뒤뜰에 있는 외등 불빛이 미치고 있었지만 책 제목을 구별해 내기도 어려울 정도로 희미한 빛이었다. 곰팡이 냄새가 자욱해서 괴어 있는 겨울 개골창 근처에 웅크리고 있는 듯했다.

그러나 이누마는 어느 선반에 어떤 책이 있는지 거의 다 꿰고 있었다. 선대가 철이 끊어질 만큼 자주 읽었던 『사서 강의』는 책갑이 다 사라졌고, 『한비자』나 『정헌 유언』,[52] 『십팔사략』도 거기에 꽂혀 있었다. 이전에 청소 도중 그가 우연히 넘겨 본 페이지에는 가야노 도요토시[53]의 「고사음(高士吟)」이 있었다. 활판본 화환(和漢) 명시선이 있는 곳도 알고 있었다. 그 「고사음」이 청소 중인 그의 마음을 달래 준 것은 다음과 같은 시구 때문이었다.

> 방을 쓸어 깨끗히 한들 무슨 소용이랴. (一室何堪掃)
> 전국을 걸은들 어찌 족하리. (九州豈足步)
> 도량이 좁은 이에 말을 건네니(寄言燕雀徒)
> 어찌 고결한 이가 가는 길을 알겠는가. (寧知鴻鵠路)

그는 알고 있었다. 기요아키가 그의 '어문고' 숭배를 알고서 일부러 이곳을 밀회 장소로 마련했다는 것을……. 그렇다. 조금 전 이 친절한 주선에 대해 늘어놓던 기요아키의 말투에는 금방 알아차릴 수 있는 서늘한 자기도취가 어려 있었다. 이누마가 직접 자기 손으로 신성한 장소를 더럽히기를 기요아

---

52) 에도 시대 유학자 아사미 게이사이(淺見絅齋)의 저서로 제갈공명 등 중국 충신과 열사 여덟 명을 다룬 평전. 막부 말기 요시다 쇼인 등 존황양이파의 필독서였고, 태평양 전쟁시 특공대원들 사이에서도 널리 읽혔다.
53) 賀陽豊年(751~815). 헤이안 시대 초기의 문인.

키는 바라고 있었다. 생각해 보면 아름다운 소년 시절부터 기요아키가 늘 말없이 이누마를 복종시킬 수 있었던 것은 바로 이 힘 덕분이었다. 모독의 쾌락. 이누마가 가장 소중히 여기는 것을 이누마 스스로 더럽힐 수밖에 없을 때, 마치 하얀 종이에 생고기 한 조각을 엉겨 붙게 하는 듯한 쾌락. 그 옛날 스사노오노미코토[54]가 즐겨 범했을 법한 쾌락…….

이누마가 굴복한 후로 기요아키의 이러한 힘은 무한히 강해졌다. 그에게 있어 여전히 이해하기 어려운 것은 기요아키의 쾌락이 모두 대단히 아름답고 청아한 것으로 보이는 데 반해, 자신의 쾌락에는 점점 더러운 죄의 무게가 더해 가는 듯하다는 것이었다. 그리 생각하자 그의 눈에 비친 자신의 몸은 더욱더 비천해 보였다.

서고 천장에서는 쥐들이 분주하게 달리는 소리가 났고 틀어막은 듯한 울음소리가 새어 나왔다. 쥐를 쫓으려고 지난달 청소 때 밤 겉껍데기를 천장에 잔뜩 넣어 두었는데도 도무지 소용이 없었다. 이누마는 문득 가장 떠올리고 싶지 않은 것을 떠올리고는 몸을 떨었다.

미네의 얼굴을 볼 때마다 치워도 치워도 얼룩 같은 그 환영이 눈앞을 스쳤다. 이제 곧 어둠 속에서 미네의 뜨거운 몸이 가까이 다가올 때가 되었는데 기어코 이 사념이 앞을 가로막았다. 아마 기요아키도 알고 있을 테지만 입 밖으로 꺼내지 않

---

54)『고사기』에 등장하는 바다의 신. 황천의 나라에서 도망쳐 나온 이자나기노미코토의 코에서 태어났다. 어머니를 사랑한 난폭한 신으로 알려져 있다.

는 그 일을, 이누마도 이전부터 알았지만 결코 기요아키에게 말하지는 않았다. 이 저택 안에선 그다지 준엄한 비밀도 아닌 만큼 그에게는 더욱더 견디기 어려운 비밀. 늘 그의 뇌리를 더럽히는 쥐 떼처럼 뛰어다니는 고뇌……. 후작은 미네에게 손을 댄 적이 있었다. 그리고 지금도 이따금씩……. 그는 쥐들의 충혈된 눈과 그들의 압도적인 참혹함을 상상했다.

너무 추웠다. 아침에 사당을 참배할 때는 그토록 가슴을 펴고 걸어갈 수 있는데, 지금은 추위가 등 뒤에서 소리 없이 다가와 고약처럼 피부에 들러붙어 그의 몸을 떨리게 했다. 미네는 천연히 자리를 뜰 기회를 노리느라 지체하는 것이 틀림없었다.

기다리는 동안 이누마의 가슴에는 절박한 욕망이 차올랐고 이런저런 상스러운 생각과 추위, 비참함과 곰팡내 그 모든 것이 마음을 뒤흔들었다. 그것들이 개골창의 쓰레기처럼 그의 두꺼운 무명 하카마를 적시며 천천히 흘러가는 것만 같았다. '이것이 나의 쾌락인 것이다!' 그는 그렇게 생각했다. 스물네 살의 남자가, 어떤 명예나 눈부신 성취에도 걸맞을 만큼 나이를 먹은 남자가…….

문을 가볍게 두드리는 소리에 급히 일어나느라 그는 책장에 심하게 몸을 부딪쳤다. 문이 열렸다. 미네가 몸을 기울인 채 미끄러져 들어왔다. 이누마는 등 뒤로 문을 잠그고는 미네의 어깻죽지를 잡고 서고 안쪽으로 난폭하게 밀어붙였다.

그때 어쩐 일인지 이누마의 뇌리에는 아까 뒤편으로 돌아올 때 본, 서고 바깥쪽 판자 앞에 긁어모아 둔 더러운 잔설의 색이 떠올랐다. 그리고 왠지 미네를 눈과 벽이 맞닿은 바로 그 구석에서 범하고 싶다고 생각했다.

자신의 환상 때문에 이누마는 잔혹해졌다. 한편으로는 미네에 대한 동정심이 커지면서도 점점 더 그녀를 무자비하게 다루는 자신에게, 기요아키를 향한 복수심이 숨어 있음을 깨달은 그의 마음은 말할 수 없이 비참해졌다. 소리는 낼 수 없고 시간은 짧았으므로 미네는 이누마가 하는 대로 가만히 있었지만, 이 고분고분한 굴복에서 이누마는 자신과 동류인 자의 빈틈없는 상냥한 이해심을 느꼈고 마음에 상처를 입었다.

그러나 미네의 다정함은 반드시 거기서 비롯한 것은 아니었다. 굳이 말하자면 미네는 바람기 있는 명랑한 처녀였다. 이누마의 과묵함이 주는 두려움이나 그의 다급하고 딱딱한 손끝을 미네는 모두 서투른 성실함으로 느낄 뿐이었다. 동정받고 있으리라고는 꿈에도 생각지 않았다.

나부끼는 소매 아래로 미네는 어둠의 차가운 강철이 갑자기 피부에 닿은 듯한 냉기를 맛봤다. 무딘 금문자가 박힌 가죽 책등이나 포개 놓은 책들로 복작복작한 서가가 사방에서 자신을 덮쳐누르는 듯한 광경을 그녀는 어스레한 어둠 속에서 올려다보았다. 서둘러야 했다. 그녀는 모르는 곳에서 주도면밀하게 준비된 이 좁은 시간의 틈에 서둘러 몸을 숨겨야만 했다. 아무리 불편하더라도 미네는 자신의 존재가 그 틈새에 꼭 적합하다는 것, 그곳에 순순하고 신속하게 몸을 묻으면 족하다는 것을 알고 있었다. 그녀는 밝은 피부로 빈틈없이 덮인 작고 알찬 몸집에 어울리는, 지극히 작은 무덤 이상의 것을 바라지 않으리라.

　미네가 이누마를 좋아했다고 해도 과언은 아니었다. 누군가 자신을 원해 오면, 그녀는 그 인간의 장점을 샅샅이 알아낼 수 있었다. 게다가 원래부터 미네는 이누마를 비꼬는 다른 하녀들의 경멸 섞인 이야기는 개의치 않았다. 오랜 세월에 걸쳐 꺾이고 눌려 온 그의 남자다움을, 미네는 자신의 여자다운 직감으로 포착했다.

　화창한 잿날의 흥청거림 같은 것이 갑자기 눈앞을 스치는 듯했다. 아세틸렌등이 발하는 강렬한 빛과 냄새, 풍선과 팔랑개비와 형형색색 사탕과자의 광채가 어둠 속을 부유하다 이내 사라졌다.

　그녀는 어둠 속에서 눈을 떴다.

　"왜 그렇게 눈을 크게 뜨는 거야."

　이누마가 곤두선 목소리로 말했다.

　또 한 번 쥐 떼가 천장을 달렸다. 질름질름거리는 그 발소리를 들으니 달리는 모양이었다. 쥐들은 서로 얼크러지면서 터무니없는 광야의 어둠 속 이 구석에서 저 구석으로 질주하고 있었다.

15

마쓰가에가에 온 우편물은 우선 집사인 야마다의 손을 거친 다음, 무늬가 화려한 옻칠 쟁반 위에 번지르르하게 얹어 야마다가 돌아다니며 나누어 주는 것이 관례였다. 그것을 알고 있는 사토코는 다데시나를 시켜 이누마에게 직접 편지를 건네도록 하고 있었다.

이누마가 졸업 시험 준비로 바빴을 무렵, 심부름 온 다데시나에게 직접 전달받아 기요아키의 손에 차질없이 전달한 사토코의 연서.

"눈 내리던 아침의 일을 생각하기만 하면 맑게 갠 다음 날에도 제 가슴속에서는 행복한 눈이 줄곧 그치지 않습니다. 그 눈 한 조각 한 조각이 기요 님의 모습과 이어지고, 저는 기요 님을 생각하기 위해 365일 눈이 그치지 않는 나라에 살고 싶다고 바랄 정도입니다.

헤이안 시대라면 기요 님이 노래를 내려 주시고 제가 답가를 드릴 터인데, 어릴 적부터 배운 와카가 이럴 때에는 무엇 하나 마음을 표현해 주지 않는 데에 놀랐습니다. 그것은 단지 제 재능이 변변찮기 때문일까요?

그토록 방자한 청을 드렸는데도 승낙해 주신 기쁨이 제 기쁨의 전부라고는 생각지 말아 주셨으면 합니다. 그것은 제가 기요 님을 제멋대로 움직이고선 기뻐하는 여자라 여기시는 것과 같아서 제겐 가장 괴로운 일입니다.

무엇보다 기뻤던 것은 기요 님의 다정한 마음이었습니다. 그런 무리한 부탁 뒤에 절박한 마음이 숨어 있는 것을 꿰뚫어 보시고 아무 말씀 없이 눈 구경에 데려가 주셨으며, 제 마음속에 감추어져 있던 가장 부끄러운 꿈을 이루어 주신 다정한 마음이었습니다.

기요 님, 그때의 일을 떠올리면 지금도 부끄러움과 기쁨으로 몸이 떨릴 듯합니다. 일본에서 눈의 정령은 설녀(雪女)입니다만 서양 옛날이야기에서는 아름다운 젊은 남자였던 것으로 기억합니다. 늠름하게 교복을 입으신 기요 님의 모습은 꼭 저를 꾀어내는 눈의 정령처럼 여겨져서, 기요 님의 아름다움에 녹아 섞여 드는 것은 그대로 눈에 녹아들어 동사할 수 있는 행복인 듯싶었습니다."

말미에 "이 편지는 아무쪼록 잊지 마시고 불에 던져 주시옵소서." 하고 쓴 한 줄까지 편지는 죽 이어지는데, 지극히 우아한 언사이면서도 편지 곳곳에 솟구치는 듯한 관능적인 표현이 있는 것에 기요아키는 놀랐다.

읽고 난 직후에는 받은 이를 기뻐 어쩔 줄 모르게 만드는 편지라고 생각했지만, 조금 지나고 보니 마치 우아함을 가르치는 학교의 교과서 같았다. 사토코는 기요아키에게 참다운 우아함은 어떤 외설스러움까지도 두려워하지 않는다는 것을 가르쳐 주고 있는 듯했다.

눈 구경을 간 아침의 사건이 있었고 두 사람이 서로 좋아하는 것이 확실하다면, 매일 단 몇 분간이라도 만나지 않고는 배길 수 없는 것이 자연스럽지 않은가?

그러나 기요아키의 마음은 그런 식으로는 움직이지 않았다. 바람에 펄럭이는 깃발처럼 오직 감정을 위해 살아가겠다는 삶의 태도는 이상하게도 자연스러운 과정을 기피하게 하는 경향이 있었다. 자연스러운 과정은 자연의 강제에 따라 그리되는 듯한 기분을 준다. 그러면 무슨 일에 있어서든 강요받는 것을 싫어하는 감정은 도망을 치고, 이번에는 도리어 자신의 본능적인 자유까지 결박하려 하는 것이다.

기요아키가 요 며칠 사토코를 만나지 않으려 한 것은 극기를 위해서도 아니고, 더구나 도가 튼 바람둥이처럼 연애의 생리를 속속들이 알고 있어서도 아니었다. 그것은 이를테면 아직은 어색한 그의 우아함을 위한 것, 즉 허영심과 별반 다르지 않은 미숙한 우아함을 위해서였다. 사토코의 우아함이 가진 방종에 가까울 정도의 자유에 샘이 나 열등감을 느끼고도 있었다.

물이 익숙한 물길로 돌아가듯이 그의 마음은 또다시 고통을 사랑하기 시작했다. 심히 제멋대로인 동시에 엄격한 그의 몽상벽은 만나고 싶어도 만날 수 없는 사정이 없기에 오히려 애를 태웠고, 다데시나나 이누마의 쓸데없는 주선을 증오했다. 그들의 움직임은 기요아키의 마음이 갖는 순수함의 적이었다. 이처럼 살을 뜯기는 고통과 상상력의 고뇌를 모두 자신의 순결에서 자아낼 수밖에 없음을 깨닫고서, 기요아키의 긍지는 상처를 입었다. 사랑의 고뇌는 다채로운 직물이어야 했으나 그의 작은 가내 공장에는 순백의 실, 단 한 가지뿐이었던 것이다.

'그네들은 나를 어디로 데려가려는 걸까? 내 사랑이 간신히 진짜가 되려는 이때에.'

그러나 모든 감정을 '사랑'으로 규정할 때, 그는 다시금 까다로워질 수밖에 없었다.

보통 젊은이였다면 자부심이 넘쳐흐르고 날아오를 듯 기쁠 입맞춤의 기억도, 자만심에 너무도 익숙한 그에게는 날이 갈수록 마음에 상처를 주는 사건이 되었다.

그 순간에는 분명 보석 같은 쾌락이 반짝였다. 그 한순간만은 의심할 여지없이 기억 속 깊숙한 곳에 아로새겨졌다. 주위에는 온통 흐릿한 잿빛 눈이 내리고 있었고 그 중심에, 어디서 시작하고 어디서 끝나는지도 알 수 없는 확정 불가능한 정념의 한복판에 또렷한 진홍빛 보석이 분명히 있었다.

이러한 쾌락과 마음의 상처가 갈수록 서로 어긋나는 것이 그는 괴로웠다. 그리고 결국에는 낯익은 방식대로, 모든 것을 마음을 어둡게 할 뿐인 추억으로 정리해 버렸다. 즉 그 입맞춤까지도 사토코로부터 주어진 정체 모를 굴욕스러운 추억 하나로 취급하는 것.

그는 가능한 한 냉담한 답장을 쓰려고 몇 번이나 편지지를 찢고 다시 썼다. 드디어 얼음 같은 걸작이 완성되었다 믿고 붓을 내려놓았을 때, 그는 언젠가 썼던 책망의 편지를 저도 모르게 전제로 삼아 여자를 훤히 아는 남자의 문체를 쓰고 있음을 깨달았다. 이 명백한 거짓이 이번에는 그 자신을 상처 입혔으므로 기요아키는 다시 돌아가, 태어나 처음으로 입맞춤을 알게 된 남자의 기쁨을 있는 그대로 솔직히 썼다. 그러자 어린애 같은 열렬한 편지가 되었다. 그는 눈을 감고 편지를 봉투에 넣은 다음, 향기로운 벚꽃빛 혀끝을 조금 내밀어 봉투에 발린 풀을 핥았다. 거기선 희미하게 달콤한 물약 맛이 났다.

16

마쓰가에 저택은 본디 단풍으로 유명했지만 벚꽃도 나름대로 볼만한 구경거리였다. 정문까지 900미터가량 이어지는 가로수는 대부분이 소나무였지만 사이사이 벚나무도 제법 섞여 있었다. 2층 발코니에서 밖을 내다보면 이 가로수는 물론이고, 앞뜰의 커다란 은행나무 옆, 음력 17일 밤 기요아키가 행운을 빌었던 잔디 언덕의 둘레, 연못으로 가로막힌 단풍산까지, 이 집에 있는 벚나무란 벚나무는 모조리 한눈에 바라볼 수 있었다. 온통 벚꽃에 파묻힌 정원보다 발코니에서 내려다보는 꽃구경이 더 운치 있다는 사람들도 많았다.

3월의 히나마쓰리,[55] 4월의 꽃놀이, 5월의 사당 제사는 봄

55) 매년 3월 3일 여자아이의 건강을 기원하며 붉은 융단을 덮은 제단 위에 히나 인형(雛人形)과 꽃, 음식 등을 장식하는 명절. 본래 음력에 따라 지냈으나 메이지 개력(改曆) 이후 양력에 따라 치른다.

부터 여름까지 치러지는 마쓰가에가의 3대 연례행사였다. 메이지 천황이 붕어한 지 채 일 년도 지나지 않은 올봄에는 히나마쓰리와 꽃놀이 모두 지극히 간소하게 치러질 계획이라 여자들은 여간 낙담한 것이 아니었다. 보통이라면 겨울부터 히나마쓰리나 꽃놀이 준비로 궁리하거나 올해 공연에는 어떤 예인(藝人)을 부를지 떠들어 댔고, 끊임없이 퍼져 나가는 소문들이 봄을 기다리는 마음을 더욱 부채질했기 때문이다. 그런 행사가 폐지된다는 것은 봄을 폐지하는 일이나 마찬가지였다.

그중에서도 가고시마식 히나마쓰리는 초대받은 서양인들의 입을 타고 외국에까지 이름나, 그 계절에 일본을 방문하는 서양인들이 어떻게든 연줄을 찾아 초대해 주기를 간청할 정도였다. 아른대는 등불과 발아래 융단의 붉은 빛깔이 천황 내외를 본뜬 인형의 볼을 물들이지만, 이른 봄날 사느란 공기 속에서 상아로 만든 그 볼은 아직 차가워 보인다. 인형들이 차려입은 궁중 예복의 옷깃 속으로 가느다란 목덜미 깊숙이 새겨진 광택이 엿보인다. 다다미 100장 크기의 응접실에 주홍색 융단을 빈틈없이 깔고, 격자무늬 천장에는 자수가 놓인 커다란 공을 수도 없이 매달고, 온 방에 풍속 인형 오시에[56]를 둘러 붙인다. 쓰루라는 명인이 매년 2월 초면 상경해 오시에 제작에 심혈을 기울였는데, 말끝마다 "지당하신 말씀입니다." 하고 붙이는 것이 그 노파의 말버릇이었다.

---

56) 밑그림을 그린 판지를 세밀하게 오려 낸 다음 솜을 넣고 여러 빛깔의 천으로 감싸 입체감 있게 널빤지에 붙이는 세공법.

이러한 히나마쓰리의 흥성거림을 놓친 대신 꽃놀이는 애초에 내려온 시달보다도 훨씬 더 호화롭게 치러질 예정이었다. 물론 공공연히 그리할 수는 없었지만, 비공식적으로 도인노미야(洞院宮)의 행차가 예정되어 있었기 때문이다.

화려한 것을 좋아하는 후작은 사람들의 눈을 조심하느라 속을 끓이고 있었으므로 황족의 방문을 기쁘게 받아들였다. 메이지 천황의 종형(從兄)에 해당하는 분이 상중에도 불구하고 행차해준다면야 후작 쪽에서도 충분히 명분이 섰다.

도인노미야 하루히사 왕(治久王)은 마침 일 년 전 천황 대리로 라마 6세의 대관식에 참례한 적이 있어 시암 왕실과 연이 깊은 터였으므로, 파타나디드 전하와 크리사다 전하도 초대하기로 했다.

후작이 도인노미야와 가까워진 것은 1900년 올림픽이 열리던 파리에서였다. 후작이 밤을 즐길 만한 이런저런 소일거리를 알려 주었으므로 귀국 후에도 도인노미야는 "마쓰가에, 샴페인 분수가 있었던 그 집은 꽤 재미있었지." 하는 등 둘만 통하는 이야기를 즐겨 했다.

꽃놀이 날짜는 4월 6일로 결정되었다. 히나마쓰리가 끝나자마자 이런저런 준비를 시작하느라 마쓰가에가 사람들의 일상도 활기를 띠기 시작했다.

기요아키는 아무것도 하지 않으며 봄방학을 보내고 있었는데 부모가 권한 여행도 내키지 않는 모양이었다. 사토코와 그리 자주 만나지도 않으면서 사토코가 있는 도쿄를 잠시도 떠나고 싶지 않아 했다.

아직 가시지 않은 매서운 추위 속에서도 봄은 착실히 다가왔다. 새로운 계절을 맞이하는 그의 마음은 두려운 예감으로 가득했다. 집에서 무료한 번민으로 시간을 보내는 동안 평소에는 그다지 들르지 않던 조모의 거처를 찾기도 했다.

그가 조모의 거처를 자주 찾지 않는 이유는 그녀가 아직도 그를 어린애 취급했고, 기회만 있으면 며느리의 험담을 하고 싶어 했기 때문이었다. 우락부락한 얼굴 생김과 남성적인 어깨를 가진, 언뜻 보기에도 옹골찬 조모는 조부가 세상을 뜬 후 일절 바깥출입을 하려 들지 않았다. 죽기만을 기다리며 사는 사람처럼 끼니마다 정말이지 한 움큼씩밖에 먹지 않았지만, 도리어 그것이 그녀를 점점 더 건강하게 만들었다.

조모는 고향 사람에게는 거리낌 없이 가고시마 사투리로 이야기했으나 기요아키나 그 모친에게는 약간 문어투의 어색한 도쿄 말씨, 그것도 콧소리 없이 주격 조사 '가'를 발음해 한층 딱딱하게 들리는 말투로 이야기했다. 조모가 고집스레 보전하는 그 말투가 기요아키에게는, 그가 너무도 수월하게 발음하는 경박한 도쿄풍 비음(鼻音)에 대한 은근한 비난으로 느껴졌다.

"도인노미야 님이 꽃놀이에 행차하신다더구나."

고타쓰[57]에 들어앉은 조모가 기요아키를 보자마자 말했다.

"네, 그런 모양입니다."

---

57) 나무로 짠 틀을 바닥에 놓고 그 속에 열원(熱源)을 넣은 다음 바깥에 이불을 덮는 난방 기구.

"나는 아무래도 그냥 여기 있으련다. 너희 어머니도 불러 주었지마는 난 이제 여기서 없는 듯이 지내는 게 편해."

그러고 나서 조모는 기요아키의 무위한 생활을 염려하며 가벼운 검술이라도 해 보지 않겠느냐고 권하더니, 멀쩡한 도 장을 헐고 거기다 양관을 세웠을 때부터 마쓰가에가에 쇠운 (衰運)이 드리우기 시작했다며 싫은 소리를 했다. 기요아키도 속으로는 조모의 의견에 찬성했다. '쇠운'이라는 말이 마음에 들었던 것이다.

"너희 숙부들이 살아 있었다면 아범도 이렇게 제멋대로는 못할 게다. 황가를 불러 돈 쓰는 일에 겉치레 말고 도대체 무슨 의미가 있느냐. 부귀영화도 못 누리고 전쟁터에서 죽어 간 애 들을 생각하면 나는 도무지 네 아비나 다른 사람들처럼 흥청망 청 놀 수가 없어. 유족 보조금만 해도 그거, 쓰지도 않고 그대로 제단에 올려 둔다. 아들들이 흘린 귀한 피의 보답으로 위에서 내려 주신 돈이라고 생각하면, 도저히 쓸 수가 없는 거야."

조모는 종종 이렇게 설교했지만 입는 것이며 먹는 것, 용돈 부터 하인들까지 모자람 없이 보살피는 것은 후작이었다. 기 요아키는 시골에서 온 조모가 자신의 출신이 부끄러워 서양 식 교제를 피하는 것은 아닐까, 자주 의심하곤 했다.

그러나 기요아키는 조모와 만날 때만큼은 자신과 자신을 둘러싼 모든 가짜 환경에서 벗어나, 이토록 가까운 곳에 아직 살아 있는 소박하고 강건한 피를 느끼는 기쁨에 젖을 수 있었 다. 조모의 크고 울퉁불퉁한 손이 그랬고 두꺼운 선으로 한 붓 에 그려 낸 듯한 얼굴이 그랬으며, 엄해 보이는 입술 선이 그랬다. 그렇다고 조모가 늘 딱딱한 이야기만 하는 것은 아니었는데 고타쓰 속에서 불쑥 손자의 무릎을 찌르며 이렇게 놀리기도 했다.

"네가 올 때마다 여기 있는 여자들이 그렇게 수선을 떨어대는구나. 내 눈엔 아직 코흘리갠데 여자들 눈에는 달리 보이는가 보지."

그는 문중방에 걸려 있는, 군복을 입은 두 숙부의 희미한 사진을 바라보았다. 그 군복과 자신 사이에는 어떠한 연결 고리도 없는 것만 같았다. 겨우 팔 년 전에 끝난 전쟁 사진인데도 자신과 그 사진 사이에 가로놓인 거리가 아득했다. 나는 감정의 피를 흘리도록 타고났다. 결코 육체의 피는 흘리지 않겠지. 기요아키는 가벼운 불안이 섞인 오만한 마음으로 생각했다.

꼭 닫힌 장지 한 면에 해가 들이비쳤다. 커다란 반투명 고치 안에서 햇볕을 쬐는 것처럼 다다미 여섯 장짜리 거처방은 훈훈했다. 조모가 갑자기 꾸벅꾸벅 졸기 시작했고 기요아키는 침묵에 잠긴 밝은 방 안에서 째깍째깍 도드라지는 괘종시계 소리를 들었다. 살짝 고개를 숙인 채 잠든 조모의 기리가미[58]에는 백발을 물들이는 검은 가루가 흩뿌려져 있었고, 그 아래로 두툼하고 반들반들한 이마가 앞으로 나와 있었다. 그 이마에서 육십 년 전 소녀 시절의 어느 여름날 가고시마만(灣)에서 얻은 그을림의 자취를 본 듯했다.

---

58) 切髮. 남편을 잃은 무사의 부인이 짧게 자른 다음 틀어 올리지 않고 끈으로 묶은 머리 모양.

그는 바다의 조수와 기나긴 시간의 이행, 그리고 자신도 머지않아 늙으리라는 생각에 돌연 숨이 막혔다. 노년의 지혜 따위는 이제껏 한 번도 바란 적 없었다. 어떻게 하면 아직 젊을 때 죽을 수 있을까, 그것도 되도록 괴롭지 않게. 탁자 위에 아무렇게나 벗어 던져 둔 화려한 비단 기모노가 어느 틈에 어두운 바닥으로 흘러 떨어지는 것 같은, 그처럼 우아한 죽음.

죽음에 대한 생각이 처음으로 그를 자극했고 잠깐이라도 좋으니 한시라도 빨리 사토코를 만나고 싶다는 기분에 휩싸이게 했다.

그는 다데시나에게 전화를 걸어 그길로 서둘러 사토코를 만나러 갔다. 사토코가 분명 그곳에 살아 있고, 자신도 그곳에 젊고 아름답게 살아 있다는 감각이, 가까스로 지켜 낸 기묘한 행운으로 여겨졌다.

다데시나의 계획에 따라 사토코는 산책에 나선 체했고 두 사람은 아자부 저택에서 가까운 신사 경내에서 만날 수 있었다. 사토코는 우선 꽃놀이 초대에 대한 답례 인사를 했다. 기요아키가 지시해 초대받았다고 믿는 모양이었다. 처음 듣는 이야기였지만 여전히 솔직하지 못한 그는 마치 전부터 알고 있었던 일인 양 어물쩍 사토코의 인사를 받아넘겼다.

17

마쓰가에 후작은 이런저런 고민 끝에 도인노미야 전하와
비전하를 모시는 만찬 자리에 최소한의 손님만을 부르기로
했고, 그 결과 시암의 두 왕자, 가족 간의 교류로 종종 마쓰가
에가를 방문하는 신카와(新河) 남작 부부, 사토코와 그 양친인
아야쿠라 백작 부부만이 꽃놀이에 초대받았다. 신카와 재벌
의 당주인 남작이 무엇이든 영국인을 따라 하는 사람이라면,
남작 부인은 요즈음 히라쓰카 라이초와 어울리는 등 '신여성'
들의 후견인 같은 것이 된 모양이라 만찬을 이채롭게 해 줄 터
였다.

오후 3시에 전하 내외가 도착하면 우선 안채에 있는 방에서
휴식을 취한다. 정원으로 모셔 5시까지 꽃놀이 춤 분장을 한
게이샤들이 대접을 하고 나면 그다음에는 앉아서 손짓만으로
추는 간단한 춤을 선보이고, 해가 질 무렵 양관으로 옮겨 식전

주를 낸다. 정찬을 마치면 두 번째 여흥으로 이날을 위해 고용한 영사 기사가 새로 도착한 서양 활동사진을 보여 주고 폐회한다. 이러한 식순은 후작이 집사 야마다와 함께 이것저것 따져 본 끝에 정한 것이었다.

상영할 활동사진을 고르는 데도 후작은 골머리를 앓았다. 프랑스 영화 회사 파테(Pathé)에서 만든 활동사진은 코메디 프랑세스의 명배우 가브리엘 로빈(Gabrielle Robinne)의 연기로 유명했고 좋은 물건임은 분명했으나, 모처럼 돋워 놓은 꽃놀이의 흥을 가라앉힐 터였다. 올해 3월 1일부터 서양 활동사진 전문관이 된 아사쿠사(浅草) 전기관이 「실락원의 사탄」을 상영해 인기를 끌었으나, 그런 데서도 볼 수 있는 것을 전하에게 보일 수는 없었다. 그렇다고 독일 활동사진을 틀자니 비전하나 부인들이 보기에는 적절치 않을 터였다. 영국 헵워스(Hepworth) 사에서 디킨스 소설을 원작으로 만든 5~6권짜리 풍속물이 아무래도 무난하겠다고 후작은 마음을 정했다. 그것도 어느 정도 음울하기는 하지만 품위가 있고 대중적인 데다 영어 자막도 있어 어떤 손님이라도 만족시킬 수 있으리라 생각한 것이다.

만약 비가 올 경우에는 어떻게 할 것인가. 안채 응접실에서 보이는 벚꽃은 그리 풍성하지 않으므로 우선 양관 2층에서 빗속 꽃놀이를 하고, 그대로 2층에서 게이샤들의 춤을 즐기게 한 후 식전주와 정찬으로 넘어가면 될 것이었다.

잔디가 깔린 언덕에서 내려다보이는 연못가에 임시 무대를 세우는 것으로부터 본격적인 준비가 시작되었다. 날씨가 좋으면 도인노미야가 벚꽃을 찾아 정원 이곳저곳을 돌아볼 테고, 그 길목마다 붉고 흰 막을 둘러치려면 평소만큼 천을 준비해서는 어림도 없었다. 양관 내부 곳곳을 장식할 벚꽃 가지들을 준비하고, 봄의 전원을 옮겨 놓은 듯 식탁을 꾸미는 것만으로도 일손이 부족했다. 마침내 하루를 남겨 놓았을 때 미용사와 그 제자들은 말할 수 없이 분주했다.

그날은 다행히 맑았으나 햇살이 눈부시지는 않았다. 숨었나 싶었던 해가 났지만 아침에는 조금 쌀쌀한 정도였다.

평소에는 쓰지 않는 안채의 방 하나를 게이샤들의 대기실로 정해 집 안에 있는 화장대를 모조리 날라 들였다. 흥이 오른 기요아키는 그 방을 엿보러 갔으나 금세 우두머리 격 하녀에게 쫓겨났다. 머지않아 들어올 여자들을 맞아 깨끗이 쓸어 놓은 다다미 스무 장짜리 방 안에는 병풍을 둘러치거나 방석을 흩어 놓았고, 갖가지 색으로 염색한 화장대 덮개의 한쪽 끝이 흘러내려 거울의 맑은 빛을 슬쩍 내비치고 있었다. 아직 공기 중에 떠다니는 연지와 분 향기를 맡을 수는 없었다. 그러나 삼십 분만 있으면 졸지에 교성으로 가득 찰 이 방에서 여자들이 제멋대로 옷을 벗었다 입었다 하리라는 상상이 그의 예감을 더욱더 탐스럽게 만들었다. 뜰 위에 거친 단면을 드러내고 서 있는 임시 무대가 아닌 바로 이곳이야말로, 한층 요염하게 진한 향기를 뿜어낼 마구간이었다.

시암 왕자들은 정말이지 시간관념이 부족했으므로 기요아키는 두 왕자들에게 점심 식사를 마치는 대로 오도록 전해 두었다. 그러자 두 왕자는 1시 30분쯤 도착했다. 기요아키는 가쿠슈인 교복 차림의 왕자들을 보고 놀라면서, 우선 자신의 서재로 왕자들을 안내했다.

"그대의 연인인 그 아름다운 사람도 옵니까?"

방에 들어서자마자 크리사다 전하는 영어로 물었다.

점잖은 파타나디드 전하는 사촌의 무례를 꾸짖고는 더듬거리는 일본어로 기요아키에게 사과했다.

기요아키는 그녀도 분명 올 것이나 오늘은 황족과 부모님 앞이므로 부디 그런 이야기는 삼가 주기를 부탁했다. 서로의 얼굴을 마주 본 두 왕자는 기요아키와 사토코의 관계가 공공연하지 않다는 사실에 새삼 놀란 듯했다.

지독한 향수에 시달리던 시기를 지나 왕자들은 제법 일본에 적응한 모양이었다. 그들이 교복을 입고 온 덕분에 기요아키는 학교 친구와 다를 바 없는 친근함을 느꼈다. 크리사다 전하가 가쿠슈인 원장을 능숙하게 흉내내 차오 피와 기요아키를 웃게 했다.

창가에 서서 여기저기 둘러쳐 놓은 홍백색 막이 끊임없이 바람에 흔들리는 뜰의 풍경을 바라보던 차오 피가 애타는 목소리로 말했다.

"이젠 정말 따뜻해지겠지."

왕자의 목소리는 작열하는 여름의 태양을 그리워하고 있었다.

기요아키는 그 목소리에 이끌려 의자에서 일어났다. 그때 차오 피가 소년다운 말간 소리를 질렀고 놀란 사촌 왕자도 엉거주춤 일어섰다.

"저 사람이야. 우리한테 말하지 말라고 한 아름다운 사람!"

갑작스러운 상황에 차오 피는 어느새 영어로 말하고 있었다.

양친과 함께 연못가에 난 길을 따라 안채로 걸어오는 후리소데 차림의 사토코가 똑똑히 보였다. 사토코는 벚꽃 빛깔의 아름다운 옷을 입고 있었는데, 봄 들판의 쇠뜨기 줄기와 어린 풀을 곁들인 듯한 무늬가 저 멀리 보였다. 윤기 나는 머리칼 아래로 강섬 쪽을 바라보고 있는 사토코의 하얀 이마가 아렴풋이 드러났다.

강섬에는 막을 치지 않았으나 아직 신록과는 거리가 먼 산책로에 막을 둘러쳐 놓았다. 어른거리는 홍백색 막이 화과자 같이 붉고 흰 그림자를 수면에 드리웠다.

기요아키는 사토코의 달콤하고 생기 있는 목소리를 들은 것 같았으나 닫힌 창 너머로 목소리가 들려올 리 없었다.

일본의 한 젊은이, 그리고 시암에서 온 젊은 왕자 둘은 숨죽인 채 창문 하나에 나란히 붙어 서 있었다. 기요아키로서는 신기한 일이었다. 왕자들과 함께 있으면 그들의 열대적인 감정이 파동을 미치는지, 편안하게 자신의 감정을 믿고 그것을 있는 그대로 표현할 수 있을 것만 같았다.

그는 지금 망설임 없이 스스로에게 말할 수 있었다. 나는 저 사람을 사랑하고 있다고, 그것도 미칠 듯이 사랑하고 있다고.

못에서 몸을 돌린 사토코의 얼굴이 이 창문을 바라보았는지는 확실치 않았다. 단 경쾌한 몸짓으로 사토코가 안채 쪽으로 몸을 돌렸을 때 기요아키는, 가스가노미야 비전하의 옆얼굴이 흡족할 만큼 뒤를 돌아봐 주지 않았던 일에 대한 어린 시절의 미련이 육 년 후인 오늘에서야 녹아 사라졌음을 느꼈다. 무엇보다 간절히 바라 왔던 그 순간에 비로소 들어선 것이었다.

마치 시간이라는 결정체의 아름다운 단면이 각도를 바꿔, 육 년이 지난 후에 그 지고의 광채를 선명히 보여 준 것 같았다. 구름이 자주 시샘을 내는 봄날의 햇살 속에서 사토코가 한들거리며 웃는가 싶더니 아름다운 손이 부드러운 포물선을 그리며 재빨리 올라와 입가를 가렸다. 그녀의 가는 몸은 현악기처럼 음을 자아내고 있었다.

18

신카와 남작 부부는 무관심과 광란의 훌륭한 조화였다. 남작은 아내의 언동에 전혀 주의를 기울이지 않았고, 부인은 다른 사람의 반응 따위는 개의치 않고 끝도 없이 떠들어 댔다.

집에 있을 때도, 사람들 앞에 나설 때도 그랬다. 늘 무심해 보이는 남작은 이따금씩 촌철살인으로 다른 이를 신랄하게 비판했는데 그럴 때면 결코 장황하게 부연하지 않았다. 반면 그 부인은 다른 사람에 대해 천 마디, 만 마디의 말을 쏟아 내지만, 말의 홍수 속에서 선명한 초상이 떠오르는 일은 없었다.

그들은 일본에서 두 번째로 롤스로이스를 사들였다는 점을 자랑스러워했고 그것이 몹시 품위 있는 일이라 여겼다. 남작은 저녁 식사를 마치고 나면 흡연 전용 상의를 입고 한가로이 시간을 보내며 멈추지 않는 부인의 수다를 흘려들었다.

부인은 히라쓰카 라이초 일파를 집으로 불러 사누노치가미노오토메[59]의 유명한 시에서 이름을 딴 '천상의 불 모임'이라는 월례회를 개최했는데, 회합 때마다 비가 내려 신문에서는 그 모임을 '비 오는 날 모임'[60]이라 조롱했다. 사상에 대해서라면 아는 것이 없는 부인이 여자들의 지적 각성을 바라보는 시선에는 완전히 새로운 모양의 알, 예컨대 삼각형 알을 낳는 법을 배운 닭들을 관찰하는 듯한 흥분이 담겨 있었다.

부부는 마쓰가에 후작 저택의 벚꽃 놀이 초대를 반은 성가시고 반은 기쁘게 받아들였다. 성가신 것은 가 보지 않아도 지루할 것이 뻔했기 때문이었고, 기쁜 것은 자신들의 정통 서양식 교양을 넌지시 자랑할 수 있는 기회였기 때문이다. 이 거상(巨商) 가문은 오래도록 협력 관계를 맺어 온 삿초(薩長)[61] 정부(政府)를 남몰래 업신여기고 있었다. 아버지 대로부터 물려받은 시골 출신에 대한 멸시가 그들이 새로이 얻은, 꺾이지 않는 우아함의 핵심이었다.

"마쓰가에 씨 집에선 도인노미야가를 초대했으니 또 악대라도 불러 영접할 셈이겠지. 궁가의 행차를 공연물쯤으로 여기는 집안이니 말이야." 하고 남작이 말했다.

"우린 새로운 사상을 항상 숨겨야겠지요." 하고 부인이 응

---

59) 狭野茅上娘子. 나라(奈良) 시대의 여성 가인. 하급 여관(女官)이었던 것으로 추정되며『만엽집(万葉集)』에 단가 23수가 실려 있다.
60) 천상의 불(天の火)과 비 오는 날(雨の日)이 모두 '아마노히'로 발음되기 때문이다.
61) 사쓰마(薩摩)와 조슈(長州). 이는 각각 오늘날의 가고시마현 서부 지방과 야마구치(山口)현의 서북부 지방을 이른다.

수했다. "그래도 새 사상을 숨기고서 시치미를 뚝 떼고 있는 것도 즐거운 일이에요. 고루한 사람들 속에 슬며시 섞여 들면 재미있지 않겠어요? 마쓰가에 후작이 도인노미야 님께 지극히 공손하게 굴다가도, 또 가끔은 묘하게 친구연하는 걸 보자면 여간 재밌는 게 아니거든요. 입고 갈 양복은 뭘로 준비할까요? 낮부터 야회용으로 차리고 가는 것도 그러니 차라리 옷단에 무늬가 들어간 일본 옷이 마침맞을지도 모르겠어요. 교토에 있는 기타이데(北出)에게 일러 밤 벚꽃에다 화톳불 무늬라도 급히 물들여 달랄까 봐요. 그런데 왜 그런지 저한텐 무늬를 넣은 일본 옷이 안 어울리는걸요. 저만 안 어울린다고 믿고 있지 실제로는 어울리는 건지, 아니면 다른 사람들이 봐도 정말로 안 어울리는 건지, 그걸 도무지 모르겠다니까요. 당신은 어떻게 생각해요?"

꽃놀이 당일 후작가에서 도인노미야가 도착하기 전에 와 주십사 부탁하는 전언이 왔다. 신카와 남작 부부는 일부러 알려 준 시간보다 오륙 분 늦게 도착했으나 당연히 도인노미야가 도착하기까지는 충분한 여유가 있었다. 이토록 촌스러운 처사에 남작은 오자마자 화를 내며 빈정거렸다.

"궁가의 마차를 끄는 말이 오는 길에 뇌졸중이라도 일으켰나 봅니다."

그러나 아무리 비꼬아 대도 남작은 어디까지나 영국식으로 무표정한 얼굴을 유지한 채 중얼댔으므로 누구에게도 들리지 않았다.

도인노미야의 마차가 멀리 떨어진 후작가의 문을 통과했다는 보고를 받고, 마쓰가에 가문 사람들은 안채 현관에 죽 늘어서 영접을 위한 열을 맞췄다. 마차가 자갈을 거칠게 밟아 흩뜨리며 소나무 그늘 아래로 들어왔을 때 기요아키는, 콧구멍을 벌름대며 목덜미를 곧추세운 말이 힘찬 파도가 부서지며 솟구친 하얀 물마루처럼 회백색 갈기를 곤두세운 것을 보았다. 봄날에 녹은 진창 탓에 조금 더러워진 마차 중앙부의 금(金) 문장이 소용돌이치며 흔들리더니 이내 잠잠해졌다.

도인노미야의 검은 중산모자 아래로 멋진 반백의 수염이 보였다. 뒤따른 비전하는 응접실까지 신을 신은 채 들어오도록 마련해 둔 하얀 천을 밟고 현관 마루를 올랐다. 물론 그 전에 가벼운 목례를 주고받았지만 응접실에 들어간 후에 제대로 된 정중한 인사를 나눌 계획이었다.

파도가 밀려간 후 남은 거품 속에서 보이다 말다 하는 모자반 열매처럼, 눈앞에서 걸음을 옮기는 비전하의 검은 신발 끝이 하얀 박사(薄紗) 치맛자락 앞으로 번갈아 나타나는 모습을 기요아키는 눈여겨보았다. 그 모습이 너무나 우아하여 이제는 나이가 든 그 얼굴을 일부러 올려다보기도 꺼려졌다.

응접실에서 후작은 전하 내외에게 모인 손들을 소개했는데 그날 전하가 처음 본 얼굴은 사토코뿐이었다.

"이리 아름다운 숙녀를 숨겨 두다니."

전하가 아야쿠라 백작에게 불평했다. 곁에 있던 기요아키는 그 순간 정체를 알 수 없는 가벼운 전율이 등줄기를 타고 내려가는 것을 느꼈다. 나란히 앉은 사람들의 눈 속에서 사토코가 마치 화사한 공처럼 높이 차 올려진 기분이 들었기 때문이다.

시암의 두 왕자는 일본에 도착하자마자 시암과 연이 깊은 도인노미야에게 초청받은 적이 있었으므로 대화는 곧 활기를 띠었고, 도인노미야는 두 왕자에게 가쿠슈인 학우들이 친절히 대해 주는지를 물었다. 그러자 차오 피는 미소를 지으며 참으로 공손하게 대답했다.

"모두 십년지기처럼 무엇이든 친절히 도와주니 전혀 불편함이 없습니다."

그러나 기요아키 외에는 친구다운 친구도 없고 여태껏 학교에는 거의 얼굴도 비추지 않았음을 알고 있는 기요아키에게 왕자의 정성스러운 대답은 우습게만 들렸다.

신카와 남작의 마음은 은(銀)과 같아서 모처럼 공들여 닦아 집을 나서도 사람들 속에 섞이면 금세 무료함이라는 녹이 슬었다. 이런 대화를 한 번 듣는 것만으로도 그의 마음에는 녹이 슬었다…….

마침내 후작의 안내에 따라 도인노미야 뒤를 천천히 따르며 꽃이 핀 정원으로 향할 때도, 일본인들이 통상 그러듯 손님들은 쉬이 섞이지 않았고 자연히 부인이 남편을 따라 걷게 되었다. 이미 남들도 알아챌 수 있을 정도로 멍하니 힘이 빠진 남작은 앞뒤로 사람들이 멀어진 것을 확인하고는 아내에게 말했다.

"후작은 외국에 유학을 다녀온 후로 서양식이 돼서 처첩 동거를 그만두고 첩을 문밖 셋집으로 옮긴 모양인데, 정문까지 거리가 900미터라니 900미터짜리 서양식인 셈이지. 오십보

백보는 이럴 때 쓰라고 만들어진 말 같군."

"새로운 사상을 가지려면 철저히 새 사상을 따라야지요. 사람들이 뭐라고 하든 우리 집처럼 유럽식 관습에 따라서, 초대를 받든 잠깐 저녁 외출을 하든 반드시 부부가 같이 다녀야지요. 저기 좀 보세요. 못에 비친 건너편 산에 있는 벚나무 두세 그루와 홍백색 장막이 너무 아름다운걸요! 제가 입은 이 옷은 어떠세요? 오늘 오신 손님들 중에서 제일 정교한 데다 대담한 무늬를 넣었으니 못 저편에서 수면에 비친 제 그림자를 본다면 필시 아름답겠지요. 제가 이쪽 물가에 있는 동시에 저편에 있을 수 없다니, 얼마나 자유롭지 못한가요? 여보, 그리 생각지 않으세요?"

신카와 남작은 이처럼 일부일처제가 강제하는 대단히 세련된 고문을 (애초에 자신이 좋아 시작한 일이었으므로) 다른 이들보다 백 년은 앞선 사상에 수반하는 수난이라 여기며 기꺼이 감내했다. 본디 체질상 인생에서 감동을 찾으려 하지 않는 남작은 감동이 끼어들 여지가 없다면 아무리 견디기 힘든 고난이라도 무언가 서양식이고 멋진 일이라 치부하곤 했다.

언덕 위에 마련된 연회장에는 꽃놀이 춤을 위해 야나기바시(柳橋) 유곽에서 온 게이샤들이 멋 부린 사무라이, 여자 협객, 무가의 하인, 맹인, 목수, 꽃 장수, 판화 장수, 미동(美童), 장삿집 처녀, 시골 처녀, 하이쿠 시인 등으로 분장하고 한데 모여 손님들을 맞이했다. 도인노미야는 옆에 앉은 마쓰가에 후작에게 만족스러운 미소를 지어 보였고, 시암의 두 왕자들은 기요아키의 어깨를 두드리며 즐거워했다.

기요아키의 아버지는 전하를, 어머니는 비전하를 대접하는데 열중해 기요아키는 두 왕자들과 함께 걸핏하면 뒤처지곤했다. 게이샤들이 기요아키 주위로 모여들었으므로 말이 자유롭지 않은 왕자들의 흥을 돋우는 데 신경을 쓰느라, 기요아키는 사토코를 돌아볼 틈도 없었다.

"도련님, 좀 놀러도 와 주셔요. 오늘 몇 명이나 도련님께 한눈에 반했는지 모른답니다. 이대로 내버려 두시면 너무 잔인한 처사십니다."

하이쿠 시인으로 분장한 고참 게이샤가 말했다. 남장을 한이들까지 젊은 게이샤들은 모조리 눈가에 연지를 발라, 웃고있을 때도 마치 술에 취한 것 같았다. 해 질 녘이 가까워오자제법 쌀쌀해졌다. 그러나 기요아키는 비단과 자수, 그리고 분냄새 밴 피부가 만들어내는 병풍에 둘러싸여 있어 진짜 저녁바람은 자신의 몸에 전혀 와 닿지 않는 듯한 기분이 들었다.

이 여자들은 어쩜 저리도 즐겁고 떠들썩하게 웃으며, 제 몸에 딱 맞게 데워진 욕탕에 함빡 잠겨 있을까. 만담할 때 손가락을 세우는 방법, 고개를 끄덕이다가도 희고 매끄러운 목 언저리에 작은 금 경첩이라도 달아 놓은 듯 일정한 곳에서 고개를 멈추는 방법, 사람들의 야유를 받아넘길 때 순간 장난스레노여운 눈을 해 보이면서도 입가에 띄운 미소는 잃지 않는 그표정, 순식간에 진지한 표정을 짓고 손님의 설교를 듣는 정성스러운 태도, 잠깐 머리에 손을 댈 때, 그 한순간의 쓸쓸한 무심함……. 그런 갖가지 자태를 관찰하며 저도 모르는 사이 기요아키는, 게이샤들의 빈번한 곁눈질과 사토코의 독특한 곁눈질을 비교하고 있었다.

과연 민첩하고 유쾌하긴 했으나, 이 여자들의 두드러진 곁눈질은 성가신 날벌레가 끈질기게 날아다니는 듯한 느낌을 줬다. 그것은 사토코의 곁눈질처럼 우아한 눈동자의 율동에서는 결코 찾아볼 수 없는 것이었다.

멀리서 도인노미야와 무어라 이야기를 나누고 있는 사토코의 옆얼굴이 보였다. 흐릿한 저녁 해에 비친 옆얼굴에는 아스라한 수정(水晶), 아스라한 거문고 소리, 아스라한 산주름처럼 거리가 빚어내는 유현한 정취가 넘쳐흘렀다. 게다가 나무 사이로 드러나 차츰 저녁 빛으로 물들어 가는 하늘을 뒤로한 그 옆얼굴은 저녁 무렵 후지산처럼 또렷한 윤곽을 그렸다.

신카와 남작은 아야쿠라 백작과 드문드문 대화를 나눴다. 두 사람 다 옆에서 게이샤가 시중을 들고 있는데도 게이샤는 눈에 들어오지도 않는 양 행동했다. 벚꽃잎이 떨어진 잔디밭 위에 저녁 하늘이 반사된 아야쿠라 백작의 에나멜 구두가 놓여 있었다. 그 구두 끝에 더러워진 꽃잎 하나가 붙어 있었는데, 남작은 마치 여자 것처럼 작은 그 구두를 눈여겨봤다. 그러고 보니 유리잔을 든 백작의 손도 인형처럼 희고 작았다.

남작은 쇠망해 버린 이 고결한 피에 질투를 느꼈다. 또한 미소를 머금은, 더할 나위 없이 자연스러운 백작의 느긋함과 자신의 영국식 느긋함 사이에서 다른 이들과는 나눌 수 없는 대화가 이루어지고 있음을 느꼈다.

"동물 중에서는 뭐니 뭐니 해도 설치류가 가장 귀엽지요."

느닷없이 백작이 말했다.

"설치류 말이지요……." 하고 답했지만 남작의 머릿속에는 아무것도 떠오르지 않았다.

"토끼, 모르모트, 다람쥐 같은 것 말입니다."

"그런 것을 기르십니까?"

"아니요, 기르지는 않습니다. 집에서 냄새가 날 테니 말입니다."

"좋아하지만 기르진 않는단 말씀이시군요."

"우선 시(詩)가 되지 않지요. 시가 되지 않는 것은 집에 두지 않는 것이 가훈이라……."

"그렇습니까?"

"기르지는 않습니다만 여하튼 작고 복슬복슬하고 겁이 많은 생물이 무엇보다도 귀여운 듯싶습니다."

"정말 그렇겠습니다."

"귀여운 것들은 왜인지 그만큼 냄새도 심한 모양이더군요."

"그리 말할 수도 있겠군요."

"런던에서는 차를 마실 때 한 명 한 명에게 '밀크 퍼스트?' '티 퍼스트?' 하고 차례로 묻습니다. 섞어 버리면 똑같아집니다만 밀크를 먼저 부을 것인가, 차를 먼저 부을 것인가 하는 것은 저마다 정치보다도 긴급 중대한 문제이니 말입니다."

"그것 참 재밌는 이야기를 들었습니다."

게이샤에게는 끼어들 틈도 주지 않은 두 사람은 꽃을 보러 왔으면서도 꽃 같은 것은 안중에도 없는 듯했다.

후작 부인은 비전하의 영접을 도맡았다. 비전하가 나가우타[62]를 즐겨 샤미센[63]도 자주 탔으므로 야나기바시에서 반주로는 제일가는 늙은 게이샤가 옆에서 말을 거들었다. 후작 부인이 언젠가 친척의 약혼 예물 교환을 축하하는 자리에서 피아노와 샤미센, 거문고로「소나무의 푸르름」을 합주하여 흥을 돋운 일을 이야기하자, 나도 그 자리에 있었으면 좋았을 것을, 하며 비전하는 대단히 즐거워했다.

큰 웃음은 언제나 후작의 입에서 터져 나왔다. 도인노미야는 깔끔하게 손질한 수염을 감싸며 웃었으므로 큰 웃음소리는 내지 않았다. 맹인으로 분장한 고참 게이샤가 후작에게 귀엣말을 하자 후작이 소리 높여 손님들을 불렀다.

"자, 지금부터 꽃놀이 춤을 시작합니다. 여러분, 부디 무대 앞쪽으로 가까이 가 주시지요."

이러한 진행은 본래 집사인 야마다의 역할이었다. 갑작스레 주인에게 제 몫을 빼앗긴 야마다의 음울한 눈은 안경 안쪽에서 빠르게 깜빡였다. 예측지 못한 사태를 납득할 때 남몰래 야마다가 짓는 유일한 표정이 바로 이것이었다.

자신이 주인의 것에 절대 손을 대지 않는 이상 주인 또한 그의 것에 손가락 하나 대서는 안 되는 법이다. 작년 가을에도 이런 일이 있었다. 셋집에 사는 외국인 아이들이 저택 안에서 도토리를 주우며 놀고 있었다. 야마다의 아이들이 그곳에 놀러 왔을 때 외국인 아이들은 도토리를 나눠 주려 했으나 그들

---

62) 長唄. 샤미센과 피리로 연주하는 속요.
63) 三味線. 현이 세 개인 일본 전통 현악기. '바치(撥)'로 현을 퉁겨 연주한다.

은 완강히 받기를 거부했다. 주인집 물건에 손을 대선 안 된다고 엄하게 주의를 받았기 때문이다. 이러한 반응을 오해한 외국인 부모가 야마다를 찾아와 항의했으나, 사정을 들은 야마다는 하나같이 바짝 쪼그라든 고지식한 얼굴과 묘하게 공손한 모양의 입술을 가진 자기 아이들을 크게 칭찬해 주었다.

야마다는 한순간 그때의 일을 떠올리고는 하카마를 펄럭이며 변변찮은 다리로 벌떡 일어나, 애처로울 정도로 맹렬히 뛰어다니며 분주하게 손님들을 무대 쪽으로 이끌었다.

때마침 홍백색 막을 둘러쳐 놓은 못가의 무대 뒤편에서 공기를 찢으며 신선한 대팻밥이 튀어오르는 듯한 소리가 났다. 공연의 시작을 알리는 딱따기 소리였다.

19

기요아키와 사토코가 단둘이 있을 기회를 얻을 수 있었던 것은 꽃놀이 춤이 끝나고 이윽고 땅거미가 내리기 시작할 무렵 손님들이 양관으로 건너가는 아주 잠깐의 틈뿐이었다. 공연을 치하하는 손님들과 게이샤들이 다시 섞여 들었고 취기가 오른 데다, 불을 켜기까지는 아직 조금의 시간이 남아 있었다. 불안한 환락이 떠다니는, 기묘하게 술렁이는 한때였다.

기요아키는 먼 눈짓으로 사토코가 적당한 거리를 두고 자신을 잘 따라오고 있음을 확인했다. 언덕 위 샛길이 못과 문쪽으로 갈리는 곳에서 홍백색 막이 끊겼는데, 마침 그곳에 커다란 벚나무가 있어 사람들의 눈을 피할 수 있었다.

기요아키가 먼저 막 바깥에 몸을 숨겼을 때, 하필 사토코가 단풍산을 구경하고 못가에서 올라오던 비전하의 여관(女官)들에게 붙잡혔다. 이제 와 밖으로 나갈 수도 없는 기요아키는 사토코가 자리를 뜰 기회를 잡을 때까지 나무 아래에서 혼자 기다릴 수밖에 없었다.

이렇게 홀로 남아서야 기요아키는 처음으로 벚꽃을 찬찬히 올려다보았다.

암초에 빈틈없이 달라붙은 하얀 조가비처럼, 검고 간결한 가지 가득히 꽃이 피어 있었다. 저녁 바람에 막이 부풀어 오르자 밑가지에 달린 꽃들이 바람에 닿아 속삭이듯 흔들렸다. 그러자 멀리 뻗은 끝 쪽 가지들도 꽃과 함께 유유히, 의젓하게 흔들렸다.

꽃은 하얬고 주렁주렁 달린 봉오리만이 발그무레했다. 그러나 하얀 꽃도 자세히 들여다보면 심 부분의 별 모양이 불그스름해서, 단추 중앙부의 재봉실처럼 하나하나 견고하게 짜여 있었다.

구름과 파르스름한 저녁 하늘이 서로를 범했고 섞여 든 둘은 모두 옅어졌다. 꽃과 꽃이 아우러지고 하늘을 가르는 윤곽도 흐릿해져 저녁 하늘빛에 섞여 들었다. 가지와 줄기의 검은 빛은 점점 더 짙어지고 강렬해졌다.

매분 매초 저녁 하늘과 벚꽃은 지나치리만치 가까워졌다. 그 모습을 바라보는 사이 기요아키의 마음은 불안에 휩싸였다.

막이 또 한 번 바람을 품었다고 생각했을 때, 막을 따라 미끄러지듯 모습을 드러낸 것은 바람이 아닌 사토코였다. 기요아키는 사토코의 손을 잡았다. 저녁 바람을 맞은 손이 차가웠다.

그가 입을 맞추려 하자 사토코는 보는 눈이 두려워 밀어냈다. 그러나 벚나무 줄기에 분을 뿌려 놓은 듯 가득히 낀 이끼에 기모노가 닿지 않도록 자기 옷자락을 감싸는 통에, 그녀는 그대로 기요아키의 품에 안겨 버렸다.

"이런 짓은 마음만 괴롭게 할 뿐이에요. 놓아주세요, 기요 님."

속삭이는 사토코의 목소리에는 여전히 주위를 꺼리는 기색이 역력했고, 사토코의 자제력이 기요아키는 못내 아쉬웠다.

기요아키는 벚나무 아래에 선 자신과 사토코가 행복의 절정에 이르렀음을 보증받고 싶었다. 위태로운 저녁 바람이 초조함을 부채질하기도 했지만, 사토코와 자신이 이 이상 바랄 게 없는 더없는 찰나의 행복 속에 있다는 사실을 확인하고 싶었다. 조금이라도 사토코가 내키지 않는 듯한 기색을 내비친다면 그런 확증은 불가능했다. 기요아키는 같은 꿈을 꾸지 않았다고 아내를 타박하는, 질투심에 사로잡힌 남편 같았다.

거부하면서도 그의 팔에 안긴 채 눈을 감고 있는 사토코는 비할 데 없이 아름다웠다. 미묘한 선으로만 빚어진 그녀의 얼굴은 단정했지만 어딘지 모르게 분방한 것으로 가득했다. 사토코의 입술 한쪽이 살짝 올라가 있었다. 기요아키는 그녀가 흐느끼고 있는지, 미소를 짓고 있는지 어스름 속에서 애타게 확인하려 했으나, 이제는 콧방울에 진 그늘까지도 황혼의 재바른 징조로 보였다. 기요아키의 눈은 머리칼로 반쯤 덮인 사토코의 귀에 머물렀다. 귓불에는 은은하게 붉은빛이 돌았고 귀의 모양은 참으로 정밀해서, 꿈에서 볼 법한 매우 작은 불상을 모셔 놓은 작은 산호 감실 같았다. 이미 땅거미에 깊숙이 점령당한 그녀의 귓속 동굴에는 무언가 신비로운 것이 숨어 있었다. 그 안에 든 것은 사토코의 마음일까? 만약 그곳이 아니라면, 그녀의 살짝 벌린 입술 속 촉촉이 빛나는 가지런한 이 안쪽에서 그녀의 마음은 쉬고 있을까?

기요아키는 사토코의 내면에 다다를 수 있는 방법을 고심했다. 사토코는 더 이상 얼굴을 보이기 싫다는 듯이 갑작스레 얼굴을 당겨 와 입을 맞췄다. 사토코의 허리에 두른 기요아키의 한쪽 손끝에 온기가 전해졌다. 꽃들이 시들어 가는 온실 속에 들어온 듯한 이 온기 속에서 향기에 코를 박고 질식해 버릴 수 있다면 얼마나 좋을까, 그는 상상했다. 사토코는 아무 말도 하지 않았다. 그러나 그는 자신의 환상이 균형 잡힌 무결한 아름다움에 막 도달하려는 모습을 낱낱이 지켜보고 있었다.

입술을 뗀 사토코는 기요아키의 교복 품에 꼼짝 않고 머리를 묻고 있었다. 기요아키는 떠다니는 머릿기름 향기 속에서 막 저편에 멀리 서 있는, 은빛을 띤 벚나무를 응시했다. 애태우는 머릿기름 냄새와 저녁 벚꽃 내음이 한데 뒤섞여 분간할 수 없었다. 막 어스름이 내리려 했고 저 멀리 첩첩이 모여 선 벚나무들은 양모에 핀 보풀 같았다. 그리고 그 벚나무들은 은회색에 가까운 보슬보슬한 하얀 빛깔 아래 깊숙한 곳에, 망자에게 발라 놓은 연지처럼 불길한 분홍빛을 은밀하게 감추고 있었다.

그때 기요아키는 사토코의 볼을 적신 눈물을 알아챘다. 그의 불행한 탐구심은 재빨리 그 눈물 뒤에 숨은 것이 행복인지 불행인지를 점치기 시작했다. 그러자 사토코는 곧바로 그의 가슴에서 얼굴을 떼더니 눈물을 닦으려고도 하지 않고 돌연 날카로운 표정을 지어 보였다. 그녀는 다정함이라고는 조금도 깃들지 않은 말투로 거푸 말했다.

"어린애야! 기요 님은 정말 어린애야! 아무것도 몰라요. 알려고도 하지 않아. 내가 좀 더 나서서 하나부터 열까지 다 알려 드릴걸. 스스로는 대단하다 여기실지 몰라도 기요 님은 아직 어린애일 뿐이에요. 정말이지 제가 더 돌보며 가르쳐 드릴걸. 그렇지만 이젠 너무 늦어 버린걸요……."

말을 마친 사토코는 몸을 돌려 막 저편으로 사라졌고, 상처 입은 젊은이만 홀로 남았다.

무슨 일이 일어난 걸까. 그에게 무엇보다도 깊은 상처를 입힐 수 있는 말들만을 공들여 골라낸 그 말들, 그의 제일 약한 곳을 노리고 쏜 화살에는 그에게 가장 잘 듣는 독소가 집약되어 있었다. 말하자면 그를 박해하는 말들의 정수였다. 기요아키가 가장 먼저 해야 할 일은 그 독이 예사롭지 않게 정련된 것임을 깨닫는 것, 또 사토코가 어떻게 이토록 순수한 악의의 결정을 얻을 수 있었는지를 고민하는 것이었다.

그러나 심장은 빨리 뛰었고 손이 떨려 왔으며, 분한 마음에 눈에는 반쯤 눈물이 어렸다. 분노에 사로잡힌 그가 격렬한 감정에서 벗어나 차분히 생각하기란 불가능했다. 그는 이후에도 손님들 앞에 얼굴을 비추고, 이슥한 밤 연회가 끝날 때까지 태연한 얼굴로 견뎌야 했다. 지금 그에게 그보다 더 어려운 일은 이 세상에 없는 듯했다.

20

연회는 순조롭게 진행되어 차질 없이 끝났다. 매사에 낙천적인 후작은 자신은 물론 손님들도 만족했으리라 믿어 의심치 않았다. 후작에게 부인의 가치가 어느 때보다도 빛나는 때는 바로 이런 순간이었는데, 가령 다음과 같은 대화에서 잘 알수 있었다.

"전하 내외께선 처음부터 끝까지 기분이 좋아 보이셨지. 만족스럽게 돌아가신 것 같은가?"

"말할 것도 없지요. 이렇게 즐거운 날은 천황께서 붕어하신 이후론 처음이라고 말씀하신걸요."

"그것 참 부적절한 말씀을 하셨소만 참으로 생생한 말이구려. 그건 그렇고 오후부터 한밤중까지 연회가 너무 길어 손님들이 지치진 않았을까?"

"그런 말씀 마세요. 세우신 계획이 워낙에 세밀하고 식순도 매끄러워서 순서가 바뀔 때마다 끝도 없이 다른 재미가 있던 걸요. 피곤해하실 틈도 없었을 거예요."

"활동사진을 트는 동안 잠든 사람은 없었나?"

"없었어요. 모두들 정말이지 크게 눈을 뜨시고는 열중해서 보고 계셨답니다."

"그나저나 사토코는 참 착한 애야. 그야 감동적인 활동사진이긴 했지마는 운 사람은 사토코뿐이었거든."

활동사진을 상영하는 동안 사토코는 울음을 참지 못했고 후작은 불을 밝힌 후에야 그것을 알아챘다.

몹시 지친 기요아키는 간신히 제 방에 들어올 수 있었다. 그러나 눈이 말똥말똥해 잠들 수가 없다. 창을 열어 본다. 어두컴컴한 연못 수면에서 검푸른 자라 머리가 무리 지어 이쪽을 올려다보고 있는 것만 같다…….

그는 결국 벨을 울려 이누마를 불렀다. 벌써 야간 대학을 졸업한 이누마는 밤이면 반드시 집에 있었다. 기요아키의 방에 들어간 이누마는 분노와 초조함으로 한눈에 알아챌 수 있을 만큼 황폐해진 '젊은 주인'의 얼굴을 보았다.

요사이 이누마는 차츰 남의 안색을 읽는 법을 터득하게 되었는데, 이전 같으면 생각도 못할 일이었다. 그중에서도 특히 늘 접하는 기요아키의 표정이라면 어느덧 형형색색의 유리 조각들이 연출하는 만화경을 들여다보듯 또렷하게 파악할 수 있었다.

그러자 이누마의 마음과 시선에도 변화가 생겼다. 전에는 번민과 근심으로 여윈 젊은 주인의 얼굴을 나약한 영혼의 발로로 여겨 증오했다면, 이제는 그 속에서 운치를 발견해 내는 데까지 이른 것이다.

분명 기요아키의 그늘진 용모는 행복이나 기쁨과 그다지 어울리지 않았다. 그러한 아름다움의 기품을 높여 주는 것은 오히려 슬픔이나 분노였다. 노여워 초조해하는 기요아키의 모습에는 언제나 미덥지 못한 일종의 어리광이 겹치곤 했다. 그러지 않아도 뽀얀 볼이 새파래지고 고운 눈에 핏발이 서고 물 흐르듯 유려한 눈썹이 일그러질 때면, 무언가를 붙들기 위해 애쓰며 중심을 잃고 비슬거리는 영혼의 갈망이 드러났다. 그러면 마치 황야에 떠도는 노래처럼, 황폐 속에 달콤함이 감돌기 시작했다.

기요아키는 계속 말이 없었으므로 이누마는 요즘에는 딱히 권하지 않아도 스스로 그러곤 하듯이 의자에 앉았다. 그는 기요아키가 탁자 위에 어질러 놓은 오늘 밤의 정찬 차림표를 집어 들었다. 이누마가 앞으로 십 년을 더 마쓰가에가에 머무른다 해도 결코 맛볼 수 없는 메뉴였다.

1913년 4월 6일 벚꽃 관람회 만찬

잘게 저민 자라 고기 수프
닭고기 수프
와인과 우유에 절인 송어 스테이크
양송이를 곁들인 소 등심찜
양송이를 채운 메추라기찜

셀러리를 곁들인 훈제 양 등심

푸아그라 젤리와 파인애플 소르베

소금물로 적신 종이에 쪄 낸 양송이를 채운 타이 닭찜

치즈와 함께 구운 아스파라거스와 강낭콩

바바루아

아이스크림 두 종

프티 푸르

언제까지고 메뉴를 읽고 있는 이누마를 응시하는 기요아키의 눈에는 멸시가 담기는가 싶다가도 애원이 어리는 통에 잠잠해질 새가 없었다. 그가 입을 떼기를 이누마는 기다리고 있었다. 기요아키는 그 융통성 없는 조심성이 괘씸했다. 주종 관계 같은 것은 잊어버리고 먼저 형처럼 기요아키의 어깨에 손을 얹고 무슨 일인지 물어 준다면 얼마나 말을 꺼내기가 수월할까.

기요아키는 그곳에 앉아 있는 남자가 예전의 이누마와는 다른 사람이라는 것을 알아채지 못했다. 격렬한 감정을 서투르게 억누르기만 하던 이 남자가 이제는 다정하고 부드러운 마음으로 기요아키를 대하고, 미숙했던 섬세한 감정의 영역에 조심스레 발을 들이려 하고 있음을 몰랐던 것이다.

"너는 지금 내 기분을 모르겠지만……." 하고 마침내 기요아키는 입을 열었다. "사토코 씨에게 심한 모욕을 당했어. 마치 나는 제대로 상대도 안 된다는 듯한 말투로, 그렇게 말만 안 했다뿐이지 이제껏 내가 바보 같은 어린애처럼 굴었다는 거야. 아니, 정말로 그렇게 말했어. 내가 제일 싫어하는 말을 고르고 골라 던진 그 사람의 태도에 나도 실망했어. 이래선 눈 오던 날 아침 그 사람이 말한 대로 그렇게 된 것도 내가 제대로 놀아난 거겠지……. 뭔가 짐작 가는 일 없어? 일테면 다데시나한테 살짝 들은 이야기라든가, 뭐 그런 것 말이야."

잠시 생각하더니 이누마가 말했다.

"글쎄요, 딱히 짚이는 건 없습니다."

그러나 부자연스럽게 길었던 뜸이 날카로워진 기요아키의 신경에 덩굴처럼 휘감겨 왔다.

"거짓말이군. 넌 뭔가를 알고 있어."

"아닙니다. 아무것도 모릅니다."

그렇게 입씨름을 하는 사이 이누마는 말하지 않으려던 것을 이야기하고 말았다. 다른 이의 마음이 낳은 결과는 읽을 수 있어도 마음의 반응에 대해서는 둔감한 이누마는, 자신의 말이 도끼를 내려치듯 기요아키의 마음에 가한 일격을 알지 못했다.

"미네에게 들은 이야깁니다만, 이건 미네가 저한테만 비밀스레 이야기한 거라 절대 누구에게도 말하지 말라고 한 것입니다. 그렇지만 도련님과 관련된 일이니 말씀드리는 게 좋을지도 모르겠습니다.

정월 친족회 때 아야쿠라가의 따님이 여기 오셨지요. 매년 그날은 후작님께서 친척 자제분들께 친히 말을 걸어 주시고 고민거리도 들어 주시는 날입니다. 그때 후작님이 아가씨께 '고민거리라도 있는가?' 하고 농담처럼 물으셨는데 아가씨도 농담처럼 '네, 긴히 상의 드리고 싶은 일이 있습니다. 후작님의 교육 방침에 대해 여쭤보고 싶은 것이 있거든요.' 하고 말씀하신 모양입니다.

만일을 위해 말씀드립니다만, 이 이야기는 전부 후작님이 베갯머리 이야기로 (이누마는 형언하기 어려운 통한을 담아 이 말을 뱉었다.) 웃으며 미네에게 하신 이야깁니다. 미네가 그걸 있는 그대로 제게 전한 것이고요.

어쨌든 그러니 후작님이 흥미를 느끼시고는 '교육 방침이라니 도대체 무슨 소린가?' 하고 물으셨고, 아가씨는 '기요 님에게 듣기로는 후작님께서 현장 학습 차 기요 님을 화류계에 데려가셨고, 노는 법을 익힌 기요 님은 이제 어엿한 남자가 되었다고 으스대시던데요. 후작님께선 정말로 그리 부도덕한 현장 학습을 시키신 건가요?' 하면서, 정말이지 꺼내기 거북한 이야기를 그렇게 술술 잘도 물으시더랍니다.

후작님은 가가대소하시고는 '이야, 정말이지 호된 질문이로군. 마치 귀족원에 도덕 개혁 청문회라도 열린 것 같아. 기요아키가 말한 대로라면 그건 그것대로 나도 변명거리가 있지만, 실은 그 교육이란 것이 정작 중요한 본인에게 퇴짜를 맞아 버렸거든. 날 안 닮은 불초자식이라 좀 늦되고 결벽증이 있어서, 나야 어떻게든 떠 보려 했다만 일언지하에 딱 잘라 내더니 화가 나서 가 버리더라니까. 그랬으면서 너한테는 허세를 부리고 거짓말로 자랑까지 했다니 거참 재미있군. 한데 아무리 허물없는 사이라고는 해도 지체 높은 숙녀에게 유곽 얘길 꺼내는 남자로 키운 기억은 없어. 얼른 불러와 혼내 주지. 그럼 그 녀석도 분발해서 요정 나들이를 배울 마음이 동할지도

모르겠군.'

신이 나서 즉흥적으로 말을 이어 가시는 후작님을 아가씨가 극구 말리셔서 후작님도 이 이야기는 그저 흘려 버리시기로 약속하셨는데, 약속을 하셨으니 다른 사람에게는 말을 못하고 미네한테만 살짝이 말씀하셨지요. 말씀하실 때는 아주 즐겁게 웃으셨고, 미네에게는 단단히 입단속을 시키신 모양입니다.

미네도 여자이니만큼 그대로 잠자코 있을 리가 없지요. 저한테만 말해 주기에 엄중하게 입막음을 시키고 도련님의 명예와 관련한 일이니 만약 입 밖에 내기라도 하면 너와의 교제는 끊어 버리겠다, 단단히 분부해 두었습니다. 뜻밖에 진지한제 태도에 기가 눌렸으니 미네도 결코 입 밖에 내는 일은 없을겁니다."

이누마의 말을 듣는 동안 기요아키의 얼굴은 점점 더 창백해졌다. 그러나 이제껏 이리저리 머리를 부딪치게 하던 짙은 안개가 말끔히 개고 난 자리에 줄지어 선 하얀 원기둥이 영롱히 드러난 듯이, 모호했던 모든 현상들의 윤곽이 또렷해졌다.

우선 사토코는 그토록 부정했음에도 불구하고 실은 기요아키의 그 편지를 읽은 것이었다.

물론 그 일은 그녀에게 얼마간의 불안을 안겼을 테다. 그렇지만 친족들이 모인 신년 축하회에서 후작의 입으로 거짓말이었음을 확인한 후에는 끔찍이 기뻐하며 스스로 말한 소위 '행복한 새해'에 취했다. 이제 그날 마구간 앞에서 사토코가 느닷없는 열정에 사로잡혀 고백을 털어놓은 이유는 분명해졌다.

그런 연유로 사토코는 완전히 마음을 놓고는 그토록 대담하게 그를 눈 구경에 불러낸 것이다!

오늘 사토코가 보인 눈물, 그 무례한 비난은 이것만으로는 이해할 수 없지만, 사토코가 시종일관 거짓말을 하고 시종일관 마음속으로 기요아키를 얕보고 있었던 것만은 분명해졌다. 어떤 변명을 하더라도 그녀가 이토록 비뚤어진 심사로 기요아키를 재밋거리로 삼아 왔다는 사실만큼은 누구도 부정할 수 없다.

'사토코가 한편으론 날 어린애라고 비난하면서도, 한편으론 나를 영원히 어린애인 채로 가둬 두고 싶어 한다는 건 이제 의심할 수 없어. 정말 간사하군. 남에게 의지하는 여자다운 모습을 보일 때도 마음속에선 경멸을 잊지 않고, 날 받들어 주는 것 같았을 때도 실은 어린애를 어르고 있었던 거야.'

기요아키는 몹시 분노한 나머지 사건의 발단은 모두 그 거짓 편지에 있었다는 것, 자신이 지어낸 거짓말로부터 모든 것이 시작되었다는 것을 잊어버렸다.

그는 그저 모든 일을 사토코의 배신과 결부시켰다. 소년과 청년 사이 울울한 경계에 선 남자, 그의 가장 소중한 자존심에 그녀는 상처를 입힌 것이다. (후작이 웃어넘겼듯) 어른의 눈에는 사소한 것으로 여겨질지 모르나, 그처럼 사소한 것들에 구애되는 어느 시기에 선 남자의 긍지만큼 섬세하고 연약한 것은 없었다. 알고 있었든 모르고 있었든, 사토코는 더할 수 없이 무정한 방식으로 그것을 유린한 것이다. 기요아키는 끔찍한 수치심에 병이라도 난 것 같았다.

이누마는 기요아키의 파르란 안색과 이어지는 침묵을 애처로운 듯 지켜보면서도 자신이 그에게 준 상처는 아직 깨닫지 못했다.

오랜 세월 끊임없이 자기에게 상처를 준 이 아름다운 소년에게, 지금 이 순간 그 스스로, 어떤 복수의 의도도 없이 깊은 상처를 입혔음을 이누마는 알지 못했다. 그가 고개 숙인 이 소년을 이토록 가엾게 여긴 것 역시 이때가 처음이었다.

이누마는 기요아키를 일으켜 세워 침상으로 옮겨 주고 싶은, 또 그가 눈물을 흘린다면 함께 눈물을 흘리고 싶은 감상적인 기분에 빠져들었다. 그러나 이윽고 들어 올린 기요아키의 얼굴은 완전히 말라 있었고 눈물은 흔적도 보이지 않았다. 쏘아보는 그의 차가운 눈길이 이누마의 환상을 단숨에 무너뜨렸다.

"그래. 이제 가 봐. 나도 잘 테니까."

기요아키는 의자에서 일어나 이누마를 문 쪽으로 밀어 보냈다.

21

다음 날부터 다데시나가 몇 번쯤 전화를 걸어왔지만 기요아키는 전화를 받지 않았다.

다데시나는 이누마를 불러 아가씨가 도련님을 만나 긴히 할 얘기가 있으니 꼭 그리 전해 달라 부탁했지만, 기요아키가 이미 철저히 단속해 두었으므로 이누마는 잠자코 있었다. 몇 번째쯤에는 사토코가 직접 전화를 걸어 이누마에게 부탁하기까지 했지만 이누마는 완고히 거절했다.

전화는 연일 집요하게 걸려 왔고 이 일은 하녀들의 입에까지 올랐다. 기요아키는 변함없이 응하지 않았다. 그리고 마침내 다데시나가 찾아왔다.

어둑한 현관에서 이누마가 손님을 맞았다. 그는 다데시나를 결단코 집에 들이지 않으리라 단단히 채비를 하고, 무명 하카마를 단정히 정돈한 채 현관 마루 중앙에 앉아 있었다.

"도련님은 부재중이시라 뵐 수 없습니다."

"안 계실 리가 있겠습니까. 그렇게 막으시려면 야마다 씨를 불러 주십시오."

"그렇게 하신대도 소용없습니다. 도련님은 절대 만나실 수 없습니다."

"좋습니다. 그럼 제가 멋대로 올라가 직접 찾아뵙지요."

"방을 잠가 뒀으니 결코 못 들어가십니다. 올라가시는 것은 자유입니다만, 내밀한 용건으로 오셨을 테지요. 야마다가 알게 되거나 집 안이 떠들썩해지면 후작님 귀에도 들어가게 될 텐데, 그래도 괜찮으시겠습니까?"

다데시나는 어스름 속에서도 여드름 자국이 도드라진 이누마의 얼굴을 말없이 노려보았다. 이누마의 눈에 비친 다데시나는 환한 봄 햇살이 감도는 현관 앞에서 빛나는 잣나무 잎을 뒤로한 채 주름진 늙은 볼을 두꺼운 분으로 감춘, 표면이 오글쪼글하게 처리된 우키요에[64] 속에 그려진 사람 같았다. 그리고 무거울 정도로 깊이 팬 쌍꺼풀 안쪽의 두 눈은 사납게 화나 있었다.

"좋습니다. 설령 도련님의 명령이라 하더라도 그토록 강하게 말씀하시는 걸 보면, 그리 말씀하시는 분께서도 그만한 각오를 하신 것이겠지요. 여태껏 저도 귀공을 위해 이런저런 일들을 배려해 왔습니다만 오늘부로 그것도 끝이라 생각해 주십시오. 그럼 모쪼록 도련님께 잘 전해 주시기를."

---

64) 浮世繪. 에도 시대 서민 계층을 기반으로 발달한 풍속화.

사오 일쯤 지나 사토코로부터 두꺼운 편지가 왔다. 평소 같으면 야마다를 조심하느라 다데시나가 직접 이누마에게 편지를 건넨 다음 기요아키의 손에 들어갔을 편지가, 야마다가 들고 나르는 옻칠 쟁반 위에 떳떳이 얹혀 도착한 것이다.

기요아키는 부러 이누마를 방으로 불러 뜯지 않은 편지를 보여 주고서, 창문을 열게 한 다음 그가 보는 앞에서 화로에 불을 지폈다.

작은 혀를 날름거리는 불꽃을 피하며 두꺼운 종이에 눌려 꺼질 뻔한 불꽃을 돋우는 기요아키의 흰 손은, 오동나무 화로 속에서 작고 민첩한 동물처럼 돌아다니고 있었다. 이누마는 눈앞에서 벌어지는 정묘한 범죄를 목격하듯이 그 손의 움직임을 바라보았다. 자신이 돕는다면 불은 더 잘 탈 것이다. 그러나 거절이 두려워 돕지 않았다. 기요아키는 단지 증인으로서 자신을 부른 것이다.

연기를 피하지 못한 기요아키의 눈에서 눈물이 한 방울 떨어졌다. 이누마는 일찍이 호된 훈육과 눈물이 기요아키를 도야하기를 바란 적 있었다. 그러나 지금 이누마의 눈앞에서 불에 달아오른 볼을 타고 내린 아름다운 눈물은, 그의 노력과는 아무 상관도 없는 것이었다. 어째서 이 사람 앞에서라면, 언제고 어떠한 경우라도 무력함을 느낄 수밖에 없는 걸까.

일주일쯤 지나 아버지 후작의 귀가가 일렀던 날, 기요아키는 오랜만에 안채의 일본식 방에서 양친과 저녁 식사를 함께 했다.

"시간도 참 빠르군. 너도 내년이면 종5위를 받는구나. 그러면 하인들에게도 5위님이라 부르게 하지."

후작은 유쾌한 듯이 말했다. 기요아키는 내년으로 닥쳐온 자신의 성년을 마음속으로 저주했다. 그리고 열아홉 살에 벌써 나이를 먹는 일에 마음이 지극히 지쳐 버린 것은, 사토코의 간접적인 영향 탓이 아닐까 의심했다. 이미 기요아키에게서는 새해가 오기를 손꼽아 기다리며 어른이 되고 싶은 초조함으로 벅찼던 어린 시절의 성마름은 찾아볼 수 없었다. 그는 냉랭한 마음으로 아버지의 말을 들었다.

식사는 부부와 아들, 세 사람이 함께할 때면 늘 그러듯이 팔자 눈썹이 슬퍼 보이는 어머니의 빈틈없는 응대와, 얼굴이 불그레한 후작의 짐짓 과장된 유쾌함이 제각기 정해진 역할을 지키며 진행되었다. 부모가 눈짓이랄 것도 없이 가벼운 눈빛을 주고받는 것을 재빠르게 알아챈 기요아키는 놀랐는데, 이 부부간의 묵계(默契)만큼 수상쩍은 것은 없었기 때문이다. 기요아키가 먼저 어머니의 얼굴을 쳐다보자 어머니는 약간 주춤했고, 막 꺼내기 시작한 그녀의 말도 조금 엉클어졌다.

"저기 말이야……. 묻기가 조금 거북하다만, 아니 묻기 거북할 만큼 대단한 일도 아니지만 일단 네 생각도 들어 둬야겠다 싶어서."

"무슨 일인데요?"

"실은 사토코 씨한테 또 혼담이 들어왔어. 이번엔 꽤 어려운 혼담이라 조금만 더 진행되면 쉽사리 거절할 수도 없을 거야. 지금으로서는 늘 그렇듯이 사토코 씨 마음은 모호하다만, 사토코 씨도 이번엔 이제껏 그랬듯이 딱 잘라 거절할 수는 없

을 거다. 양친께서도 마음이 내키시는 모양이고……. 그래서
너 말이야, 너도 사토코 씨하곤 어려서부터 친하게 지냈잖니.
넌 그 결혼에 대해 딱히 이의(異意)는 없는 거니? 지금은 그냥
네 마음 그대로 얘기해 주면 돼. 만약 반대하고 싶은 마음이
있다면 아버지 앞에서 있는 대로 말씀드리면 된단다."

기요아키는 젓가락질을 멈추지 않았다. 그는 무표정을 지
킨 채 어머니의 말이 끝나자마자 답했다.

"전혀 이의 없습니다. 저와는 아무 상관없는 일이잖습니까."

잠시 이어진 침묵 이후 후작은 조금도 흐트러지지 않은 기
분 좋은 어조로 말했다.

"지금이라면 어떻게든 되돌릴 수 있어. 그러니까 만약에,
만약에 말이다. 조금이라도 네 마음에 걸리는 게 있다면 말해
주려무나."

"걸릴 것 전혀 없습니다."

"그러니 만약에, 라고 묻지 않았느냐. 없으면 없는 대로 됐
다. 우리도 그 집안과는 오랜 의리가 있으니까 이 혼담에 대해
서라면 할 수 있는 만큼 하고 도울 수 있는 만큼 돕고, 비용 면
에서도 이것저것 도와야겠지……. 그건 그렇고 다음 달이면
벌써 사당 제사인데, 이대로 이야기가 진행되면 사토코도 바
빠질 테니 올해 제사에는 못 올지도 모르겠구나."

"그럼 처음부터 사토코 씨는 제사에 부르지 않는 편이 좋
지 않겠습니까."

"이야, 이건 놀랍군. 둘이 그렇게나 견원지간인 줄은 몰랐
구나."

후작은 크게 웃고는 그것으로 이야기를 끝내 버렸다.

양친에게 기요아키는 끝끝내 수수께끼 같은 존재였다. 자신들의 감정과는 너무나도 동떨어진 방식으로 움직이는 아들이 남긴 감정의 흔적을 좇으려 할 때마다 길을 헤맸기에, 이제는 좇아 보려는 시도조차 포기해 버렸다. 후작 부부는 제 아이를 맡겼던 아야쿠라가에서의 교육을 얼마간 원망하기까지 했다.

그들이 예전부터 동경해 왔던 공경대부들의 우아함이라는 것은 결국 이처럼 변덕맞고 알기 어려운 마음이었을까? 멀리서 보기에는 아름다워도 가까운 아들에게서 그러한 교육의 결과를 보고 있자면, 그저 눈앞에 수수께끼를 바짝 들이밀어 놓은 것만 같았다. 후작 부부의 마음이 걸친 의상은 설사 이런저런 미심쩍은 점이 있다 해도 남국풍의 선명한 단색이라 할 수 있었다. 그러나 기요아키의 마음이 머금은 색이란 옛 여인들이 겹겹이 껴입은 옷의 빛깔 같았다. 썩은 낙엽 같은 적갈색은 다홍색으로, 다홍색은 다시 대나무의 푸른 빛깔로 녹아들어가 무엇이 무엇인지 확인할 수 없었고, 그것을 애써 헤아려 보려는 노력만으로 후작은 지쳐 버렸다. 모든 것에 무관심해 보이는 아들의 아무것도 말해 주지 않는 차가운 미모를 보고 있는 것만으로 피로가 밀려왔다. 후작의 어린 시절 그 어느 구석을 떠올려 봐도 이처럼 모호한 마음, 즉 잔물결이 이는가 싶으면 이내 말갛게 잠잠해지는 불안정한 마음으로 괴로워한 기억은 없었다.

마침내 후작은 이렇게 말했다.

"다른 얘기다만, 이누마는 조만간 그만두게 할 셈이다."

"왜 그러십니까?"

기요아키의 얼굴에 처음으로 신선한 놀라움이 떠올랐다. 정말로 의외였던 것이다.

"그 친구에게도 오랜 세월 신세를 졌다만 너도 내년이면 성년이고, 그 친구도 대학을 졸업했으니 이쯤이 적기라고 생각했지. 직접적인 이유라면 그 녀석에 대해 좋잖은 소문을 들어서 말이야."

"어떤 소문입니까?"

"집 안에서 괘씸한 짓을 저질렀더군. 사실대로 말하자면 하녀 미네와 몰래 정을 통하고 있었던 모양이야. 옛날 같으면 베어 죽일 일이지."

이 이야기를 듣고 있는 후작 부인은 놀라우리만치 평온했다. 이 문제에 대해서라면 그녀는 모든 면에서 남편의 편에 서 있었다. 기요아키는 재차 물었다.

"누구에게 들으신 소문입니까?"

"누구라도 상관없는 일이다."

기요아키는 즉시 다데시나의 얼굴을 떠올렸다.

"옛날이라면 베어 죽일 일이다만 요즘 같은 세상에선 그럴 수도 없지. 가고시마에서 추천을 받아 온 사내인 데다, 매년 새해엔 중학교 교장도 찾아오는 사이이고 말이야. 그렇다면 본인의 장래를 생각해서 원만하게 집에서 내보내는 게 제일이지. 또 겉과 속 모두 그럴싸한 조치를 취했으면 한다. 이참에 미네도 그만두게 해서 본인들끼리 마음이 내키면 결혼을 해도 좋고, 이누마가 앞으로 일할 곳도 찾아 주려고 해. 어쨌든 집에서 내보내는 것이 목적이니까, 그러는 이상 원한을 남기지 않는 게 상책이야. 오랫동안 널 돌봐 준 것도 사실이고, 그 점에선 실수도 없었으니 말이야."

"어쩜 정도 많으시지요. 그렇게까지 해 주시다니⋯⋯." 하고 후작 부인이 말했다.

기요아키는 그날 밤 이누마를 마주했으나 아무 말도 하지 않았다.

베개에 머리를 내맡기고 이런저런 일들을 생각하던 기요아키는 이제 자신이 완전히 고독해졌음을 깨달았다. 친구라고 해 봤자 혼다뿐이었지만, 혼다에게도 일이 돌아가는 형편을 숨김없이 털어놓지는 않았다.

기요아키는 꿈을 꿨다. 꿈속에서도 이 꿈은 절대 일기에 기록할 수 없겠다고 생각했다. 그만큼 복잡하고 혼란스러운 꿈이었다.

여러 사람이 등장한다. 눈 위에 별안간 공작 무리가 훨훨 내려앉는가 싶더니, 시암 왕자들이 양쪽에서 나타나 사토코의 머리에 긴 영락(瓔珞)을 늘어뜨린 황금 관을 씌운다. 이누마와 다데시나가 입씨름을 하고 있는가 싶으면, 둘이 뒤엉킨 채 깊디깊은 골짜기 밑으로 굴러떨어진다. 미네가 마차에 올라타니 후작 부부가 공손하게 맞는다. 그런가 하면 기요아키 자신은 흔들리는 뗏목 위에서 끝없는 대양을 표류하고 있다.

기요아키는 꿈속에서 생각했다. 지나치게 깊이 꿈에 빠진 나머지 현실의 영역으로까지 꿈이 흘러넘치는, 꿈의 범람이 일어나 버렸다고.

22

　도인노미야의 셋째 아들인 하루노리(治典) 왕자 전하는 금
년 25세로 얼마 전 근위 기병(騎兵) 대위로 막 승진한 참이었
고, 영리하고 호탕한 기질로 아버지에게 가장 촉망받는 아들
이었다. 그런 위인인 만큼 비(妃)를 고르는 데도 다른 사람의
말을 듣지 않았다. 여러 후보들 중 누구도 마음에 들지 않아
했으므로 그대로 시간이 흘렀다. 그런데 양친이 몹시 난처해
하고 있음을 알아챈 마쓰가에 후작이 꽃놀이 연회에 전하 내
외를 초대해 은근슬쩍 아야쿠라 사토코를 소개한 것이다. 대
단히 마음에 들었던 전하 내외가 사진을 보내 달라는 마음을
내비쳤으므로 아야쿠라가에서는 신속히 사토코의 정장 차림
사진을 헌상했다. 이를 본 하루노리 왕자 전하는 평소와 달리
신랄한 말을 하지 않고, 그저 골똘히 사진을 들여다보았다. 그
러자 벌써 스물한 살이라는 사토코의 연령상의 난점도 문제

가 되지 않았다.

마쓰가에 후작은 한때 자식을 맡긴 것에 대한 답례로, 가세가 기운 아야쿠라가의 부흥을 이전부터 마음에 두고 있었다. 집안을 다시 일으키는 데는 직계 황족은 아니더라도 어쨌든 도인노미야가와 인척이 되는 것이 빠른 길이었고, 유서 깊은 가문인 아야쿠라가는 그리하기에 조금도 이상하지 않은 집안이었다. 다만 그럴 경우 뒤를 봐 줄 사람이 필요했다. 아야쿠라가에는 막대한 비용이 드는 몸치장이나 매해 백중날과 연말이면 궁가의 가신들에게 보낼 선사품 등, 생각만으로도 아찔해지는 지출을 감당할 여유가 없었다. 마쓰가에가는 그것을 모조리 부담할 용의가 있었다.

사토코는 자신을 둘러싸고 분주히 진행되고 있는 모든 일들을 냉담하게 바라보았다. 4월에는 맑은 날이 드물었고, 어둑한 하늘 아래서 봄은 나날이 옅어지고 여름이 싹트기 시작했다. 사토코는 대문만이 그럴싸한 무가 저택의 검소하게 꾸민 방 안에 앉아, 사람 손이 닿지 않은 너른 정원을 창 너머로 내다보았다. 그러자 벌써 꽃을 떨어뜨린 동백나무의 검고 단단한 가지들이 밀어낸 새싹과, 신경질적으로 가시를 돋운 석류나무의 빽빽한 가지 끝에서 솟아난 불그스름한 싹도 알아차릴 수 있었다. 새싹은 모두 꼿꼿이 서 있었고 그 때문에 정원 전체가 발돋움하며 몸을 뻗고 있는 듯 보였다. 정원의 키가 얼마쯤 자란 것이다.

다데시나는 말수가 눈에 띄게 줄어들고 자주 근심에 빠지는 사토코를 몹시 염려했다. 그런 한편 사토코는 물 흐르듯 부모의 분부에 잘 따랐고 무슨 일에든 순응했으며, 전처럼 이견을 세우는 일 없이 모든 것을 은은한 미소로 받아들였다. 사토코는 모든 것에 복종하는 온순함의 장막 뒤편으로, 이즈음의 흐린 하늘 같은 광막한 무관심을 숨기고 있었다.

5월에 들어선 어느 날 사토코는 도인노미야 별장의 다회(茶會)에 초대받았다. 예년 같으면 마쓰가에가의 사당 제사에 대한 안내가 벌써 도착했을 무렵이었다. 사토코가 무엇보다 애타게 기다리던 소식은 오지 않은 대신, 궁가 사무관이 집사에게 천연히 초대장을 전해 주고 간 것이다.

자연스럽게 일어나는 듯한 이 모든 일들은 극비리에, 지극히 세세히 진행되고 있었다. 백작 부부는 많은 말을 하지 않았다. 그러나 그들 역시 사토코 주위에 복잡한 부적을 빙 둘러써 붙여 놓고, 그녀를 슬며시 가둬 두려는 사람들 중 하나이기는 마찬가지였다.

물론 도인노미야가의 다회에는 아야쿠라 백작 부부도 초대받았는데, 마중을 위해 마차를 보내는 일은 도리어 번거로우므로 마쓰가에가가 마차를 빌려주기로 했다. 1907년에 지은 별장은 요코하마 교외에 있었다. 만약 이런 일 때문이 아니었더라면 요코하마까지 가는 마차 여행은 모처럼 일가족이 모두 모여 떠나는 즐거운 나들이라 할 수 있었으리라.

오랜만에 쾌청한 날이었고 백작 부부는 좋은 징조라며 기뻐했다. 강한 남풍이 미치는 길가 곳곳에 단오를 알리는 잉어 모양 깃발이 펄럭이고 있었다. 커다란 검은 잉어부터 자그마한 주홍색 비단 잉어까지 아이들 머릿수에 맞춰 잉어를 달았다. 다섯 마리만 달려 있어도 사뭇스럽고 바람에 펄럭이는 모습도 영 시원스럽지 못한데, 산기슭에 있는 어느 집에 내달린 깃발은 백작이 흰 손가락을 들어 마차 창 너머로 세어 본 것이 열 마리였다.

"참으로 왕성한 집이로구나."

백작은 소리 없이 웃으며 말했다. 사토코에게 그 말은 아버지에게 지극히 어울리지 않는 비속한 농담처럼 들렸다.

푸르고 어린 잎이 눈부시게 터져 나오고, 산에는 노르스름한 것부터 거무스름한 초록색까지 온갖 풀들의 푸르른 색채가 넘쳐 나고 있었다. 그중에서도 어린 단풍잎 아래로 빛이 새어 드는 나무 그늘은 마치 자마금(紫磨金)[65]으로 된 땅 같았다.

"어머나, 여기 먼지가……."

문득 사토코의 볼을 본 백작 부인이 손수건으로 얼룩을 닦아 내려 하자 사토코가 순간적으로 몸을 뒤로 뺐고, 그러자 볼에 붙어 있던 먼지도 금세 사라졌다. 그 먼지는 햇살을 받은 유리창의 얼룩이 사토코의 볼에 드리운 그림자 무늬였다는 것을 백작 부인은 그제야 알아챘다.

사토코는 그런 어머니의 오해에 즐거워하는 기색 없이, 그저 조용히 웃어 보였다. 오늘따라 자신의 얼굴을 꼼꼼히 주시하면서 답례품으로 내놓은 순백색 비단처럼 검사하는 것이 싫었기 때문이다.

머리가 흐트러질까 창문도 꼭 닫고 있었으므로 마차 안은

---

65) 자줏빛을 띤 순수한 황금.

화로처럼 더웠다. 마차는 끊임없이 흔들렸고, 아직 모를 심지 않은 광활한 논에는 새잎에 덮인 산들이 비쳤다. 자신이 그토록 애타게 기다리고 있는 것이 무엇인지, 사토코는 알 수 없었다. 한편으로는 달아날 수 없는 곳을 향해 이상하리만치 대담하게 자신을 흘려보내고 있다는 초조함에 사로잡혔지만, 다른 한편으로는 아직 무언가를 기다리고 있었다. 지금이라면 괜찮다. 아직 그럴 수 있다. 그녀는 일촉즉발의 순간에 도착할지 모를 사면장(赦免狀)에 기대를 거는 동시에 온갖 희망을 증오하고 있었다.

도인노미야 별장은 바다가 내려다보이는 절벽 위에 있었고, 대궐 같은 서양식 건물에는 대리석으로 만든 계단이 있었다. 도집사(都執事)의 마중을 받으며 마차에서 내린 아야쿠라 일가는 가지각색의 배가 떠 있는 항구 쪽을 내려다보며 탄성을 질렀다.

차는 바다를 건너볼 수 있는 남향의 너른 회랑에 차려졌다. 무성한 열대 식물들이 잔뜩 늘어서 있었고, 시암 왕실에서 보내온 초승달 모양의 거대한 상아 한 쌍이 입구를 지키고 있었다.

전하 내외는 그곳에서 손님을 맞으며 소탈하게 의자에 앉으라 권했다. 국화 문장(紋章)이 들어간 은 다기에 영국풍 차가 담겨 나왔고, 한 입 거리 얇은 샌드위치나 양과자, 비스킷 같은 것이 티 테이블 위에 놓여 있었다.

비전하는 지난 꽃놀이가 즐거웠다고 이야기했고, 마작과 나가우타 이야기도 했다. 백작이 잠자코 있는 딸에 대해 말을 거들기를 "집에서는 아직도 아이 같아서 마작도 시켜 본 적이 없습니다." 하고 말하자, "이런, 저흰 한가할 때면 종일 마작이랍니다." 하고 비전하가 웃으며 답했다. 사토코는 제 집에서 흑백의 말 열두 개를 가지고 하는 전통 주사위 놀이 같은 것은 입 밖에 꺼낼 수 없었다.

오늘 도인노미야는 편안한 양복 차림이었다. 백작을 창가로 데리고 가 항구에 뜬 배들을 가리키면서, 저것은 평갑판선 형태의 영국 화물선이고 저것은 방파갑판 모양의 프랑스 화물선이라 알려 주며 아이에게 설명하듯 지식을 풀어놓았다.

언뜻 봐도 전하 내외는 어떤 화제를 골라야 할지 난처해하는 듯 보였다. 스포츠든 술이든 공통된 관심사가 하나라도 있으면 좋으련만 아야쿠라 백작은 한결같이 수동적으로 이야기를 받기만 했다. 사토코의 눈에도 아버지가 배운 우아함이란 것이 오늘만큼 무익하게 느껴지는 때가 없었다. 백작은 가끔 눈앞에 있는 화제와는 동떨어진 고상하고 의뭉스러운 농담을 하곤 했지만, 오늘따라 그런 농담도 확연히 삼가고 있었다.

잠시 후 도인노미야가 시계를 보더니 문득 생각난 듯 말했다.

"오늘은 다행히 하루노리 왕자가 군대에서 휴가를 얻어 돌아올 터인데, 내 자식이지만 성격이 몹시 무뚝뚝합니다. 그래도 속은 다정한 사람이니 걱정 마십시오."

그리 말하자마자 현관 쪽이 어수선해지며 왕자가 돌아온 기척이 전해져 왔다.

하루노리 왕자 전하는 허리에 찬 칼과 군화 소리를 내며 용맹스러운 군복 차림으로 회랑에 나타나 거수로 아버지에게

예를 표했다. 그 순간 사토코는 형언할 수 없는 공허한 위용을 느꼈다. 그러나 도인노미야가 아들의 그 같은 용맹스러움을 기꺼워하는 것이 명백했고, 왕자 전하도 이제껏 무슨 일이 있을 때마다 아버지의 기대에 부응하는 방식으로 처신해 왔음이 분명해 보였다. 그도 그럴 것이 그의 형들은 이상하리만치 유약한 성품에다 건강도 신통치 않아 일찍부터 아버지의 실망을 샀기 때문이다.

물론 하루노리 왕자의 이 같은 태도는 아름다운 사토코를 처음 만나는 멋쩍음을 감추기 위한 것이기도 했으리라. 인사를 나눌 때나 그 후에도 전하가 사토코를 똑바로 바라보는 일은 거의 없었다.

왕자는 키는 그다지 큰 편이 아니었으나 체격이 훌륭했다. 매사에 시원스럽고 득의양양하며 의지적인, 젊은 나이에도 위엄을 갖춘 왕자의 태도를 바라보는 도인노미야의 기쁨에 찬 눈빛을 알아챌 수 있었다. 도인노미야도 그 풍채는 당당하고 훌륭했지만, 어딘가 깊숙한 곳에 나약함을 감추고 있다는 소문이 자자했기 때문이다.

하루노리 왕자의 취미는 서양 음악 레코드 수집으로 그에 대해서라면 일가견이 있는 모양이었다. 비전하가 "무얼 하나 들려주지 않겠느냐?" 하고 말하자 하루노리 왕자는 "네." 하고 대답하고서 방 안에 있는 축음기 쪽으로 걸어갔다. 사토코는 저도 모르게 그 모습을 눈으로 좇았다. 회랑과 방의 경계를 큰 보폭으로 넘어설 때 창으로 비쳐 들어온 선명한 빛이 잘 닦인 검은색 가죽 장화 몸통 위로 또렷이 미끄러졌는데, 창밖의 푸른 하늘까지 파르랗고 매끄러운 도자기 조각처럼 그 위에 언뜻 깃든 것만 같았다. 사토코는 살짝 눈을 감고 음악이 시작되기를 기다렸다. 그러자 기다림이 자아낸 불안으로 가슴 안쪽에 먹구름이 몰려왔고, 바늘이 레코드판에 떨어지는 미약한 찰나의 소리마저 천둥처럼 귓가에 울려 퍼졌다.

젊은 왕자와는 이후 두어 번 아무렇지도 않은 듯 대화를 나누었을 뿐, 해 질 무렵 아야쿠라 일가는 저택에서 물러났다. 일주일쯤 지났을 때 도인노미야가의 도집사가 내방하여 백작과 긴 이야기를 나눴다. 그 결과 정식으로 궁내성에 의견을 묻는 수속을 진행하기로 결정되었는데 그 서류를 미리 볼 수 있었다.

　궁내 대신 귀하
　하루노리 왕자 전하와 종2위 훈3등 백작 아야쿠라 고레부미의 장녀 사토코의 혼인의 건에 대하여 상담을 청하나이다. 그 뜻을 여쭙고자 이 글을 올리오니 부디 승낙해 주시기를 바라나이다.

1913년 5월 12일
도인노미야 도집사 야마우치 사부로

사흘 후 궁내 대신이 다음과 같은 통지를 보내왔다.

　도인노미야 도집사 귀하

봄눈 209

궁가 사무관에 대한 통지의 건.

하루노리 왕자 전하와 종2위 훈3등 백작 아야쿠라 고레부미의 장녀 사토코의 혼인에 대한 상담을 청하여 황실의 뜻을 묻는 귀하의 글을 받아 보았음을 여기에 알려 드리나이다.

1913년 5월 15일

궁내 대신

이리하여 결혼에 대한 품의를 마쳤으니 언제라도 칙허를 앙청할 수 있게 되었다.

23

기요아키는 가쿠슈인 고등부 졸업반이 되었다. 내년 가을의 대학 진학을 앞두고 일 년 반 전부터 입학시험 공부를 서두르는 이들도 있었다. 혼다는 딱히 그런 기색을 보이지 않는다는 점이 기요아키의 마음에 들었다.

노기 장군이 부활시킨 전원 기숙사 제도는 원칙상으로는 엄수되고 있었으나 병약한 학생들에게는 통학이 허락되었다. 혼다나 기요아키처럼 가정의 방침에 따라 입사하지 않은 학생들은 사유로 내놓기에 그럴싸한 진단서를 하나씩 갖고 있었다. 혼다의 가짜 병명은 심장 판막증, 기요아키의의 병명은 만성 기관지염이었다. 둘은 자주 서로의 가짜 병증을 갖고 장난을 치곤 했는데, 혼다가 심장병에 걸린 듯 숨을 몰아쉬면 기요아키는 마른기침을 해 보이곤 했다.

아무도 그들의 병명을 믿지 않았고 두 사람 역시 진짜 병을 앓는 척할 필요도 없었지만, 러일 전쟁에서 살아남은 부사관들이 있는 감무과(監武課)에서만큼은 예외였다. 그곳에서는 언제나 의례적으로, 짓궂게 그들을 환자 취급했다. 교련 시간 중에 훈시를 들을 때는 기숙사 생활도 못하는 병약한 학생들이 유사시에 어찌 나라에 도움이 되겠는가, 하며 빈정대는 일도 있었다.

시암 왕자들이 기숙사에 들어간다기에 기요아키는 딱한 마음이 들어 선물을 들고 자주 왕자들의 방에 들렀다. 퍽 친밀해진 왕자들은 번갈아 가며 기요아키에게 푸념을 늘어놓았고 자유롭지 못한 생활의 답답함을 호소했다. 쾌활하고 무심한 기숙사생들도 왕자들에게 꼭 좋은 친구라고는 할 수 없었다.

오래도록 친구를 소홀히 내버려 두었다가 어느덧 뻔뻔한 작은 새처럼 되돌아온 기요아키를 혼다는 천연히 맞아 주었다. 기요아키는 이제껏 혼다를 잊고 있었다는 사실 자체를 금세 까맣게 잊어버린 것 같았다. 기요아키는 어딘지 텅 빈 듯했지만 명랑하고 쾌활해 보였다. 혼다는 새 학기 들어 갑자기 변해 버린 기요아키를 의아하게 여겼으나 물론 아무것도 묻지 않았고, 기요아키 또한 아무 말도 하지 않았다.

여태껏 친구에게조차 마음을 열지 않았다는 것, 기요아키에게는 이제 그것만이 유일하게 현명했던 처사로 여겨졌다. 덕분에 그는 혼다의 눈에 여자에게 놀아난 어리석은 어린애로 비칠까 염려하지 않을 수 있었고, 그런 안심 덕분에 혼다 앞에서 이토록 자유롭고 밝게 행동할 수 있었다. 또한 기요아키는 혼다에게만은 환멸을 안기고 싶지 않다는 마음, 혼다 앞에서만은 자유롭고 해방된 인간이고 싶다는 이 마음이야말로 서름서름한 여타의 무수한 관계들을 보상하고도 남는, 가장 좋은 우정의 증거라 여겼다.

기요아키는 오히려 자신이 그토록 쾌활할 수 있다는 사실에 놀랐다. 그 후로 후작 부부는 아들에게 도인노미야가와 아야쿠라가의 혼담이 진척되는 상황을 무척 담담하게 들려주었고, 그렇게 당당하던 사토코도 선 자리에서는 얼어붙어서는 말도 제대로 못하더라는 이야기 같은 것을 재미있다는 듯이 전했다. 물론 기요아키가 그런 이야기에서 사토코의 슬픔을 읽어 낼 리도 없었다.

빈곤한 상상력을 가진 자는 현실에 펼쳐진 현상에서 순순히 자기 판단의 근원을 끄집어내는 법이지만, 상상력이 풍부한 사람일수록 금세 상상의 성을 쌓고 그 안에 틀어박혀서 창이란 창은 모조리 닫아 버리곤 한다. 기요아키 또한 그런 성향을 갖고 있었다.

"그럼 이제 칙허만 받으면 되겠네요." 하고 말하는 어머니의 목소리가 그의 귓전에 아른거렸다. 넓고 긴 어둑한 복도 끝에 자리한 문, 거기 달린 작지만 견고한 황금 자물쇠가 이를 갈듯 스스로 자물쇠를 채우는 소리. '칙허'라는 말에는 꼭 그런 소리 같은 울림이 담겨 있었다.

기요아키는 부모의 이야기를 들으면서도 평온한 자신을 도리어 넋을 놓고 바라보았다. 분노에도 슬픔에도 끄떡도 하지 않는 스스로가 미더웠다. '난 내가 생각했던 것보다도 훨씬, 훨씬 더 상처 주기 어려운 인간이었던 거야.'

일찍이 그는 제 부모가 둔감한 신경의 소유자라는 사실을 소원히 느꼈으나, 이제는 자신 또한 틀림없이 그 핏줄을 타고 났음을 깨닫고 기쁨을 느꼈다. 그는 상처 받기 쉬운 혈족이 아니라, 타인에게 상처 주는 혈족의 일원이었던 것이다!

나날이 사토코의 존재가 자신에게서 멀어져 가다 마침내 손도 닿지 않는 곳으로 사라져 버리리라는 생각에는 이루 말할 수 없는 쾌감이 있었다. 수면에 빛의 그림자를 드리우며 밤바다에 실려 멀어져 가는, 사자(死者)를 위한 법회의 등롱을 전송하듯이 가능한 한 멀어지기를 마음 모아 기원했고, 가능한 한 멀어지고 있다는 그 사실로부터 자신의 힘을 여실히 증명할 수 있었다.

그러나 지금 이 너른 세상 속에, 그의 마음을 증언해 줄 자는 아무도 없었다. 기요아키가 그토록 쉽게 자신의 마음을 속일 수 있었던 것은 바로 그 때문이었다. "도련님의 마음은 잘 알고 있습니다. 맡겨 주십시오." 하고 부단히 떠들어 대던 '심복'들도 주위에서 사라져 버렸다. 다데시나라는 대단한 거짓말쟁이로부터 놓여난 기쁨보다도, 살갗을 비벼 댈 만큼 친밀해진 이누마의 충직함에서 벗어났다는 사실이 더 기뻤다. 이걸로 성가신 일은 모두 끝났다.

기요아키는 아버지의 관대한 추방을 이누마의 자업자득이라 생각했다. 그러면서 그는 자신의 냉정한 마음을 두둔했다. 더구나 다데시나 덕에 '이 일은 결코 아버님께 말하지 않겠다'는 약속도 어기지 않고 일이 마무리된 것이 기뻤다. 모든 것은 수정같이 차갑고 투명한, 모난 마음 덕택이었다.

이누마가 집을 떠나던 때…… 그는 기요아키의 방에 이별을 고하러 와서는 울었다. 기요아키는 그 눈물에서조차 여러 의미를 읽어 냈다. 오로지 기요아키를 향한 충직함만을 힘주어 주장하고 있는 듯한 이누마가 못마땅했기 때문이다.

물론 이누마는 말없이 울기만 했다. 아무 말도 하지 않음으로써 기요아키에게 뭔가를 전하려 했다. 지난 칠 년간의 관계는 기요아키로서는 감정도 기억도 흐릿해진 열두 살 봄에 시작된 것으로, 돌이켜 보면 그의 기억 속에는 언제나 이누마가 있었다. 이누마는 기요아키의 소년기가 늘어뜨린 그림자, 잔무늬가 박힌 더러운 감색 기모노가 드리운 짙은 감색 그림자였다. 그의 끝없는 불만, 끝없는 분노, 끝이 없는 부정(否定)은 기요아키가 무관심한 체하면 할수록 기요아키의 마음을 무겁게 내리눌렀다. 그러나 한편으로는 이누마의 어둡고 음울한 눈에 숨겨진 그것들 덕분에 기요아키는 소년이 피하기 어려운 불만과 분노, 부정을 피해 갈 수 있었다. 이누마가 바라는 것은 어디까지나 이누마 안에서만 불타올랐다. 그가 기요아키도 자신과 같기를 바라면 바랄수록 기요아키가 점점 더 멀어져 간 것은, 오히려 자연스러운 과정이었는지도 모른다.

이누마를 심복으로 삼아 위압적인 그의 힘을 무력하게 만들어 버렸을 때 기요아키는, 이미 정신적으로 오늘의 이별을 향해 한 걸음을 내디뎠는지 모른다. 두 사람의 주종 관계란 이런 식으로 서로를 이해해서는 안 되는 것이었다.

고개를 숙이고 선 이누마의 감색 기모노 가슴팍에서 삐져나온 무성한 가슴털이 석양을 받아 희미하게 빛나고 있었다.

기요아키는 그것을 찌무룩한 마음으로 바라보았다. 이 우람하고 묵직한, 거추장스러운 육체가 이누마의 넘쳐나는 충직함을 지탱하고 있었다. 그의 몸 자체가 기요아키를 향한 비난으로 가득했다. 여드름 자국으로 울퉁불퉁해진 볼의 광택조차도 반지르르한 진창처럼 뻔뻔스러운 광휘를 품고서, 그를 믿고 함께 이 집을 나가기로 한 미네의 존재를 드러내고 있었다. 얼마나 무례한 일인가! 젊은 주인은 여자에게 배반당해 혼자 여기 남겨졌는데, 서생은 철석같이 여자를 믿고 의기양양하게 떠나간다니. 그러고도 오늘의 헤어짐을 온전히 자신의 올곧은 충실함이 낳은 결과라고, 한 치의 의심도 없이 믿고 있는 이누마의 모습이 기요아키의 신경을 곤두세웠다.

그러나 기요아키는 귀족적인 태도를 유지한 채 냉담한 선심을 내보였다.

"그럼 넌 여길 나가자마자 미네와 부부가 되겠구나."

"네. 황송하게도 어르신이 말씀해 주신 것처럼 그리하려고 합니다."

"그렇게 되면 알려 줘. 나도 선물을 보낼 테니."

"감사합니다."

"어디 거처가 정해지면 편지로 주소를 알려 줘. 나도 언제 한번 찾아갈지 모르니까."

"만약 도련님이 들러 주신다면 그보다 기쁠 수는 없지요. 허나 아무래도 더럽고 작은 집일 테니 도련님을 모실 만한 곳은 못 될 겁니다."

"그런 건 신경 쓰지 마."

"네. 그리 말씀해 주신다면……." 하며 이누마는 또 울었다. 그리고 품속에서 조악한 재생지를 꺼내 코를 풀었다.

기요아키의 입에서 흘러나온 말 한 마디 한 마디는 이런 경우엔 이렇게 말해야 한다고 그가 생각했던 꼭 그대로 술술 흘러나왔다. 그것은 감정이라고는 없는 텅 빈 말이 듣는 사람을 한층 감동시킬 수 있다는 것을 똑똑히 보여 주는 현장이었다. 오직 감정만으로 살아온 기요아키는 바야흐로 마음의 정치학을 배워야 했고, 그 정치학이란 때에 따라 스스로에게도 적용되어야 하는 것이었다.

고민이나 근심 없이 온갖 불안으로부터 해방된 열아홉 살의 그는 자신이 매정하고 전능한 인간이라 느꼈다. 무언가가 분명히 끝났다. 이누마가 떠난 후 기요아키는 활짝 열어 놓은 창문 너머로, 어린잎으로 뒤덮인 단풍산이 못에 늘어뜨린 아름다운 그림자를 바라보았다.

창밖으로 제법 고개를 내밀지 않으면 9단 폭포가 용소로 떨어지는 곳 언저리가 보이지 않을 만큼, 창가에 선 느티나무는 무성한 어린잎을 달고 있었다. 못 역시 물가 가까이 제법 넓은 부분이 연두색 순채 잎으로 뒤덮여 있었다. 노란 개연꽃은 아직 보이지 않았지만, 큰 응접실 앞에 놓인 야쓰하시[66]풍 돌다리 틈틈이 날카로운 검 같은 녹색 잎들이 무더기 져 있었고 그 위에는 만발한 보라색과 흰색 꽃창포가 떠 있었다.

---

66) 연못이나 작은 시내에 폭이 좁은 널빤지 여러 장을 번개 모양으로 잇대어 만든 다리.

창틀 앞에 멈춰 서 있던 기요아키는 천천히 실내로 기어오르려는 비단벌레 한 마리를 응시했다. 녹색과 금색으로 빛나는 타원형 갑주에 선명한 자홍색 줄 두 개가 그려진 비단벌레는 느릿느릿 더듬이를 움직이면서 실톱 같은 다리를 앞쪽으로 조금씩 옮겨 갔다. 끝없는 시간의 흐름 속에서 비단벌레는 제 몸에 응축시킨 고요한 광채를 우스꽝스러울 만큼 엄숙하게 지켜 내고 있었다. 그 고요한 움직임을 바라보는 동안 비단벌레는 기요아키의 마음을 사로잡았다. 이토록 찬연한 모습으로 그를 향해 아주 조금씩 다가오고 있는 벌레의 어떤 의미도 없는 이행은, 매 순간 사정없이 현실의 국면을 바꿔 버리는 시간을 아름답고 찬연하게 지나가도록 내버려 둘 수 있는 방법을 그에게 가르쳐 주는 것 같았다. 그가 두른 감정의 갑옷은 어떠한가? 그 갑옷은 이 갑충의 갑옷만큼 미려한 자연의 광채를 뿜어내는가? 모든 외부 세계에 엄숙히 맞설 수 있는 힘을 갖추고 있는가?

그 순간 기요아키는 우거진 나무들과 푸른 하늘, 구름과 용마루의 기왓장까지 주위를 둘러싼 모든 것들이 비단벌레를 위해 봉사하고 있다고, 이 비단벌레가 지금 이 세계의 중심이자 핵을 이루고 있다고 느꼈다.

올해 사당 제사의 분위기는 어딘지 달랐다.

먼저 제사 때면 미리부터 공들여 청소를 하고, 제단이나 의자 준비도 혼자 도맡아 하던 이누마가 올해는 없었다. 그만큼 야마다의 어깨는 무거웠다. 그는 이제껏 자신의 몫이 아니었던 일, 더구나 자신보다 훨씬 풋내기가 처리하던 일을 물려받은 것이 유쾌하지 않았다.

둘째로 사토코가 초대받지 않았다. 제사에 초대하던 집안 사람들 중 하나가 빠졌을 뿐이고 더군다나 사토코는 진짜 친척도 아니었지만, 사토코를 대신할 만한 아름다운 손님은 아무도 없었다.

신도 이런 변화가 기껍지 않은 듯 올해는 제사 중에 하늘이 어둑해지더니 천둥까지 쳤다. 신관의 축사를 듣고 있던 여자들은 비가 쏟아질까 마음을 졸였으나, 다행히 주홍빛 하카마를 입은 무녀가 사람들의 술잔에 차례대로 제주(祭酒)를 따를 때쯤에는 하늘도 환해졌다. 그러자 고개 숙인 여자들의 옷깃 언저리에 햇살이 제법 쏟아져, 진한 백분을 발라 놓은 흰 우물 같은 목덜미에 땀이 맺혔다. 등나무 시렁의 꽃송이들은 넉넉히 그늘을 드리웠고 그 덕에 뒷줄에 선 참례객들은 따가운 햇빛을 피할 수 있었다.

만약 이누마가 여기 있었더라면 해를 거듭할수록 옅어져 가는 선대를 향한 존경과 추모의 정을 틀림없이 괘씸히 여겼으리라. 특히 메이지 천황의 붕어 이후 메이지 시대의 장막 너머로 멀찍이 몰려난 선대는, 점점 더 이 세상과는 아무 상관이 없는 멀고 먼 신이 되었다. 참례객 중에는 선대의 부인이었던 기요아키의 조모를 비롯해 나이 든 이들도 몇 있었지만, 이들이 흘릴 애도의 눈물도 오래전에 말라 버렸다.

예식이 진행되는 긴 시간 동안 여자들이 소곤거리는 소리는 해마다 커져 갔고 후작도 굳이 나무라지 않았다. 이제는 후작에게도 이 제사가 어쩐지 짐처럼 여겨졌으므로 조금이라도 홀가분하고 개운하게 일을 치르고 싶었기 때문이다. 후작은 짙은 화장 탓에 한층 또렷해 보이는 오키나와풍 이목구비를 가진 무녀 하나를 줄곧 눈여겨보고 있었다. 예식이 진행되는 동안에도 그는 무녀의 강렬하고 검은 눈동자가 질 술잔 속 제주에 드리운 그림자에만 온통 마음을 빼앗기고 있었다. 그러다 식이 끝나자마자 사촌인 술고래 해군 중장에게 다가가 그 무녀를 두고 음탕한 농담을 한 모양인지, 중장의 매우 소란스러운 웃음이 사람들의 주의를 끌었다.

팔자 모양 눈썹을 한 애처로운 자신의 얼굴이 이 의식에 몹시 잘 어울린다는 것을 알고 있는 후작 부인의 표정에는 조금의 변화도 없었다.

5월 말의 물결치는 등꽃 그늘에 모인 이 집안의 여자들은 저들끼리 속살대면서 조금씩 조심성을 잊어 갔다. 이름조차 모르는 하녀들이 어떤 슬픔도 담지 않은 무표정한 얼굴로 모였다가 이내 흩어졌다. 기요아키는 묵직하게 고인 욕구로 가득한, 낮달처럼 멍하게 흰 얼굴을 한 여자들이 발하는 농염한 공기를 예민하게 감지했다. 그것은 분명한 여자들의 체취였고, 사토코도 거기 속해 있었다. 그것은 신사의 신관이 흰 종이를 매단 비쭈기나무로 불제(祓除)를 한다 해도 도저히 감당하기 어려운 것이었다.

24

상실이 주는 안도감이 기요아키를 위로했다.

그의 마음은 언제나 그런 식으로 움직였다. 잃어버리리라는 공포보다도 실제로 잃어버렸음을 아는 편이 훨씬 견디기 쉬웠기 때문이다.

그는 사토코를 잃었다. 그걸로 족했다. 그토록 컸던 분노도 이내 가라앉았고, 감정은 효율적으로 통제되었다. 그의 마음은 마치 양초 같았다. 불을 켜면 환한 생기를 얻는 대신 제 몸도 끓어 녹아내리고, 불을 불어 꺼 버리면 어둠 속에 고립되지만 제 몸을 좀먹는 두려움은 사라지는 양초. 고독이 휴식이라는 것을 그는 처음 알았다.

장마가 다가오고 있었다. 기요아키는 회복기의 환자가 겁을 내면서도 건강을 소홀히 하듯이, 이제는 사토코가 제 마음을 어지럽힐 수 없음을 시험하기 위해 일부러 사토코와의 추억에 매달렸다. 옛날 사진들이 담긴 앨범을 꺼내 와 아야쿠라가의 회화나무 아래 흰색 앞치마를 똑같이 두르고 나란히 선 둘의 어릴 적 모습을 보면서, 기요아키는 이미 사토코보다 키가 컸던 어린 날의 자신에 만족했다. 달필인 백작은 법성사(法性寺) 유파의 시초가 된 후지와라노 다다미치(藤原忠通)[67]의 오래된 일본식 서도를 열심히 가르쳐 주었는데, 어느 날 습자에 질린 둘의 흥미를 돋우기 위해 오구라 백인일수[68]를 한 수씩 번갈아 가며 적게 해 준 두루마리가 남아 있었다. 기요아키가 "거센 바람 일어 바위 치는 파도 제 몸만 부서지듯이 나 홀로 생각에 잠기는 시절이누나."라고 미나모토노 시게유키(源重之)[69]의 시구 한 수를 쓰면, 그 옆에 사토코가 "왕궁 문 지키는 병사가 지핀 화톳불 밤에 타고 낮이면 사위듯 깊어 가는 이내 마음." 하고 오나카토미노 요시노부(大中臣能宣)[70]의 시구 한 수를 써 놓았다. 기요아키가 쓴 글씨는 어느 모로 보나 어린아이의 솜씨였지만, 사토코의 글씨는 시원스럽고도 정교해 도저히 어린애의 솜씨로 보이지 않았다. 커 가는 동안 기요아키가 좀처럼 이 두루마리에 손을 대려 하지 않은 것은, 한 발

---

67) 헤이안 시대 후기부터 말기까지 활동한 공경(公卿)이자 가인.

68) 대표적인 가루타의 일종으로 가루타 패 하나에 와카 한 수가 적혀 있다. 후지와라노 사다이에(藤原定家)가 교토의 오구라(小倉) 산장에서 가인(歌人) 100명의 와카 한 수씩을 뽑아 편찬했다는 가집(歌集) 『백인일수(百人一首)』에 실린 와카로 만든 가루타.

69) 헤이안 시대 중기의 가인. 일본의 36가선(歌仙) 중 하나.

70) 헤이안 시대 중기의 가인. 일본의 36가선(歌仙) 중 하나. 헤이안 시대 최고의 가인 가문인 오나카토미노 가문의 2대손.

앞선 그녀의 성숙함과 자신의 미성숙함 사이에 가로놓인 비참할 만큼 크게 벌어진 격차 때문이었다. 그러나 이렇게 마음을 비우고 들여다보니 제 솜씨에도 어리면 어린 대로 서툰 글씨만이 가질 수 있는 남자아이다운 약동감이 있어, 끊임없이 흐르는 듯한 사토코의 우아함과 알맞은 대조를 이루고 있었다. 뿐만 아니다. 금박 가루에 어린 소나무를 배합해 만든 아름다운 종이 위에 겁도 없이 먹을 담뿍 품은 붓 끝을 떨어뜨리던 때를 돌이키자, 그때의 정경 하나하나가 절실히 떠올랐다. 그 무렵 사토코는 길고 검은 머리를 탐스럽게 늘어뜨리고 있었는데, 앞머리는 가지런히 일자로 잘려 있었다. 웅크려 두루마리에 글씨를 쓰고 있을 때면 너무 열중한 나머지 어깨 앞쪽으로 쏟아지는 숱 많은 검은 머리카락도 개의치 않고, 작고 가느다란 손가락으로 붓을 단단히 쥐고 있었다. 머리칼 사이로 들여다보이는 온 신경을 집중한 사랑스러운 옆얼굴, 아랫입술을 무참하리만치 꼭 깨문 작고 반들반들한 영리한 앞니, 어린아이인데도 이미 또렷이 선 콧날 같은 것들을 기요아키는 질리지도 않고 바라보았다. 칙칙하고 심란한 내음, 종이를 달리던 붓이 갈라질 때 나던, 댓잎 안쪽을 지나는 바람 같은 소리. 벼루의 바다와 뭍[71]이라는 신기한 명칭들. 파도 하나 일지 않는 둔치에서부터 급격히 깊어져 가는 바다에 괸 검은 물은 그 바닥을 내보이는 법이 없었다. 먹에서 벗겨진 금박이 산란

---

71) 벼루 앞쪽에 오목하게 파인 물 붓는 곳과 먹 가는 곳을 각각 바다와 뭍이라 부른다.

한 달빛처럼 흩뿌려진 영원한 밤바다…….

'이것 봐. 난 아무렇지 않게 옛일을 그리워할 수도 있어.' 하고 기요아키는 자신만만해했다.

사토코는 꿈에도 나타나지 않았다. 사토코 같은 모습이 나타난다 싶으면 꿈속 여자는 금세 등을 돌려 떠나 버렸다. 대낮의 너른 저잣거리 같은 곳이 자주 꿈에 나왔고, 그곳에는 사람의 그림자 하나 보이지 않았다.

기요아키는 학교에서 파타나디드 전하의 부탁을 받았다. 맡겨 둔 반지를 가져와 달라는 것이었다.

시암의 두 왕자가 학교에서 얻은 평판은 그리 좋다고 할 수 없었다. 뭐니 뭐니 해도 그들은 아직 일본어 대화가 자유롭지 않았다. 학습에 지장이 생기는 것은 어쩔 수 없다 해도, 학생들의 우호적인 농담을 전혀 알아듣지 못하니 다들 답답하게 여기다가 끝내 멀어져 갔다. 끊일 줄 모르는 두 왕자의 미소도 난폭한 학생들에겐 그저 정체 모를 수상쩍은 미소로 여겨질 뿐이었다.

두 왕자 전하를 기숙사에 넣은 것은 외무대신의 생각이었는데, 기요아키는 사감이 이 귀빈들을 대우하느라 대단히 마음고생을 하고 있다는 소문을 들었다. 사감은 준(准)황족 대우로 특별한 방을 내어주고 침대도 고급으로 준비했으며 두 왕자가 가능한 한 다른 사생들과 사이좋게 교제할 수 있도록 애를 썼지만, 왕자들은 둘만의 성에 틀어박혀 조례나 체조에도 나오지 않는 일이 잦았고 사생들과도 점점 더 소원해졌다.

이렇게 된 데에는 여러 가지 원인이 얽혀 있었다. 일본에 오고 반년도 채 되지 않았던 준비 기간은 왕자들이 일본어 수업에 익숙해지기에는 충분치 않았고, 준비 기간 동안 왕자들이 그리 부지런히 면학에 힘쓴 것도 아니었다. 그들이 가장 생기 있을 법한 영어 시간에도, 영어를 일본어로 옮기는 일이나 일본어를 영어로 옮기는 일 모두 왕자들을 당혹스럽게 만들 뿐이었다.

파타나디드 전하로부터 마쓰가에 후작이 맡아 둔 반지는 이쓰이(五井) 은행에 있는 후작 전용 금고에 보관되어 있었으므로, 기요아키는 일부러 아버지의 도장을 빌려 은행에 가야만 했다. 저녁때 다시 학교로 돌아간 기요아키는 왕자들의 방을 찾았다.

이날은 마른 장마철의 하늘을 떠올리게 하는 무덥고 음울한 날이었다. 왕자들이 그토록 바라던 빛나는 여름은 이제 곧 보일 듯하면서도 손에 닿지 않았는데, 왕자들의 초조함을 그대로 그려 보인 듯 날은 께느른했다. 엉성한 단층 목조 건물인 기숙사는 나무 그늘 아래 깊숙이 묻혀 있었다.

운동장 쪽에서는 럭비 연습 중에 학생들이 내지른 환성이 아직 울려 퍼지고 있었다. 기요아키는 젊은 목청이 뿜어내는 이상주의적인 그 외침이 싫었다. 광포한 우정, 새로운 인간주의, 끝도 없는 익살과 재담, 로댕의 천재성과 세잔의 완벽함에 대한 지칠 줄 모르는 예찬……. 그것은 단지 낡은 검도의 외침에 대응하는 새로운 스포츠의 함성에 지나지 않았다. 그들의 목청에는 언제나 피가 맺혀 있었고 젊음에서는 벽오동 잎 냄새가 났으며, 그들은 유아독존의 에보시[72]를 드높이 뒤집어쓰고 있었다.

말도 자유롭지 않은 두 왕자가 이 같은 신구(新舊)의 두 조류 사이에 끼어 얼마나 답답한 날들을 보내고 있을까 생각하면, 한 가지 근심에서 놓여나 너그러워진 기요아키는 그들을 동정하지 않을 수 없었다. 특별히 고급스러운 방이라고는 하나 두 왕자들의 방은 허술하고 어둑한 복도 안쪽에 위치해 있었다. 두 왕자들의 명찰이 걸린 낡은 문 앞에 다다른 기요아키는 가볍게 문을 두드렸다.

문을 열어 준 왕자들은 매달릴 듯이 그를 맞았다. 기요아키는 두 왕자 중에서 성품이 진지하고 공상가적 기질이 있는 파타나디드 전하, 즉 차오 피를 더 좋아했다. 그러나 요즘 들어서는 경박하고 떠들썩한 크리사다 전하마저 침울해졌고, 두 왕자는 만날 방에 틀어박혀 모국어로 소곤소곤 이야기를 나누곤 했다.

방에는 침대와 책상, 양복 옷장 외에는 별다른 장식이랄 것도 없었다. 모든 것을 병영(兵營)처럼 꾸민 기숙사 건물에는 노기 장군의 취향이 넘쳐흘렀다. 벽에 붙은 판자 위쪽은 그저 흰 벽이었다. 왕자가 아침저녁으로 절을 올릴 흰 벽 위 작은 선반에 놓인 금색 석가상만이 색다른 빛을 뿜고 있었고, 창의 양옆으로는 비 얼룩이 든 옥양목 휘장이 동여져 있었다.

땅거미가 내리자 눈에 띄게 그을린 두 왕자의 얼굴에서 미

---

72) 烏帽子. 공가나 무사가 쓰던 고깔 형태의 검은 두건.

소 짓는 하얀 이만이 돋보였다. 두 사람은 침대 한쪽으로 기요아키를 맞아들이고는 곧장 반지를 보여 달라 재촉했다.

금으로 만든 한 쌍의 반인반수, 호문신 야크샤의 얼굴로 둘러싸인 진녹색 에메랄드 반지는 아무리 봐도 이 방에는 어울리지 않는 광휘를 뿜어냈다.

환성을 내지른 차오 피는 반지를 받자마자 보드랍고 거무스름한 손가락에 끼웠다. 애무를 위해 만들어진 듯 섬세하면서도 오밀조밀 탄력이 넘치는 차오 피의 손가락은, 마치 좁다란 문틈으로 새어 들어와 마룻바닥 깊숙이 손톱을 찔러 넣는 열대의 한 줄기 달빛 같았다.

"이제야 잉 찬, 월광 공주가 내 손가락에 돌아왔어."

차오 피는 근심스러운 한숨을 지었다. 그러자 크리사다 전하는 전처럼 차오 피를 놀리지 않고, 양복 옷장 서랍을 열어 몇 장이나 되는 셔츠 사이에 정성 들여 숨겨 둔 여동생의 사진을 꺼내 왔다.

"이 학교에선 여동생 사진이라고 해도 책상 위에 붙여 두면 웃음거리가 되더군요. 그래서 우린 잉 찬의 사진을 이렇게 소중히 숨겨 뒀답니다."

크리사다 전하가 울 것 같은 목소리로 말했다.

머지않아 차오 피가 털어놓은 이야기는 잉 찬의 소식이 끊긴 지 벌써 두 달이 되었고 공사관에 문의해 봐도 분명한 답을 들을 수 없었다는 것, 오빠인 크리사다 왕자도 공주의 안부를 전해 듣지 못했다는 것이었다. 만약 병에 걸렸다거나 신상에 어떤 이변이 생긴 것이라면 전보로라도 알려 오는 것이 당연한 일일 테다. 그러니 오빠에게까지 숨길 만한 변화라면, 차오 피로선 견디기 힘든 상상이겠지만, 시암 궁정에서 정략결혼을 서두르고 있다고 생각할 수밖에 없었다.

그리 생각하면 차오 피의 마음은 침통해졌고 내일은 편지가 오지 않을까, 설령 온다고 해도 어떤 불길한 소식을 담고 있을까 하는 생각에 공부가 손에 잡히지 않았다. 이런 때 마음 붙일 곳으로 왕자가 생각해 낸 것은 단 하나, 공주의 전별 선물이었던 반지를 되찾아 밀림의 아침 빛깔을 머금은 진녹색 에메랄드에 자신의 마음을 오롯이 담는 일뿐이었다.

차오 피는 이제는 기요아키의 존재도 잊은 듯 책상 위에 놓인 잉 찬의 사진 옆에 에메랄드가 박힌 반지를 내밀었다. 그의 움직임은 마치 동떨어진 시공간에 있는 두 존재가 하나로 응결하는 순간을 불러오려는 것처럼 보였다.

크리사다 전하가 천장의 불을 켰다. 그러자 차오 피의 손가락에 끼워진 에메랄드는 액자 유리에 반사되어, 정확히 레이스 달린 공주의 옷 왼쪽 가슴께에 짙은 녹색 사각형 모양으로 아로새겨졌다.

"어떤가요? 이렇게 놓고 보면." 하고 차오 피는 꿈꾸듯 영어로 말했다. "마치 그녀가 초록빛 불로 된 심장을 가진 것 같지 않습니까. 밀림 속에서 스스로 나무 덩굴이 된 듯이 가지에서 가지를 타고 건너가는 가느다란 녹색 뱀은 이렇게 몹시 미세한 금이 있는, 차가운 녹색 심장을 갖고 있는지도 모르겠습니다. 그녀는 언젠가 내가 그녀의 다정한 전별 선물을 두고 이런 암시를 읽어 내기를 기대하고 있었을지도 모르겠군요."

"그럴 리 없어요, 차오 피." 하고 크리사다 전하가 날카롭게 말을 막았다.

"화내지 마, 크리. 난 결코 네 여동생을 모욕하려는 게 아니니까. 난 그저 연인이라는 존재가 얼마나 불가사의한지 말하고 있을 뿐이야.

그녀의 초상은 그녀가 사진을 찍은 그때 그 순간의 모습으로만 남았지만, 그녀가 준 전별의 보석은 바로 지금 그녀가 품은 마음을 충실히 비추고 있는 것 같지 않니? 내 기억 속에서 사진과 보석, 그리고 그녀의 자태와 마음은 따로 떨어져 있었지만, 지금 이렇게 다시 하나가 된 거야.

우린 사랑하는 사람을 바로 눈앞에 두고도 그 모습과 마음을 제각기 따로 생각할 만큼 어리석지. 그러니 난 지금 그녀의 실재와 떨어져 있지만, 오히려 직접 만날 때보다도 더 단단한 결정(結晶)을 이룬 잉 찬을 보고 있는지도 몰라. 헤어져 있는 게 고통이라면 만나는 것도 고통일 수 있고, 만나는 것이 기쁨이라면 헤어져 있는 것도 기쁨이 못 될 리 없지.

그렇지 않나요? 마쓰가에 군. 사랑으로 시간과 공간에서 마술처럼 헤어날 수 있다는 것, 난 그 비밀이 어디에 있는지 찾아보고 싶습니다. 그 사람을 바로 앞에 두고 있을 때조차 꼭 그 사람의 실재를 사랑하고 있다고는 할 수 없으니까. 더구나 그 사람의 아름다운 자태는 실재의 불가결한 형식처럼 생각되니까요. 떨어진 시간과 공간에서라면 이중으로 곤혹스러울 수도 있겠지만, 그 대신 실재에 두 배로 가까이 다가갈 수도 있겠지요……."

한없이 깊어지는 왕자의 철학적인 사변을 기요아키도 소홀히 들을 수 없었다. 왕자의 말은 여러모로 그의 마음을 찔렀다. 나는 지금 사토코의 '실재에 두 배로 가까이 다가갔다'고 믿고 있지만, 또 내가 사랑한 것은 그녀의 실재가 아니었음을 확실히 알고 있었지만, 그 믿음에는 어떤 증거가 있을까? 어쩌면 나는 그저 '이중으로 곤혹스러웠던' 게 아닐까? 또 내가 사랑했던 것은 역시 그녀의 실재였던 걸까……. 기요아키는 살짝, 반쯤 무의식적으로 고개를 저었다. 그러다 느닷없이 차오 피의 반지에 박힌 에메랄드 속에서 기이하고 아름다운 여자의 얼굴이 나타났던 언젠가의 꿈을 기억해 냈다. 그 여자는 누구였을까. 사토코였을까? 아직 보지 못한 잉 찬이었을까? 어쩌면 또…….

"그건 그렇고 여름은 언제나 오려나."

크리사다 전하는 우거진 나뭇잎에 에워싸인 창밖의 밤을 초조하게 바라보았다. 무성한 나뭇잎 저편으로 학생 기숙사 건물들을 밝혀 둔 등불이 아물거렸는데, 어쩐지 주위가 소란스러워진 것을 보니 저녁 식사를 위해 기숙사 식당이 문을 여는 시간인 모양이었다. 울창한 나뭇잎 사이로 난 오솔길을 걸으며 학생이 시를 읊는 소리도 들렸다. 시를 읊고 있는 그 겉날리고 엄벙한 가락에 다른 학생들이 웃는 소리도 들렸다. 왕자들은 야음(夜陰)과 함께 나타난 온갖 도깨비들이 두려운 듯 눈살을 찌푸렸다…….

이렇게 기요아키가 반지를 돌려준 일은 머지않아 유쾌하지 않은 사건을 불러왔다.

며칠 후 다데시나가 전화를 걸어왔다. 하녀가 알렸으나 기요아키는 전화를 받지 않았다.

다음 날 또 전화가 왔다. 기요아키는 받지 않았다.

그의 마음에 이 일이 아주 조금 걸리기는 했다. 그러나 그의 마음은 한 가지 제한에 구속되고 있었다. 사토코야 어찌 됐든 그의 마음은 다데시나의 무례를 향한 분노에만 매여 있었던 것이다. 거짓말쟁이 노파가 자신을 속이려고 또다시 염치도 없이 전화를 걸었다고 생각하면 그는 노여움에만 집중할 수 있었고, 전화를 받지 않은 데서 오는 사소한 불안도 능숙히 처리할 수 있었다.

사흘이 지났다. 장마에 접어들어 하루 종일 비가 내렸다. 학교를 마치고 돌아온 기요아키에게 야마다가 공손히 쟁반에 받친 편지를 전하러 왔을 때, 기요아키는 봉투 뒷면에 다데시나의 이름이 여봐란 듯이 적힌 것을 확인하고 깜짝 놀랐다. 정성 들여 풀로 봉한 꽤나 두툼한 두 겹의 봉투를 만져 보니 그 속에 봉해 놓은 편지 하나가 더 들어 있는 것을 알 수 있었다. 혼자 있으면 편지를 뜯어 보고 싶어지지 않으리라는 법도 없었으므로, 기요아키는 일부러 야마다가 보는 앞에서 두꺼운 편지를 갈가리 찢어 버린 다음 그것을 버리라고 명했다. 자신의 방 쓰레기통에 버리면 찢은 종잇조각을 주워 맞춰 볼까 두려웠기 때문이다. 야마다의 놀란 두 눈은 안경 너머에서 굳어 버렸지만 그는 아무 말도 하지 않았다.

또 며칠이 지났다. 그사이 찢어 버린 편지가 나날이 무겁게 마음을 짓눌러오자 기요아키는 화가 났다. 이미 자신과는 아무런 상관도 없을 편지가 마음을 어지럽혔다는 사실이 불러일으킨 분노뿐이라면 또 모르나, 자신의 분노에 그때 눈 딱 감고 편지를 열어 보지 않았다는 후회가 섞여 있다는 깨달음은 견디기 어려웠다. 그때 그 편지를 찢게 만든 것은 분명 강한 의지의 힘이라 생각했는데, 시간이 지날수록 단지 겁이 났던 것은 아닐까 곱씹게 됐다.

눈에 띄지 않는 두 겹짜리 하얀 봉투에 담긴 편지를 찢었을 때, 봉투 속에 낭창낭창하고 질긴 삼실로 뜬 종이라도 들어 있는 듯 그의 손가락은 집요한 저항을 느꼈다. 그러나 그 저항은 삼실로 뜬 종이 때문은 아니었다. 짐짓 강한 의지력을 불러일으키지 않으면 편지를 찢을 수 없으리라는 마음이 숨어 있었던 것이다. 그는 무엇이 두려웠던 걸까.

기요아키는 두 번 다시 사토코 때문에 번민하고 싶지 않았다. 그녀의 향기를 짙게 머금은 불안이라는 안개가 자신의 생활을 에워싸는 것이 싫었다. 겨우 평온한 나를 되찾을 수 있었는데……. 그럼에도 불구하고 그 두꺼운 편지를 찢을 때, 그는 마치 생기 잃은 사토코의 새하얀 피부를 찢어발기는 기분이었다.

잠시 비가 그친 장마철의 몹시 더운 토요일 한낮, 기요아키가 학교에서 돌아오자 안채 현관 앞이 술렁였다. 마차가 출발할 채비를 하고 있었고 하인들은 자색 비단보를 덮은 큼지막한 선물 같은 것을 마차 안으로 옮겨 싣고 있었다. 그때마다 말은 귀를 움직였고 더러워진 어금니에서는 반짝이는 침이 흐르고 있었는데, 기름이라도 발라 놓은 듯한 검푸른 모가지, 그 촘촘한 털 밑에서 오르내리는 정맥이 강렬한 햇빛 탓에 도 드라졌다.

현관에 들어가려던 기요아키는 마침 가문을 넣은 예복 차 림으로 문을 나서는 어머니와 마주치자마자 "다녀왔습니다." 하고 말했다.

"응, 어서 오렴. 난 지금부터 아야쿠라 씨 댁에 축하 인사를 전하러 다녀오련다."

"무슨 일인가요?"

어머니는 늘 하인들이 중요한 일을 듣는 것을 꺼렸으므로 우산꽂이를 세워 둔 너른 현관의 어둑한 한쪽 구석까지 기요 아키를 끌어당기고는 소리 낮춰 말했다.

"오늘 아침 드디어 칙허가 내렸단다. 너도 같이 축하하러 가겠니?"

어머니의 말을 들은 기요아키의 눈동자에는 이렇다 저렇다 대답하기에 앞서 음울한 기쁨의 섬광이 스쳤다. 후작 부인은 그 섬광의 의미를 더듬어 볼 틈도 없을 만큼 서두르고 있었다.

문지방을 넘어선 부인이 다시 뒤돌아보며 애처로운 눈썹으 로 내놓은 말은, 그녀가 그 순간으로부터 끝내 아무것도 배우 지 못했음을 말해 주었다.

"정말 경사는 경사야. 아무리 사이가 틀어졌대도 이럴 땐 그저 순수하게 축하해 주는 게 좋단다."

기요아키는 현관 앞에서 어머니의 마차를 배웅했다. 말발 굽은 쏟아지는 빗소리를 내며 굵은 자갈을 흩뜨렸고, 번쩍이는 마쓰가에가의 금 문장은 현관 앞 잣나무들 사이로 힘차게 흔들리며 멀어져 갔다. 기요아키는 뒤에 선 하인들의 어깨가 주인이 집을 나선 후 일제히 이완되는 것을 느낄 수 있었다. 소리 없이 무너져 내리는 산사태처럼 부산스러운 움직임이었다. 그는 주인 없는 휑한 저택을 돌아보았다. 하인들은 눈을 내리깔고 그가 집으로 올라가기를 가만히 기다리고 있었다. 그때 기요아키는 이 커다란 공허를 단박에 채울 수 있는 커다란 근심의 씨앗이 제 손안에 확실히 들어왔음을 알았다. 그는 하인들의 얼굴도 쳐다보지 않고 성큼성큼 집으로 올라가, 한시라도 빨리 제 방에 틀어박히기 위해 서둘러 복도를 지났다.

그러는 동안에도 작열하는 마음은 이상하리만치 요동치는 가슴의 고동과 함께, '칙허'라는 고귀하고 빛나는 문자를 바라보고 있었다. 마침내 칙허가 내렸다. 다데시나의 잦은 전화와 두꺼운 편지는 틀림없이 칙허가 내리기 전의 마지막 발버둥질로, 칙허를 받기 전에 기요아키에게 용서를 빌어 마음의 빚을 갚아 버리고 싶다는 초조함의 발로였을 것이다.

기요아키는 비상하는 상상력에 몸을 맡긴 채 남은 하루를 보냈다. 바깥 세계는 전혀 눈에 들어오지 않았다. 여태 고요했던 무관심의 거울은 산산이 부서졌고, 불어오는 열풍으로 어지러워진 마음은 한없이 술렁거렸다. 지금까지 그의 사소한 열정에 반드시 따라붙곤 하던 우울의 그림자는 이 격렬한 정열 속에서 한 조각도 찾을 수 없었다. 비슷한 감정이 있다면 가장 가까운 것으로는 환희밖에 떠오르지 않았다. 그러나 이유도 없이 이렇게나 격렬한 환희만큼 께름칙한 인간의 감정도 없을 것이다.

기요아키에게 환희를 안긴 것은 불가능이라는 관념이었다. 절대적인 불가능. 사토코와 자신을 잇는 실이 예리한 날붙이로 끊어 버린 거문고의 줄처럼, 솟구치는 단현(斷絃)의 비명을 지르며 칙허라는 빛나는 칼에 베여 버린 것이다. 그가 어린 시절 이후 오래도록 되풀이해 온 우유부단함 속에서 비밀스레 꿈꾸고 남몰래 바라 온 사태는 이런 것이었다. 옷자락을 들며 올려다본 봄의 흰 잔설 같던 비전하의 목덜미, 우뚝 솟은 채 접근을 거부하던 비길 데 없는 그 아름다움은 그가 품은 꿈의 발원지, 그가 지닌 바람의 성취를 똑똑히 예언하고 있었다. 절대적인 불가능성. 이것이야말로 더없이 뒤틀린 자신의 감정에 변함없이 충실해 온 기요아키가 스스로 초래한 사태였다.

그러나 이 환희는 어찌 된 일인가. 그는 음침하고 위험하며 무서운 환희에서 눈을 뗄 수 없었다.

자신에게 단 하나 진실한 것, 그것은 방향도 귀결도 없는 '감정'만을 위해 살아가는 일……. 그런 삶의 방식이 마침내 그를 소용돌이치는 환희의 어두운 못 앞에 데려다 놓았다면, 남은 일은 그 못에 몸을 던지는 것뿐일 터였다.

그는 다시 한번 어릴 적 사토코와 번갈아 썼던 습자용 백인 일수를 꺼내 보며, 십사 년 전 사토코가 사른 향 내음이 아직 남아 있지 않을까 두루마리에 코를 대 보았다. 그러자 곰팡이 냄새인지 무엇인지 확실치 않은 멀고 먼 냄새로부터, 몹시 무력하지만 무엇에도 얽매이지 않은 통절한 감정의 고향이 되살아났다. 주사위 놀이에서 이긴 상으로 받은 황후의 하사품

인 마른 과자, 작은 이로 베어 물면 가에서부터 점점 붉어지며 녹아내리던 국화꽃잎들, 차가워 보이는 하얀 국화의 또렷한 모서리가 혀에 닿는 곳부터 달콤한 진창처럼 허물어지던 재미⋯⋯. 교토에서 가져와 어둑한 방방마다 세워 둔 가을 풀이 그려진 어전풍(御殿風) 칸막이, 적요한 밤, 검은 머리칼 뒤에서 사토코가 짓던 조그마한 하품⋯⋯. 이 모든 것에 떠다니던 쓸쓸한 우아함이 생생히 떠올랐다.

그리고 기요아키는 눈길조차 주기 꺼려지는 하나의 관념을 향해 조금씩 몸을 기울여 가는 자신을 느꼈다.

25

우렁찬 나팔 소리가 기요아키의 마음에 끓어올랐다.

"나는 사토코를 사랑하고 있어."

그가 어떻게 봐도 의심의 여지가 없는 이런 감정을 품은 것은 태어나 처음이었다.

그는 생각했다. '우아함이란 건 금기를 범하는 거야. 그것도 지고의 금기를.' 이 관념이 오래도록 막혀 있던 진실한 육감을 그에게 처음으로 가르쳐 줬다. 생각해 보면 주저하며 흔들리기만 했던 그의 육감은 틀림없이, 이처럼 강렬한 관념이라는 버팀목을 줄곧 바라고 있었을 것이다. 그가 진정으로 제게 걸맞은 역할을 발견해 내기까지는 상당한 품이 들었던 것이다.

'지금이야말로 나는 사토코를 사랑하고 있어.'

이런 감정이 진실하고 확실하다는 것을 증명하기 위해서는, 그것이 절대로 불가능한 것이 되는 것만으로 충분했다.

그는 안절부절못하며 의자에서 일어났다 다시 앉았다. 늘 불안과 우울로 가득했던 몸에 이제는 젊음이 넘쳐흐르는 듯했다. 슬픔과 예민함에 지쳐 뻗어 버렸다는 생각은, 모두 착각이었다.

창문을 열어젖힌 그는 해를 받아 반짝이는 못을 바라보며 심호흡을 한 다음, 코끝에 바싹 다가온 느티나무 어린잎 내음을 들이마셨다. 단풍산 한쪽에 서린 구름은 벌써 여름 구름답게 빛을 품고 묵직하게 부풀어 있었다.

기요아키의 볼은 타올랐고 눈은 빛났다. 그는 새로운 인간이 되었다. 그는 지금 열아홉 살의 여름을 지나고 있었다.

26

그는 정열의 몽상으로 시간을 보내며 어머니가 돌아오기만을 기다렸다. 어머니가 아야쿠라가에 있어선 영 좋지 않다. 어머니의 귀가를 기다리다 못한 그는 결국 교복을 벗고 무명 겹옷에 하카마를 입었다. 그는 하인을 불러 인력거를 준비시켰다.

아오야마(青山) 6동에 다다랐을 때 그는 일부러 인력거에서 내린 다음, 6동에서 롯폰기(六本木)를 잇는 얼마 전 개통한 시영 전차를 타고 종점에서 내렸다.

도리이자카(鳥居坂) 쪽으로 돌아가는 모퉁이에 롯폰기라는 이름의 흔적으로[73] 커다란 느티나무 세 그루가 남아 있다. 그 나무 아래에는 시영 전차가 개통한 후에도 변함없이 '인력거 주차장'이라고 크게 써 놓은 간판이며 말뚝이 있었고, 그곳에

---

73) '롯폰기(六本木)'란 여섯 그루의 나무를 말한다.

서 둥그런 삿갓에다 감색 윗도리와 잠방이를 걸친 인력거꾼 들이 손님을 기다리고 있었다.

기요아키는 그중 한 사람을 불러 터무니없이 많은 돈을 미리 쥐여 주고, 거기서부턴 엎어지면 코 닿을 데 있는 아야쿠라 가로 발길을 재촉했다.

양옆으로 방들이 죽 붙어 있는 아야쿠라가의 대문으로는 마쓰가에가의 영국제 마차가 들어갈 수 없다. 그러므로 문 앞에 마차가 세워져 있고 문이 좌우로 활짝 열려 있다면 어머니가 아직 아야쿠라가에 있다는 증거였다. 마차가 없고 문도 닫혀 있다면 어머니는 이미 떠난 것이다.

인력거를 타고 지나친 대문은 꼭 닫혀 있었고, 문 앞에는 갈 때와 올 때 생긴 바퀴 자국 네 줄이 나 있었다.

도리이자카 근처까지 인력거를 되돌린 기요아키는 자신은 차에 남아 기다리고 인력거꾼을 시켜 다데시나를 불러오게 했다. 인력거는 기다리는 동안 몸을 숨기기에 유용했다.

다데시나가 나오기까지는 제법 시간이 걸렸다. 기요아키는 장막 틈 사이로 조금씩 기울어 가는 여름 해가 새잎이 돋은 나무들의 우듬지를 풍요로운 과즙처럼 환하게 적시는 것을 봤다. 또 도리이자카 옆의 높다랗고 붉은 벽돌담 너머로 쑥 뻗어나온 거대한 칠엽수 몸통에서 돋은 어린잎 무성한 줄기가, 흰 새가 틀어 놓은 둥지처럼 불그스름하게 물든 하얀 꽃을 수도 없이 이고 있는 것을 보았다. 눈 내리던 날의 아침 풍경을 마음속에 불러들인 그는 말로 하기 어려운 감동에 사로잡혔다. 그러나 지금 여기서 무리하게 사토코를 만나는 것이 득책은 아니었다. 확실한 정열을 갖게 된 그는 이제 감정의 움직임에 따를 필요가 없었다.

인력거꾼을 따라 통용문에서 나온 다데시나는 장막을 걷고 얼굴을 드러낸 기요아키를 보자마자 망연히 그 자리에 멈춰 섰다.

기요아키는 다데시나의 손을 잡아끌어 억지로 인력거에 태웠다.

"할 말이 있어. 사람들 눈에 띄지 않는 곳으로 가지."

"그리 말씀하셔도…… 아닌 밤중에 홍두깨로 그리 분부하시면……. 마쓰가에 님의 마님께서도 이제 막 돌아가신 참인데다, 오늘 밤은 집안끼리 축하할 일이 있어 저도 그 준비로 손을 놓을 수가 없습니다."

"상관없으니 어서 인력거꾼에게 말해."

기요아키가 손을 놓지 않았으므로 다데시나는 어쩔 수 없이 인력거꾼에게 말했다.

"가스미초 쪽으로 가 주십시오. 가스미초 3동 부근에서 3연대 정문 쪽으로 돌면 내려가는 언덕길이 있습니다. 그 언덕 아래쪽으로 가시지요."

인력거는 달리기 시작했고 다데시나는 신경질적으로 귀밑머리를 가다듬으며 꼼짝 않고 앞쪽을 주시하고 있었다. 짙게 분을 바른 다데시나와 이만큼 가까이 붙어 있는 것은 처음이라 꺼림칙한 기분이 들었지만, 이 노파가 난쟁이처럼 이렇게나 조그마한 여자라고 느낀 것도 처음이었다.

다데시나는 요동치는 인력거 탓에 물결치듯 들려오는 불분명한 중얼거림을 몇 번쯤 반복했다.

"이제 늦었습니다……. 모든 게 다 늦어 버렸습니다……."

혹은 이렇게 중얼거렸다.

"무엇이든 한마디 답장이라도……. 이리되기 전에 뭐라도……."

기요아키가 묵묵부답이었으므로 다데시나는 도착 직전에야 마지못해 목적지에 대해 설명했다.

"제 먼 친척 되는 사람이 군인 상대로 하숙을 치고 있습니다. 누추한 곳입니다만 언제든 별채가 비어 있으니, 거기서라면 거리낄 것 없이 말씀하실 수 있을 겁니다."

내일인 일요일이 되면 롯폰기 일대는 북적이는 군인들의 거리로 일변해 면회 온 가족들과 카키색 군복을 입은 군인들로 넘실대지만, 토요일 낮 동안에는 그럴 일도 없었다. 눈을 감고 인력거가 달려온 길을 더듬어 보니 눈이 오던 그날 아침, 분명 이곳도 저곳도 지나온 것 같았다. 이 언덕도 내려왔지, 하고 생각하고 있을 때 다데시나가 인력거를 멈췄다.

문도 현관도 없지만 제법 넓은 뜰에 판자로 울타리를 둘러쳐 놓은 언덕 아래 집의 이 층짜리 안채가 눈앞에 있었다. 다데시나는 울타리 밖에서 2층을 슬쩍 살폈다. 변변찮은 건물이었다. 2층은 비어 있는 것 같았으며 테두리를 따라 낸 유리문은 모두 닫혀 있었다. 아래쪽에 나무를 댄 여섯 장짜리 유리문의 거북이 모양 격자에는 전부 투명한 유리가 달려 있었다. 그런데도 안쪽은 보이지 않았고 다만 조악한 유리 한 면에 일그러진 저녁 하늘이 비치고 있었다. 맞은편 집 지붕에서 일하고 있는 인부의 모습이 물속에 있는 사람처럼 찌그러져 보였다. 유리에 비친 저녁 하늘도 해 질 녘 호수의 수면처럼, 수심을 이고 뒤둥그러진 채 젖어 있었다.

"군인들이 와 있을 때는 아무래도 시끄럽습니다. 하긴 여길 빌리는 건 장교들뿐이지만요."

이렇게 말한 다데시나는 전면에 종이를 바른 아홉 개의 촘촘한 격자문을 열고서 안내를 청했다. 문 한쪽에는 귀자모신[74] 명판이 달려 있었다.

백발인 초로의 키 큰 남자가 나타나 삐걱대는 목소리로 말했다.

"아, 다데시나 씨로군요. 어서 오십시오."

"별채를 쓸 수 있겠습니까?"

"네네, 그럼요."

세 사람은 뒤편 복도를 지나 다다미 네 장짜리 별채에 들어섰다. 다데시나는 앉자마자, "얼른 물러가 봐야 합니다. 더구나 이리 고우신 도련님과 있다가는 무슨 말을 들을지도 모르고요." 하며 졸지에 흐트러지고 경박스러워진 말투로, 늙은 주인과 기요아키 중 누구에게라고 할 것도 없이 말했다. 방은 쓸데없이 깨끗하게 정돈되어 있었는데, 다다미 반 장분의 후미코미도코[75]에 반 절짜리 족자를 걸어 놓았고 채광용 맹장지를

---

74) 鬼子母神. 순산과 양육을 맡은 불교의 여신.
75) 踏込床. 일본식 방에서 인형이나 꽃꽂이, 붓글씨 등으로 장식하는 도코노마(床の間) 형식의 일종. 일반적으로 바닥보다 한층 높게 만드는 도코노마와 달리, 바닥과 높이가 같은 것이 특징이다.

바른 장지문도 있었다. 밖에서 보기에는 날림으로 지은 군인용 하숙 같았는데 들어와 보니 첫인상과 달랐다.

"어쩐 일이십니까?"

주인이 물러가자마자 다데시나가 물었다. 기요아키가 잠자코 있자 다데시나는 짜증을 숨기지 않고 재차 물었다.

"무슨 용건이십니까. 그것도 하필 오늘 같은 날."

"오늘 같은 날이니 온 거야. 자네가 손을 써서 사토코를 만나게 해 줬으면 해."

"무슨 말씀이세요, 도련님. 이미 늦었습니다……. 정말 이제 와서 무슨 말씀을 하시는 겁니까. 오늘부로 이젠 전부 다 천황 폐하의 뜻에 따를 수밖에 없어요. 그러기에 그토록 자주 전화를 드리고 편지도 드렸는데 그땐 아무 답도 없으시더니, 오늘에서야 무슨 말씀이십니까. 농담도 정도껏 하셔야지요."

"그것도 전부 자네 탓이지."

기요아키는 있는 힘껏 위엄을 지키며 말했다. 그때 그는 두꺼운 분으로 뒤덮인, 정맥이 세차게 뛰고 있는 다데시나의 관자놀이 언저리를 응시하고 있었다.

기요아키는 다데시나가 그토록 뻔한 거짓말을 하고서 실은 기요아키의 편지를 사토코에게 읽게 한 것과, 쓸데없이 입을 놀려 기요아키의 심복이었던 이누마를 잃게 만든 일을 비난했다. 결국 다데시나는 진심인지는 모르겠으나 눈물을 흘리며 바닥에 손을 짚고 사죄했다.

휴지를 꺼내 눈가를 닦자 분이 벗겨진 자리에 세월의 흔적이 드러났다. 그러나 입술연지를 닦아 낸 고운 휴지가 구겨진 것처럼 문질러 발개진 윗볼의 주름이 도리어 농염해 보였다. 다데시나는 부은 눈을 허공에 던진 채로 말했다.

"정말이지 제 잘못입니다. 뭐라 사죄의 말씀을 드려도 소용 없다는 건 잘 알고 있습니다. 그렇지만 사죄는 도련님께 드리기보다 아가씨께 드려야겠지요. 도련님께 아가씨의 마음을 있는 그대로 전하지 않은 것은 제 잘못입니다. 잘되라고 한 일이 다 틀어져 버렸지요. 불쌍히 여기시어 한 번만 생각해 보십시오. 도련님의 편지를 읽으시고 아가씨가 얼마나 괴로워하셨을지. 그런데도 도련님 앞에서는 조금도 내색하지 않으시려고 얼마나 꿋꿋이 애를 쓰셨는지. 제가 꾀를 내어 일러 드린 대로 신년 친족 모임에서 눈 딱 감고 어르신께 직접 물어보시고는 얼마나 안심하셨는지. 그때부턴 그저 낮이고 밤이고 도련님 생각만 하시다 결국 눈 내리던 날 아침, 여자가 먼저 만남을 청하는 낯부끄러운 일까지 하시면서도 한동안은 참으로 행복에 겨워 꿈속에서도 도련님의 이름을 부르셨지요. 그러다 후작님께서 도인노미야와 혼담을 주선하신 것을 알게 됐을 때는 그저 도련님의 결단만을 기다리며 도련님께 모든 것을 의탁하고 계셨는데도, 도련님은 아무 말씀 없이 못 본 체하셨지요. 그 후로 아가씨가 겪으신 번민과 고뇌를 어찌 말로 다 할 수 있겠습니까. 머지않아 칙허가 내리려 할 때 마지막 바람을 도련님께 전하고 싶다 하시는데, 아무리 말려도 듣지 않으시기에 결국 요전에 제 이름으로 편지를 쓰셨지요. 그 마지막 희망도 끊어지고 오늘부터는 모든 것을 단념하시겠다 마음먹은 바로 그때 이리 말씀하시니, 참 다정도 하십니다. 도련님도 잘 아시듯이 아가씨는 어려서부터 오로지 천황 폐하만을 공경하며 섬기라 교육받으셨으니, 이제 와서 마음을 바꾸시지도 않을 겁니다. 이젠 너무 늦어 버렸습니다……. 도저히 노여움이 사그라지지 않으시면 이 다데시나를 때리시든 발로 차 버리시든 마음이 풀릴 때까지 무엇이든 하셔도 좋습니다. 이젠 아무것도 해 드릴 것이 없습니다……. 다 늦어 버렸습니다."

이야기를 듣는 동안 예리한 칼을 닮은 기쁨이 기요아키의 마음을 찢었다. 그러나 동시에 그 이야기에서 그가 알지 못했던 것이라고는 하나도 없는 것 같았다. 이미 자신의 마음속에 선명히 스며든 듯이 훤히 알고 있는 것들을 다시 한번 들은 것 같기도 했다.

여태껏 생각지도 못했던 명석한 지혜가 솟았다. 그는 그로써 주도면밀하게 몰려온 이 세계를 타개할 수 있는 힘을 갖추게 되었음을 느꼈다. 젊음으로 가득 찬 그의 눈이 반짝였다. '요전에는 찢어 달라고 부탁한 편지를 읽어 버렸으니, 그래, 이번엔 거꾸로 갈가리 찢어 버린 편지를 되살리면 되는 거야.'

기요아키는 하얀 분으로 뒤덮인 작은 노파를 가만히 응시했다. 다데시나는 불그스름한 눈시울에 아직 휴지를 갖다 대고 있었다. 황혼이 덮쳐 오는 방 안, 다데시나의 옴츠린 어깨는 덥석 움켜쥐면 금세 푹석 주저앉아 부서질 것처럼 덧없어 보였다.

"아직 늦지 않았어."

"아니요, 늦었습니다."

"아니야. 만약 사토코 씨가 보낸 마지막 편지를 도인노미야 가에 보여 드리면 어떻게 될까? 그것도 칙허를 청한 후에 쓴 편지를 말이야."

이 말에 고개를 든 다데시나의 얼굴에서 순식간에 핏기가 가셨다.

그 후로 긴 침묵이 이어졌다. 창문으로 빛이 들었다. 안채 2층에 하숙인이 돌아와 불을 켠 모양이었다. 흘끗 카키색 군복 바지 밑단이 보였다. 담 밖으로 두부 장수의 나팔 소리가 지나갔고, 장마 진 여름날의 플란넬처럼 미적지근한 감촉의 땅거미가 퍼져 갔다.

다데시나는 몇 번이고 같은 말을 중얼거렸다. 그래서 말렸는데도, 그러니까 그렇게 단념하시라 말씀드렸는데도, 하고 말하는 듯했다. 사토코에게 편지를 쓰지 말라 충고했던 일을 말하는 것일 터였다.

언제까지고 침묵을 지키고 있는 기요아키의 승산은 점점 더 커져 갔다. 보이지 않는 짐승이 서서히 고개를 쳐드는 것 같았다.

"좋습니다." 다데시나가 말했다. "한 번만 만나게 해 드리지요. 대신 편지는 돌려받겠습니다."

"좋아. 다만 그냥 만나는 걸론 부족해. 자넨 빠지고서 진짜로 단둘이 있게 해 줘야 해. 편지는 그다음에 돌려주지." 하고 기요아키는 말했다.

27

사흘이 지났다.

비는 계속 내렸다. 학교에서 돌아오는 길, 기요아키는 레인코트 아래에 교복을 숨기고서 가스미초에 있는 하숙으로 갔다. 사토코가 나올 수 있는 것은 백작 부부가 집을 비운 지금밖에 없다는 기별을 받은 것이다.

별채에 들어가서도 교복이 보일까 레인코트를 벗지 않는 기요아키에게 늙은 주인은 차를 권하며 말했다.

"여기 오실 땐 마음 놓으십시오. 저희같이 세상을 등진 사람들을 어렵게 여기실 필요가 어디 있겠습니까. 그럼 모쪼록 편안히 지내시기를."

주인이 물러갔다. 둘러보니 요전에 안채 2층이 올려다보이던 창문은 발을 쳐 가려 두었다. 비가 들이치지 않도록 창을 꼭 닫아 놓은 탓에 찌는 듯이 더웠다. 무료함에 작은 책상 위에 놓인 작은 상자를 열어 보니, 붉게 옻칠해 둔 뚜껑 안쪽이 촉촉이 땀을 흘리고 있었다.

장지문 너머 옷 스치는 소리, 알아들을 수 없이 소곤대는 대화 소리가 사토코의 기척을 알려 왔다.

장지문이 열리고 다데시나가 공손히 절을 했다. 말없이 사토코를 들여보낸 다데시나는 재빠르게 장지문을 닫았다. 문밖에 도사리고 있는 축축이 젖은 대낮의 어둠 속에서, 흘끗 치켜뜬 다데시나의 냉담한 눈초리가 오징어처럼 번뜩이고 사라졌다.

지금 기요아키의 눈앞에 앉아 있는 것은 틀림없는 사토코였다. 고개 숙인 사토코는 손수건으로 얼굴을 가리고 있었다. 한 손을 다다미에 짚고 몸을 틀어 앉은 탓에 드러난 뽀얀 목덜미는 산 정상의 작은 호수 같았다.

지붕을 때리는 빗소리가 몸을 감싸 오는 가운데, 기요아키는 말없이 사토코와 마주 앉아 있었다. 마침내 이 순간이 왔다는 사실을 믿을 수 없었다.

이렇게 말 한마디도 내뱉을 수 없는 상황으로 사토코를 몰아세운 것은 기요아키였다. 연장자다운 훈계조의 말을 꺼낼 여력도 없이 그저 잠자코 울고 있을 수밖에 없는 지금의 사토코만큼, 그의 마음에 꼭 들어맞는 사토코는 없었다.

더구나 사토코는 하얀 등나무 빛깔 기모노를 입은 호사스러운 수렵물 이상이었다. 그녀는 금기로서, 절대적인 불가능성으로서, 또한 절대적인 거부로서, 비길 데 없는 아름다움을 품고 있었다. 이것이야말로 진정으로 그가 바란 사토코의 모습이었다! 그리고 그의 소원을 끝도 없이 배반하며 그를 위협해 온 것은 다른 누구도 아닌 사토코였다. 자, 보아라! 이토록 엄청난 변화를! 마음만 먹으면 이토록 신성하고 아름다운 금기가 될 수 있는데도, 그녀는 언제나 기꺼이 그를 동정하고 업신여기며 거짓된 누이인 체 연기해 왔던 것이다.

유곽에서 뗄 수 있었던 쾌락의 첫걸음을 완고하게 물리친 기요아키는, 고치 속에서 자라나는 푸르스름한 번데기의 성장을 지켜보듯이, 이전부터 사토코의 가장 신성한 핵심을 꿰뚫어 보고 또 예감하고 있었음이 틀림없다. 기요아키의 순결이 결합할 수 있는 것은 오로지 사토코의 핵심뿐이었다. 그리고 그때야말로 어룽대는 슬픔이 닫아 버린 그의 세계가 부서지고, 누구도 본 적 없는 완전무결한 새벽이 넘실댈 터였다.

그는 어린 시절 아야쿠라 백작으로 인해 제 안에 길러진 우아함이 지금은 참으로 보드랍고도 흉폭한 한 줄의 명주 끈이 되어, 자신의 순결함을 목 졸라 죽이고 있음을 느낄 수 있었다. 그 끈은 그의 순결함뿐 아니라 사토코의 신성함까지 졸라 대고 있었다. 이것이야말로 오래도록 어디에 써야 할지 알 수 없었던, 윤기 나는 명주 끈의 진정한 사용처였다.

그는 틀림없이 사랑하고 있었다. 그러므로 그는 무릎걸음으로 다가가 사토코의 어깨에 손을 얹었다. 그녀의 어깨는 고집스레 거부했다. 기요아키에게 그 거절은 더할 나위 없이 사랑스러운 것이었다. 의식을 치르듯 어마어마한, 이 세계와 동등한 크기를 가진 장대한 거절. 육욕으로 가득 찬 보드라운 어깨는 칙허의 무게를 진 채 그를 밀어냈다. 이것이야말로 그의 손을 뜨겁게 데우고 그의 마음을 태워 없애는 영묘한 거절이었다. 앞머리를 곱게 빗어 부풀려 올린 사토코의 향기로운 흑발은 뿌리에서부터 윤이 흘렀고, 그 광택을 언뜻 엿본 그의 마음은 달 밝은 밤 숲속을 헤매는 듯했다.

기요아키는 손수건 사이로 드러난 젖은 볼에 얼굴을 가까이 댔다. 말없이 거부하는 사토코의 볼은 좌우로 흔들렸다. 그러나 그 흔들림이 너무나도 무심했기에, 사토코의 거부가 그녀의 마음보다 훨씬 먼 곳으로부터 다다른 것이라는 것을 알 수 있었다.

기요아키는 손수건을 밀어내고 입을 맞추려 했다. 그러나 눈 오던 날 그토록 그를 열망하던 입술이 이제는 외곬으로 버티기만 했고, 마침내는 고개를 돌린 다음 잠에 든 작은 새처럼 기모노 옷깃에 단단히 입술을 파묻은 채 움직이지 않았다.

빗소리가 거세졌다. 기요아키는 사토코의 몸을 껴안으며, 그녀가 품은 강고함의 크기를 눈으로 가늠했다. 여름 엉겅퀴를 수놓은 장식용 깃의 가지런한 이음매는 역삼각형 틈새로 살갗을 조금만 드러낸 채 신전의 문처럼 단정하게 닫혀 있고, 가슴 언저리에 단단히 졸라 맨 차갑고 폭 넓은 오비 중앙에는 장식으로 덧대 놓은 금붙이가 대갈못처럼 빛나고 있었다. 그러나 겨드랑이 아래 트인 곳이나 소맷부리에서는 육체의 후더운 미풍이 불어오는 것을 느낄 수 있었다. 나긋한 그 바람이 기요아키의 볼에 닿았다.

그는 사토코의 등에서 뗀 한쪽 손으로 그녀의 턱을 단단히 잡았다. 턱은 상아로 만든 작은 장기말처럼 기요아키의 손안에 사로잡혔다. 아름다운 콧방울은 눈물에 젖은 채 날갯짓했다. 비로소 기요아키는 세게 입술을 포갤 수 있었다.

그러자 갑자기 난로의 화구가 열린 듯 사토코 안에서 기이한 불꽃이 일었고 불기운이 거세졌다. 자유로워진 사토코의 양손은 기요아키의 볼을 막았다. 그녀의 손은 기요아키의 볼을 되돌려 놓으려 했으나, 그 입술은 되밀리고 있는 기요아키의 입술에서 떨어지지 않았다. 저항의 여파로 젖은 입술은 좌우로 흔들렸고, 기요아키의 입술은 흔들림이 만들어 내는 절묘한 매끄러움에 취했다. 견고한 세계는 홍차에 빠진 한 조각 각설탕처럼 녹아 버렸다. 그 후로는 끝 모를 감미로움과 융해가 시작되었다.

기요아키는 여자의 오비를 푸는 법을 몰랐다. 고집 센 매듭은 손가락을 거역했다. 무작정 풀려고 애를 쓰자 사토코가 손을 뒤로 뻗더니, 움직이는 기요아키의 손을 완강히 거부하는 듯하면서도 미묘하게 거들었다. 오비 곁에서 두 사람의 손가락은 번쇄하게 얽혀 들었고 마침내 매듭이 풀렸을 때, 오비는 나지막한 탄식을 내지르며 앞쪽으로 격렬히 튕겨 나갔다. 오비는 마치 저절로 움직이기 시작한 듯했다. 그것은 복잡하고 수습할 길 없는 폭동의 발단이자 기모노 전체가 일으킨 반란과 같았다. 꽉 조인 사토코의 앞가슴을 풀어 주려 기요아키가 서두르는 동안, 수다하고 번잡한 끈들은 팽팽해지고 느슨해지기를 반복했다. 그는 자그맣게 수호되고 있던 앞가슴의 뽀얀 역삼각형이, 눈앞 가득히 아름다운 흰빛을 펼쳐 내는 것을 보았다.

　사토코는 입 밖으로는 단 한마디도, 안 된다고 말하지 않았다. 기요아키는 무언의 거절과 무언의 유도를 분간할 수 없었다. 그녀는 무한히 끌어들였고, 무한히 저항했다. 다만 기요아키에게 이 신성함, 이 불가능성과 싸우는 힘이 저 혼자만의 힘이 아니라고 느끼게 하는 무언가가 있었다.

　그것은 무엇이었을까. 기요아키는 눈을 감은 사토코의 얼굴이 조금씩 홍조를 띠기 시작하더니, 도도하던 그림자가 흐트러지는 모습을 똑똑히 보았다. 사토코의 등을 받치고 있는 기요아키의 손바닥에 수치로 가득 찬, 몹시 미묘한 압력이 가해졌고, 그녀는 저항할 도리가 없다는 듯 고개를 젖히고 쓰러졌다.

　기요아키는 사토코의 옷자락을 펼쳤다. 화려한 색채로 물들인 긴 속옷 자락에는 만자 무늬와 거북딱지 모양의 구름 위를 날아다니는 봉황이 그려져 있었다. 기요아키는 흐트러진 봉황의 오색 꼬리를 좌우로 열어젖히고, 몇 겹이나 되는 옷자락에 에워싸인 사토코의 허벅지를 멀리서 응시했다. 그러나 그는 아직, 아직 너무 멀다고 느꼈다. 헤쳐 나가야 할 구름이 몇 겹이나 남아 있었다. 핵심은 저 멀리 깊숙한 곳에서 숨죽이고 있었다. 교활한 그 핵심이 꼬리에 꼬리를 물고 밀어닥치는 번잡함을 떠받치고 있는 것이다.

　마침내 희부연 새벽녘의 최전선처럼 드러나기 시작한 사토코의 허벅지에 기요아키의 몸이 다가갔을 때, 사토코의 손이 아래로 내려와 다정하게 그를 지탱했다. 이 자비로운 손길이

독이 되었는지 그가 그 새벽에 닿을락 말락 했을 때, 이미 모든 것이 끝나 버렸다.

　두 사람은 다다미에 누워 거센 빗소리가 되살아난 천장을 바라보고 있었다. 두근대는 그들의 심장은 좀처럼 잠잠해지지 않았고, 기요아키는 지치기는커녕 무언가가 끝났다는 사실조차 인정하고 싶지 않은 고양감에 휩싸였다. 그러나 저물어 가는 방 안에 차츰 퍼져 가는 그림자처럼, 두 사람 사이에 떠돌고 있는 미련도 분명해졌다. 장지문 너머에서 늙은이의 희미한 헛기침 소리가 들려오는 듯해 기요아키가 몸을 일으키려 하자, 사토코가 어깨를 살짝 끌어당기며 그를 말렸다.

　이윽고 아무 말도 없이, 사토코는 모든 미련을 떨쳐 냈다. 기요아키는 사토코가 유혹하는 대로 움직이는 기쁨을 처음으로 알았다. 그 순간 이후로 그는 무엇이든 용서할 수 있었다.

　한번 사그라든 기요아키의 젊음은 금세 되살아났고, 이번에는 사토코도 받아들여 모든 것이 순조로웠다. 여자의 인도(引導)에 몸을 맡길 때 험난한 길은 이렇게나 쉬이 사라지고 온화한 경치가 펼쳐진다는 것을 그는 처음 깨달았다. 찌는 더위에 기요아키는 이미 걸친 것을 모두 벗어 던졌다. 그러자 그는 물과 수초의 저항을 견뎌 내며 전진하는 작은 배의 뱃머리처럼, 생생한 육체를 한 치의 틀림도 없이 느낄 수 있었다. 기요아키는 조금도 고통스러운 기색 없이, 미광이 비쳐 든 듯 어렴풋이 미소 지은 사토코의 얼굴조차 수상히 여기지 않았다. 그의 마음속 모든 의혹은 깨끗이 사라졌다.

일을 마친 후 기요아키가 흐트러진 사토코를 당겨 안고 볼과 볼을 맞댔을 때, 볼을 타고 흐르는 그녀의 눈물이 느껴졌다.

행복에 겨워 흘린 눈물이라 그는 믿었으나, 돌이킬 수 없는 죄를 저질러 버린 그들의 죄악감을 두 사람의 볼을 타고 흐르는 이 눈물만큼 구슬프게 말해 주는 것도 없었다. 그들의 죄를 생각하자 기요아키의 마음에는 도리어 용기가 끓어올랐다.

기요아키의 셔츠를 집어 들며 사토코가 처음으로 뱉은 말은 "감기에 걸리시면 안 돼요. 자, 여기."라는 재촉이었다. 그가 셔츠를 거칠게 낚아채려 하자 사토코는 가볍게 그를 저지하고는, 셔츠에 제 얼굴을 묻고 깊은 숨을 들이마신 다음 돌려주었다. 그녀의 눈물로 하얀 셔츠가 살짝 젖었다.

교복을 입고 준비를 마친 그는 사토코가 친 손뼉 소리에 깜짝 놀랐다. 이상하리만치 긴 뜸을 들인 다음 장지문이 열렸고, 다데시나가 얼굴을 내밀었다.

"부르셨습니까."

사토코는 고개를 끄덕이고는 흐트러진 오비 쪽을 눈짓으로 가리켰다. 장지문을 닫은 다데시나는 기요아키 쪽으로는 눈길도 주지 않고 앉은걸음으로 다가와 사토코가 옷을 입고 오비를 매는 것을 도왔다. 그러고는 방 한구석에 있는 꼬마 경대를 가져와 사토코의 머리를 고쳤다. 그러는 동안 기요아키는 따분해 죽을 것만 같았다. 이미 불이 켜진 방 안에서 두 여자가 의식을 치르듯 길고 긴 시간을 보내는 동안, 그는 불필요한 사람이나 마찬가지였다.

준비가 모두 끝났다. 사토코는 곱게 고개를 숙이고 있었다.

"도련님, 이제 정말 물러가야겠습니다." 다데시나가 대신 말했다. "약속은 지켰습니다. 이걸로 부디 아가씨는 잊어주십시오. 도련님께서 언약하셨던 편지도 돌려주셨으면 합니다."

기요아키는 책상다리를 하고 앉은 채 아무 대답도 하지 않았다.

"약속하셨지요. 모쪼록 그 편지를 돌려주십시오."

다데시나가 거듭 말했다.

기요아키는 여전히 입을 다문 채, 아무 일도 없었던 것처럼 눈 하나 깜짝하지 않고 태연히 앉아 있는 사토코를 바라보았다. 사토코가 갑자기 눈을 들었고, 두 사람의 눈이 마주쳤다. 찰나의 순간 맑고 격렬한 빛이 스쳤다. 기요아키는 사토코의 결의를 깨달았다.

"편지는 돌려주지 않을 거야. 이렇게 또 만나고 싶으니까."

그 순간 용기를 얻은 기요아키가 말했다.

"정말이지, 도련님."

다데시나의 말 속에서 분노가 용솟음쳤다.

"어찌 될 거라고 생각하십니까? 그렇게 애처럼 제멋대로 말씀하시니……. 무서운 일이 되리란 걸 모르십니까? 제 한 몸 부서지는 걸로는 그치지 않을 겁니다."

그렇게 말하는 다데시나를 제지하는 사토코의 목소리는 다른 세계에서 들려온 것처럼 청아해서, 듣고 있는 기요아키까지 전율하게 할 정도였다.

"괜찮아, 다데시나. 기요 님이 그 편지를 흔쾌히 돌려주실 때까지 이렇게 뵐 수밖에 없어. 너와 날 구할 방법은 그것밖에

없는 거야. 만약 다데시나 네가 나까지 구하겠다, 그리 생각한
다면 말이야."

28

혼다는 모처럼 기요아키가 긴 이야기를 하러 찾아온다기에 어머니에게 손님치레를 위한 저녁 식사 준비를 부탁해 두고, 그날 저녁은 시험공부도 쉬기로 했다. 기요아키가 오기로 한 것만으로도 단조롭고 칙칙한 집에 환하고 밝은 분위기가 일었다.

낮 동안 해는 내내 구름에 포위된 채 백금처럼 불탔고 날은 끈끈하게 더웠다. 밤에도 무더위는 한결같았다. 두 청년은 잔무늬가 진 홑옷 소매를 걷어 올리고 이야기를 나눴다.

친구가 오기 전부터 혼다는 어떤 예감을 품고 있었다. 벽에 붙여 놓은 가죽 소파에 나란히 앉아 말꼬를 트기 시작하자마자, 혼다는 기요아키가 전과는 전혀 다른 인간이 되었음을 느낄 수 있었다.

기요아키의 눈이 그토록 솔직하게 반짝이는 것을 혼다는 처음 보았다. 그것은 틀림없는 청년의 눈이었으나, 혼다는 자주 내리뜨곤 했던 근심 어린 친구의 눈이 얼마쯤 그립기도 했다.

그렇다 해도 친구가 이토록 중대한 비밀을 몽땅 털어놓았다는 사실은 혼다를 행복하게 했다. 이것이야말로 혼다가 오래도록 손꼽아 기다리면서도, 단 한 번도 강요한 적 없었던 일이었다.

그러고 보면 기요아키는 비밀이 단순히 마음의 문제일 때는 친구에게조차 몰래 숨겨 놓고, 명예와 죄가 걸린 진정으로 중대한 비밀이 되었을 때에야 처음으로 시원스레 털어놓은 것이다. 그런 고백은 듣는 이에게 더없이 신뢰받고 있다는 기쁨을 안겼다.

기분 탓인지 혼다의 눈에 기요아키는 현격히 성장한 듯 보였고, 우유부단하고 아름다운 소년의 모습은 이미 희미해져 있었다. 지금 눈앞에서 말하고 있는 것은 사랑에 빠진 정열적인 청년이었으며, 그의 말과 동작에서 감지되곤 하던 불확실성과 내키지 않는다는 듯한 태도는 씻은 듯 사라져 찾아볼 수 없었다.

기요아키는 볼을 붉히고 하얀 이를 빛내며, 말을 하다 말고 부끄러워하면서도 야무진 목소리로 말을 이어 갔다. 기요아키의 눈썹에는 여태껏 본 적 없는 늠름함이 깃들어 있었고, 그런 그의 모습은 사랑에 눈이 먼 젊은이의 나무랄 데 없는 초상이었다. 어쩌면 자기 성찰이란 그에게 가장 어울리지 않는 것이었는지도 모른다.

기요아키의 말이 끝나자마자 혼다가 이처럼 느닷없는 말을 뱉은 이유도 그 때문이었다.

"네 이야길 들으면서 어째선지 터무니없는 일이 떠올랐어. 언젠가 러일 전쟁 때를 기억하고 있는지 어떤지 이야기를 나눈 다음 너희 집에 갔을 때, 러일 전쟁 사진집을 보여 준 적이 있었지. 네가 거기 실린 사진 중에 '득리사 부근 전사자 위령제'라는 이상한, 마치 잘 연출된 군중극 무대 같은 사진이 가장 마음에 든다고 말했던 게 기억나. 난 그때 우국지사연하는 걸 싫어하는 너치곤 신기한 말을 한다 생각했지.

그런데 지금 네 얘길 듣는 와중에 왠지 말이야, 그 아름다운 사랑 이야기에 흙먼지로 뒤덮인 평야의 풍경이 겹쳐졌어. 어째서인지는 나도 잘 모르겠지만."

혼다는 평소답지 않게 모호하고 열에 달뜬 듯한 말을 늘어놓으며, 금기를 범하고 도리를 어기는 기요아키를 찬탄 섞인 마음으로 바라보고 있는 자신에게 놀랐다. 일찍부터 법의 편에 속한 사람이 되기로 결심한 그였건만!

그때 하인이 두 사람의 저녁상을 날라 왔다. 친구들끼리 거리낄 것 없이 식사할 수 있도록 어머니가 배려한 것이다. 각각의 상에는 술병도 딸려 있었다. 혼다는 친구에게 술을 권하며 가볍게 말했다.

"호화로운 식사에 익숙한 너한테 우리 집 음식이 입에 맞기는 할지 마더가 걱정했거든."

기요아키는 몹시 맛있게 먹었고 혼다는 기뻐했다. 한동안 두 젊은이의 건강한 즐거움이 묵묵히 이어졌다.

식후의 흡족한 침묵을 즐기면서 혼다는 동갑내기인 기요아키가 털어놓은 사랑의 고백이, 어째서 질투나 선망을 낳지 않고 오로지 행복만을 안겨 주는지 생각했다. 그 행복감은 우기(雨期)의 호수가 어느 틈에 물가의 뜰을 적시듯 그의 마음을 흠뻑 적셨다.

"그래서 넌 이제부터 어떻게 할 셈이냐?"

혼다가 물었다.

"어쩌고 말고 할 것도 없어. 난 간단히 시작하진 않지만, 한번 시작했다 하면 도중에 멈추는 남자가 아냐."

이런 대답은 이전의 기요아키에게서라면 꿈에도 기대할 수 없는 종류의 답이었으므로 혼다를 놀라게 하기에 충분했다.

"그럼 사토코 씨와 결혼할 거야?"

"그건 안 돼. 이미 칙허가 내렸거든."

"칙허를 어기고서라도 결혼할 마음은 없는 건가? 예컨대 둘이서 외국으로 도망가 결혼을 한다든지."

"넌 아무것도 몰라……."

말을 멈추고 입을 다문 기요아키의 미간에는 오늘 들어 처음으로, 예의 막연한 근심이 다시 떠돌고 있었다. 필시 그 얼굴이 보고 싶어 일부러 추궁한 것이었는데도, 막상 보고 나니 혼다의 행복감에도 어렴풋이 불안의 그늘이 드리워졌다.

기요아키가 앞으로 바라는 것은 도대체 무엇일까 궁리하면서 무척이나 섬세하게 그어 놓은 선으로 정교하게 만들어진, 공예품이라고 할 수 있을 만큼 아름다운 친구의 옆얼굴을 바라보던 혼다는 전율을 느꼈다. 후식으로 딸기가 나왔을 때 기요아키는 자리를 옮겨 늘 빈틈없이 정돈되어 있는 혼다의 책상에 팔꿈치를 괴고 앉았다. 그는 공연히 회전의자를 좌우로 가볍게 돌리며, 받친 팔꿈치를 지렛목 삼아 조금 벌어진 앞가슴과 얼굴을 한시도 가만두지 않고 흔들어 댔다. 그러면서 오른손에 든 이쑤시개로 딸기를 집어 한 알 한 알 아무렇게나 입속에 던져 넣었는데, 엄한 가정 교육에서 해방된 기요아키의 모습은 무람없이 편안해 보였다. 드러난 뽀얀 앞가슴에 딸기 과즙이 흘러 떨어졌으나 그는 서두르지도 않고 슥슥 털어 냈다.

"그러다간 개미가 꼬일걸."

혼다가 말하자 기요아키는 입에 딸기를 머금은 채 웃었다. 평소에는 지나치게 흰 얇은 눈꺼풀이 제법 오른 취기로 붉게 물들었다. 어쩌다 회전의자가 너무 많이 돌아가자 불그스름한 뽀얀 팔뚝은 그 자리에 그대로 둔 채 그의 몸이 야릇하게 비틀어졌다. 마치 자신조차 의식하지 못하는 불명확한 고통이 느닷없이 이 젊은이를 덮친 것만 같았다.

기요아키의 완만한 눈썹 아래에서 빛나는 눈은 몽상으로 가득했지만, 혼다는 그 반짝임이 결코 미래를 향한 것이 아님을 역력히 느낄 수 있었다. 혼다는 평소의 그답지 않게 무자비한 초조함을 친구에게 떠안기고 싶었다. 그러므로 더더욱, 조금 전의 행복감을 제 손으로 깨뜨리는 척할 수밖에 없었다.

"그래서, 앞으로 어쩔 셈이야? 결국 어떻게 될지 생각해 본 적은 있어?"

기요아키는 눈을 들어 친구를 주시했다. 혼다는 여태껏 이렇게 빛나면서도 어두운 눈을 본 적이 없었다.

"왜 그런 걸 생각해야 하지?"

"그렇지만 너나 사토코 씨를 에워싼 모든 것들은 결론을 향해 차근차근 나아가고 있어. 사랑을 나누는 잠자리들처럼 너희 두 사람만 공중에 뜬 채로 멈춰 있을 수는 없잖아."

"그건 나도 알고 있어."

이렇게 답한 후 기요아키는 입을 다물었다. 그러나 그의 눈은 아무렇지도 않게 다른 쪽을 향해 방 구석구석을, 예컨대 책장 아래나 휴지통 옆에 어린 작은 그림자 같은 것을 바라보고 있었다. 밤이 되자 학생의 공간답게 간소한 서재에도, 자그마한 그림자들이 어느새 정념처럼 스며들어 고요하게 자리 잡았다. 기요아키의 검은 눈썹이 그리는 완만한 곡선은 활 모양으로 잡아당긴 그 그림자를 유려하게 정돈해 놓은 것 같았다. 정념에서 태어난 그 눈썹은 정념을 다잡는 힘 역시 갖추고 있었다. 쉽게 침울해지는 불안한 눈을 수호하며 눈길이 향하는 곳마다 충실히 좇아가는 그의 눈썹은, 한결같이 주인을 뒤따르는 단정하고 말쑥한 종자(從者) 같았다.

혼다는 아까부터 머리 한구석에서 자라나던 생각을 용기를 내 뱉어 보기로 했다.

"아까 내가 이상한 얘길 꺼냈지. 너랑 사토코 씨 이야길 듣고 러일 전쟁 사진이 떠올랐다고 한 이야기.

왜 그랬는지 생각해 봤는데, 굳이 이유를 갖다 붙이자면 이런 거야.

메이지 시대와 함께 웅대한 전쟁의 시대도 끝이 났지. 이젠 옛날이야기가 된 전쟁 이야기는 살아남은 감무과 부사관들의 무용담이나 시골 난롯가의 자랑거리로 전락해 버렸으니까. 이제 젊은이가 전장에 나가 전사하는 일은 많지 않을 거야.

하지만 행위로서의 전쟁이 끝난 대신 이젠 감정의 전쟁을 치르는 시대가 시작됐어. 둔감한 놈들은 보이지 않는 이 전쟁을 전혀 느낄 수 없을 테고, 그런 게 있다는 것조차 믿으려 들지 않을 거야. 그렇지만 이 전쟁은 분명히 시작됐고, 이 전쟁을 위해 특별히 선택된 젊은이들은 틀림없이 싸우기 시작했어. 넌 분명히 그중 하나고.

행위의 전쟁과 마찬가지로 감정의 전장에서도 역시 젊은이들이 전사해 간다고 생각해. 그게 아마도 널 대표로 하는 우리 시대의 운명이겠지……. 그래서 넌 그 새로운 전쟁에서 전사하기로 각오를 굳힌 거야. 그렇지?"

기요아키는 얼핏 미소 지을 뿐 답하지 않았다. 홀연히 창밖에서 비를 품은 축축하고 무거운 바람이 어지럽게 불어 들어와, 땀 맺힌 그의 보얀 이마에 한 가닥 선선함을 건네고 사라졌다. 기요아키가 아무 대답도 하지 않은 이유는 둘 중 하나일 거라고 혼다는 생각했다. 대답할 필요도 없이 자명한 일이기 때문이거나, 친구의 말이 분명 마음에 들기는 했으나 겸연쩍은 나머지 똑바로 답할 수 없었기 때문이라고.

29

사흘 후 때마침 오후 수업이 취소되어 오전 중에 학교가 파했으므로, 혼다는 재판을 방청하러 서생과 함께 지방 재판소에 갔다. 그날은 아침부터 비가 내렸다.

대법원 판사인 아버지는 집에서도 몹시 준엄한 사람이었다. 열아홉 살이 된 아들이 대학에 들어가기도 전부터 법률 공부에 힘쓰는 것이 미더웠던 그는 후계자인 제 아들에게 미래를 맡기기로 마음을 굳혔다. 지금까지 심판관은 종신관이었으나 올 4월 대폭 개정된 재판소 구성법에 따라 200명이 넘는 판사들에게 휴직이나 퇴직 명령이 내려졌다. 혼다 대법원 판사는 불행한 옛 동료들과 함께하기 위해 퇴직을 신청했지만 받아들여지지 않았다.

그러나 이 일이 그의 마음에 전기(轉機)가 됐다. 아들을 대하는 그의 태도에는 미래의 후계자를 대하는 상관의 마음 같은, 협협하고 관대한 마음이 섞여 들었다. 여태껏 제 아버지가 한 번도 보여 준 적 없던 새로운 감정에 부응하기 위해, 혼다는 더욱더 공부에 열을 올렸다.

아직 성인이 되지 않은 아들에게 재판 방청을 허락한 것도 새로운 변화의 일환이었다. 물론 자신의 재판을 방청하는 일은 허락하지 않았지만, 민사, 형사를 불문하고 법학도인 서생과 함께 재판소에 드나들 수 있게 해 준 것이다.

책으로만 법학을 익혀 온 시게쿠니에게 일본 재판의 실태를 접하게 하고 법률의 실무적인 측면을 배울 수 있는 기회를 마련해 준다는 것이 겉으로 드러난 견학의 이유였으나 진짜 까닭은 따로 있었다. 혼다 판사는 아직 보드라운 감수성을 지닌 열아홉 살 시게쿠니를, 차마 눈 뜨고는 볼 수 없는 인간의 실상을 폭로하는 형사 사건의 사실 심리 속에 내던지고자 했다. 아들이 거기서 깨닫게 될 것을 시험해 보고 싶었던 것이다.

그것은 위험한 교육이었다. 하지만 젊은이가 빈들빈들 유흥이나 가무음곡을 즐기며 말랑한 감성을 자극하는 달콤한 것만 집어삼키고 또 그것에 동화되어 버리는 위험성에 비하면, 여기에는 적어도 엄격한 감시자인 법질서의 눈을 여실히 느낄 수 있다는 교육적 효과가 있었다. 점액질에다 무정형한, 뜨겁고도 불결한 인간의 정념을 차가운 법률이 눈앞에서 순식간에 요리해 버리는 조리실에 입회할 수 있다는 기술 교육상의 이득도 있을 터였다.

형사 제8부의 소법정을 향해 발길을 재촉하던 혼다는, 황폐한 중정(中庭)의 나뭇잎에 쏟아지는 비를 뚫고 비쳐 든 희미한 빛이 어둑한 복도를 간신히 밝히고 있는 것을 깨달았다. 그러자 범인의 마음을 그대로 본뜬 듯한 이 건물이, 이성을 대표하는 곳치고는 너무도 음울한 정서로 가득 차 있는 것만 같았다.

방청석에 앉은 후에도 침울한 기분은 여전했다. 몹시 서둘러 그를 끌고 온 성마른 서생은 제 스승의 아들이 여기 있다는 것도 잊은 듯, 끼고 온 판례집을 골똘히 들여다보고 있었다. 그 모습을 짜증스러운 듯 흘끗 바라본 혼다는 이번에는 아직 비어 있는 재판관석과 검사석, 증인대, 변호사석으로 시선을 옮겼다. 그는 빗기운에 눅눅해진 빈 의자들을 자신의 텅 빈 마음을 비춰 주는 초상인 양 바라보았다.

이토록 젊은데도 그는 그저 바라만 보고 있었다! 마치 바라보는 일이 스스로가 타고난 사명인 것처럼.

원래 시게쿠니는 스스로가 쓸모 있는 청년이라 확신하는 쾌활한 성격의 소유자였으나, 기요아키의 고백을 들은 후부터 이상한 변화가 일었다. 그것은 변화라기보다는 친한 친구 사이에 일어난 불가해한 전도(顛倒)였다. 오랫동안 서로의 성격을 조심스레 지켜봐 온 두 사람은 서로에게 어떤 영향도 미치지 않도록 주의해 왔다. 그러나 남에게 병을 옮겨 놓고 자신은 다 나아 버린 사람처럼, 사흘 전 기요아키는 친구의 마음에 느닷없이 자기 성찰이란 병균을 남기고 떠나갔다. 그 병균이 금세 번식해 버린 지금에 와서, 자기 성찰은 기요아키보다 오히려 혼다에게 더 어울리는 자질 같았다.

병의 증상은 우선 정체 모를 불안으로 나타났다.

'도대체 기요아키는 앞으로 어쩌려는 걸까? 친구로서 그저 일이 흘러가는 대로, 망연히 지켜만 보고 있어도 되는 걸까?'

재판 시작 시간은 오후 1시 30분이었다. 개정(開廷)을 기다리는 그의 마음은 이미 곧 보게 될 재판에서 멀리 달아나, 오로지 이 불안의 행방만을 좇고 있었다.

'기요아키가 단념할 수 있도록 충고를 해야 하는 건 아닐까. 지금까지 난 친구가 죽을 만큼 괴로워할 때도 못 본 체하면서, 그저 친구의 우아함을 지켜봐 주는 것만이 우정이라 믿었지. 하지만 친구가 모든 것을 털어놓은 지금이라면 쓸데없는 참견이라는 진부한 우정의 권리를 행사해서, 코앞으로 닥쳐온 위험에서 친구를 구해 내기 위해 애쓰는 것이 진짜 우정 아닐까. 그 결과로 기요아키가 나를 몹시 원망한다 해도, 어쩌면 절교를 선언한다 해도 후회는 없을 거야. 십 년 후, 이십 년 후엔 기요아키도 이해해 줄 테고, 만약 평생 몰라 준다 해도 그걸로 족하니까.

분명 기요아키는 비극을 향해 맹렬히 나아가고 있어. 그건 아름다운 일이지. 하지만 창가를 스쳐 지나는 새 그림자 같은 찰나의 아름다움을 위해, 인생이란 희생물을 바치도록 내버려 둬도 되는 걸까.

그래, 난 지금부턴 질끈 눈을 감고 범속한 우물(愚物)의 우정에 몸을 맡길 거야. 아무리 성가셔한대도 기요아키의 위험한 열정에 찬물을 뿌려 주고, 제 운명을 완성할 수 없도록 온 힘을 다해 막아야만 해.'

그리 생각하자 혼다의 머리는 지독하게 뜨거워졌고, 이곳에서 자신과는 아무 상관도 없는 재판을 꼼짝 않고 기다리는 일이 견디기 힘들어졌다. 당장이라도 뛰쳐나가 기요아키가 있는 곳으로 가서, 어떻게든 생각을 고쳐먹을 수 있도록 그를 재촉하고 싶은 마음이 간절했다. 그러자 당장 그리할 수 없다는 초조함이 새로운 불안이 되어 혼다의 애를 태웠다.

정신을 차리고 보니 방청석은 이미 만원이었고 서생이 그토록 서둘러 자리를 잡은 이유도 알 수 있었다. 법학도 같은 이들이 있는가 하면 시원찮은 중년 남녀들도 있었고, 완장을 찬 신문 기자들이 분주하게 앉거니 서거니 했다. 너절한 호기심을 숨기고 근엄한 체하는 이 인간들, 수염을 세우고 별다른 까닭이라도 있는 양 부채를 부치고, 길게 뻗은 새끼손가락 끝으로 귀를 후비적거리다 유황 같은 귀지를 파내며 시간을 죽이는 무리를 보고 있자니, '난 죽어도 죄를 저지를 리는 없다'고 철석같이 믿고 있는 인간들의 추악함이 새삼 혼다의 눈에 들어왔다. 적어도 저런 패거리와 조금이라도 닮지 않기 위해 노력하리라, 혼다는 마음먹었다. 비 때문에 닫아 놓은 창문을 타고 하얀 재처럼 흘러내리는 빛 속에서 방청인들은 하나같이 단조로워 보였고, 법정 경위의 모자에 달린 검은 차양의 광택만이 도드라졌다.

피고가 도착하자 사람들 사이에서 술렁임이 일었다. 푸른 수의(囚衣)를 입은 피고는 경위의 보호하에 피고석에 도착했다. 앞 다퉈 피고의 얼굴을 보려는 방청인들 탓에, 혼다는 살이 오른 하얀 볼과 선명히 새겨진 보조개만을 간신히 엿볼 수 있었다. 잠시 후에는 여자 죄수답게 머리를 뒤통수 위쪽으로 부풀려 묶은 뒷모습이나, 옴츠려 있는데도 긴장한 것처럼 보이지는 않는, 둥글게 살이 오른 어깨가 보였다.

변호사도 법정에 도착했고 사람들은 재판관과 검사가 출석하기만을 기다리고 있었다.

"저길 보세요, 도련님. 사람을 죽인 여자로는 보이지 않지요. 사람은 겉으로 봐선 모른다더니 정말 그러네요." 하고 서생이 시게쿠니의 귓전에 속살댔다.

재판장이 피고에게 이름, 주소, 연령과 신분을 신문하는 것으로 판에 박은 듯이 재판이 시작됐다. 장내는 몹시 고요해 서기의 붓이 바삐 움직이는 소리까지 들릴 정도였다.

일어선 피고는 "도쿄시 니혼바시 하마초 2동 5번지, 평민, 마스다 도미." 하고 막힘없이 대답했으나 목소리가 너무 작아 잘 들리지 않았다. 방청인들은 후에 이어질 중요한 신문이 들리지 않을까 봐 일제히 몸을 내밀고 귓가에 손을 갖다 댔다. 일부러 그랬는지는 모르겠지만, 거기까지 술술 답하던 피고는 나이를 말할 차례가 되자 잠시 주춤했다. 변호사가 재촉하자 피고는 잠에서 깨어난 듯 약간 커진 목소리로 대답했다.

"서른한 살입니다."

피고가 변호사를 뒤돌아볼 때, 볼에 붙은 귀밑머리와 시원하게 뻗은 눈가가 언뜻 보였다.

방청인들의 눈 속에 조그마한 몸집을 가진 한 여자의 육체는, 생각지도 못할 복잡한 악을 자아내는 반투명한 한 마리 누에처럼 비쳤다. 그녀의 아주 미약한 움직임조차 수의의 겨드랑이 밑을 적신 땀방울, 불안하게 고동치는 심장 탓에 단단해진 젖꼭지와 유방, 혹은 어떤 일에 대해서도 둔감할 사느랗고 풍만한 엉덩이의 생김 같은 것을 상상하게 만들었다. 무수한 악의 실을 뿜어내던 그녀의 육체는 급기야 악의 고치 속에 굳게 틀어박히려는 참이었다. 육체와 죄의 이토록 훌륭하고 정치한 조응! 그것이야말로 세상 사람들이 바라 왔던 것이었다. 한번 이 열렬한 꿈의 광선을 쪼이기만 하면, 평소 그들이 사랑하거나 욕망했던 모든 것이 악의 원인이자 결과가 됐다. 깡마른 여자라면 깡마른 그 모습이, 살진 여자라면 살진 그 모습이 그대로 악의 형상 그 자체가 되었다. 그녀의 젖가슴에 배어 있으리라 상상한 그 땀까지도……. 그렇게 방청인들은 무해한 상상력의 매개체가 된 그녀의 육체라는 악을 하나하나 납득해 가는 기쁨에 빠져들었다.

어린 혼다에게도 방청인들의 상상은 훤히 들여다보였다. 그는 자신의 공상과 뒤섞이지 않도록 강박적으로 그들의 상상을 밀어냈다. 그리고 재판관의 신문에 답하는 피고의 진술이 사건의 핵심을 향해 나아가는 과정에만 집중했다.

여자의 설명은 장황했고 이야기는 걸핏하면 앞뒤 순서가 바뀌었다. 그러나 이 살인이 스스로 움직이는 잇따른 정열을 타고 단숨에 비극적인 결말에 다다른 사건이라는 것은 금세 알 수 있었다.

"피고가 히지카타 마쓰키치와 동거를 시작한 것은 언제부터인가?"

"저…… 작년이었습니다. 잊어버리지도 않지요, 6월 5일이었습니다.”

'잊어버리지도 않지요.'라는 말에 방청석에서는 실소가 터졌고 경위는 정숙을 명했다.

요릿집 하녀였던 마스다 도미는 요리사인 히지카타 마쓰키치와 정을 통하게 됐고, 얼마 전 아내를 잃은 홀아비 히지카타의 생활을 돌봐 주다 작년부터는 같이 살기 시작했다. 그런데 히지카타는 처음부터 도미를 호적에 올릴 생각이 없었던 데다 동거를 시작한 후로 오입질도 점점 심해져, 작년 말부터는 같은 하마초에 있는 요릿집 '기시모토'의 하녀에게 돈을 쏟아부었다. 하녀 히데는 스무 살이었지만 남자를 다루는 솜씨가 여간이 아니라 마쓰키치는 자주 집을 비웠고, 도미는 올봄 히데를 불러내 마쓰키치를 돌려달라 간청했다. 히데는 들은 척도 하지 않았고, 더 이상 참을 수 없었던 도미가 히데를 죽인 것이다.

이 사건은 항간에 넘쳐 나는 삼각관계가 빚어낸 파국으로, 무엇 하나 독특한 점이라곤 없었다. 그러나 세세한 사실 심리에 이르자 도저히 상상하기 어려운 여러 작은 진실들이 드러나기 시작했다.

여자는 여덟 살짜리 사생아를 데리고 있었다. 시골에 있는 친척에게 맡겨 두었던 아이를 의무 교육을 위해 도쿄로 불러온 것을 계기로, 도미는 마쓰키치와 살림을 차리리라 마음을 굳혔다. 한 아이의 엄마였던 도미는 그럼에도 다짜고짜 살인을 향해 이끌려 갔다.

마침내 사건이 일어난 날 밤에 대한 진술이 시작되었다.

"아니요, 그때 히데 씨가 없었더라면 좋았을 거예요. 그랬더라면 그런 일은 벌어지지 않았을지도 모르니까요. 제가 기시모토에 가서 불러냈을 때 감기라도 걸려 누워 있었다면 좋았을 거라고요.

흉기로 쓴 회칼에 대해 말씀드리자면요. 마쓰키치는 요리하는 사람 특유의 고집이 있는 남자라 정말로 잘 드는 칼을 몇 개쯤 갖고 있었는데, '이건 내게는 무사의 칼이다.' 어쩌고 하면서 여자들은 손도 못 대게 하고 직접 갈고 닦으며 소중히 여겼습니다. 그런데 히데 씨와의 일을 제가 질투하기 시작했을 때부터 위험하다고 생각했는지 어딘가에 숨겨 버리더군요.

저는 그게 부아가 나서 가끔씩 '회칼이 아니라도 날붙이는 얼마든지 있다고요.' 하면서 농담으로 겁을 준 적도 있습니다. 그때도 마쓰키치는 오랫동안 집을 비웠습니다. 하루는 찬장 청소를 하고 있으니 생각지도 않았던 데서 꽁꽁 싸 놓은 칼이 나왔습니다. 그런데 놀랍게도 칼은 거의 다 녹슬어 있었습니다. 그 녹을 보는 것만으로도 히데 씨를 향한 마쓰키치의 집념을 알 것 같아서, 칼을 손에 쥐고 있는데 몸이 떨려 왔습니다. 그때 마침 아이가 학교에서 돌아왔기 때문에 기분도 차차 진정됐고, 칼갈이한테 가서 마쓰키치가 제일 아끼는 회칼을 갈아 오면 혹시나 마쓰키치도 기뻐하지 않을까, 아내라도 된 듯한 마음이 들었습니다. 칼을 보자기에 싸서 집을 나서려는데 애가 '엄마, 어디 가?' 하고 묻기에 잠깐 저 앞에 장 좀 보고 올 테니 얌전히 집을 지키고 있으라고 말했거든요. 그랬더니 '이제 안 돌아와도 괜찮아. 난 시골에 있는 소학교로 돌아갈 거야.' 하는 겁니다. 이상한 말을 한다 싶어서 캐물었더니 근처에 사는 애가 너희 엄만 아버지를 못살게 굴다가 버림받았다며 놀림을 당한 모양이었습니다. 필시 제 부모의 입에서 나온 소문을 애가 전한 것이겠지요. 아이는 남의 웃음거리가 된 엄마보다는 시골에서 절 길러 준 부모가 더 그리워진 모양이었습니다. 저는 저도 모르게 울컥해서 아이를 때려 주고는 울음소리를 뒤로하고 집을 뛰쳐나왔습니다만……."

집에서 뛰쳐나왔을 때 도미의 머릿속에는 오로지 칼을 갈아 깨끗하게 만들고 싶다는 일념뿐, 히데는 안중에도 없었다. 도미는 그렇게 진술했다.

먼저 들어온 주문으로 칼갈이가 바빴기 때문에 도미는 한 시간 정도 버티고 서서 재촉한 후에야 겨우 칼을 갈 수 있었다. 가게에서 나오니 집으로 돌아갈 기분이 아니었으므로 그녀는 비트적비트적 기시모토 쪽으로 걷기 시작했다.

멋대로 나가 놀던 히데는 정오가 지나서야 기시모토에 돌아왔고 여주인에게 된통 잔소리를 들었다. 마쓰키치가 히데를 잘 달랬고, 결국 히데가 울며 사죄하면서 일은 일단락되었다. 도미가 기시모토에 도착한 것은 그런 소동이 한바탕 지난 후였다. 도미가 잠깐 할 이야기가 있다고 불러내자 히데는 의외로 순순히 응했다.

이미 산뜻하게 옷을 갈아입고 일할 채비를 마친 히데는 한껏 차려입은 노련한 유녀(遊女)가 팔자걸음을 걷듯 나른하게 나막신을 넘어뜨리며 걷더니, 경박스레 말했다.

"지금 안주인께 약속하고 왔어요. 이제부터 남자는 끊겠다고요."

뜻밖의 말에 도미의 가슴에는 기쁨이 넘쳐흘렀으나, 히데
는 쾌활하게 웃으며 금세 제 말을 뒤집듯이 말했다.

"그치만 사흘을 참을 수 있을까 모르겠네."

도미는 힘껏 자신을 억누르며 하마초 어시장에 있는 스시
집으로 히데를 불러냈다. 술도 한잔 사고 언니를 자처하며 이
야기를 매듭지으려고 애썼으나 히데는 냉소를 머금은 채 침
묵을 지켰다. 도미가 제법 오른 취기를 빌려 과장되게 머리를
숙이고 신신당부했을 때는 노골적으로 다른 쪽을 향해 얼굴
을 돌렸다. 한 시간이 지났고 문밖은 어두워졌다. 히데는 더
이상 안주인에게 혼날 수는 없으니 돌아가겠다고 말하며 자
리에서 일어섰다.

그러고서 어떻게 두 사람이 하마초 강가의 공터에서 어둠
속으로 뒤섞여 들어갔는지는 도미도 분명히 기억하지 못했
다. 돌아가려는 히데를 도미가 억지로 붙드는 동안 자연스레
발이 그쪽으로 향했는지도 모른다. 어찌 됐든 도미가 처음부
터 살의를 품고 히데를 그리로 유인한 것은 아니다.

두 사람은 두세 마디쯤 더 주고받으며 말다툼을 했다. 강 위
에만 간신히 저녁놀이 남아 있을 만큼 사위는 어두웠다. 히데
는 어스름 속에서도 고른 이가 빛날 만큼 활짝 웃으며 말했다.

"아무리 말해도 소용없어요. 그렇게 끈질기게 구니까 마쓰
씨도 싫어하는 거잖아요."

이 한마디가 결정적이었다고 도미는 진술했다. 그리고 그
때의 기분을 이렇게 설명했다.

"그 말을 들었을 때 전 머리에 피가 솟구쳐서…… 글쎄, 뭐라 말씀드려야 할까요. 어둠 속에서 저는, 꼭 갓난아기가 된 것만 같았습니다. 뭔가를 간절히 원하거나 견딜 수 없이 슬플 때에도 말로 제 마음을 호소할 길이 없으니, 그저 불이 옮겨 붙은 듯 울어 젖히면서 무턱대고 팔다리만 버둥대는 것처럼요. 그렇게 휘저어 대던 손이 어느새 보자기를 풀어 회칼을 쥐었고, 칼을 쥐고 버둥거리던 손이 어둠 속에서 히데 씨의 몸에 부딪치고 말았다, 그렇게 말씀드릴 수밖에 없습니다."

도미의 말이 끝난 후 혼다를 포함한 모든 방청인들은 어둠 속에서 애처롭게 팔다리를 내젓는 갓난아기의 선명한 환영을 보았다.

마스다 도미는 거기까지 말하고 나서 양손으로 얼굴을 감싸고 오열하기 시작했다. 후덕하게 붙은 살집만큼 등 돌린 수의 속의 어깨는 더욱 가련해 보였다. 방청석의 분위기는 노골적인 호기심에서 점차 다른 것으로 바뀌어 가고 있었다.

끝없이 내리는 비로 창문은 뿌예졌고 장내에는 침울한 빛이 가득했다. 그리고 그 중심에 선 마스다 도미만이 살아 숨 쉬고 슬퍼하며 신음하는 인간의 온갖 감정을 대변하고 있는 것 같았다. 이른바 감정의 권리를 가진 이는 그녀뿐이었다. 조금 전까지 사람들은 살진 서른한 살짜리 여자의 땀에 젖은 육체를 바라보고 있었다. 그러나 지금 그들이 숨죽이고 뚫어져라 바라보고 있는 것은, 인간의 살갗을 뚫고 나와 신선한 새우처럼 파닥대는 하나의 정념이었다.

그녀는 구석구석 관찰당했다. 보는 눈이 없는 곳에서 저지른 죄는 지금 사람들의 시선 한복판에서 그녀의 몸을 빌려 그 모습을 드러냈다. 그런 죄의 특질이란 선의나 덕보다도 훨씬 더 선명한 것이었다. 보여 주려고 마음먹은 것만 보여 주는 무대 위의 여배우와 비교해 봐도, 마스다 도미는 비할 수 없이 샅샅이 노출되고 있었다. 그것은 말하자면 자신을 바라보는 자들로만 이루어진 이 세상에 맞서는 것이나 다름없었다. 도미 옆에 선 변호사는 그녀를 돕기에는 너무도 무력해 보였다. 몸집이 작은 도미는 여자들의 몸치장을 위한 비녀나 갖가지 보석, 사람들의 눈길을 끌 만한 호화로운 기모노도 두르지 않았지만, 오로지 범인이라는 사실만으로도 여자의 매력을 충분히 뿜어내고 있었다.

"이거야 뭐 일본에 배심제(陪審制)가 실시되기라도 했다가는 까딱하면 무죄가 될 법한 케이스네요. 말솜씨 좋은 여자한텐 못 당한다니까요."

서생이 또 한 번 시게쿠니에게 속삭였다.

시게쿠니는 생각했다. 인간의 정열이란 한번 그 법칙에 따라 움직이기 시작하면 누구도 멈출 수 없다고. 그것은 인간의 이성과 양심을 자명한 전제로 삼는 근대법에서는 결코 수용될 수 없는 논리였다.

한편 시게쿠니는 이렇게 생각하기도 했다. 처음에는 자신과 무관하다 여기며 방청하기 시작한 재판이 이제 와서 보니 분명 무관하지만은 않았다. 이 재판을 통해 그는 어떤 깨달음을 얻을 수 있었기 때문이다. 그는 마스다 도미가 눈앞에서 뿜어 올린 시뻘건 용암 같은 정념과는 끝끝내 맞닿을 수 없는 사람이었다.

비는 그치지 않았으나 하늘은 환해졌다. 하늘 한쪽에만 구름이 걷혔고, 아직 내리고 있는 비는 순식간에 여우비가 되었다. 환영처럼 비쳐 든 햇빛이 창유리의 빗방울을 일제히 반짝였다.

혼다는 자신의 이성이 언제나 그러한 빛과 같기를 바랐으나, 늘 뜨거운 어둠에 끌리곤 하는 마음 또한 버릴 수 없었다. 그러나 그 뜨거운 어둠이란 매혹, 다른 무엇도 아닌 매혹일 뿐이었다. 기요아키도 매혹이었다. 저 깊은 곳에서부터 삶을 뒤흔드는 그 매혹은 분명, 생(生)이 아닌 운명에 닿아 있었다.

혼다는 기요아키에게 하려던 충고를 잠시 미뤄 두고 그를 지켜보기로 했다.

30

여름 방학이 가까워진 가쿠슈인에서 사건이 발생했다.

파타나디드 전하의 에메랄드 반지가 분실된 것이다. 크리사다 전하가 도난이라며 소란을 피우는 통에 문제가 커졌다. 파타나디드 전하는 사촌의 경솔함을 꾸짖으며 조용히 일이 마무리되기를 바랐지만, 속으로는 역시 도난이라 믿었다.

학교 측은 크리사다 전하가 일으킨 소동에 대해 지극히 예측 가능한 반응을 보였다. 가쿠슈인에서 도난 따위는 있을 수 없다고 답한 것이다.

이런 말썽들이 왕자들의 향수를 더욱더 부채질했고 이윽고 왕자들은 귀국까지 바라게 되었다. 그러나 왕자들과 학교가 정면으로 대립하게 된 것은 다음과 같은 사건 때문이었다.

사감이 공손하게 왕자들의 증언을 듣고 있는 동안 왕자들의 증언이 조금씩 어긋나기 시작한 것이다. 저녁나절 교정을 산책한 왕자들이 기숙사로 돌아와 저녁 식사를 마치고 다시 방으로 돌아왔을 때 반지를 잃어버린 것을 발견했다. 크리사다 전하는 파타나디드 전하가 반지를 끼고 산책을 다녀온 다음 식당으로 갈 때는 반지를 방에 두고 갔으며, 저녁을 먹는 동안 도둑맞았다고 말했다. 반면 파타나디드 전하 본인은 생각하면 생각할수록 그즈음의 기억이 희미해서, 산책을 나설 때는 분명히 반지를 끼고 있었지만 저녁 식사 때는 방에 두고 갔는지 아닌지 확실치 않다고 말했다.

이는 분실인지 도난인지를 가리는 상당히 중요한 갈림길이었으므로 사감은 왕자들의 산책 코스를 밝혀냈다. 그리고 석양이 아름다웠던 그날, 출입이 금지된 천람대(天覽大)의 울타리를 넘어간 왕자들이 풀밭 위에 잠시 누워 있었다는 것을 알아냈다.

사감이 그 사실을 알아낸 것은 비가 내리고 그치기를 반복하던 무더운 오후였다. 사감은 곧바로 마음을 먹고 왕자들을 재촉해, 자신도 함께할 테니 셋이서 전망대를 구석구석 뒤져 보자고 말했다.

천람대는 연무장(演武場) 한쪽 잔디로 뒤덮인 작은 대지(臺地)로, 메이지 천황이 학생들의 무예 훈련을 친람한 것을 기념하는 곳이었다. 천황이 손수 심은 비쭈기나무를 모셔 놓은 제단 다음으로 이 학교에서 신성한 장소로 여겨지는 곳이었다.

사감을 따라간 두 왕자는 오늘은 떳떳하게 울타리를 넘어 천람대에 올랐으나, 추적추적 내리는 비에 잔디가 젖어 있어 50~60평이나 되는 대지를 구석구석 뒤지는 일은 쉽지 않았다.

왕자들이 누워 이야기를 나눈 곳만으로는 충분치 않을 것 같았으므로 세 사람은 각각 한쪽 구석씩 나눠 맡아 빈틈없이 찾아보기로 했다. 다시 점차 거세지는 비에 등을 적시면서도 세 사람은 풀밭을 샅샅이 뒤졌다.

크리사다 전하는 불만스러운 듯 투덜대며 탐색을 시작했으나, 온화한 파타나디드 전하는 다른 것도 아닌 자기 반지를 찾는 일이었으니 대지의 한쪽 경사면에서부터 순순히, 정성껏 훑어 나갔다.

파타나디드 전하가 잔디 하나하나를 이토록 세심하게 관찰한 것은 그날이 처음이었다. 반짝이는 황금 야크샤가 눈에 띄리라 기대하며 반지를 찾는다고는 해도, 에메랄드의 녹색 빛깔은 풀 색깔과 너무 비슷해 분간하기 어려웠기 때문이다.

빗물이 교복의 차이나 칼라를 따라 등줄기까지 스며들었고, 왕자는 우기에 내리던 고국의 포근한 비가 그리웠다. 풀뿌리 근처는 햇빛을 받은 듯 연한 녹색을 띠고 있었지만 구름은 아직 걷히지 않았다. 젖은 잔디 사이 잡초에서 핀 조그마한 하얀 꽃은 빗방울에 고개를 떨구면서도 꽃잎의 보슬보슬한 광택만은 지켜 내고 있었다. 때때로 키 큰 잡초인 톱풀에 빛이 어른거리기도 했는데, 설마 반지가 그런 곳에 숨어 있을까 하면서도 잎을 뒤집어 보면 작은 딱정벌레가 비를 긋고 있기도 했다.

풀을 너무 가까이 들여다보고 있자니 왕자들의 눈에 비친 풀잎은 서서히 거대해지면서 우기면 맹렬히 번성하는 고국의 밀림을 떠올리게 했다. 풀 사이사이에는 금세 찬란한 적운이 펼쳐졌고, 한쪽은 감청색으로 또 한쪽은 어둠으로 뒤덮인 하늘에서는 세찬 천둥소리가 들려오는 것만 같았다.

왕자가 그토록 열심히 찾고 있는 것은 더 이상 에메랄드 반지가 아니었다. 도무지 붙잡을 수 없는 잉 찬 공주의 모습을 초록빛 풀 한 포기 한 포기에서 찾아낼 수 있으리라 믿었던 왕자는 이제 지쳐 버린 것이다. 왕자는 울고 싶었다.

그때 운동복 어깨 위에 스웨터를 걸친 채 우산을 쓰고 지나가던 운동부 패거리가 이 광경을 보고 멈춰 섰다.

반지가 사라졌다는 소문은 이미 학교에 널리 퍼져 있었다. 그러나 유약한 습관이라 여겨지는 남자의 반지, 그것의 분실과 골똘한 탐색에 호의나 동정을 느끼는 학생은 극히 드물었다. 왕자가 빗속에 웅크리고 앉아 찾고 있는 것이 반지라는 것을 알게 된 학생들은 반지를 도둑맞았다는 소문을 낸 크리사다가 아니꼽기도 했으므로 저마다 가시 박힌 냉담한 말을 던졌다.

그러나 그들은 사감이 있다는 것은 아직 알아채지 못했다. 마침 일어선 사감의 얼굴을 보고 놀란 그들은, 다들 도와달라는 기분 나쁠 만큼 온화한 사감의 말이 떨어지자마자 말없이 등을 돌리고 흩어져 버렸다.

이미 대지의 중앙부에 다다른 세 사람은 이제는 희망도 다해 가는 것을 느꼈다. 그때 비가 물러가고 희미한 햇살이 비쳤다. 기울어 가는 늦은 오후 햇볕에 축축한 잔디가 빛났고, 풀잎 끝이 드리운 그림자는 복잡한 모양을 만들어 내고 있었다.

그때 파타나디드 전하는 우거진 풀숲 그늘에서 얼룩진 에메랄드가 뿜어내는 녹색 빛을 틀림없이 보았다. 그러나 왕자가 젖은 손으로 풀을 헤쳤을 때 그곳에는 땅에 흩어져 스러질 듯한 약간의 빛과 황금색으로 빛나는 풀뿌리가 있었을 뿐, 반지는 그림자도 보이지 않았다.

기요아키는 이 허망한 탐색기를 나중에야 들었다. 그 나름 성실했던 사감의 대응이 왕자들에게 까닭 모를 굴욕감을 안겼다는 사실은 부정할 수 없었다. 과연 이 사건을 계기로 기숙사에서 짐을 정리해 나온 왕자들은 제국호텔로 거처를 옮겼으며, 기요아키에게는 가까운 시일 내에 어떻게든 시암에 돌아갈 계획이라고 털어놓았다.

아들에게 이야기를 전해 들은 마쓰가에 후작은 몹시 마음이 아팠다. 만약 이대로 왕자들의 귀국을 못 본 체 내버려 둔다면 왕자들의 마음에는 돌이킬 수 없는 상처가 남을 것이고, 일본에서의 추억은 평생 꺼림칙한 것으로 기억될 터였다. 후작은 학교와 왕자들 사이의 대립을 해결하고자 시도했으나, 왕자들의 완고한 태도에 지금으로서는 중재도 가망이 없었다. 후작은 잠시 때를 기다려 무엇보다 먼저 왕자들의 귀국을 만류한 다음, 왕자들의 마음을 누그러뜨릴 방법을 궁리하기로 했다.

마침 여름 방학이 막 시작되려는 참이었다. 후작은 기요아키와도 상의를 거친 끝에 여름 방학이 되면 해변가에 있는 마쓰가에가의 별장에 왕자들을 초대하고, 기요아키도 함께 딸려 보내기로 결정했다.

31

기요아키는 혼다도 불러도 좋다는 허락을 받았다. 여름 방학이 시작되던 날 왕자들을 포함한 네 젊은이는 기차를 타고 도쿄를 떠났다.

후작이 가마쿠라 별장에 올 때면 늘 읍장과 경찰서장을 비롯한 여러 사람들이 역 앞에 마중을 나왔다. 그럴 때면 가마쿠라역에서 하세(長谷)에 있는 별장까지 가는 길에는 해안에서 옮겨 온 흰모래가 뿌려지곤 했다. 그러나 이번에는 일행 중에 왕자들이 있기는 하지만 네 젊은이를 서생쯤으로 취급해 절대 마중은 나오지 말라고 후작이 사전에 일러 두었기 때문에, 역에서 내린 네 사람은 인력거를 타고 홀가분하게 별장에 도착할 수 있었다.

푸른 잎으로 뒤덮인 우회로를 올라가면 길 끝에 돌로 된 커다란 별장 문이 나타난다. 문기둥에는 왕유(王維)[76]의 시에서 따온 '종남별업(終南別業)'이라는 글자가 새겨져 있다.

일본의 종남별업은 1만 평에 달하는 지대 하나를 몽땅 차지하고 있었다. 선대가 세운 띠집이 수년 전 불에 다 타 버리자 후작은 곧바로 열두 개의 객실을 갖춘, 일본식과 서양식이 적절히 섞인 저택을 세웠다. 테라스에서 남쪽으로 펼쳐지는 정원은 전부 서양식으로 고쳤다.

남쪽을 바라보는 테라스에서는 오시마(大島)[77]가 까마득히 내다보였고, 분화구에서 치솟는 불길은 머나먼 밤하늘의 화톳불 같았다. 유이가하마(由比ヶ浜) 해변까지는 걸어서 오륙 분이면 갈 수 있었다. 후작 부인이 거기서 해수욕을 하고 있으면 후작은 테라스에서 망원경으로 그 모습을 바라보며 흥겨워하기도 했다. 그러나 정원과 바다 사이에 끼인 밭의 풍경이 아무리 봐도 조화롭지 않았기 때문에, 밭을 가릴 수 있도록 정원의 남쪽 끝을 에워싸는 소나무 숲을 조성했다. 숲이 울창하게 자라나는 날이면 정원에서 곧장 바다가 내다보이겠지만, 망원경의 여흥 역시 사라질 것이다.

이처럼 장려한 여름날의 풍경은 비할 데 없이 아름다웠다. 지대가 부채 모양으로 트여 있어 왼편의 이나무라가사키(稻村ヶ崎)와 오른편의 이지마(飯島)는 마치 정원의 동서쪽에 있는

---

76) 701~761. 중국 성당(盛唐) 시대의 시인. '종남산의 별장'이라는 뜻을 지닌 시 「종남별업」에는 현실 세계에 염증을 느껴 종남산에 별장을 짓고 은거한 왕유의 초탈한 생활이 잘 드러나 있다.
77) 도쿄의 남서쪽 이즈(伊豆)반도 동쪽 해상에 있는 섬.

능선에서 바로 이어진 것처럼 보였고, 하늘과 땅, 곶 두 개에 에워싸인 바다까지, 시야에 들어오는 곳은 모두 마쓰가에 별장의 영지 같았다. 그곳을 침범하는 것은 제멋대로 뻗어 가는 구름 그늘과 어쩌다 지나가는 새 그림자, 그리고 먼 바다를 지나가는 작은 배뿐이었다.

그러므로 구름이 우람해지는 이 계절에는 부채 모양으로 움푹 들어간 산간을 객석 삼고, 광대한 바다라는 평면을 무대 삼아 구름의 난무가 펼쳐지는 극장을 마주한 듯했다. 노천 테라스 바닥에는 각별히 견고한 티크 목재가 바둑판 모양으로 깔려 있었다. 후작은 테라스 바닥을 나무로 깔면 안 된다는 설계 기사에게 배의 갑판도 나무가 아니냐고 따져 물어 그를 꼼짝 못하게 했다. 그 테라스에서 기요아키는 각양각색으로 변해 가는 바다 위의 구름을 바라보며 하루를 보내기도 했다.

작년 여름의 일이었다. 마구 휘저어 거품이 인 우유처럼 곶에 엉긴 적운의 깊숙한 습곡 안쪽까지 음울한 빛이 닿아 있었다. 그 빛이 구름 속에 깊은 골을 움푹 새겨 넣어, 그늘진 곳들은 더욱 짙어 보였다. 께느른한 빛이 괸 구름 속 골짜기에서는 이곳보다 훨씬 더디 흐르는 또 다른 시간이 졸고 있는 것 같았다. 그런가 하면 빛이 용맹스러운 구름의 한쪽 볼을 물들인 곳에서는, 비극적인 시간이 너무도 빨리 흐르고 있는 것처럼 보였다. 어느 쪽이든 사람에겐 허락되지 않은 곳이었다. 그곳에 선 잠깐의 잠도 비극도, 서로 전혀 다를 바 없는 장난일 뿐이었다.

구름은 바라보고 있는 동안에는 조금도 모양을 바꾸지 않다가, 잠깐 다른 곳에 눈길을 주고 나면 잽싸게 모양을 바꾸곤 했다. 기운찬 구름에서 뻗어 나온 갈기가 어느새 잠결에 흐트러진 머리칼처럼 부스스해졌다. 그가 쳐다보는 동안에는 방심한 듯 흐트러진 그 모습 그대로 미동도 없었다.

무엇이 풀어지는 걸까? 빛으로 가득 차 그토록 팽팽하던 희고 견고한 형태가 마치 정신이 이완되듯, 바로 다음 순간에는 무엇보다 시시하고 유약한 감정 속에 빠져 버렸다. 그럼에도 그것은 해방이었다. 기요아키는 조각구름 한 무리가 기이한 형태의 군대처럼 정원 높이 치솟아 오르는 모습을 본 적이 있었다. 정원 경사면에 잔뜩 심어 놓은 단풍나무, 비쭈기나무, 차나무, 노송나무, 서향(瑞香), 철쭉, 후피향나무, 소나무, 회양목, 삼나무 같은 갖가지 나무들은 슈가쿠인(修学院) 별궁의 가지치기를 본떠 손질되어 있었다. 맹렬한 햇볕에 모자이크처럼 선명하게 반짝이던 잎 끝이 졸지에 그늘지더니, 매미 소리까지 덩달아 상(喪)이라도 치르듯 사그라졌다.

그중에서도 저녁놀은 특히 아름다웠다. 이곳에서 볼 수 있는 구름들은 모조리 저녁놀이 질 때가 되면, 머지않아 자신이 물들어 갈 색채가 빨간색인지 보라색인지, 주황색인지 연두색인지 미리 알고 있는 것만 같았다. 물들기 전 긴장한 구름들은 어김없이 새파랗게 질리곤 했다……

"훌륭한 정원이네요. 일본의 여름이 이토록 아름다울 줄은 상상도 못했습니다."

차오 피가 두 눈을 반짝이며 말했다.

테라스에 선 두 왕자의 갈색 피부가 이곳과 더없이 잘 어울렸다. 오늘 그들의 마음은 환하게 개어 있었다.

"물이라도 뒤집어쓰고 한숨 돌린 후에 정원을 안내해 드리지요."

기요아키가 말했다.

"꼭 한숨 돌릴 필요가 있나요? 우리 네 사람은 이렇게 젊고 건강하지 않습니까."

크리사다가 말했다.

어쩌면 잉 찬보다, 에메랄드 반지보다, 친구나 학교보다 두 왕자에게 필요했던 것은 '여름'이었는지도 모르겠다고 기요아키는 생각했다. 여름은 두 왕자들의 어떤 결핍도 메워 주고 어떤 비애도 치유해 주며, 어떠한 불행도 보상해 줄 수 있을 것 같았다.

기요아키는 아직 겪어 보지 못한 시암의 폭염을 그리워하며, 그들을 에워싼 탁 트인 여름에 저 또한 취해 있음을 느낄 수 있었다. 매미의 울음소리가 정원을 가득 메웠고, 차가운 이지(理智)는 서늘하게 식은 땀처럼 볼에서 증발해 갔다.

네 사람은 그대로 테라스에서 한 층을 내려가 너른 잔디밭 중앙의 해시계 주변에 모였다. '1716 Passing Shades'라고 새겨진 오래된 해시계였는데, 목을 내민 새같이 생긴 덩굴 모양 청동 침이 북서쪽과 북동쪽의 정중앙, 로마 숫자 12에 고정되어 있었다. 침이 드리운 그림자는 이미 3시에 가까워지고 있었다.

문자판의 S 언저리를 만지작거리던 혼다는 왕자들에게 시암은 정확히 어느 방향에 있는지 물어보려 했으나, 쓸데없이 그들의 향수를 부추기고 싶지 않아 그만두기로 했다. 그리고 저도 모르게 태양을 등지고 서는 바람에 3시를 가리키던 그림자를 제 그림자로 뒤덮어 지워 버렸다.

"그래. 그러면 되는 거야." 그 모습을 본 차오 피가 말했다. "하루 종일 그러고 있으면 시간을 지워 버릴 수 있지. 고향으로 돌아가면 뜰에 해시계를 만들어 두고, 몹시 행복한 날에는 하인들이 하루 종일 제 그림자로 해시계를 덮어 버리게 할 겁니다. 그럼 시간이 움직이는 걸 멈출 수 있을 테니까."

"그럼 그 하인은 일사병에 걸려 죽어 버리지 않을까요."

혼다는 강렬한 햇빛을 다시금 문자판 위에 데려다 놓고 3시를 가리키는 그림자를 되살리며 말했다.

"아니, 우리 나라 하인들은 종일 햇볕 아래 있어도 아무렇지도 않아요. 햇살의 세기로 치면 지금 이 햇살의 세 배는 되겠지만." 하고 크리사다가 말했다.

기요아키는 상상했다. 아름답게 빛나는 왕자들의 갈색 피부 아래에는 틀림없이 어둑하고 서늘한 어둠이 숨어 있으리라. 그리고 그 나무 그늘 아래서 그들은 편히 쉴 수 있으리라.

기요아키가 왕자들에게 별생각 없이 뒷산 산책의 즐거움을 이야기하는 바람에, 혼다는 땀을 훔칠 새도 없이 모두를 따라 뒷산에 오르는 처지가 되었다. 예전 같으면 어떤 일에도 좀처럼 마음이 동하는 법이 없던 기요아키가 기운차게 앞장서는 모습을 바라보는 혼다의 마음에는 경탄이 일었다.

그러나 능선이 시작되는 곳까지 오르고 나니 소나무 그늘은 바닷바람을 잔뜩 품고 있었고, 유이가하마 일대가 눈부시게 내려다보였다. 등산으로 흘린 땀도 금세 식었다.

소년 시절의 활발함을 되찾은 네 청년은 기요아키를 앞세우고 얼룩 조릿대나 풀고사리가 반쯤 뒤덮어 버린 산등성이의 좁은 길을 걸었다. 얼마 후 기요아키가 지난해 쌓인 낙엽 위에 발을 멈추고, 북서쪽을 가리키며 외쳤다.

"저길 봐. 여기서만 보이는 거야."

멈춰 선 젊은이들은 나무들 틈으로 눈 아래 펼쳐진, 지대가 낮은 옆 동네를 바라보았다. 어수선하게 집들이 늘어선 시가를 내다보던 그들은 우뚝 솟은 대불(大佛)을 발견했다.

그들이 선 곳에선 대불의 등이 보였다. 둥그스름한 등에 걸친 옷의 주름까지도 거대한 불상이었다. 대불의 얼굴은 측면밖에 보이지 않았고, 둥그런 어깨에서 흘러내리는 소매의 완만한 선 너머로 가슴이 약간 엿보였다. 청동 어깨가 햇살에 빛났고 말간 빛이 너른 가슴팍에 고루 내리쬐었다. 이미 저물기 시작한 햇볕 아래서 곱슬곱슬한 청동 머리카락이 한 올 한 올 선명히 도드라졌다. 그 옆에 늘어진 기다란 귓불은 열대 나무에 달린 기이하고 기다란 건과(乾果) 같았다.

대불을 보자마자 왕자들은 땅에 무릎을 꿇어 혼다와 기요아키를 놀라게 했다. 곧게 주름 잡힌 하얀 리넨 바지를 아끼는 기색도 없이 두 왕자는 켜켜이 쌓인 축축한 대나무 낙엽 위에 무릎을 꿇었다. 그리고 저 멀리 여름 햇살을 뒤집어쓰고 선 불상을 향해 합장했다.

기요아키와 혼다는 불경하게도 슬쩍 눈빛을 주고받았다. 이러한 신앙은 두 사람에게서는 이미 너무나 멀어진 것, 그들의 생활 어디에서도 찾을 수 없는 것이었다. 물론 왕자들의 갸륵한 예배를 조소하고 싶은 마음은 없었다. 다만 지금껏 자신들과 다를 바 없는 학우라고 생각했던 왕자들이 별안간 관념도 신앙도 다른, 이곳과는 동떨어진 다른 세계로 훌쩍 날아가 버린 듯한 기분이 들었다.

32

뒷산을 돌아 정원의 구석구석까지 걷고 나니 네 사람의 마음도 어느 정도 진정되었다. 바닷바람이 불어오는 다다미방에 앉아, 요코하마에서 공수해 와 우물물에 차게 식혀 둔 레모네이드 병을 땄다. 그러자 피로는 금세 가셨고 해가 지기 전에 얼른 바다에 다녀오자며 네 사람은 제각기 준비를 서둘렀다. 기요아키와 혼다는 가쿠슈인 식으로 빨간 훈도시[78]를 찼다. 그 위에 등과 겨드랑이 부분이 트이게 새발뜨기한 흰색 면 수영복을 걸치고 밀짚모자까지 뒤집어쓴 뒤 왕자들의 더딘 채비가 끝나기를 기다렸다. 이윽고 나타난 왕자들은 영국제 가

78) 주로 남성이 착용하는 일본의 전통 속옷. 폭이 좁고 긴 천으로 음부를 가린다. 쇼와 천황이 가쿠슈인 초등부에 입학한 1908년 이래로 교사는 흰색, 학생은 붉은색 훈도시를 착용하게 되었다. 오늘날에는 축제에서 혹은 수영복 대신으로 착용하기도 한다.

로줄 무늬 수영복을 입고 있었는데, 수영복으로 전부 가려지지 않은 어깨의 살갗이 다갈색으로 빛났다.

그토록 오래 친구로 지내면서도 기요아키는 여름에 혼다를 별장으로 부른 적이 없었다. 어느 가을에 딱 한 번 밤을 줍자고 초대한 적이 있었을 뿐이라, 어릴 적 가타세(片瀬)에 있는 가쿠슈인 전용 해수욕장에 갔던 희미한 기억 이후로 혼다와 기요아키가 함께 바다에 나가는 것은 오늘이 처음이었다. 그때는 두 사람이 지금처럼 각별한 사이도 아니었다.

네 사람은 쏜살같이 정원을 달려 내려갔다. 정원 가장자리에 있는 아직 어린 소나무 숲을 빠져나가 이어지는 밭을 가로지른 끝에, 그들은 마침내 모래사장에 도착했다.

물에 들어가기에 앞서 착실히 준비 운동을 하는 기요아키와 혼다를 보고 두 왕자는 포복절도했다. 그들의 웃음에는 불상을 멀뚱히 바라만 볼 뿐 무릎을 꿇지 않은 두 사람에 대한 가벼운 복수가 담겨 있었는데, 이토록 근대적이고 오로지 자신만을 위한 계행(戒行)이란 왕자들이 보기에는 대단히 이상한 것이었으리라.

그러나 이런 웃음이야말로 왕자들이 더없이 여유를 찾았다는 증거였다. 기요아키도 오랫동안 이방의 친구가 이토록 명랑한 모습을 본 적이 없었다. 물속에서 실컷 놀고 난 후에는 기요아키도 주인 노릇을 해야 한다는 의무감 같은 것은 까맣게 잊어버렸다. 왕자들은 모국어로, 기요아키와 혼다는 일본어로 이야기하기 위해 둘씩 짝지어 모래사장 위에 따로따로 드러누웠다.

엷게 낀 구름에 휩싸인 지는 해는 방금 전까지의 격렬함을 잃어버렸지만, 유달리 뽀얀 기요아키의 피부에는 그 정도가 딱 알맞았다. 하늘을 보고 누운 그는 빨간 훈도시 하나만 걸친 젖은 몸을 모래에 편안히 맡기고 눈을 감았다.

혼다는 그 왼편에서 모래 위에 책상다리를 하고 앉아 바다를 마주했다. 바다는 참으로 평온했고, 그의 마음은 금세 파도가 이는 풍경에 매료되었다.

그의 눈과 파도는 거의 같은 높이에 있는 것 같았다. 그런데도 자신의 코앞에서 바다가 끝나고, 거기서부터 바로 뭍이 시작된다는 것이 기이하게 여겨졌다.

혼다는 마른 모래를 한쪽 손바닥에서 다른 손바닥으로 옮기고 있었다. 눈도 마음도 바다에 빼앗긴 채, 모래가 넘쳐흘러 손이 텅 비면 다시 멍하니 새 모래를 움켜쥐었다.

바다는 바로 저곳에서 끝이 난다. 이토록 널리 그득 찬 바다, 이토록 힘에 넘치는 바다가 바로 눈앞에서 끝나는 것이다. 시간에 있어서든 공간에 있어서든, 경계에 서는 일만큼 신비로운 일은 없다. 바다와 뭍의 장대한 경계 앞에 서자 흡사 하나의 시대로부터 또 다른 시대로 이행하는 거대한 역사의 순간을 마주한 것만 같았다. 혼다와 기요아키가 살아가는 현대 역시 썰물이 지는 때이자 바다가 끝나는 곳, 즉 하나의 경계임이 틀림없었다.

파도의 종말을 보고 있으면 길고 한없는 과정 끝에 도달한 저 파도가 지금 여기서 얼마나 덧없이 끝나 버리는지를 알게 된다. 세계를 순환하는 전 해양적 규모의, 지극히 웅대한 기획

하나가 수포로 돌아가는 것이다.

그럼에도 불구하고 그 좌절은 얼마나 온화하고 상냥한가. 파도가 떠난 자리에 남겨진 여린 선(線)은 금세 혼란스러운 정념을 잃고 젖은 모래의 고른 표면과 한 몸이 된다. 희미한 포말로 남을 때쯤엔 이미 몸의 대부분이 바닷속으로 물러간 다음이다.

제법 먼 바다에서 무너지기 시작하는 흰 물결부터 세어 보면 네다섯 단이 되는 파도들은, 고양, 정점, 붕괴, 융화, 그리고 탈주라는 제각기 맡은 역할들을 언제나 동시에 연기해 낸다.

매끄러운 올리브색 배를 내보이며 부서지는 파도는 처음에는 떠들썩하고 격렬하게 부르짖지만, 이내 세찬 고함은 예사로운 외침이 되고, 외침은 머지않아 속삭임으로 변해 버린다. 내달리던 크고 새하얀 말은 자그마한 흰 말이 되고, 횡대로 늘어선 늠름한 말들은 이윽고 자취를 감춘다. 그러고 나면 마지막으로 차 일으킨 발굽 자국만이 물가에 남는다.

양옆에서 난폭하게 펼쳐 버린 부채처럼 서로를 범하는 두 개의 파도는 거울같이 매끄러운 모래 속으로 어느새 스러져 버리지만, 그러는 동안에도 거울에 비친 상(像)만큼은 활발히 움직인다. 모래 거울 속에는 발돋움한 채 부글부글 끓어오르는 하얀 파도가 날카로이 수직으로 뻗어 있는데, 그 모습이 흡사 반짝이는 서릿발 같다.

물러나는 파도 너머로 몇 겹이나 포개지며 다가오는 파도들은 절대 희고 매끄러운 등을 보이며 돌아서는 법이 없다. 모두가 일제히 이곳을 노리고, 일제히 이를 갈아 댄다. 그러나 더 먼 바다에 눈길을 주면, 조금 전까지 힘차 보이던 물가에 인 파도가 실은 쇠해 가는 연약한 물결의 끝자락이었음을 깨닫게 된다. 먼 바다로 나아갈수록 바다는 점차 농후해진다. 물과 닿은 바다의 옅은 성분이 농축되고 점점 더 압착되다 마침내 짙은 녹색 수평선에 다다르면, 한없이 졸여진 푸른빛은 단단한 결정을 이룬다. 아득한 거리와 방대한 면적으로 숨기고 있지만, 그 결정이야말로 바다의 본질이다. 수없이 포개진 얕고 분주한 파도 끝에서 푸르게 응결된 것, 그것이야말로 바다다…….

거기까지 생각하다 눈도 마음도 지쳐 버린 혼다는 조금 전부터 진짜 잠에 빠진 듯한 기요아키의 모습으로 시선을 옮겼다.

희고 보드라운 기요아키의 아름다운 몸은 유일하게 몸에 걸친 빨간 훈도시와 선명한 대조를 이뤘다. 희미하게 오르내리는 하얀 배와 훈도시가 만나는 곳 언저리는, 이미 건조해진 모래와 미세한 조개껍질 파편으로 얇게 반짝이고 있었다. 때마침 기요아키가 왼팔을 들어 뒤통수에 갖다 댔기 때문에, 혼다는 기요아키의 왼쪽 옆구리에 자리한 지극히 작은 점 세 개를 눈여겨 볼 수 있었다. 은은한 벚꽃 봉오리 같은 왼쪽 젖꼭지보다도 더 바깥쪽에 있어, 평소에는 위팔에 숨겨져 보이지 않는 곳이었다.

육체의 증표란 신기한 것이었다. 오랜 친구에게서 처음으로 발견한 그 점들은 친구가 부주의하게 털어놓은 비밀인 것만 같아서 똑바로 쳐다보기가 어쩐지 꺼려졌다. 눈을 감으니 눈꺼풀 안쪽에서 한층 강렬한 빛을 뿜어내는 저녁 하늘 위로, 먼 곳의 새들처럼 점 세 개가 선명히 떠올랐다. 곧 가까이 다가온 점들의 날갯짓은 세 마리 새의 형상을 그리며 머리 위로 쫓아오는 듯했다.

다시 눈을 뜨자 기요아키는 잘생긴 콧방울로 색색 숨소리를 내며 잠들어 있었다. 살짝 벌어진 입술 사이로 윤이 나는 깨끗한 이가 빛났다. 혼다의 눈은 또다시 친구의 옆구리에 난 점으로 향했다. 그러자 이번에는 그 점들이 기요아키의 하얀 살을 파고든 모래알처럼 보였다.

혼다의 바로 코앞에서 잘 마른 모래사장은 끝이 났고, 물가 근처의 새까만 모래들은 군데군데 번지듯 흩뿌려진 흰 모래를 얹은 채 바싹 긴장하고 있었다. 젖은 모래에는 파도가 남기고 간 경쾌한 부조가 새겨졌고 자갈이나 조개껍질, 낙엽 같은 것들이 화석처럼 꽉 박혀 있었는데, 아무리 작은 돌이라도 빠져나간 물의 흔적을 바다를 향해 넓어지는 부채꼴 모양으로 펼쳐 냈다.

자갈과 조개껍질, 낙엽만이 아니었다. 파도가 뭍으로 밀어 올린 모자반, 작은 나뭇조각, 짚대, 여름귤 껍질까지 상감(象嵌)되어 있으니, 기요아키의 단단하고 뽀얀 옆구리에 극히 미세한 검은 모래알이 파고들었대도 이상하지 않은 일이었다.

그 모습이 너무 애처로워 보여 혼다는 기요아키를 깨우지 않고 모래를 떼어 낼 방법이 없을지 궁리했다. 그러나 호흡에 따라 가슴이 오르내릴 때마다 미소한 모래알도 야무지게 움직이는 모습을 보고 있자니, 아무래도 거기 붙은 것은 무기물

이 아닌 기요아키의 몸의 일부, 즉 점이 틀림없다고 생각하게
되었다.

그것은 왠지 기요아키의 몸이 지닌 우아함을 배반하는 것
처럼 여겨졌다.

뚫어져라 쳐다보는 혼다의 눈빛이 따가웠던지 기요아키가
돌연 눈을 떴다. 목덜미를 들어 올린 기요아키는 눈이 마주쳐
당황한 친구의 얼굴을 좇으며 이렇게 말했다.

"좀 도와줄래?"

"아, 그래."

"내가 가마쿠라에 온 건 표면적으론 어디까지나 왕자들을
돌보기 위해서지만, 실은 내가 도쿄에 없다는 소문을 내려는
거야. 무슨 말인지 알겠어?"

"그럴 거라 생각했어."

"너랑 왕자들을 여기 두고 난 종종 도쿄에 몰래 다녀올 거
야. 그 사람을 사흘이나 못 만나는 건 참을 수 없거든. 내가 자
리를 비운 동안 왕자들에게 대충 얼버무려 주거나, 만에 하나
도쿄 본가에서 전화라도 걸려오면 둘러대는 일은 전부 네게
맡길게. 난 오늘 밤에도 막차 삼등칸을 타고 도쿄에 갔다가 내
일 아침 첫차로 돌아올 거야. 부탁한다."

"좋아."

혼다가 든든하게 일을 맡아 주자 기요아키는 행복한 듯 손
을 뻗어 악수를 청했다. 그러고는 이렇게 덧붙였다.

"아리스가와노미야(有栖川宮) 국장(國葬)엔 너희 파더도 가
시겠지."

"응, 그런 모양이야."

"마침 딱 맞게 돌아가 주셨어. 어제 듣기론 그 덕에 도인노미야가의 납채(納采) 의례도 미뤄질 것 같다더군."

기요아키의 말을 들은 혼다는 친구의 사랑이란 것이 일일이 나랏일과 얽혀 드는 위험한 일임을 새삼 절감했다.

그때 사이좋게 뛰어온 쾌활한 왕자들이 두 사람의 대화에 끼어들었다. 크리사다는 숨을 헐떡거리며 서툰 일본어로 말했다.

"지금 차오 피랑 무슨 이야길 했는지 알아요? 우린 환생에 대해 이야기했어요."

33

그 말을 들은 두 일본인 청년은 엉겁결에 서로를 마주 봤지만, 철없는 크리사다에게 듣는 이의 안색을 살필 만큼의 지각은 없었다. 차오 피에게는 화제를 계속 이어 가기를 주저하는 기색이 역력했지만, 까무잡잡한 살갗 덕에 달아오른 볼이 드러나지는 않았다. 그러더니 조금은 문명적으로 들리리라 생각했는지, 막힘없는 영어로 말하기 시작했다.

"아, 지금 나와 크리는 어릴 때 유모가 자주 들려주던 자타카[79] 이야길 하던 참입니다. 부처님조차도 보살이셨던 전생에는 금빛 백조, 메추라기, 원숭이, 사슴들의 왕 등으로 차례차례 환생하셨으니, 우리의 전생은 무엇이었을까 알아맞히기에

---

79) 석가모니가 성불하여 부처가 되기 전 전생에서 수행한 일과 공덕을 담은 경전인 『본생경(本生經)』을 말한다.

한창 즐거웠거든요. 크리가 자긴 전생에 사슴이었고 난 전생에 원숭이였다고 우겨 대는 게 분이 나서, 나야말로 전생에 사슴이었고 크리가 원숭이였다고 말싸움을 하고 있었는데, 두 사람의 생각은 어떤가요?"

누구의 편을 들어도 실례가 될 테니 기요아키와 혼다는 미소를 지을 뿐 답하지 않았다. 기요아키는 화제를 전환하고자 차오 피에게 이야기를 청했다. 자타카에는 완전히 무지한 자신들을 위해, 거기 실린 설화 가운데 하나만 이야기해 주지 않겠느냐고 부탁한 것이다.

"그럼 금빛 백조 이야길 해 볼까." 하고 차오 피가 말했다. "부처님이 아직 보살이셨던 시절, 이어지는 두 번의 환생에 얽힌 이야깁니다. 잘 아시듯이 보살이란 아직 부처의 깨달음에 다다르지 못한 수행자를 말하는데, 부처님도 전생에는 보살로 나타나셨거든요. 그 수행이란 무상보리(無上菩提)[80]를 구하고 중생에게 공덕을 베풀며 바라밀(波羅蜜)[81]을 닦는 것인데, 보살이셨던 부처님은 온갖 생물로 환생하며 수행을 쌓아 오셨다고 합니다.

한 옛날 바라문 집안에서 태어난 보살은 같은 계급의 아내를 맞아들여 세 딸을 낳은 후 세상을 떠났고, 남은 가족들은 다른 집에 맡겨졌습니다.

죽은 보살은 다음 생에 금빛 백조의 새끼로 환생했는데, 전

---

80) 보살 수행의 계급을 나눈 오종보리(五種菩提) 중 하나. 온갖 번뇌를 끊어 없앤 최고의 깨달음을 이루는 것.
81) 피안의 경지에 이르고자 하는 보살 수행.

생을 기억하는 지혜를 갖추고 있었습니다. 머지않아 보살 백조는 금빛 날개깃을 가진 참으로 아름다운 자태로 성장했습니다. 이 새가 물 위를 지날 때면 그림자는 달빛처럼 반짝였습니다. 나무 사이를 날아가면 무성한 나뭇잎은 황금빛 새장처럼 훤해졌고요, 가지 위에 머무를 때면 때 아닌 황금 과실이 맺힌 듯했지요.

자신의 전생이 인간이었음을 깨달은 백조는 남겨진 아내와 딸들이 남의 집에서 삯일을 하며 겨우겨우 입에 풀칠을 하고 산다는 것을 알게 되었습니다. 그래서 백조는 생각했습니다.

'내 깃털 하나하나를 두드려 펴면 얇은 금 조각을 만들어 팔 수 있어. 인간계에 남겨 두고 온 가련하고 가난한 반려들을 위해, 이제부턴 이 깃털을 하나씩 주어야겠어.'

창문 너머로 전생의 아내와 딸들이 꾸려 가는 변변찮은 생활을 엿본 백조는 애처로운 마음에 사로잡혔습니다. 한편 아내와 딸들은 창틀에 앉아 있는 눈부신 백조의 자태를 보고, 깜짝 놀라 이렇게 물었습니다.

'어머나, 아름다운 금빛 백조로구나. 넌 어디서 날아왔니?'

'난 너희들의 남편이자 아비였던 자다. 죽은 후에 금빛 백조로 환생하였으나 이리 너희들을 만나게 되었으니 너희들의 구차한 살림을 편안히 만들어 주마.' 하고 백조는 깃털 하나를 내어주었습니다.

이렇게 백조가 때때로 찾아와 깃털을 하나씩 주고 간 덕분에 네 모녀의 생활은 눈에 띄게 풍족해졌습니다.

그러던 어느 날 어머니가 딸들에게 이렇게 말했습니다.

'금수의 마음이란 알 수 없는 법. 너희들의 아버지인 그 백조도 언제 이곳에 발길을 끊을지 모른다. 다음번에 오거든 깃털을 모조리 뽑아 버리자.'

'아아, 무자비한 어머님.'

딸들은 탄식하며 반대했지만 욕심 많은 어머니는 어느 날 날아온 금빛 백조를 유인하여 붙잡은 다음, 날개깃을 남김없이 쥐어뜯어 버렸습니다. 그러나 참으로 이상하게도, 그토록 빛나던 황금 깃털은 잡아 뽑는 족족 학의 깃털처럼 하얘지는 것이었습니다. 전생의 아내는 날지 못하게 된 백조를 커다란 항아리에 넣고 먹이를 주며 다시 황금 날개가 돋아나기만을 바라고 또 바랐으나, 새로 돋아난 깃털 역시 전부 하얬습니다. 날개를 모두 되찾아 날아오른 백조는 빛나는 흰 점이 되어 구름 속에 섞여 들었고, 두 번 다시 돌아오지 않았습니다.

이것이 유모에게 들은 자타카 이야기 중 하나입니다."

혼다와 기요아키는 이 설화가 자신들이 듣고 자란 옛날이야기와 너무나 비슷해 깜짝 놀랐다. 이야기는 곧바로 전생을 믿는가, 믿지 않는가에 대한 토론으로 이어졌다.

기요아키와 혼다 모두 여태껏 한 번도 이런 토론에 말려든 적이 없었으므로 적이 당황할 수밖에 없었다. 질문을 던지듯 들어 올린 기요아키의 눈이 흘끗 혼다를 향했다. 평소에는 제멋대로인 기요아키도 추상적인 논의를 마주할 때면 늘 이렇게 기댈 곳이 없어 보였다. 그 모습이 은으로 된 박차를 가하듯 혼다의 마음을 흔들어, 기어이 혼다를 나서게 했다.

"만약 환생이라는 게 있다면……." 하고 혼다는 조금 성급하게 이야기를 시작했다. "조금 전에 들려주신 백조 이야기처럼 전생을 알 수 있는 지혜가 있다면 좋겠지만, 그렇지 않을 경우 한번 끊어진 정신, 한번 잃어버린 사상은 다음 생에 아무런 흔적도 남기지 못할 테고, 거기선 또다시 새로운 정신이, 또 아무 상관도 없는 사상이 시작될 겁니다……. 그렇다면 시간 위에 나란히 일렬로 놓인 전생의 각 개체들은 같은 시대, 다른 공간에 흩어진 각기 다른 인간 개체들과 다를 바 없을 테고, 그럼 애초에 전생이란 건 아무 의미도 없지 않겠습니까. 만약 환생을 하나의 사상이라 생각해 본다면, 그렇게 아무 상관도 없는 몇 개의 사상을 일괄하는 사상이란 게 있을까요. 실제로 지금 우리가 자기의 전생을 전혀 기억하지 못한다는 사실로 미루어 봐도, 환생이란 결코 확증할 수 없는 것을 증명하려는 헛된 노력 같습니다. 그걸 증명하려면 전생과 현생을 똑같이 놓고 비교 대조할 수 있는 사상적 견지가 필요할 텐데, 인간의 사상이란 반드시 현재, 과거, 미래 중 하나에 치우쳐 있어 역사의 한복판에 있는 '자신의 사상'이라는 집에서 벗어날 방법이 없으니까요. 불교에선 그걸 '중도(中道)'라 부르는 모양이지만, 애초에 중도란 것이 인간이 가질 수 있는 유기적인 사상인지도 의심스럽습니다.

한 발 물러서서 인간이 품는 모든 사상을 제각기 미망(迷妄)이라 생각한다면, 전생에서 현생으로 환생한 한 생명의 전생의 미망과 현생의 미망을 각각 식별해 낼 제삼의 견지가 필요합니다. 그 제삼의 견지에서만 환생을 증명할 수 있을 뿐, 다시 태어난 당사자에겐 모든 것이 영원한 수수께끼에 지나지

않을 겁니다. 그리고 그 제삼의 견지란 아마도 깨달음의 견지
일 테니 환생이란 생각은 환생을 초탈한 인간만이 파악할 수
있겠지요. 그렇다면 환생이란 개념을 포착했다 하더라도, 그
땐 이미 환생이란 건 존재하지 않는 것 아닙니까.

살아 있는 우리에겐 죽음이 풍족합니다. 장례, 묘지, 거기
놓인 말라 버린 꽃다발, 사자의 기억, 눈앞에서 죽어 가는 친
척들의 죽음, 심지어는 자신의 죽음에 대한 예측까지요.

그렇다면 사자들도 생을 풍부하고 다양하게 소유하고 있을
지 모릅니다. 사자들의 나라에서 바라본 우리의 도시, 학교와
공장의 굴뚝, 차례차례 죽어 가고 차례차례 태어나는 인간들
까지.

환생이란 건 우리가 생의 측면에서 죽음을 바라보는 것과
반대로, 그저 죽음의 측면에서 생을 바라본 것을 표현한 데 지
나지 않을지도 모릅니다. 그저 바라보는 방향이 바뀌었을 뿐
인 겁니다.”

“그럼 누군가가 죽은 후에도 그 사람의 사상이나 정신이 사
람들에게 전해지는 건 어떻게 설명할 건가요?” 하고 차오 피
는 차분히 응수했다.

혼다는 머리 좋은 청년다운 혈기로 얼마쯤 얕보듯이 단정
했다.

“그건 환생과는 다른 문제입니다.”

“왜 다르지?” 하고 차오 피는 온화하게 물었다. “하나의 사
상이 다른 개체 속으로 시간을 뛰어넘어 계승되어 간다는 건
그대도 인정하겠지요. 그렇다면 같은 개체가 각기 다른 사상

속으로 시간을 뛰어넘어 이어지는 일도 가능하지 않을까요?"

"고양이와 인간이 같은 개체입니까? 아까 해 주신 이야기 속 인간과 백조, 메추라기와 사슴이요."

"환생이란 개념은 그들을 같은 개체라 부르는 것입니다. 육체가 연속되지 않아도 망집(妄執)이 연속된다면 같은 개체로 보더라도 지장이 없겠지요. 개체라고 부르는 대신 하나의 '생의 흐름'이라 부르는 게 좋을지도 모르겠습니다.

나는 그토록 추억이 깃든 반지를 잃어버렸습니다. 반지는 생물이 아니니 환생은 하지 않겠지요. 그래도 상실이란 어떤 의미를 갖습니다. 내겐 상실이란 것이, 무언가가 애초에 출현할 수 있게 만들어 주는 근거 같습니다. 반지는 언젠가 초록빛 별처럼, 밤하늘 어딘가에서 다시 나타나겠지요."

여기까지 이르자 왕자는 비애에 사로잡혀 졸지에 논점을 벗어난 듯했다.

"그렇지만 살아 있는 어떤 것이 그 반지로 변신한 걸지도 몰라요, 차오 피." 하고 크리사다는 무구하게 말했다. "그리고 제 발로 어딘가로 도망쳐 버렸는지도 모르죠."

"만약 그렇다면 그 반지도 지금쯤 잉 찬처럼 아름다운 사람으로 환생했을지도 몰라." 하고 말한 차오 피는 홀연히 사랑의 추억 속에 틀어박혔다. "다른 사람들은 다들 그 사람이 건강히 잘 지내고 있다고 편지를 보내. 그런데 왜 정작 잉 찬에게선 아무런 소식도 없는 걸까. 누군가 날 위해 뭔가를 숨기고 있는 거야."

그러는 동안 혼다는 왕자의 말을 흘려들으면서, 조금 전 차오 피가 말한 기이한 역설에 대한 상념에 잠겼다. 분명 인간을 개체로 보지 않고 생의 흐름으로 받아들이는 사고방식도 있을 수 있다. 인간을 정적인 존재라고 생각하지 않고, 유동적인 존재로 파악할 수 있을 테니까. 그렇게 생각하면 왕자가 말한 것처럼 하나의 사상이 각기 다른 '생의 흐름' 속으로 이어지는 일과, 하나의 '생의 흐름'이 각기 다른 사상 속에서 계승되는 일은 똑같은 것이 되고 만다. 생과 사상은 동일한 것이 되기 때문이다. 그리고 생과 사상을 동일한 것으로 바라보는 그러한 철학을 넓혀 가다 보면 무수한 생의 흐름을 통괄하는 생의 거대한 조수(潮水)라는 쇠사슬, 즉 사람들이 '윤회'라고 부르는 것 또한 하나의 사상으로 성립할 수 있을지 모른다…….

혼다가 이런 생각에 골몰하는 동안 날은 조금씩 저물어 갔고, 기요아키와 크리사다는 한마음으로 모래 사원을 짓고 있었다. 시암 식 첨탑이나 치미를 모래로 만들기는 어려웠지만, 크리사다는 모래에 물을 섞어 정교하게 떨어뜨리며 지극히 섬세한 첨탑을 쌓아 나갔다. 젖은 모래 지붕에서 구부러진 치미를 조심스레 끌어낼 때는 마치 여인의 소매에서 검고 보드라운 손가락을 끌어당기는 것 같았다. 그러나 그렇게 한순간 공중을 향해 내뻗은 경련하듯 휜 검은 모래 손가락은, 물기가 사라지자 맥없이 부러져 허물어지고 말았다.

혼다와 차오 피는 토론을 멈추고 희희낙락 아이들처럼 분주한 두 사람의 모래 놀이로 눈을 옮겼다. 모래로 만든 사원에는 벌써 등불이 필요했다. 땅거미가 내리자 모처럼 정묘하게 새겨 넣은 앞면이나 세로로 긴 창문들이 고른 어둠 속에 잠겼고, 그들의 사원은 윤곽만 남은 검은 덩어리 같았다. 죽어 가는 사람의 흰자위처럼 쉬 꺼지지 않는 이승의 빛을 오롯이 담고 부서지는 흰 파도를 뒤로한 채, 사원은 아렴풋한 실루엣으로 남았다.

어느새 네 사람의 머리 위에는 별들이 가득했고 선명한 은하수가 천정에 걸려 있었다. 별의 이름을 잘 모르는 혼다였지만 은하로 가로막힌 견우성과 직녀성, 또 그 둘을 이어 주려고 거대한 날개를 펼친 백조자리의 북십자성은 금방 알아볼 수 있었다.

해가 지고 나니 훨씬 크게 울려 퍼지는 파도 소리, 낮에는 그토록 멀어 보이던 바다와 모래사장이 하나의 어둠으로 녹아드는 모습, 끝도 없이 증식하는 압도적인 별들의 복작거림……. 그런 것들에 둘러싸인 네 젊은이는 거대한 거문고 같은, 보이지 않는 악기 속에 안긴 듯했다.

그 악기는 틀림없는 거문고였다! 그들은 거문고의 몸통 속에 섞여 들어간 네 개의 모래알이었다. 그곳은 한없는 어둠의 세계였지만 몸통 바깥에는 눈부시게 빛나는 세계가 있었다. 한쪽 끝에서 저쪽 끝까지 팽팽히 당겨진 열세 개의 현에 더없이 새하얀 손가락이 닿으면, 유유히 운행하는 별들의 음악이 거문고를 울리고, 그 안에 들어 있는 네 개의 모래알을 뒤흔들었다.

바다의 밤은 미풍을 실어 날랐다. 바닷물의 내음과 파도가 밀어 올린 해초류의 냄새가 선선한 밤공기에 내맡긴 젊은이들의 벌거벗은 육체를 전율로 가득 채웠다. 바닷바람의 눅눅

한 기운이 휘감은 살갗에서는 뜨거운 불길이 솟아올랐다.

"이제 그만 돌아가자."

돌연 기요아키가 말했다.

그것은 물론 손님들의 저녁 식사를 재촉하기 위함이었으
나, 기요아키가 내내 마지막 기차 시간을 신경 쓰고 있다는 것
을 혼다는 알고 있었다.

34

기요아키는 적어도 사흘에 한 번씩 몰래 도쿄에 갔다. 가마쿠라로 돌아오면 혼다에게만큼은 도쿄에서 일어난 일들을 소상히 털어놓았고, 도인노미야가의 납채 의례도 확실히 연기되었다고 알려 주었다. 물론 사토코의 결혼이 장애물에 부딪친 것은 아니었다. 사토코는 도인노미야가 저택에 자주 초대를 받았고 왕자의 아버지인 도인노미야 역시 이제는 흉허물 없이 사토코를 대해 주었다.

이런 상황이 기요아키에게 그리 만족스러운 것은 아니었다. 그는 다음번에는 어떻게든 사토코를 종남별업으로 불러 하룻밤을 보내고 싶다고 생각하기 시작했고, 이 위험한 계획에 혼다의 지혜를 빌리기로 했다. 그러나 그러한 계획을 달성하기까지는 생각만으로도 성가신 방해물들이 산적해 있었다.

지독히도 더웠던 어느 밤 잠을 이루지 못하고 뒤척이던 기요아키는, 겨우 얕은 잠에 들었을 때 여태껏 본 적 없는 꿈을 꾸었다. 이렇게 얕은 잠의 여울에서는 물이 미적지근해지고 먼 바다에서 밀려온 온갖 표류물들이 육지의 쓰레기와 뒤섞여 쌓이므로, 그곳을 건너는 사람은 발을 찔리게 되는 법이다.

무슨 까닭인지 기요아키는 평소 입지 않는 흰 무명 기모노에 흰 무명 하카마 차림으로, 들 한복판에 난 길 위에 엽총을 들고 서 있었다. 어느 정도 기복이 있는 들판은 그리 광활하지는 않았다. 저편으로는 늘어선 집들의 지붕도 보이고 들복판에 난 길을 지나는 자전거도 있지만, 모두 이상하고 침울한 빛에 뒤덮여 있었다. 석양의 마지막 잔광처럼 미약한 그 빛을 뿜어내는 것이 하늘인지 땅인지도 분명치 않았다. 기복 있는 들판을 뒤덮은 풀이 뿌리에서부터 녹색 빛을 발하고, 멀어져 가는 자전거의 차체가 어렴풋한 은빛으로 발광하는 식이었다. 문득 제 발치를 내려다보니 희고 굵은 나막신 끈이나 발등의 정맥까지도 기묘하리만치 환히, 세밀하게 도드라져 보였다.

그러다 빛이 흐려지고 하늘 한 모퉁이에서 나타난 이동하는 새들의 무리가 엄청난 지저귐과 함께 머리 위로 쫓아왔을 때, 기요아키는 하늘을 향해 엽총의 방아쇠를 당겼다. 아무렇지도 않게 쏜 것은 아니었다. 말로 다 할 수 없는 분노와 슬픔으로 온몸이 터질 것 같았던 그는, 새가 아닌 넓은 하늘의 거대한 푸른 눈을 향해 총을 발사한 것이다.

그러자 총을 맞은 새들이 일제히 떨어져 내렸고, 규환(叫喚)과 피가 만든 맹렬한 회오리가 하늘과 땅을 이었다. 부르짖으며 피 흘리는 무수한 새들이 굵은 기둥처럼 밀집해 끝없이 한 곳으로 떨어지는 광경. 폭포수가 이어진 하나의 물줄기로 보이듯이, 울부짖는 소리와 핏빛 색채 속에서 회오리바람처럼 끝도 없이 이어지는 새들의 낙하!

회오리는 순식간에 응고되어 하늘까지 닿은 한 그루 거목이 되었다. 무수한 새들의 사체를 뭉쳐 만든 나무의 줄기는 기묘한 적갈색이었고 가지와 잎은 없었다. 거목이 등장하자 사위는 잠잠해지고 울부짖는 소리도 더 이상 들리지 않았다. 그리고 주위는 다시 전과 같이 음울한 빛으로 그득했다. 들 한복판에 난 길 위로 아무도 타지 않은 새 은색 자전거가 흔들대며 가까이 다가오고 있었다.

그는 햇빛을 가리던 것을 스스로 없애 버렸다는 사실이 자랑스러웠다.

그때 길 멀리서부터 자신과 똑같이 흰옷 차림을 한 사람들의 무리가 다가오고 있었다. 숙연히 다가온 그들은 한두 걸음 앞에서 멈춰 섰다. 가까이서 보니 반들반들한 비쭈기나무 잎으로 만든 다마구시를 저마다 손에 들고 있었다.

그들은 기요아키의 몸을 정화하기 위해 그의 앞에서 다마구시를 흔들었고, 그 소리는 맑게 울려 퍼졌다.

사람들 틈에서 이누마의 얼굴을 찾아낸 기요아키는 깜짝 놀랐다. 심지어 이누마는 기요아키를 향해 이렇게 말했다.

'당신은 난폭한 신이야. 틀림없어.'

그 말을 들은 기요아키는 자신의 몸을 살폈다. 어느 틈에 칙칙한 등나무와 꼭두서니 빛깔의 곡옥(曲玉) 목걸이가 목에 걸려 있었고 돌의 차가운 감촉이 가슴팍에 퍼져 갔다. 게다가 가습은 평평하고 두꺼운 바위 같았다.

흰옷을 입은 사람이 손짓으로 가리키는 쪽을 돌아보자 새의 사체로 이루어진 거목에서 선명한 녹색 잎이 무성히 돋아났고, 나무의 밑가지까지 환한 초록으로 뒤덮여 있었다.

그때 기요아키는 눈을 떴다…….

범상치 않은 꿈이었기에 최근 들어 오랫동안 쓰지 않은 꿈 일기를 펼쳐 놓고 가능한 한 상세히 기록하기 시작했다. 격렬한 행동과 용기가 남긴 흥분 때문에 잠에서 깬 후에도 온몸이 화끈거렸다. 전투를 치르고 이제 막 귀환한 것만 같은 기분이었다.

깊은 밤 사토코를 가마쿠라에 데려왔다가 이른 새벽에 도쿄로 되돌려 놓기 위해서는 마차로는 역부족이었다. 기차도 아니었다. 인력거는 더더욱 가당치도 않다. 아무래도 자동차가 필요했다.

그것도 기요아키를 잘 아는 집에서는 가져올 수 없었다. 사토코 주변은 말할 것도 없다. 그들의 얼굴도 사정도 모르는 운전수가 모는 자동차여야 했다.

종남별업이 넓다고는 하지만 사토코와 왕자들이 마주쳐서도 안 될 일이었다. 왕자들이 사토코의 혼약을 둘러싼 사정을 알고 있는지 모르겠지만, 얼굴을 알아본다면 후에 귀찮은 일이 될 것이 분명했다.

이토록 많은 어려움을 헤쳐 나가기 위해서는 반드시 혼다가 나서서 익숙지 않은 역할을 맡아 줘야 했다. 그는 친구를 위해 여자를 데려오고, 또 데려다주리라 약속했다.

혼다의 머리에 떠오른 것은 같은 반 친구인 거상의 아들, 이쓰이(五井)가의 장남이었다. 자유롭게 쓸 수 있는 자동차를 갖고 있는 것은 그 친구뿐이었으므로 혼다는 일부러 도쿄 고지마치(麴町)에 있는 이쓰이가를 찾아가 그의 포드를 운전수와 함께 하룻밤만 빌려달라 부탁했다.

언제나 가까스로 낙제를 면하곤 하는 한량인 이 청년은 고지식하기로 이름난 같은 반 수재가 이런 부탁을 해 오자 깜짝 놀랐다. 그는 기회를 놓치지 않고 여유를 자랑하며 충분히 거드름을 피우더니, 이유를 제대로 털어놓는다면 빌려주지 않을 이유도 없다고 답했다.

평소의 그답지 않은 일이었지만, 혼다는 이 바보를 앞에 두고 머뭇머뭇 거짓 고백을 늘어놓으며 기쁨을 느꼈다. 거짓말을 지어내느라 자꾸 막히는 말을 열렬한 마음과 수치심 때문이라고 철석같이 믿는 상대의 얼굴이 재미있었다. 이지(理智)로는 사람을 믿게 만들기가 그리도 어려운데, 열정이란 거짓일 때조차 이토록 쉽게 사람의 신뢰를 살 수 있었다. 그 모습을 바라보는 혼다의 마음에는 쓰디쓴 기쁨이 일었다. 그것은 기요아키의 눈에 비친 혼다의 모습이기도 했으리라.

"다시 봤어. 네놈에게 그런 면이 있을 줄이야. 그래도 신비주의는 여전하군. 애인 이름 정돈 말해 줘도 괜찮잖아."

"후사코야."

혼다는 오랫동안 보지 못한 육촌 동생의 이름을 엉겁결에 뱉어 버렸다.

"그래서 마쓰가에가 하룻밤 숙소를 빌려주고 난 자동차를 제공하는 거로군. 대신 다음 시험 땐 잘 부탁드립니다." 하고 이쓰이는 반쯤 진지하게 고개를 숙였다.

그의 눈은 이미 우정으로 반짝이고 있었다. 그는 여러 가지 의미에서 혼다의 지능과 대등해진 것이다. 이쓰이의 단조로운 인생관은 오늘밤 다시금 증명되었고 "결국 인간은 다들 똑같지." 하고 말하는 그의 목소리는 안도로 가득했다. 이것이 혼다가 애초부터 노린 것이었다. 혼다는 기요아키 덕에 열아홉 청년이라면 누구나 손에 넣고 싶어 할 만한 로맨틱한 명성을 손에 넣었다. 요컨대 기요아키, 혼다, 이쓰이 세 사람 중 누구도 손해 보지 않는 거래였던 셈이다.

이쓰이가 갖고 있는 1912년식 최신 포드는 셀프스타터의 발명으로 더 이상 시동을 걸 때마다 운전수가 자리에서 내릴 필요가 없는 차였다. 2단 변속기가 달린 평범한 T자형이었지만 검은 칠 위에 문가를 따라 가늘게 붉은 선을 둘러 놓았고, 덮개를 친 뒷좌석은 여전히 마차의 모습을 간직하고 있었다. 운전수에게 말을 걸 때는 통화관에 입을 대고 말하면, 운전수의 귓전에 닿아 있는 나팔로 목소리가 전달되는 식이었다. 지붕에는 스페어타이어 말고도 짐받이가 달려 있어 멀리 여행을 떠날 수도 있었다.

운전수인 모리(森)는 원래 이쓰이가의 마부였는데, 큰 주인에 딸린 기사에게 운전을 배웠다. 경찰서에서 면허를 딸 때는 스승을 당당히 경찰서 문 앞에 데려다 놓고, 학과 시험에서 모르는 문제가 나올 때마다 문 앞까지 물으러 왔다가 다시 돌아가 답안을 이어 썼다.

계획은 이랬다. 혼다가 밤늦게 이쓰이의 집에서 차를 빌려 사토코의 신원이 알려지지 않도록 예의 군인 하숙에 차를 세워 둔다. 그런 다음 남몰래 다데시나와 인력거를 타고 올 사토코를 기다린다. 기요아키는 다데시나가 따라오지 않기를 바랐다. 자리를 비운 사토코가 밤새 침실에서 자고 있는 양 꾸며내는 것이 다데시나의 중요한 역할이라면 오고 싶어도 올 수 없을 터였다. 다데시나는 염려를 숨기지 않으며 장황하게 훈계를 늘어놓더니, 마지못해 혼다에게 사토코를 맡겼다.

"운전수 앞에서는 당신을 계속 후사코 씨라고 부르겠습니다." 하고 혼다는 사토코에게 귓속말을 했다.

포드는 호젓한 한밤중의 주택가에 엔진 소리를 울리며 출발했다.

혼다는 아무것도 개의치 않는 사토코의 과감한 태도에 놀랐다. 하얀 양복을 입은 탓에 그녀는 한층 더 단호해 보였다.

친구의 여자와 둘이서 함께하는 심야의 드라이브는 혼다에게 기묘한 정취를 안겼다. 한여름 밤 여자의 향수 내음이 자꾸만 울렁이는 차의 장막 속에서, 그는 그저 우정의 화신이 되어 사토코에게 몸을 바싹 붙이고 앉아 있었다.

그 여자는 '남의 여자'였다. 그럼에도 불구하고 사토코는 지나칠 만큼 여자였다. 혼다는 자신을 향한 기요아키의 이토록 큰 신뢰에서, 여태껏 그들의 관계를 얽어매 온 기요아키의 차가운 독이라는 굴레가 어느 때보다도 또렷이 되살아나는 것을 느꼈다. 얇은 가죽 장갑과 손처럼, 착 달라붙어 짝을 이룬 신뢰와 모멸. 혼다는 기요아키의 아름다움 때문에 그것을 용서했다.

그 모멸로부터 몸을 피하기 위해서는 자신의 고결함을 믿을 수밖에 없었다. 혼다는 맹목적인 옛사람처럼 고지식한 청년으로서가 아니라, 이지를 통해 제 안의 고결함을 믿을 수 있었다. 그는 결코 이누마처럼 스스로를 추하다고 생각하는 유형의 남자는 아니었다. 추하다고 생각해 버리면 끝장…… 기요아키의 하인이 되는 수밖에 없다.

물론 사토코는 질주하는 자동차 안에서 서늘한 바람에 머리칼을 흩날리면서도 결코 절도를 흩뜨리는 법이 없었다. 둘 사이에서 기요아키의 이름을 꺼내는 것은 자연스레 금기가 되었고, 후사코라는 이름은 두 사람의 친밀함을 보여 주는 작은 증표가 되었다.

돌아오는 길은 전혀 달랐다.

"아, 기요 님에게 말씀드리는 걸 깜빡했어요."

차가 출발하고 얼마 지나지 않아 사토코가 말했다. 그러나 차를 돌릴 수는 없었다. 밤이 짧은 여름이라 곧장 도쿄로 가는 길을 서두르지 않으면, 해 뜰 무렵 집에 도착할 수 있을지 확실치 않았다.

"제가 전해 드리지요." 하고 혼다는 말했다.

"예……."

사토코는 망설이더니 이윽고 마음을 정한 듯 말했다.

"그럼 이렇게 전해 주십시오. 다데시나가 일전에 마쓰가에가의 야마다를 만나 기요 님이 한 거짓말을 알아 버렸다. 기요 님이 갖고 계신 체하던 편지는, 실은 예전에 벌써 야마다가 보는 앞에서 찢어 버리셨다는 걸 다데시나가 알아 버렸다……. 그렇지만 다데시나 때문에 염려하실 것까지는 없다. 다데시나는 이미 만사를 포기하고 눈을 감고 있다……. 기요 님에겐 이렇게만 전해 주세요."

혼다는 내용에 대해서는 일절 묻지 않고 사토코의 말을 들은 그대로 복창하며 신비한 전언의 전달을 맡았다.

이 같은 혼다의 예의 바른 태도가 마음에 와닿았는지, 사토코는 갈 때와는 딴판으로 달변이 되었다.

"혼다 씨는 친구를 위해 이렇게까지 대단히 애를 써 주시는군요. 기요 님은 혼다 씨 같은 친구를 가지셨으니, 이 세상에서 가장 행복한 사람이란 걸 아셔야만 해요. 우리 여자들한텐 진짜 친구 같은 건 없으니까요."

사토코의 눈에는 아직 관능의 불씨가 남아 있었지만 머리는 한 올의 흐트러짐도 없이 정돈되어 있었다.

혼다가 잠자코 있자 곧 고개를 숙인 사토코의 목소리는 어두워졌다.

"그래도 혼다 씬 저를 필시 행실이 나쁜 여자라 생각하시겠지요."

"그리 말씀하시면 안 됩니다."

혼다는 뜻하지 않게 강한 어조로 사토코의 말을 가로막았다. 물론 혼다가 사토코를 경멸하고 있는 것은 아니었지만, 그녀의 말이 마침 그의 마음에 떠오른 정경에 제대로 적중했기 때문이다.

혼다는 밤을 새워 사토코의 전송과 마중을 충실히 수행해 냈다. 가마쿠라에 도착해 기요아키의 손에 사토코를 건넬 때도, 또 기요아키의 손에서 사토코를 떠맡아 돌아올 때도 그의 마음에 조금의 동요도 일지 않았다는 사실이 자랑스러웠다. 마음이 흔들려 좋을 리가 없었다. 이 행위로 인해 그 자신 또한 엄중한 위험에 얽혀 들지 않았는가.

기요아키가 사토코의 손을 잡아끌고 나무 그늘을 따라 달빛이 스민 정원을 건너 바다를 향해 달려갔을 때, 그들을 뒤에서 배웅한 혼다는 자신이 돕고 있는 것이 분명한 죄라는 것을 알았다. 그러나 동시에, 그 죄가 얼마나 아름다운 뒷모습을 남기고 날아가는지도 그는 보았다.

"그렇지요. 그런 말을 해선 안 되겠지요. 저도 저 자신이 조금도 헤프다고는 생각되지 않으니까요.

왜 그럴까요. 기요 님과 전 무서운 죄를 범하고 있는데도, 죄의 불결함은 조금도 느껴지지 않고 그저 몸이 깨끗해지는 기분이 들 뿐이에요. 아까도 모래밭에서 소나무 숲을 보고 있으니 이 소나무 숲이 살아선 두 번 다시 못 볼 숲같이, 그 숲에서 들려오는 바람 소리도 살아선 두 번 다시 듣지 못할 소리처럼 느껴졌어요. 한순간 한순간이 맑게 개어서, 후회라곤 한 점도 없는걸요."

사토코는 매번 마지막 밀회처럼 여겨지는 기요아키와의 비밀스러운 만남이, 특히나 맑고 평안한 자연에 둘러싸인 오늘 밤엔 현기증이 일 만큼, 무섭도록 까마득히 높은 곳에 다다랐다고 이야기했다. 그때 사토코는 조심성이 없는 정도를 넘어, 남김없이 모조리 털어놓고 싶은 마음을 어떻게 하면 혼다에게 전할 수 있을까 초조해하고 있었다. 그것은 죽음이나 보석의 광채, 저녁 해의 아름다움을 다른 이에게 말로 전달하는 일의 지난함과 닮은 것이었다.

기요아키와 사토코는 너무 밝은 달빛을 피해 모래밭 이곳저곳을 헤맸다. 밤이 이슥한 모래밭에는 사람 그림자 하나 없었지만, 드높이 선수를 치켜든 어선이 모래에 드리운 검은 그림자는 사람들의 눈이 두려운 만큼 더욱 믿음직스러웠다. 배의 윗면에 달빛이 내렸고, 배의 널조각은 백골 같았다. 그곳에 손을 뻗으면 달빛이 손을 통과할 것만 같았다.

서늘한 바닷바람에 두 사람은 배 그늘 아래에서 곧장 살을 맞댔다. 사토코는 좀처럼 입지 않는 눈부신 흰 양복이 원망스러웠다. 제 살갗이 하얀 것을 잊어버린 사토코는, 조금이라도 빨리 옷을 벗어 던지고 어둠 속에 몸을 숨기고 싶었다.

분명 보는 눈이 없을 텐데도 바다 위에 여러 갈래로 흩뜨려진 달빛은 사방에서 쳐다보는 눈 같았다. 사토코는 하늘에 걸린 구름을 올려다보다, 구름 끝에 매달려 위태롭게 깜박이는 별을 바라보았다. 그녀는 기요아키의 작고 단단한 젖꼭지가 제 젖꼭지를 건드리고 희롱하다가, 마침내는 풍만한 유방 속으로 짓눌러 뭉개 버리는 것을 느끼고 있었다. 거기에는 입맞춤보다도 더욱 사랑스러운, 기르던 작은 동물이 까불며 스칠 때처럼 의식을 한 발짝 물러나게 만드는 아득한 달콤함이 있

었다. 육체의 가장자리, 육체의 끝에서 일어나고 있는 예기치
않은 친교의 감각은, 두 눈을 감은 사토코에게 구름 끝에 걸려
있던 별의 반짝임을 떠올리게 했다.

거기서부터 깊은 바다 같은 희열까지는 쭉 뻗은 길이었다.
내내 어둠 속으로 녹아들어 가던 사토코는 그 어둠이 어선이
잠시 붙잡아 둔 그림자일 뿐이라는 데 생각이 미치자 공포에
사로잡혔다. 그것은 견고한 건물이나 바위산이 드리운 그림
자가 아니라, 머지않아 바다로 떠나 버릴 임시적인 그림자에
지나지 않았다. 뭍에 있는 배는 현실이 아니었으며, 굳세 보이
는 그림자도 환영을 닮은 것이었다. 그녀는 제법 낡은 큼직한
배가 당장에라도 조용히 모래 위를 미끄러지기 시작해, 바다
로 달아나 버릴 것만 같은 두려움을 느꼈다. 배의 그림자를 좇
기 위해서는, 언제까지고 그 그림자 속에 머무르기 위해서는
스스로 바다가 되어야 한다. 묵직한 충일감 속에서 사토코는
바다가 되었다.

달이 뜬 하늘과 바다의 반짝거림, 모래 위를 건너가는 바람,
저 건너 소나무 숲의 웅성거림……. 그들을 에워싼 모든 것이
멸망을 약속했다. 시간의 얇은 조각 바로 맞은편에서 거대한
'부정(否定)'이 북적대고 있었다. 소나무 숲에서 들려오는 웅
성거림은 그것의 소리가 아니었을까. 사토코는 결코 두 사람
을 용서할 리 없는 것들이 그들을 둘러싸고, 지켜보며, 수호하
고 있음을 느꼈다. 수반에 담긴 물 위로 떨어진 기름 한 방울
을, 다른 것이 아닌 바로 그 물이 보호하듯이. 그러나 검고 너
른 물은 말이 없다. 향유 한 방울은 동떨어진 기로에 홀로 떠

있다.

이토록 포용하는 '부정'이라니! 두 사람은 그들을 부정하는 것이 밤 그 자체인지, 다가오는 여명인지 분별할 수 없었다. 그것은 그들이 있는 곳 지척까지 몰려와 복작대면서도, 아직 그들을 범하지는 않았다.

간신히 몸을 일으켜 어둠에서 고개를 내민 두 사람은 지기 시작한 달을 정면으로 바라보았다. 동그란 그 달은 사토코에게 하늘에 환히 못 박힌 두 사람의 죄의 휘장(徽章)으로 여겨졌다.

어디에도 사람들은 보이지 않았다. 둘은 배 밑에 숨겨 둔 옷을 꺼내려고 일어섰다. 그리고 달빛을 받아 하얘진 배 아래, 칠흑 같은 어둠이 남기고 간 듯한 서로의 새까만 곳을 바라보았다. 아주 짧은 동안이었지만, 가만히 진지하게 그곳을 응시했다.

옷을 다 입은 기요아키는 뱃전에 걸터앉아 다리를 한들거리며 말했다.

"우리가 허락된 사이였다면 이렇게까지 대담해질 수는 없겠지."

"가혹한 분이세요. 기요 님의 마음은 그런 것이었군요."

사토코는 원망을 내비쳤다. 그들이 지껄이는 가벼운 말들에서는 설명하기 어려운 모래 맛이 났다. 그들의 바로 옆에 절망이 기다리고 있었기 때문이다. 아직 배 그림자 속 어두운 곳에 웅크리고 있던 사토코는 뱃전에서 늘어뜨린 기요아키의, 달빛을 받아 희게 빛나는 발등을 받쳐 들고 그 발끝에 입을 맞췄다.

"이런 말씀을 드리는 건 적절치 않을지도 모르겠습니다. 그렇지만 혼다 씨 말고 들어주실 분도 없는걸요. 제가 하고 있는 일이 무서운 짓이란 걸 알고 있습니다. 그래도 멈추진 말아 주세요. 언젠가 결착이 나리란 건 알고 있으니까요……. 그때까진 하루하루 벌어 가며 이리하렵니다. 다른 길은 없어요."

"각오하신 거군요."

혼다는 저도 모르게 애절한 마음을 담아 말했다.

"예, 각오하고 있습니다."

"마쓰가에도 그럴 거라고 생각합니다."

"그러니 더더욱 당신께 이런 폐를 끼쳐서는 안 될 일입니다."

혼다에게는 이 여자를 이해하고 싶다는 불가사의한 충동이 일었다. 그것은 미묘한 복수였다. 그녀가 혼다를 '이해심 깊은 친구' 취급한다면, 그에게 역시 동정도 공감도 아닌 이해의 권리가 있을 터였다.

그러나 이처럼 사랑이 넘쳐흐르는 단아한 여자, 바로 제 옆에 있으면서도 마음은 아득히 먼 곳에 맡겨 둔 이 여자를 이해한다는 것은 도대체 어떤 일일까……. 걸핏하면 논리적으로 천착하기를 좋아하는 천성이 혼다 안에서 머리를 쳐들기 시작했다.

차가 흔들릴 때마다 몇 번쯤 사토코의 무릎이 혼다의 무릎 쪽으로 치우쳤다. 그러나 사토코는 두 사람의 무릎이 절대로 부딪치지 않도록 잽싸게 자세를 고쳤다. 사토코의 기민한 움직임은 쳇바퀴를 돌리는 다람쥐처럼 빨라 보노라면 눈이 어지러울 정도였고, 혼다는 얼마쯤 조바심이 났다. 기요아키 앞에서라면 그런 민첩함은 보이지 않으리라 생각했다.

"아까 당신은 각오를 했다 말씀하셨지요." 하고 혼다는 사토코의 얼굴을 보지 않고 말했다. "그 각오와 '언젠간 결착이 난다'는 마음은 어떻게 얽혀 있습니까? 결착이 났을 땐 이미 각오 같은 건 소용없지 않습니까. 또 어쩌면, 각오에 따라 결착을 지을 수도 있는 것 아닙니까? 네, 압니다. 전 지금 잔혹한 질문을 던지고 있습니다."

"잘 물어봐 주셨습니다."

사토코는 평온하게 답했다. 혼다는 저도 모르게 사토코의 옆얼굴을 지켜보았다. 아름답고 단정한 옆얼굴에는 한 치의 흐트러짐도 없었다. 그때 사토코가 문득 눈을 감았고, 천장에 달린 어슴푸레한 등불은 그러지 않아도 긴 속눈썹의 그림자를 깊이 드리웠다. 아직 동이 트지 않은 창밖으로는 엉겨 붙은 먹구름같이 우거진 나무들이 창을 긁듯 스쳐 지나고 있었다.

운전수 모리는 충실하게 등을 돌린 채 운전에 힘쓰고 있었다. 운전대와 두 사람 사이에는 두꺼운 미닫이창이 닫혀 있어, 일부러 통화관에 입을 바짝 갖다 대지 않는 한 둘의 대화가 들릴 걱정은 없었다.

"제가 언젠가 그걸 끝내 버릴 수도 있을 거라 말씀하시는 거군요. 기요 님의 친구로서 그리 말씀하시는 것도 당연해요. 살아서 끝낼 수 없다면, 제가 죽어서……."

그리 말하면 당황한 혼다가 제 말을 부정해 주기를 사토코는 기대했는지도 모르겠지만, 혼다는 완고하게 침묵을 지키며 이어질 그녀의 말을 기다렸다.

"언젠가 때가 올 겁니다. 그것도 그리 멀지 않은 언젠가. 그때가 오면 전 미련을 보이지 않을 겁니다. 약속할 수도 있습니다. 이렇게 사는 일의 감사함을 알아 버린 이상, 언제까지고 탐낼 생각은 없습니다. 어떤 꿈도 끝나기 마련이고 영원한 건 아무것도 없는데도, 그걸 자신의 권리라 여기는 건 어리석은 일 아니겠습니까. 전 소위 '신여성' 같은 건 아니지만요…….그래도 만약 영원이란 게 있다면, 그건 지금뿐일 겁니다…….혼다 씨도 언젠가 알게 되실 테지요."

기요아키가 일찍이 왜 그리도 사토코를 두려워했는지, 혼다는 그 이유를 알 것 같았다.

"조금 전 당신은 제게 이렇게 폐를 끼쳐서는 안 된다고 말씀하셨지요. 그건 어떤 의미입니까?"

"당신은 훌륭하게 정도(正道)를 걸으실 분이니까요. 그런 분을 이런 일에 개입시켜서는 안 될 일이지요. 그건 애초부터 기요 님이 잘못하신 겁니다."

"절 그런 정의파로 바라보진 않으셨으면 좋겠군요. 하긴 저희 집엔 더할 나위 없이 고지식한 사람들만 살고 있지요. 하지만 오늘 밤, 전 이미 죄에 가담해 버린 겁니다."

"그리 말씀하시면 안 됩니다." 사토코는 격앙된 목소리로 거칠게 혼다의 말을 가로막았다. "죄는 기요 님과 저, 두 사람만의 것이니까요."

진정 혼다를 비호하기 위한 사토코의 그 말에는, 타인의 접근을 금지하는 냉랭한 긍지 또한 번뜩이고 있었다. 사토코에게 그 죄는 기요아키와 자신, 오직 둘만이 살고 있는 수정으로 만든 작은 별궁이었다. 손바닥에 얹을 수 있을 만큼 자그마한 수정 별궁은 너무도 작아서, 누구도 들어갈 수 없었다. 한순간의 변신을 통해 오직 두 사람만이 들어갈 수 있을 뿐. 그리고 그들이 그곳에 머무르는 모습은 궁 밖에서도 미세하고 선명하게, 똑똑히 들여다보였다.

그때 사토코의 몸이 갑작스레 앞쪽으로 기울었고, 사토코를 지탱하려 뻗은 혼다의 손이 사토코의 머리칼에 닿았다.

"죄송해요. 그렇게 조심했는데도 아직 신발 속에 모래가 남아 있는 것 같네요. 혹시 별생각 없이 집에서 신발을 벗었다가 모래를 보고 수상쩍게 여긴 하녀가 고자질할까 두려워서요. 신발은 다데시나 담당이 아니거든요."

혼다는 여자가 신발을 정돈할 때 어떻게 해야 좋을지 몰랐으므로, 줄곧 창밖에 얼굴을 고정한 채 사토코 쪽을 보지 않으려 주의했다.

차는 벌써 도쿄 시가에 들어섰고 하늘은 선명한 남보랏빛으로 물들어 있었다. 새벽녘 하늘에 걸린 구름은 도회의 지붕 위로 길게 뻗쳐 있었다. 혼다는 한시라도 빨리 차가 도착하기를 빌면서도, 이번 생에 다시는 없을 기이한 하룻밤이 밝아 오는 것이 아쉬웠다. 잘못 들었나 싶을 만큼 몹시 미약한 소리가 등 뒤에서 들려왔다. 아마도 사토코가 벗은 신발에서 바닥으로 떨어진 모래 소리 같았다. 혼다에게 그 소리는 더없이 아름다운 모래시계 소리처럼 들렸다.

35

시암 왕자들은 종남별업에서 보내는 생활이 모두 만족스러운 모양이었다.

어느 저녁 네 사람은 다리가 네 개 달린 등(藤)의자를 정원 잔디밭에 내놓고, 만찬 전 잠깐의 시간 동안 서늘한 저녁 바람을 즐겼다. 왕자들은 모국어로 대화를 나눴고 기요아키는 한창 상념에 빠져 있었으며, 혼다는 무릎 위에 책을 펼쳐 두고 있었다.

"구름 과자를 올리지요." 하고 일본어로 말한 크리사다가 자리에서 일어나 금종이로 만 웨스트민스터 퀄런을 모두에게 나눠 줬다. 가쿠슈인에서는 담배가 '구름 과자'라는 은어로 불린다는 것을 왕자들은 재빨리 익혔다. 원래 학교에서 담배는 금지 품목이었지만 공공연히 피우지 않는 한 고등부 학생들의 흡연은 관대하게 봐주는 편이었다. 학교 내 흡연 소굴이 된 반지하 보일러실은 '과자 공장'이라 불렸다.

그러므로 이렇게 쾌청한 하늘 아래서 누구의 눈도 꺼리지 않고 피우는 담배에조차 한 줄기 과자 공장의 맛, 그 비밀스러운 달콤한 맛이 달라붙어 있었다. 보일러실의 석탄 냄새나 어스름 속에서 줄곧 경계하며 움직이는 반짝이는 흰자위, 조금이라도 깊숙이 담배를 빨아들이려고 끊임없이 담배 끝에 붙은 불을 붉게 밝히는 성급함. 영국 담배도 그런 것들과 한데 묶이고 나서야 비로소 풍미가 깊어졌다.

기요아키는 모두에게 등을 보인 채 저녁 하늘에 어른거리는 담배 연기의 자취를 좇았다. 그러면서 먼 바다 위 모양이 뭉그러진 흐릿한 구름 한 면이 아직도 은은한 노란 장밋빛으로 물들어 있는 것을 보았다. 그는 거기서도 사토코의 그림자를 느꼈다. 사토코의 그림자와 향기는 온갖 것에 스며들어, 자연의 어떤 미묘한 변화도 사토코와 무관하지 않았다. 문득 바람이 그치고 뜨뜻미지근한 여름 해 질 녘의 대기가 피부에 닿자, 공기 중에 떠돌던 발가벗은 사토코의 맨살이 기요아키의 맨살에 바로 와 닿은 것만 같았다. 녹색 깃털을 포개 놓은 듯 조금씩 어두워져 가는 자귀나무 그늘에도 사토코의 단편이 감돌고 있었다.

늘 손 닿는 곳에 책을 두지 않으면 마음이 편치 않은 것이 혼다의 성미였다. 서생 하나가 몰래 빌려준 금서인 『국체론 및 순정 사회주의』[82]를 쓴 기타 데루지로(北輝次郎)는 스물셋

---

82) 메이지 유신이라는 '혁명'의 이상(理想)은 천황의 국가가 아닌, 일국민

이라는 저술 당시의 나이 탓에 일본의 오토 바이닝거[83]라 할
만했는데, 책에 담긴 과격한 내용이 너무도 재미있어 혼다의
온건한 이성에 경계심을 불러일으켰다. 그가 과격한 정치사
상을 싫어하는 것은 아니었다. 다만 그는 분노를 몰랐다. 그에
게 타인의 분노란 전염성이 강한 병이었다. 그런 까닭에 다른
이의 분노가 재미있게 읽힌다는 것은, 그의 양심으로서는 유
쾌하지 않은 사태였다.

또 혼다는 왕자들과 나눈 전생에 대한 토론에서 이쪽 편의
근거를 조금이라도 비옥하게 만들기 위해 사토코를 도쿄로
돌려보내고 난 아침, 곧바로 집에 들러 아버지의 책장에서 사
이토 유이신(斎藤唯信)[84]의 『불교학 개론』을 빌려 왔다. 책의
초입에 실린 몹시 흥미로운 업감연기론(業感緣起論)[85]은 『마
누 법전』에 지나치게 빠져 있었던 작년 겨울을 떠올리게 했
고, 너무 심취하면 수험 공부에 지장이 생길까 봐 더 읽지 않
고 자제하고 있었다.

이렇게 책 몇 권을 등의자 팔걸이에 늘어놓고 이쪽저쪽 만
연히 넘겨보기만 하던 혼다는, 마침내 무릎 위에 펼쳐 놓은 책
에서도 눈을 뗐다. 그는 약간 근시인 눈을 가늘게 뜨고 정원을

___

으로서의 천황이 국민과 함께 국가를 위해 행동하는 '공민 국가'에 있다는 주
장을 담은 책. 1906년 간행과 함께 즉시 내무성에 의해 발행 금지 조치를 받
았다.
83) 오스트리아의 철학자. 스물세 살의 나이에 주저 『성(性)과 성격』(1903)
을 발표한 후 자살했다.
84) 1865~1957. 메이지에서 쇼와기에 활동한 불교학자이자 승려.
85) 모든 현상은 업(業)이 남긴 잠재력이 생성한 것이라는 견해.

둘러싼 서쪽의 낭떠러지를 내다보았다.

머리 위의 하늘은 아직 환한데 낭떠러지에는 이미 시커먼 그림자들이 빛을 막아서고 있었다. 그러나 맹렬히 우거져 벼랑의 능선을 뒤덮은 나무들 틈으로는 조밀하게 짜 넣은 서쪽 하늘의 환한 빛이 비쳐 들었다. 그 틈새로 보이는 운모지 같은 서쪽 하늘은, 다채로운 색으로 여름날을 담아 낸 그림 두루마리 끝의 긴 여백처럼 보였다.

유쾌한 양심의 가책을 품은 젊은이들의 흡연. 저물어 가는 잔디밭 한구석에 뭉쳐 있는 모기떼. 수영을 마친 후의 황금빛 나른함. 흡족하게 그을은 살갗…….

혼다는 아무 말도 하지 않았지만, 오늘 같은 날은 틀림없이 젊은 날의 행복한 하루로 꼽을 수 있으리라 생각했다.

왕자들에게도 그럴 터였다. 왕자들이 사랑에 다망한 기요아키를 보고도 못 본 척하듯이, 기요아키나 혼다 역시 바닷가에서 벌어지는 어부의 딸들과 왕자들의 장난을 모르는 체했다. 대신 기요아키가 딸들의 아버지에게 적당한 돈을 쥐여 주고 있었다. 왕자들은 아침마다 산에 올라 대불을 향해 절을 올렸다. 대불의 보호 아래 여름은 유유히, 아름답게 쇠해 갔다.

테라스에 나타난 집사가 반짝이는 은 쟁반에 편지를 얹어 (이 남자는 본가와 달리 이 은 쟁반을 사용할 기회가 적은 것을 유감으로 여겼고, 한가한 날이면 늘 쟁반을 공들여 닦으며 시간을 보냈다.) 잔디밭 쪽으로 걸어오는 것을 가장 먼저 알아챈 것은 크리사다였다.

급히 달려가 편지를 받아 든 그는 그것이 차오 피에게 온 왕태후 폐하의 친서임을 알아보고는, 새살맞게 공손한 태도로 편지를 받들어 의자에 앉아 있는 차오 피에게 바쳤다.

물론 기요아키와 혼다도 대강의 낌새는 알아채고 있었다. 그러나 호기심을 억누르고서 넘쳐 나는 기쁨이든 고향을 그리는 마음이든, 왕자들이 그들에게 털어놓을 때까지 기다릴 셈이었다. 희고 두꺼운 종이가 펼쳐지는 소리는 청명했고, 편지지는 석양 속에 떠오른 새하얀 살깃처럼 산뜻했다. 돌연 날카로운 소리를 지르고 맥없이 쓰러진 차오 피의 모습에 기요아키와 혼다는 황급히 일어섰다. 차오 피는 실신 상태였다.

크리사다는 두 일본인 친구들의 부축을 받고 있는 사촌을 망연히 바라보며 서 있었다. 그러나 바닥에 떨어진 편지를 집어 읽고서는 그 또한 들이울기 시작하며 잔디밭에 엎드렸다. 하염없는 크리사다의 외침은 시암어인 탓에 의미를 알기 어려웠고, 혼다가 들여다본 친서도 시암어로 쓰여 있어 문면을 알 수 없었다. 단지 편지지 위쪽에 찍힌 왕가의 빛나는 금 문장과, 흰 코끼리 세 마리를 중심으로 불탑, 괴수, 장미, 검, 왕홀(王笏) 등을 배치한 복잡한 도안만을 알아볼 수 있을 뿐이었다.

차오 피는 사람들의 도움으로 신속히 침상으로 옮겨졌는데, 옮겨질 때에는 이미 멍하니 눈을 뜨고 있었다. 크리사다가 오열하며 뒤를 따랐다.

기요아키와 혼다 모두 사정은 알 수 없었지만 필시 불길한 소식이 도착했음을 헤아릴 수 있었다. 차오 피는 베개에 머리를 내맡기고 차츰 땅거미에 섞여 드는 갈색 볼 위의, 한 쌍의 진주처럼 흐려진 눈동자를 천장에 고정한 채 아무 말도 하지 않았다. 겨우 영어로 말을 뱉을 여력이 생긴 것은 크리사다가 먼저였다.

"잉 찬이 죽었어요. 차오 피의 연인이자 나의 여동생인 잉 찬이…… . 나한테만 알려 줬더라면 차오 피에게 이 정도로 충격을 주지 않고 때를 봐서 전할 방법이 있었을 텐데, 왕태후 폐하는 오히려 내가 충격을 받을까 봐 차오 피에게 알리신 모양이에요. 폐하는 그 점에선 계산을 잘못하신 겁니다. 그게 아니라면 폐하는 더욱 심오한 배려를 하셨는지도 모르겠습니다. 차오 피에게 거짓 없는 슬픔에 직면할 용기를 맨 먼저 주어야겠다고 계획하신 걸지도 모르죠."

평소의 크리사다답지 않은 사려 깊은 말이었다. 기요아키와 혼다는 열대의 소나기같이 세찬 왕자들의 비탄에 감동했다. 그리고 번개와 우레를 동반한 비가 그친 후, 윤이 흐르는 슬픔의 숲이 빠르게 자라나 무성히 우거질 광경을 상상했다.

그날 왕자들은 방으로 날라 온 저녁 식사에 손도 대지 않았다. 그러나 어느 정도 시간이 흘러 손님으로서의 의무와 예의를 자각한 크리사다가 기요아키와 혼다를 불러 긴 친서의 내용을 영어로 번역해 들려주었다.

실은 올봄부터 아팠던 잉 찬은 스스로 붓을 들 힘조차 없는 상태였는데도, 오빠와 사촌에게는 절대 자신의 병을 알리지 말아 달라고 사람들에게 부탁해 왔다.

잉 찬의 아름다운 흰 손은 점차 굳어 가다 움직일 수 없게 되었다. 창틀에 들이비친 한 줄기 차가운 달빛처럼.

영국인 주치의가 치료에 온 힘을 다했지만 마비가 온몸에 퍼지는 것을 막지는 못했고, 끝내 공주는 말도 뜻대로 할 수 없게 되었다. 그래도 잉 찬은 차오 피와 떨어진 채 자신의 건강한 모습만을 차오 피의 마음속에 간직하고 싶었는지, 잘 돌지 않는 혀로도 절대 병을 알리지 말라는 말만 되풀이해 사람들의 눈물을 자아냈다.

왕태후 폐하는 자주 병상을 찾았는데 그때마다 눈물 없이 공주의 얼굴을 볼 수 없었다. 공주의 죽음을 들었을 때 폐하는 곧바로 "파타나디드에게는 내가 직접 알리겠습니다." 하고 사람들을 제지하며 분부했다.

"슬픈 소식입니다. 부디 각오를 다지고 들어 주십시오."라는 문구로 친서는 시작했다. "당신이 사랑했던 찬트라파 공주가 죽었습니다. 병상에 누워 있으면서도 공주가 얼마나 당신을 생각했는지는 뒤에 소상히 적겠습니다. 그에 앞서 어미로서 먼저 말씀드립니다. 모든 일은 부처님의 뜻이라 여기며 단념하고, 왕자다운 긍지를 지키며 씩씩하게 비보를 받아들여 주시기 빕니다. 이국에서 이 소식을 들을 왕자의 마음을 족히 헤아릴 수 있고 어미도 곁에서 위로해 주지 못함이 원망스럽습니다만, 아무쪼록 크리사다에게는 형다운 마음가짐으로 사려 깊게 여동생의 죽음을 알려 주시기를 바랍니다. 이리 갑작스러운 친서를 드리는 것도 슬픔에 꺾이지 않을 당신의 의지를 믿기 때문입니다. 그리고 공주가 마지막까지 당신을 생각했다는 사실을 그나마 위안으로 삼아 주십시오. 임종을 지키지 못한 것을 분하다 여기겠지만, 당신의 마음에 끝까지 건강한 모습으로 남고 싶었던 공주의 마음을 헤아려 주셔야만 합니다."

크리사다가 편지를 전부 번역할 때까지 가만히 듣고 있던 차오 피는, 겨우 침대에서 몸을 일으키고는 기요아키를 향해 말했다.

"이렇게 평정을 잃고 어머니의 훈계를 등한히 했다고 생각하니 부끄러워져. 허나 들어 보십시오.

아까부터 내가 풀고 싶었던 불가사의는 잉 찬의 죽음이 아니었습니다. 내가 알고 싶었던 건 잉 찬이 앓아눕고 죽기까지 그 시간 동안, 아니 이미 잉 찬이 이 세상에서 사라진 후의 이십 일간, 물론 끊임없이 불안을 느끼기는 했지만 무엇 하나 진실은 알지 못한 거짓의 세계 속에서 내가 태연히 살 수 있었던 불가사의입니다.

저 바다나 모래사장의 반짝임은 그토록 똑똑히 보던 내 눈이 어째서 이 세계의 깊숙한 곳에서 진행되고 있었던 미묘한 변질을 꿰뚫어 보지 못했을까요. 병 안에 든 포도주가 변질되듯이 세계는 멈추지도 않고 몰래 변해 가고 있었는데, 내 눈은 그저 병을 통해 보이는 빛나는 적자색만 넋 놓고 보고 있었던 겁니다. 어째서 적어도 하루에 한 번은, 미미하게 변해 가는 포도주의 맛을 검증해 볼 생각도 하지 않았던 걸까요. 아침의 산들바람, 나무들의 살랑임, 가령 새의 비상이나 울음소리에도 끊임없이 시선을 집중하거나 귀를 기울이지 않았습니다. 그저 그것들을 뭉뚱그려 커다란 생의 기쁨으로만 받아들이면서, 세상의 아름다움이 남긴 앙금 같은 것이 세계의 밑바닥에서 날마다 포도주를 변질시키고 있다는 걸 알아채지 못한 겁니다. 만일 어느 날 아침 내 혀가 세계의 맛에 일어난 미묘한 차이를 발견했더라면…… 아아, 만약 그랬더라면 틀림없이 나는 이 세계가 '잉 찬이 없는 세계'로 변해 버렸단 걸 당장에 알아냈을 겁니다."

거기까지 말하는 동안 차오 피는 다시 흐느껴 울기 시작했고, 흐르는 눈물에 엉클어지던 말도 이내 끊어졌다.

기요아키와 혼다는 크리사다에게 차오 피를 맡기고 자기 방으로 돌아갔다. 그러나 둘 다 잠들 수는 없었다.

"왕자들은 이제 하루라도 빨리 귀국하고 싶겠지. 누가 뭐라든 이대로 유학을 계속할 순 없을 거야."

둘만 남게 되자마자 혼다가 말했다.

"나도 그렇게 생각해."

기요아키는 침통하게 대답했다. 왕자들의 슬픔 탓에 그 역시 말로는 표현할 길 없는 불길한 생각에 잠긴 것이 분명했다.

"왕자들이 떠나고 나면 우리 둘만 여기 남는 것도 이상할 거야. 어쩌면 파더나 마더도 여기 와서 같이 여름을 보낼지도 모르지. 어느 쪽이든, 우리의 행복한 여름은 끝나 버렸어." 하고 기요아키는 혼잣말을 하듯 말했다.

혼다는 나머지 것은 그 무엇도 받아들일 수 없는 사랑에 빠진 남자의 마음이, 다른 이의 슬픔에 대한 동정마저 잃어버린 것을 역력히 알아차릴 수 있었다. 그러나 수정으로 이루어진 차갑고 단단한 기요아키의 마음이 본디 순수한 정열을 담을 이상적인 그릇이라는 것 또한 인정할 수밖에 없었다.

왕자들은 일주일 후 영국선을 타고 귀국길에 올랐고, 기요아키와 혼다는 전송을 위해 요코하마까지 갔다. 여름 방학 중이기도 했으므로 전송하러 나온 다른 학우들은 없었다. 다만 시암과 연이 깊은 도인노미야가 도집사를 보내왔는데, 기요아키는 그와 두세 마디쯤 말을 섞었을 뿐 내내 쌀쌀맞은 태도를 보였다.

거대한 화객선이 부두를 떠나고 금세 끊긴 테이프가 바람에 날아갔을 때, 두 왕자의 모습이 선미에 나타났다. 펄럭이는 유니언 잭 기(旗) 옆에서 왕자들은 언제까지고 하얀 손수건을 흔들었다.

배가 먼 바다를 향해 멀어지고 전송객들도 모두 떠나가 마침내 혼다가 재촉하지 않을 수 없을 때까지, 기요아키는 여름 석양볕을 맹렬히 반사하는 부두에 멈춰 서 있었다. 그가 배웅한 것은 시암의 왕자들이 아니었다. 그는 지금 이 순간, 자기 젊음의 가장 좋은 시절이 먼 바다로 아득히 사라져 가는 것을 느꼈다.

36

가을이 오고 새 학기가 시작되자 기요아키와 사토코의 밀회에도 점점 제한이 늘어 갔다. 저녁 어스름에 사람들의 눈을 피해 산책을 하려 해도 다데시나가 앞뒤를 단단히 살피며 뒤따라 걸어야 했다.

가스등을 끄고 켜는 점등부의 눈마저도 조심스러웠다. 차이나 칼라가 달린 가스 회사 제복을 입은 점등부들은 도리이자카 한구석에 남아 있는 가스등을 찾아 돌아다니며, 들고 다니던 막대기 끝으로 등피를 씌운 화구(火口)에 불을 붙였다. 밤마다 치러지는 분주한 의식이 끝나고 나면 그 부근에는 사람들의 발길도 끊겼고, 두 사람은 꼬불꼬불 구부러진 뒷골목을 걸었다. 이미 벌레들이 끊임없이 울고 있었고 환히 불을 밝혀 둔 집도 없었다. 문 없는 집에 지금 막 돌아온 주인의 구두 소리가 사라졌고, 곧이어 부산하게 문단속하는 소리가 들렸다.

"이제 한두 달이면 끝이 날 거예요. 황가에서도 언제까지고 납채를 미루지는 않을 거고요." 하고 말한 사토코는 남의 일인 듯 도리어 편안해 보였다. "매일매일 내일이면 이제 끝이 나겠지, 돌이킬 수 없는 일이 일어나겠지 생각하며 잠들면 이상하게도 편안히 잠들 수 있는걸요. 벌써 이렇게, 되돌릴 수 없는 일을 저지르고 있는데도요."

"납채를 치른 다음에라도……."

"무슨 말씀이세요, 기요 님. 죄도 너무 중해지면 보드라운 마음을 짓눌러 버리는 거예요. 그리되지 않도록 앞으로 몇 번이나 더 뵐 수 있을지 꼽아 보는 편이 나을 거예요."

"사토코는 앞으로 모든 걸 잊어버릴 결심이 선 모양이구나."

"예. 어떻게 그리할 수 있을지는 아직 모르겠지만요. 우리가 걷고 있는 길은 길이 아닌 부두이니까, 어디선가 끝이 나고 바다가 시작된대도 어쩔 수 없어요."

생각해 보면 이 밤은 두 사람이 처음으로 끝을 말한 때였다.

그리고 종말을 앞둔 이 두 사람이 어린아이처럼 무책임하다는 것, 그들에게는 어쩔 도리도 없고 어떤 준비도, 해결책도, 대책도 없다는 사실이 그들의 순수함을 보증해 주는 듯했다. 그렇다고는 해도 한번 입 밖에 내 버린 이상, 종말이란 관념은 금세 두 사람의 마음에 엉겨 붙어 떨어지지 않았다.

끝은 생각지도 않고 시작했는지, 끝을 생각했기에 시작할 수 있었는지 기요아키는 이제 알 수 없었다. 번개가 떨어져 두 사람을 당장에 새까맣게 태워 버린다면 좋겠지만, 이대로 어떤 천벌도 내려 주지 않는다면 어떻게 해야 하나. 기요아키는 불안했다.

'그때도 난 여전히 사토코를 지금처럼 열렬히 사랑할 수 있을까?'

기요아키에게는 이런 불안도 처음이었다. 그는 불안한 마음에 사토코의 손을 잡았다. 사토코는 손가락을 감는 것으로 응답했지만 제각기 얽혀 있는 손가락마저 번거로워진 기요아키는, 곧 손바닥이 오므라질 정도로 세게 사토코의 손을 쥐었다. 사토코는 결코 아픈 내색을 하지 않았다. 그러나 기요아키의 흉포한 힘은 그칠 줄을 몰랐다. 멀찍이 떨어진 이층집에서 새어 나온 불빛에 사토코의 눈에 스민 아련한 눈물이 보였을 때, 기요아키의 마음은 음울한 만족으로 끓어올랐다.

그는 오래도록 익혀 온 우아함이 잔혹한 실체를 숨기고 있다는 사실을 알아 가고 있었다. 분명 제일 간단한 해결책은 두 당사자의 죽음이겠지만, 그러기엔 더욱 긴 고뇌가 필요했다. 이런 밀회의 스쳐 지나가는 모든 순간에도 그들은 죄를 범하고 있었다. 기요아키는 범하면 범할수록 무한히 깊어 가는 금기의, 결코 도달할 수 없는 아득한 금방울 소리를 넋 놓고 듣고 있었다. 죄를 저지르면 저지를수록 죄에서 멀어지는 것만 같았다. 마지막엔 모든 것이 어마어마한 기만으로 끝날 것이다……. 그리 생각하자 소름이 끼쳤다.

"이렇게 같이 걷고 있어도 행복해 보이시질 않네요. 전 지금 이 순간의 행복을 소중히 음미하고 있는데 말예요……. 이제 질려 버리신 건 아니고요?"

사토코는 평소처럼 산뜻한 목소리로 평온히 그를 원망했다.

"너무 좋아하니까 행복함을 지나 버린 거지."

기요아키는 엄숙하게 말했다. 이제는 이렇게 둘러대는 말을 할 때에도, 자신의 말이 조금이라도 어린애같이 들리지 않을까 걱정할 필요가 없었다.

걷다 보니 롯폰기의 상점가 주변에 다다랐다. 덧문을 닫아 놓은 얼음집 앞에서 펄럭이고 있는 '얼음'이라 염색한 깃발조차도, 길을 점령한 벌레 소리 속에서 어딘지 애처로워 보였다.

더 걷자 길 위로 불빛이 널찍이 새어 나오고 있었다. 연대에 납품하는 '다나베(田辺)'라는 악기상에서 급한 일로 야간 작업을 하고 있는 듯했다.

두 사람은 불빛을 피해 걸었지만 스쳐 지나는 그들의 시선이 유리창 속 눈부신 놋쇠의 광택에 닿았다. 죽 걸려 있는 새 나팔들은 뜻밖의 환한 등불 아래서, 그곳이 한여름의 훈련장이라도 되는 양 반짝반짝 빛을 뿜어 댔다. 가게 안에서 시험 삼아 불어 보는지 답답하고 터지는 소리가 나는가 싶더니 나팔 소리는 곧 줄어들었다. 기요아키는 그 울림에서 불길한 여명을 느꼈다.

"되돌아가시지요. 더 가시면 보는 눈이 많습니다."

어느 틈에 바짝 따라붙은 다데시나가 기요아키에게 속삭였다.

　도인노미야가에서는 사토코의 생활에 어떤 간섭도 하지 않았고 하루노리 왕자도 군무에 바빴다. 주위에서 전하와 사토코가 만날 기회를 마련하려고도 하지 않았고, 전하 역시 굳이 그러기를 바라는 기색은 없었다. 이는 결코 도인노미야가의 냉담한 태도를 보여 주는 것이 아니라 이러한 혼인의 관례라 할 수 있었다. 이미 결혼이 결정된 사람들끼리 빈번히 만나서 좋을 것도 없다는 것이 주변 사람들의 생각이었다.

　만약 비(妃)가 될 사람의 집안에 다소 부족한 점이 있는 경우라면 왕자비로서의 소양을 갖추기 위해 여러 가지 교양을 새로 쌓아야겠지만, 아야쿠라 백작가에서는 언제 딸을 비로 보내도 곤란하지 않을 만큼 단단히 준비된 교육의 전통을 갖추고 있었다. 그 우아함은 사토코가 언제 어느 때라도 비다운 노래를 짓고 비다운 글씨를 쓰며, 비다운 꽃꽂이를 할 수 있을 만큼 무르익어 있었다. 열두 살에 봉책을 받았대도 그런 면에서라면 조금도 걱정이 없었으리라.

다만 여태껏 사토코의 교양에는 속하지 않았던 세 가지만큼은 백작 부부도 신경 써서 서둘러 딸에게 가르쳐 두려 했다. 그것은 비전하가 좋아하는 나가우타와 마작, 그리고 하루노리 왕자 본인이 좋아하는 서양 음악 레코드였다. 마쓰가에 후작은 백작에게 이 이야기를 듣고는 곧장 일류 나가우타 선생을 보내 출장 지도를 받게 했고 텔레푼켄사(社)의 축음기와 손에 넣을 수 있는 서양 음악 레코드는 모조리 보냈지만, 마작만큼은 스승을 찾는 데 애를 먹었다. 영국식으로 당구에 빠져 있는 후작은 애초에 황가에서 그토록 비속한 유희를 즐긴다는 사실을 마뜩잖게 여겼다.

그러다 마작에 능한 야나기바시 유곽의 요릿집 주인과 늙은 게이샤가 아야쿠라가에 빈번히 파견되었고, 다데시나까지 끼어 테이블 하나에 둘러앉아 사토코에게 기초를 가르치기 시작했다. 물론 이 유곽 여인들에게는 후작가에서 출장비를 쳐 주고 있었다.

화류계 여자들이 섞인 네 여자의 회합은 늘 적적한 아야쿠라가에 이례적인 활기를 불어넣어 줄 법도 했으나 다데시나는 이 모임을 무척 싫어했다. 품위를 해친다는 것이 표면적인 이유였지만, 실은 유곽 여자들의 날카로운 눈이 사토코의 비밀을 꿰뚫어 볼까 두려웠기 때문이다.

그러지 않아도 백작가에게 이 마작 모임은 마쓰가에 후작의 밀정(密偵)을 끌어들이는 것이나 마찬가지였다. 다데시나의 자못 거만하고 배타적인 태도는 금세 요릿집 주인과 게이샤의 자존심에 상처를 냈고, 그들의 반감이 후작의 귀에 들어가는 데는 사흘도 채 걸리지 않았다. 후작은 때를 살펴 매우 부드럽게 백작에게 말했다.

"댁의 나이 든 하녀가 아야쿠라가의 격식을 귀하게 여기는 건 좋지만, 이번 경우엔 애초에 황가의 취미에 맞추기 위해 시작한 일이니 어느 정돈 타협해 줬으면 좋겠는데. 야나기바시 여자들은 적어도 영광스러운 봉사라고 하니 바쁜 시간을 쪼개 찾아뵙는 것이고 말이오."

백작이 후작의 항의를 다데시나에게 전했으므로 그녀의 입장은 몹시 곤란해졌다.

애당초 요릿집 주인과 게이샤 모두 사토코를 처음 본 것은 아니었다. 지난번 꽃놀이 때 요릿집 주인은 뒤에서 지휘를 맡았고 게이샤는 하이쿠 시인으로 분장한 적이 있었다. 첫 번째 마작 모임 날 요릿집 주인은 야단스러운 선물을 지참하고서 백작 부부에게 혼약에 대한 축하의 말씀을 올렸다.

"어쩜 이리 아리따운 아가씰까요. 게다가 비의 기품을 타고 나셨으니, 백작님께서도 이 혼인이 얼마나 만족스러우시겠습니까. 저희는 그저 이리 상대해 주시는 것만으로도 평생을 간직할 영광스러운 기억이니 손주 대까지 대대손손 전하려 합니다. 물론 어디까지나 비밀스럽게입니다만." 하고 갸륵한 인사를 했으나 별실에서 넷만 모여 마작 테이블에 둘러앉자, 그럴싸한 표정만 지키고 있기도 어려워진 모양이었다. 몹시 공손하게 사토코를 쳐다보는 눈에는 때때로 다정한 물기가 사라지고 메마른 비평의 강바닥이 드러났다. 다데시나는 유행에 뒤떨어진 자신의 은 세공 오비 장식에도 같은 시선이 머무르는 것을 느끼고는 기분이 나빠졌다.

특히 "마쓰가에 도련님은 어찌 지내실까요. 저는 그렇게 잘생긴 도련님을 본 적이 없습니다." 하고 게이샤가 마작 패를 옮기며 무심결에 이야기를 꺼냈을 때, 요릿집 주인이 실로 교묘하게 화제를 돌린 것을 감지한 다데시나는 신경이 날카로워졌다. 단순히 경망스러운 화제를 타박하기 위한 것이었을지도 모르겠지만…….

사토코는 다데시나가 일러 준 대로 두 여자 앞에서는 가능한 한 말수를 줄였다. 사토코는 여자의 몸이 지닌 명암에 대해서라면 누구보다 빠삭할 이 여자들 앞에서 마음을 열지 않도록 주의했는데, 그러한 노력은 또 다른 걱정을 낳았다. 사토코가 지나치게 울적한 모습을 보이면 남의 얘기 하길 좋아하는 사람들 사이에서 원치 않은 출가라는 소문이 돌 것이기 때문이었다. 몸을 속이면 마음을 꿰뚫어 볼 테고, 마음을 속이면 몸을 꿰뚫어 볼까 겁이 났다.

결국 다데시나는 예의 기지를 발휘해 마작 모임을 중단시키는 데에 성공했다. 백작에게 이렇게 말한 것이다.

"여자들의 중상모략을 그대로 받아들이시다니 마쓰가에 후작님답지 않은 일입니다. 그 여자들은 아가씨가 내키질 않아 하시니 저를 몰아붙였겠지요. 아가씨 마음이 내키지 않는다고 하면 아무래도 그자들의 책임이 될 테니 제가 거만하다는 둥 고자질을 한 게 틀림없습니다. 아무리 후작님이 마음을 써 주셨다고는 해도 이 집에 유곽 여자들이 출입한다니 자랑할 만한 일은 아니지요. 게다가 아가씬 이제 마작의 기초는 떼셨는데, 출가하신 후에 줄곧 마작 상대만 하시면서 늘 지기만 하신다면 그편이 되레 가엾습니다. 이쯤에서 마작은 중단했으면 합니다만, 그래도 후작님께서 물러나지 않으실 것 같으면 이 다데시나는 그만 소임을 내려놓겠습니다."

물론 백작은 협박을 품은 다데시나의 제안을 받아들이지 않을 수 없었다.

애당초 마쓰가에의 집사 야마다에게서 편지에 대한 기요아키의 거짓말을 들었을 때, 다데시나는 앞으로 기요아키를 적으로 돌릴지, 아니면 모든 것을 받아들이고 기요아키와 사토코의 바람대로 움직일지를 결정해야 하는 기로에 섰다. 다데시나는 결국 후자를 택했다.

그것은 사토코에 대한 다데시나의 진정한 애정 때문이라 말할 수도 있겠지만, 일이 여기까지 이른 이상 둘 사이를 억지로 갈라놓으면 사토코가 자살이라도 하지 않을까 겁이 나서이기도 했다. 이렇게 된 이상 비밀을 지키며 두 사람이 마음대로 하도록 내버려 두고, 마지막 순간에 자연스레 포기하기를 기다리는 것이 득책이라 여겨졌다. 그녀가 할 일은 그저 전력을 다해 비밀을 지키는 일뿐이었다.

다데시나에게는 정열의 법칙을 속속들이 꿰고 있다는 자부심이 있었다. 드러나지 않는다면 존재하지 않는 것이나 마찬가지라는 것이 다데시나의 철학이었다. 즉 다데시나는 주인인 백작과 도인노미야가, 어느 쪽도 배반하지 않았다. 마치 화학 실험이라도 하듯 한편으로는 제 손으로 두 사람의 정사(情事)를 돕고 그 존재를 보증하면서, 다른 한편에서는 비밀을 지키고 흔적을 지우며 그것의 존재를 부정하면 되는 일이었다. 물론 다데시나는 위험한 다리를 건너고 있었다. 그러나 그녀는 가장 마지막 순간에 터진 곳을 깁는 사람, 그 역할을 해내는 것이 자신이 이 세상에 태어난 이유라 믿고 있었다. 그 순간이 올 때까지 부단히 은혜를 베풀어 놓으면 결국에는 제 뜻대로 상대를 움직일 수 있다.

되는대로 빈번하게 밀회를 주선하면서 두 사람의 정열이 사그라지기를 기다리고 있는 다데시나는, 그 일 자체가 자신의 정열이 되었다는 사실은 눈치채지 못했다. 그리고 기요아키의 그토록 뻔뻔한 태도에 대한 유일한 보복은 그가 머지않아 "이젠 사토코와 헤어지고 싶으니 네가 원만하게 체념시켜 줬으면 해." 하고 부탁해 오는 일, 즉 기요아키에게 자기 정열의 붕괴를 여봐란 듯이 보여 주는 일이었다. 그러나 다데시나 자신도 그 꿈을 반밖에 믿지 않았다. 그렇게 되면 무엇보다 사토코가 너무나 가여울 테니.

이 세상에 안전한 것은 없다는, 태연자약한 이 늙은 하녀의 철학은 애초에는 제 몸을 지켜 내기 위한 자계(自戒)였다. 그녀는 어쩌다 제 몸의 안전을 버리고 그 철학 자체를 모험의 구실로 삼아 버렸을까. 어느새 다데시나는 무어라 설명하기 어려운 즐거움에 사로잡힌 포로가 되었다. 자신이 길잡이가 되어 젊고 아름다운 두 사람을 만나게 해 주는 일이 어떠한 위험과도 맞바꿀 수 있는 통렬한 즐거움이 되어 버린 것이다.

이 즐거움 속에서는 아름답고 젊은 육체의 융화 그 자체가 어쩐지 신성한 것, 터무니없는 정의의 실현처럼 여겨졌다.

서로를 만날 때 반짝이는 두 사람의 눈, 서로에게 가까이 다 가설 때면 고동치는 두 사람의 심장. 그것들은 다데시나의 차 게 식은 가슴을 데우는 난로였으므로, 그녀는 스스로를 위해 그 불씨를 꺼뜨리지 않도록 노력했다. 서로를 만나기 직전까 지 근심에 여위었던 볼이 연인의 모습을 알아차리기가 무섭 게 6월의 보리 이삭보다도 찬란히 빛난다……. 그 순간은 앉 은뱅이가 일어서고 맹인의 눈이 열리는 듯한 기적으로 가득 했다.

다데시나의 역할은 사토코를 악으로부터 지켜 내는 것이 었다. 그러나 불타오르는 것은 악이 아니라는, 시가 되는 것은 악이 아니라는 가르침은 아야쿠라가에 전해 내려온 오랜 우 아함 속에 암시되어 있지 않았던가.

그럼에도 다데시나는 어떤 일이 일어나기를 가만히 기다리 고 있었다. 방목하던 작은 새를 붙잡아 새장에 되돌려 놓을 기 회를 기다리고 있다고도 할 수 있었지만, 그런 기대에는 어딘 지 불길하고 무자비한 예감이 깃들어 있었다. 다데시나는 매 일 아침 정성껏 교토풍으로 짙은 화장을 했다. 물결치는 눈밑 주름을 분으로 감추고 윤이 나는 자줏빛 연지로 입술 주름을 숨기는 동안, 거울에 비친 제 얼굴을 피해 거무튀튀한 시선을 질문하듯 허공에 던졌다. 높은 가을 하늘에서 내리쬔 햇빛에 말간 물방울이 눈에 맺혔고, 무언가를 갈구하는 미래가 그 안 에서 얼굴을 내밀었다. 화장을 마친 다데시나는 마지막 점검을 위해 평소에는 쓰지 않는 노안경을 꺼내 금으로 된 가냘픈 안경다리를 귀에 걸쳤다. 그러자 안경다리에 찔린 노쇠하고 새하얀 귓불이 금세 달아올랐다…….

10월이 되자 납채 의례가 12월에 거행되리라는 시달이 내려왔다. 그에 따라 미리 알려 온 예물 목록은 다음과 같았다.

하나, 양복감 다섯 두루마리
하나, 청주 두 통
하나, 신선한 도미 한 상자

뒤의 두 가지는 문제가 없었으나 양복감은 마쓰가에 후작이 맡기로 했다. 후작이 이쓰이 물산의 런던 지점장에게 긴 전보를 친 결과, 그쪽에서 특별 주문한 영국의 최상품 옷감을 보내오기로 했다.

어느 날 아침 다데시나가 사토코를 깨우러 갔을 때 창백한 얼굴로 눈을 뜬 사토코는 갑자기 몸을 일으키더니 다데시나의 손을 뿌리치고 복도로 달려 나갔다. 화장실을 코앞에 두고 사토코는 토해 버렸는데, 그 양은 잠옷 옷깃을 겨우 적실 만큼이었다.

다데시나는 사토코를 침실로 데려간 다음 꼭 닫힌 장지 밖을 확인했다.

아야쿠라가의 뒤뜰에서는 닭을 여남은 마리 키우고 있었다. 아야쿠라가의 아침은 희읍스름한 장지를 뚫고 들어오는 닭 우는 소리로 시작되곤 했다. 해가 높이 뜨도록 닭은 울음을 그치지 않는다. 사토코는 닭 울음소리에 포위된 채 베개에 다시 얼굴을 묻고 눈을 감았다.

다데시나는 사토코의 귓가에 입을 대고 말했다.

"아가씨, 아시겠습니까. 이 일은 아무한테도 말씀하시면 안 됩니다. 옷에 진 얼룩도 제가 조용히 처리할 테니 절대 하녀에게 물리시면 안 됩니다. 드시는 것도 앞으로는 제가 주의해서, 하녀가 눈치채지 못하게 입에 맞으시는 것만 올리도록 조처하겠습니다. 아가씨를 위해 드리는 말씀이니 이제부터는 모쪼록 제가 말씀드리는 대로 하시는 게 제일이에요."

사토코는 희미하게 고개를 끄덕였다. 아름다운 얼굴에 한 가닥 눈물이 흘렀다.

다데시나의 마음에는 기쁨이 넘쳐흘렀다. 우선 최초의 징후가 다데시나를 제외한 다른 누구의 눈에도 띄지 않는 곳에서 일어났다. 둘째로 이것이야말로 자신이 고대해 오던 사태라는 것을, 사건이 발생함과 동시에 다데시나는 납득할 수 있었다. 이제 사토코는 다데시나의 것이었다!

그러고 보면 다데시나는 정념만으로 이루어진 세계보다는 이런 세계에 더 능했다. 일찍이 사토코의 초경을 재빨리 알아채고 상담해 주었듯이, 다데시나는 확실히 손에 잡히는 온갖 세속적인 일들의 전문가였다. 이 세상 모든 일에 깊은 관심을 보이는 법이 없는 백작 부인은 사토코가 초경을 시작한 지 이 년이 지난 후에야 다데시나의 귀띔으로 그 사실을 알게 되었을 정도였다.

다데시나는 줄곧 사토코의 몸 상태를 주의 깊게 살폈다. 구역질을 했던 아침 이후 사토코의 피부에 분이 발린 상태, 멀리서 닥쳐오는 매스꺼움을 예감하고 찡그린 눈썹, 식성의 변화, 거동에서 엿보이는 진보랏빛 께느른함…… . 예민한 관찰로 차근차근 확증을 모은 다데시나는 하나의 결단을 향해 망설임 없이 움직이기 시작했다.

"계속 집에만 계시면 몸에 해롭습니다. 같이 산책이라도 나가시지요."

그런 말은 대개 기요아키를 만날 수 있다는 암호였다. 그러나 아직 환한 대낮이었으므로 의아해진 사토코는 질문하듯 눈을 들었다.

평소와 달리 다데시나의 얼굴에는 다가가기 어려운 단호함이 가득했다. 다데시나는 국사(國事)에 얽힌 명예가 제 손에 달려 있음을 알았다.

뒷문으로 나가려고 뒤뜰을 따라가니 가슴 앞으로 소맷자락을 움켜쥔 백작 부인이 새에게 모이를 주는 하녀를 보고 있었다. 가을 햇빛이 따사로웠다. 떼 지어 걷는 닭들의 깃털엔 윤이 흘렀고, 장대에 걸린 빨래들은 새하얀 빛깔을 자랑스레 펄럭였다.

사토코는 발밑의 닭들을 쫓아내는 다데시나를 따라 걸으며 어머니를 향해 가볍게 목례했다. 닭들의 부푼 깃털에서 한 발 한 발 뻗어 나온 다리는 완강해 보였다. 사토코는 처음으로 그런 생명체로부터 적의(敵意)를 느꼈다. 그 적의는 그 생명체와 자신이 근친 관계라는 사실에서 비롯한 것이라 사토코는 불길한 마음에 사로잡혔다. 빠진 닭 깃 몇 개가 땅바닥 가까이에서 미약하게 너풀대고 있었다. 다데시나는 백작 부인에게 인사하며 말했다.

"잠깐 산책을 다녀오겠습니다."

"산책이요? 수고가 많네요." 하고 백작 부인이 말했다. 딸의 경사가 가까워지자 부인의 마음 역시 부산한 듯했지만, 그런 한편 딸에게는 점점 더 정중한 태도로 남남처럼 서먹하게 굴었다. 그것은 공가식 예법으로, 이미 윗사람이 된 딸에게는 잔소리 한마디 하는 법이 없었다.

두 사람은 류도(竜土)초[86] 안에 있는 작은 신사까지 걸었다. '덴소(天祖) 신사'라 쓰인 화강암 울타리를 지나 가을 축제도 모두 끝난 좁은 경내에 들어간 다데시나는, 보라색 휘장을 늘어뜨린 배전(拜殿) 앞에서 머리를 숙인 다음 작은 신악당(神樂堂) 뒤쪽으로 들어갔다. 사토코는 말없이 다데시나를 따랐다.

"기요 님은 여기 계셔?" 하고 오늘은 어쩐지 다데시나의 기에 눌린 사토코가 머뭇거리며 물었다.

"아니요, 안 오십니다. 오늘은 제가 아가씨께 부탁드릴 일이 있어 이리로 모셨습니다. 여기라면 듣는 귀는 없을 겁니다."

---

86) 에도 시대부터 1967년까지 존재했던 지명으로 현재는 롯폰기에 포함되어 있다.

측면에서 신악 연주를 볼 수 있도록 석재가 두세 개쯤 가로 놓여 있었다. 다데시나는 이끼 낀 돌 표면에 자신의 하오리를 접어 올리고는 "엉덩이가 차가워지시지 않도록." 하며 그 위에 사토코를 앉혔다.

"그래서, 아가씨." 하고 다데시나는 다시 말을 시작했다. "새삼스레 말씀드릴 것도 아닙니다만, 무엇보다도 천황 폐하가 중하다는 것은 잘 아시겠지요.

그야 아야쿠라가는 대대로 천황의 은덕을 입어 27대째 이어져 내려왔으니, 저같이 하찮은 것이 아가씨께 이런 말씀을 드리는 것은 부처님 앞에서 설법을 하는 것이나 마찬가지겠지만요. 한번 천황의 칙허를 받은 혼인은 이제 어찌할 도리가 없고, 그걸 저버린다는 건 천황의 은덕을 저버리는 일입니다. 세상에 이보다 무서운 죄는 없습니다……."

이어서 다데시나는 끊임없이 사토코를 설득하기 시작했다. 이렇게 말한다고 해서 결단코 사토코의 지금까지의 행실을 탓하는 것은 아니며 그 점에선 다데시나도 공범이라는 것, 겉으로 드러나지만 않는다면 죄책감을 느끼며 자신을 나무랄 필요는 없다는 것, 그러나 그런 일에도 한도가 있으니 아이를 밴 이상에는 정말이지 모든 것에 결착을 지을 때가 왔다는 것, 여태껏 다데시나는 잠자코 지켜보고만 있었지만 일이 이렇게 된 이 지경에는 언제까지고 질질 끌며 이 사랑을 계속할 수는 없으리라는 것, 지금 당장 사토코는 결의를 다지고서 기요아키에게 이별을 고하고 만사 다데시나의 지시에 따라 일을 진척시킬 것……. 이 모든 것들을 다데시나는 가능한 한 감정을 섞지 않고 순서대로 해치우듯 말했다.

다데시나는 그렇게까지 말하면 사토코도 모든 것을 이해하고 자신이 기대한 대로 움직여 주리라 생각했으므로, 힘겹게 말을 마친 다음에는 접힌 손수건을 펴지도 않고 땀이 밴 이마에 그대로 갖다 댔다.

다데시나는 꼬박꼬박 따지고 드는 이야기를 매끄럽게 포장하기 위해 공감한다는 듯 슬픔 어린 표정을 짓고 울먹이는 소리를 내기까지 했지만, 제 딸보다 사랑스러운 이 아가씨 앞에서 자신이 진정 슬퍼하지는 않는다는 것을 알고 있었다. 사토코를 향한 다데시나의 사랑과 슬픔 사이에는 담장이 놓여 있었다. 사토코를 사랑하면 할수록, 다데시나는 자신의 무서운 결단 속에 숨어 있는 정체 모를 지독한 기쁨에 사토코도 동참하기를 바랐다. 또 다른 죄를 저지름으로써 무시무시한 하나의 죄로부터 구원받는 것. 마침내는 두 죄를 상쇄시켜 둘 모두 존재하지 않았던 것으로 만들어 버리는 것. 하나의 어둠과 새로 마련한 어둠이 뒤섞인 곳에서 무시무시한 모란 빛깔로 밝아 오는 새벽. 그 모든 일이 은밀하게 이루어지는 것이다!

사토코가 너무 오래 잠자코 있었으므로 불안해진 다데시나는 거듭 물었다.

"뭐든지 제가 권하는 대로 하실 거지요. 어찌 생각하십니까?"

텅 빈 사토코의 얼굴에는 놀란 기색도 보이지 않았다. 다데시나의 삼엄한 말투가 무엇을 의미하는지 몰랐기 때문이다.

"그래서 내게 어찌하라는 거야. 그걸 분명히 말해 줘야지."

다데시나는 주위를 두리번거리며 신사 앞에 달린 방울에서 희미하게 들려오는 소리까지도 사람이 낸 소리가 아니라 바람이 일으킨 소리라는 것을 확인했다. 신악당 바닥 밑에서 간간이 귀뚜라미 울음소리가 들려왔다.

"아기를 처리하는 겁니다, 한시라도 빨리."

사토코는 숨을 죽였다.

"무슨 말이야. 징역을 살게 될 텐데."

"무슨 말씀이세요. 이 다데시나에게 맡겨 두세요. 만약 어디선가 얘기가 새어 나간대도 경찰이 아가씨나 저한테 죄를 씌울 수는 없을 겁니다. 이미 혼인이 정해진걸요. 12월에 납채가 끝나고 나면 더더욱 안전할 겁니다. 그도 그럴 게 경찰도 대강은 알고 있을 테니까요.

그렇지만 아가씨, 잘 생각해 보셔요. 만약 아가씨가 우물쭈물하시다가 이대로 배가 불러 오면, 천황께선 물론 세상 사람들도 용서하지 않을 거예요. 혼인은 깨질 테고 백작 어르신께서도 사람들의 눈을 피해 숨으셔야겠지요. 게다가 기요아키 님도 입장이 몹시 괴로워지실 겁니다. 솔직히 말하자면 마쓰가에 후작가도 도련님의 장래가 엉망이 될 테니 모른 체하실 수밖에 없을 겁니다. 그럼 아가씬 전부 다 잃어버리시는 거라고요. 그래도 괜찮으십니까? 지금으로선 아무리 생각해 봐도 길은 오직 하나뿐입니다."

"어디선가 얘기가 새어 나가면 만약 경찰이 입을 다물어 준다 해도 언젠가는 도인노미야가의 귀에 들어가겠지. 그럼 난 어떻게 혼례를 치르고, 또 앞으론 무슨 낯으로 전하를 섬기라는 거야?"

"소문 따위에 벌벌 떠실 필요는 없습니다. 도인노미야가에서 어떻게 생각하실지는 아가씨 하시기에 달린 겁니다. 앞으로는 평생을 아리땁고 정숙한 비로서 살아가시면 됩니다. 소문 같은 건 얼마 안 가 반드시 사라져 버릴 테니까요."

"넌 내가 절대로 징역은 살지 않을 거라고, 감옥 같은 덴 가지 않을 거라고 장담하는 거지?"

"그럼 좀 더 납득이 가시도록 이야기해 볼까요. 우선 경찰은 도인노미야가가 두려워 만에 하나라도 이 일을 공공연히 알리지는 못할 겁니다. 그래도 걱정이시라면 마쓰가에 후작님을 아군으로 끌어들이는 방법도 있습니다. 후작님이 나서 주신다면 어떤 일이든 막을 수 있고, 애당초 그쪽 도련님 뒤치다꺼리이기도 하니까요."

"아아, 그건 안 돼!" 하고 사토코는 외쳤다. "그것만은 허락하지 않겠어. 절대로 후작님께도 기요 님께도 도움을 청해서는 안 돼. 그럼 내가 비천한 여자가 되어 버리잖아."

"자, 그건 어디까지나 만일의 경우를 말씀드린 것뿐이에요.

두 번째, 법적인 측면에서도 저는 아가씨를 감싸겠다 결심을 굳혔습니다. 아가씨는 아무것도 모르고 제 흉계에 휘말려서 모르는 새에 마취제를 들이마시고는 뭣한 처지가 되어 버리신 걸로 하면 됩니다. 그럼 아무리 일이 커져도 제 한 몸 죄를 뒤집어쓰는 걸로 끝날 테니까요."

"그럼 난 무슨 일이 있어도 감옥에 갈 일은 없다는 거네."

"그거라면 마음을 놓으셔요."

그 말을 들은 사토코의 얼굴에 떠오른 것은 안도가 아니었다. 그리고 사토코는 뜻밖의 말을 했다.

"난 감옥에 들어가고 싶어."

다데시나는 긴장이 풀려 웃기 시작했다.

"애 같은 말씀을 하시고! 그건 또 무슨 까닭으로 그러십니까?"

"여자 죄수들은 어떤 옷을 입을까. 그렇게 돼도 기요 님이 날 좋아해 주실지 알고 싶어."

이렇게 생청붙인 말을 꺼낸 사토코의 눈에 눈물은커녕 격렬한 기쁨이 스치는 것을 보고 다데시나는 몸을 떨었다.

이 두 여자가 신분의 차이도 아랑곳 않고 마음속으로 간절히 바란 것은 같은 힘에서 솟은, 같은 종류의 용기였음에 틀림없었다. 기만을 위해서도 진실을 위해서도, 두 사람이 이처럼 꼭 같은 양과 질의 용기를 바란 적은 없었다.

다데시나는 물결을 거스르려는 배와 물결이 정확히 같은 힘으로 맞버티며 한동안 한곳에 머무르듯이, 지금 매 순간, 사토코와 자신이 애가 탈 만큼 친밀하게 얽혀 있음을 느꼈다. 또 둘은 서로 같은 기쁨을 이해하고 있었다. 닥쳐오는 태풍을 피해 떼 지어 머리 위로 쫓아오는 새들의 날갯짓을 닮은 퍼덕대는 기쁨의 소리……. 슬픔, 경악, 불안. 그것은 이 모두와 비슷하면서도 다른, 기쁨이라고밖에 부를 수 없는 난폭한 감정이었다.

"그럼 하여간 제가 드리는 말씀대로 해 주시는 거지요."

다데시나는 가을볕에 상기된 듯한 사토코의 볼을 보며 말했다.

"이 일에 대해서라면 일절 기요 님에겐 알리면 안 돼. 물론 내 몸에 관한 것도 전부.

네 말대로 되든 그렇지 않든 마음을 놓고, 다른 누구도 끌어들이지 말고 너에게만 상의할게. 그리고 내가 제일 좋다고 생각하는 길을 고르지."

사토코의 말에는 이미 비의 위엄이 서려 있었다.

38

기요아키는 납채 의례가 드디어 12월에 거행되리라는 소식을 10월 초 부모와 함께한 저녁 식사 자리에서 들었다.

부모는 이 예식에 무척 흥미를 보이며 전고(典故)에 대한 지식을 겨뤘다.

"아야쿠라 씨 댁에선 도집사를 맞을 때 집무궁(執務宮)을 마련해야 할 텐데, 어느 방을 꾸밀 계획일까요?"

"입식으로 진행될 테니 멋진 서양식 방이 있다면 더할 나위 없겠지만 그 집에선 큰 거실을 쓸 테고, 그럼 현관부터 거실까지 죽 천을 깔아 놓고 맞을 수밖에 없겠지. 도인노미야가에서 도집사가 속관(屬官) 둘을 데리고 마차를 타고 들어가면, 아야쿠라가에서는 두꺼운 고급 종이에 쓴 수락서를 같은 종이로 감싼 다음에 지노를 두 가닥으로 묶어서 준비해 둬야지. 도집사는 대례복을 입고 올 테니 승낙하는 백작도 역시 대례복을 입어야 할 테고. 그런 사소한 것들이라면 아야쿠라가 전문 가니까 이쪽에서 입을 댈 필요도 없어. 이쪽은 그저 돈만 신경 써 주면 된다고."

그날 밤 기요아키의 마음은 소란스러웠다. 그는 마침내 자신의 사랑에 감겨 오기 시작한 쇠사슬이 바닥에 질질 끌리며 다가오는 음울한 쇳소리를 들었다. 그러나 칙허가 내렸을 때 그를 휘몰았던 쾌청한 힘은 이제 이곳에 없었다. 그를 그렇게나 고무시켰던 '절대적인 불가능'이라는 백자(白磁) 같은 개념 한 면에는, 이미 미세한 금이 가 있었다. 결의가 낳은 격렬한 환희가 있던 자리에는 계절의 끝자락을 바라보는 자의 슬픔이 있었다.

포기하려는 건가, 기요아키는 스스로에게 물었다. 그런 것은 아니었다. 칙허는 두 사람을 그토록 미칠 듯이 맺어 준 힘으로 작용했지만, 그 연장에 불과한 납채가 확정되었다는 소식은 두 사람을 갈라놓으려는 역력한 외부의 힘으로 느껴졌다. 앞의 힘에 대해서라면 마음이 가는 대로 대처할 수 있었지만 뒤의 힘에는 어떻게 대응해야 할지 알 수 없었다.

다음 날 기요아키는 연락소로 정해 둔 군인 하숙집 주인에게 전화를 걸어 당장 사토코를 만나고 싶다는 전언을 다데시나에게 전했다. 저녁때까지 대답이 오지 않았으므로 학교에서도 수업은 귀에 들어오지 않았다. 방과 후 학교 밖에서 전화를 걸어 전해 들은 다데시나의 답신은 이런 것이었다. 이미 알고 계신 그 사정으로 앞으로 열흘 정도는 만나게 해 줄 수 없다, 때가 오면 바로 알릴 테니 그때까지 기다려 주었으면 한다.

기요아키는 애타게 기다리는 고통 속에서 열흘을 보냈다. 그는 사토코에게 냉담했던 자신의 행동이 지금 응보로 되돌아오는 것을 똑똑히 느꼈다.

가을이 깊어 갔다. 단풍이 들기에는 아직 일렀지만 벚나무만은 생기 잃은 붉은 잎을 흩날리고 있었다. 친구를 부를 기분도 나지 않아 혼자 보낸 일요일은 특히 괴로웠다. 기요아키는 연못을 건너가는 구름 그림자를 바라보았다. 또 먼 9단 폭포를 멍하니 응시하면서 어째서 떨어지는 물은 저렇게까지 끝이 없을까 의아해했고, 물과 물이 이어지는 순조로운 연쇄의 불가사의에 대해 생각했다. 그 모습이 자신의 감정을 그대로 옮겨 놓은 듯했기 때문이다.

뜻대로 되지 않는다는 공허한 마음이 몸 안에 고이자 어떤 곳은 뜨거워지고 어떤 곳은 차가워졌으며, 몸을 움직이기도 버거운 께느른함과 초조함이 동시에 몰려와 병에 걸린 것 같았다. 그는 홀로 넓은 저택 안을 종작없이 거닐다 안채 뒤편에 있는 노송나무 숲 샛길로 들어섰다. 잎이 노래진 덩굴에서 참마를 캐고 있는 늙은 정원 관리인을 마주치기도 했다.

노송나무 우듬지 사이로 보이는 푸른 하늘에서 떨어진, 어제 내린 빗방울이 기요아키의 이마에 닿았다. 그 물방울조차 이마에 구멍을 뚫을 만큼 맑고 세찬 소식처럼 여겨졌기에, 자신이 버려지고 잊힌 것은 아닐까 불안해진 마음을 덜어 주었다. 그저 기다리고 있을 뿐 아무 일도 일어나지 않았다. 그런데도 우르르 몰려온 텅 빈 발소리들이 엇갈리며 사거리를 건너가듯 불안과 의혹이 오갔고 마음이 분주했다. 그는 자신의 아름다움조차 잊고 있었다!

열흘이 지났다. 다데시나는 약속을 지켰다. 그러나 그 밀회의 인색함이 그의 마음을 찢어 놓았다.

사토코가 예식을 위한 기모노를 맞추러 미쓰코시 백화점에 간다. 백작 부인도 함께 갈 예정이었지만 감기 기운으로 앓아 누웠으니 다데시나만 따라간다. 거기서 기요아키와 만날 수도 있겠지만 포목 상가 지배인들에게 얼굴을 보여서 좋을 일은 없다. 3시에 사자 조각상이 있는 입구에서 기다려 줬으면 한다. 백화점에서 나온 사토코를 발견하면 못 본 체하고 사토코와 다데시나의 뒤를 따라와 주길 바란다. 그대로 둘은 사람들 눈에 띄지 않을 만한 근처 단팥죽집에 들어갈 테니, 그곳에 따라 들어오면 얼마간은 이야기를 나눌 수 있다. 그동안 기다리는 인력거꾼은 사토코가 아직 백화점 안에 있는 줄로 알고 있을 것이다.

학교를 조퇴한 기요아키는 레인코트 속에 교복을 감춘 다음 배지를 숨기고 교모까지 가방에 넣고서, 사람들로 붐비는 미쓰코시 백화점 입구에 섰다. 그러자 사토코가 나오더니 불타오르는 듯한 애처로운 눈길을 던지고는 길가로 나섰다. 시키는 대로 한 끝에 기요아키는 한산한 단팥죽집 한구석에서 사토코를 마주 보고 앉을 수 있었다.

그리 생각한 탓인지 기요아키가 보기에 사토코와 다데시나 사이에는 응어리진 무언가가 있는 듯했다. 사토코의 화장은 평소와 달리 들떠 있었고 억지로 건강한 빛을 꾸며 놓은 것을 똑똑히 알아볼 수 있었다. 사토코의 말 끝에는 힘이 없었고 머리카락은 무거워 보였다. 기요아키는 선명하게 채색된 그림이 눈앞에서 갑자기 지독히도 빛이 바래는 것을 보았다. 그것은 그가 지난 열흘간 그토록 절실히 보고 싶었던 것과는 미묘하게 다른 것이었다.

"오늘 밤엔 못 만나?" 하고 기요아키는 다급히 물으면서도 결코 신통한 대답을 들을 수 없으리라 예감했다.

"터무니없는 말씀 마세요."

"터무니없긴 뭐가?"

기요아키의 말은 격해졌고 마음은 텅 비어 갔다.

사토코는 고개를 숙이는가 싶더니 눈물을 흘렸다. 다데시나는 주변 손님들이 볼세라 흰 손수건을 건네며 사토코의 어깨를 눌렀다. 어깨를 누르는 모양이 무자비하게 느껴져 기요아키는 날카로운 눈으로 다데시나를 노려봤다.

"왜 그런 눈으로 보십니까?" 다데시나는 넘쳐흐르는 무례를 담아 말했다. "제가 도련님과 아가씰 위해서 죽을 만큼 고생하고 있는 걸 모르십니까? 아니, 도련님뿐 아니라 아가씨도 조금도 헤아려 주시질 않으니, 이제 저 같은 건 이 세상에 없는 편이 낫겠습니다."

단팥죽 세 그릇이 나왔으나 손을 대는 사람은 없었다. 작은 칠그릇 뚜껑가에 봄철 진창처럼 비어져 나온 보랏빛 팥이 서서히 말라 갔다.

짧은 밀회 끝에 또 열흘이 지날 때쯤 만나자는 불확실한 약속을 하고 두 사람은 헤어졌다.

그날 밤 기요아키의 고뇌는 끝날 줄을 몰랐다. 언제까지 사토코가 밤 약속을 거부할까 생각하면 이 세상 전체가 그를 밀어내는 듯했다. 절망의 한복판에 선 그가 사토코를 사랑한다는 것은 이제 의심할 수 없는 사실이었다.

오늘의 눈물만 보더라도 사토코의 마음이 기요아키의 것임은 분명했지만, 마음이 통하는 것만으로는 아무 의지가 되지 않는다는 사실 또한 명백해졌다.

그는 지금 진짜 감정을 품고 있었다. 그것은 그가 전부터 상상해 왔던 온갖 사랑의 감정들과 비교하자면 조잡한 데다 정취가 없고 황량하며 시커먼, 도무지 고상함과는 거리가 먼 감정이었다. 아무리 해도 시가 될 것 같지는 않았다. 그가 날것의 추악함을 이토록 제 것으로 받아들인 것은 지금이 처음이었다.

잠들지 못해 밤을 지새우고 창백해진 얼굴로 등교하자 기요아키의 상태를 바로 알아챈 혼다가 무슨 일인지 물어 주었다. 망설이듯 던진 자상한 질문에 기요아키는 눈물을 흘릴 뻔했다.

"들어 줘. 이제 그녀는 나와 자 줄 것 같지가 않아."

혼다의 얼굴은 동정(童貞)답게 혼미해졌다.

"왜 그렇게 된 거야?"

"이제 납채가 12월로 결정됐으니 그런 거겠지."

"그래서 몸을 조심하겠다는 건가?"

"달리 생각할 방도가 없어."

혼다에게는 친구를 위로할 만한 말이 하나도 떠오르지 않았다. 그리고 자신의 체험이 아니라 평소처럼 일반론을 끌어

올 수밖에 없는 것을 애석해했다. 그는 친구를 대신해 무리해서라도 나무 꼭대기에 올라 지상을 부감하며 사토코의 심리를 분석해 내야 했다.

"넌 가마쿠라에서 사토코 씨를 그렇게 만나는 동안 문득 난 이제 질려 버린 건 아닐까 의문을 가진 적이 있다고 했지."

"그렇지만 그건 정말 한순간이었어."

"사토코 씬 다시 한번 더 깊이, 더 격렬히 사랑받고 싶어서 그런 태도를 취하는 게 아닐까?"

그러나 자기애의 환상이 기요아키에게 위안이 되어 주리라 생각한 혼다의 계산은 착각이었다. 기요아키는 이미 자신의 아름다움 같은 것은 더 이상 돌아보지 않았다. 사토코의 마음 역시도.

중요한 것은 둘이 사람들의 눈을 두려워하지 않고 마음 놓고 자유롭게 만날 수 있는 장소와 시간뿐이었다. 그런 곳과 시간은 이미 이 세계 밖에서나 찾을 수 있는 건 아닐까. 혹은 이 세계가 붕괴하는 그때에나.

필요한 것은 마음이 아니라 상황이었다. 기요아키의 지치고 위험한 핏발 선 눈은 두 사람을 위한 세상 질서의 붕괴를 꿈꾸고 있었다.

"대지진이 일어나면 좋을 텐데. 그럼 난 그 사람을 구하러 가겠지. 대전쟁이 일어나면 좋겠어, 그럼……. 그래, 그런 것보다 나라의 근본을 뒤흔들 만한 사건이 일어나면 되겠어."

"넌 사건이 일어나면 좋겠다고 말하지만 그러려면 누군가는 그걸 일으켜야 해." 혼다는 이 우아한 젊은이를 가여운 듯 바라보며 말했다. 지금은 야유나 조소가 친구를 북돋아 줄 수 있음을 깨달았기 때문이다. "네가 하면 되잖아."

기요아키의 얼굴에는 당혹감이 숨김없이 드러났다. 사랑하기 바쁜 젊은이에겐 그럴 시간이 없었다.

그러나 혼다는 자신의 말이 찰나의 순간 친구의 눈 속에 다시 밝힌 파괴의 빛에 매혹되었다. 눈의 말간 신역(神域)에 깃든 어둠 속에서 이리 떼들이 내달리는 듯했다. 힘의 행사까지는 이르지 못한, 기요아키 자신조차 눈치채지 못한, 눈동자 속에서만 시작하고 끝나 버린, 광폭한 영혼이 한순간 질주하며 남긴 그림자…….

"이 난국을 어떤 힘으로 타개할 수 있을까. 권력일까, 아니면 돈의 힘일까."

기요아키는 혼잣말하듯 말했지만 마쓰가에 후작의 아들이 그런 말을 하는 것은 아무래도 조금 우스웠으므로 혼다는 차갑게 반문했다.

"권력이라면 넌 어떻게 할 거야?"

"권력을 얻을 수 있다면 뭐든지 할 거야. 그렇지만 그러려면 시간이 걸리겠지."

"권력도 돈도 처음부터 도움이 되진 않지. 잊으면 안 돼. 넌 애초부터 권력으로도 돈으로도 상대가 안 되는 불가능한 상대를 고른 거야. 불가능하기 때문에 끌렸던 거고. 그렇지? 만약 그게 가능해진다면 아무 가치도 없는 거나 마찬가질 테니까."

"그렇지만 한 번은 확실히 가능해진 적이 있었어."

"가능하단 환상을 본 거지. 넌 무지갤 본 거야. 그 이상 뭘 바라는 거지?"

"그 이상……."

기요아키는 우물거렸다. 혼다는 끊어진 말 저편에서 전혀 예기치 않은 막대한 허무가 퍼져 가는 것을 느끼고 전율했다. 혼다는 생각했다. '우리가 주고받는 말들은 그저 한밤중 공사장에 난잡하게 여기저기 내던져 둔 석재들이다. 공사장 위에 펼쳐진 별이 박힌 광대한 하늘의 침묵을 알아차리고 나면, 석재는 이렇게 우물거릴 수밖에 없겠지.'

1교시 논리학 수업이 끝나고 피 씻는 연못을 둘러싼 숲의 샛길을 걸으면서 두 사람은 이야기를 나눴다. 2교시 시작 시간이 다가오자 두 사람은 방금 온 길을 되돌아갔다. 가을 숲길에는 갖가지 눈에 띄는 것들이 떨어져 있었다. 갈색 잎맥이 두드러진 축축한 낙엽이 엄청나게 쌓여 있었고, 도토리, 아직 파랄 때 튕겨 나와 그대로 썩은 밤, 담배꽁초까지. 그 속에서 빙 둥그러진 하얀 색깔, 그것도 병적으로 새하얀 털 뭉치를 발견한 혼다는 그 자리에 멈춰 서서 자신의 발견물을 뚫어져라 쳐다봤다. 어린 두더지의 사체라는 것을 알아차렸을 때에는 기요아키도 웅크리고 앉아 있었다. 기요아키는 나뭇가지 틈으로 쏟아지는 햇빛을 그대로 뒤집어쓴 채, 말도 없이 자세히 사체를 들여다보고 있었다.

사체가 하얀 털 뭉치로 보인 것은 위를 보고 죽은 두더지의 가슴팍에 난 하얀 털이 도드라져 보인 탓이었다. 전신은 축축이 젖은 벨벳 같은 검은색이었고 정교하고 작은 손바닥의 흰 주름에는 진흙이 잔뜩 묻어 있었다. 버르적거리다 주름에 파고든 진흙 같았다. 부리처럼 뾰족한 주둥이도 위쪽을 보고 있었으므로 정묘한 앞니 두 개가 보였고, 그 안으로는 부드러운 장밋빛 구강이 펼쳐져 있었다.

두 사람은 언젠가 마쓰가에가의 폭포 꼭대기에 걸려 있었던 검은 개의 사체를 동시에 떠올렸다. 예기치 않게 정성 어린 공양을 받게 된 사체였다.

기요아키는 털이 듬성듬성한 꼬리를 집어 어린 두더지의 사체를 손바닥 위에 가만히 올려놓았다. 이미 다 말라 버린 사체는 불결한 느낌을 주지 않았다. 다만 미천한 동물의 육체에 숙명으로 주어진 목적 모를 장님의 노역(勞役)이 꺼림칙했고, 펼쳐진 자그마한 손바닥의 섬세한 생김새가 징그러웠다.

그는 다시 꼬리를 잡고 일어서더니 샛길이 연못가에 다다르자 천연스레 연못에 사체를 던졌다.

"뭐 하는 짓이야."

혼다는 친구의 태연함에 눈살을 찌푸렸다. 일견 학생다운 난폭한 행동 속에서 그는 평소답지 않게 황폐해진 기요아키의 마음을 읽었다.

39

이레가 지나고 여드레가 지나도 다데시나는 연락이 없었다. 열흘째가 되던 날 군인 하숙 주인에게 전화를 걸어 보니 다데시나가 몸져누워 있다는 대답이 돌아왔다. 또 며칠이 지났다. 다데시나가 아직 완쾌되지 않았다기에 둘러대고 있는 것은 아닌지 의심이 싹텄다.

기요아키는 미쳐 버릴 것만 같은 심정으로 밤에 홀로 아자부에 가서 아야쿠라가 근처를 배회했다. 도리이자카 근처의 가스등 아래를 지날 때 밝은 빛 아래 내밀어 본 손이 새파랗게 보여 마음이 주저앉았다. 죽음이 임박한 병자는 자주 자신의 손을 들여다본다는 이야기가 떠올랐다.

아야쿠라가의 대문은 꼭 닫혀 있었다. 침침한 문등(門燈) 불빛으로는 오랜 세월 풍화되어 검은 글자 부분만 도드라진 문패마저 읽기 어려웠다. 원래 이 저택에는 등불이 귀했다. 사토코의 방에 켠 등불은 담 밖에서는 결코 보이지 않는다는 것을 그는 알고 있었다.

대문 양옆으로 죽 딸린 집들에는 사람이 살지 않았다. 어린 시절 기요아키와 사토코는 그 집들에 숨어 들어가 곰팡내 가득한 어둑한 방들을 돌아다니곤 했다. 그러다 무서워지면 창밖의 빛을 그리워하며 붙잡던 살창의 먼지가 아직도 그대로 쌓여 있을 것만 같았다. 그때 내다본 건넛집에 녹음이 눈부시게 소용돌이쳤으니 아마도 5월이었을 것이다. 그리고 이렇게 촘촘한 창살 틈으로도 푸르른 나무들이 토막 나지 않았으니, 둘의 어린 얼굴도 그만큼 작았던 모양이다. 모종을 파는 행상이 지나갔다. 둘은 말끝을 끌며 가지나 나팔꽃 따위를 외치는 모종 장수의 목소리를 따라 하면서 킥킥댔다.

이 저택에서 배운 것은 많았다. 기억 속에는 언제나 적적한 먹 내음이 달라붙어 있었고, 쓸쓸함의 기억과 우아함은 그의 마음속에서 떼려야 뗄 수 없이 밀접하게 흡착되어 있었다. 자줏빛을 띤 감색 족자에 금색 글자로 필사한 경문(經文), 교토 어전풍으로 가을꽃을 그린 병풍……. 백작이 보여 준 물건들도 한때는 번뇌하는 육체의 광선을 내뿜었을 테지만, 아야쿠라가에서는 모두 곰팡이와 고바이엔[87] 먹 냄새 속에 묻혀 있었다. 그리고 기요아키를 가로막고 있는 이 담 안에서 우아함이 오래간만에 그윽한 광휘를 되살리려는 이때, 그는 그 빛에 손도 댈 수가 없었다.

---

87) 古梅園. 1577년에 창업한 문구 회사로, 일본에서 가장 오래된 먹 제조사.

담 밖에서 간신히 보이는 2층의 희미한 불이 꺼진 것을 보아 백작 부부가 잠자리에 든 모양이었다. 백작은 전부터 일찍 잠에 들었다. 사토코는 잠 못 드는 밤을 보내고 있겠지. 하지만 그 방의 등불은 볼 수가 없다. 벽을 따라 뒷문까지 빙 돌아간 기요아키는 무심결에 누렇게 금이 간 초인종을 누르려던 손가락을 막았다.

부족한 용기에 스스로 상처 입은 그는 집으로 돌아갔다.

지독히도 고요한 날들이 흘렀다. 그러고도 또 며칠이 흘렀다. 그는 그저 시간을 흘려보내기 위해 학교에 갔고 돌아오면 공부는 내팽개쳤다.

혼다를 비롯해 내년 여름에 있을 대학 입학시험을 앞두고 공부에 열을 올리는 학생들이 눈에 띄기 시작했고, 입학시험이 없는 대학을 지망하는 학생들은 운동에 힘을 쏟았다. 어느 쪽에도 보조를 맞출 수 없는 기요아키는 점점 더 고독해졌다. 말을 걸어도 대답이 없는 일이 잦아지자 모두들 슬며시 기요아키를 멀리했다.

어느 날 학교에서 돌아오니 집사인 야마다가 현관에서 기다리고 있다가 "오늘은 후작님이 일찍 돌아오셨습니다. 도련님과 당구를 치시려고 당구실에서 계속 기다리고 계십니다." 하고 고했다. 매우 이례적인 분부였으므로 기요아키의 가슴은 두근거렸다.

후작이 기요아키를 당구실로 부르는 것은 극히 드문 일로, 집에서 저녁 식사를 마치고 술기운에 기분을 낼 때뿐이었다.

이렇게 대낮부터 당구실로 부르는 경우라면 아버지는 대단히 기분이 좋거나 대단히 언짢은 것이 틀림없었다.

기요아키도 해가 떠 있을 때 그 방을 찾은 적이 거의 없었다. 기요아키는 무거운 문을 밀고 당구실로 들어갔다. 창문은 모조리 닫혀 있었고 골판 유리를 통해 들이비치는 석양에 떡갈나무 널로 된 사방의 벽이 빛났다. 그 모습을 보자 기요아키는 낯선 방에 들어온 것 같은 기분이 들었다.

후작은 몸을 숙이고 큐를 내밀어 흰 공 하나를 노리고 있었다. 큐에 걸친 왼손의 손가락이 상아로 만든 기러기발처럼 도드라져 보였다.

기요아키가 교복 차림으로 반쯤 열린 문가에 멈춰 서자 후작이 "문 닫아." 하고 말했다. 당구대 쪽으로 숙인 후작의 얼굴에 당구대의 녹색 표면이 희미하게 반사되고 있었으므로 기요아키는 아버지의 안색을 읽을 수 없었다.

"그걸 읽어 봐라. 다데시나의 유서다."

마침내 몸을 일으킨 후작은 큐 끝으로 창가의 작은 탁자 위에 놓인 편지 한 통을 가리켰다.

"다데시나가 죽었습니까?"

봉투를 든 손이 떨리는 것을 느끼며 기요아키가 물었다.

"안 죽었다. 목숨은 건졌어. 안 죽었으니…… 더더욱 괘씸한 일이지." 하고 말한 후작은 아들 곁으로 다가가지 않도록 자신을 억누르고 있는 듯했다.

기요아키는 주저했다.

"빨리 읽어!"

후작은 처음으로 날카로운 소리를 질렀다. 기요아키는 선 채로 긴 두루마리에 쓰인 유서를 읽기 시작했다.

유언장

후작님께서 이 편지를 보실 때쯤이면 다데시나는 이미 이 세 상에 없다 여겨 주십시오. 참으로 죄 많은 행실을 속죄하려 미 천한 목숨을 끊기에 앞서, 저지른 죄를 털끝만큼이라도 참회하 고 목숨을 건 부탁을 드리고저 급히 적어 올립니다.

이 다데시나의 태만으로 저희 아야쿠라가의 사토코 아가씨 께 근래 들어 회임의 조짐이 있었습니다. 황공무지하여 그 즉시 한시라도 빨리 처리하시기를 권하였습니다만 도무지 들어주질 않으시고 시간이 갈수록 일은 더욱 커져 갈 터이니, 나름의 궁 리 끝에 아야쿠라 백작님께 자초지종을 말씀드렸으나 백작님 께서는 "큰일이다. 큰일이다." 말씀만 하시고 어떤 결단도 내리 질 않으십니다. 이대로 달을 넘기면 처리도 나날이 어려워지고 온 나라의 일대사가 될 터이니, 이 모든 것이 다데시나의 불충 에서 비롯한 일이라 생각하면 이제는 그저 이 몸을 버리고 후작 님께 매달리는 수밖에 없습니다.

후작님께서는 필시 노여우시리라 추찰되옵니다만 아가씨의 회임도 집안의 일이니 부디 어질게 보살펴 주시기를 바라는 바 입니다. 서둘러 목숨을 버리는 이 늙은이를 불쌍히 여기시어 아 가씨를 아무쪼록 살펴 주시기를 저 세상에서 바라고 또 바라나 이다. 총총.

끝까지 읽은 기요아키는 그곳에 자기 이름이 없다는 사실에 한순간 맛본 비겁한 안도를 내팽개치고, 아버지를 올려다보는 제 눈이 아무것도 모르는 체하는 눈으로 보이지 않기를 빌었다. 그러나 입술은 바짝바짝 말라 갔고 관자놀이가 뜨겁게 요동쳤다.

"다 읽었느냐?" 후작이 말했다. "아가씨의 회임도 집안일이니 부디 어질게 보살펴 달라는 구절을 읽었느냐? 아무리 가깝다 해도 아야쿠라와 우리 가문이 한집안이라곤 할 수 없지. 그런데도 다데시나는 굳이 집안이라고 썼다……. 변명이 있거든 말해 보거라. 네 할아버지의 초상화 앞에서 말해 봐. 만약 내 추측이 틀렸다면 사과하지. 아비로선 애초에 이런 추측도 하고 싶지 않았으니까. 참으로 타기할 만한 일이야. 타기해야 마땅한 추측이라고."

허랑한 낙천가였던 후작이 이토록 무섭고 위대해 보인 적은 없었다. 후작은 조부의 초상화와 러일 전쟁 해전도를 등지고 한쪽 손바닥에 초조하게 큐를 부딪치며 서 있었다.

쓰시마 해전을 그린 거대한 유화 속에서는 대양의 암녹색 파도가 화면의 반 이상을 차지하고 있었다. 밤에 그 그림을 보면 등불 빛 탓에 파랑(波浪)은 특히 더 흐릿해져서 어두운 벽면과 하나로 이어진 울퉁불퉁한 어둠으로밖에 보이지 않았다. 그러나 낮에 본 그림 속 파도의 둔탁하고 울울한 자줏빛 색채는 눈앞에서 겹겹이 용솟음쳤고, 앞쪽에서 멀어질수록 암녹색 수면에 밝은 색이 섞여 들었으며 군데군데 하얀 물마루가 일었다. 게다가 일제히 뱃머리를 돌린 함대가 매끄러운 자취를 퍼뜨릴 수 있도록 격정적인 북쪽 바다가 함대를 품어 주는 모습은 대단했다. 종대를 이루며 먼 바다까지 이어진 함대의 연기는 하나같이 오른쪽으로 흘러갔고, 북방의 5월답게 하늘은 연한 풀빛을 띤 쌀쌀한 파란색을 휘두르고 있었다.

이에 비하면 대례복을 입은 조부의 초상화는 굳세 보이면서도 친근함이 배어 있어, 지금도 기요아키를 질타하기보다는 다정한 위엄으로 그를 타이르고 있는 듯했다. 기요아키는 조부의 초상 앞에서라면 무엇이든 고백할 수 있을 것 같았다.

조부의 불룩하고 묵직한 눈꺼풀, 볼에 난 사마귀, 두꺼운 아랫입술 앞에서는 그의 우유부단한 성격도 일시적일지언정 치유되는 듯했다.

"변명할 것은 없습니다. 말씀하신 것 그대롭니다……. 제 아이입니다."

기요아키는 눈을 내리깔지도 않고 말할 수 있었다.

이런 입장에 처한 마쓰가에 후작의 마음은 위협적인 겉모습과는 반대로 실은 곤혹스러워 미칠 지경이었다. 애초에 그는 이런 상황에 능하지 않았다. 그래서 곧이어 격한 질책을 쏟아 내야 하는 이때, 그는 그저 입안에서 혼잣말로 이렇게 중얼거릴 뿐이었다.

"다데시나 그 할망구가 한 번도 아니고 두 번이나 함부로 입을 놀리고 앉았어. 전엔 겨우 서생이 저지른 불의였으니 그렇다 쳐도, 이번엔 하다 하다 후작가의 아들을……. 그래 놓곤 제대로 죽지도 않아. 이런 욕심쟁이 같으니라고!"

마음의 미묘한 문제라면 언제나 가가대소로 피해 온 후작은 화를 내야 하는 지금 같은 경우에는 어찌할 줄을 몰랐다. 불그레한 얼굴을 한, 정말이지 늠름한 풍모를 가진 이 남자가 그 아버지와 확연히 다른 점이 있다면, 자기 자식에게조차 둔 감하고 무정한 남자로 보이지 않기 위해 체면을 차린다는 점 이었다. 고루한 방식으로 화를 내지 않으려던 후작은 그 결과 분노의 불합리한 위력이 사라져 버렸음을 느꼈다. 그러나 그 가 자기반성으로부터 가장 먼 인간이라는 사실은 화를 내는 데 있어서는 유리한 점이었다.

아버지가 보인 잠깐의 망설임이 기요아키에게 용기를 줬 다. 균열에서 뿜어져 나오는 맑은 물처럼 이 젊은이는 태어나 뱉은 중에 가장 자연스러운 말을 입 밖으로 꺼냈다.

"그래도 어쨌든 사토코는 제 겁니다."

"뭐, 제 것? 다시 한번 말해 봐라. 제 것이라고?"

후작은 아들이 자신의 분노에 방아쇠를 당겨 준 것에 만족 했다. 이제 그는 안심하고 맹목으로 내달릴 수 있었다.

"이제 와서 무슨 소리냐. 사토코한테 도인노미야가의 혼담 이 들어왔을 때 그만큼 '이의는 없느냐'고 확인하지 않았느냐. '지금이라면 되돌릴 수 있으니 조금이라도 마음에 걸리는 게 있으면 말해 보라'고 너에게 말하지 않았느냐고."

화난 후작의 말 속에서 '네놈'과 '너'가 뒤죽박죽으로 섞이 기 시작했다. 아들을 몰아붙일 때는 '너'를, 회유할 때는 '네 놈'을 쓴 실수에 그의 분노가 잘 드러났다. 큐를 쥔 손의 떨림 이 똑똑히 보일 만큼 후작은 당구대를 따라 가까이 와 있었다. 기요아키에게 처음으로 두려움이 싹텄다.

"그때 넌 뭐라고 했느냐? 어? 뭐라고 했어? '걸릴 것 전혀 없습니다.' 그렇게 말했다고. 적어도 남자가 뱉은 말이 아니냐. 그래도 네놈이 남자라고 할 수 있느냐. 난 정말이지 네놈을 너무 유약하게 키웠다고 애석해하긴 했지만 이 정도일 줄은 몰랐다. 천황께서 칙허를 내린 황가의 정혼자에게 손을 대는 것으로도 모자라 애까지 배게 했으니 집안의 명예를 더럽히고 부모 얼굴에 흙칠을 했어. 이보다 더한 불충 불효는 이 세상에 없을 거다. 옛날 같으면 부모인 내가 배를 갈라 천황께 사죄할 일이야. 네가 저지른 짓은 근성이 썩어 빠진 개돼지가 할 법한 짓이다. 어이, 기요아키. 네 생각은 어떠냐. 어서 대답하지 않고! 계속 그렇게 버티고 있을 참이냐? 야, 기요아키⋯⋯."

기요아키는 헐떡이던 아버지의 말이 거칠어지는 것을 느끼자마자 치들린 큐를 피해 몸을 돌렸지만, 만만찮은 일격이 교복을 걸친 등을 강타했다. 등을 감싸려고 뒤로 뻗은 왼손이 또 한 번의 가격으로 급속히 저려 왔고, 잇따라 머리를 노렸으나 빗나간 일격은 도망 나갈 문을 찾던 기요아키의 콧대에 떨어졌다. 기요아키는 앞에 놓인 의자에 발이 걸려 의자를 껴안듯이 바닥에 고꾸라졌다. 금세 콧구멍에서 코피가 흘렀다. 큐는 그 이상 쫓아오지 않았다.

아마도 기요아키는 한 번씩 맞을 때마다 토막토막 소리를 내질렀던 모양이다. 문이 열렸고 조모와 어머니가 나타났다. 시어머니의 등 뒤에서 후작 부인이 떨고 있었다.

후작은 여전히 큐를 쥔 채 몹시 헐떡이며 우뚝 서 있었다.

"무슨 일입니까." 하고 기요아키의 조모가 말했다.

그 말을 듣고서야 조모의 모습을 알아챈 후작은 그곳에 자신의 어머니가 있다는 사실이 아직 믿기지 않는 기색이었다. 하물며 아내가 사태의 시급함을 알아채고 시어머니를 부르러 갔으리라는 추측까지는 하지 못했다. 어머니가 외따로 떨어진 거처에서 한 발짝이라도 걸어 나오는 것은 그만큼 이례적인 일이었기 때문이다.

"기요아키가 괘씸한 짓을 저질렀습니다. 테이블 위에 있는 다데시나의 유서를 읽어 보면 아실 겁니다."

"다데시나가 자해라도 했단 말이냐?"

"유서를 편지로 받고 아야쿠라가에 전화해 봤더니……."

"그래, 그랬더니?" 하고 조모는 작은 탁자 옆의 의자에 앉아 오비 틈에서 천천히 노안경을 끄집어냈다. 검은 벨벳 케이스를 지갑이라도 펼치듯이 정성 들여 열었다.

후작 부인은 그제야 쓰러진 손자 쪽으로는 눈길 한번 주지 않는 시어머니의 마음을 헤아렸다. 후작을 혼자서 떠맡겠다는 마음의 채비를 드러내 보인 것이다. 안심한 후작 부인은 곧장 기요아키 쪽으로 달려갔다. 그는 이미 손수건을 꺼내 피범벅이 된 코를 누르고 있었다. 눈에 띄는 상처는 없었다.

"그래서, 그랬더니?"

후작의 어머니는 벌써 두루마리를 끄르며 거듭 물었다. 후작의 마음속에서는 이미 무언가가 꺾이고 있었다.

"전화를 걸어 물어보니 목숨은 건졌고 지금은 보양 중이라고, 그런데 그걸 어찌 알았느냐고 백작이 의심스럽다는 듯이 묻는 게 아니겠습니까. 아무래도 제 앞으로 온 유서는 모르는 모양이더군요. 저도 다데시나가 칼모틴을 먹었다는 이야기는 절대 바깥에 새어 나가지 않도록 하라고 백작에게 주의해 뒀습니다. 그렇지만 아무리 생각해도 우리 기요아키에게 죄가 있으니 상대 탓만 할 수도 없는 노릇이라 이러지도 저러지도 못하고 전화를 끊었습니다. 되도록 가까운 기회에 만나서 이 것저것 상의하고 싶다고 백작한테 이야기해 두긴 했지만, 어쨌든 이쪽 태도를 정해야 움직일 수 있을 테니까요."

"그건 그렇지……. 정말 그래요."

노파는 눈으로 편지를 훑으며 건성으로 말했다.

두껍고 반들반들한 이마와 굵은 윤곽으로 단숨에 그린 듯한 얼굴 생김, 아직도 남아 있는 그 옛날의 그을린 빛깔, 하얗게 센 머리카락을 되는대로 부자연스러울 만큼 그저 새까맣게만 물들인 염색약……. 신기하게도 이처럼 강건한 시골풍의 요소요소들은 빅토리아 양식으로 꾸민 당구실에 짜 맞춘 것처럼 잘 어울렸다.

"허지만 기요아키 이름은 이 유서 어디에도 없지 않느냐."

"집안일 운운하는 부분을 읽어 보십시오. 빈정대고 있다는 걸 한눈에 알 수 있지요. 게다가 기요아키는 제 입으로 그게 자기 애라고 자백했습니다. 어머닌 증손주를 보시는 거라고요. 그것도 버젓이 내놓지도 못할 증손주를 말입니다."

"그래도 기요아키가 누굴 감싸 주려고 거짓으로 자백했을지도 모를 일이니."

"뭘 더 말씀드리겠습니까. 어머니가 직접 기요아키한테 물어보시지요."

그녀는 그제야 손자 쪽을 돌아보면서 대여섯 살 아이에게 말을 걸듯이 자애로운 목소리로 물었다.

"잘 들어라, 기요아키. 할미를 똑바로 보렴. 할미 눈을 잘 보고 대답해야 한다. 그럼 거짓말을 못 할 테니. 지금 아버지가 말한 것들이 사실이냐?"

기요아키는 등에 남아 있는 통증을 견디면서 아직 멎지 않은 코피를 훔친 다음, 시뻘게진 손수건을 꼭 쥔 채 몸을 돌렸다. 난잡하게 닦아 낸 피로 수려한 코끝이 얼룩져 있었고 눈가는 젖어 있었다. 반듯한 얼굴 탓에 기요아키는 코끝이 촉촉한 강아지처럼 어려 보였다.

"사실입니다."

기요아키는 코멘소리로 말을 내뱉은 뒤 어머니가 내민 새 손수건으로 서둘러 코를 막았다.

기요아키의 조모가 내놓은 말은 자유롭게 질주하는 말을 닮은 것이었다. 말발굽 소리를 울리며 질서 있게 줄지어 선 것들을 시원하게 발로 차 흩뜨려 버린 말. 조모는 이렇게 말했다.

"황가의 정혼자를 임신시켰다니 참으로 장하구나. 바깥에 널린 겁 많은 요즘 남자들은 못 할 일이다. 거참 대단한 일이야. 역시 기요아키는 할아버님의 손자로구나. 그만한 일을 했으니 감옥에 들어간대도 그걸로 족하다. 설마하니 사형은 아닐 테지."

조모는 분명히 기뻐하고 있었다. 근엄하던 입술 선이 누그러지자 오랜 세월 쌓여 온 불만들이 쏟아져 나왔고, 거기에는 아들 후작대에 들어서부터 이 집에 고여 있던 것들을 자신의 말로 일거에 털어 버렸다는 만족감이 넘쳐흘렀다. 다만 그 말은 현 후작의 잘못을 향한 것만은 아니었다. 그것은 이 저택을 둘러싼 것들, 즉 이중 삼중으로 그녀의 만년을 에워싸다 이윽고 뭉개 버리기를 기도하는 힘을 향해 되쏘아붙인 조모의 목소리였다. 그 목소리는 명백히 이제는 잊혀 버린 동란의 시대, 누구도 하옥이나 사형을 겁내지 않았고 생활의 바로 곁에 죽음과 감옥 냄새가 바싹 붙어 있었던 그 시대로부터 울려 퍼지고 있었다. 적어도 조모와 그 세대는 시체가 떠내려 오는 하천에서 침착하게 그릇을 씻던 주부들의 시대에 속한 이들이었다. 그것이 바로 생활이었다! 그런데 일견 유약해 보였던 이 손자가 그 시대의 환상을 멋들어지게 눈앞에 되살려 냈다. 조모의 얼굴에는 한동안 취한 듯한 표정이 떠올라 있었다. 해도 너무한 이 사태에 대꾸할 말도 찾지 못한 후작 부부는 멀찍이 서서, 후작가의 어머니로서는 그다지 남들 앞에 내놓고 싶지 않은 야취 넘치는 노파의 얼굴을 망연히 바라보기만 했다.

"무슨 말씀이십니까." 하고 간신히 정신을 차린 후작이 힘없이 응수했다. "그럼 마쓰가에 가문도 파멸입니다. 아버지께도 죄송한 일이 되겠지요."

"그건 그렇구나." 하고 늙은 어머니는 바로 대답했다. "넌 지금 기요아키를 꾸짖고 말고 할 게 아니라, 어떻게 마쓰가에가를 지킬 것인가 그걸 생각해야 한다. 나라도 물론 중요하다만 마쓰가에 가문도 중요해. 우린 아야쿠라가처럼 27대째 천황의 녹을 먹어 온 집안과는 다르니 말이다…… 그래서 어찌하려 하느냐?"

"아무 일도 없었던 걸로 해서 납채부터 혼례까지 이대로 몰아붙이는 수밖에 없겠지요."

"각오는 훌륭하다만 그러려면 한시라도 빨리 사토코의 배속에 든 아기를 처리해야지. 그것도 도쿄 부근에서 처리했다가 신문사에서 냄새라도 맡으면 큰일이야. 어디 좋은 수가 없겠느냐?"

"오사카가 좋겠습니다." 하고 잠깐의 고민 끝에 후작이 말했다. "오사카의 모리 박사에게 극비로 부탁하면 됩니다. 그리하려면 돈은 아끼지 말아야겠지요. 그럼 사토코를 자연스럽게 오사카로 보낼 구실이 필요하겠는데……."

"아야쿠라가라면 그쪽에 친척들도 잔뜩 있으니, 납채도 정해졌겠다 인사 가기에 딱 좋은 시기가 아니냐."

"그렇지만 친척들을 여럿 만났다가 몸 상태를 들키기라도 하면 오히려 곤란할 텐데……. 그렇지, 좋은 수가 있어. 나라에 있는 월수사 주지에게 작별 인사를 하러 보내는 게 제일 낫지 않겠습니까. 거긴 본디 대대로 황족을 주지로 삼았던 절이기도 하니, 그 정도 인사를 받을 만큼의 자격은 갖췄으니까요. 누가 봐도 부자연스럽지 않을 겁니다. 월수사 주지가 사토코를 어릴 때부터 귀여워하기도 했고 말입니다. 우선 오사카로 보내 모리 박사에게 조처를 받게 하고 하루 이틀 안정을 취한 다음 나라로 보내면 되겠지요. 그럼 사토코의 어머니가 따라갈 테고……."

"그걸론 부족하다." 하고 노파는 엄하게 말했다. "아야쿠라 백작 부인은 어디까지나 저쪽 사람이야. 우리 쪽에서도 누가 따라가서 박사가 제대로 처치하는지 끝까지 지켜봐야지. 그러려면 여자가 따라가야 할 테고……. 그래, 쓰지코. 네가 다녀오렴." 하고 조모는 며느리를 향해 말했다.

"네."

"네가 잘 감시하는 거야. 나라까지 따라갈 필요는 없지. 해결할 일을 제대로 확인하고 나면 너 혼자 한시라도 빨리 도쿄에 돌아와 보고하거라."

"네."

"어머님 말씀이 맞아. 그렇게 하도록 해. 출발 날짜는 내가 백작과 상의해 정하지. 무엇 하나 실수 없도록 처리해야 할 터인데."

기요아키는 이미 후경으로 밀려나 그의 행위도 사랑도 이미 죽은 것으로 취급되고 있었다. 그는 조모와 부모가 바로 제 눈앞에서, 죽은 사람 귀에 전부 들어갈 것은 개의치도 않고 자질구레한 장의 절차를 상의하는 것처럼 느꼈다. 아니, 장례에 앞서 이미 무언가가 매장되었다. 기요아키는 생명이 다해 버린 사자인 동시에, 꾸중을 듣고 상처받아 어쩔 줄 모르는 어린아이이기도 했다.

모든 것은 행위의 당사자인 기요아키의 의지와는 상관없이, 상대인 아야쿠라가 사람들의 의지도 무시한 채 훌륭하게 정리되고 결정되었다. 아까는 그토록 분방한 말을 늘어놓던 조모마저 비상사태를 처리하는 일의 근사한 쾌락에 몰두했다. 조모도 본래 기요아키의 섬세함과는 거리가 먼 성격이었다. 명예롭지 못한 행위 속에서 야성적인 고귀함을 발견해 낸 조모의 능력은, 명예를 지키기 위해 진짜 고귀함을 재빨리 손 안에 숨겨 버리는 능력과도 이어진 것이었다. 그것은 가고시마만의 여름 볕에서 배운 것이라기보다 조부로부터, 조부를 통해 배운 능력이었다.

후작은 큐로 내리친 이후 처음으로 기요아키 쪽을 정면으로 보며 말했다.

"넌 오늘부터 근신하고 학생의 본분으로 돌아가서 대학 입학시험 공부에 힘을 쏟도록 해. 알겠느냐. 난 더 이상 아무 말도 않겠다. 넌 남자가 될 수 있느냐 없느냐를 결정짓는 갈림길에 선 거야. 당연히 사토코는 일절 만날 수 없다."

"옛날 말로 하자면 폐문칩거(閉門蟄居)인 셈이로군. 공부에 질리면 가끔씩 할미 있는 곳으로 놀러 오려무나." 하고 조모가 말했다.

기요아키는 지금 제 아버지 후작이 세상 체면이 두려워 아들과 의절할 수도 없는 처지라는 것을 알았다.

40

아야쿠라 백작은 상처나 병, 죽음을 극단적으로 두려워하는 사람이었다.

다데시나가 일어나지 않아 집안이 발칵 뒤집혔던 그날 아침, 머리맡에서 발견된 유서는 즉각 백작 부부의 손에 들어갔다. 편지를 건네받은 백작은 세균이 묻은 물건을 만질 때처럼 손끝으로 봉투를 집어 열었다. 그 내용은 백작 부부와 사토코에게 자신의 소홀함을 사죄하고 오랜 은고에 감사하고 있을 뿐이라, 누가 봐도 문제 되지 않을 만한 간단한 유서였다.

부인이 바로 의사를 불렀으나 백작은 물론 직접 가 보려고 하지 않았고, 일이 모두 끝난 후 부인에게 상세한 보고만을 들었다.

"칼모틴을 120정쯤 삼킨 모양입니다. 본인은 아직 의식이 없지만 선생님이 그렇게 말씀하셨어요. 팔다리는 버둥대고 활처럼 휜 몸은 경련을 일으키면서 어찌나 대단한 소란을 떨어 대던지, 늙은이한테서 어찌 그런 힘이 나오는지는 모르겠지만 겨우겨우 다 같이 눌러서 주사며 위세척도 했습니다. 위세척은 보기에 너무 딱해서 저도 제대로는 못 봤습니다만, 목숨은 건졌다고 선생님도 장담하셨습니다.

역시 전문가 선생님은 다르더라고요. 무슨 말을 하기도 전에 다데시나의 숨 냄새를 맡아 보더니 '아, 마늘 냄새가 나는군. 칼모틴이야.' 하고 바로 알아맞히십디다."

"얼마 정도면 낫는다던가?"

"열흘 정도는 안정을 취해야 한다셨어요."

"이 일은 절대로 세간에 새어 나가지 않도록 해. 집에 있는 여자들도 입단속을 단단히 해 두고 의사한테도 잘 부탁해야지. 사토코는 어쩌고 있나?"

"사토코는 방에 틀어박혀 있어요. 다데시나 문병을 가려고도 하질 않고요. 그런 광경을 보면 지금 같은 몸으로는 사토코한테 지장이 생길지도 모르고, 다데시나가 그 일을 우리한테 털어놓은 다음부터 다데시나하고는 말도 않던 사토코가 이제 와서 갑자기 보러 가는 것도 께름하겠지요. 사토코는 저대로 가만히 두는 편이 좋겠어요."

닷새 전 다데시나가 생각다 못해 백작 부부에게 사토코의 임신을 털어놓았을 때, 심한 질책을 당하리라 예상한 그녀는 백작 역시 몹시 당황하리라 생각했다. 그러나 백작의 반응에는 도무지 의욕이 없었고 마침내 초조해진 다데시나는 마쓰가에 후작 앞으로 유서를 보내 놓고 칼모틴을 삼킨 것이다.

사토코는 도무지 다데시나의 진언을 받아들이지 않았다.

하루하루 위험은 커져만 가는데도 아무에게도 말하지 말라고 명하기만 하니 아무리 기다려도 결단이 날 것 같지가 않았다. 다데시나는 고민에 고민을 거듭한 끝에 사토코를 배반하고 백작 부부에게 사실을 털어놓았지만, 부부는 너무 망연했던 탓인지 마치 뒤뜰에서 닭이 고양이에게 잡혀갔다는 이야기를 듣는 듯한 표정을 짓고 있었다.

이토록 중대한 이야기를 들은 다음 날에도, 그다음 날에도, 백작은 다데시나와 얼굴을 맞대고 이 일을 상의하려는 기색을 보이지 않았다.

백작은 진심으로 난처했다. 그러나 자기 혼자 처리하기에는 너무 중하고 그렇다고 체면상 다른 사람에게 상의할 수도 없는 이 일을, 할 수만 있다면 잊어버리고 싶었다. 부부는 어떤 조치를 취할 때까지는 사토코에게 일절 내색하지 않기로 합의했지만, 감이 예리해진 사토코는 다데시나를 힐문해 부모에게 털어놓은 사실을 알아냈고 그 후로는 다데시나와도 말을 섞지 않고 방에만 틀어박혀 지냈다. 집 안에는 이상한 침묵이 자욱했다. 다데시나는 바깥에서 온 연락에는 아프다고 전하게 하고 일절 응하지 않았다.

백작은 아내와도 이 문제에 대해 깊은 이야기를 나누지 않았다. 분명 무서운 사태였고 시급한 사안이었지만 그런 만큼 하루하루 미루는 것 말고는 방법이 없었다. 그렇다고 기적을 바라는 것도 아니었다.

그러나 이 사람의 나태에는 일종의 정묘함이 있었다. 어떤 일이든 결정하기 어려워하는 그의 성격이 온갖 결단에 대한 불신에서 비롯한 것임은 확실했지만, 이 사람은 흔히 말하는 의미에서의 '회의가(懷疑家)'라고도 할 수 없었다. 아야쿠라 백작은 온종일 울적한 날에도, 감당할 수 있을 만큼 풍요로운 자신의 감정을 하나의 결론으로 해결 짓는 일을 좋아하지 않았다. 사색은 집안에 대대로 전해져 내려오는 게마리와 비슷했다. 아무리 높이 차올려도 공은 금세 다시 땅에 떨어지리라는 것을 누구나 알고 있다. 가령 난바 무네타케[88]가 자줏빛 가죽 끈을 집어 들어 차올린 하얀색 사슴 가죽 공은 거의 30미터에 달하는 자신전(紫宸殿) 옥상을 훌쩍 뛰어넘어 사람들을 감탄케 했다. 그러나 그 공은 곧 궁궐 앞뜰에 다시 떨어졌다.

해결이란 언제나 고상한 취미로 따져 보자면 모자라는 점이 있었으므로, 다른 누군가가 조잡함을 감수하고 떠맡아 주기를 기다리는 편이 좋았다. 떨어진 공을 받아 내는 것은 다른 이의 신발이어야만 한다. 자기가 차올린 공이라 해도 공중에 떠오르는 순간 생겨나는 공 자체의 변덕스러움을 생각해 보면, 공은 생각지 못한 방향으로 날아가 버릴 수도 있는 것이다.

백작의 뇌리에 파멸의 환상은 전혀 떠오르지 않았다. 칙허를 얻은 황가의 정혼자가 다른 남자의 아이를 잉태한 일이 큰일이 아니라면 이 세상에 큰일이라 부를 일은 없을 테지만, 어떤 공이라도 언제까지고 제 손안에 있을 리는 없다. 뒤집어씌울 누군가가 나타나겠지. 백작은 절대 자신을 애태우지 않는

---

88) 難波宗建(1697~1768). 난바가의 18대손. 집안에 전해 내려오는 게마리에 능했다.

사람이었고, 그 결과 늘 남들을 애태우곤 했다.

그리고 다데시나의 자살 미수 소동이 벌어진 그다음 날, 백작은 마쓰가에 후작의 전화를 받았다.

이 내밀한 일을 후작이 알고 있다는 것은 정말이지 일어날 수 없는 일이었다. 백작은 집 안에 내통하는 자가 있다 해도 새삼 놀라지 않겠다는 각오를 다졌지만, 가장 수상쩍은 다데시나 본인이 어제 온종일 의식이 없었음을 생각해 보면 이치에 맞을 만한 온갖 추측들도 하나같이 의심스러웠다.

그때 백작은 다데시나의 병세가 제법 좋아져 말도 할 수 있고 식욕도 돌아왔다는 부인의 말을 듣고 비상한 용기를 내 혼자 병실로 문안을 가 보기로 했다.

"당신은 오지 않아도 괜찮아. 나 혼자서 문안을 가야 그 여자도 진실을 말해 주겠지."

"누추한 방이고 하니 불시에 찾아가시면 다데시나도 곤란하겠지요. 미리 언질을 주시고 주변을 정리할 시간을 주시는 건 어떨까요?"

"그래, 그게 좋겠군."

그 후 아야쿠라 백작은 두 시간을 기다렸다. 환자가 화장을 시작했다는 것이다.

다데시나는 특별히 안채에 있는 방 한 칸을 쓰고 있었는데, 빛도 들지 않는 다다미 네 장 반짜리에 이부자리를 펴면 꽉 차는 방이었다. 백작이 그 방을 찾은 적은 한 번도 없었다. 마침내 전갈이 왔기에 가 보니 다다미 위에 백작을 위한 의자가 놓여 있었고 이불은 정리되어 있었다. 솜을 둔 잠옷을 입은 다데시나는 방석 몇 장을 포개 놓고 그 위에 팔을 괴고서, 겹쳐 놓은 방석에 이마를 누르듯 절을 하며 주인을 맞았다. 백작은 다데시나가 그토록 약해진 상태에서도, 공들여 빗질한 머릿밑까지 짙게 바른 물분이 지워지지 않도록 이마와 방석 사이에 약간의 틈을 유지하며 인사를 끝내는 모습을 지켜봤다.

"그것 참 야단이었지. 그래도 괜찮아졌으니 정말 다행이야. 그렇게 걱정을 끼치진 말게."

백작은 의자에 앉아 환자를 내려다보는 자신의 위치에 대해서는 전혀 어색하다 여기지 않았으나, 어쩐지 목소리도 마음도 가닿지 않는 듯한 기분이 들어 말을 끊었다.

"황공하고 송구스럽습니다. 어찌 사죄드려야 할지……."

다데시나는 여전히 얼굴을 묻은 채 휴지를 꺼내 눈시울에 갖다 대고 있는 모양이었지만, 이번에도 역시 화장이 지워지지 않도록 주의하는 움직임을 백작은 알아차릴 수 있었다.

"의사도 말했지만 열흘 정도 요양하면 회복된다는군. 사양 말고 충분히 쉬도록 해."

"감사합니다……. 이런 꼴로 제대로 죽지도 못해 그저 부끄럽습니다."

작은 국화가 흩뿌려진 팥색 잠옷을 걸치고 웅크린 다데시나의 모습에는 황천길을 더듬다 돌아온 자의 예사롭지 않은 불길함이 감돌고 있었다. 백작은 이 작은 방의 찻장이나 작은 서랍에까지 부정(不淨)이 달라붙어 있는 것만 같아 마음이 뒤숭숭했다. 그리 생각하자 고개 숙인 다데시나의 지극히 정성껏 희게 칠한 목덜미나, 한 올 흐트러짐 없이 빗질한 머리카락까지 말로 할 수 없을 만큼 꺼림칙해 보였다.

"사실 오늘 마쓰가에 후작의 전화를 받았는데 벌써 이 일을 알고 계시기에 놀랐네. 자넨 짚이는 데가 있을까 싶어 물어보네만……."

백작은 무심히 질문을 던졌으나 입 밖에 내는 것만으로 저절로 풀리는 문제도 있었다. 말을 꺼낸 그가 문득 답을 직감했을 때 다데시나가 고개를 들었다.

다데시나의 교토풍 화장은 늘 하던 것보다도 훨씬 짙어 보였다. 입술 안쪽에서 교토 연지의 검붉은 색이 번져 나왔고, 주름을 메운 분을 평평히 하려고 그 위에 덧바른 분은 어제 삼킨 독 때문에 거칠어진 피부에 스미지 않아 화장이 얼굴 전면에 핀 곰팡이처럼 표류하고 있었다. 백작은 가만히 시선을 돌리고 말을 계속했다.

"자네가 후작에게 미리 유서를 보낸 거로군."

"네." 다데시나는 얼굴을 든 채 조금도 기죽지 않은 목소리로 말했다. "정말로 죽을 생각이었으니 앞일을 부탁드릴 작정으로 써 보냈습니다."

"낱낱이 다 적었는가?" 하고 백작이 물었다.

"아닙니다."

"쓰지 않은 것도 있단 말이지?"

"네. 이것저것 적지 않은 것들도 있습니다." 하고 다데시나는 기운차게 답했다.

41

그렇게 물을 때 백작이 후작에게 알려지면 곤란할 일들을 머릿속에 여실히 그려 본 것은 아니었다. 쓰지 않은 것들도 이것저것 있다는 다데시나의 말을 듣자 백작은 급격히 불안해졌다.

"안 쓴 것이라면 어떤 것들 말인가?"

"무얼 말씀하시는지요? 백작님께서 '낱낱이 다 적었느냐'고 물으시기에 그리 말씀드렸을 뿐입니다. 그리 물으신 백작님께서 염두에 두신 것이 있겠지요."

"수수께끼 하고 있을 때가 아니네. 이렇게 내가 혼자 온 건 누가 들을 걱정 없이 편히 이야길 나누려 한 것이니, 분명히 말하게나."

"쓰지 않은 것이라면 여럿 있습니다. 그중에서도 팔 년 전 기타자키(北崎)네 집에서 나리께 들은 것은 죽을 때까지 제 마음 한구석에 묻어 둘 작정입니다."

"기타자키……."

그 이름을 들은 백작은 불길한 이름이라도 들은 듯 진저리 쳤다. 그리고 다데시나가 한 말의 의미도 명료해졌다. 명료해지긴 했지만 불안이 점점 커졌으므로 그는 다시 한번 확인해보고 싶었다.

"기타자기네 집에서 내가 뭐라고 했기에?"

"장마가 진 어느 밤이었습니다. 잊으셨을 리가 없습니다. 아가씨는 제법 아가씨 태가 난다고는 해도 아직 열셋이셨습니다. 그날은 드물게 마쓰가에 후작님이 놀러 오신 날이었는데, 후작님이 돌아가신 후에 나리께선 기분이 언짢으셨고 기분을 전환하러 기타자키네 집에 들르신 겁니다. 그날 밤, 제게 뭐라 말씀하셨습니까?"

다데시나가 하려는 말은 이미 알고 있었다. 그날 백작이 한 말을 독고[89] 삼아 자신의 잘못을 모조리 백작의 탓으로 돌리려는 것이다. 백작은 다데시나의 음독마저 진짜 죽을 마음이 있기는 했는지 의심스러워지기 시작했다.

포개 놓은 방석 위에서 들어 올린 다데시나의 눈은 흰 담처럼 짙게 화장한 얼굴에 뚫린 두 개의 검은 화살 구멍 같았다. 담 안쪽에 도사린 어둠 속에는 과거가 자욱했고, 화살은 환한 햇볕 아래 몸을 드러낸 이쪽을 노리고 있다.

---

89) 獨鈷. 쇠나 구리로 만든 양쪽 끝이 뾰족한 막대. 승려들이 수법을 위해 사용하는 불구(佛具) 중 하나로 이것으로 번뇌를 쳐부순다고 한다.

"이제 와서 무슨 소린가. 그저 농담을 한 것 가지고."

"그러십니까?"

곧 구멍 같은 눈은 한층 오므라들었다. 백작은 그 구멍에서 착즙된 날카로운 어둠을 보고 있는 듯했다. 다데시나는 다시 말했다.

"하지만 그날 밤, 기타자키의 집에서⋯⋯."

기타자키. 기타자키. 백작의 잊고 싶은 기억에 들러붙은 이름을 다데시나는 만만찮은 입술로 자꾸만 불러 댔다.

그때를 마지막으로 벌써 팔 년간 발을 들이지 않은 기타자키의 집이 아주 사소한 곳들까지 눈앞에 선명하게 떠올랐다. 문도 현관도 없지만 정원만은 제법 넓은, 널판장을 둘러친 언덕 밑의 집. 민달팽이가 나올 법한 축축하고 어둑한 현관을 검은 장화 네다섯 켤레가 차지하고 있다. 장화 안쪽으로 땀과 기름에 헤진 구릿빛 가죽의 얼룩이 보이고, 더러워진 채 바깥쪽으로 튀어나온 넓적한 줄무늬 끈에는 신발 주인의 이름이 적혀 있었다. 현관 앞까지 무지막지한 고성방가가 울려 퍼졌다. 러일 전쟁이 한창이던 때 군인 하숙이란 안전한 직업이었다. 그 덕에 그 집은 무척 믿음직스러워 보였고 집 안에는 마구간 냄새가 가득했다. 백작은 안쪽 별채에 안내받을 때까지 격리 병동의 복도를 걷기라도 하듯이 기둥에 소매가 닿는 것조차 꺼렸다. 그는 인간의 땀 같은 것들이 진심으로 싫었다.

팔 년 전의 장마 진 그날 밤, 집으로 찾아온 마쓰가에 후작을 배웅한 백작은 마음이 어수선해 어쩔 줄을 몰랐다. 그때 백작의 안색을 기민하게 읽은 다데시나가 이렇게 말했다.

"기타자키가 재미있는 물건을 손에 넣었으니 부디 나리께 보여 드리고 싶답니다. 기분 전환도 하실 겸 오늘 밤에라도 나가 보지 않으시렵니까?"

다데시나는 사토코를 재우고 나면 자유롭게 '친척을 보러 갈' 수 있었으므로 밤에 밖에서 백작을 만나 합류하는 일은 어렵지 않았다. 기타자키는 정중히 백작을 맞아 술을 내온 다음 오래된 두루마리 하나를 가져와 공손하게 탁자 위에 올려 두었다.

"굉장히 시끄럽습니다. 출정하시는 분이 계신데 오늘 밤이 그 송별회입니다. 더우시겠지만 덧문을 닫으시는 편이……."

안채 2층에서 들려오는 군가 합창 소리와 박수 소리가 마음에 걸리는지 기타자키가 말했다. 백작은 그리하도록 했다. 그러자 이번에는 쏟아지는 빗소리가 한가득 방을 채웠다. 장지문에 채색된 빛깔이 사람을 질식시킬 듯, 바짝 조여 오는 요염함을 풍겼다. 이 방 자체가 은밀한 장서(藏書) 속에 있는 것 같았다.

기타자키의 주름 많은 손은 지나치게 공손하고 바지런하게 움직였다. 그는 탁자 맞은편에서 두루마리의 보랏빛 끈을 풀어 우선은 어마어마한 제문(題文)을 백작 앞에 펼쳐 놓았다. 『무문관(無門関)』[90]에 실린 공안(公案) 하나를 인용한 것이었다.

조주(趙州)가 한 암자에 이르러

---

90) 선종(禪宗)의 선록 중 공안(公案) 48칙을 뽑아 해설한 책.

있는가, 있는가 하고 물으니,

암자 주인이 주먹을 들어 올린다.

조주, 물이 얕아 배 댈 곳 없구나 하고 간다.

그때의 그 찌는 듯한 더위. 뒤에서 다데시나가 부쳐 보내는 부채 바람마저 더운 공기의 찜통 같은 열기를 담고 있었다. 서서히 취기가 돌았고, 빗소리는 후두부 안쪽에서 쏟아지고 있는 듯했다. 바깥세상에는 무구한 전쟁의 승리가 있었다. 그리고 백작은 춘화를 보고 있었다. 기타자키가 불쑥 공중으로 손을 뻗더니 모기를 잡았다. 그러고는 소리를 내 놀라게 한 것을 사과했다. 백작은 기타자키의 메마른 흰 손바닥 위에 까만 작은 점으로 찌부러진 모기와 피를 흘끗 확인하고는 불결함을 느꼈다. 그 모기는 어째서 백작을 물지 않았을까? 그는 그토록 모든 것으로부터 보호받고 있는 걸까?

두루마리의 그림은 우선 적갈색 옷을 입은 승려와 젊은 과부가 마주 앉아 있는 광경으로 시작했다. 하이가[91]풍 필치로 붓이 가는 대로 소탈하게 그린 그림이었고, 승려의 얼굴은 익살맞고 우람한 남근처럼 그려져 있었다.

그러다 승려가 갑자기 과부를 덮쳐 범하려 하고 과부는 저항하지만 옷자락은 이미 흐트러져 있다. 이어서 두 사람은 알몸으로 끌어안고 있고 젊은 과부의 표정은 누그러져 있다.

승려의 남근은 거송의 뿌리처럼 엉클어졌고 기쁨에 찬 갈

---

91) 俳画. 하이쿠 옆에 그려 넣은 간략한 그림.

색 혀를 내밀고 있다. 백분으로 하얗게 칠해 놓은 과부의 발가락은 전래의 화법에 따라 하나같이 안쪽으로 심하게 휘어 있다. 휘감은 뽀얀 허벅다리에서 시작된 진동은 발가락에 다다라 멎었다. 긴장한 굽은 발가락은 무한히 흘러넘치는 황홀을 놓치지 않으려 힘을 주고 있는 듯했다. 백작에게는 그 여자가 갸륵해 보였다.

한편 병풍 너머에서는 동자승들이 목탁이나 독경대에 올라타거나 더러는 목말을 타고 한마음으로 병풍 안쪽을 엿보고 있는데, 이미 부풀어 버린 흥분을 억누르지 못해 쩔쩔매는 모습이 우스꽝스럽게 그려져 있다. 그러다 마침내 병풍이 쓰러진다. 벌거벗은 여자는 앞을 가리고 달아나고 승려는 이미 꾸짖을 힘도 없는데, 여기서부터 매우 어수선한 장면이 시작된다.

어린 승려들의 남근은 거의 그들의 키만 하게 그려져 있다. 화가는 범상한 크기로는 번뇌의 무거운 짐을 족히 표현해 낼 수 없었던 것이리라. 일제히 여자를 덮칠 때 그들은 모두 이루 말할 수 없는 비통한 익살을 얼굴에 새긴 채, 어깨 한가득 남근을 지고 비틀거리고 있다.

여자는 고역을 당한 끝에 온몸이 새파래져 죽어 버린다. 혼은 날아가 바람에 흐트러진 버드나무 그늘 아래에 나타난다. 여자는 음부 같은 얼굴을 한 유령이 됐다.

이때 두루마리의 골계(滑稽)는 흔적도 없이 사라지고 음산한 기운이 넘쳐흐른다. 하나도 아니고 여럿이 된 음부 모양 유령들은 헝클어진 머리에 붉은 입을 벌리고서 남자들에게 덤벼든다. 우왕좌왕 도망치는 남자들은 질풍처럼 날아오는 유령들에게 맞설 도리가 없다. 유령들은 승려를 포함한 남자들의 남근을 하나같이 입으로 뽑아 버린다.

마지막 정경은 해변을 비춘다. 모래사장에는 남근을 잃은 발가벗은 남자들이 울부짖고 있다. 방금 뺏은 남근을 가득 실은 배 한 척이 머리칼을 흩날리고 창백한 손을 늘어뜨린 채 물가에서 절규하는 남자들을 조소하는 무수한 음부 유령들을 태우고, 어두운 먼 바다를 향해 출항하고 있다. 먼 바다를 바라보는 선수도 여자의 음부 모양으로 조각되어 있고, 그 끝에서는 다발을 이룬 음모가 바닷바람에 나부끼고 있다.

두루마리를 다 보고 나자 백작은 무어라 말할 수 없는 음침한 기분을 느꼈다. 술기운이 돌고 있었으므로 마음은 점점 더 어수선해졌지만, 술을 더 가져오도록 해 묵묵히 들이켰다.

백작의 눈에는 두루마리에서 본 여자의 외곬으로 휜 발가락이 아직도 남아 있었다. 백분의 외설스러운 뽀얀 빛이 눈앞에 삼삼했다.

이후 일어난 일은 장마철의 나른한 열기와 백작의 혐오 때문이라고밖에 설명할 수 없다.

눅눅했던 이날 밤보다도 십사 년 전, 부인이 사토코를 임신 중이었을 때 백작은 다데시나에게 손을 댄 적이 있었다. 그때 이미 다데시나는 마흔이 넘었으므로 그 일은 백작의 일시적인 변덕이라고밖에 볼 수 없었는데, 과연 얼마 지나지 않아 그 관계는 끝이 났다. 백작 자신도 그로부터 십사 년이 지난 후, 오십 대 중반의 다데시나와 이리될 줄은 꿈에도 몰랐다. 그날 밤의 일이 있은 후로 백작은 두 번 다시 기타자키의 집 문턱을 넘지 않았다.

마쓰가에 후작의 방문, 상처 입은 긍지, 장마철의 밤, 기타자키의 별채, 술, 음산한 춘화……. 이 모든 것이 몰려들어 백작의 혐오를 부추겼고 자신을 더럽히는 일에 열중하게 했으며, 그런 소행으로 그를 몰고 갔다고밖에 생각할 수 없었다.

다데시나의 태도에 털끝만큼도 거부하는 기색이 없었다는 것이 백작의 혐오를 결정적으로 자극했다. '이 여자는 십사 년이고 이십 년이고 백 년이고 기다릴 셈이군. 부르기만 하면 언제라도 지체 없이 준비할 테지.' 백작은 자신으로서는 전적인 우연에 의해, 또 불쑥 파고든 혐오로 인해 넘어간 유혹의 어둑한 나무 그늘 아래, 그곳에 숨어 꼼짝 않고 대기하고 있는 춘화 속 유령을 보았다.

또 그럴 때 다데시나는 일사불란한 거동이나 겸손한 교태, 침실 속 교양에 있어서는 누구에게도 뒤지지 않는다는 자부심을 숨기지 않았다. 그런 긍지가 백작에게 위압적으로 작용한 것은 십사 년 전과 다를 바 없었다.

미리 짠 것도 아니었으나 기타자키도 다시는 얼굴을 비추지 않았다. 일을 마친 후 빗소리로 가득한 어둠 속에서 두 사람은 말이 없었다. 떼 지어 부르는 군가 소리가 빗소리를 뚫고 들어왔고 노래의 가사까지 똑똑히 알아들을 수 있었다.

칼과 총 휘날리는 전장에
호국의 운명, 그대를 기다리노라.
가라, 충용(忠勇)한 나의 친구여,

가거라, 군국(君國)의 대장부여.

　백작은 갑자기 아이가 됐다. 흘러넘치는 분노를 호소하고
싶은 충동에 아랫사람에게 해선 안 될 내밀한 이야기를 끊임
없이 털어놓았다. 자신의 분노에는 선조로부터 전해 내려온
분노가 어려 있다고 느꼈기 때문이다.

　그날 백작의 집을 찾아온 마쓰가에 후작은 인사 나온 사토
코의 단발머리를 쓰다듬으며, 얼마쯤 오른 술기운 탓인지 느
닷없이 이런 말을 했다.

　"이야, 정말로 아리따운 아가씨가 되었구나. 다 크고 나면
얼마나 아름다울지 상상하기도 어려울 정도야. 아저씨가 멋
진 신랑을 찾아 줄 테니 걱정 마라. 뭐든지 이 아저씨한테 맡
겨 주면 천하에서 제일가는 신랑감을 소개해 주지. 아버님께
는 아무 염려 끼치지 않고, 금란단자(金襴緞子)에다 100미터나
되는 혼수 행렬을 마련해 주마. 아야쿠라가에서는 대대로 한
번도 본 적 없을 길고 긴 호사스러운 행렬을 말이다."

　그때 백작 부인은 잠깐 눈살을 찌푸렸지만 백작은 온화하
게 웃고 있었다.

　그의 선조는 그렇게 모욕을 앞에 두고 웃는 대신에 우아한
권위를 드러내며 조금은 맞서곤 했다. 그러나 지금에 와서는
집안에 전해 내려오던 게마리의 전통도 끊어졌고, 속된 사람
들의 눈길을 끌 만한 미끼도 사라졌다. 진짜 귀족, 진짜 우아
함은 그것을 조금도 상하게 할 마음 따위는 없는, 선의로 가득
찬 가짜 귀족의 무의식적인 능욕에 그저 흐릿하게 웃을 수밖

에 없었다. 새로운 권력과 돈 앞에서 문화가 지은 아렴풋한 미소에는 지극히 연약한 신비가 어른거렸다.

그런 이야기를 다데시나에게 털어놓은 후 백작은 한동안 말이 없었다. 우아함의 복수란 어떤 것일까 생각하고 있었던 것이다. 긴소매 옷을 차려입은 공경대부답게 소매에 밴 향 내음 같은 복수를 할 수 없을까. 소매에 덮여 가려진 향의 완만한 연소(燃燒) 같은, 타는 불빛도 거의 내보이지 않으며 재가 되어 가는 비밀스러운 경과 같은, 가루를 개어 굳힌 향에 한번 불을 붙이기만 하면 미묘하고 향기로운 독이 소매에 배어들어 언제까지고 머무르는 그런 복수를…….

그때 분명 백작은 다데시나에게 이렇게 말했다.

"앞으로를 부탁하지. 사토코가 성인이 되면 결국은 마쓰가에가가 이끄는 대로 혼인을 정하게 될 테지. 그렇게 되면 사토코 마음에 드는 지극히 입이 무거운 남자를 골라서, 혼인 전에 사토코와 동침하게 해 줬으면 해. 남자의 신분은 아무래도 좋아. 단 사토코의 마음에 들어야 한다는 게 조건이지. 결코 사토코를 숫처녀인 채 그대로 마쓰가에가가 골라 온 신랑에게 넘겨줄 순 없어. 그렇게 하면 남몰래 마쓰가에의 허를 찌를 수 있지. 하지만 이 일은 누구에게도 알리지 말고, 또 내게도 상의하지 말고 너 혼자 생각해서 저지른 잘못으로 완수해야 해. 넌 잠자리에 대해서라면 박사나 다름없으니 숫처녀가 아닌 여자와 동침한 남자에게 숫처녀라 믿게 하고, 거꾸로 숫처녀와 잔 남자에게 숫처녀가 아니라고 믿게 하는 두 가지 기술을 사토코에게 철저히, 정성 들여 가르칠 수 있겠느냐?"

그 물음에 다데시나는 확실히 대답했다.

"말씀하실 것도 없지요. 양쪽 모두 아무리 닳고 닳은 분이라도 절대로 들킬 걱정 없는 방법이 있습니다. 아가씨께 차근차근 가르쳐 드리지요. 그런데 뒤의 것은 무엇 때문에 그러십니까?"

"결혼을 앞둔 딸을 훔친 사내에게 엉뚱한 자신감을 안겨선 안 되지. 처녀란 걸 알고 어설프게 책임이라도 지려 들면 가당치도 않으니까. 그것도 네게 맡겨 두지."

"말씀대로 해 올리겠나이다."

다데시나는 가볍게 "분부에 따르겠습니다." 하고 말하는 대신 격식을 갖춘 인사로 제 소임을 맡았다.

지금 다데시나는 팔 년 전 그날 밤의 일을 말하고 있는 것이다.

다데시나가 말하려는 일을 백작은 통절히 기억하고 있었으나 다데시나 같은 여자가 팔 년 전에 맡은 일을 두고, 그간에 일어난 뜻밖의 변화들은 생각지도 않은 채 맹목적으로 그의 말을 따랐을 리가 없다. 상대는 황가였고 마쓰가에 후작이 주선했다고는 하나 아야쿠라가를 다시 일으킬 수 있는 혼인이었다. 모든 것은 팔 년 전 분노에 눈이 멀어 백작이 예측했던 사태와는 달라져 있었다. 그럼에도 불구하고 다데시나가 오랜 맹세 그대로 행동했다면 틀림없이 일부러 그랬다고밖에는 생각할 수 없다. 더구나 비밀은 이미 마쓰가에 후작의 귀에도 들어가 버렸다.

다데시나는 모든 것을 파국으로 몰고 감으로써 겁약한 백작이 감히 하지 못한 보복을 후작가를 향해 당당히 완수하려 했던 걸까? 그게 아니라면 그 복수는 후작가를 향한 것이 아니라, 다른 누구도 아닌 백작을 노린 것은 아니었을까? 백작이 어떻게 행동하든 팔 년 전 잠자리에서 나눈 이야기가 후작의 귀에 들어가서는 곤란했다. 다데시나는 백작의 약점을 쥐고 있었다.

백작은 이제 아무 말도 하지 않으리라 생각했다. 이미 일어난 일은 일어난 일이고 후작가의 귀에도 들어간 이상 자신도 그에 상응하는 싫은 소리를 들을 각오는 해야겠지만, 대신 후작이 강력한 힘을 휘둘러 어떻게든 미봉책을 강구해 주리라. 모든 일은 남에게 맡겨 두면 되는 단계에 접어들었다.

다만 다데시나가 입으로는 무슨 말을 하든 마음속으로는 전혀 사죄할 마음이 없다는 것이 명백했다. 사죄할 마음은 조금도 없었기에 음독한 노파가 분갑에 굴러 들어간 귀뚜라미 꼴로 화장을 하고 팥색 잠옷을 걸친 채 웅크린 모습은, 그 작은 덩치만큼 도리어 온 세상을 뒤덮을 듯한 음울함으로 가득 차 있었다.

백작은 이 방 역시 기타자키의 별채와 같은 크기라는 것을 깨달았다. 그러자 귀 안쪽에서 속살대는 빗소리가 들리더니 때 아닌 무더위가 부패를 재촉하듯 그를 덮쳤다. 다데시나가 또다시 희게 칠한 얼굴을 들고 무어라 말을 하려 했다. 잔뜩 주름진 바싹 마른 입술 안으로 전등 불빛이 비쳐 들었다. 입술에 발린 자홍색 교토 연지는 축축하게 충혈된 구강처럼 보였다.

다데시나가 무슨 말을 하려 하는지 백작은 헤아릴 수 있을 것 같았다. 다데시나가 저지른 일은 그녀 자신이 말한 것처럼 전부 팔 년 전 그 밤에서 비롯한 것으로, 그녀는 그저 백작에게 그날 밤을 떠올리게 하려고 모든 일을 꾸민 것은 아닐까. 그날 이후 두 번 다시 다데시나에게 관심을 보이지 않은 백작에게…….

백작은 갑자기 어린아이처럼 잔혹한 질문을 던지고 싶어졌다.

"뭐, 목숨을 건졌으니 무엇보다 다행이다만…… 자넨 처음부터 죽을 생각이 있기는 했는가?"

화를 내거나 울음을 터뜨리리라 생각했던 다데시나는 싱긋 웃었다.

"글쎄요……. 나리께서 죽으라고 말씀해 주셨다면 정말로 죽을 마음이 들었을지도 모르겠습니다. 지금이라도 그리 명하신다면 다시 그리합지요. 하긴 그리 명하시고서도 팔 년 후에는 또 잊으실지도 모르겠습니다만……."

42

아야쿠라 백작과 만나 본 마쓰가에 후작은 조금도 동요하지 않는 백작에게 질려 버렸으나, 백작이 마쓰가에 후작의 요구를 모조리 받아들이자 기분이 풀렸다. 무엇이든 말씀하시는 대로 하겠다, 후작 부인이 동행해 주시니 마음이 든든하고 오사카의 모리 박사에게 극비리에 모든 처리를 맡길 수 있다니 더할 나위 없이 잘된 일이다, 이후의 일은 일체 후작의 지시에 따를 테니 잘 부탁드린다고 백작은 말했다.

아야쿠라가에서는 단 한 가지 소박한 조건을 내밀었고 후작도 그에 동의하지 않을 수 없었다. 그것은 사토코가 도쿄를 떠나기 직전 한 번만 기요아키를 만나게 해 달라는 것이었다. 물론 두 사람만 이야기를 할 수 있게 해 달라는 것은 아니다, 서로 부모를 대동한 자리에서 한 번만 만나게 해 주면 마음이 편해지겠다, 그렇게 해 주면 사토코는 앞으로 기요아키를 일절 만나지 않겠다고 약속할 것이다, 처음에는 사토코가 원한 일이었지만 부모로서도 그것만큼은 이뤄 주고 싶다. 이것이 아야쿠라 백작이 주저하며 내놓은 제안이었다.

이 만남이 자연스러워 보이는 데는 후작 부인의 동행이 도움이 될 것이다. 아들이 여행길에 오르는 어머니를 배웅하는 것은 자연스러운 일이고, 그때 사토코와 인사 정도 나누는 것도 이상할 것은 없다.

그렇게 의논이 끝나자 후작은 부인의 의견에 따라 바쁜 모리 박사를 극비리에 도쿄로 불러들였다. 사토코가 출발하게 될 11월 14일까지 남은 일주일간, 박사는 후작가의 손님으로 머무르며 비밀스레 사토코를 살피다가, 백작가에서 연락이 오면 바로 달려갈 수 있도록 대기하고 있었다.

그렇게 한 이유는 시시각각 도사리고 있는 혹시 모를 유산의 위험 때문이었다. 만약 유산이 되면 박사가 직접 처치해 절대 밖으로 말이 새어 나가지 않도록 해야 했다. 또 오사카까지 가는 매우 길고 위험한 여정에는 다른 객실에 탄 박사가 남몰래 동행하기로 했다.

이런 식으로 산부인과의 대가를 묶어 두고 마음대로 부리기 위해 후작이 쓴 돈은 막대한 금액이었다. 만약 계획대로 순탄히 흘러가기만 한다면 사토코의 여정은 더할 나위 없이 교묘하게 세간의 눈을 속일 수 있을 것이다. 세상 사람들은 임신한 여자가 기차 여행을 하는 모험을 감수하리라고는 꿈에도 생각지 않을 터이기 때문이다.

박사는 영국제 신사복을 입은 한 치의 빈틈도 없는 신식 신사였지만, 체구는 땅딸막했고 얼굴 생김은 어딘지 모르게 지배인 같은 느낌을 줬다. 진찰할 때면 베개에 닥나무로 만든 고급 종이를 깔고 환자가 바뀔 때마다 종이를 마구 뭉쳐 버린 다음 새 종이를 깔아 주는 것이 인기에 한몫을 했다. 지극히 겸손하고 정중했으며 늘 미소를 잃지 않았다. 상류층 부인 고객들이 많았고 솜씨는 신의 경지에 이르렀으며, 꼭 닫힌 조개처럼 입이 무거웠다.

박사는 날씨 이야기를 좋아했다. 딱히 이렇다 할 화제가 없어도 오늘은 날이 엄청나게 찔 것 같다든지, 한 번씩 비가 쏟아질 때마다 날이 포근해진다든지 하는 이야기를 하면서 상대를 충분히 반하게 했다. 한시에 능해 런던에서 얻은 견문을 칠언절구 20수로 정리한 『런던 시초(詩抄)』라는 시집을 자비로 출판하기도 했다. 3캐럿짜리 다이아 반지를 끼고 다니다 진찰 전이면 매번 호들갑스럽게 얼굴을 찡그리고 잘 빠지지 않는다는 듯 용을 써서 반지를 뺐다. 그런 다음 옆에 있는 책상 위에 반지를 거칠게 던져 놓곤 했지만, 한 번도 박사가 그 반지를 깜빡하고 두고 갔다는 말은 듣지 못했다. 박사의 팔자 수염은 언제나 비 온 뒤의 고사리처럼 어두운 광택을 띠고 있었다.

아야쿠라 백작 부부는 사토코를 데리고 도인노미야가에 여행을 떠난다는 인사를 드리러 가야 했다. 마차로 가는 것은 더 위험하므로 후작이 자동차를 준비했고, 야마다의 낡은 신사복을 빌려 입고 집사로 변장한 모리 박사가 조수석에 동행했다. 때마침 하루노리 왕자가 집을 비운 것은 다행스러운 일이었다. 사토코는 현관 앞에서 비전하에게 인사하고 물러났다. 위태로운 방문도 별 탈 없이 마무리되었다.

11월 14일 출발일에는 배웅을 위해 도인노미야가에서 사무관을 보내 주겠다는 분부가 있었으나 정중히 사양했다. 이렇게 모든 일은 후작의 계획대로 무사히 진행되어 갔고, 아야쿠라 일가와 마쓰가에 모자는 신바시 역에서 만나기로 했다. 박사는 이등칸 한구석에 아무것도 모르는 척 앉아 있을 것이다. 월수사 큰스님에게 작별 인사를 드리러 떠나는 여행이라면 누가 들어도 그럴싸한 구실이었으므로, 후작은 부인과 아야쿠라 일가를 위해 전망차를 예약해 두었다.

신바시와 시모노세키를 잇는 특별 급행열차는 아침 9시 30분에 신바시에서 출발해 열한 시간 오십오분 후 오사카에 도착할 예정이었다.

신바시 역은 미국 건축가 브리젠스[92]의 설계로 1872년에 지어진 목골 석조(木骨石造) 건물이었다. 얼룩무늬 휘석안산암(輝石安山岩)은 색이 칙칙했고 11월의 맑은 하늘이 내리쬔 빛은 처마 돌림띠에 선명한 그림자를 새겼다. 후작 부인은 동행 없이 혼자 돌아올 여행을 생각하며 벌써부터 긴장하고 있었으므로, 공손히 가방을 안고 있는 조수석의 야마다나 기요아키와도 거의 말을 섞지 않고 역에 도착했다. 주차장에 내린 세 사람은 높은 돌계단을 올랐다.

---

92) 리처드 브리젠스(Richard Bridgens, 1819~1891). 막부 말기부터 메이지 시대에 걸쳐 활동한 영국계 미국인 건축 기사.

기차는 아직 들어오지 않았다. 좌우로 선로를 둔 널찍한 두단식(頭端式) 플랫폼에는 아침 광선이 비스듬히 들이비쳤고 미세한 먼지들이 빛 속에서 춤추고 있었다. 후작 부인은 여행을 앞둔 불안감으로 몇 번이나 깊은 한숨을 쉬었다.

"아직 안 오셨네. 무슨 일이라도 있는 걸까." 하고 부인이 말해도 야마다는 그저 빛나는 안경을 아래로 숙인 채 "예……." 하고 무의미한 대답으로 딱딱하게 응대할 뿐이었다. 부인은 그럴 줄 알면서도 불안해 가만히 있을 수가 없었다.

기요아키는 어머니가 불안해하는 것을 알면서도 모른 체하며 약간 떨어진 곳에 서 있었다. 그리고 꼿꼿이 기립한 채 아득해지려는 정신을 붙잡고 있었다. 마치 자신이 수직으로 쓰러져 있는 것 같았고, 전신에 힘을 잃은 채 선 모습 그대로 굳혀 만든 주물 조각이 된 것 같았다. 플랫폼은 썰렁했지만 그는 교복 가슴팍을 열어젖혔다. 기다림의 고통이 내장까지 얼려 버린 것만 같았다.

전망차의 난간을 보이며 등장한 열차는 빛의 띠를 수놓으면서 후미부터 웅장하게 플랫폼에 들어섰다. 그때 부인은 열차를 기다리는 사람들 틈에 섞여 있는 모리 박사의 팔자수염을 멀리서 알아보고 마음을 놓았다. 오사카에 도착할 때까지 비상사태를 제외하고 박사와는 일절 서로를 모르는 척하기로 약속되어 있었다.

야마다가 부인의 가방을 전망차에 들여놓고 부인이 이것저것 지시를 내리는 동안 기요아키는 꼼짝 않고 차창 너머 플랫폼을 살피고 있었다. 아야쿠라 백작 부인과 사토코가 인파를 헤치고 다가오는 것이 보였다. 사토코는 기모노의 옷깃을 무지갯빛 숄로 감싸고 있었다. 플랫폼 지붕의 끄트머리로 비쳐 드는 빛 속에 들어섰을 때, 사토코의 무표정한 얼굴은 응고한 우유처럼 새하얘 보였다.

기요아키의 가슴은 더없는 슬픔과 행복으로 술렁였다. 어머니를 따라 지극히 정숙하게 다가오는 사토코를 보노라니, 순간 자신을 향해 걸어오는 신부를 맞이하는 듯한 기분이 들었다. 그리고 그 예식이 진행되는 속도는 한 방울 한 방울 떨어진 피로가 쌓여 가듯 가슴을 답답하게 만드는 애타는 기쁨을 안겼다.

전망차에 올라탄 백작 부인은 가방을 메고 온 남자 하인이 짐을 옮기도록 내버려 두고 늦은 것을 사과했다. 물론 기요아키의 어머니는 정중히 인사를 나눴지만, 내심 언짢은 심사를 미간에 드러내고 있었다.

사토코는 무지갯빛 숄로 입매를 가리고 내내 어머니의 어깨 뒤에 숨어 있었다. 기요아키와는 심상한 인사를 나눴지만 곧 후작 부인의 권유로 심홍색 의자에 깊숙이 걸터앉았다.

기요아키는 그제야 사토코가 늦은 이유를 알 수 있었다. 맑고 쓴 물약 같은 11월의 아침 햇살 속에서 애틋한 말도 없이 흘러가는 영원 같은 이별의 시간을 조금이라도 단축시키려 한 것이 틀림없었다. 기요아키는 부인들이 이야기를 나누는 동안, 고개 숙인 사토코를 바라보는 자신의 시선이 금세 열렬한 주시가 되지 않을까 두려워졌다. 물론 그의 마음은 뜨거운 주시를 바라고 있었다. 그러나 사토코의 여린 창백함이 거센 햇살에 그슬릴까 겁이 났다. 지금 미칠 수 있는 힘이 있다면, 또 지금 전할 수 있는 감정이 있다면 그것은 몹시 섬세한 것이어야 했다. 그러나 자신이 지닌 정열은 그러기엔 너무 난폭하다는 것을 기요아키는 알고 있었다. 그에게는 여태껏 품어 본 적 없는 감정이 일었다. 그는 사토코에게 사죄하고 싶었다.

그는 기모노에 가려진 사토코의 몸을 샅샅이 알고 있었다. 어느 곳의 살갗이 가장 먼저 부끄러워 붉어지는지, 어느 곳이 탄력 있게 휘어지는지, 어느 곳이 붙잡힌 백조가 날개를 치듯 떨려 오는지 그는 알고 있었다. 또 탄성을 질러 대는 곳은 어디인지, 슬픔에 부르짖는 곳은 어디인지 알고 있었다. 속속들이 알고 있는 모든 곳이 몽롱한 미광을 내뿜었고, 그는 사토코의 몸을 기모노 위로도 그려 볼 수 있었다. 하지만 그리 생각한 탓인지, 사토코가 소맷자락으로 감싸고 있는 배 언저리에서만큼은 그가 잘 모르는 것이 싹트고 있었다. 열아홉 살의 기요아키에게는 아이라는 것에 대한 상상력이 부족했다. 아이란 검고 뜨거운 피와 살에 바짝 에워싸인, 형이상학적인 무언가였다.

그럼에도 불구하고 기요아키는 자신과 사토코의 내부를 이어 주는 유일한 것이 아이라는 이름의 응어리임을 알고 있었다. 그는 머지않아 그것이 무참히 잘려 나가고, 두 사람의 육체가 다시금 영원토록 떨어진 별개의 육체가 되어 버릴 이 사태를 어쩔 도리도 없이 그저 지켜볼 수밖에 없었다. '아이'는 오히려 기요아키 자신이었다. 그에게는 아직 아무런 힘도 없었다. 모두들 즐겁게 소풍을 떠나는데 벌을 받아 홀로 집에 남은 아이처럼 한없는 외로움과 억울함, 쓸쓸함에 휩싸인 그는 몸을 떨었다.

사토코는 눈을 들어 플랫폼에 맞닿은 건너편 창문을 멍하니 바라보았다. 내면의 그림자만으로 가득 찬 그 눈에 이제 자신의 모습이 담길 여지는 없다는 것을 기요아키는 뼈저리게 느꼈다.

창밖에서 날카로운 호각 소리가 울렸다. 사토코는 자리에서 일어섰다. 기요아키는 사토코가 얼마나 결연히, 혼신의 힘을 다해 일어섰는지 알 수 있었다. 백작 부인이 황급히 사토코의 팔꿈치를 잡았다.

"이제 기차가 출발하겠어요. 내리셔야지요."

사토코는 기쁘게 들리기까지 하는 얼마쯤 상기된 목소리로 말했다. 기요아키는 후작 부인과 여행지에서 유의할 점이나 집을 지킬 때 신경 써야 할 일같이, 어느 집의 어떤 모자라도 나눌 법한 분주한 대화를 어쩔 수 없이 시작했다. 기요아키는 그토록 막힘없이 연기해 낼 수 있는 자신이 이상하게 여겨졌다.

마침내 그는 어머니 곁에서 멀어져 백작 부인과 짧은 작별 인사를 나눴고, 하는 김에 마저 인사를 나누듯이 자못 가볍게 사토코를 향해 "그럼, 조심히." 하고 말했다. 말에 가벼운 탄력이 붙었고 탄력은 몸짓에도 옮아 사토코의 어깨에 손을 얹으려면 얹을 수도 있을 것 같았다. 그러나 그의 손은 마비된 듯 움직이지 않았다. 정면으로 기요아키를 바라보고 있는 사토코와 눈이 마주쳤기 때문이다.

아름답고 커다란 그 눈에는 분명 물기가 어려 있었지만 그 물기는 기요아키가 이제껏 겁내 왔던 눈물과는 거리가 먼 것이었다. 생명을 가진 눈물이 토막토막 끊기고 있었다. 물에 빠진 사람이 도움을 요청하듯이 무서운 기세로 덮쳐 오는 눈이었다. 기요아키는 저도 모르게 기가 죽었다. 사토코의 길고 아름다운 속눈썹은 꽃대 아래 꽃턱잎이 벌어지듯이 올올이 바깥을 향해 펼쳐져 있었다.

"기요 님도 건강하세요. 안녕히 계세요."

사토코는 단정한 어조로 단숨에 말했다.

기요아키는 쫓기듯 기차에서 내렸다. 때마침 허리에 단검을 차고 단추가 다섯 개 달린 검은 제복을 입은 역장이 손을 들었고, 다시 한번 차장이 불어 울린 호각 소리가 들렸다.

곁에 선 야마다를 의식하며 기요아키는 마음속으로 사토코의 이름을 부르고 또 불렀다. 기차는 살짝 몸을 옴쭉하더니 실패에 감긴 실이 풀리듯 움직이기 시작했다. 사토코와 두 부인 모두 끝끝내 모습을 비추지 않은 후미의 난간이 금세 멀어져 갔다. 열차가 뿜어낸 기세 좋은 매연은 플랫폼에 남아 역류했고 사나운 냄새로 가득 찬 주위에는 때 아닌 황혼이 자우룩했다.

43

　일행이 오사카에 도착한 다음 날 아침, 후작 부인은 홀로 숙소에서 나와 가장 가까운 우체국에서 전보를 쳤다. 손수 전보를 쳐야 한다고 후작이 단단히 일러 두었기 때문이다.

　생전 처음 우체국이란 곳에 가 본 부인은 하나하나 헤매고 망설이면서, 돈을 더럽다 여겨 평생 돈에 손을 대지 않으며 살다 얼마 전 세상을 떠났다는 어느 공작 부인을 떠올렸다. 남편과 미리 정해 둔 암호로 간신히 전보를 쳤다.

　"인사 무사히 끝났습니다."

　어깨의 짐을 내려놓은 기분이란 것을 여실히 맛본 부인은 곧장 숙소로 돌아가 채비를 마쳤고, 백작 부인의 배웅을 받으며 오사카 역에서 혼자 돌아가는 기차에 올랐다. 전송을 위해 백작 부인은 잠시 병원에 있는 사토코의 곁을 빠져나왔다.

사토코는 물론 가명으로 모리 박사의 병원에 입원 중이었다. 박사가 이삼 일 정도 안정을 취해야 한다고 주장했기 때문이다. 백작 부인은 내내 병실에 붙어 있었는데, 용태는 매우 좋았지만 사토코가 그 이후로 한마디도 하지 않아 마음을 끓였다.

입원은 어디까지나 만일을 위한 조심 차원의 조치였으므로 원장이 퇴원을 허락했을 때 사토코의 몸은 이미 상당한 활동도 견딜 수 있을 만한 상태가 되었다. 입덧이 그쳤으니 몸도 마음도 가뿐할 텐데도, 사토코는 굳게 입을 닫고 있었다.

미리 정해 둔 대로 모녀는 월수사에 가 작별 인사를 하고 하룻밤을 묵은 뒤 도쿄로 돌아갈 계획이었다. 두 사람은 11월 18일 한낮에 사쿠라이선(桜井線) 오비토케(帯解) 역에 내려섰다. 음력 10월의 참으로 아름답고 따뜻한 날이었고, 내내 말이 없는 딸을 걱정하면서도 백작 부인의 마음은 이내 누그러졌다.

늙은 비구니에게 수고를 끼치지 않으려고 도착 시간은 미리 알리지 않았다. 역무원에게 부탁해 인력거를 불렀지만 인력거는 좀처럼 오지 않았고, 기다리는 동안 부인의 눈에는 모든 것이 신기해 보였다. 결국 일등 대합실에서 마음껏 생각에 잠기도록 딸을 내버려 두고, 부인은 홀로 인기척 없는 역 주위를 공연히 돌아다녔다.

바로 눈에 띈 팻말에 근처에 있는 대해사(帯解寺)의 안내문이 적혀 있었다.

일본 최고(最古)의 순산과 점지를 기원하는 영지(靈地)

몬토쿠[93]·세이와[94] 양 천황, 소메도노(染殿) 황후[95] 칙원(勅
願)한 터
　　오비토케 지장보살, 자안산(子安山) 대해사

　　부인은 팻말에 적힌 글자를 보자마자 사토코가 보지 못해
다행이라 여겼다. 인력거가 오면 팻말이 눈에 들어오지 않도
록 정거장 처마 깊숙이 인력거를 들여 사토코를 태워야 한다.
백작 부인에게 팻말에 쓰인 그 글자들은 화창한 11월의 햇살
이 에워싼 풍경 한복판에서 예기치 않게 배어 나온 핏방울 같
았다.

　　우물을 옆에 끼고 흰 벽에 기와지붕을 얹은 오비토케 역은
오래된 집과 마주 보고 있었는데 그 집에는 기와 얹은 토담 안
에 흙을 발라 만든 위압적인 광이 있었다. 흙광의 하얀 벽과
흰 토담이 환하게 빛나는 풍경은 눈앞에 어린 환영처럼 고요
했다.

　　잿빛으로 반짝이는 눈 녹은 길 위를 걷기란 고생스러웠다.
그러나 철길을 따라 늘어선 고목들은 걸으면 걸을수록 점점
키가 자랐고, 철길을 건너는 작은 육교에 이르니 다리 옆에 무
척이나 아름다운 노란 것이 보였다. 그 노란빛에 이끌린 부인
은 옷자락을 걷어붙이고 언덕길을 올랐다.

---

93) 몬토쿠(文德) 천황(827~858). 헤이안 시대 전기의 55대 천황.
94) 세이와(淸和) 천황(850~881). 헤이안 시대 전기의 56대 천황.
95) 후지와라노 아키라케이코(藤原明子, 829~900). 몬토쿠 천황의 후궁이
자 세이와 천황의 모친.

다리 옆에 놓인 노란빛의 정체는 현애[96]로 가꾼 소국(小菊) 화분이었다. 다릿목에서 너울대는 파르란 수양버들 아래에 아무렇게나 놓인 화분은 몇 개나 됐다. 육교라고는 해도 말 안장만 한 작은 나무다리였고, 나무 난간에는 격자무늬 이불이 널려 있었다. 햇살을 실컷 빨아들인 이불은 당장에라도 꿈틀 댈 것처럼 잔뜩 부풀어 있었다.

다리 주변 민가들에서는 기저귀를 널거나 붉게 물들인 천을 펴 말리고 있었다. 처마에 달아 놓은 아직 윤기 있는 곶감은 석양 같은 색을 띠었다. 어디에도 사람의 모습은 보이지 않았다.

백작 부인은 길 끄트머리에서 검은 포장 두 대가 느릿느릿 다가오는 것을 보고, 사토코를 부르기 위해 서둘러 역 쪽으로 뛰어 돌아갔다.

날씨가 너무나 화창했으므로 인력거 두 대는 포장을 벗기고 달렸다. 여관이 두엇쯤 있는 마을을 빠져나와 논 사이로 난 길을 한동안 달린 다음 저쪽으로 보이는 산들을 향해 마냥 달려가면, 마침내 산허리에 월수사가 있었다.

길가에는 잎이라곤 고작 두세 잎만 남았으나 가지가 휘도록 열매를 맺은 감나무가 있었고, 미로처럼 늘어세운 볏덕으로 논들은 하나같이 북적거렸다. 앞서 달리던 부인은 때때로 딸이 탄 인력거를 돌아보았다. 무릎 위에 숄을 개켜 놓고 고개

---

96) 懸崖. 분재에서 줄기나 가지가 뿌리보다 낮게 드리우도록 가꾸는 것.

를 돌린 사토코는 주변 경치에 정신이 팔려 있었다. 그 모습을 보고 부인도 조금 안심했다.

산길에 접어들자 인력거는 걷는 것보다도 더디 움직였다. 인력거꾼들은 둘 다 노인이었고 걸음도 영 미덥지 않았으나, 급한 일도 없으니 도리어 경치를 제대로 즐길 수 있겠다고 부인은 생각했다.

월수사의 돌로 된 문설주가 가까워졌다. 완만하게 이어지는 언덕길과 하얀 참억새 이삭 틈새로 보이는 푸르스름한 하늘, 멀리 내다보이는 나지막한 산맥. 문 안에 있는 것은 이것이 전부였다.

"여기서부터 절에 도착할 때까지 보이는 풍경들을 잘 기억해 두렴. 나 같은 사람이야 오려면 언제든지 올 수 있지만 넌 멀리 나가는 것도 뜻대로 하기 어려운 몸이 될 테니까." 하며 소리 높여 딸을 부른 부인의 목소리는, 도중에 인력거를 세우고 땀을 훔치고 있는 인력거꾼들의 말소리를 덮어 버렸다. 사토코는 대답 대신 나른한 미소를 지으며 가볍게 고개를 끄덕였다.

인력거는 다시 움직이기 시작했다. 언덕길이 이어졌고 속도는 전보다도 더 느려졌다. 그러나 문 안에 들어서자마자 곧장 나무가 우거지기 시작했으므로 이제 햇볕에 땀을 흘릴 정도는 아니었다.

부인의 귀에는 조금 전 잠시 멈춰 선 인력거 안에서 들은 늦가을 한낮의 벌레 소리가 아직도 이명처럼 어렴풋이 맴돌았다. 그러나 곧 그녀의 눈은 길의 왼편에 점점 더 많아지기 시작하는 감나무 열매의 산뜻함에 매혹되었다.

작은 가지에 햇빛을 받아 반들반들 윤이 나는 감 한 쌍이 맺혔는데, 그중 하나가 다른 하나에 옻칠 같은 그림자를 드리웠다. 한 나무는 가지마다 붉은 알을 빽빽이 달고 있었다. 밀집한 과실들은 꽃과 달라서, 희미하게 흔들리는 고엽들을 제외하면 바람의 힘에도 끄떡없었다. 하늘에 수다하게 흩뿌려진 감나무 열매는 그 모양 그대로 못이라도 박힌 듯, 꼼짝 않는 파란 하늘에 꼭 끼여 있었다.

"단풍이 보이질 않네. 어찌 된 일일까." 하고 부인은 뒤따르는 인력거를 향해 때까치처럼 소리를 질렀지만 대답은 돌아오지 않았다.

길가에 있는 단풍잎들도 변변찮았고 서쪽의 무밭이나 동쪽 대숲의 푸른 빛깔만 도드라졌다. 무밭에서 복작거리는 번잡한 녹색 잎들은 햇살이 드리운 그림자를 겹겹이 포개 놓고 있었다. 이윽고 서쪽으로 늪을 사이에 둔 차나무 담이 이어지기 시작했는데, 빨간 열매가 달린 남오미자가 휘감은 울타리 위로 큰 늪이 보였다. 이곳을 지나자 길은 금세 어둑해졌고 줄지어 선 늙은 삼나무 그늘로 들어섰다. 그토록 고루 비추던 햇볕도 나무 그늘 밑에 자란 조릿대에만 비쳐 들었다. 돋보이는 조릿대 한 그루가 빛을 받아 반짝이고 있었다.

갑자기 냉기가 몸에 스민 부인은 이제는 대답은 기대하지도 않은 채, 뒤쪽 인력거를 향해 숄을 어깨에 걸치는 시늉을 해 보였다. 다시 한번 뒤돌아본 부인의 눈에 휘날리는 숄의 무지갯빛이 비쳤다.

인력거 두 대가 까맣게 칠한 문설주 사이를 통과했다. 그러자 과연 길 주변에는 내원(內苑)의 분위기가 물씬 풍겼고, 부인은 이곳에 와 처음 본 단풍에 탄성을 질렀다.

검은 문 안에 있는 물든 단풍나무 몇 그루는 그리 곱다고 말하기는 어려웠지만, 깊은 산속에서 응결한 거무스름한 주홍빛은 부인에게 정화되지 않은 죄를 떠올리게 했다. 그러자 돌연 송곳 같은 불안이 부인의 마음을 찔렀다. 뒤따르는 사토코를 생각한 것이다.

단풍 뒤에 선 가냘픈 소나무와 삼나무는 태양을 덮기에는 부족했고, 나무 사이로 널찍한 하늘의 후광을 받은 단풍나무는 내뻗은 가지가지를 아침놀 속 구름처럼 옆으로 길게 뻗쳤다. 나뭇가지 밑에서 우러러보는 하늘은 거무스름하고 섬세한 단풍잎의 가장자리와 차례차례 맞닿았고, 그 모습은 마치 연지색 레이스 사이로 올려다본 하늘 같았다.

나란히 늘어선 포석 안쪽으로 현관이 보이는 평당문(平唐門)[97] 앞에 다다르자 백작 부인과 사토코는 인력거에서 내렸다.

---

97) 중앙부는 활 모양, 양끝은 오목한 곡선 모양으로 생긴 박공을 측면에 단 문. 건물의 용마루와 나란히 세운다.

44

부인과 사토코가 주지 스님을 만나는 것은 작년의 상경 이
후 처음이었으므로 꼭 일 년 만이었다. 우선 상좌(上佐) 비구
니가 큰스님 역시 이번 방문을 얼마나 기다렸는지 이야기하
는 동안, 두 사람이 기다리고 있던 다다미 열 장짜리 방으로
어린 비구니의 손을 잡은 주지가 행차했다.

백작 부인이 사토코의 출가(出嫁)에 대해 말하자 "경축드립
니다. 다음번에 뵐 때는 본전(本殿)에 모셔야겠습니다." 하고
주지가 말했다. 절의 본전은 황가를 맞이하는 방이었다.

사토코도 이곳에 오고부터는 계속 입을 다물고 있지만은
않았고 질문이 오면 짤막한 대답을 했다. 보기에 따라 사토코
의 근심은 단순한 수줍음으로 여겨졌으리라. 물론 신중한 주
지는 의아한 표정조차 내비치지 않았다. 백작 부인이 중정에
나란히 놓인 보기 좋은 국화 화분을 극찬하자 "마을에서 국화

를 기르는 이가 매해 이렇게 가져옵니다. 그때마다 요란스럽게 설명을 늘어놓습니다만." 하고 주지는 말했다. 그러고는 상좌 비구니에게 이건 빨간 일문자국(一文字菊) 품종을 꼭 메이지 천황의 말고삐처럼 한 줄기씩 세워 둔 것이고, 이건 똑같은 모양으로 심은 노란 관물(管物) 국화라는 둥 들은 그대로 설명하게 했다.

곧 주지는 몸소 두 사람을 서원(書院)으로 데려가며 "올해는 단풍이 늦어서." 하고 말했다.

주지의 분부를 받은 비구니가 창문을 활짝 열어젖히자 마르기 시작한 잔디와 석가산(石假山)이 있는 아름다운 정원이 펼쳐졌다. 정원에 있는 몇 그루의 단풍나무는 하나같이 꼭대기만 붉게 물들어 있었고 밑가지로 갈수록 살구색이나 노란색, 담녹색으로 색깔이 엷어졌다. 꼭대기의 붉은 빛깔도 응고한 피처럼 거무스름한 적색이었다. 벌써 산다화가 피기 시작했고, 비비 꼬인 배롱나무의 매끄러운 마른 가지는 정원 한구석에서 도리어 더욱 고운 광택을 뿜어내고 있었다.

다시 다다미 열 장짜리 방으로 돌아가 큰스님과 부인이 이런 저런 이야기를 나누는 동안 짧은 해가 저물었다.

더할 나위 없이 훌륭한 저녁 식사가 차려졌고 경사를 축하하는 팥밥도 상에 올랐다. 두 비구니가 여러모로 손님 대접에 애를 썼지만 분위기는 조금도 흥겹지 않았다.

"궁궐에선 오늘이 오히타키[98] 날이로구나."

---

98) お火たき. 교토를 중심으로 거행되던 제사의 일종.

큰스님이 말했다. 그러자 상좌 비구니가 궁궐에 있던 시절 보고 들은 것을 흉내 내기 시작했다. 불을 높이 피운 화로를 가운데 두고 여관(女官)이 외는 주문을 비구니는 그대로 기억하고 있었다.

오히타키는 11월 18일에 치르는 오랜 행사였다. 주상이 보는 앞에서 천장에 닿을 만큼 높이 화로에 불을 피우면 하얀 예복을 차려입은 여관이 주문을 왼다.

"타올라라, 타올라라, 신령한 불의 혼들이시여. 귤이나 만주가 기꺼우시면은……."

그렇게 불에 던진 귤이나 만주가 알맞게 익으면 주상에게 바친다. 이렇게 비밀스러운 의식을 흉내 내는 일은 몹시 불경한 일일 테지만, 분위기를 돋우려는 비구니의 마음을 헤아렸는지 주지는 꾸짖지 않았다.

월수사의 밤은 빨리 찾아왔고 5시엔 벌써 문을 닫았다. 저녁 식사가 끝나고 얼마 지나지 않아 제각기 침소로 물러갔고 아야쿠라 모녀는 손님을 맞는 전각으로 안내받았다. 모녀는 내일 오후까지 느긋이 작별을 애석해하다, 새벽녘 야행 열차를 타고 도쿄로 돌아갈 계획이었다.

부인은 딸과 둘만 남게 되면 하루 종일 수심에 젖은 모습으로 무례를 범한 사토코에게 한마디 주의를 주어야겠다고 생각했지만, 오사카에서 곧바로 건너온 사토코의 기분을 헤아리고는 그대로 잠자리에 들었다.

월수사 손님방의 장지는 어둠 속에서도 숙연하게 희부스름한 빛을 발했다. 11월 밤의 냉기에 종이 섬유의 가닥가닥마다

서리가 스며든 것 같았고, 종이로 세공한 문고리 위로 꽃잎이 열여섯 개 달린 국화와 구름 문양이 환하게 들여다보였다. 국화 여섯 송이가 도라지꽃을 에워싼 기둥 위의 쇠 장식은 어둠 속 높직한 요소요소를 단단히 죄고 있었다. 바람 없는 밤이었으므로 소나무도 소리 없이 고요히 서 있었다. 방 밖에는 깊은 산과 숲의 기운이 자욱했다.

어찌 됐든 자신과 딸은 괴로운 임무를 모두 끝냈고 이제부터는 찬찬히 평안이 찾아오리라는 생각에만 마음을 묶어 둔 채, 곁에서 딸이 잠을 설치는 기색을 느끼면서도 부인은 곧 잠에 빠졌다.

부인이 잠에서 깼을 때 사토코는 곁에 없었다. 새벽어둠 속에서 손을 뻗어 더듬어 보니 바닥 위에 가지런히 개켜 둔 잠옷이 닿았다. 잠깐 마음이 술렁였으나 화장실에라도 갔으리라 생각하면서 일단 기다려 보기로 했다. 그러나 문득 가슴이 저려 오듯 또다시 서늘해져서 화장실에 가 봤지만 사토코는 거기에도 없었다. 아직 사람들이 일어난 기색은 없었고 남빛 하늘은 시치미를 떼고 있었다.

그때 멀찍이 소리가 들려 부엌으로 나가 보니 일찍 일어난 하녀가 부인을 보고 놀라 황급히 무릎을 꿇었다.

"사토코를 못 봤습니까?"

부인이 묻자 하녀는 두려움에 떨며 고개를 젓기만 할 뿐 아무것도 말해 주려 하지 않았다.

부인은 정처도 없이 복도를 걸어 다니다 마침 일어난 어린 비구니에게 자초지종을 설명했다. 비구니는 기겁하며 안내에 나섰다.

　두 건물 사이를 잇는 복도 끝에 위치한 본당에서 양초의 흔들리는 불빛이 멀찍이 새어 나왔다. 이렇게 이른 시간에 독경하는 사람이 있을 리 없었다. 알록달록 꽃수레가 그려진 양초 두 개를 밝혀 놓고 사토코가 불단 앞에 앉아 있었는데, 부인에게는 그 뒷모습이 모르는 사람의 것처럼 낯설어 보였다. 사토코는 스스로 머리를 자른 후였다. 잘라 낸 머리카락을 독경대에 올려 두고 염주를 쥔 채, 온 마음으로 기도하고 있었다.

　부인은 딸이 살아 있다는 사실에 비로소 안도했다. 그리고 한순간 전까지 사토코가 절대 살아 있지 않으리라 확신하고 있었던 자신을 새삼 깨달았다.

　"머리를 깎았구나."

　부인은 딸의 몸을 힘껏 껴안으며 말했다.

　"어머니, 달리 도리가 없었습니다."

　사토코는 그제야 어머니를 바라보며 말했다. 양초의 불길이 사토코의 눈동자 속에서 작게 일렁였고, 눈의 흰자위에는 이미 새벽빛이 어려 있었다. 부인은 지금 딸의 눈 속에 비쳐든 것과 같은, 그토록 무서운 여명을 본 적이 없었다. 사토코의 손에 감긴 수정 염주의 구슬 하나하나에도 밝아 오는 환한 빛이 깃들어 있었다. 의지의 극한에 다다라 도리어 의지를 잃어버린 듯한 수다한 맑은 구슬 한 알 한 알에서, 일제히 새벽이 스며 나오고 있었다.

　어린 비구니는 서둘러 상좌 비구니에게 일의 전말을 고했고 제 역할을 마치고는 곧바로 물러갔다. 본당에 도착한 비구니는 큰스님의 침소 앞으로 아야쿠라 모녀를 데려간 다음, 장지문 밖에서 큰스님을 불렀다.

"스님, 일어나셨습니까?"

"네."

"문을 열겠습니다."

장지문을 열자 주지는 요 위에 정좌하고 있었다. 백작 부인이 더듬더듬 말했다.

"실은 사토코가, 방금 본당에서, 제 손으로 머리를 잘랐습니다……."

주지는 딴판으로 변한 채 장지문 밖에 선 사토코의 모습을 골똘히 내다보더니 조금도 놀란 기색 없이 이렇게 말했다.

"역시, 그러리라고 생각했습니다." 잠시 후 주지는 문득 떠오른 듯, 이렇게 되기까지는 여러 사정도 있었을 테니 사토코가 마음껏 이야기할 수 있도록 백작 부인은 잠깐 자리를 피해 주시는 편이 좋겠다고 말했다. 주지의 말을 따라 부인과 비구니는 물러가고 사토코만 방에 남았다.

이야기를 나누는 동안 함께 물러난 비구니가 백작 부인을 맡았다. 아침밥에 손도 대지 않은 부인의 마음고생이 얼마나 클지 헤아릴 수 있었기에, 비구니는 부인의 기분을 달래려면 어떤 이야기를 꺼내야 좋을지 몰라 난처했다. 제법 시간이 흘렀을 때 주지의 부름이 있었다. 그때 부인이 자신의 딸 앞에서 주지에게 들은 말은 꿈에도 생각지 못한 것이었다. 출가하고자 하는 사토코의 뜻이 확고하니 사토코를 월수사의 제자로 맞으려 한다는 이야기였다.

아까부터 부인은 혼자서 갖가지 미봉책을 궁리하고 있었다. 사토코가 대단한 결심을 내린 것은 의심의 여지없는 사실이었다. 머리가 원래대로 돌아오려면 수개월에서 반년 가까운 시간이 걸릴 테니 출가만 단념케 하면, 여행지에서 병이 났다는 둥 하는 식으로 꾸며내 머리가 돌아올 몇 개월 동안 납채를 미룰 수 있을 것이다. 또 백작이나 마쓰가에 후작의 힘을 빌리면 사토코를 설득해 마음을 바꿀 수 있을지도 몰랐다. 그녀의 이런 마음은 주지의 말을 들은 후에도 사라지기는커녕 더욱더 맹렬해졌다. 보통 제자가 되기 위해서는 일 년이라는 수행 기간을 거친 뒤 득도식(得度式)에서나 삭발하는 수순을 밟게 되니, 이러나저러나 모든 것은 사토코의 머리가 자라나는 상태에 달려 있었다. 만약 사토코가 빨리 마음을 바꿔 준다면……. 부인의 마음에는 대단히 기발한 생각이 떠올랐다. 잘만 하면 정교한 가발로 납채까지 어떻게든 모면할 수 있을지 모른다.

부인은 일단 사토코를 여기 남겨 두고 한시라도 빨리 도쿄로 돌아가 선후지책을 강구하는 것이 제일이라고 서둘러 마음을 굳혔다. 큰스님에게는 이렇게 인사를 했다.

"외람된 말씀입니다만 여행지에서 갑작스레 일어난 일이고 황가에도 누를 끼치는 일이니, 바로 도쿄로 돌아가 가군(家君)과 상의한 다음 다시 찾아뵀으면 합니다만 어떠십니까. 그동안 사토코를 모쪼록 잘 맡아 주시기를 부탁드립니다."

사토코는 어머니의 이 같은 말에도 눈썹 하나 까딱하지 않았다. 부인은 이제 제 자식과 말을 섞는 일마저 두려워졌다.

45

집으로 돌아온 부인에게 사태를 전해 들은 백작은 일주일
이나 허송세월하며 천연히 굴었고 결국 마쓰가에 후작을 화
나게 했다.

마쓰가에가에서는 사토코가 벌써 집에 돌아와, 그 즉시 도
인노미야가에 귀경 소식을 전했으리라 굳게 믿고 있었다. 이
는 후작답지 않은 실수였다. 후작은 도쿄로 돌아온 후작 부인
의 보고를 듣고 물 샐 틈 없는 계획이 완수되었음을 알게 된
후, 그다음에 이어질 일들에 대해서는 완전히 낙관하고 있었
던 것이다.

아야쿠라 백작은 그저 마음을 놓고 있었다. 파국을 믿는 일
은 어딘지 상스러운 취미로 여겨졌으므로 그런 것은 믿지 않
았다. 파국 대신 잠시 가벼운 잠에 빠져들면 되는 것이다. 눈
앞에 길게 뻗은 비탈길이 미래를 향해 무한히 아래로 내려가

는 것이 뻔히 보일 때에도, 게마리 공에게는 전락(轉落)이 일상이듯이 놀랄 필요는 어디에도 없었다. 분노하거나 슬퍼하는 일은 무언가에 정열을 갖는 일과 마찬가지로, 세련된 기품에 굶주린 마음이 저지르는 과오 같은 것이었다. 그리고 백작은 결코 기품 따위에 굶주린 자가 아니었다.

그저 미루고 또 미루면 되는 것이다. 뚝뚝 떨어지는 시간, 그 야릇한 꿀이 주는 은혜를 입는 일은 모든 결단에 숨어 있는 비속함을 받아들이는 일에 비하면 말할 수 없이 우월했다. 어떤 중대사라도 방치해 두면 그 방치로부터 이해(利害)가 발생하고, 그러면 누군가가 자신의 편이 되어 준다. 이것이 백작의 정치학이었다.

월수사에서 부인이 느꼈던 불안 역시 그런 남편 옆에서는 하루하루 옅어져 갔다. 이런 때 다데시나가 집에 없어 이런저런 망동을 하지 않는 것은 다행스러운 일이었다. 다데시나는 백작의 배려로 유가와하라(湯河原) 온천에서 요양 중이었다.

일주일째 되던 날 후작이 전화를 걸어왔고 아무리 굼뜬 백작이라도 더 이상 숨길 수는 없었다. 사실 사토코가 아직 돌아오지 않았다는 말을 들은 마쓰가에 후작은 한순간 말을 잃었다. 이때 후작의 가슴에는 온갖 불길한 예측들이 엉겨들었다.

후작은 부인을 대동하고 즉시 아야쿠라가를 방문했다. 백작은 처음에는 묻는 말마다 지극히 애매한 대답만 내놓았다. 그러다 마침내 진상을 알게 된 마쓰가에 후작은 격노에 휩싸여 주먹으로 탁자를 내려쳤다.

다다미 열 장짜리 일본식 방을 볼품없이 개조한 아야쿠라가의 유일한 서양식 방에서 두 부부는, 오랜 교제에도 불구하고 서로에게 단 한 번도 보여 준 적 없는 벌거벗은 맨얼굴을 드러냈다.

그렇다고는 해도 부인들끼리는 얼굴을 돌린 채로 저마다 제 남편만 훔쳐보고 있었고 남자들만이 서로를 상대하고 있었다. 백작은 자주 고개를 숙였고, 테이블보에 얹은 손도 제단에 올려놓은 인형의 손처럼 희고 작았다. 반면 후작은 내면을 떠받치는 견실한 뚝심은 없다 해도 성난 핏대를 미간에 곤두세운 도깨비 탈이 떠오를 법한 헌걸차게 불그레한 얼굴을 갖고 있었다. 부인들이 보기에도 백작에게는 도저히 승산이 없었다.

사실 맨 처음 고함을 쳐 댄 것은 후작이었지만, 소리를 질러 대는 동안 후작은 하나부터 열까지 우위에 선 자신이 고압적인 태도를 취하고 있는 것이 점점 거북스러웠다. 눈앞에 선 백작만큼 무력하고 약소한 적(敵)은 없었다. 안색이 나쁜 백작의 얼굴은 노란빛 상아를 조각해 놓은 듯 여린 선을 그리고 있었다. 그 가지런한 얼굴은 슬픔이라고도 곤혹스러움이라고도 하기 어려운 무언가를 띄우고서 침묵에 잠겨 있었다. 곧잘 내리뜨는 눈에 팬 깊은 쌍꺼풀 탓에 그 눈에 어린 함락과 적요의 기운이 한층 두드러졌다. 후작은 새삼 여자의 눈 같다고 생각했다.

비스듬히 의자에 걸터앉은 나른하고 내키지 않는 듯한 백작의 모습에는, 후작의 혈통 속 어디서도 찾을 수 없는, 오래도록 전해 내려온 가냘픈 우아함이 가장 연약한 모습으로 선명하게 드러나고 있었다. 그 모습은 더없이 더럽혀진 하얀 새의 망해(亡骸) 같았다. 울음소리는 아름다웠을지 모르지만, 고기는 맛이 나쁜, 어차피 먹을 수도 없는 새의 망해.

"통탄할 일입니다. 한심한 사태라고요. 조정에도 국가에도, 얼굴을 들 수가 없어."

후작은 무턱대고 거대한 말들을 늘어놓으며 분노를 이어 갔지만, 그 분노의 그물이 언제라도 끊어질 듯 위태롭다는 것 또한 느끼고 있었다. 결코 의견을 내세우지 않는, 결단코 행동을 취하지 않는 백작에 대한 분노란 무의미했다. 뿐만 아니다. 후작은 화를 내면 낼수록 그 격정이 자신을 향해 되돌아올 뿐이라는 것을 서서히 깨달아 갔다.

그것이 설마 백작이 애당초 꾀한 것이라고는 생각할 수 없었다. 다만 백작이 자신은 전혀 움직이지 않으면서, 어떤 무시무시한 파국에 이르든 간에 모든 것을 죄다 상대의 탓으로 돌릴 수 있는 입장을 고수해 온 것만은 분명했다.

애초에 아들에게 고상한 정신을 교육시켜 달라 신신당부한 것은 후작 자신이었다. 이 재앙의 단서가 된 것 역시 기요아키의 육체임이 틀림없었다. 어쩌면 아야쿠라가가 어린 시절부터 기요아키의 정신을 망쳐 왔다고 말할 수 있다 치더라도, 그 해악의 원인을 만든 근본은 후작 자신이었다. 또한 지금, 마지막 순간에 이리될 것을 예견하지 못하고 사토코를 굳이 간사이(関西)로 보낸 것도 후작 자신이었다……. 이렇게 놓고 보면 후작의 분노는 모두 후작 자신을 향해 되돌아올 수밖에 없는 모양새였다.

결국 후작은 불안에 사로잡힌 채 기진맥진하여 입을 다물고 말았다.

방을 가득 채운 네 사람의 침묵은 오래도록 이어져 마치 수행을 하고 있는 것 같았다. 뒤뜰에서 대낮의 닭 울음소리가 울려 퍼졌다. 창밖에는 초겨울의 소나무가 서 있었다. 나무에 바람이 불 때마다 신경질적인 침엽에 비친 햇살도 함께 흔들렸다. 응접실의 심상치 않은 낌새를 알아챘는지 온 집 안에 사람이 내는 소리라고는 하나도 들리지 않았다.

마침내 아야쿠라 부인이 입을 열었다.

"제 소홀함으로 일이 이렇게 되어 버려 마쓰가에 님께도 뭐라 사죄드려야 할지 모르겠습니다. 이리된 이상 하루라도 빨리 사토코의 마음을 돌려, 납채도 그대로 진행하는 게 좋지 않을까 생각합니다."

"머리는 어찌하시려는 겁니까?"

마쓰가에 후작은 즉시 되받아쳤다.

"그건 서둘러 좋은 가발이라도 맞춰서 사람들 눈을 속이는 동안……."

"가발이라니. 그걸 미처 생각 못 했군!"

백작 부인이 말을 채 마치기도 전에 후작은 새된 환성을 질렀다.

"역시, 그런 수가 있으리라고는 생각도 못 했어요."

후작 부인도 곧바로 남편의 말에 맞장구를 쳤다.

그 후로는 신이 난 후작의 기세에 올라타 모두들 가발 이야기로 떠들썩해졌다. 응접실에는 처음으로 웃음소리가 일었다. 네 사람은 눈앞에 작은 고깃조각이라도 던져진 것처럼 앞다퉈 그 묘안에 달려들었다.

그러나 네 사람이 꼭 같은 정도로 이 묘안을 믿고 있는 것은 아니었다. 적어도 아야쿠라 백작은 그런 수가 소용이 있으리라고는 조금도 생각지 않았다. 믿지 않는다는 점에서는 마쓰가에 후작도 마찬가지였을지 모르지만, 위엄을 지니고 믿는 척하는 일만큼은 가능했다. 백작도 재빠르게 후작의 위풍에 동조했다.

"하루노리 왕자 전하도 설마 사토코의 머리카락을 만지시지는 않겠지. 설령 수상쩍게 여기신대도 말이야."

후작은 어줍게 목소리를 낮추고 웃으며 말했다.

허위를 공유한 네 사람은 잠깐일지언정 정다워졌다. 이곳에 가장 필요했던 것은 이처럼 형태를 갖춘 허위라는 것을 그들은 그제야 깨달았다. 사토코의 마음은 누구의 머릿속에도 없었다. 국사에 관해서는, 오직 사토코의 머리카락만이 중요한 문제였다.

가공할 능력과 정열로 메이지 정부 수립에 공헌한 마쓰가에 후작의 선대, 그가 얻어 낸 후작의 명예. 지금 그 모든 것이 여자의 가발 하나에 달려 있다는 것을 알게 되면, 선대는 얼마나 낙담할 것인가. 그토록 정교하고 음습한 속임수는 마쓰가에 가문의 장기는 아니었다. 그런 재주는 오히려 아야쿠라가에 대대로 전해 내려오는 것이었다. 우아함과 아름다움이 죽은 자리에 들어선 아야쿠라가의 거짓 특질에 마음을 빼앗기는 바람에, 마쓰가에가는 지금 그들과 한 배를 타야 하는 처지에 놓인 것이다.

그렇다 해도 그것은 아직 존재하지 않는 가발, 사토코의 의지와도 무관한 그들이 꿈꾼 가발에 지나지 않았다. 그러나 순조롭게 그 가발을 끼워 넣을 수만 있다면 산산이 흩어진 조각 퍼즐은 빈틈없이 영롱하게 완성될 수 있었다. 그 모든 것이 가발 하나에 달려 있다고 생각한 후작은 궁리에 빠져들었다.

보이지 않는 가발을 함께 논하며 네 사람은 모두 자신을 잊었다. 납채를 위해서는 오스베라카시⁹⁹⁾ 모양이, 평소 쓰는 것으로는 트레머리 가발이 필요했다. 보는 눈이 어디에 있을지 모르니 사토코는 목욕 중에도 가발을 벗으면 안 될 것이다.

네 사람의 마음속에서 사토코는 이미 가발을 쓰기로 결정되어 있었다. 그들은 제각기 진짜 머리칼보다도 매끄럽고 유려한, 칠흑 같은 머리칼을 그려 보았다. 그것은 억지로 받아 든 왕권이었다. 땋아 올린 검은 가발이 공허하게 공중에 떠 있는 모습, 그 미려한 광택. 대낮의 환한 빛 한복판에 떠오르는 밤의 정수……. 그 아래 얼굴이 있을 자리에 비애에 젖은 아름다운 얼굴을 끼워 보는 것이 얼마나 어려운 일인지 네 사람 모두 생각지 않은 것은 아니었지만, 그들은 애써 생각하지 않으려 했다.

"이번에는 반드시 백작께서 직접, 단호한 태도로 사토코를 설득하러 가 주셨으면 합니다. 부인께서도 한 번 더 가 주시길

---

99) 헤이안 시대 귀족 여성의 머리 모양. 머리채를 뒤로 묶어 늘어뜨리고 앞머리는 좌우로 부풀린다. 지금도 황실 여성의 예식에 사용된다.

바라고, 제 처도 다시 딸려 보내겠습니다. 사실은 저도 가야 겠지만……." 하며 후작은 체면을 걸고 넘어졌다. "저까지 가면 세상 사람들이 무슨 일인지 궁금해하겠지요. 전 가지 않겠습니다. 이번 여행은 뭐든지 다 극비리에 진행하기로 하고, 제 처도 병이 나서 집을 비우는 걸로 둘러댑시다. 전 도쿄에 있으면서 어떻게든 비밀리에 정교한 가발을 만들 수 있는 솜씨 좋은 장인을 찾아내지요. 신문 기자들이 냄새라도 맡으면 그야 큰일이 되겠지만, 그건 제게 맡겨 두십시오."

46

기요아키는 또다시 여행 채비를 하는 어머니를 보고 놀랐
지만, 어머니는 행선지도 용건도 알려 주지 않은 채 그저 다른
사람에게 누설하지 말라는 당부만 남기고 떠났다. 기요아키
는 사토코의 주변에 심상치 않은 일이 일어나고 있음을 낌새
로 알아챘지만 하루 종일 야마다의 감시를 받고 있었으므로
무엇 하나 뜻대로 할 수 없었다.

월수사에 도착한 아야쿠라 부부와 마쓰가에 부인은 놀랄
만한 사태를 마주했다. 사토코는 이미 삭발을 하고 출가를 마
친 후였다.

이렇게나 성급한 낙발의 경위는 이런 것이었다.

그날 아침 사토코에게 모든 사정을 들었을 때 큰스님은 사
토코를 출가시키는 것 말고는 다른 길이 없다는 것을 즉시 깨

달았다. 황족 주지의 전통을 간직한 절을 맡은 몸으로서 주지는 무엇보다 황실을 소중히 여겼다. 일시적으로는 황실의 뜻을 거스르는 듯 보이더라도 황실을 보호하기 위해서는 그보다 나은 방법은 없다고 마음을 먹었기에 사토코를 제자로 받아들이기로 했다.

주지로서는 황실을 속이려는 계획을 알게 된 이상 그대로 내버려 둘 수 없었다. 근사하게 꾸며진 불충을 알고서도 간과할 수는 없었던 것이다.

그리하여 평소에는 그토록 신중하고 나긋나긋한 늙은 주지는 위세와 무력으로도 굴복시킬 수 없는 각오를 굳혔다. 현세의 모든 것을 적으로 돌리더라도 황실의 신성함을 묵묵히 지켜 내기 위해서라면, 천황의 명조차 거스르겠다는 결심을 세운 것이다.

눈앞에서 큰스님의 결의를 본 사토코는 세상을 버리겠다는 맹세를 더욱더 새로이 다졌다. 내내 생각해 온 일이긴 했지만 큰스님이 자신의 소원을 이렇게까지 이루어 주리라고는 생각지 못했다. 사토코는 부처를 만났다. 그 확고한 뜻을 큰스님 역시 영험한 학처럼 한눈에 꿰뚫어 보았다.

득도식을 하기까지는 일 년간의 수행이 필요했지만 주지와 사토코 모두 이렇게 된 이상 낙발을 서두르는 편이 좋겠다는 데에 생각을 모았다. 하지만 주지는 아무리 그렇다 해도 아야쿠라 부인이 돌아오기 전에 득도식을 치를 생각은 없었다. 적어도 머리가 남아 있는 상태에서 기요아키와 이별할 수 있게 해 주자는 속마음도 있었다.

사토코는 서둘렀다. 매일매일 아이가 과자를 조르듯이 삭발을 졸라 댔다. 결국에는 주지도 두 손을 들고 이렇게 말했다.

"머릴 깎으면 이제 기요아키 씨와는 만날 수가 없는데, 그래도 괜찮겠느냐?"

"네."

"이제 이승에선 안 만나겠다는 결심이 서면 그때 깎아 주마. 후회할 일을 하면 좋지 않으니."

"후회는 없습니다. 이제 이 세상에선 그 사람과 두 번 다시 만나지 않을 겁니다. 작별 인사도 흡족히 마쳤습니다. 그러니 부디……." 하고 말하는 사토코의 맑은 목소리에는 흔들림이 없었다.

"참말로 괜찮은 거지? 그래, 그렇다면 내일 아침 머리를 깎아 주마."

주지는 또 한 번 하루의 여유를 뒀다.

아야쿠라 부인은 돌아오지 않았다.

그러는 동안에도 사토코는 스스로 앞장서 절에서의 행자 생활에 흠뻑 젖어 갔다.

애초에 법상종은 수행보다 이론을 중시하는 교학적인 종파였다. 특히 국사를 기원하는 절이라는 성격이 강했으므로 시주도 받지 않았다. 큰스님이 때때로 농담처럼 "법상종에서는 감사할 일이 아무것도 없다."라고 말하듯, 그저 미타의 본원(本願)을 따르는 정토종이 일어나기 전까지는 귀의의 기쁨에 홀리는 감사의 눈물 같은 것도 없었다.

또 대승 불교에는 본래 계율다운 계율도 없어 경내의 법도

에다 소승 교도의 계율을 원용하는 정도였지만, 비구니 사찰에서는 우선 『범망경(梵網經)』의 보살계, 즉 살생계(殺生戒), 도계(盜戒), 음계(淫戒), 망어계(妄語戒)에서부터 파법계(破法戒)에 이르는 사십팔계를 계율로 삼고 있었다.

엄격한 것은 도리어 계율보다 수행이었다. 사토코는 요 며칠간 법상종의 근본 법전인 『유식삼십송(唯識三十頌)』[100]과 『반야심경(般若心經)』을 빠르게 외웠다. 아침에는 일찍 일어나 큰스님이 불공을 드리기 전에 불당 청소를 했고 독경으로 불경을 익혔다. 비구니도 이미 사토코를 손님으로 대하지 않았다. 큰스님은 상좌 비구니에게 사토코의 지도를 일임했고, 비구니는 다른 사람이 된 듯 엄격하게 굴었다.

득도식 날 아침 목욕재계를 하고 검게 물들인 옷을 입은 사토코는 법당에서 염주를 쥔 채 합장하고 있었다. 일단 주지가 면도칼로 한 번 깎은 뒤 비구니가 익숙한 솜씨로 남은 머리를 미는 동안, 주지는 반야심경을 외웠고 젊은 비구니도 따라 암송했다.

"관자재보살 행심반야바라밀다시 조견 오온개공 도일체 고액(觀自在菩薩 行深般若波羅蜜多時 照見 五蘊皆空 度一切苦厄)……."

사토코도 따라 외며 눈을 감고 있으니 서서히 육체라는 뱃바닥의 바닥짐이 사라졌고 내려놓은 닻 역시 자유로이 풀려

---

100) 인도의 승려 바수반두가 4세기에 지은 책. 서른 줄의 게송(偈頌)으로 이루어진 대승 불교 유식설의 주요 논서이다.

났다. 경문을 독송하는 묵직하고 풍요로운 목소리는 파도가 되었고, 그 파도에 올라타고 표랑을 시작하는 듯한 기분이 들었다.

사토코는 내내 눈을 감고 있었다. 아침 법당은 빙고처럼 냉랭했다. 표류하기 시작한 제 몸 주위에는 온통 청아한 얼음이 뒤덮여 있었다. 홀연 정원의 때까치가 소란스레 울었고 얼음에는 번개 같은 균열이 생겼지만, 균열은 금세 다시 메워져 흠 하나 없는 빙판이 되었다.

면도칼은 사토코의 머리를 세밀하게 매만졌다. 어떤 때는 작은 동물의 날카롭고 하얀 앞니가 깨무는 듯이, 또 어떤 때는 한가로운 초식 동물의 온순한 어금니가 저작하듯이.

머리칼이 한 뭉치씩 떨어질 때마다 사토코의 뒷머리에는 생애 처음 느껴보는 서늘함이 신속하게 스며들었다. 자신과 우주 사이를 가로막고 있던 우울한 번뇌로 가득한 뜨거운 흑발이 깎여 나가자, 머리뼈 주위에는 그 누구도 손가락 하나 대 본 적 없는 차고 신선한 청정의 세계가 펼쳐졌다. 맨살갗의 면적이 늘어날수록, 박하를 바른 듯한 예리한 추위가 번져 갈수록.

머리에 냉기가 스미자 달처럼 죽은 천체의 표면이 우주의 청명한 기운에 직접 닿아 있는 느낌이란 이런 것일까, 하고 사토코는 생각했다. 머리카락은 마치 현세 그 자체인 것처럼 차례차례 퇴락했다. 퇴락하면서 무한히 멀어졌다.

머리카락은 누군가의 수확물이었다. 숨이 막힐 듯한 여름 햇빛을 잔뜩 머금었던 흑발은 사토코가 앉은 자리 주변으로 떨어져 갔다. 그러나 그것은 헛된 수확이었다. 그토록 윤이 나던 검은 머리칼은 몸에서 분리되자마자 즉시 머리칼의 추악한 시체가 되었다. 한때 그녀의 육체를 이루었던, 그녀의 내부와 미적으로 이어져 있던 것이 남김없이 버려지고 있었다. 인간의 몸에서 손이 떨어지고 다리가 떨어져 가듯이, 사토코의 현세가 벗겨지고 떨어져 갔다…….

이윽고 푸르스름한 머리가 되었을 때 큰스님은 다정하게 말했다.

"출가 후의 출가가 중요한 법이다. 지금의 그 각오에는 참으로 감탄했어. 이제부터 마음을 맑게 하고 수행을 계속하면, 그대는 분명 비구니들의 빛이 될 테지."

이것이 그토록 성급한 낙발의 경위였다. 아야쿠라 부부와 마쓰가에 부인은 출가한 사토코의 모습에 깜짝 놀라면서도 완전히 포기하지는 않았다. 가발을 쓰게만 하면, 아직 어떻게든 해 볼 여지가 있었다.

47

월수사를 찾아온 세 사람 가운데 아야쿠라 백작은 시종 온화한 얼굴로 사토코나 주지와 느긋하고 천연스럽게 세상 돌아가는 이야기를 나눴다. 사토코의 마음을 돌려놓으려는 기색은 한 번도 내비치지 않았다.

후작은 매일 결과를 묻는 전보를 보내왔다. 급기야 아야쿠라 부인이 사토코에게 울며 애원해 보기도 했지만 소용없는 일이었다.

사흘째 되던 날 아야쿠라 부인과 마쓰가에 부인은 뒤에 남을 백작에게 실낱같은 희망을 품고 도쿄로 돌아갔다. 백작 부인은 심한 마음고생 탓에 귀가와 동시에 몸져누웠다.

그 후로 백작은 일주일 동안, 홀로 하릴 없이 월수사에 머물렀다. 도쿄로 돌아가기가 무서웠기 때문이다.

백작은 한 번도 사토코의 환속을 종용하는 말은 하지 않았으므로 주지도 어느새 경계를 풀고 사토코와 백작에게 둘만의 시간을 마련해 주었다. 그러나 상좌 비구니는 몰래 부녀의 모습을 엿보고 있었다.

겨울의 양지바른 툇마루 끝에서 부녀는 언제까지고 말도 없이 마주 앉아 있었다. 마른 가지 사이에 눈과 푸른 하늘이 아렴풋이 걸려 있었고, 백일홍 가지에 딱새가 날아와 딱딱거리며 울었다.

제법 오랫동안 부녀는 잠자코 있었다. 마침내 백작은 아첨하는 듯한 미소를 지으며 이렇게 말했다.

"네 덕분에 이 아비도 이제부턴 세상 밖에 얼굴을 내밀 수가 없겠어."

"용서하셔요."

사토코는 감정이 섞이지 않은 평온한 목소리로 대답했다.

"이 정원에는 여러 새들이 날아드는구나." 하고 잠시 후 다시 백작이 말했다.

"네. 많이 옵니다."

"오늘 아침에 산책을 나와 봤더니 감도 새들에게 쪼아 먹히고, 익으면 그저 떨어질 뿐이더라. 줍는 사람도 없어."

"네. 그런 것 같습니다."

"이제 슬슬 눈이 오겠지." 하고 백작이 말했으나 대답은 없었다. 부녀는 그대로 정원을 바라보며 가만히 앉아 있었다.

다음 날 아침 백작은 드디어 월수사를 떠났다. 아무 수확도 없이 돌아온 백작을 맞은 마쓰가에 후작은 이제는 화도 내지 않았다.

이날이 이미 12월 4일이었고 납채 의례까지는 일주일 밖에 남지 않았다. 후작은 비밀리에 경시 총감을 저택으로 불렀다. 경찰의 힘을 빌려 사토코를 빼앗아 오려는 심산이었다.

경시 총감은 나라(奈良) 경찰에게 극비로 지령을 보냈지만 황족 주지가 있는 절을 덮쳤다가는 궁내성과 말썽을 빚을 우려가 있었다. 한 해에 1000엔도 안 되는 돈이라고는 해도 내탕금을 받는 절에 섣불리 손을 댈 수는 없었다. 그래서 경시 총감은 비공식적으로 몸소 서쪽으로 내려가 사복을 입은 심복을 데리고 월수사를 찾았다. 비구니의 손을 거쳐 건네받은 명함을 보고도 주지는 눈 하나 깜짝하지 않았다.

내온 차를 마시며 한 시간쯤 주지의 이야기를 들은 경시 총감은 주지의 위엄에 눌려 그대로 물러났다.

마쓰가에 후작은 자신이 할 수 있는 모든 수를 썼다. 그러나 이제는 도인노미야가에 사퇴의 뜻을 전하는 수밖에 남지 않았다. 그동안 도인노미야가는 아야쿠라가에 몇 번이나 사무관을 보내왔고 아야쿠라가의 이상한 대응에 난처해하고 있었다.

마쓰가에 후작은 아야쿠라 백작을 저택에 불러 이 상황을 운명으로 받아들이고 체념하기를 설득했다. 후작이 내놓은 대책이란 사토코가 '중증의 신경 쇠약'이라는 명의의 진단서를 도인노미야가에 보이고 이 일을 마쓰가에, 아야쿠라 양가와 도인노미야가만 알고 있는 기밀 사항인 것처럼 만들어 극비를 나누었다는 신뢰감으로 도인노미야의 노여움을 누그러뜨리자는 것이었다. 세간에는 숨은 의미라도 있는 듯 이런 소문을 흘리면 그만이었다. 도인노미야가에서 뚜렷하지 않은 이유로 돌연 혼약을 파기하겠다는 의사를 표했고, 사토코는 세상을 비관해 속세를 저버리고 불가에 귀의했다. 이렇게 원인과 결과를 전도시킴으로써 도인노미야가는 얼마간 악역을 맡기는 하겠지만 체면과 권위를 지킬 수 있고, 아야쿠라가는 불명예스럽기는 해도 세간의 동정을 살 수 있었다.

그러나 지나쳐서는 안 된다. 일이 지나쳐 아야쿠라가에 대한 세간의 동정이 너무 커져 버리면 도인노미야가로서는 까닭 없는 미움 앞에서 해명해야 할 필요성에 쫓기게 될 테고, 그러면 사토코의 진단서를 공표할 수밖에 없을 것이다. 신문 기자들이 도인노미야가의 혼약 파기와 사토코의 낙발에 노골적인 인과 관계를 부여하지 않도록 하는 것이 매우 중요했다. 그저 두 사건을 열거하고 시간의 순서를 바꿔 주기만 하면 됐다. 그래도 기자들은 진상을 알고 싶어 할 것이다. 그때는 자못 괴로운 듯이 인과관계를 넌지시 내비치면서, 단 그 점에 대해서는 지면에 싣지 않겠다는 약속을 받아 내면 되는 일이다.

의논이 끝나자 후작은 조속히 오즈(小津) 정신과 병원의 오즈 박사에게 전화를 걸어, 지금 바로 서둘러 마쓰가에 후작 저택으로 극비리에 진찰을 와 주었으면 한다고 부탁했다. 오즈 정신과 병원은 이렇게 급작스러운 요청에 얽힌 지체 높은 가문들의 비밀을 잘 지켜 주는 것으로 유명했다. 박사의 도착은 몹시 늦었다. 박사가 올 때까지 붙들려 있는 백작의 면전에서 후작은 이제 초조함을 숨기지도 않았다. 때가 때인 만큼 차를 마중 보낼 수도 없는 일이었으므로 오로지 기다리는 수밖에 없었다.

도착한 박사는 양관 2층에 있는 작은 응접실로 안내를 받았다. 난롯불이 새빨갛게 타고 있었다. 후작은 자신과 백작을 소개한 다음 박사에게 여송연을 권했다.

"환자는 어디에 있습니까?"

후작과 백작은 서로를 마주 보았다.

"실은 여기에는 없습니다."

후작이 답했다.

만난 적도 없는 환자의 진단서를 이 자리에서 쓰라는 말을 들은 오즈 박사의 안색이 급격히 바뀌었다. 박사를 화나게 한 것은 그러한 요청 자체라기보다도 후작의 눈 속에 번뜩이고 있는, 자신이 분명 가짜 진단서를 써 주리라는 예측이었다.

"무엇 때문에 이런 무례한 요청을 하는 겁니까. 날 돈으로 움직이는 그렇고 그런 돌팔이라고 생각하시는 겁니까?" 박사가 말했다.

"저흰 결코 선생님이 그런 분이라고는 생각지 않습니다." 후작은 여송연을 입에서 떼고 한동안 방 안을 서성였다. 살집 좋은 박사의 볼이 떨리고 있었다. 후작은 난롯불에 비쳐 환히 드러난 박사의 얼굴을 멀리서 바라보며 깊이 가라앉은 목소리로 이렇게 말했다. "그 진단서로 천황 폐하의 마음을 편케 해 드리려는 겁니다."

후작은 진단서를 손에 넣자마자 도인노미야의 사정을 살펴, 늦은 밤 도인노미야가의 저택을 방문했다.

다행히 하루노리 왕자는 연대 훈련으로 부재중이었다. 도인노미야를 특별히 직접 알현하고 싶다는 요청에 비전하도 자리를 비워 주었다.

도인노미야는 기분이 좋은 듯 귀부 와인 샤토 디켐[101]을 권하며 올해 마쓰가에가의 꽃놀이는 꽤 재미있었다는 등의 이야기를 했다. 이렇게 오붓한 대면은 오랜만이었으므로 후작도 일단은 올림픽이 열린 1900년 파리에서 있었던 옛날이야기들을 꺼내 놓았고, 예의 '샴페인 분수가 있었던 집'과 그곳에서 일어난 갖가지 일화들을 이야기하며 흥겨워했다. 그때만큼은 이 세상에 아무런 근심도 없는 것만 같았다.

그러나 그토록 위풍당당한 풍채에도 불구하고 도인노미야가 마음속으로는 불안과 공포를 안은 채 자신의 다음 말을 기다리고 있다는 것을 후작은 잘 알고 있었다. 도인노미야는 며칠 후로 다가온 납채 의례에 대해서는 한마디도 먼저 꺼내려 하지 않았다. 등불 빛을 뒤집어쓴 반백의 보기 좋은 콧수염은 햇살을 받은 성긴 숲 같았고, 입가를 스치는 망설임의 기색을 이따금씩 내비쳤다.

"실은 밤중에 이렇게 찾아뵌 것은……." 후작은 마치 이제껏 한가로이 날아다니던 작은 새가 새집 안에 일직선으로 날아드는 듯이 가뿐하게, 부러 얼마간 경망스럽게 본론으로 들어갔다.

"무어라 말씀드려야 할지 모를 불상사를 보고드리러 온 것입니다. 아야쿠라의 딸이 정신병을 앓고 있습니다."

---

101) 프랑스 소테른 지역에서 생산하는 보르도 와인.

"뭐라고?"

놀란 도인노미야는 눈을 부릅떴다.

"아야쿠라도 참 너무한 것이, 그저 일을 숨기기만 하고 제게도 상의 한번 없이 사토코를 비구니로 만들었더군요. 그렇게 체면을 세우려고 하면서도 오늘까지 전하께 사정을 털어놓을 용기는 없었던 모양입니다."

"이게 무슨 일인가. 이 마당에 와서."

도인노미야는 입술을 질끈 깨물었고 콧수염은 입술이 움직이는 대로 따라갔다. 그리고 난로 쪽으로 뻗은 구두 끝을 지그시 바라보았다.

"여기 오즈 박사의 진단서가 있습니다. 무려 한 달 전 날짜가 찍힌 이것을, 아야쿠라는 저한테마저 숨기고 있었습니다. 전부 제 부주의로 일어난 일입니다. 뭐라 사죄의 말씀을 드려야 할지⋯⋯."

"병이라고 하면 그야 어쩔 수 없는 일이다만 왜 알려 주질 않았던 걸까. 간사이에 여행을 다녀온다는 것도 그것 때문이었나. 그러고 보니 인사를 하러 왔을 때 안색이 시원찮다고 비가 걱정했었지."

"정신이 온전치 않아 올 9월부터 여러모로 기묘한 행동을 했다는 얘기가 이제야 제 귀에 들어왔습니다."

"이렇게 되면 하는 수 없다. 내일 날이 밝으면 서둘러 사죄의 말씀을 드리러 입궐하도록 하지. 폐하께선 뭐라 말씀하실지⋯⋯. 그때 이 진단서를 보여 드려야 할 텐데 빌려도 되겠지?" 하고 도인노미야가 말했다.

하루노리 왕자에 대해서는 한마디도 꺼내지 않는 모습에서 도인노미야의 품격이 드러났다. 그사이 후작은 후작대로 시시각각 변하는 도인노미야의 표정에 부지런히 주의를 기울였다. 침울한 파도가 요동치며 일더니 잠잠해지는가 싶으면 와르르 무너졌고, 그러나 또다시 일어나기를 반복했다. 몇 분쯤 지났을까, 후작은 이제 안심해도 좋겠다고 생각했다. 가장 두려워했던 순간은 이제 지나갔다.

그날 밤 후작은 비전하도 함께 한밤중까지 선후지책을 의논한 후에 저택에서 물러났다.

다음 날 아침 도인노미야가 입궐 채비를 하고 있을 때 공교롭게도 왕자가 훈련을 마치고 돌아왔다. 도인노미야는 왕자를 방으로 데려가 사정을 모두 이야기했지만, 젊고 씩씩한 왕자의 얼굴에는 동요가 없었다. 모든 것은 아버님께 맡기겠습니다, 하고 말할 뿐 원망은커녕 티끌만 한 분노조차 드러내지 않았다.

철야 훈련에 지친 왕자는 아버지를 배웅하자마자 침소로 향한 후 나오지 않았는데, 아무리 태연하다고는 해도 좀체 잠에 들지는 못했다. 그런 기색을 알아챈 비전하가 방으로 왕자를 보러 왔다.

"어젯밤에 마쓰가에 후작이 그 얘길 보고하러 왔겠군요."

왕자는 철야로 약간 충혈되었지만 평소와 같이 굳세고 곧은 눈을 들어 어머니에게 말했다.

"그렇습니다."

"전 왠지 모르게 픽 옛날 제가 소위였던 시절 황실에서 있었던 일을 떠올렸습니다. 전에 말씀드린 적이 있지요. 제가 입궐했을 때 복도에서 우연히 야마가타(山県) 원수(元帥)를 만났습니다. 잊어버리지도 않습니다. 폐하께서 거처하시는 뒷방 복도였습니다. 원수는 알현을 마치고 물러가는 길이었을 겁니다. 평소처럼 통상 군복 위에 깃 넓은 코트를 입고 군모를 깊숙이 눌러쓰고서, 두 손은 호주머니에 아무렇게나 쑤셔 넣고 군도를 질질 끌듯이 하며 어둑하고 긴 복도를 걸어왔습니다. 저는 바로 길을 비켜 직립 부동의 자세로 원수에게 경례했습니다. 원수는 군모의 차양 아래서, 결코 웃지 않는 날카로운 눈으로 저를 흘끗 쳐다봤습니다. 원수는 제가 누군지 모르지 않았습니다. 그러나 원수는 갑자기 불쾌한 듯 얼굴을 돌린 채 답인사도 없이, 외투를 걸친 거만한 어깨를 으스대면서 그대로 복도를 떠났습니다.

전 지금 어쩐지, 그때 그 일이 생각납니다."

신문은 "도인노미야가의 사정에 따른" 혼약 파기를 알렸고, 세상 사람들이 그토록 고대해 왔던 납채 의례가 중지되었음을 보도했다. 집안에서 일어나는 일을 전혀 알지 못했던 기요아키는 신문으로 비로소 그 소식을 접했다.

48

이 일이 알려지고부터 기요아키에 대한 후작가의 감시는 점점 엄격해져 학교에 갈 때도 야마다가 따라붙었다. 사정을 모르는 학우들은 초등학생처럼 요란한 기요아키의 통학을 의아해했다. 게다가 후작 부부는 그 후로 기요아키와 얼굴을 마주할 때도 사건에 대해서는 일절 언급하지 않았다. 마쓰가에가의 모든 사람들은 아무 일도 일어나지 않았던 것처럼 행동했다.

바깥세상은 시끄러웠다. 기요아키는 가쿠슈인에 다니는 상당한 집안의 아들들도 그 일의 진상에 대해서는 깜깜하다는 것, 심지어는 기요아키에게 사건에 대한 감상을 묻는다는 사실에 놀랐다.

"세간에선 아야쿠라가를 동정하고 있는 모양이지만 난 황족의 존엄을 훼손한 사건이라고 생각해. 사토코 씨라는 사람이 머리가 이상하다는 건 나중에야 알게 된 일이잖아. 왜 미리 알지 못했을까?"

기요아키가 뭐라 대답해야 할지 몰라 망설이고 있으면 혼다가 옆에서 도와주기도 했다.

"증상이 드러날 때까지 병은 알 수 없는 게 당연하잖아. 여학생같이 소문 이야기 하는 건 그만둬."

그러나 이런 '남자다움'의 가장도 가쿠슈인에서는 통하지 않았다. 무엇보다 이런 대화에 그럴싸한 결론을 내릴 수 있는 소식통이 되기에 혼다의 집안은 충분치 않았다.

"내 사촌이거든."이라거나 "우리 큰아버지의 첩이 낳은 아들인데 말이야."라고 말할 수 있는, 범죄나 추문에 대해서라면 어느 정도의 혈연을 뽐낼 수 있으면서도 그런 일로 인해 자신의 고귀한 무관심은 조금도 다치지 않으리라는 자신감을 자랑할 수 있는 사람. 냉정한 얼굴로 세간에 떠도는 어중이떠중이 같은 소문들과는 다른 내막을 밝혀 줄 단서를 넌지시 내비쳐 줄 수 있는 사람이 아니라면 소식통이 될 자격이 없었다. 이 학교에서는 열대여섯 명이나 되는 소년들이 걸핏하면 "내무 대신이 감기에 걸렸다고들 하지만, 입궐했을 때 허둥대다 마차 발판을 비껴 밟는 바람에 발을 접질린 거야." 같은 말을 하곤 했다.

그러나 이상하게도 이번 사건에서는 기요아키의 오랜 신비주의가 빛을 발했는지 그와 사토코의 관계를 아는 학우는 없었고, 마쓰가에 후작이 이 사건과 얽힌 사정에 밝은 사람도 없었다. 다만 아야쿠라가의 친척인 공가 출신 화족은 있었다. 그는 아름답고 총명한 사토코가 정신이 나갔을 리 없다고 되풀이해 주장했지만 제 핏줄에 대한 옹호로 받아들인 학우들의 냉소를 샀다.

당연히 이 모든 일들은 기요아키의 마음에 끊임없이 상처를 남겼다. 하지만 사토코가 떠맡은 공공연한 불명예에 비하면, 사람들의 지탄도 받지 않고 그저 남몰래 입은 자신의 상처는 비겁자의 번민에 불과했다. 학우들이 이 사건과 사토코를 입에 올릴 때마다 기요아키는 창밖을 바라보았다. 때마침 겨울도 깊어 가는 더없이 청명한 아침, 2층 교실 창문에서 내다보이는 먼 산에 내린 눈을 보고 있으면, 마치 저 멀고 높은 곳에서 자신의 빛나는 결백함을 사람들 앞에 말없이 펼쳐 보이는 사토코를 바라보는 것 같았다.

아득한 정상의 하얀빛은 오직 기요아키의 눈에만 비쳤고 기요아키의 마음에만 들이쳤다. 죄와 불명예, 그리고 광기를 한 몸에 떠맡은 그녀는 이미 정화되어 있었다. 그렇다면 자신은 어떠한가?

기요아키는 때때로 자신의 죄를 큰 소리로 고백해 버리고 싶은 충동에 사로잡혔다. 그러나 그렇게 하면 사토코의 소중한 자기희생도 물거품이 된다. 그렇게 해서라도 양심의 가책을 벗어 버리는 것이 진정한 용기인지, 포로나 다름없는 지금의 생활을 묵묵히 견디는 것이 올바른 인고인지 분별할 수 없었다. 단 마음에 얼마나 많은 고뇌가 쌓여 가든지 간에 아무것도 하지 않고 가만히 있는 것이 아버지와 일가가 자신에게 바라는 일이라는 점만은 참기 힘들었다.

분명 예전의 기요아키에게 무위와 슬픔은 가장 친숙한 생활의 원소였다. 무위와 슬픔을 즐기거나 질리지도 않고 그 속에 몸을 내맡길 수 있었던 능력을 그는 어디서 잃어버린 걸까. 깜빡 잊고 남의 집에 우산을 놓고 오듯 대수롭지 않게…….

이제 기요아키는 슬픔과 무위를 견뎌 내기 위해서도 희망이 필요했다. 그러나 희망이 보일 기색이 없었으므로 그는 스스로 희망을 만들어 냈다.

'사토코가 미쳐 버렸다는 소문은 말할 것도 없이 거짓말이다. 도저히 믿을 수가 없어. 그렇다면 그녀가 속세를 등지고 낙발했다는 소식도 어쩌면 지어낸 얘길지도 모르지. 사토코는 그저 한때를 모면하려고, 도인노미야가에 시집을 가지 않으려고, 즉 날 위해서 눈 딱 감고 연극을 꾸몄는지도 몰라. 그럼 서로 떨어져 있다 하더라도 둘이서 마음을 합해, 돌을 맞은 수면이 다시 잠잠해지듯 세상이 조용해질 때까지 기다리면 되는 거야. 사토코가 엽서 한 장 없이 잠자코 있는 것도 확실한 증거지.'

기요아키가 사토코의 성격을 진정으로 믿었다면 그럴 리 없으리라는 것을 즉시 알아챘을 것이다. 만약 사토코의 단단한 긍지가 기요아키의 겁약함이 그려 낸 환상에 지나지 않는다면, 사토코는 그의 품 안에서 녹아내린 눈일 뿐이었다. 기요아키는 하나의 진실만을 믿은 나머지 그 진실이 여태껏 간신히 성립시켜 온 거짓된 영속을 믿어 버렸다. 그는 희망을 위한 기만에 가담했다.

그러므로 그의 희망에는 비루한 그늘이 있었다. 그가 사토코를 아름답게 그리려 하면, 희망이 들어설 여지는 사라졌기 때문이다.

단단한 수정 같은 그의 마음을 자신도 모르는 사이 상냥함과 연민의 석양이 물들이고 있었다. 다른 사람에게 다정함을 베풀고 싶었다. 그는 주위를 둘러봤다.

대단히 유서 깊은 후작가의 아들이 있었는데, 도깨비라 불리는 학생이었다. 나병에 걸렸다는 소문도 있었지만 나병 환자를 학교에 보낼 리가 없으니 전염성이 없는 다른 병을 앓고 있을 터였다. 그의 머리는 반쯤 빠져 숭숭했고 회흑색 얼굴에는 광택이 없었으며 등은 굽어 있었다. 특별히 허락을 받아 교실에서도 교모를 깊숙이 눌러쓰고 있었으므로 그의 눈을 본 사람은 없었다. 하루 종일 무언가가 끓는 듯한 소리를 내며 코를 훌쩍거렸고 누구와도 말을 섞지 않았다. 쉬는 시간이 되면 책을 안고 교정 변두리에 있는 묘지에 가 앉곤 했다.

물론 기요아키도 애초에 과가 다른 이 학생과는 전혀 말을 나눠 본 적이 없었다. 기요아키가 아름다움으로 모든 학생들을 대표한다면, 같은 후작의 아들인 그는 추함과 그늘, 음산함의 대표자라 할 수 있었다.

도깨비가 늘 앉아 있는 묘지의 마른 풀은 겨울 햇살을 잔뜩 받아 따뜻했지만 모두들 그곳에 가기를 꺼렸다. 기요아키가 다가가 앉자 도깨비는 책을 덮고 딱딱하게 긴장한 채 언제라도 달아날 수 있도록 엉거주춤 일어났다. 쇠사슬이 바닥에 끌릴 때처럼 자르랑자르랑 코 훌쩍이는 소리가 침묵을 뚫고 들려왔다.

"늘 책을 읽던데, 뭘 읽는 거야?" 하고 아름다운 후작의 아들이 물었다.

"아니……."

흉한 후작의 아들은 책을 당겨 등 뒤로 숨겼지만 기요아키는 책등에 박힌 레오파르디[102]라는 이름을 주의 깊게 들여다봤다. 재빨리 책을 숨긴 그 짧은 순간, 책표지에 입힌 금박이 마른 풀 위에 금빛 자수를 놓았다.

도깨비가 대화에 응하지 않았으므로 기요아키는 조금 떨어진 곳으로 비켜나, 모직 교복에 번잡하게 달라붙는 마른 잔디를 털어 내지도 않고 땅에 한쪽 팔꿈치를 괴고 다리를 뻗었다. 바로 맞은편에서 불편한 듯 웅크리고 앉아 책을 펼쳤다 덮었다 하는 도깨비의 모습이 보였다. 그러자 기요아키는 자기 불행의 희화(戱畫)를 보고 있는 것만 같았고, 그의 마음에는 상냥함 대신 가벼운 분노가 일었다. 따뜻한 겨울 해는 달갑지 않은 자비로 넘쳐흘렀다. 그때 흉한 후작 아들의 모습에, 꽉 묶여 있던 것이 풀려나는 듯한 변화가 일어나기 시작했다. 도깨비는 쭈뼛쭈뼛 구부린 다리를 폈고 기요아키와는 반대쪽 팔꿈치를 괴었다. 머리를 기울인 정도, 어깻짓하는 모양, 몸의 각도까지 기요아키를 똑같이 따라 하자, 그들은 마치 한 쌍의 해태상 같은 모습이 되었다. 깊숙이 눌러쓴 교모 차양 아래로 드러난 입술은 딱히 웃는 것 같지는 않았지만, 적어도 그가 해학을 시도하고 있는 것만은 분명했다.

---

102) 자코모 레오파르디(Giacomo Leopardi, 1798~1837). 이탈리아의 시인.

아름다운 후작의 아들과 흉물스러운 후작의 아들은 한 쌍이 되었다. 도깨비는 기요아키의 변덕스러운 다정함과 연민에 맞서 분노나 감사를 표하는 대신, 정확히 대칭되는 거울상 같은 자의식을 있는 대로 전부 현시함으로써 어쨌든 대등한 모양을 갖춰 보였다. 교복 윗도리의 물결 모양 띠에서부터 바지 자락에 이르기까지, 환한 마른 잔디 위에 누운 두 사람은 얼굴만 보지 않는다면 훌륭한 대칭을 이루고 있었다.

기요아키의 접근 시도를 이토록 친밀하고 완전하게 거절한 이는 없었다. 그러나 기요아키는 이토록 물밀듯이 다정하게 닥쳐오는 거절을 만난 적도 없었다.

가까운 궁도장에서 겨울바람이 그대로 응결한 듯한 활시위 소리가 들렸고, 이어 들려온 화살이 과녁에 꽂히는 소리는 그에 비하면 좀 더 누긋한 북소리 같았다. 기요아키는 제 마음이 날카로운 하얀 살깃을 잃어버렸음을 느낄 수 있었다.

49

　겨울 방학이 시작되자 공부에 힘쓰는 학생들은 벌써 졸업
시험 준비에 돌입했지만 기요아키는 책에 손을 대기도 싫어
졌다.

　내년 봄에 학교를 졸업하고 여름에 있을 대학 입학시험을
치르는 것은 혼다를 포함해 학급의 3분의 1 정도밖에 되지 않
았고, 대부분은 무시험 입학의 권리를 이용해 도쿄 제국대학
이라면 결원이 많은 학과에, 혹은 교토 제대나 도호쿠 제대에
진학할 예정이었다. 기요아키도 아버지의 의향과는 상관없이
무시험 입학을 택하게 될 것이다. 교토 제대에 들어가면 사토
코가 있는 절도 그만큼 가까워진다.

　그는 당분간 정당한 무위에 내맡겨진 셈이다. 12월에 접어
들어 눈이 두 번 내렸지만 아침에 쌓인 눈을 보아도 그가 어린
아이처럼 들뜨는 일은 없었다. 창문에 드리운 방장을 걷고 눈

이 내린 강섬 풍경을 감흥 없이 바라보며 언제까지고 이불 속에 누워 있었다. 저택 안을 산책할 때조차 눈을 번뜩이며 감시하는 야마다에 대한 보복으로, 가끔씩은 일부러 북풍이 부는 밤중에 산책을 나가기도 했다. 다리가 불편한 야마다에게 손전등을 들리고 외투 깃에 턱을 묻은 채 맹렬한 걸음으로 뛰듯이 단풍산을 오른 적도 있었다. 한밤중 숲속의 술렁거림, 그 속에서 울려 오는 올빼미 소리. 발밑도 위태로운 길을 불길 같은 발걸음으로 오르면 기분이 상쾌해졌다. 이다음에 내디딜한 걸음이 보드라운 생물 같은 어둠을 밟아 뭉개 버릴 것만 같았다. 별이 총총한 겨울 하늘이 단풍산 정상 위로 어지러이 펼쳐졌다.

세밑이 가까워졌을 때 이누마가 쓴 글이 실린 신문을 후작가에 가져다준 사람이 있었다. 후작은 이누마의 배은망덕함에 치를 떨었다.

좌익 단체에서 적은 부수만 발간하는 그 신문은, 후작에 따르면 공갈이나 다름없는 수법으로 상류 사회의 추문을 폭로하는 것을 일삼는 신문이었다. 후작은 이누마가 사전에 돈을 받으러 올 만큼 영락했다면 또 몰라도, 별 기별도 없이 그런 글을 썼다는 것은 자신에 대한 공공연한 도발을 담은 망은 행위라고 말했다.

천하의 우국지사 같은 어조로 쓰인 그 글에는 '마쓰가에 후작의 불충 불효'라는 표제가 달려 있었고, 마쓰가에 후작을 이렇게 책망하고 있었다. 이번 혼인의 중심에 있었던 것은 실은 마쓰가에 후작이었다. 황실 전범(典範)이 황족의 혼인을 세세한 부분까지 규정하는 이유는 만일의 경우 그 혼인이 황위 계승의 순위에 영향을 미칠지도 모르기 때문이다. 나중에 알았다고는 하나 실성한 공가의 딸을 보살피며 칙허까지 받고서는 납채 의례 직전에서야 발각돼 일이 와해되었다. 그런데도 후작 자신은 세상에 자기 이름이 드러나지 않았다는 이유로 부끄러움도 모르고 태연하니, 이는 큰 불충일 뿐 아니라 메이지 유신의 공신인 선대 후작에 대한 더없는 불효이다.

아버지의 격노에도 불구하고 신문을 읽은 기요아키는 이누마가 이름을 밝히고 있다는 점, 또 기요아키와 사토코의 사이를 알고 있으면서도 사토코의 정신병을 믿는 체하며 글을 쓰고 있다는 점 등에 여러 가지 의문을 품었다. 그는 지금은 어디에 사는지도 모르는 이누마가 은혜를 저버리면서까지 기요아키에게 몰래 자신의 주소를 알리기 위해, 오로지 기요아키에게 읽히기 위해 이 글을 쓴 것이 아닐까 생각했다. 적어도 이 글은 기요아키에게 아버지 후작처럼은 되지 말아 달라는 교훈을 암시하고 있는 듯했다.

갑자기 이누마가 그리워졌다. 서투른 그의 애정을 다시 한번 접하고 그것을 비웃어 주는 일이 지금 자신에게는 가장 큰 위로가 될 것 같았다. 그러나 아버지의 화가 끓어오르는 바로 이때 이누마를 만나기라도 하면 더욱더 성가신 일이 될 게 뻔했고, 그런 것을 무릅쓰고 만날 만큼 그가 그립지도 않았다.

오히려 다데시나를 만나는 편이 더욱 쉬울지도 모르겠지만, 자살 미수 이후로 이 늙은 하녀를 생각하면 기요아키는 말 못할 불길함을 느꼈다. 유서로 기요아키를 후작에게 팔아넘긴 이상, 이 여자는 자신의 손으로 만나게 해 준 사람들을 남김없이 팔아 치울 수 있는 사람이었다. 꽃이 피고 나면 오직 그 꽃잎을 뜯어 버리기 위해 정성껏 꽃을 기르는 사람도 있다는 것을 기요아키는 알게 되었다.

한편 아버지 후작이 아들과 말을 섞는 일도 거의 없었다. 후작 부인도 남편을 따라 아들을 가만히 내버려 두려고만 했다.

분노한 후작은 사실 두려워하고 있었다. 대문의 청원 순사가 한 명 늘었고 뒷문에도 청원 순사 두 명이 새로 배치됐다. 그러나 후작가를 향한 협박이나 괴롭힘은 없었고 이누마의 언설도 별다른 여파를 미치지 못한 채 해가 저물었다.

크리스마스이브에는 세 들어 사는 두 서양인 가정에서 초대장을 보내오는 것이 관례였다. 어느 집에 가더라도 공평하지 못했으므로 둘 다 응하지 않는 대신 양가 아이들에게 선물을 보내는 것이 후작가가 여태껏 취해 온 방식이었다. 기요아키는 올해는 어쩐지 단란한 서양인 가정에서 마음 편한 시간을 보내고 싶어 어머니를 통해 부탁해 보았으나 아버지는 허락하지 않았다.

그 이유로 후작이 든 것은 한쪽 초대에만 응할 때 생길 형평성의 문제가 아니라, 세입자의 초대에 응했다가는 후작가 아들의 품위가 손상되리라는 염려였다. 이 일로 후작이 은연중에 드러낸 것은 기요아키가 품위를 지키는 방식에 그가 여전히 의심을 품고 있다는 사실이었다.

세밑에 후작가는 섣달그믐 하루로는 턱없이 부족한 대청소를 조금씩 해 나가느라 매일매일 다망한 나날을 보냈다. 기요아키가 할 일은 아무것도 없었다. 그저 이해가 곧 끝나리라는 통절한 감상에 가슴이 미어졌고, 올해야말로 두 번 다시 돌아오지 않을 생애 절정의 해였다는 감회가 나날이 짙어져 갔다.

기요아키는 사람들이 분주하게 일하고 있는 저택을 뒤로 하고, 홀로 보트를 저어 못에 나가 보려 했다. 야마다가 쫓아와 함께 가기를 청했지만 기요아키는 단호하게 거절했다.

마른 갈대나 찢어진 연꽃을 넘어뜨리며 보트를 젓기 시작하자 들오리 몇 마리가 일제히 날아올랐다. 그 순간 요란스러운 날갯짓과 함께 새들의 작고 편평한 배가 맑은 겨울 하늘에 또렷이 떠올랐고, 절대 물에 젖는 법이 없는 보드라운 깃털이 비단 같은 광택을 뿜었다. 새들의 일그러진 그림자가 무성한 갈대 위를 달렸다.

못 표면에 비친 파란 하늘과 구름의 빛깔은 차가웠다. 기요아키는 노가 어지럽힌 수면 위로 퍼져 나가는 둔하고 묵직한 파문이 신기했다. 무겁고 어두운 물은 무언가를 말하고 있는 것 같았다. 그것은 유리 같은 겨울 공기나 구름 그 어디에도 없는 것이었다.

그는 노를 멈추고 안채의 큰 응접실을 돌아보았다. 일하고 있는 사람들의 모습이 꼭 먼 무대 위에 선 사람들 같았다. 아직 얼지는 않았지만 떨어지는 소리가 퍽 날카롭고 예민해진 폭포는 강섬 저쪽에 있어 보이지 않았고, 아득한 단풍 산의 북쪽 가장자리에 마른 가지 틈새로 더러워진 잔설이 드문드문 보였다.

머지않아 기요아키는 강섬의 작은 후미에 있는 말뚝에 배

를 묶어 두고 빛바랜 소나무가 있는 정상으로 향했다. 철로 주
물한 학 세 마리 가운데 부리를 하늘로 내민 두 마리는 겨울
하늘을 향해 예리한 철 화살촉을 겨누고 있는 것 같았다.

　기요아키는 즉시 마른 잔디의 따뜻한 양달을 찾아 하늘을
보고 드러누웠다. 그러고 있으면 누구의 눈에도 띄지 않고 완
전무결한 혼자가 될 수 있었다. 뒷머리에 두른 양손의 손끝에
여태까지 젓다 온 노의 차가운 저림이 남아 있는 것을 느끼자,
느닷없이 사람들 앞에서는 내보일 수 없는 온갖 비참한 감정
들이 가슴속에서 복작거리기 시작했다. 그는 조용히 부르짖
었다.

　"아, '나의 해'가 지나간다! 지나가 버린다! 흘러가는 한 점
구름과 함께."

　지금의 제 신세에 언어로 채찍을 가하듯, 그의 마음속에서
는 잔인한 과장을 두려워하지 않는 말들이 잇따라 끓어올랐
다. 그것이야말로 예전의 기요아키가 자신에게 철저히 금해
온 말들이었다.

　"모든 것이 가혹해. 난 이제 도취의 도구를 잃어버렸어. 엄
청난 명료함, 손끝으로 한 번 퉁기기만 하면 온 천공이 섬세한
유리처럼 공명하며 답해 주는 그 엄청난 명료함이 지금 이 세
계를 지배하고 있어……. 게다가 적요함이 뜨거운 것, 몇 번이
나 후후 불지 않으면 입에 넣을 수 없을 만큼 뜨거운 수프처
럼 언제고 내 눈앞에 놓여 있어. 희고 두꺼운 접시에 담긴, 더
러워진 이불처럼 둔감한 그 걸쭉한 맛이란! 누가 날 위해 이런
수프를 주문한 걸까?

난 홀로 남겨졌다. 애욕의 갈증. 운명을 향한 저주. 끝 모를 마음의 방황. 정처 없는 이 마음의 기원. 조그마한 자기도취, 조그마한 자기변호, 조그마한 자기기만……. 잃어버린 시간과 잃어버린 것들을 두고 불꽃처럼 애태우는 미련. 덧없이 늘어 가는 나이. 한가로이 흘러가는 청춘의 무정한 날들. 인생에서 어떤 결실도 맺지 못했다는 이 분노……. 홀로 남은 방, 홀로 지새우는 밤들. 세상과 인간 사이에 가로놓인 절망적인 간격……. 외침. 닿지 않는 외침. 화려한 외면과…… 공허한 고귀함……. 그것이 바로 나다."

단풍산의 마른 가지에 모여든 수많은 까마귀들은, 하품을 참지 못하거나 그러지 않고서는 견딜 수 없다는 듯 일제히 소리를 내지르며 사당이 있는 완만한 언덕 쪽으로 날아갔다. 그는 머리 위로 날아가는 새 떼의 날갯짓 소리를 들었다.

50

해가 바뀌면 얼마 지나지 않아 궁중에서 새해 첫 어전 와카 발표회가 열리곤 했다. 아야쿠라 백작은 어린 시절 이후로 더이상 기요아키에게 우아함을 가르치지 않았지만, 기요아키가 열다섯 살일 때부터 일 년에 한 번씩은 궁중에서 열리는 이 고풍스러운 행사를 참관하게 해 왔다. 설마 올해는 소식이 오지 않으리라 생각하고 있었는데, 이번에는 궁내성을 통해 참관 허가가 내려왔다. 백작은 창피한 줄도 모르고 올해도 직책을 맡았고, 기요아키 역시 백작의 주선으로 참관하게 된 것이 분명했다.

마쓰가에 후작은 아들이 내민 허가증과 그 위에 죽 적힌 대표 가인 네 명의 이름 속에서 백작의 이름을 발견하고는 눈썹을 찌푸렸다. 그는 우아함의 완고함과 뻔뻔스러움을 새삼 선명히 확인했다.

"매년 하던 일이니 가는 게 좋겠다. 올해만 가지 않으면 사람들은 우리 집과 아야쿠라가 사이에 불화가 있다고 생각할 테고, 애초에 그 문제에 대해서라면 우리 집안과 아야쿠라가는 아무 상관도 없어야 하니 말이다." 하고 후작은 말했다.

기요아키는 매해 참석해 온 그 의식에 익숙했고 언제부턴가는 그것을 기다리기조차 했다. 그 자리만큼 백작이 위풍스럽고 잘 어울리는 곳은 없었다. 지금에 와서는 그런 백작을 보는 일도 고통스러울 뿐이었지만, 기요아키는 자기 안에도 한번 와 깃든 적 있는 시의 잔해를 또렷이, 질릴 때까지 실컷 보고 싶었다. 또 그곳에 가면 사토코를 회상할 수도 있으리라 생각했다.

기요아키는 이미 자신을 마쓰가에가라는 옹골찬 일족의 손가락을 찌른 '우아함의 가시'라고는 조금도 생각지 않았다. 그렇다고 해서 자신 역시 그 어기찬 손가락 중 하나일 뿐이라고 생각을 고친 것도 아니었다. 그가 예전에 제 안에 있다 믿었던 우아함은 바싹 말라 버렸고 그의 영혼은 황폐해졌다. 시의 근원이 될 유려한 비애는 어디에도 없었고 몸 안에는 텅 빈 바람만 불고 있었다. 지금만큼 우아함에서 멀리 떨어진, 또 아름다움으로부터도 아득히 멀어진 자신을 느낀 적은 없었다.

그러나 진정으로 아름다워진다는 것은 그런 것인지도 모른다. 무엇도 느낄 수 없고 도취도 없다. 눈앞에 선명히 보이는 고뇌조차 틀림없이 제 것이라 믿을 수 없고 고통마저 현실이라 단언할 수 없다. 그것은 나병 환자의 증상과 무엇보다도 가까웠다. 아름다운 것이 된다는 것은.

기요아키는 거울을 보는 습관을 잃어버렸으므로 제 얼굴에 새겨진 초췌함과 근심이 만들어 낸 '사랑에 여윈 젊은이'의 선명한 초상을 알아채지 못했다.

어느 날 혼자 먹는 저녁 밥상에 검불그스름한 액체가 담긴 컷글라스 잔이 나왔다. 상을 날라 온 하녀에게 무엇인지 묻기도 귀찮았으므로 기요아키는 포도주겠거니 어림하고 단숨에 들이마셨다. 그러자 혀에 이상한 감촉이 맴돌았고 칙칙하고 미끌미끌한 뒷맛이 오래도록 남았다.

"뭐야."

"자라의 생피입니다." 하고 하녀가 답했다. "묻지 않으시는 한 먼저 말씀드려선 안 된다는 분부를 받았습니다. 도련님의 기운을 돋워 줄 거라고 요리사가 말하기에 못에서 잡아 와 요리했습니다."

불쾌하고 미끌거리는 것이 가슴팍을 지나가기를 기다리는 동안 기요아키는 어릴 적 하인들의 놀림으로 마음속에 그리곤 했던, 어두운 못에서 머리를 쳐들고 이쪽을 엿보고 있는 꺼림칙한 자라의 환영을 다시 만났다. 자라는 못 바닥의 미적지근한 진흙에 몸을 묻고 있다가 시간을 부식시키는 꿈이나 악의의 수초를 밀어 헤치며 이따금씩 반투명한 담수 위로 떠오르곤 했고, 그렇게 아주 오래도록 기요아키의 성장을 지그시 응시해 왔다. 그런데 주술 같은 그 속박이 지금 갑자기 풀려 버린 것이다. 자라는 죽었고 그는 저도 모르게 그것의 생피를 마셨다. 그러자 돌연 무언가가 끝나 버렸다. 공포는 고분고분히 기요아키의 위 속에서, 무엇인지 알 수 없는 예측 불가능한 활력으로 변하기 시작했다.

　와카 발표회의 낭독은 미리 가려낸 시편 가운데 작자의 지위가 낮은 것부터 시작해 차례차례 위로 올라가는 것이 순서였다. 첫 번째 순서에만 서문을 읽은 다음 관위(官位)와 성명을 읽고, 다음 순서부터는 서문은 읽지 않고 곧바로 관위성명을 읽은 다음 본문을 낭독했다.
　아야쿠라 백작은 강독사의 역할을 실로 영예롭게 수행하고 있었다.
　천황과 황후 양 폐하에 동궁 전하도 자리하여 나긋나긋하고 아름다운 백작의 맑은 선창을 들었다. 죄의 울림이 없는 그 목소리는 애처로울 정도로 명랑했다. 한 수 한 수 읽어 나가는 나른한 속도는, 검게 칠한 신관의 신발이 겨울 햇살을 흠뻑 뒤집어쓴 돌계단을 한 걸음 한 걸음 걸어 오르는 속도를 떠올리게 했다. 그 목소리에서 성(性)의 향기라고는 조금도 맡을 수 없었다. 그러므로 기침 소리 하나 들려오지 않는 궁궐 속 방 한 칸의 침묵을 오로지 백작의 목소리만이 채우고 있을 때에도, 그 목소리가 자신이 실어 나르는 말 이상으로 사람들의 육체에 장난을 걸어오는 일은 한 번도 없었다. 그저 밝은 비애만을 두른, 수치를 모르는 우아함은 백작의 목에서 곧바로 솟아나와 그림 두루마리에 그려진 안개처럼 장내에 길게 벋어 걸렸다.
　신하의 시는 모두 한 번씩만 읽었지만 황태자의 시는 "……라고 읊도록 지어 들려주신 동궁 전하의 시."라고 낭독하며 두 번 반복한다.

황후가 지은 와카는 세 번 읊어 올린다. 우선 첫 구를 선창하면 두 번째 구부터는 전원이 함께 합창한다. 황후의 시를 낭독하는 동안에는 다른 황족들이나 신하는 물론, 황태자도 기립한 채 듣는다.

올해 발표회에서 황후가 지은 와카는 유난히 아름답고 고상한 작품이었다. 자리에 서서 와카를 듣는 사람들의 눈은 저 멀리, 희고 작아 마치 여자의 것 같은 백작의 손에 들린 종이를 가만히 내다보고 있었다. 털동자꽃과 닥나무 껍질을 섞어 만든 고급 종이 두 장을 겹쳐 그 위에 시를 적어 두었는데, 그 빛깔은 홍매 같은 붉은색이었다.

그토록 세상을 떠들썩하게 한 사건이 일어난 후인데도 백작의 목소리는 조금도 떨리거나 주눅 들지 않았고, 속세로부터 딸을 잃은 아버지의 슬픔 역시 티끌만큼도 내비치지 않았다. 그런 백작의 모습에도 기요아키는 이제 놀라지 않았다. 아름답고 무력하며 청명한 목소리는 단지 제게 맡겨진 일에 봉사하고 있을 따름이었다. 천 년 전에도 백작은 그렇게, 아름답게 우는 새처럼 봉사하고 있었을 것이다.

와카 발표회가 드디어 마지막 단계에 접어들었다. 주상이 지은 시를 낭독할 차례였다.

강독사는 공손하게 성상 폐하 앞으로 나아가 벼룻집 뚜껑 위에 놓인 시를 받아 들고 다섯 번 반복해 낭송한다.

백작의 목소리는 한층 청아하게 시를 읊었고, "……라고 읊도록 지어 주신 폐하의 시."라는 말로 낭독을 마쳤다.

그러는 동안 기요아키는 불경하게도 용안을 올려다보았고, 그의 가슴에는 선황제가 머리를 쓰다듬어 주었던 어린 시절의 기억이 파고들었다. 선황제보다도 더 파리해 보이는 폐하는 친히 지은 시를 낭독하는 소리를 들으면서도, 자랑스러운 기색은 조금도 없이 얼음 같은 담박함을 지키고 있었다. 기요아키는 그럴 리 없다고 생각하면서도 폐하가 자신을 향한 노여움을 숨기고 있는 듯해 몹시 두려워졌다.

'난 폐하를 배반한 거야. 이제 죽는 수밖엔 없어.'

기요아키는 자욱하고 망망한 고상한 향기 속에서 쓰러져 버릴 것만 같았다. 상쾌함이라고도 전율이라고도 할 수 없는 무언가가 그의 몸을 가로질렀다.

51

2월에 접어들자 코앞으로 다가온 졸업 시험 준비에 학생들은 분주해졌지만, 모든 일에 흥미를 잃은 기요아키만은 초연했다. 혼다는 그런 기요아키의 공부를 돕는 일에 인색하지 않았으나 어쩐지 기요아키에게 거부당하는 것 같아 삼가기로 했다. 그는 기요아키가 '번잡한 우정'을 무엇보다 싫어한다는 것을 알고 있었다.

그 무렵 후작은 기요아키에게 느닷없이 옥스퍼드 대학 머튼 컬리지 입학을 권했다. 13세기에 창립된 이 유서 깊은 대학의 주임 교수와 잘 통하는 사람이 있어 들어가기 쉬우니, 그러기 위해 가쿠슈인 졸업 시험만은 꼭 통과해야 한다는 말이었다. 이는 머지않아 종5위가 되어야 할 아들이 나날이 핼쑥해지고 쇠약해지는 모습을 본 후작이 궁리해 낸 구제안이었다. 그 방법이란 너무도 예상과는 어긋나는 것이었으므로 도리어 기요아키의 흥미를 불러일으켰다. 따라서 기요아키는 이 제안을 대단히 기뻐하는 척하기로 마음을 정했다.

한때는 남들처럼 서양을 동경한 적도 있었다. 그러나 일본의 가장 섬세하고 가장 아름다운 것, 오직 그것에만 집착하게 된 지금에 와서는 세계 지도를 펼쳐 봐도 광막한 해외의 나라들은 물론 붉게 칠해진 작은 새우 같은 일본조차 속악하게 느껴졌다. 그가 알고 있는 일본은 좀 더 푸르른, 고정된 틀에 갇히지 않으며 안개 같은 슬픔이 자욱한 나라였다.

아버지 후작은 당구실 한쪽 벽에 커다란 세계 지도를 새로 붙였다. 아들에게 웅대한 마음가짐을 길러 주기 위해서였다. 그러나 지도에 그려진 차갑고 평평한 바다는 그의 마음을 흔들지 못했다. 떠오르는 것은 저만의 체온과 맥박, 피를 지닌 채 부르짖던 거대하고 검은 짐승 같던 밤바다, 또 괴로움을 견디다 못해 진동하던 가마쿠라의 여름 밤바다뿐이었다.

다른 이에게 말하지는 않았지만 기요아키는 종종 현기증이 일거나 가벼운 두통에 시달리곤 했다. 불면이 점점 심해졌다. 밤에 잠자리에 들 때마다 내일이야말로 사토코의 편지가 올 것 같았다. 그러면 도망갈 일시와 장소를 의논해 흙벽으로 만든 은행이 있는 길모퉁이처럼 남모르는 곳 어디서라도 만나, 달려오는 사토코를 맞으며 마음껏 제 팔 안에 껴안는 정경을 차례차례 세세하게 상상했다. 그러나 그런 상상의 뒷면에는 은박지처럼 차갑고 찢어지기 쉬운 것이 붙어 있었고, 그 뒷면은 이따금씩 창연히 비쳐 보였다. 기요아키는 눈물로 베개를 적셨고 깊은 밤이면 몇 번이나 헛되이 사토코의 이름을 불렸다.

그러는 동안 사토코는 꿈과 현실의 경계에 느닷없이 선명하게 모습을 드러내곤 했다. 이제 기요아키의 꿈은 꿈 일기에 기록할 만큼 객관적인 이야기를 갖추지도 못했다. 소망과 절망이 교대로 찾아왔고, 서로를 지워 내는 꿈과 현실은 파도가 밀어닥치는 물가처럼 무상한 선을 그려 냈다. 그러다 반드러운 모래 위를 빠져나가는 물의 표면에 사토코의 얼굴이 갑자기 비쳐 보였다. 이토록 아름답고 이토록 애처로운 모습을 본 적이 없었다. 그러나 금성처럼 기품 있게 빛나는 얼굴은 기요아키의 입술이 다가가자 금세 사라졌다.

날이 갈수록 그의 마음속에서는 이곳에서 달아나고 싶다는 생각이 저항할 수 없을 정도로 힘을 키워 갔다. 시간이, 아침이, 점심이, 저녁이, 하늘이, 나무들이, 구름과 북풍이 포기하는 길밖에 없다고 그에게 통고했다. 그러나 아직 확실히 결정된 것은 없다는 사실이 여전히 그를 끈질기게 괴롭혔다. 그는 무엇이라도 확실한 것을 손에 쥐고 싶었고 단 한 마디일지라도 사토코의 입으로 분명한 말을 듣고 싶었다. 말을 듣는 것이 무리라면, 그저 얼굴을 한번 보는 것만으로도 족했다. 그의 마음은 미쳐 버릴 것만 같았다.

한편 무성했던 소문은 급속히 잦아들었다. 칙허가 내리고 납채까지 예정되었던 혼약이 그 직전에 결렬되었다는 미증유의 불상사는 점차 잊혀 갔고, 이즈음 세간의 분노는 해군의 뇌물 수수 문제에 집중되었다.

기요아키는 가출을 결심했다. 그러나 엄한 단속 아래서 그는 용돈도 받지 못했으므로 자유롭게 쓸 수 있는 돈이라고는 한 푼도 없었다.

혼다는 돈을 빌려달라는 기요아키의 말에 깜짝 놀랐다. 그는 아버지의 방침에 따라 자기 손으로 출납할 수 있는 예금을 얼마쯤 갖고 있었으므로 전액을 출금해 친구에게 빌려줬다. 어디에 쓸지는 일절 묻지 않았다.

혼다가 학교에 가져온 돈을 기요아키에게 건넨 것은 2월 21일의 아침이었다. 하늘이 맑고 지독히 추운 아침이었다. 돈을 받은 기요아키는 여린 목소리로 말했다.

"수업 시작까진 아직 이십 분 남았지? 배웅하러 와 줘."

"어디로?"

혼다는 놀라 반문했다. 문은 야마다가 지키고 있다는 것을 알았기 때문이다.

"저쪽이야."

기요아키는 숲 쪽을 가리키며 미소 지었다. 혼다는 오랜만에 친구의 얼굴에 되살아난 활력을 기쁜 마음으로 바라보았다. 그러나 간만의 활기로 붉어지는 대신 도리어 긴장으로 창백해진 여윈 얼굴은 봄철의 살얼음으로 뒤덮인 것 같았다.

"몸은 괜찮은 거야?"

"감기 기운이 조금 있어. 그래도 괜찮아."

기요아키는 숲에 난 샛길을 쾌활하게 앞장서 걸으며 대답했다. 친구의 이토록 활기찬 발걸음을 오래도록 보지 못한 혼다는 그 발길의 종착지를 짐작할 수 있었지만 아무 말도 하지 않았다.

여기저기 떠다니던 부목의 모양 그대로 어수선하게 얼어 버린 늪 위에 줄무늬 모양으로 짙게 내리쬐는 아침 햇살이 어둑한 빙판을 비춰 보였다. 두 사람은 꽁꽁 언 늪을 내려다보며 작은 새들이 분주히 지저귀는 숲을 빠져나와 학교 부지의 동쪽 끝에 도착했다. 거기서부터 시작되는 완만한 언덕은 동편의 공장가로 펼쳐졌다. 이 부근에서는 날림으로 엮은 철조망이 담을 대신했고, 찢어진 틈으로 곧잘 아이들이 숨어 들어오곤 했다. 철조망 밖으로는 잡초로 뒤덮인 비탈이 한동안 이어졌고, 길가에 닿은 돌담까지 다다르면 낮은 울타리가 하나 더 있었다.

두 사람은 그곳에 멈춰 섰다.

왼편으로는 국철 전차 선로가 나 있었고 눈 아래로는 공장가가 보였다. 공장가에 들어선 톱날지붕의 슬레이트는 아침 햇살을 흠뻑 뒤집어쓴 채 반짝이고 있었다. 벌써 가동하기 시작한 갖가지 기계들이 쏟아 내는 소음은 한데 섞여 바다 같은 소리를 냈다. 침통하게 솟아오른 굴뚝에서 흘러나온 연기가 지붕 위를 기어가다, 공장 틈에 섞여 있는 빈민가의 빨래 위에 그늘을 드리우기도 했다. 번잡하게 분재를 늘어놓은 나무 선반을 지붕에 매단 집도 있었다. 어디에든 끊임없이 점멸하는 빛이 있었다. 어느 전봇대에서는 전기공이 허리에 찬 가위가, 또 어느 화학 공장 창문에서는 환영처럼 일렁이는 불길이…… 어느 공장에서는 윙윙대던 기계 소리가 끊기는가 싶더니, 철판을 두드리는 요란스러운 망치 소리가 꼬리에 꼬리를 물고 고조되며 들려오기도 했다.

저편에는 말간 태양이 있었고 바로 눈 밑에는 곧 있으면 기요아키가 전력으로 달려갈, 학교를 따라 난 하얀 길이 있었다. 나지막한 처마가 또렷한 그림자를 흰 길 위에 새겼고 어린아이 몇이 사방치기를 하며 놀았다. 윤이 나기는커녕 녹이 슨 자전거 한 대가 길 위를 지나갔다.

"그럼, 다녀올게." 하고 기요아키는 말했다. 명백한 '출발'을 알리는 말이었다. 혼다는 친구가 입에 올린 청년답게 명랑한 그 말을 가슴에 새겨 두었다. 가방도 교실에 버려둔 채, 그의 친구는 교복과 외투 차림으로 길을 나섰다. 벚꽃 모양 금빛 단추가 줄지어 달린 외투의 옷깃은 세련되게 양옆으로 젖혀져 있었고, 보드라운 피부를 밀어 올리는 어린 목울대에는 해군풍 차이나 칼라와 그 안에 덧댄 순백색 옷깃이 만들어 낸 가느다란 한 줄기 선이 닿아 있었다. 교모의 차양 아래로 미소를 품은 채, 가죽 장갑을 낀 한쪽 손으로 찢어진 철조망을 구부러뜨린 기요아키는 비스듬히 몸을 기울여 철조망 저편으로 넘어갔다…….

기요아키의 실종은 금세 집에도 전해졌고 깜짝 놀란 후작 부부는 어찌할 바를 몰랐다. 혼란을 잠재운 것은 이번에도 역시 조모의 의견이었다.

"아직도 모르겠느냐? 본인이 외국으로 유학 가는 걸 그렇게나 기뻐했으니 걱정할 것 없다. 여하간 외국에는 갈 작정이고, 그 전에 사토코한테 작별 인사를 하러 간 게지. 행선지를 알리면 분명히 막을 테니 말도 없이 간 거야. 뻔한 일이 아니냐."

"사토코는 만나 줄 것 같지 않던데요."

"그렇담 또 그런대로 포기하고 돌아오겠지. 젊은 애들은 직성이 풀릴 때까지 하게 내버려 둬야 하는 법이다. 너무 묶어 두니 이리된 것 아니냐."

"그런 일이 있었으니 당연한 것 아닙니까, 어머님."

"그러니 이번 일도 당연한 일이란 말이다."

"어쨌거나 이 일이 밖으로 새 나가기라도 하면 큰일이니, 즉시 경시 총감에게 일러 극비리에 찾아보라 하지요."

"찾고 말고 할 것도 없다. 어디로 갔는지는 훤한 일이니."

"얼른 잡아서 데려와야……."

"그러면 안 돼." 하며 노파는 성난 눈을 부릅뜨고 큰 소리를 질렀다. "그래선 안 된다. 그랬다간 이번엔 돌이킬 수 없는 일을 저지를지도 몰라.

물론 만일을 위해 경찰에게 일러 살짝이 찾아보는 정도라면 괜찮겠지. 어디 있는지를 알게 되면 곧장 보고하라 이르거라. 그 정도는 괜찮을 거다. 하지만 목적도 행선지도 아니까 순사는 그저 멀찍이서 들키지 않게 감시하도록 하면 돼. 우린 그저 그 애가 움직이는 대로 일절 볶아 대지 말고 멀리서 지켜보면 되는 일이다. 무엇이든 원만하게 말이다. 일을 크게 키우지 않고 마무리 지으려면 그 길밖에 없어. 지금 그르치면 정말 난처해지고 말 거야. 이것만큼은 내 확실히 말해 두마."

21일 밤 기요아키는 오사카에 있는 호텔에서 묵었다. 다음 날에는 아침 일찍 호텔을 떠나 사쿠라이선 오비토케 역까지 기차를 탔고, 주로 행상인들이 이용하는 구즈노야 여관에 방을 잡았다. 방을 잡자마자 인력거를 불러 월수사로 향했다. 기요아키는 문을 지나 이어지는 언덕길에서도 인력거꾼을 재촉했고 마침내 평당문에 다다랐다.

인력거에서 내린 그는 꽉 닫힌 현관의 하얀 장지 바깥에서 사람을 불렀다. 불목하니가 나와 이름과 용건을 묻고는 잠시 기다리라 했고 곧 이 절에서 가장 나이 많은 비구니가 나타났다. 그러나 비구니는 그를 절대 현관에 들이지 않았다. 주지 스님은 만나지 않겠다 말씀하셨다고, 더구나 불제자는 함부로 사람들을 만날 수 없다면서 몹시 쌀쌀맞게 그를 돌려보냈다. 어느 정도는 예상했던 일이었으므로 기요아키는 더 이상 무리하지 않고 일단 숙소로 돌아갔다.

그의 바람은 다음 날로 미뤄졌다. 홀로 곰곰이 생각해 보니 오늘의 첫 실패는 현관 앞까지 인력거를 타고 간 무른 마음 탓이라는 생각이 들었다. 물론 그것은 한시가 바쁜 조급함의 결과였지만 사토코를 만나는 일은 하나의 희원(希願)이므로, 누가 보든 그러지 않든 적어도 문 앞에서는 인력거를 버리고 갔어야 했다. 적어도 어떤 수행이 필요한 것이다.

여관방은 더러웠고 식사는 형편없었으며 밤은 추웠지만, 도쿄에 있을 때와 달리 지척에 사토코가 살아 존재한다는 생각이 마음에 크나큰 평온함을 안겼다. 그날 밤 그는 오래간만에 푹 잘 수 있었다.

다음 날인 23일에는 기력도 크게 회복된 듯해 오전에 한 번, 오후에 한 번, 총 두 번을 문 앞에다 인력거를 대어 놓고 긴 참배길을 걸어 올랐지만 절의 차가운 응대에는 변함이 없었다. 돌아오는 길에 기침이 나고 가슴속 깊은 곳이 아렴풋이 아파 왔으므로 숙소에 돌아와서도 목욕은 삼갔다.

그날 저녁부터 시골 여관치고는 터무니없이 훌륭한 음식이 나왔고 대접도 눈에 띄게 달라졌다. 방도 억지로 여관에서 가장 좋은 방으로 옮겨졌다. 하녀를 추궁했지만 답해 주지 않았다. 끈질기게 따져 물은 끝에 겨우 수수께끼가 풀렸다. 하녀의 이야기에 따르면 오늘 기요아키가 방을 비웠을 때 파출소 순사가 와서 기요아키에 대해 캐물었고, 대단히 높은 가문의 도련님이니 정중히 시중을 들 것, 순사가 와서 물은 일은 당사자에게는 반드시 비밀로 할 것, 만약 그가 이곳을 떠날 때에는 시급히 몰래 알려 줄 것 등을 일러 두고 돌아갔다는 것이다. 서둘러야겠다고 생각하자 마음이 조급해졌다.

그다음 날인 24일 아침에는 일어날 때부터 찌뿌둥한 것이, 머리가 무겁고 몸이 나른했다. 그러나 더욱더 수행하고 더욱더 고난을 무릅쓰는 것 말고 사토코를 만날 방법이 없어 보였으므로, 인력거도 부르지 않고 여관에서 절까지 근 10리에 달하는 길을 걸었다. 다행히 맑게 갠 날이었지만 걷기는 힘들었고 기침은 점점 심해졌다. 때때로 가슴 깊은 곳에 사금(砂金)이 가라앉은 듯 아파 왔다. 월수사 현관 앞에 다다르자 다시 격렬한 기침이 시작됐지만, 그를 맞은 비구니는 얼굴색 하나 바꾸지 않고 똑같은 말로 그를 돌려보냈다.

다음 날인 25일에는 한기가 들고 열이 나기 시작했다. 오늘은 꼭 쉬어야겠다고 생각했지만 인력거를 불러 어떻게든 가기는 갔고, 결국 어제와 같은 거절을 안고 돌아왔다. 기요아키의 바람은 꺼져 가기 시작했다. 열이 오른 머리로 할 수 있는 한 최선을 다해 궁리해 보았으나 대책은 없었다. 기요아키는 결국 여관 지배인에게 부탁해 혼다 앞으로 전보를 쳤다.

"바로 와 주길. 부탁함. 사쿠라이선, 오비타케 역, 구즈노야에 있음. 부모에게는 절대 알리지 말 것. 마쓰가에 기요아키."

그렇게 잠 못 드는 밤이 지났고, 26일 아침이 밝았다.

52

이날 야마토(大和) 평야[103]의 노란 억새밭에는 바람에 실려 멀리서 날아온 눈송이들이 나풀나풀 흩날리고 있었다. 봄눈이라기에는 너무 여려서, 마치 날벌레가 날아다니는 것만 같았다. 하늘이 흐려지면 하늘빛에 섞여 들었지만, 아렴풋이 약한 빛이 비치면 그제야 포슬포슬 떨어지는 가루눈을 알아볼 수 있었다. 제대로 눈이 내리는 날보다도 한기는 훨씬 매서웠다.

기요아키는 베개에 얼굴을 내맡긴 채 사토코에게 자신이 보여 줄 수 있는 가장 큰 정성에 대해 생각했다. 어젯밤 결국 혼다에게 도움을 청했으니 혼다는 오늘이라도 달려와 줄 것이 분명했다. 어쩌면 혼다의 우정에 큰스님도 마음을 움직일

---

103) 나라현 서북부에 위치한 분지. 동서로 약 15킬로미터, 남북으로 약 30킬로미터의 면적을 가진 마름모꼴 평야.

지 몰랐다. 그러나 그 전에 해야 할 일이 있었다. 해 볼 수 있는 일이 남아 있었다. 누구의 도움도 빌리지 않고 자기 혼자만의 마지막 정성을 표하는 일. 생각해 보면 기요아키는 여태 한 번도 그 정도의 정성을 사토코에게 내보일 기회가 없었다. 어쩌면 자신의 겁약함 탓에, 그는 지금껏 그럴 기회를 피해 왔다.

지금 자신이 할 수 있는 일은 하나뿐이다. 병이 위독하면 위독할수록 병을 무릅쓴 수행의 의미도 힘도 커질 터였다. 그의 정성에 사토코가 마음을 움직여 줄 수도 있고, 그러지 않을 수도 있었다. 그러나 이제 와서는 설사 사토코의 감응을 기대할 수 없다 해도 제 자신이 그렇게까지 하지 않으면 직성이 풀리지 않는 지경에 도달해 있었다. 처음에는 사토코의 얼굴을 꼭 한번 보고 싶다는 갈망이 그의 온 영혼을 점령하고 있었지만, 어느새 스스로 움직이기 시작한 영혼이 애초의 소원과 목적마저 모두 초월한 것 같았다.

그러나 그의 온 육체가 방황하기 시작한 영혼에 저항하고 있었다. 열과 둔탁한 고통이 전신에 묵직한 금실을 꿰매 놓은 듯 스며들었고, 그는 자신의 몸이 수를 놓은 비단 그 자체가 된 듯 느꼈다. 팔다리에도 힘이 들어가지 않았다. 팔을 들어 올리려고만 하면 드러난 맨살에 금세 소름이 돋았고, 팔 자체가 물을 가득 채운 두레박보다도 무거웠다. 가슴속으로 점점 더 깊이 파고드는 기침은 먹을 뿌린 듯 캄캄한 하늘 먼 곳에서 울려오는 천둥소리처럼 끝없이 가슴을 울려 댔다. 손끝조차 힘을 잃었고 뜻대로 되지 않는 께느른한 육체를 관통하는 것은 단 하나, 진지한 신열뿐이었다.

그는 오로지 사토코의 이름만을 부르고 또 불렀다. 시간은 덧없이 흘렀다. 마침내 여관에서 기요아키의 상태를 알아챘다. 여관 사람들은 방을 데워 주고 이것저것 보살펴 주려 했지만, 그는 간호와 의사 모두 완강히 거부했다.

오후가 되어 기요아키가 인력거를 부르라 명하자 하녀는 주저하며 주인에게 명을 전했다. 설득하러 온 주인에게 건강한 모습을 보여 주기 위해 그는 자리에서 일어나 다른 이의 도움 없이 교복과 외투를 입어 보여야 했다. 인력거가 왔다. 그는 여관 사람이 억지로 떠맡긴 담요로 무릎을 덮고 출발했다. 그렇게 몸을 감쌌는데도 지독하게 추웠다.

검은 장막 틈으로 아렴풋이 눈송이가 날아들었다. 사토코와 단둘이서 인력거로 눈 속을 달리던 지난해의 추억을 맞닥뜨리자 그의 가슴은 죄어들듯 아파 왔다. 절절한 아림과 함께 그의 가슴은 실제로 병들어 가고 있었다.

그는 흔들리는 박명 속에 웅크리고 앉아 두통을 참고 있는 자신이 싫어졌다. 앞쪽 장막을 걷고 코와 입을 목도리에 묻은 채, 열에 젖은 눈으로 변해 가는 바깥 풍경을 좇아가는 편이 나았다. 고통으로 가득 찬 내면을 떠올리게 하는 것이라면 이제 모든 것이 지긋지긋했다.

인력거는 이미 오비토케의 좁다란 길들을 빠져나와, 저 멀리 산 중턱에 희미하게 보이는 월수사를 향해 나아가고 있었다. 한결같이 이어지는 평탄한 들길 옆으로 갖가지 논밭들이 지나쳐 갔다. 볏덕이 남아 있는 빈 논에도, 뽕밭의 말라 버린 뽕나무 가지에도, 칙칙한 색채 사이로 선명한 녹색을 펼쳐 보이는 얼같이 밭에도, 늪에 자란 불그스름한 갈대와 부들 이삭에도 소리 없이 가루눈이 내렸지만 쌓일 정도는 아니었다. 기요아키의 무릎 담요 위에 떨어진 눈송이도 눈에 보일 만한 물방울을 맺지는 못한 채 사라져 버렸다.

하늘이 물빛처럼 환해지는가 싶더니 엷은 햇살이 비치기 시작했다. 햇빛 속에서 더욱 가벼워진 눈발이 재처럼 떠다녔다.

가는 곳마다 마른 참억새가 미풍에 살랑대고 있었다. 하늘거리는 이삭의 보드라운 솜털이 희미한 햇살을 받아 미약하게 빛났다. 들판의 끝에서 시작되는 야트막한 산들에는 안개가 끼어 있었지만, 하늘 멀리 보이는 먼 산 정상에 쌓인 눈만큼은 말간 파란빛으로 빛나고 있었다.

욱신욱신 아파 오는 머리로 풍경을 마주한 기요아키는 정말이지 몇 개월 만에 바깥세상이라는 것을 본 것 같았다. 그곳은 참으로 적막한 장소였다. 인력거의 흔들림과 묵직한 눈꺼풀이 눈앞의 경치를 일그러뜨리고, 휘젓고 있을지도 몰랐다. 그러나 고뇌와 비애로 가득한 혼란스러운 날들을 보내던 그는 이토록 선명한 것을 참으로 오랜만에 만났다는 생각이 들었다. 더구나 그곳에는 사람의 그림자라고는 하나도 없었다.

월수사를 에워싼 산허리의 대밭이 벌써 가까이 다가와 있었다. 문 안쪽 언덕길에 좌우로 늘어선 소나무도 눈에 들어왔다. 밭 사이에 난 우회로 저편으로 돌기둥을 두 개 세운 월수사의 문이 보이기 시작했을 때, 통절한 감정이 기요아키를 짓눌렀다.

'인력거를 탄 채로 문을 지나서 300미터쯤 되는 길도 그대로 인력거를 타고 올라가면, 오늘 사토코는 결코 만나 주지 않을 것 같은 생각이 든다. 어쩌면 지금 절에서는 미묘한 변화가 일어나고 있을지도 모른다. 늙은 비구니의 설득에 주지의 마음도 마침내 꺾여, 만약 오늘 내가 이 눈을 무릅쓰고 찾아온다면 사토코와 한 번이라도 만나게 해 주려고 준비하고 있을지도 모르는 것이다. 그런데 만약 내가 인력거를 타고 들어가면 주지의 마음에는 또 미묘한 역전이 일어나 사토코를 만나게 해 주지 않겠다고 할지도 모른다. 나의 최후의 노력이 마침내 저들의 마음에 어떤 변화를 이끌어 내려는 참이다. 지금 현실은 보이지 않는 수많은 박편들을 그러모아 투명한 부채를 엮어 내려 하고 있다. 아주 사소한 부주의로 사북이 어긋나면 부채는 사방으로 흩어져 버릴지도 모른다……. 만약 아픈 몸을 핑계로 인력거를 탄 채 현관까지 갔다가 오늘도 사토코가 만나 주지 않는다면, 나는 틀림없이 내 자신을 탓하게 될 것이다. 정성이 부족했어, 아무리 힘들어도 인력거에서 내려 걸어왔더라면 남모르는 정성이 그 사람의 마음을 두드려 만나 줬을지도 모르는데, 하며 말이다……. 그래, 정성이 모자랐다는 후회를 남겨선 안 된다. 목숨을 걸지 않으면 그 사람을 만날 수 없다는 마음이 아름다움의 정상으로 그 사람을 추어올릴 것이다. 그것이야말로 내가 이곳에 온 이유다.'

이것이 이치에 맞는 생각인지 혹은 고열이 빚어낸 섬망인지, 그는 알 수 없었다.

인력거에서 내린 그는 문 앞에다 인력거를 세워 두고 문 안쪽으로 뻗어 있는 언덕길을 오르기 시작했다.

다시 하늘이 조금 트였고 엷은 햇살 속에서 눈송이가 흩날렸다. 길가의 대숲에서 종다리 소리 같은 지저귐이 들려왔다. 소나무 사이에 섞인 겨울 벚나무에는 푸른 이끼가 돋았고, 대나무 틈에 들어선 매화나무 한 그루가 흰 꽃을 피웠다.

벌써 닷새째에 여섯 번째 방문이니 생소한 것은 아무것도 없을 터였다. 그러나 인력거에서 땅을 향해 막 내디딘 그의 발은 솜을 지르밟듯 불안했다. 열에 달뜬 눈으로 둘러보니 모든 것이 이상할 정도로 부질없이 선명했고, 매일 봐 익숙해진 경치는 오늘 처음 본 것처럼 무서우리만치 신선하게 다가왔다. 그러는 동안에도 가시지 않은 오한은 날카로운 은(銀) 화살처럼 등줄기에 꽂혔다.

길가에 돋은 풀고사리, 자금우의 빨간 열매, 바람이 스쳐 가는 소나무의 잎끝, 줄기는 푸르게 빛이 나는데 잎은 누레진 대나무 숲, 복작복작한 참억새, 그리고 그 모든 것들 사이에 난, 바퀴 자국이 깊이 팬 얼어붙은 하얀 길. 그 길의 끝은 삼나무 숲의 시커먼 어둠 속으로 섞여 들었다. 완전한 고요 속에서 구석구석 모든 것이 또렷한, 형언할 길 없는 애수를 두른 순결한 세계의 중심. 사토코의 존재는 깊디깊은 세계의 중심 저 안쪽에서, 틀림없이 자그마한 순금 조각상처럼 숨죽이고 있을 것이다. 그러나 이렇게나 맑게 갠 낯선 세계가 과연 이제껏 살아온 '이 세상'일까?

걷고 있으니 숨이 답답해져 기요아키는 길가에 놓인 돌 위에 걸터앉았다. 그는 깊은 기침을 했고, 기침을 하면 할수록 손수건에 뱉은 가래가 녹슨 철 같은 색을 띠는 것을 봤다.

간신히 기침이 잦아들자 그는 고개를 돌려 성긴 숲 저편으로 멀리 우뚝 솟은 산 정상의 눈을 바라보았다. 기침 때문에 눈물이 고였으므로 산봉우리의 눈 역시 물기를 머금어 한층 빛나 보였다. 그때 문득 열세 살 때의 기억이 되살아났다. 가스가노미야 비의 옷자락을 들었던 그날 올려다본, 칠흑 같은 머리칼 아래 눈부시게 뽀얗던 목덜미가 생생히 떠올랐다. 그것이야말로 눈이 멀 듯한 여인의 아름다움에 동경을 품은 그의 첫 번째 기억이었다.

다시 해가 가려졌고 흩날리는 눈은 점차 조밀해졌다. 그는 가죽 장갑을 벗고 손바닥에 눈을 올렸다. 뜨거운 손바닥 위에 떨어진 눈은 순식간에 사라졌다. 조금도 더러워지지 않은 그의 손에는 물집 잡힌 흔적 하나 없었다. 끝끝내 자신은 전 생애에 걸쳐 우미(優美)한 이 손을 결코 흙, 피, 땀 그 어떤 것으로도 더럽히지 않고 지켜 냈다고 기요아키는 생각했다. 오직 감정만을 위해 쓰인 이 손을.

그는 겨우 일어섰다.

이대로 눈 속을 더듬어 절까지 도착할 수 있을지 불안해지기 시작했던 것이다.

머지않아 삼나무 숲속으로 들어가니 바람은 점점 쌀쌀해졌고 귀에서는 굉굉한 바람 소리가 울렸다. 삼나무 틈새로 멀건 겨울 하늘이 비쳤고, 그 아래로 차차 드러나기 시작한 늪에는 차가운 잔물결이 고루 일고 있었다. 그곳을 지나니 늙은 삼나무들은 더욱 울창해졌고 몸을 덮쳐 오는 눈도 한결 드문드문해졌다.

기요아키는 오로지 다음 발을 앞으로 옮겨 놓는 일만을 생각했다. 기억이 모조리 붕괴한 가운데 그는 조금씩 가까워지는 미래의 얇은 껍질을 한 겹 한 겹 벗겨 내는 일에만 골몰했다.

검은 문은 정신없이 지나쳐 왔고 어느새 평당문이 눈앞에 있었다. 평당문 차양에 조르륵 늘어선 국화 무늬 기와들은 저마다 소복이 눈을 이고 있었다.

장지 앞에 펵석 주저앉은 기요아키는 격렬하게 기침하기 시작했으므로 따로 안내를 청할 필요도 없었다. 늙은 비구니가 나와 그의 등을 쓰다듬었다. 기요아키는 비몽사몽간에 사토코가 지금 자신의 등을 어루만져 주고 있다고 생각하면서, 말할 수 없는 행복감에 젖어 들었다.

비구니는 어제까지와는 달리 바로 거절의 말을 내놓지 않고 기요아키를 그대로 둔 채 안으로 들어갔다. 기요아키는 영원같이 긴 시간을 기다렸다. 기다리는 동안 안개처럼 뿌연 것이 눈앞에 끼기 시작했고, 몽롱한 가운데 고통과 정복(淨福)이 하나로 녹아들었다.

여자들끼리 나누는 총망한 대화가 들려왔다. 그 소리가 그쳤다. 또 시간이 흘렀다. 그리고 나타난 것은 비구니 혼자였다.

"역시 만나 뵙기는 힘들겠습니다. 몇 번을 찾아오신대도 같습니다. 절에서 사람을 딸려 보낼 테니 돌아가 주십시오."

기요아키는 건장한 불목하니의 부축을 받으며 눈 속을 걸어 인력거로 돌아왔다.

53

2월 26일의 깊은 밤, 오비토케 구즈노야 여관에 도착한 혼다는 기요아키의 심상치 않은 용태를 보고 조속히 도쿄로 데려가려 했지만 환자는 말을 듣지 않았다. 저녁 무렵 왕진 온 시골 의사는 폐렴의 징후가 보인다고 말한 모양이었다.

기요아키는 혼다가 내일 무슨 일이 있어도 월수사를 찾아가서 큰스님을 직접 뵙고 마음을 돌려 달라 간원해 주기를 바라고 있었다. 큰스님도 제삼자의 말이라면 들어주실지 몰랐다. 그러다 혹시라도 허락이 떨어지면 월수사까지 이 몸을 옮겨 달라고 기요아키는 말했다.

혼다도 말리기는 했지만 결국 환자의 말을 들어 내일로 출발을 미루기로 했다. 혼다는 어떻게든 큰스님을 뵙고 기요아키의 희망에 따를 수 있도록 힘을 다하겠지만, 만에 하나 그렇게 되지 않을 경우에는 바로 함께 도쿄로 돌아가겠다는 굳은 약속을 받아 냈다. 혼다는 기요아키의 가슴에 물수건을 바꿔 올려 주며 밤을 지새웠다. 여관의 어슴푸레한 남포등 불빛 아래로, 그토록 뽀얀 기요아키의 가슴 한 면이 더운 물수건 탓에 불그레해진 것이 보였다.

졸업 시험은 사흘 뒤로 닥쳐왔다. 이런 시기에 떠나는 여행 이라니 반대할 것이 당연하리라 생각했지만 부모의 반응은 뜻밖이었다. 기요아키의 전보를 본 아버지는 자세한 것은 아무것도 묻지 않은 채 그저 "가라."라고만 말했고, 어머니도 그에 따랐다.

종신관의 지위를 잃고 졸지에 퇴직 명령을 받은 옛 동료들과 함께하려 했으나 뜻을 이루지 못한 혼다 대법원 판사는 아들에게 우정의 소중함을 알려 주려 한 것이다. 혼다는 내려가는 기차 안에서 수험 공부에 매진했고, 밤을 새워 간호하는 지금도 논리학 노트를 옆에 펼쳐 두고 있었다.

남포등이 뿌옇게 그려 내는 노란빛의 둥근 테두리 속에서, 두 젊은이가 가슴에 품은 대조적인 세계의 그림자는 날카로운 첨탑을 드러내고 있었다. 한 사람은 사랑으로 앓고 있는데, 한 사람은 견고한 현실을 위해 공부하고 있었다. 기요아키는 비몽사몽간에 발에 엉겨붙은 해초에 버둥대면서 혼돈한 사랑의 바다를 건너고 있었고, 혼다는 지상에 확고히 세워진 정연한 이지의 건축물을 꿈꾸고 있었다. 이른 봄의 추운 밤, 낡은 여관방 한 칸 속에서 두 젊은이의 너무도 다른 두 머리는 바싹 붙어 있었다. 열에 신음하는 젊은 머리와 냉철한 젊은 머리는 닥쳐오는 자기 세계의 종국적 시간에 제각기 붙들려 있었다.

혼다가 기요아키의 머릿속에 든 것을 이렇게까지 통절히, 결단코 제 것으로 만들 수 없으리라 느낀 적은 없었다. 기요아키의 몸은 눈앞에 누워 있었지만 그의 영혼은 질주하고 있었다. 때때로 꿈결에 사토코의 이름을 부르는 듯한 발그레한 얼굴은 초췌해 보이기는커녕 평소보다도 생기가 넘쳤고, 상아 안쪽에 불을 넣어 둔 것처럼 아름다웠다. 그러나 자신은 그 내부에 손가락 하나 댈 수 없다는 것을 혼다는 알고 있었다. 아무리 해도 자신은 그런 정념의 화신이 될 수 없었다. 아니, 그는 어떤 정념의 화신도 될 수 없는 것이 아닐까. 그에게는 자기 안으로 정념의 침투를 허락하는 자질이 없었다. 우정이라면 넉넉했고 눈물도 알았지만, 진짜로 '느낄' 수 있는 무언가가 부족했다. 왜 자신은 정연한 질서를 안팎으로 지켜 내는 일에만 전념하는가. 어째서 기요아키처럼 불, 바람, 물, 흙과 같이 끊임없이 변모하는 만물의 근원을 제 몸 안에 품을 수 없는 것일까.

그는 흐트러짐 없는 잔글씨로 빼곡히 채워진 노트에 다시 눈을 돌렸다.

"아리스토텔레스의 형식 논리학은 중세 말엽부터 유럽 학계를 지배했다. 이를 시대 순에 따라 두 시기로 나눠 볼 수 있다. 우선 '구 논리학(Logica vetus)'은 『오르가논』 가운데 「범주론」과 「명제론」에 자세히 설명된 것. 다음으로 '신 논리학(Logica nova)'은 12세기 중엽에 완성된 『오르가논』 전권의 라틴어 번역으로 발흥하기 시작한 것……."

그는 그 글자들이 풍화한 돌처럼 자신의 뇌리에서 하나하나 떨어져 나가는 것을 느껴야만 했다.

54

절의 아침은 이르다고 들었으므로 새벽녘 선잠에서 깬 혼다는 아침을 먹자마자 인력거를 불러 놓고 나갈 채비를 했다.

기요아키는 이불 속에서 젖은 눈을 들어 올렸다. 베개에 머리를 내맡긴 채 혼다에게 모든 것을 의지한 그 눈길이 길을 나서는 혼다의 마음을 아프게 했다. 그때까지 혼다는 절에는 그저 들르기만 하고 병이 깊은 기요아키를 한시라도 빨리 도쿄로 데려가는 쪽으로 마음이 쏠려 있었지만, 그 눈을 보자 어떻게 해서든 제 힘으로 기요아키와 사토코를 만나게 해 주어야겠다고 다짐했다.

다행히 이날 아침은 봄답게 제법 따뜻했다. 월수사에 당도한 혼다는 청소를 하고 있던 불목하니가 멀찍이서 그를 보자마자 안으로 뛰어 들어가는 것을 보고, 기요아키와 똑같은 가쿠슈인 교복이 경계심을 불러일으킨 것을 알았다. 이름을 대

기도 전에 그를 맞으러 나온 비구니의 얼굴에는 가까이 다가
가기 어려운 삼엄함이 어려 있었다.

"마쓰가에 일로 도쿄에서 온 친구 혼다라고 합니다. 주지
스님을 뵐 수 있을까요?"

"잠시 기다려 주십시오."

혼다는 현관의 마룻귀틀에서 오래 기다리는 동안, 만약 거
절당하면 이렇게도 저렇게도 말해 보리라 마음을 먹었다. 머
지않아 같은 비구니가 나타나 손님방으로 안내해 준 것은 뜻
밖의 일이었다. 한 줌 희망이 싹트고 있었다.

손님방에서 혼다는 또 오래도록 기다렸다. 장지가 꼭 닫
혀 있어 보이지 않는 정원 쪽에서 휘파람새 소리가 났다. 장
지 문고리에 종이로 세공한 국화와 구름 문양이 아렴풋이 보
였다. 도코노마에는 유채꽃과 복숭아꽃이 꽂혀 있었다. 유채
꽃의 노란빛은 너무 강렬해 촌스러운 데가 있었고, 봉긋한 복
숭아꽃 봉오리는 검은 가지와 푸르스름한 이파리에서 쑥 뻗
어 있다. 맹장지는 모두 무늬 없는 백지였으나 유서 깊어 보이
는 병풍이 세워져 있었다. 앉은걸음으로 다가간 혼다는 가노
파(派)104)의 화풍에다 야마토에105)의 색채를 더한 풍속 병풍의

---

104) 狩野派. 무로마치 시대 중기에서부터 에도 시대 말기까지 약 사백 년에
걸쳐 활약한 일본 회화사상 최대의 유파. 무로마치 막부의 어용 화가였던 가
노 마사노부(狩野正信)가 시조. 한화(漢画)와 야마토에(大和絵) 모두에 능
했던 가노는 무가의 취미에 맞게 선종의 색채를 배제한 평이한 양식을 창출
해 냈다.
105) 大和絵. 일본의 풍속이나 경치를 그린 그림.

무늬를 자세히 들여다보았다.

계절은 오른편에 그려진 봄의 정원에서부터 시작된다. 흰 매화나무와 소나무가 있는 정원을 유람하는 당상관들과, 금색 떼구름에 가려 반쯤 드러난 울타리 안쪽의 호화로운 저택이 보인다. 왼쪽으로 옮겨 가면 갖가지 색깔의 말들이 봄의 뜰 위를 뛰어놀고 못은 어느새 논으로 변해 모내기에 힘쓰는 처녀들이 보인다. 황금빛 구름 안쪽에서부터 소용돌이치며 떨어지는 2단 폭포와 못가에 돋은 푸른 풀들이 여름을 알린다. 음력 6월 그믐날의 액막이를 위해 당상관들은 흰 종이를 들고 못가에 모여들고, 잡역부와 주홍색 옷을 입은 심부름꾼들이 시중을 들고 있다. 빨간 도리이를 지나 사슴이 뛰노는 신사의 경내에서 흰 말이 끌려 나오고 활을 든 무관들이 제사 준비를 서두른다. 순식간에 단풍으로 물든 못은 쓸쓸한 겨울 경치에 한 발짝씩 다가가고, 금빛으로 흩뿌리는 눈 속에서 매사냥이 시작된다. 대밭에도 눈이 내리고 대나무 사이사이로 금박 같은 하늘이 빛난다. 목덜미가 불그스레한 꿩 한 마리가 화살처럼 겨울 하늘을 가로지르고, 마른 참억새 틈새에서 하얀 개 한 마리가 꿩을 보고 으르렁댄다. 사람의 손에 앉은 매는 위엄 있는 눈초리로 꿩이 멀어져 간 쪽을 가만히 응시한다……

풍속 병풍을 샅샅이 살피고 자리로 돌아올 때까지 큰스님은 나타나지 않았다. 아까 본 비구니가 과자와 차를 얹은 쟁반을 가져와서는 곧 스님이 행차하시리라 전하며 이렇게 말했다.

"편히 계십시오."

탁자 위에는 오시에로 장식한 작은 상자가 놓여 있었다. 이

절의 비구니가 손수 만든 것이 틀림없는 그 상자는 어딘지 모르게 어설픈 것으로 보아 아직 솜씨가 미숙한 사토코가 만든 것일지도 몰랐다. 상자의 네 면에는 여러 빛깔 색종이가 섞여 붙어 있었고 뚜껑에는 오시에가 솟아올라 있었는데, 너무나도 어전풍으로 조합된 그 색조는 가슴이 답답해질 만큼 화려함에 화려함을 겹쳐 놓고 있었다. 오시에의 도안은 나비를 쫓는 동자였다. 보라색과 빨간색 날개를 가진 나비를 쫓고 있는 벌거벗은 동자는 그 얼굴 생김이며 포동포동한 살집이 궁중의 동자 인형을 쏙 빼닮았고, 오글쪼글한 흰 비단으로 만든 살갗은 통통하게 부풀어 있었다. 혼다는 이른 봄의 쓸쓸한 논밭을 지나고 겨울나무가 늘어선 황량한 언덕길을 오른 끝에 찾아온 월수사의 어슴푸레한 손님방 한가운데에서, 바짝 졸인 조청처럼 묵직한 여자의 감미로움을 태어나 처음으로 마주한 것 같았다.

옷이 스치는 소리가 났고 상좌 비구니의 손을 잡은 주지의 그림자가 장지에 비쳤다. 자세를 바로 고쳐 앉은 혼다의 거센 가슴 고동은 잦아들 줄을 몰랐다.

대단히 연로할 텐데도 보라색 법의 위로 드러난 큰스님의 윤이 나는 작은 얼굴은 조각한 회양목처럼 청아했고, 어디서도 나이의 흔적을 찾아볼 수 없었다. 큰스님은 상냥하게 웃으며 자리에 앉았고 비구니는 입구 쪽으로 물러났다.

"그래, 도쿄에서 오셨다고요."

"네."

큰스님 앞에 나서자 혼다는 말이 막혔다.

"마쓰가에 씨의 학우라십니다."

비구니가 말을 거들었다.

"참말로 마쓰가에 님 댁 아드님도 딱하기는 하지만······."

"마쓰가에는 열이 지독해서 여관에 앓아누워 있습니다. 전보를 받고 제가 급히 이리로 온 것입니다. 오늘은 마쓰가에 대신 부탁을 드리러 왔습니다."

혼다는 그제야 막힘없이 말하기 시작했다.

혼다는 법정에 선 젊은 변호사의 일이란 이런 것일까 생각했다. 재판관의 기분 따위는 고려치 않고 오로지 주장하고 변호하며 피고의 결백함을 주장해야 한다. 그는 자신과 기요아키의 우정에서부터 시작해 기요아키의 병세와 사토코를 단한 번이라도 만나기 위해 목숨까지 건 기요아키의 결의를 전했다. 또 기요아키에게 무슨 일이 생기기라도 하면 후회하게될 것은 월수사 쪽이라는 말까지 했다. 혼다의 말과 몸은 뜨거워졌다. 절 방은 서늘했지만 그는 귓불이 달아올라 머리가 활활 타는 것만 같았다.

그의 말에는 과연 주지와 비구니도 마음을 움직인 모양이었지만 두 사람은 침묵을 지키고 있었다.

"부디 제 입장도 헤아려 주셨으면 합니다. 전 곤경을 호소하는 친구에게 돈을 빌려줬고 그 돈으로 마쓰가에는 길을 떠났습니다. 그렇게 나선 마쓰가에가 중태에 빠졌으니 마쓰가에의 부모님께도 책임을 느낍니다. 이렇게 된 이상 한시라도 빨리 환자를 데리고 도쿄로 돌아가는 것이 당연한 일이라고 생각하시겠지요. 저도 상식적으로는 그리해야 한다고 생각합니다. 하지만 그 모든 것을 밀어 두고서라도, 후에 마쓰가에의 부모님께 어떤 원망을 듣는다고 해도, 마쓰가에의 바람을 이루어 주십사 찾아뵌 것입니다. 전 마쓰가에의 눈이 죽음과 맞바꿔 이루고자 하는 소망을 들어주고 싶으니까요. 그 눈을 보신다면 스님께서도 분명 마음을 움직이시리라 생각합니다. 전 마쓰가에의 병을 낫게 하는 일보다도, 마쓰가에가 바라고 있는 더욱 소중한 것을 못 본 척할 수 없습니다. 불길한 말입니다만 저는 어쩐지 마쓰가에가 이대로 낫지 않을 것만 같다는 생각이 자꾸만 듭니다. 마쓰가에의 마지막 소원입니다. 그러니 모쪼록 부처님의 자비로 사토코 씨와 한 번만 만나게 해 주시는 일은, 정말이지 어렵겠습니까?"

주지는 여전히 말이 없었다.

혼다는 이 이상 말을 했다가는 도리어 주지의 마음을 돌리는 데에 방해가 될까 두려웠으므로, 거세게 물결치는 마음속의 파도를 뒤로한 채 입을 다물었다.

냉랭한 방은 적막했다. 눈처럼 흰 장지로 안개처럼 뿌연 빛이 비쳐 들었다.

혼다는 그때 결코 맹장지 한 장을 사이에 둔 가까운 곳은 아니지만 멀지 않은 어딘가, 예컨대 복도 한구석이나 한 칸 떨어진 방쯤에서 아렴풋이 들려오는 소리를 들었다. 홍매화가 피는 듯한, 소리를 죽인 웃음이었다. 그러나 그는 곧바로 생각을 바꾸었다. 젊은 여자의 소리 죽인 웃음처럼 들렸던 것은 혼다가 잘못 들은 것이 아니라면, 분명 이른 봄의 공기를 타고 전해 오는 소리 죽인 울음이 틀림없었다. 억지로 억누른 오열보다도, 현이 끊기듯 멈춰 버린 오열이 남긴 어슴푸레한 여운이 먼저 전해져 왔다. 그러자 이번에는 모든 것이 순간적인 귀의 착각이었는지도 모른다는 생각이 들었다.

"제가 어지간히 엄하게 굴어서……." 하고 주지는 마침내 입을 뗐다. "그래서 둘을 못 만나게 한다고 생각하실지 모르겠지만 실은 사람의 힘으로 멈출 수 있는 일이 아닙니다. 애초에 사토코가 부처님 앞에서 맹세한 일이니. 이제 이승에서는 만나지 않겠다고 맹세를 했고, 그러니 못 만나게 하는 것도 부처님의 처사가 아니겠습니까. 도련님의 일은 참 가엾게 되었습니다만."

"그럼 역시 허락해 주실 수는 없겠습니까?"

"예."

주지의 대답에는 말할 수 없는 위엄이 서려 있었으므로 대꾸할 방법도 없었다. 스님의 입에서 나온 "예."라는 대답은 천공마저 비단처럼 가뿐히 찢어 버릴 만한 힘을 갖고 있었다.

그 후 큰스님은 시름에 잠긴 혼다에게 아름다운 목소리로 여러 가지 귀한 말씀을 내려 주었다. 그러나 낙담한 기요아키를 보고 싶지 않아 이유도 없이 물러나기를 주저하고 있는 혼다는 주지의 말에 집중할 수 없었다.

주지는 인다라망(因陀羅網)에 대해 이야기했다. 인다라는 인도의 신으로, 이 신이 한번 그물을 던지면 모든 사람들과 이 세상에 살아 있는 것들은 모조리 그물에 걸려 벗어날 수 없다. 생명 가진 것들은 모두 인다라망에 걸린 존재들이다.

일체의 사물은 인연과(因緣果)의 법리에 따라 일어난다, 그것을 '연기(緣起)'라고 하는데 인다라망은 다름 아닌 연기를 말한다.

법상종 월수사의 근본 법전은 유식론의 개조(開祖)인 세친(世親) 보살이 지은 『유식삼십송』이다. 유식교의는 뢰야연기설(賴耶緣起設)을 취하는데 그 근본을 이루는 것이 아뢰야식(阿賴耶識)이다. '아뢰야'란 산스크리트어 단어인 'Ālaya'를 음차한 것으로 '곳간'이라는 뜻을 가진 말이다. 그 곳간 안에 모든 활동의 결과인 종자를 넣어 두는 것이다.

우리는 눈, 귀, 코, 혀, 몸, 의(意)로 이루어진 여섯 가지 식(識) 속에 일곱 번째 식인 말나식, 즉 자아의식을 갖고 있지만 그보다 더 안쪽에 아뢰야식이 있다. 『유식삼십송』에 "늘 변하니 폭류(暴流)와 같다."라고 쓰여 있듯이 사납게 흐르는 거센 물처럼 아뢰야식은 늘 이어지고 늘 변하니 끊이는 일이 없다. 이 식이야말로 살아 있는 중생의 총보(總報)의 과체(果體)인 것이다.

끊임없이 변전하는 아뢰야식의 무상함에 착안한 무착[106]의 『섭대승론(攝大乘論)』[107]은 시간에 관한 독특한 연기설을 전개했다. 아뢰야식과 염오법(染汚法)의 동시 상호 인과(同時相互因果)라고 불리는 것이 그것이다. 유식설에 따르면 현재의 한 찰나에만 우주의 모든 것(그것은 바로 식이다.)이 존재하며, 그

---

106) 無着(300~390?). 아상가. 인도 대승 불교의 사상가.
107) 대승 불교의 강요(綱要) 10항목을 저술한 책.

찰나를 지나면 멸하여 무가 된다. 인과 동시란 아뢰야식과 염오법이 현재의 한 찰나에 동시에 존재하면서 서로의 원인이 되며 결과가 된다는 것으로, 이 한 찰나가 지나면 쌍방은 함께 무가 된다. 그러나 다음 찰나에는 아뢰야식과 염오법이 새롭게 다시 생겨나고 그것이 서로의 원인이 되고 결과가 된다. 존재자(아뢰야식과 염오법)가 매 찰나 멸함으로써 시간이 성립한다. 찰나마다 단절되고 멸함으로 인해 시간이라는 연속적인 것이 성립하는 것은 점과 선의 관계에 비유할 수 있을 것이다.

혼다는 주지가 설하는 심연한 교의에 점차 빠져들었지만 상황이 상황인 만큼 궁리하길 좋아하는 그의 정신은 마음껏 활동하지 못했다. 느닷없이 빗발치듯 퍼붓는 불교 용어의 어려움이나, 무시 이래로 당연히 시간의 경과를 그 안에 품은 채 잇따라 생겨 왔을 인과가 오히려 동시 상호 인과라는 일견 모순되어 보이는 관념의 작용에 의해 시간 자체를 성립시키는 요소라는 설명까지……. 이해하기 어려운 갖가지 사상들에 의문을 제기하고 가르침을 청할 마음의 여유도 없었다. 게다가 큰스님의 말 토막토막마다 "예, 그렇지요." "정말이지 그렇습니다." "예예, 그렇고말고요." 하며 일일이 덧붙이는 비구니의 시끄러운 맞장구에 신경이 곤두섰다. 그래서 지금은 스님이 말하는 『유식삼십송』이나 『섭대승론』 같은 책 제목만 마음에 새겨 두고 훗날 천천히 연구한 다음 궁금한 것들을 질문하러 찾아뵈면 되겠다고 생각했다. 혼다는 일견 우원해 보이는 주지의 이야기가 하늘 한가운데에서 못을 비추는 달처럼, 기요아키와 자신이 마주한 운명을 얼마나 멀리서, 또 얼마나 치밀하게 비추고 있는지 알아채지 못했다.

혼다는 인사를 올린 다음 황급히 월수사를 떠났다.

55

도쿄로 돌아가는 기차 안에서 괴로워하는 기요아키를 바라
보는 혼다의 마음은 참담했다. 조금이라도 빨리 도쿄에 도착
했으면 하고 애타는 마음에 공부도 손에 잡히지 않았다. 그토
록 바라던 만남을 이루지 못하고 중한 병까지 얻어 침대차에
누운 채 도쿄로 실려 가는 기요아키의 모습을 보자니 통절한
후회가 혼다의 가슴을 때렸다. 그때 기요아키의 도망을 도운
것은 과연 진정한 친구의 행동이었을까?

기요아키는 조금 전부터 졸고 있었다. 혼다는 밤을 새웠는
데도 오히려 더 맑아진 머릿속에 여러 가지 회상들이 제멋대
로 오가도록 내버려 뒀다. 그 가운데 월수사 큰스님에게 들은
두 번의 설법이 제각기 전혀 다른 인상으로 마음속에 떠올랐
다. 작년 가을에 들은 첫 번째 설법은 해골 물을 마시는 이야
기였는데, 혼다는 그 설법을 제 나름대로 사랑의 비유로 이해

했다. 자기 마음의 본질과 세계의 본질을 그토록 공고히 결합
시킬 수 있다면 얼마나 멋진 일인가 생각하면서, 법률을 공부
하다 마누 법전의 윤회 사상에 이르기까지 했다. 그러나 오늘
아침에 들은 두 번째 설법은 풀기 어려운 수수께끼의 유일한
열쇠를 눈앞에서 어렴풋이 흔들어 준 것 같으면서도, 너무도
난해한 비약으로 가득 차 있어 수수께끼를 도리어 한층 심오
하게 만들어 버린 것 같기도 했다.

기차는 내일 아침 6시에 신바시에 도착할 예정이었다. 이미
밤은 이슥했고 잠든 승객들의 숨소리가 기차의 굉음 사이사
이를 메웠다. 혼다는 기요아키의 맞은편 아래쪽 침대에 자리
를 잡고 그를 보살피며 밤을 새울 작정이었다. 기요아키의 어
떤 사소한 변화라도 바로 알아차리고 대응할 수 있도록 혼다
는 침대의 장막을 활짝 젖혀 두고 있었다. 그는 유리창 너머로
보이는 밤의 들판을 바라보았다.

들판에 내린 어둠은 짙었고 밤하늘은 흐렸으며 산 능선도
선명치 않아, 기차는 분명 달리고 있었지만 어둠 속 풍경이 제
대로 변하고 있는지 의심스러웠다. 이따금씩 자그마한 불꽃
이나 등불이 어둠이 터진 곳처럼 선명히 나타났다 사라지곤
했지만, 그 빛들이 방향을 가리키는 표지가 되어 주지는 못했
다. 요란한 소리는 기차에서 나는 소리가 아니라, 덧없이 선로
위를 미끄러져 가는 작은 기차를 둘러싼 광대한 어둠의 울림
처럼 느껴졌다.

짐을 꾸려 드디어 여관을 나설 때 기요아키는 여관 주인에
게 빌렸을 조잡한 편지지에 휘갈겨 쓴 쪽지를 혼다에게 건네

502

며, 어머니인 후작 부인에게 전해 달라 부탁했다. 무료해진 혼다는 교복 안주머니에 소중하게 간직해 둔 쪽지를 꺼내 미약한 등불 아래에서 읽었다. 연필로 써 놓은 흔들린 글씨는 기요아키의 평소 글씨 같지 않았다. 기요아키는 언제나 서투르기는 해도 대범하고 힘 있는 글씨를 썼다.

"어머님께,

혼다에게 주었으면 하는 것이 있습니다. 제 책상 안에 있는 꿈 일기입니다. 혼다는 그런 걸 좋아합니다. 다른 이가 읽어도 시시할 것이 분명하니 부디 혼다에게 주십시오. 기요아키."

혼다는 이것이 힘없는 손가락으로 써 내려간 기요아키의 유서임을 똑똑히 알 수 있었다. 정말로 유서를 쓸 작정이었다면 어머니를 향한 인사말도 얼마쯤 있어야 했겠지만 기요아키는 그저 사무적인 부탁만을 남겨 두었다.

고통에 잠긴 기요아키의 목소리를 들은 혼다는 곧바로 쪽지를 집어넣고, 맞은편 침대로 건너가 친구의 얼굴을 살폈다.

"왜 그래?"

"가슴이 아파. 날붙이로 찌르는 것처럼 아파."

기요아키는 가쁜 숨을 뱉으며 띄엄띄엄 말했다. 혼다는 별다른 방도도 없이 통증을 호소하는 왼쪽 가슴 아래쪽을 가볍게 문질러 주었지만, 희미한 등불이 간신히 미친 기요아키의 얼굴은 여전히 고통으로 가득 차 있었다.

그러나 괴로움에 일그러진 그 얼굴은 아름다웠다. 고통이 얼굴에 특별한 정기를 불어넣었고 청동처럼 엄숙한 선을 그렸다. 눈물에 젖은 아름다운 눈이 험상궂게 찌푸린 눈썹 쪽으로 바싹 당겨 올라가 있었다. 위로 잔뜩 휘어 있어 한층 씩씩해 보이는 눈썹 탓에, 눈동자에 맺힌 눈물방울은 더욱 검고 비창하게 빛났다. 잘생긴 콧방울은 무언가를 붙잡으려는 듯 허공을 향해 버둥댔고, 열에 마른 입술 새로 드러난 앞니는 진주조개 같은 광택을 뿜어냈다.

이윽고 기요아키의 고통은 잦아들었다.

"잠들었어? 그래, 자 두는 편이 좋아." 하고 혼다는 말했다. 그는 방금 본 기요아키의 고통스러운 표정이 이 세상의 끝에서 보아서는 안 될 것을 본 자의 환희에 찬 표정은 아닐까 의심했다. 그런 것을 보아 버린 친구를 향한 질투가 미묘한 수치와 자책 속에 스며들기 시작했다. 혼다는 가볍게 머리를 저었다. 슬픔으로 마비된 머릿속이 누에고치에서 실을 뽑듯, 차례차례 자신도 모르는 감정을 풀어내는 것이 불안해졌다.

잠깐 잠에 빠진 듯했던 기요아키는 갑자기 눈을 뜨고 혼다의 손을 찾았다. 친구의 손을 꽉 쥐면서 그는 이렇게 말했다.

"방금 꿈을 꿨어. 또 만날 거야. 분명히 만나게 돼. 폭포 밑에서."

혼다는 마쓰가에가의 정원을 떠돌아다니던 기요아키의 꿈이, 광대한 뜰 한구석의 9단 폭포를 그리고 있는 것이 틀림없다고 생각했다.

도쿄로 돌아오고 이틀이 지난 후, 마쓰가에 기요아키는 스물의 나이로 죽었다.

＊작가 주 : '풍요의 바다'는 『하마마쓰 중납언 이야기(浜松中納言物語)』[108]를 전거로 삼아 꿈과 전생을 다룬 이야기로, 제목은 달의 바다 중 하나의 이름인 'Mare Foecunditatis'에서 가져온 것이다.

(1권 끝)

---

108) 윤회전생을 소재로 한 11세기 말의 산문 문학.

미시마 유키오와 이단의 미학

미시마 유키오는 어떠한 '일본 문학'을 대표하는가

일본 문학이 바깥 세상에 알려진 것은 그리 오래된 일이 아니다. 일본 소설이 세계를 무대로 유통이 되기 시작한 것은 1950년대 중반부터이다. 일본 문학의 본격적인 등장은 전쟁의 산물이었다.

태평양 전쟁이 발발했을 때 일본어를 이해할 수 있는 미국인은 극소수에 지나지 않았다. 다급했던 미국 해군은 일본군을 상대로 암호 해독이나 포로 심문, 심리전 등을 수행할 일본어 능통자 양성 기관을 콜로라도 대학교에 설치했다. 유능한 미국 젊은이들이 이곳을 거쳐 전선에 투입되었다. 그리고 전쟁이 끝나자 이들 중 일부는 일본과 관련된 일에 종사하게 되었다. 그중에서도 에드워드 사이덴스티커, 도널드 킨과 같은 사람들은 가와바타 야스나리, 다니자키 준이치로, 미시마 유키오의 소설을 주로 번역해서 출판했다.

1968년 가와바타 야스나리가 일본인 최초의 노벨 문학상 수상자로 결정되었을 때, 소감을 묻는 기자에게 답한 미시마 유키오의 흥미로운 발언을 어디선가 읽은 기억이 있다. 즉 가와바타의 노벨상 수상은 일본이 태평양 전쟁에서 거둔 유일한 전과가 아니겠는가라는 취지의 발언이었다. 전쟁에서는 졌지만 전쟁 수행 과정에서 유능한 일본어 능통자들이 양성되었고, 전후에 그들이 일본 문학 번역에 종사함으로써 결국 노벨 문학상이라는 결실로 돌아왔다는 특유의 냉소적인 시각에서 '대담부적한 이단자' 미시마의 진면목이 엿보인다. 스웨덴 한림원으로부터 날아든 낭보에 일본 열도가 들떠 있을 때 그는 경박하고 속물적인 일본의 대중 사회를 향해, 비서구 세계의 미적 영역까지 감별하고 관장하는 서구 자본주의 사회를 향해 독이 스민 언사를 던진 셈이다. 미시마는 가와바타의 수상 소식 직후에 "일본 사회의 자랑, 일본 문단의 영예"와 같은 판에 박힌 축하 메시지를 전하기도 했다. 그러나 그로부터 한 해 전에 썼던 잡지 기고문에서 "나는 어느 작가의 작품을 읽지 않는다. 그가 훌륭하고 원숙한 작품을 쓴다는 사실을 너무 잘 알고 있기 때문에"라는 언급을 통해 완곡한 어조로 가와바타를 평가 절하했던 미시마였기에 가와바타의 영광은 태평양 전쟁의 수많은 희생과 맞바꾼 것이라는 의미로 해석되는 발언이 그렇게 낯설지는 않다.

2019년 1월에 스웨덴 한림원이 공개한 자료에 의하면

1963년 미시마 유키오는 '기교적 재능'을 평가받아 위스턴 휴 오든, 파블로 네루다 등과 함께 노벨 문학상의 최종 후보 여섯 명 중 한 명으로 선정되었다. 이후 가와바타가 수상한 해인 1968년에도 노벨 문학상 후보로 이름을 올렸다. 만 16세의 나이에 「꽃이 한창인 숲」을 문예지에 연재하며 문단에 충격적으로 등장했던 미시마는 당시 문단의 정점에 있던 다자이 오사무(太宰治)조차도 인정하지 않았다. 그가 유일하게 존경했던 작가는 다니자키 준이치로였다. 이유는 "그가 지식인 연하지 않고, 끝까지 '변태'로 일관했"기 때문이었다. (『작가론』)

사실 가와바타의 노벨상 수상을 두고 '전파' 운운한 것은 미시마 유키오의 자가당착이라 할 수 있다. 왜냐하면 30대의 젊은 나이에 대선배인 다니자키나 가와바타보다도 더 많은 해외 독자를 확보했던 미시마 역시 그 '전파'의 수혜자였기 때문이다.

예나 지금이나 영미권에서 일본 문학을 대표하는 '빅 스리', 즉 삼인방은 가와바타 야스나리, 다니자키 준이치로, 미시마 유키오이다. 오늘날까지도 공고하게 존립하는 일본 문학 삼두 체제의 기틀을 마련한 것은 일본 소설에 가장 먼저 주목한 뉴욕의 문학 전문 출판사 크노프(Knopf)였다. 크노프는 1950년대 후반에만 무려 여덟 권의 일본 소설을 잇달아 출판했는데, 그중에는 가와바타의 『설국』과 『천우학』, 다니자키 준이치로의 『세설』, 그리고 미시마 유키오의 『파도 소리』, 『근대 능악집』, 『금각사』가 포함되어 있었다. 흥미로운 것은 당시 30대 작가였던 미시마의 소설이 가와바타, 다니자키라는 두 거장의 작품보다 많이 번역되었다는 사실이다. 그리고 실제로 가장 많이 팔렸던 것도 미시마의 소설이었다. 1990년대에 이르러 무라카미 하루키가 부상할 때까지 미시마는 세계에서 가장 널리, 가장 많이 읽히는 일본 작가였다. UC어바인(University of California, Irvine)의 에드워드 파울러 교수는 일본 문학 번역 황금기에 소개된 미시마, 가와바타, 다니자키가 서양인들의 일본 문학에 대한 개념을 확정하고 정착시켰다고 지적했다.

엄밀하게 말하면 일본 소설은 승전국 미국이 2차 세계 대전 후의 '팍스 아메리카나' 신 질서의 주재자가 되는 과정에서 처음으로 '세계 문학'에 편입되었다. 이것은 유럽이 세계의 중심이었던 19세기 후반에 네덜란드 무역선에 실려 온 우키요에나 도기 제품들이 영국, 프랑스 등지에서 열광적으로 팔려 나가며 '자포니슴'이라는 예술 현상을 낳았던 역사의 20세기 판이라 할 수 있었다.

일본을 상대로 혹독한 전쟁을 치른 미국인들에게 일본인은 사악한 침략자이거나 진기한 타자였다. 1951년 맥아더 사령관은 미국 상원의 위원회에서 "현대 문명의 기준으로 볼 때 일본인은 열두 살 소년"이라고 발언했다. 미군정의 주도로 신생 일본에 제정된 민주적 평화 헌법이 문명 세계에 일본을 '정상 국가'로 편입시키는 정치적 첫걸음이었다고 한다면, 비슷한 시기에 미국에서 활발하게 이루어진 일본 문학의 번역 출판은 문화적 층위에서 재정의된(정확하게는 재(再)동양화(re-Orientalized) 된) 일본이 세계 무대에 등장하는 결정적인 계기였다.

그렇다면 어떻게 해서 위 세 사람이 일본을 대표하게 되었는가? 이들은 어떤 일본을 대변하는가? 이 질문에 답하기에 앞서 짚고 넘어가야 할 점은 정작 이들이 온전하게 일본을 '대표하고' '대변하는' 능동적인 주체가 아니었다는 것이다. 이 세 일본 작가는 그들의 작품 속에 '일본다운 일본'이 투영되어 있다고 판단한 미국의 몇몇 일본 문학 번역자와 출판 편집자들에 의해 취사선택된 미적 타자였다. 여기서 자세하게 언급할 여유는 없지만, 세대와 작품 경향이 상이함에도 이들을 한데 묶는 공통분모가 존재한다. 즉 이들 세 사람 모두 서양 문화의 자극과 세례를 거쳐 창작에 입문했지만, 후기에 이르러 일본(전통) 회귀의 사상적 전회를 보였다. 그리고 서양의 시각이 이들에게 주목한 것은 자연스러운 귀결이었다고 할 수 있다. 이들의 문학과 관련해 비감을 자아내는 전통 미의식, 불교적 세계관에서 물신 숭배에 가까운 자연 묘사와 서정성의 집착, 도착적인 에로티시즘에 이르기까지 서양에 없거나 서양과 다르다고 여겨지는 요소들이 강조되었고, 이러한 것들이 그대로 이른바 '일본적 미학'의 구성물이 되었다.

소문의 벽

그렇다면 한국에서 미시마 유키오는 어떻게 받아들여져 왔는가? 미시마의 작품이 한국에서 최초로 번역되어 출판된 것은 1960년대 초이다. 강력한 반일 정책을 추진하던 이승만 정권이 붕괴되면서 일본 서적의 번역이 시중에 넘쳐나기 시작하던 때이다. 이 무렵 미시마의 장편 소설『파도 소리』가 1962년에, 『금각사』가 1968년에 한국어로 출판되었지만, 『가면의 고백』은 1996년에서야 번역되었다. 미시마가 1963년부터 잇달아 미국, 스웨덴 등의 인사들에 의해 빈번히 노벨 문학상 추천 명단에 올랐던 것을 고려하면 세계적 흐름으로부터 상당한 시차가 있었다고 말할 수 있다. 1970년 미시마의 '선정적'인 자살 이후 동서양 곳곳에서 그의 문학과 삶을 재조명하려는 움직임이 활발하던 시기에도, 그때까지 그의 주요 작품 중에서 극히 일부만을 소개했던 한국에서는 별다른 반응이 없었다. 이는 미시마의 국수주의 정치 이념에 대한 비판과 경계를 늦추지 않으면서도 1970년대부터 미시마 소설 번역에 착수하여 30년 후인 2000년까지 미시마의 거의 모든 소설을 출판한 중국의 사정과도 극명하게 다르다.

2020년이면 미시마 유키오 사후 50년이 된다. 한국에서 미시마 유키오는 오랫동안 소문에 갇혀 왔다. 미시마가 살아 있을 때도 그러했고 죽고 나서도 그러했다. 적어도 많은 한국인들에게 미시마는 불온하고 위험한 작가였다. 1970년대 신문 기사 아카이브에서 미시마 유키오라는 키워드에 함께 묻어 나오는 단어들은 '군국주의 부활', '극우 운동', '할복자살', '천황제 찬미', '동성애자' 따위가 대표적이다. 이처럼 미시마와 관련한 흉흉한 소문은 견고한 벽처럼 존재해 왔다. 시인 김지하가 미시마 할복 사건이 있고 난 1971년 4월에 발표한 시는 제국주의 망령에 대한 장송곡처럼 읽힌다.

별것 아니여

조선놈 피 먹고 피는 국화꽃이여

빼앗아 간 쇠그릇 녹여 버린 일본도란 말이여

뭐가 대단해 너 몰랐더냐

비장처절하고 아얌 처절하고 말고 처절비장하고

처절한 神風도 별것 아니여

조선놈 아주까리 미친 듯이 퍼먹고 미쳐 버린

바람이지, 미쳐 버린

네 죽음은 식민지에

주리고 병들고 묶인 채 외치며 불타는 식민지의

죽음들 위에 내리는 비여

　　　—김지하, 「아주까리 神風 — 미시마 유키오에게」 중에서

　이 특이한 제목이 지시하는 의미는 명료하다. 아주까리는 송진과 더불어 전쟁 말기의 일제가 한반도에서 공출했던 대표적인 품목이고, '신풍' 즉 가미카제는 일본군의 광신적인 애국심을 상징하는 기표일 터이다. 독백 투의 직설적인 어법으로 점철된 이 시에서 미시마의 죽음은 식민지 조선을 폭력적으로 수탈한 일제의 업보로 그려진다. '조선놈 피 먹고 피는 국화꽃', '쇠그릇 녹여 버린 일본도'와 같은 표현에서 루스 베네딕트의 『국화와 칼』이 제시한 문화 유형론의 틀이 거칠게 원용되고 있기도 하다. 이 시를 쓴 시점에 김지하가 미시마의 작품을 실제로 읽었는지 여부는 중요하지 않다. 부제로 '미시마 유키오에게'라는 헌사를 달고 있으나 이 시를 촉발한 것은 미

시마의 문학이 아니라 순전히 할복자살이라고 하는 선정적인 사건이고, 시적 언술 속에서 단죄하고 있는 것은 소설가 미시마가 아닌 정치 선동가 미시마의 광기였다. 여기에서 우리는 그간 미시마 유키오에 관한 소문의 주요 질료가 무엇이었는지에 대해 어느 정도 짐작할 수 있는 단서를 얻을 수 있다.

1970년 11월 25일, 미시마가 방패회(楯の会) 회원과 함께 도쿄 육상 자위대 본부에 난입하여 군의 궐기를 촉구하는 격문을 살포하고 자결한 사건은 미시마 유키오의 삶과 문학을 총결산하는 마지막 페이지로 미리 작가 자신에 의해 치밀하게 짜여 있었다. 이날 오전 4부작 '풍요의 바다'의 마지막 권인 『천인오쇠(天人五衰)』를 탈고한 미시마는 출판사에 원고를 건넨 뒤, 곧바로 자위대 본부로 향했다. 작가 스스로 '세계 해석의 소설', '궁극의 소설'이라 칭한 『풍요의 바다』의 맨 마지막 행은 『천인오쇠』 끝. 1970년 11월 25일'이라는 부기였다. 미시마의 할복 역시 30년 작가 생활의 영웅적인 종말에 부합하는 죽음의 의식으로 예정되어 있었다. 그의 문학적 의지는 삶과 죽음의 형식까지도 지배하고 있었다고 해도 과언이 아니다. 작가 시바 료타로는 미시마가 자결한 다음 날 《마이니치 신문》에 기고한 글에서 "미시마 씨의 죽음은 정치적인 죽음이 아니라 문학적인 죽음이었다. (중략) 미시마 씨의 광기는 천상의 미를 완성하기 위해 필수적이었다."(「비정상의 미시마 사건에 접하여」)라고 적었다. 미시마를 가까이에서 지켜보아 온 사람들은 알고 있었던 것이다. 시대의 총아로 군림해 온 그에게는 죽음의 방식조차도 작가 미시마 유키오의 '완성'이라는 가치에 봉사하는 것이어야 했음을.

소문의 벽은 미시마 유키오의 전모를 가려 왔다. 이는 한국에만 적용되는 이야기가 아니다. 그의 할복자살을 두고 정치권과 주요 언론을 중심으로 '광기의 폭주'에 의한 반민주주의적인 행동이라고 규탄했던 일본에서도 미시마는 곧잘 '우익'이라는 세속적 정치 스펙트럼으로 분류되는 문학자로 존재해 왔다. 말년의 미시마가 보인 정치적 극단주의는 식민지 후예이자 민중 시인을 자처하던 김지하에게 혐오와 공포의 대상이었지만, 그것은 전후 민주주의가 가져다 준 과실인 평화와 번영을 구가하던 주류 일본 사회에서도 마찬가지였다.

1960년대 후반부터 미시마는 천황의 복권을 주장하고 자위대에 독립국 군대에 걸맞은 지위를 부여하는 헌법 개정을 역설했다. 미시마는 그의 정치적 주장을 담은 1969년 저작 『미시마 유키오의 문화방위론』[1]에서 '주간지 천황제'로 전락한 천황의 권위를 회복하기 위해서는 "좌파와 우파의 전체주의에 대항하는 유일한 이념으로 '문화 개념으로서의 천황' 이미지의 부활과 정립"이 절실하다는 논조를 펼쳤다. 여기에서 눈여겨보아야 할 것은 천황을 중심으로 한 국가 통치 체계 개편 주장은 절대군주제 하의 전체주의, 군국주의 노선으로의 회귀를 의미하는 것이 아니었다는 사실이다. 미시마에 의해 제창된 '문화 개념으로서의 천황'은 패전 이전까지 군림했던 '정치 개념으로서의 천황제'가 언론 통제 및 애국 교육과

---

1) 남상욱 옮김, 자음과모음, 2013.

같은 파시즘의 발호를 막지 못했고, 종국에는 패전과 굴욕적인 피점령 상태를 가져왔다는 인식에 근거한 비판적 대안으로 볼 수 있다.

적어도 미시마를 복고주의적 우익의 범주에 넣는 것은 적절치 않다. 미시마는 전체주의에 반대했다. 전체주의는 문화의 전체성을, 문학의 다양성을 말살한다는 이유에서이다. 그는 징병제도 일본의 핵무장도 반대했다. 의회 민주주의를 전적으로 긍정하지는 않았지만, 언론 자유의 보장이라는 면에서 민주주의 이상의 정체가 존재하지 않는다고 명언하기도 했다.

그럼에도 1960년대에 접어들어 미시마가 일본 정신, 일본 문화의 순수성을 지키는 파수꾼을 자처하고 존황론을 전개하게 된 배경에 대해서는 명확히 알 수 없다. 『가면의 고백』 등 그의 많은 소설에 투영된 냉소적인 이단자의 시점은 작가 미시마의 본령이라 할 수 있으며, 그에게 문학적 명성을 안겨 준 핵심 요소였다. 그렇기에 1890년대 이후 일본 보수 논객들이 내세운 국수 보존주의, 국체론 언설과 맥이 닿아 있는 미시마의 『문화방위론』과 같은 일련의 정치 언설은 당혹스러울 만큼 퇴행적인 전향이라고 말하지 않을 수 없다. 더군다나 그의 정치적 주장에는 적지 않은 모순과 파탄이 내재한다. 왕정복고를 외치면서 의회 민주주의를 긍정하는 식의 이완된 정치 논리와 언어가 한 예이다.

미시마가 문화 개념을 중심으로 일본 정신의 회복을 강조한 것은 근대기 서구-비서구, 또는 강자-약자의 구도에서 익히 보아 온 사상 투쟁의 전형적인 양상이다. 19세기 유럽의 후진국이었던 독일이나 극동의 신생 국가 일본에서 그 예를 볼 수 있듯이, 특수성에 기초하는 자국 문화의 강조는 보편주의의 원리하에 세계를 상대로 서열화된 질서를 강요하는 문명의 논리에 맞설 수 있는 유일한 사상적 무기였다. 미시마의 '문화방위론'은 진부하기 이를 데 없는 약자의 배타적인 자기방어 논리에 지나지 않는다.

그는 미군정이 끝났음에도 여전히 정치적, 문화적으로 미국에 종속되어 있다는 인식에 사로잡혀 있었다. 일본에서 좌파 세력이 존재감을 확장하고 있을 때, '풍요의 바다' 집필을 위해 취재차 간 동남아시아에서도 공산주의가 대두하고 있는 것을 목격한 미시마는 1960년대라고 하는 일본 역사상 유례없이 뜨거웠던 '정치의 계절' 한복판에서 위기의식을 고취하고, 한편으로는 일본 대중 사회에 대한 절망감을 토로했다. "나는 일본의 장래에 대해 더 이상 희망을 가질 수 없다. 날이 갈수록 이대로라면 '일본'은 없어지지 않을까 하는 느낌이 강하게 든다. 일본은 없어지고 그 대신 무기질적이고 텅 빈, 어정쩡한 중간색의, 부유하고 흠결 없는 한 경제 대국이 극동의 한구석에 남게 될 것이다."[2] 그로부터 반세기가 경과한 지금, 미시마의 회의적인 예측이 적중했는지 여부에 대해 판단할 능력은 없지만 그가 마지막으로 남긴 우국 충정의 토로를 유훈처럼 기억하고 받드는 정치적 의지들이 미시마가 살았던

---

2) 「지키지 못한 약속」,《산케이신문》 1970년 7월 7일자.

공간에 여전히 존재하는 것은 부정할 수 없다.

미시마 유키오는 일본의 굴곡진 현대사의 한가운데서 작가 생활을 했다. 그가 남긴 발언들은 패전과 피점령 상태, 민주주의와 경제적 고도성장을 경험한 대다수 일본인들과는 유리된 지점에서 재현한 현대 일본의 정신적 풍경이다. 그럼에도 미시마는 작가 생활 내내 자신이 외국을 향해 일본을 대표한다는 자의식에서 벗어난 적이 없다. 그리고 미시마가 대변하는 '일본'이 어떤 형상의 것인지에 대한 논의는 여전히 미진하다. 이것이 바로 미시마 유키오를 소문의 벽에서 해방시켜 주어야 하는 이유이다.

미시마 유키오의 삶과 소설

미시마 유키오는 비극적인 결말로 삶을 마감했지만, 역설적으로 그 비극은 1925년에 생명을 얻은 히라오카 기미타케(平岡公威)에게 깃든 축복 속에 배태되어 있었다. 그는 조부와 부친이 모두 도쿄 제국대학 법학부 출신에 정부 고위직을 역임한 이른바 엘리트 가문의 장남으로 태어났다. 어려서부터 명석했고 글재주가 뛰어났던 히라오카 기미타케는 황족, 귀족 등 상류 사회 자제들이 다니는 가쿠슈인을 수석으로 졸업했고, 쇼와 천황이 참석한 졸업식에서 포상으로 은시계를 받았다. 그는 전쟁이 한창이던 1944년에 도쿄 제국대학 법학부에 추천 입학했고 패전 후인 1947년 졸업, 고등 문관 시험에

합격하여 대장성에 들어갔다. 3대가 국가의 동량으로 봉직하는 영예를 누리게 된 것이다.

그러나 보통 사람의 선망을 자아내고도 남을 히라오카 기미타케의 완전무결한 이력은 여기까지였다. 그는 대장성에서 고작 반년 남짓 근무하고 사표를 냈다. 이 재주 많은 인물에게는 더 잘할 수 있는 일이 있었던 것이다. 히라오카는 중고등학교 시절부터 부친의 반대에도 불구하고 조심스럽게 이어 오던 문학 창작에 전념하기로 했다. 10대 중반부터 개화한 그의 문학적 재능은 비범했다. 그가 만 16세의 나이에 쓴 중편 소설 「꽃이 한창인 숲」의 원고를 읽은 문예지 《문예문화》의 동인들은 조숙한 '천재'의 등장에 경악했다. 이 작가가 아직 중학생인 데다 부친이 문학 활동을 극력 반대하는 것을 안 동인들은 작가를 보호하려는 일념으로 '미시마 유키오'라는 필명을 지어 소설을 세상에 발표했다. 「꽃이 한창인 숲」은 미시마 유키오의 대표작 중의 하나로 일컬어진다. 전도유망한 대장성 사무관 자리를 내던진 히라오카 기미타케가 '미시마 유키오'의 삶을 시작하게 된 것은 숙명이라고 할 수 있었다.

미시마는 후일 「꽃이 한창인 숲」을 창작하던 시절을 회고하여 다음과 같이 썼다. "이야기를 만들어 내서 그것을 잡지에 발표하는 쾌락. 내가 인생에서 처음 맛본 것이 이 쾌락이라고 해도 무방하다. 문학의 쓴맛을 알기 훨씬 전에 이토록 달콤한 맛에 길들여졌던 것은 어떤 의미에서든 나라는 존재를 규정했다." 16세 소년이 창작 경험을 통해 맛본 쾌락은 점차 어느 누구보다도 완결된 구조의 소설을 완성해야 한다는 신념으로 귀착했다. 일본 문단에 여전히 사소설 풍의 문학이 온존하고 있었을 때, 미시마는 거만하다고도 할 수 있을 만큼 확신에 찬 작품들을 내놓았다. 그가 30년 가까운 세월 동안 발표한 작품들은 장편 소설 서른네 편, 단편 소설 백오십이 편, 희곡 일흔두 편이었고 단행본으로 출간된 에세이만도 총 서른다섯 권이 넘었다.

말할 필요도 없지만 어느 누구도 타고난 재능만으로 이만한 성취를 거두는 것은 상상하기 어렵다. 미시마는 작업량을 정해 놓고 은행원처럼 규칙적으로 집필했다고 한다. 그가 강인한 의지와 함께 노력하고 매진하는 사람이었음을 알리는 사례는 얼마든지 있다. 미시마는 일본의 문인 중에서 가장 영어가 능통했던 사람으로 알려져 있다. 유튜브에서 미시마가 했던 몇 개인가의 영어 강연과 인터뷰 동영상을 볼 수 있는데, 1969년과 1970년에 행한 인터뷰에서 미시마는 몸에 밴 자연스러운 영국식 발음으로 품격 있는 영어를 구사한다. 두 차례의 세계 여행을 제외하곤 그에게 이렇다 할 해외 체류 경험도 없었던 것을 감안하면 놀라움을 자아내기에 충분한 수준이다. 그런데 흥미롭게도 1966년 4월 도쿄 외국 특파원 협회에서 강연한 음성 녹음 파일에 담겨 있는 미시마의 영어는 결코 유창하다고 할 수 없는 수준이다. 일본어 발음 습관이 진하게 남아 있는 어색한 발음에 표현도 매끄럽지 않다. 결국 화제가 된 미시마의 서양 언론 인터뷰 영상은 삼 년간의 집요한 노력에 의한 결과물이었던 셈이다. 아마도 미시마가 구입해서 책상머리 가까이에 두었을 링거폰의 어학 테이프는 미시마 유키오라는 존재가 어떤 방식으로 구성되었는지를 증언하는 물 증일지도 모른다.

미시마는 완성이라는 가치를 향한 욕망이 남달리 강한 인물이었다. 이는 신장 160센티미터에 왜소한 체구였던 그가 보디빌딩을 통해 신체의 결여를 채우고 남성미를 완벽하게 구현하는 육체로 개조한 사실에서도 짐작할 수 있다. 미시마는 타고난 조건만으로 채워지지 않는 부분을 경이적인 의지와 노력으로 메웠다. 그러나 그에게 두려웠던 것은 어떠한 의지와 노력을 통해서도 극복할 수 없는, 시간에 의한 침식 작용이었을지도 모른다. 미시마가 방패회라는 사병 조직을 이끌고 '군사 놀이'에 빠져 있을 때 그는 이미 문단의 총아가 아니었다. 미시마의 소설 판매 부수는 감소하고 있었고, 사람들의 관심은 그보다 한 세대 뒤에 속하는 오에 겐자부로와 같은 신예 작가에게 옮겨 갔다.

미시마는 '조숙한 천재'로 불렸던 프랑스의 소설가 레몽 라디게를 동경했다. 라디게의 천재적 자질에 매료되었고, 20세에 요절한 그의 인생을 부러워했다. 미시마의 내면에는 이른 시기부터 '요절(夭折) 원망'이 자리하고 있었다. 중년의 고개를 넘은 미시마는 시간의 침식이 가져올 몰락을, 그리고 그 징후로서의 쇠퇴를 예감하고 있었다. 쇠퇴가 가져올 비루한 시간을 완벽하게 거부할 수 있는 길은 영광의 정점에서 스스로 생을 마감하는 것이었다.

생전의 유작, 또는 묘비명으로서의 소설 ── '풍요의 바다'와 『봄눈』

『봄눈』은 미시마 유키오가 작가 인생을 집대성해 집필한 연작 소설 '풍요의 바다'의 1권이다. 미시마는 문예 월간지 《신초(新潮)》에서 '풍요의 바다' 연재를 시작할 때부터 이를 자신의 마지막 작품으로 예정하고 있었다. 1965년 9월호에 소설의 첫 회가, 1971년 1월호에 최종회가 실렸으니 완결까지 근 5년여의 시간이 걸린 셈이다. 4부작은 『봄눈』을 시작으로 『달리는 말』, 『새벽의 사원』, 『천인오쇠(天人五衰)』로 이어진다. 『봄눈』이 그러하듯 각기 시대 배경과 공간을 달리하는 독립된 이야기로 완결되어 있어서, 별도의 소설로도 읽힌다. 네 권을 합쳐 원고용지 총 6000장이 넘는 대작이다.

앞에서 언급한 바와 같이 미시마는 '풍요의 바다' 마지막 권을 탈고한 날에 자신의 삶과 문학을 마감했다. 생전에 미시마는 "'풍요의 바다'를 읽으면 나에 대한 모든 것을 알 수 있다."라고 말했다. 애써 말하자면 이 소설은 작가의 묘비명으로 쓰였다고 보아도 무방할 것이다.

『봄눈』 말미의 부기에 "'풍요의 바다'는 『하마마쓰 중납언 이야기(浜松中納言物語)』를 전거로 삼아 꿈과 전생을 다룬 이야기"라고 적혀 있듯이 작가는 11세기 말의 윤회전생담에서 이야기의 얼개를 가져왔다. 첫 번째 이야기에서 스무 살의 나이에 세상을 뜨는 인물이 그다음 이야기에 다른 모습으로 전생하여 등장한다는 식이다. 그 인물들은 각기 신체 특정 부위에 동일한 특징을 지니고 있는데, 그것은 그들이 전생한 존재라는 것을 지시하는 징표이다. 『봄눈』에서 주인공 기요아키의 친구로 나오는 혼다 시게쿠니는 이후의 작품에도 등장하여 전생이 연쇄되는 과정을 마지막까지 관찰하고 기록하는 존재이다. 그런 의미에서 '풍요의 바다'의 진정한 주인공은 혼다라 할 수 있다.

인공적인 설정 등을 두고 문단 일각에서 '황당무계하다'는 비판도 있었지만, 불교의 순환론적 시간관이 투영된 모노가타리[3]적 서사 구조에 근대 소설의 기법을 접목한 장대한 구성은 그 어디에서도 찾아볼 수 없는 시도였다. 특히 서양 문학에서 익숙한, 몇 세대에 걸친 연대기 소설의 직선적 시간관과는 판이하게 다른 서사 기법 속에 작가는 말년의 절망적인 세계관을 투영했다. 아울러 소설 속에서 마주하는 미적 관념과 인도, 중국에서 유래한 종교 철학과 관련된 언술에서는 뚜렷한 일본 회귀의 방향성이 읽힌다. 『봄눈』을 읽고 난 가와바타 야스나리가 남긴 "기적에 맞닥뜨린 것 같다."라는 독후감은 이 전무후무의 성취에 대한 일반적 평가의 일단을 보여준다.

4부작의 시대 배경은 메이지 시대 말기(대략 1910년 전후)부터 1975년 여름까지이다. 미시마가 생존했던 시간(1925~1970)을 현재로 삼는다면 거기에 그가 경험하지 못했던 과거와 미래의 시간이 덧붙여지는 구조이다. 병풍처럼 덧

---

3) 작가의 견문이나 상상을 기반으로 일관된 줄거리를 갖춘 이야기를 풀어 나가는 형태의 산문 문학.

댄 각각의 시대와 사회의 모습은 미시마가 혼신의 열정을 기울여 재현한 일본 근현대사의 풍경이다.

그런 면에서 『봄눈』의 서두가 러일 전쟁에서 전사한 병사들의 위령식 사진에 대한 기술에서부터 시작되는 것은 매우 상징적이다. 이어 메이지 유신의 공훈으로 후작이 된 조부의 제사에 참석한 여자들에 대한 언급으로 바뀌면서 마쓰가에 기요아키의 '첫 경험'이 소개된다. 즉 궁중 신년 축하연에 시동으로 불려나가 황족 여성들의 옷자락 시중을 들던 어린 미소년은 서른 살 안팎인 아름다운 가스가노미야 비(妃)의 새하얀 목덜미가 도드라진 옆얼굴이 한순간 눈에 들어오자 가벼운 현기증을 일으키며 걸음을 비틀거리는 실수를 저지른다. 현기증은 가벼운 성적 흥분 상태가 불러온 신체적 증상이었다. 독이 묻은 가시처럼 뇌리에 박힌 궁중에서의 경험은 기요아키의 비극적 운명을 강하게 암시하는 소설적 장치라 할 수 있다. 지고한 여성 황족을 성적 환상의 원체험으로 뇌리에 새긴 기요아키는 이미 금기의 영역을 침범한 셈이기 때문이다.

『봄눈』은 금기에 도전한 인물에게 찾아오는 비극적 운명에 관한 이야기이다. 1910년대 전후 일본의 귀족 사회를 배경으로 이야기가 펼쳐진다. 정원 연못 한가운데에 위치하는 강섬에 가려면 배를 타야 하는, 비현실적으로 광대한 저택이 소설의 주된 무대이다. 주인공 기요아키는 14만 평 대저택의 주인인 마쓰가에 후작의 외동아들이다. 소설에 등장하는 인물들은 귀족, 황족이거나 그들에게 고용된 하인들뿐이다. 말하자면 천황이 통치하는 권역의 최상층부에서 부와 권력을 향유

하는 집단들의 실상이 이야기의 전면에 등장하거니와, 이를 통해 러일 전쟁 이후 방향을 잃고 풍화되어 가는 천황제 통치 현실에 대한 작가의 비판적 시각을 엿볼 수 있다. 아울러 절대 금기를 범한 대가로 죽음에 이르거나 세속을 등지게 되는 두 젊은 남녀의 비극적 상황은 거꾸로 현실의 위선과 속악함을 폭로하는 극적 장치로 설정되어 있다. 예컨대 마쓰가에 후작과 아야쿠라 백작 등은 황족과 혼약한 사토코의 혼전 임신 사태를 초유의 '일탈'과 '불경'으로 재단하면서도 가문의 보전을 위해 사태를 무마하고 수습하고자 동분서주하는데, 이 과정에서 위엄과 품격의 허울을 뒤집어쓰고 있던 그들이 하녀들과 통정한 과거가 낱낱이 들춰진다. 이들은 겉멋으로 치장한 외양 속에 무능과 우유부단함을 은폐하고 있다. 일본의 오래된 습관이나 가치를 멀리하고 서양식을 숭상하는 데 거리낌이 없다.

작가의 눈에는 메이지 유신을 계기로 서양의 위협에서 벗어나기 위해 서양을 배웠고, 비록 엄청난 희생을 치르긴 했지만 서양으로부터 배운 지혜와 기술을 이용해 러시아라는 서구 국가를 상대로 승리를 거둔 러일 전쟁의 역사적, 정신사적 의미는 이들의 속물적인 현재를 보장해 주는 반동적이고 일상적인 시간에 미진도 섞여 있지 않다. 탈서양의 지향을 통해 스스로를, 그리고 일본의 모습을 반듯하게 재정립하기 위해서는 위선과 지적 타락으로 가득 찬 과거와 현재의 시간들과 치열한 투쟁이 불가결하다는 것을 문학적 진술을 통해 처음으로 피력한 작가는 나쓰메 소세키였다. 그런 점에서 미시마는 영락없는 나쓰메의 학생이겠지만, 각각의 성취만으로 평가하자면 더 치밀하고 담대하며 예술적으로 정련된 후학이었다.

이 소설에서 눈여겨보아야 할 대목은 사토코가 내보이는 연모의 감정에 소극적으로 반응하던 기요아키가 태도를 바꾸어 사토코와 육체관계를 맺고 밀회를 반복하는 위험한 행위에 나선 것이 천황에 의한 결혼 칙허가 있고 난 다음이라는 사실이다. 이 점에서 기요아키는 미시마의 소설에 자주 등장하는, 자신의 신념과 가치를 지키고자 기존 질서에 도전하는 반사회적 유형의 이단자에 속한다. 그리고 기요아키가 보이는 무모한 저항, 파멸을 부르는 격정은 자위대 본부에서 선정적 방식의 죽음을 연출한 미시마 유키오 자신의 모습을 연상시킨다.

'봄눈'이라는 제목은 다의적이다. 4부작의 첫머리를 봄의 시간으로 시작하는 것은 춘하추동의 순환론적 시간관에 부합한다. 기요아키가 사토코와 뜨거운 밀회를 나누는 인력거 포장 안으로 들이치는 눈송이는 형체를 확인할 새도 없이 곧바로 녹아든다. 탈진한 상태로 산사의 사토코를 만나러 간 기요아키의 비틀거리는 발치에 내려앉는 것도 가느다란 봄눈이다. 봄눈은 일본의 전통 시가에서부터 덧없고 허망한 감정 상태를 나타내는 자연물로 널리 읊어져 왔다. 이 두 젊은이의 사랑이 오래 잊힐 것 같지 않은 것은 결국 불모로 귀결될 수밖에 없는 무모한 열정 속에서만 진정한 사랑의 가능성이 담보된다는 역설의 진리를 이야기하고 있기 때문이다.

미시마 유키오의 소설을 번역하는 일은 참으로 힘겨웠다. 조금 과장해서 표현하면 자유자재의 전술을 구사하는 막강한 상대와 전투를 치르는 느낌이었다. 그렇다고 해서 원작이 무엇이건 그것을 서양 독자들에게 익숙한 소설의 미적 규범과 영어 표현의 맥락 속으로 나포하여 차이를 무화시키거나 확대해 상품화, 타자화하는 미국식 번역을 추종할 수도 없는 노릇이었다. 처음 몇 페이지만으로 만만한 상대가 아니라는 것을 깨달은 이상, 이제는 상대에게 위압당하지 않기 위한 긴장의 전선을 구축하는 것이 첫 번째 과제였다. 미시마의 현란하고 분방한 문체는 일본어의 일상적 어법의 테두리를 거침없이 무화시키고 있었다. 영어 번역투의 생경한 일본어 표현을 접할 때마다, 음정이 다소 불안함에도 듣는 사람을 끌어당기는 매력을 지니는 가수가 있다는 말이 생각나기도 했다. 그럼에도 내가 지나간 곳이 곧 길이라는 작가의 확신 속에서 빚어진 문장들은 일반 독자들에게는 신선한 자극과 즐거움을 안겨 줄 수도 있겠지만, 그것들을 한국어의 의미 구조 속에서 풀어헤치고 다시 짜 맞춰 온전한 언어로 완결해야 하는 번역자로서의 부담감은 내내 상당했다.

한편으로는 미시마의 글을 번역하면서 얻은 바도 적지 않았다. 논리정연한 구성과 창의적이고 풍부한 세부 묘사는 압권으로 느껴졌다. 소설 속에서 혼다가 방청한 살인 사건에 대한 이야기는 불과 6, 7쪽 분량에 지나지 않는 삽화이지만, 그 자체만으로 인물과 사회와 시대가 생생하게 묘출되는 완결된 재현이라 할 수 있었다. 인력거 안에서의 첫 밀회 장면 등에서 볼 수 있듯이 작품의 어느 한 부분을 오려내도 표현의 완성을 향한 작가의 의지를 느낄 수 있었다. 그리고 무엇보다도 시종 거의 결벽에 가까울 정도로 진부함을 거부하는 문체, 이것이야말로 작가 미시마 유키오의 본령이 아닐 수 없다. 그의 문체가 만들어 낸 독보적인 성취에 대해 진부하지 않은 언어로 논평할 능력이 결여된 자신에게 절망하는 것이 문학에 대한 예의일 수도 있겠다는 말과 함께 역자 후기를 마친다.

2019년 7월
역자를 대표하여
윤상인

작가 연보

1925년   1월 14일 도쿄 시 요쓰야 구에서 농상무성 관료였
           던 히라오카 아즈사(平岡梓)와 히라오카 시즈에(平
           岡倭文重)의 장남으로 태어남. 본명은 히라오카 기
           미타케(平岡公威). 2층 집에서 아이를 키우는 것은
           위험하다는 이유로 조모 나쓰코(夏子)가 양육한다.

1931년   가쿠슈인 초등부에 입학. 병약하여 결석이 잦았다.
           12월 가쿠슈인 초등부 잡지에 단가와 하이쿠를 실
           은 것을 시작으로 중등부에 진학할 때까지 매호
           시와 단가, 하이쿠를 발표한다.

1937년   4월 가쿠슈인 중등부에 진학하여 문예부원으로
           활동. 조모의 곁을 떠나 요쓰야 구의 본가로 돌아
           간다.

1938년   3월 첫 단편 소설 「산모(酸模)」와 「좌선 이야기(座

禪物語)」를 가쿠슈인 학보인 《보인회 잡지》에 발표.

1939년   1월 조모 나쓰코 사망. 문학적 스승인 시미즈 후미
         오(清水文雄)에게 문법과 작문 수업을 듣는다.

1940년   2월부터 이듬해 7월까지 《산치자나무(山梔)》지에
         하이쿠와 시가를 투고. 이후 습작의 일부를 모아
         『15세 시집』으로 발표한다.

1941년   시미즈 후미오의 추천으로 《문예문화》 9월호부터
         4회에 걸쳐 「꽃이 한창인 숲」을 연재. '미시마 유키
         오'라는 필명으로 활동하기 시작한다.

1942년   가쿠슈인 고등부에 진학하여 문예부 위원장이 된
         다.《문예문화》 동인들과 교류하며 일본 낭만파의
         영향을 받는다. 7월, 아즈마 후미히코(東文彦), 도쿠
         가와 요시야스(德川義恭)와 함께 동인지 《아카에(赤
         絵)》를 창간하였으나 아즈마의 사망으로 인해 2호
         로 폐간.

1944년   가쿠슈인 고등부를 수석으로 졸업하고 도쿄 제국
         대학 법학부에 추천 입학. 첫 단편집 『꽃이 한창인
         숲』을 발간. 징병 검사에서 현역 면제, 보충 병역에
         해당하는 '제2을(乙)'급 판정을 받는다.

1945년   학도 동원으로 군마 현의 비행기 제작소 총무부
         조사과에 소속, 「중세」를 집필. 입영 통지를 받지만
         입대 전 폐 침윤의 '오진' 덕에 귀향한다. 근로 동원
         으로 가나가와 현 해군 공창에서 근무할 무렵 『고
         사기』, 『일본 가요시집』, 이즈미 교카(泉鏡花) 등을

애독한다. 8월 15일 열병으로 호덕사(豪德寺)의 친
척 집에서 머물다 종전 소식을 듣는다. 10월 여동
생 미쓰코가 장티푸스로 사망.

1946년   가와바타 야스나리(川端康成)를 처음으로 만남. 가
와바타의 추천으로 《인간》지에 「담배」를 발표. 「우
리 세대의 혁명」, 「곶에서의 이야기」 등을 발표. 다
자이 오사무를 만난다.

1947년   도쿄 제국대학 법학부 졸업. 고등 문관 시험에 합
격해 대장성 은행국 사무관으로 근무한다. 「사랑과
이별」, 「가루노미코와 소토오리히메」, 「밤의 준비」,
「하루코」, 「확성기」 발표. 11월 단편집 『곶에서의 이
야기』 간행.

1948년   창작 활동에 전념하기 위해 대장성을 퇴직. 연초부
터 왕성하게 작품을 발표한다. 가와데쇼보의 의뢰
로 『가면의 고백』 집필을 시작. 《근대문학》 동인으
로 참가. 첫 장편 『도적』과 단편집 『밤의 준비』를
발간.

1949년   『가면의 고백』, 단편집 『보석 매매』와 『마군(魔群)
의 통과』 간행. 「가와바타 야스나리론의 한 방법:
‘작품’에 대해」 등을 발표.

1950년   마이니치 홀에서 「등대」 상연, 연출을 담당한다.
《개조문예》에 「오스카 와일드론」을 발표. 『등대』,
『사랑의 갈증』, 『괴물』, 『청(靑)의 시대』, 『순백의 밤』
간행. 연극 모임 ‘구름회’에 참가.

1951년   『성녀』, 평론집 『사냥과 사냥감』, 『금색(禁色)』 1부,
         『나쓰코의 모험』을 발간. 《아사히신문》 특별 통신
         원 자격으로 북남미와 유럽을 순회, 이듬해 5월에
         귀국한다.

1952년   『금색』 2부인 『비악(秘楽)』 연재 시작. 《아사히신문》
         에 「일본제」 연재. 기행문집 『아폴론의 잔(アポロの
         杯)』 간행.

1953년   『파도 소리』 취재를 위해 미에 현 가미시마(神島)
         방문. 신초사에서 이듬해 4월까지 『미시마 유키오
         작품집』(전6권)을 출간. 단편집 『한여름의 죽음』,
         장편 『비악』, 희곡 『밤의 해바라기』, 노(能)를 근대
         극으로 번안한 『비단북』 간행.

1954년   장편 『사랑의 수도』, 희곡 『젊은이여 소생하라』, 『문
         학적 인생론』 간행. 6월에 출간한 장편 『파도 소리』
         로 제1회 신초 문학상 수상.

1955년   장편 『가라앉는 폭포』, 『여신』, 단편집 『라디게의 죽
         음』, 평론 『소설가의 휴가』, 「흰개미집」으로 제2회
         기시다 연극상 수상.

1956년   1월부터 10월에 걸쳐 《신초》에 연재한 『금각사』를
         간행. 『흰개미집』, 『근대 능악집』, 평론집 『거북이는
         토끼를 따라잡는가』, 단편집 『너무 길었던 봄』 간
         행. 미국 크노프 사에서 『파도 소리』 영역판 출간.
         단편과 함께 가와바타 야스나리, 모리 오가이에 대
         한 평론 등을 발표.

1957년	『금각사』로 제8회 요미우리 문학상 수상. 「브리타니 퀴스」로 제9회 마이니치 연극상 수상. 『근대 능악집』 영문판 간행을 계기로 도미 후 남아메리카, 이탈리아, 그리스 등지를 경유하여 이듬해 1월에 귀국. 이후 『근대 능악집』이 미국, 독일, 스웨덴, 호주, 멕시코에서 상연된다. 희곡집 『녹명관(鹿鳴館)』, 장편 『미덕의 비틀거림』, 평론집 『현대 소설은 고전이 될 수 있는가』 간행. 신초사에서 『미시마 유키오 선집』(전19권) 출간 시작.
1958년	단편집 『다리 순례』, 기행문집 『여행 그림책』 간행. 5월에 간행한 『장미와 해적』으로 주간 요미우리 신극상 수상. 가와바타 야스나리의 중매로 화가 스기야마 야스시(杉山寧)의 장녀 요코(瑤子)와 결혼. 10월에 계간지 《소리(声)》를 창간, 창간호에 『교코의 집』 1, 2장을 발표. 미국 뉴 디렉션 사에서 『가면의 고백』 영문판, 독일 로볼트 사에서 『근대 능악집』 독문판이 간행된다.
1959년	장편 『교코의 집』, 평론·수필집 『문장독본(文章読本)』, 『나체와 의상』 간행. 2월 장녀 노리코(紀子) 태어남. 크노프 사에서 『금각사』 영역본, 로볼트 사에서 『파도 소리』 독역본 발간.
1960년	평론·수필집 『부도덕 교육 강좌』, 장편 『연회 후』, 『아가씨』 간행. 주연 영화 「칼바람 사나이」 개봉. 11월부터 두 달간 아내와 함께 세계 일주. 영국 피터 오

웬 사에서 『가면의 고백』 발간.

1961년   1월 《소설 중앙공론》에 「우국(憂国)」을 발표. 단편
          집 『스타』, 장편 『짐승들의 유희』, 평론집 『미의 습
          격』 간행. 『연회 후』가 사생활 침해로 기소됨. 『근대
          능악집』 뉴욕 상연. 『파도 소리』가 미국, 이탈리아,
          유고슬라비아에서, 『금각사』가 독일, 프랑스, 핀란드
          에서 번역, 발간됨.

1962년   「10일의 국화」로 제13회 요미우리 문학상 희곡 부
          문 수상. 신초사에서 『미시마 유키오 희곡 전집』,
          『아름다운 별』 간행. 5월 장남 이이치로(威一郎) 태
          어남.

1963년   장편 『사랑의 질주』, 『오후의 예항』, 『검(劍)』, 평론
          『하야시 후사오론』 간행. 미시마가 모델이 된 호소
          에 에이코의 사진집 『장미형(薔薇刑)』 발간.

1964년   『육체의 학교』, 『환희의 거문고』, 『미시마 유키오 단
          편 전집』, 『미시마 유키오 자선집』, 수필집 『제1의
          성: 남성 연구 강좌』 간행. 10월 간행된 『비단과 명
          찰』로 제6회 마이니치 예술상 문학 부문 수상. 5월
          '풍요의 바다' 1권 『봄눈』을 구상.

1965년   『봄눈』 취재를 위해 2월에는 나라 현의 원조사(円
          照寺)를, 10월에는 '풍요의 바다' 3권 『새벽의 사원』
          취재를 위해 방콕을 방문. 9월부터 1967년 1월까지
          《신초》에 『봄눈』을 연재. 스스로 감독과 주연을 맡
          은 단편 영화 「우국」을 완성. 소설 『음악』, 희곡 『사

드 후작 부인』 간행. 10월 노벨 문학상 후보에 오른
다.

1966년　『사드 후작 부인』으로 문부성 제20회 예술제상 연
극 부문 수상. 단편집『영령의 목소리』, 장편『복잡
한 그』,『미시마 유키오 평론 전집』, 번역서인『성
세바스티아누스의 순교』, 대담집『대화·일본인론』
등을 간행. '풍요의 바다' 2권『달리는 말』취재를
위해 교토, 나라, 히로시마, 구마모토를 방문. 11월
25일『봄눈』탈고.

1967년　2월부터 이듬해 8월까지《신초》에『달리는 말』연
재. 가와바타 야스나리, 이시카와 준, 아베 고보와
함께 중국 문화 대혁명에 대한 항의 성명을 발표한
다. 4월 자위대 체험 입대. 인도 정부의 초청으로
인도와 라오스, 타이 여행. 소설『황야에서』,『야회
복』, 희곡『주작가의 멸망』등을 간행.

1968년　6월 23일『달리는 말』탈고. 9월『새벽의 사원』연
재 시작.『오후의 예항』으로 포르멘탈 국제문학상
2위 입상. 2월과 7월 육상 자위대 체험 입대. 이후
매해 3월과 8월, '방패회'(楯の会) 회원들을 인솔해
체험 입대.《중앙공론》에「문화방위론」발표. 10월
방패회 정식 결성. 평론『태양과 철』, 소설『목숨을
팝니다』, 희곡『나의 친구 히틀러』등을 간행.

1969년　5월 도쿄대 전공투 주최 토론에 참가, 6월『미시마
유키오 VS 도쿄대 전공투』간행.『봄눈』,『달리는

말』, 『문화방위론』, 『젊은 사무라이를 위하여』, 희
곡『나왕(癩王)의 테라스』등을 발간.

1970년 　미국 잡지 《에스콰이어》에서 뽑은 '세계에서 가장
중요한 100인'에 들어 '일본의 헤밍웨이'라는 별명
을 얻는다. 이즈음부터 궐기를 계획하기 시작, 육
상 자위대에서 매월 군사 훈련을 실시. 7월부터 《신
초》에 '풍요의 바다' 4권『천인오쇠(天人五衰)』연재
시작, 3권『새벽의 사원』간행. 이케부쿠로 도부 백
화점에서 '미시마 유키오전' 개최. 11월 25일 새벽
0시 15분, 육상 자위대 이치가야 주둔지 동부 방면
총감실에서 헌법 개정을 위한 자위대의 궐기를 외
치며 할복자살. 향년 45세.

1971년 　1월 14일 다마 공동묘지(多磨靈園) 가족 묘지에 매
장. 2월 신초사에서 『천인오쇠』간행.

봄눈

1판 1쇄 펴냄	2020년 9월 7일
1판 4쇄 펴냄	2024년 8월 26일

지은이	미시마 유키오
옮긴이	윤상인, 손혜경
발행인	박근섭, 박상준
펴낸곳	(주)민음사
출판등록	1966. 5. 19. (제 16-490호)

서울특별시 강남구 도산대로1길 62(신사동) 강남출판문화센터 5층(06027)

대표전화 02-515-2000 팩시밀리 02-515-2007

www.minumsa.com

한국어 판 ⓒ 민음사, 2020. Printed in Seoul, Korea

978-89-374-7983-0 04830

978-89-374-7982-3 04830 (세트)